Sandra Brown

Dein Tod ist nah

AF185363

Autorin

Sandra Brown arbeitete als Schauspielerin und TV-Journalistin, bevor sie mit ihrem Roman »Trügerischer Spiegel« auf Anhieb einen großen Erfolg landete. Inzwischen ist sie eine der erfolgreichsten internationalen Autorinnen, die mit jedem ihrer Bücher die Spitzenplätze der »New York Times«-Bestsellerliste erreicht! Ihr endgültiger Durchbruch als Thrillerautorin gelang Sandra Brown mit dem Roman »Die Zeugin«, der auch in Deutschland zum Bestseller wurde. Seither konnte die Autorin mit vielen weiteren Romanen ihre Leser und Leserinnen weltweit begeistern. Sandra Brown lebt mit ihrer Familie abwechselnd in Texas und South Carolina.

Von Sandra Brown bereits erschienen (Auswahl)

Vertrau ihm nicht · Dein Tod ist nah · Sein eisiges Herz · Verhängnisvolle Nähe · Stachel im Herzen · Tödliche Sehnsucht · Sanfte Rache · Blinder Stolz · Eisige Glut · Kalter Kuss

Sandra Brown

Dein Tod ist nah

Thriller

Deutsch von Christoph Göhler

blanvalet

Die Originalausgabe erschien unter dem Titel »Outfox« bei Grand
Central Publishing, a division of Hachette Books Group Inc., New York.

Penguin Random House Verlagsgruppe FSC® N001967

1. Auflage 2023
Copyright der Originalausgabe © 2019
by Sandra Brown Management Ltd.
Copyright der deutschsprachigen Ausgabe © 2021
by Blanvalet in der Penguin Random House Verlagsgruppe GmbH,
Neumarkter Straße 28, 81673 München
Redaktion: René Stein
Umschlaggestaltung: © www.buerosued.de
Umschlagmotive: mauritius images / Spring Images /
Alamy; www.buerosued.de
BSt · Herstellung: DiMo
Satz: Uhl + Massopust, Aalen
Druck und Bindung: GGP Media GmbH, Pößneck
Printed in Germany
ISBN 978-3-7341-1254-6

www.blanvalet.de

Prolog

Die Leiche am Strand lag hinter einem Schleier aus tristem Nieselregen.

Der Dunst legte Lichtkreise um die Laternen auf dem Pier, doch gegen den gleißenden Schein der von den Ersthelfern aufgestellten Scheinwerfer kam er nicht an. Sie strahlten ihr kaltes Licht auf den bedeckten Körper, als wollten sie ihn in einer grotesken Parodie ins Rampenlicht zerren.

Ein Polizeihubschrauber kam im Tiefflug näher. Sein greller Suchscheinwerfer tastete gnadenlos den Pier in ganzer Länge ab. Kurz zuckte der Strahl über den Jachthafen, wo die Boote in der Dünung schaukelten, deren schläfriger Rhythmus so gar nicht zu der Hektik rundherum passte.

Bevor der Suchscheinwerfer auf die Brandung am Strand schwenkte, schnitt er in einem Bogen über den Leichnam. Im Abwind des Rotors klappte eine Ecke der grellgelben Plastikplane um und deckte dabei eine Hand auf, die reglos und kalkweiß auf dem zusammengedrückten Sand lag.

Seit der Entdeckung des Leichnams hatten sich Beamte diverser Polizeibehörden am Tatort versammelt. Die farbigen Lichter des Such- und Rettungshelikopters blinkten unter den Bäuchen der niedrig hängenden Wolken, die über den Hafen zogen. Jenseits von Fort Sumter pflügte ein Kreuzer der US Coast Guard durch den Atlantik und ließ seinen Suchscheinwerfer über die Wellen streichen. Fernsehübertragungswagen waren eingetroffen und spien ungeduldige Reporter und die dazugehörigen Kameracrews aus.

Auf dem Pier hatten sich die unvermeidlichen Schaulustigen versammelt. Sie rangelten um die besten Plätze, von denen aus sie das Geschehen begafften, die Aktivitäten von Polizei und Presse verfolgen und Selfies mit dem abgedeckten Leichnam im Hintergrund schießen konnten. Informationen und Spekulationen wurden ausgetauscht.

Man erzählte sich, der Leichnam sei mit der Abendflut an den Strandabschnitt gespült worden, wo ihn ein Mann mit seinem kleinen Sohn entdeckt hätte, als sie ihren schokoladenbraunen Labrador ausgeführt hatten.

Man erzählte sich, es deute alles auf einen Tod durch Ertrinken hin.

Man erzählte sich, es sei die Folge eines Bootsunfalls gewesen.

Keine dieser Hypothesen war korrekt.

Der von der Leine gelassene Labrador war seinem Herrchen vorausgelaufen, und es war der Hund gewesen, der beim Planschen in der Brandung die grausige Entdeckung gemacht hatte.

Einer der Schaulustigen auf dem Pier lächelte schweigend und selbstzufrieden, während er lauschte, wie Fakten, Fiktion und Lamentos ausgetauscht wurden.

Kapitel 1

Drei Wochen zuvor

Die Automatiktüren öffneten sich mit einem leisen Zischen. Drex Eastons Blick schwenkte kurz prüfend durch die Hotellobby, die bis auf die hübsche junge Frau am Empfang leer war. Sie hatte einen Teint wie eine Porzellanpuppe, einen glänzenden schwarzen Pferdeschwanz und begrüßte ihn mit einem unsicheren Lächeln.

»Guten Morgen, Sir. Kann ich Ihnen helfen?«

Drex stellte den Aktenkoffer ab. »Ich habe nicht reserviert, aber ich brauche ein Zimmer.«

»Check-in ist erst ab vierzehn Uhr.«

»Hm.«

»Weil ... weil wir den Gästen bis zwölf Uhr Zeit lassen, um auszuchecken.«

»Hm.«

»Das Housekeeping braucht Zeit, um ...«

»Das ist mir alles bewusst, Ms. Li.« Er hatte den Namen von dem Schild an ihrem braunroten Blazer abgelesen. Er lächelte. »Ich hatte gehofft, Sie könnten für mich eine Ausnahme machen.«

Er fasste nach hinten, um die Brieftasche aus der hinteren Hosentasche zu ziehen, und öffnete das Anzugsakko dabei so weit, dass das Schulterholster unter seinem linken Arm zu sehen war. Nachdem die junge Frau es bemerkt hatte, blinzelte sie nervös, ehe sie eilig wieder in seine Augen sah, die unverwandt auf sie gerichtet waren.

»Kein Grund zu erschrecken«, sagte er ruhig. Er klappte die Brieftasche auf und zeigte ihr seine Marke und den Ausweis mit Foto, der ihn als Special Agent des Federal Bureau of Investigation auswies.

Er spielte diese Karte so selten wie möglich aus und nur, wenn er Vorschriften und Regulierungen umgehen musste. Sie zog bei Ms. Li, die sich sofort entgegenkommend zeigte.

»Ich werde sehen, was ich tun kann.«

»Sie würden mir damit einen großen Gefallen tun.«

Elegante Finger klackerten über die Tastatur. »Einzel- oder Doppelzimmer?«

»Ich bin nicht wählerisch.«

Ihr Blick flog über den Monitor. Sie scrollte abwärts und wieder aufwärts. »Ich kann Ihnen vom Housekeeping ein nettes Doppelzimmer fertig machen lassen, aber das könnte bis zu einer halben Stunde dauern. Oder ich hätte ein nicht ganz so schönes Einzelzimmer, das allerdings sofort.«

»Ich nehme das nicht ganz so schöne Zimmer sofort.« Er schob eine Kreditkarte über die Granittheke.

»Wie lange werden Sie bleiben, Mr. Easton?«

Sie war auf Zack, musste man ihr lassen, und hatte sich seinen Namen gemerkt. »Weiß ich noch nicht genau. Zwei… Zwei Partner werden in Kürze eintreffen. Ich weiß erst nach unserer Besprechung, wie lange ich bleiben werde. Dann sage ich Ihnen Bescheid.«

»Kein Problem. Sie können das Zimmer behalten, bis Sie mir sagen, wann Sie abreisen möchten.«

»Super. Danke.«

Sie zog seine Kreditkarte durch das Kartenlesegerät und checkte ihn weiter ein. Er musste auf dem Formular unterschreiben; dann reichte sie ihm die Kreditkarte zusammen mit der Schlüsselkarte fürs Zimmer zurück. »Sie öffnet auch die Tür zum Fitnesscenter im ersten Stock.«

»Danke, aber das werde ich nicht brauchen.«

»Das Restaurant befindet sich am Ende des Gangs gleich hinter Ihnen. Frühstück gibt es …«

»Auch kein Frühstück.« Er bückte sich und hob seinen Aktenkoffer an.

Sie verstand die subtile Geste und deutete auf die Aufzüge. »Das Zimmer liegt links vom Aufzug auf Ihrer Etage.«

»Danke, Ms. Li. Sie waren mir eine sehr große Hilfe.«

»Darf ich Ihren Kollegen Ihre Zimmernummer geben, wenn sie eintreffen?«

»Das ist nicht nötig, ich schicke ihnen eine Nachricht. Sie können direkt nach oben kommen.«

»Ich hoffe, Ihre Besprechung läuft gut.«

Er lächelte spröde. »Das hoffe ich auch.« Dann beugte er sich vor und raunte ihr zu: »Entspannen Sie sich, Ms. Li. Sie machen das ganz großartig.«

Sie sah ihn bedröppelt an. »Das ist erst mein zweiter Tag. Merkt man mir das so an?«

»Jemand anderer würde wahrscheinlich nichts merken, aber es gehört zu meinem Beruf, Menschen schnell einschätzen zu können. Und wenn das erst Ihr zweiter Tag ist, finde ich es umso beeindruckender, wie Sie mit einem so schwierigen Gast umgehen.«

»So schwierig sind Sie doch gar nicht.«

Er lächelte träge. »Sie haben mich an einem guten Tag erwischt.«

Das weniger nette Einzelzimmer war kein Zimmer, das je in einer Hotelanzeige auftauchen würde, aber es würde seinen Zweck erfüllen. Drex stellte den Aktenkoffer auf dem Schreibtisch ab, klappte ihn auf und fuhr den Laptop hoch. Er schickte Mike die Zimmernummer und trat dann ans Fenster. Aus dem Zimmer im dritten Stock hatte man freie Sicht auf ein Freeway-Kleeblatt, aber nur wenig mehr.

Er kehrte an den Schreibtisch zurück und checkte den Maileingang. Nichts von Bedeutung. Er verschwand im winzigen Bad und benutzte die Toilette. Als er wieder herauskam, läutete das Hoteltelefon. Er nahm den Hörer ab. »Ja?«

»Mr. Easton?«

»Ms. Li?«

»Ihre Partner sind hier.«

»Gut.« Schneller als erwartet.

»Soll ich Ihnen etwas aus der Küche nach oben bringen lassen? Vielleicht einen Obstteller? Oder eine Gebäckauswahl?«

»Danke, aber nein.«

»Zögern Sie nicht anzurufen, falls Sie es sich anders überlegen.«

»Mache ich, Ms. Li. Noch einmal vielen Dank für Ihre Mühe.«

»Gern geschehen.«

Obwohl die offenen Vorhänge reichlich Tageslicht ins Zimmer ließen, schaltete er die Schreibtischlampe ein. Er drehte den Thermostat um ein paar Grad zurück. Nach einem Blick in den Spiegel über der Kommode kam er zu dem Schluss, dass er präsentabel, aber nicht wirklich schick aussah. Er hatte sich in aller Eile geduscht und umgezogen.

Als er ein leises Klopfen hörte, ging er zur Tür und schaute kurz durch den Spion, bevor er öffnete. Dann trat er zur Seite und ließ die beiden Männer herein.

Im Vorbeigehen eröffnete ihm Gifford Lewis: »Das Mädchen am Empfang hat uns aufgehalten und gefragt, ob wir Mr. Eastons Partner wären. Sie steht auf dich.«

»Alles, was Mr. Easton möchte«, grummelte Mike Mallory. »Also, nachdem sie es schon angeboten hatte, hätte ich mich über die Obstplatte und Gebäckauswahl gefreut. Du könntest immer noch unten anrufen.«

Aus Gewohnheit warf Drex einen prüfenden Blick in den – menschenleeren – Gang, ehe er die Tür schloss und den Riegel vorlegte. »Ihr reißt mich vor Tag und Tau aus dem Schlaf und erklärt mir: ›Such uns was, wo die Wände keine Ohren haben.‹ Und verlier keine Zeit, habt ihr gesagt. Also habe ich keine Zeit verloren, dieses Zimmer gefunden, und jetzt sind wir hier. Scheiß auf die Obstplatte und das Gebäck. Was liegt an?«

Die beiden Besucher sahen sich an, aber keiner antwortete.

»Was ist so streng geheim, dass wir es nicht über die gewöhnlichen Kanäle besprechen konnten?«, fragte Drex gereizt.

Gif lehnte sich mit der Schulter gegen die Wand. Mike rollte den Stuhl unter dem Schreibtisch hervor und zwängte seine hundertfünfzig Kilo zwischen die ächzenden Armlehnen.

Drex stemmte die Hände in die Hüften und sah beide fordernd an. »Verdammt noch mal, macht einer von euch jetzt den Mund auf?«

Mike sah Gif an, der Mike mit einer stummen Handbewegung das Wort überließ. Mike sah zu Drex auf und sagte: »Ich hab ihn gefunden.«

Mikes Stimme klang fröhlich wie eine Totenglocke. Das *ihn* brauchte keine weitere Erklärung.

Seit Jahren wartete Drex darauf, diese Worte zu hören. In zehntausenden Versionen hatte er sich diesen Moment ausgemalt. Immer wieder hatte er sich vorgestellt, wie sein Körper reagieren würde. Vielleicht würden seine Ohren zu klingeln beginnen, sein Mund austrocknen, seine Knie einknicken, sein Atem stocken, sein Herz zerspringen.

Stattdessen lösten sich seine Hände von den Hüften, und eine geradezu übernatürliche Taubheit erfasste seinen Körper.

Auch Gif und Mike hatten offenbar mit irgendeiner Art von Ausbruch gerechnet, denn beide waren sichtlich verblüfft über sein Schweigen und die plötzliche Erstarrung, die ausgesprochen gespenstisch wirkten – sogar auf ihn selbst.

Als sich, eine volle Minute später, die Schockstarre zu lösen begann, trat er noch mal ans Fenster. Keine umwälzende Katastrophe hatte sich ereignet, seit er zuletzt hinausgeschaut hatte. Weder war der Verkehr auf den sich überschneidenden Freeways zum Erliegen gekommen, noch hatten sich zerklüftete Schluchten im Erdboden aufgetan. Der Himmel war ihnen nicht auf den Kopf gefallen, die Sonne nicht erloschen.

Er ließ die Stirn gegen die Scheibe sinken und nahm überrascht wahr, wie kalt sich das Glas anfühlte. »Bist du sicher?«

»Sicher? So wie hundertprozentig? Nein«, antwortete Mike. »Aber auf dem Papier sieht alles danach aus.«

»Alter?«

»Zweiundsechzig. Laut seinem Führerschein.«

Drex drehte den Kopf und zog in einer stummen Frage die Brauen hoch.

»Aus South Carolina«, ergänzte Mike. »Mount Pleasant. Vorort von…«

»Charleston. Ich weiß. Und welcher Name ist angegeben?«

»O nein.«

Das brachte Drex dazu, sich ganz umzudrehen. »Verzeihung? Was soll das heißen?«

»Das heißt«, antwortete Gif, »dass du den Namen erst erfährst, wenn wir wissen, was du mit der Information anfangen wirst.«

»Was zum Teufel glaubt ihr denn, dass ich damit anfange? Zuerst einmal werde ich meinen Arsch nach Charleston bewegen.«

Gif wechselte einen Blick mit Mike, stieß sich dann von der Wand ab und baute sich vor Drex auf. Seine Haltung war nicht bedrohlich, was auch lächerlich gewirkt hätte, weil Drex einen imposanten Körperbau vorzuweisen hatte und Gif ihm bei Weitem nicht gewachsen war. Trotzdem stellte er sich breitbeinig in Position, als hätte er schwere Zweifel an Drex' Selbstdisziplin und würde nicht auf einen Sieg der Vernunft hoffen.

»Hör zu, Drex. Mike und ich haben auf der Fahrt hierher darüber gesprochen. Wir glauben, du solltest bedenken… Also, es wäre ratsam, wenn… Vielleicht wäre es am klügsten, wenn…«

»*Was?*«

»Rudkowski benachrichtigt würde.«

»Kommt überhaupt nicht in die Tüte.«

»Drex…«

Drex wiederholte die Aussage, diesmal aber lauter und nachdrücklicher.

Mike warf Gif einen ironischen Blick zu. »Hab ich es nicht gesagt?«

Inzwischen schrillte es sehr wohl in Drex' Ohren. Jetzt, wo er die Nachricht wirklich begriffen hatte, schoss sein Blutdruck in ungeahnte Höhen. Die Fensterscheibe hatte sich an seiner Stirn nur so kühl angefühlt, weil sein Gesicht vor Fieber glühte. Die Adern in seinen Schläfen pochten. Unter den Haaren war seine Kopfhaut von Schweiß überzogen, und sein Rumpf fühlte sich klamm an.

Er zog das Sakko aus und warf es aufs Bett, wand sich aus seinem Schulterholster und ließ es auf sein Sakko fallen, löste dann den Knoten seiner Krawatte und den obersten Hemdknopf, ganz als könnte die Meinungsverschiedenheit schlimmstenfalls in einen Faustkampf ausarten, auf den er vorbereitet sein wollte.

Bemüht, wenigstens gefasst zu klingen, fragte er noch mal: »Welchen Namen verwendet er?«

»Vorausgesetzt, er ist es wirklich«, schränkte Mike ein.

»Ihr geht davon aus, dass er es ist, sonst hättet ihr dieses Geheimtreffen nicht vorgeschlagen. Ich will alles hören, was ihr über ihn wisst, angefangen mit dem Namen.«

»Kein Name.«

Mike Mallory war ein Guru, wenn es darum ging, Informationen in einem Computer auszugraben, aber er war kein Menschenfreund. Im Allgemeinen verachtete er seine Mitmenschen, die er größtenteils für komplette Vollidioten hielt, wobei Drex und Gif möglicherweise die einzigen Ausnahmen darstellten.

Er war so fähig, dass Drex gewöhnlich seine giftigen Kommentare und seine mangelnden sozialen Fähigkeiten hinnahm, aber jetzt grummelte er einen Fluch, der nicht nur auf Mike zielte, sondern auch auf Gif, der sich in diesem Punkt auf Mikes Seite geschlagen hatte.

»Nur zu«, sagte Mike. »Du kannst uns alles Mögliche heißen. Wir denken dabei nur an dich.«

»Ich denke lieber für mich selbst, vielen Dank.«

»Hör dir erst mal alles an, vielleicht entschließt du dich dann, die Sache lieber nicht selbst in die Hand zu nehmen.«

»Bestimmt nicht.«

Mike zuckte mit den Achseln. »Es ist deine Beerdigung. Aber ich werde dir nicht helfen, dein Grab zu schaufeln, und ich werde mich erst recht nicht zu dir gesellen. Nur als Warnung.«

»Ich bin gewarnt. Ich werde den bescheuerten Namen selbst herausfinden. Setzt mich nur aufs richtige Gleis.«

Mike nickte. »Werde ich machen. Denn ich will genauso wenig, dass er uns entwischt. Falls er es ist.«

Drex richtete sich auf und rollte angestrengt die Schultern, um die Muskeln zu lockern. »Hat der mysteriöse Mann einen Job?«

»Nicht, soweit ich feststellen konnte«, sagte Mike. »Aber er lebt ganz angenehm.«

»Jede Wette«, murmelte Drex vor sich hin. »Wie lange wohnt er schon in Mount Pleasant?«

»Das habe ich noch nicht ermittelt. In seiner aktuellen Bleibe lebt er seit zehn Monaten.«

»Und was ist das für eine Bleibe?«

»Ein Haus.«

»Gemietet?«

»Eigentum.«

»Kreditfinanziert?«

»Falls ja, konnte ich nichts darüber finden.«

»Also bar gekauft.«

Mike hob seine fleischigen Schultern zu einem wortlosen *schätze ja*.

Gif wandte ein, dass das Haus auch geerbt sein könnte, aber das glaubte keiner, darum wurde der Einwand nicht weiter verfolgt.

»Was ist es für ein Haus?«, fragte Drex.

»Laut der Immobilienanzeige kein neues, sondern aus zweiter Hand«, sagte Mike. »Aber es ist ein angesehenes Viertel. Vornehm.«

»Preis?«

»Anderthalb Millionen und noch was drauf. Auf Google Earth sieht es geräumig und gepflegt aus. Du findest alles hier drauf.« Mike tastete unter seiner Wampe nach der Hosentasche und zog einen USB-Stick hervor.

Drex schnappte ihn aus seiner Hand.

»Wird dir ohne Passwort nichts nutzen, und das kriegst du erst, wenn wir das hier durchgesprochen haben.«

Drex schnaubte. »Ich kann das Passwort hacken lassen. Mir ist klar, dass bei dir der Begriff *Nerd* eine lächerliche Untertreibung wäre, aber du bist nicht der Einzige, der sich mit Computern auskennt, weißt du?«

Mike hob die Hände. »Wie du möchtest. Besorg dir einen Nerd und lass ihn wühlen. Aber wie wirst du dein Interesse an diesem allen Anschein nach gesetzestreuen Bürger erklären, falls dir jemand auf die Schliche kommt?«

»Einen bezahlten Hacker interessiert es nicht, wieso ich mich für den Mann interessiere.«

»Ein bezahlter Hacker würde ohne zu zögern bei dir abkassieren und dir dann…«

»Das Messer in den Rücken rammen«, stimmte Gif ein.

»Dein Hacker könnte den Mann in South Carolina anrufen und ihm erklären, dass im fernen Lexington, Kentucky, ein Typ sitzt, der ihn ausspionieren lässt.«

Gif übernahm wieder. »Ein Hacker würde dich geradewegs ans Messer liefern, wenn ihm die andere Seite mehr bezahlt.«

»Und dann wärst *du* es, Special Agent Easton«, fuhr Mike fort und zielte dabei mit einem Stummelfinger auf Drex' Brust, »den man ausspionieren würde und der dabei erwischt würde, wie er weiß Gott wie viele Verstöße und Verbrechen begeht, und damit hättest du dir jede Chance verbaut, diesen Hurensohn festzunageln. Und nur dafür hast du dein ganzes Leben gearbeitet.« Er holte pfeifend Luft. »Sag uns, dass wir falschliegen.«

Drex ließ sich aufs Fußende des Bettes sinken, stemmte die Hände auf die Schenkel und senkte den Kopf. Nach kurzem Nachdenken sah er auf. »Okay. Kein Hacker. Ich werde mich bremsen. Zufrieden?«

Die beiden anderen sahen sich an, und Gif sagte: »Geh mit etwas Zurückhaltung und Diskretion vor.«

»Stürm nicht mit runtergelassener Hose los«, sagte Mike.

»Mehr verlangen wir gar nicht«, ergänzte Gif.

Drex legte die Hand auf sein Herz. »Ich werde mit Zurückhaltung, Diskretion und hochgezogener Hose vorgehen. Okay?«

Keiner von beiden kommentierte die letzte Bemerkung, und beide wirkten nicht sonderlich überzeugt, trotzdem sagte Mike: »Okay. Nächste Frage?«

»Habt ihr ein Bild von ihm?«

»Nur das auf seinem Führerschein.«

»Und?«

»Darauf sieht er absolut nicht so aus wie bei seinem letzten Auftritt.«

»In Key West«, rief Gif ihnen in Erinnerung, als hätten sie das je vergessen können.

»Man würde nicht darauf kommen, dass es derselbe Mann ist«, sagte Mike. »Und das heißt, dass ich vollkommen falschliegen könnte.«

»Falls er sich täuscht«, sagte Gif, »und du wild entschlossen losstürmst und das Leben dieses Mannes ins Chaos stürzt, wirst du in einer Welt voller Schmerzen landen. Vor allem, falls Rudkowski Wind von der Sache bekommt.«

»Rudkowski kann sich selbst ficken.«

»Wie man hört, hat er das lange versucht, weiß aber nicht, wie er es anstellen soll.«

Gifs Bemerkung entlockte Mike ein seltenes belustigtes Schnauben und Drex ein zaghaftes Schmunzeln. Gif verstand es, eine angespannte Situation zu entschärfen. Er war durchschnittlich groß und schwer, hatte dünnes braunes Haar und kein einziges hervorstechendes Merkmal. Gifs Durchschnittlichkeit diente ihm ausgezeichnet als Tarnung: Er konnte andere beobachten, ohne dass sie ihn bemerkten oder im Gedächtnis behielten, und das machte ihn zu einem unverzichtbaren Mitglied ihres Teams. Außerdem konnte er, wie eben demonstriert, zuverlässig das Verhalten seiner Mitmenschen vorhersagen.

Denn Drex' erster Impuls war es sehr wohl gewesen, loszustürmen und Chaos anzurichten.

Weil er einen Augenblick brauchte, um seine Gedanken

zu ordnen, deutete er auf die Minibar. »Bedient euch.« Er stand wieder auf und begann auf dem schmalen Streifen zwischen Bett und Fenster auf und ab zu gehen.

Mike und Gif suchten sich jeweils ein Getränk aus und rissen ihre Dosen auf. Mike beschwerte sich, dass er eine Schraubzwinge bräuchte, um den Deckel des Nussglases zu öffnen. Gif bot ihm an, es einmal zu versuchen. Mike schnaubte nur und bezeichnete ihn als Schwächling.

Drex blendete ihr Geplänkel aus und konzentrierte sich ganz auf seine Zielperson, einen Mann, den er damals als Weston Graham kennengelernt hatte, was allerdings wohl nur ein weiterer in einer langen Reihe von Decknamen gewesen war. Seit Jahrzehnten war dieser Mann den Behörden immer wieder durch die Lappen gegangen. Inzwischen hätte er auch mit einem Eis in der Hand in dem *Wendy's* hinter dem Freeway auftauchen oder Weihrauch in einem Kloster im Himalaja verbrennen können, und weder das eine noch das andere hätte Drex überrascht.

Der Mann war ein Chamäleon, so geschickt konnte er sein Äußeres verändern und sich neuen Lebensumständen anpassen. Er hatte bequem und ohne Verdacht zu erregen in einem Penthouse an der Gold Coast in Chicago gelebt sowie auf einer Pferderanch außerhalb von Santa Barbara und einer Jacht, die in Key West vor Anker gelegen hatte. Andere Örtlichkeiten, in denen er sich eingenistet hatte – und von denen Drex wusste –, waren weniger glamourös gewesen. Das hatte auch nicht sein müssen. Alle waren für ihn äußerst profitabel gewesen.

Als seine Besucher wieder zur Ruhe gekommen waren, fragte Drex: »Wie seid ihr auf den Kerl in South Carolina aufmerksam geworden?«

»Ich kontrolliere routinemäßig alle Fangleinen, die ich ausgelegt habe, aber was mich wirklich stutzig gemacht hat?«, antwortete Mike und rülpste. »Eine Dating-Plattform. Ich gehe davon aus, dass er seine Opfer vorab durchleuchten will, darum treibe ich mich regelmäßig auf solchen Webseiten rum, nur um zu sehen, ob es irgendwo Klick macht. Und vorgestern bin ich über ein Profil gestolpert, bei dem genau das passiert ist. Die Wortwahl hat was losgerüttelt. Es war, als hätte ich den Eintrag schon mal gelesen. Ich hab eine Weile gebraucht, aber dann bin ich fündig geworden. Bis auf die Beschreibung seines Aussehens war es Wort für Wort, Komma für Komma identisch mit dem neuen Profil. Vorlieben, Abneigungen, Fünfjahresziele, Lebens- und Liebesphilosophie. Die ganze Kacke. Aber der Kick? Das erste Profil wurde sechs Monate vor Pixies Verschwinden gepostet.«

Patricia Montgomery, Pixie für ihre Freunde, war aus ihrer Villa in Tulsa verschwunden und nie wiederaufgetaucht.

»Zufall, Mike«, sagte Drex. »Pixies Bekannte haben bei den Befragungen beteuert, dass sie nie im Leben eine Dating-Plattform benutzt hätte, um Männer kennenzulernen.«

»Das haben die Bekannten aller vermissten Frauen beteuert. Sie haben auch beteuert, dass ihre Freundin zu erfahren gewesen wäre, um auf einen Betrüger reinzufallen. Aber Pixie verschwand nur wenige Tage, nachdem sie all ihre Aktien verkauft und das komplette Vermögen aus ihren Ölgeschäften von ihrem Bankkonto abgezogen hatte.«

Gif schaltete sich ein. »Aus ihrem Haus fehlte einzig und allein ihr Rechner. Ihr Verführer ließ Schmuck und Pelze im Wert von mehreren zehntausend Dollar zurück, aber den alten Computer hat er mitgenommen.«

»Damit es keine Hinweise auf einen Online-Flirt gab«, bestätigte Mike. Der Ledersessel stöhnte unter ihm auf, als er sich vorbeugte und Gif das fast leere Glas mit Nüssen aus der Hand nahm. »Du schaust so ernst«, sagte er zu Drex.

»Ich würde mich gern begeistern, aber das ist verflucht dünn.«

»Stimmt. Dünn wie Zwiebelschalen. Darum habe ich mir noch mal das Opfer nach Pixie vorgenommen. Also, sein *mutmaßliches* Opfer.«

»Marian Harris. Key West.«

»Acht Monate vor ihrem Verschwinden wurde das gleiche verdammte Profil gepostet. Auf einer anderen Datingseite, aber einer, die ebenfalls auf ›erfahrene‹ Kunden mit ›gehobenem Geschmack‹ zielt.«

»Wort für Wort?«, fragte Drex.

»Wie ein Fingerabdruck.«

»Schlechter Witz«, sagte Gif.

Der Mann, den sie suchten, hatte noch nie einen Fingerabdruck hinterlassen. Oder falls doch, hatte ihn niemand gefunden. Er war ein verfluchtes Gespenst.

Mike schüttete die letzten Nüsse aus dem Glas direkt in seinen Mund. »In Pittsburgh war er schneller«, erläuterte er schmatzend. »Er nahm die ›Bekanntschaft‹ mit einer ›eleganten Dame‹ nur drei Monate vor Loretta Doans Verschwinden auf, und das war vor über sechs Jahren.«

»Bieten die Datingseiten, die du durchsuchst, landesweit Vermittlungen an?«

»Ja. Ein Umzug schreckt ihn nicht ab. Ich glaube, das Arschloch liebt die Luftveränderung.«

»Wann wurde das Profil zuletzt hochgeladen?«

»Vor ein paar Monaten.«

Drex verzog das Gesicht. »Er hält Ausschau nach dem nächsten Opfer.«

»Das hab ich auch daraus geschlossen. Also hab ich einen Testballon gestartet. Ich hab ihm geantwortet und dabei ein paar Schlagworte einfließen lassen, die mich nach einer leichten Beute aussehen lassen würden. Ich hab mich als kinderlose Witwe in den Fünfzigern beschrieben, finanziell abgesichert und unabhängig. Ich liebe Haute Cuisine, guten Wein und Kunstfilme. Die meisten Männer finden mich attraktiv.«

»Ich nicht«, sagte Gif.

»Ich auch nicht«, pflichtete Drex ihm bei.

Mike zeigte ihnen den Finger. »Er offenbar auch nicht. Er hat den Köder nicht geschluckt.«

Gif kratzte sich nachdenklich an der Stirn. »Vielleicht hast du zu dick aufgetragen. Vielleicht hast du zu selbstsicher, gebildet und klug geklungen. Er sucht Frauen, die ein bisschen naiv sind. Verletzlich. Du hast ihn verschreckt.«

»Oder«, sagte Drex, »er hat die Schlagworte als solche erkannt, den Braten gerochen und sich ausgerechnet, dass hinter dieser angeblichen Traumlady ein FBI-Agent steckt, der seine Angel ausgeworfen hat.«

»Vielleicht«, sagte Mike. »Aber es gibt noch eine andere, wahrscheinlichere Möglichkeit – und die macht mir Angst. Nämlich, dass er einen Frühstart hingelegt hat. Die Anzeige voreilig rausgegeben hat. Er hat nicht reagiert, weil er noch mit seinem augenblicklichen Opfer beschäftigt ist.«

Es war eine vernünftige Theorie, die Drex umso glaubhafter erschien, weil sich allein bei dem Gedanken sein Magen zusammenkrampfte. »Und das bedeutet, dass diese Frau sich in genau diesem Moment in Lebensgefahr befindet.«

»Schlimmer noch.«

»Was ist schlimmer als Lebensgefahr?«

Mike zögerte.

»Mach schon«, drängte Drex.

Der schwergewichtige Mann seufzte. »Ich wiederhole, Drex, ich kann auch falschliegen.«

»Aber das glaubst du nicht.«

Mike hob die pfannengroßen Pranken.

»Wieso glaubst du, dass es er ist?«, fragte Drex.

»Versprich mir nur…«

»Keine Versprechungen. Wie kommst du darauf, dass dieser Mann unser Mann ist? *Mein* Mann?«

»Drex, du darfst nicht…«

Gif meldete sich zu Wort: »Rudkowski wird…«

»Raus mit der Sprache, verflucht noch mal!«, übertönte Drex ihre Warnungen.

Nach einer längeren Pause murmelte Mike: »Er ist verheiratet.«

Das hatte Drex nicht kommen sehen. »*Verheiratet?*«

»Verheiratet. ›Willst du…? Mit diesem Ring… Hiermit erkläre ich euch zu…‹«

Gif bestätigte das mit einem ernsten Nicken.

Drex sah beide abwechselnd an, schüttelte dann perplex den Kopf und lachte schnaubend und bitter enttäuscht. »Na schön, damit hat sich der Fall erledigt, und ihr habt meine Zeit verschwendet. Wenn wir uns beeilen, bekommen wir unten im Restaurant noch Frühstück.« Er schob die Finger durch sein Haar. »*Scheiße!* Und ich hatte schon Morgenluft gewittert, weil es ganz so aussah, als hätte sich unser einsames Herz wieder auf Wanderschaft begeben und nach seiner Seelenverwandten gesucht. Aber das ist nicht unser Mann, denn eine Ehefrau passt nicht ins Bild.«

»Sie hat einmal durchaus gepasst«, rief Gif ihm ins Gedächtnis.

»Ein einziges Mal. Und seither nicht mehr. Eine Eheschließung mit ›willst du …‹, mit diesem Ring …‹ passt seit Jahren nicht zu seinem Profil oder seinem Modus Operandi. In keiner Form, Gestalt oder Art.«

»Tatsächlich tut sie das sehr wohl«, widersprach Mike ernst.

»Inwiefern?«

Gif räusperte sich. »Die Frau ist stinkreich.«

Drex sah die beiden nacheinander an. Die beiden Männer hätten unterschiedlicher nicht sein können, aber die ängstlichen, bedrückten Mienen waren identisch.

Er drehte ihnen den Rücken zu, und dabei fiel sein Blick auf sein Spiegelbild über der Kommode. Selbst ihm fiel auf, dass sich seit seinem letzten Blick seine Haltung verändert, verhärtet hatte, dass er jetzt gespannte Entschlossenheit ausstrahlte. In seinen Augen glühte eine Wildheit, die vor Minuten noch nicht darin gewesen war, bevor er erfahren hatte, dass das Leben einer Frau am seidenen Faden hing. Einem dünnen Faden. Und dass nur er sie retten konnte.

Er sprach leise, aber mit stählerner Härte: »Sagt mir, wie er heißt.«

Kapitel 2

»Brauchen Sie Hilfe?«

Drex stellte den leeren Karton am Straßenrand ab, drehte sich um und sah sich zum ersten Mal seiner Nemesis gegenüber.

Falls das tatsächlich Weston Graham war, war er gut einen Meter siebzig groß und für einen Mann von zweiundsechzig Jahren außerordentlich fit. Sein Golfshirt umschmiegte zwei muskulöse Oberarme und eine schlanke Taille. Er hatte eine hohe Stirn, doch das graue Haar dahinter war lang genug, um in einen kurzen Pferdeschwanz gebündelt zu werden. Sein Lächeln war offen und freundlich, weiße Zähne strahlten ihm entgegen, und sein Mund wurde von einem grau melierten Henriquatre-Bart eingerahmt.

Drex wischte sich über die schweißnasse Stirn. »Danke, aber das hier ist der Letzte.«

»Ich hatte gehofft, dass Sie das sagen würden. Das war ein reines Höflichkeitsangebot.«

Beide lachten.

»Aber ich würde eins von den Bieren nehmen«, sagte Drex. »Falls Sie mir eins anbieten wollten.«

Sein Nachbar war mit zwei kalten Flaschen über die Rasenfläche zwischen den beiden Häusern gekommen; jetzt reichte er Drex eine davon. »Willkommen in der Nachbarschaft.«

»Danke.«

Sie stießen an und nahmen einen tiefen Schluck. »Jasper Ford.« Er streckte die Hand aus, und Drex schüttelte sie.

»Jasper«, sagte Drex, so als hätte er den Namen eben zum ersten Mal gehört und wollte ihn sich einprägen, so als hätte er ihn Gif und Mike nicht aus der Nase ziehen müssen, so als hätte er nicht im Lauf der vergangenen Woche so viele Informationen wie nur möglich über diesen Mann zusammengetragen.

»Ich bin Drex Easton.« Er suchte in den Augen des Mannes nach einer Reaktion, entdeckte aber keine.

Jasper deutete auf den Stapel leerer Kartons, die Drex am Straßenrand aufgetürmt hatte. »Sie haben die letzten zwei Tage ordentlich geschuftet.«

»Es war Schwerstarbeit, alles über die Treppe nach oben zu wuchten. Das Ding ist mörderisch.«

Er nickte zu der steilen Außentreppe hin, die zu einem Apartment über einer Garage führte. Die Garage war groß genug für ein sechs Meter langes Motorboot und stand etwa dreißig Meter hinter dem Haupthaus. Drex nahm an, dass man sie dort errichtet hatte, weil sie dadurch von einer riesigen uralten Eiche verdeckt wurde.

Er spähte zwischen den Ästen nach oben und tat so, als wollte er das Apartment aus einer ganz neuen Perspektive wahrnehmen. »Aber die Rückenschmerzen haben sich gelohnt. Man fühlt sich da drin wie in einem Baumhaus.«

»Ich war nie drinnen«, sagte Jasper. »Ist es nett?«

»Nicht übel.«

»Wie viele Zimmer?«

»Nur drei, aber für mich reichen sie.«

»Sie sind also allein?«

»Hab nicht mal einen Goldfisch.« Er grinste. »Aber vielleicht pfeife ich auf das Haustierverbot und besorge mir eine Katze. Ich habe in der Kochecke ein paar Mäuseköttel entdeckt.«

»Ich kann mir gut vorstellen, dass sich eine Maus eingenistet hat. Die Eigentümer leben eigentlich im Norden und verbringen nur den Winter hier unten.«

»Das hat Mr. Arnott mir auch erklärt. Sie kommen am Tag nach Thanksgiving und bleiben bis zum ersten Juni.«

»Ehrlich gesagt hatte ich Bedenken, als ich mitbekam, dass das Apartment vermietet wurde.«

»Sie haben bereits im Vorfeld davon gehört?«

»Gar nicht. Sie tauchten plötzlich hier auf und fingen an, Kartons nach oben zu schleppen.«

Drex lachte. »Und Sie dachten sich: ›Was soll der Scheiß?‹«

Der Mann bekannte sich mit einem wortlosen Lächeln und Achselzucken schuldig. »Ich habe für Notfälle die Nummer der Arnotts, darum habe ich sie angerufen.«

»Ich bin ein Notfall?« Drex sah auf sein zerlumptes Hemd, die schmutzigen Shorts und ausgelatschten Turnschuhe. »Ich kann mir vorstellen, wie Sie darauf gekommen sind. Ein Blick auf mich, und sofort dachten Sie: ›Jetzt gehts mit der Nachbarschaft bergab.‹« Er ließ ein Lächeln aufblitzen. »Ich bin sauber, versprochen.«

Jasper Ford lachte gutmütig. »Man kann nicht vorsichtig genug sein.«

»Genau mein Motto.«

»Gute Zäune sorgen für gute Nachbarschaft.«

»Nur dass es hier keinen Zaun gibt.« Drex schaute über den Rasen, der sich zwischen beiden Grundstücken erstreckte. Er stellte sich wieder Jasper Fords dunklem Blick. »Ich werde mein ungehobeltes Benehmen auf dieses Grundstück hier beschränken. Sie werden gar nicht merken, dass ich hier bin.«

Jasper lächelte, doch ehe er etwas sagen konnte, ging auf seinem Handy piepsend eine Nachricht ein. »Entschuldigen Sie.« Er zog es aus seiner Hemdtasche.

Während er die Nachricht las, bog Drex übertrieben den Rücken durch, bis er unwillkürlich das Gesicht verzog, und nahm dann noch einen Schluck Bier.

»Meine Frau«, sagte Jasper und schaltete den Bildschirm wieder aus. »Ihr Flug verspätet sich wegen des Wetters. Sie steckt in Chicago fest.«

»Was für ein Pech.«

»Ist nicht das erste Mal«, meinte er halb gedankenverloren und schaute dabei über die Schulter zu seinem Haus, bevor er Drex wieder ansah. »Wie wär's mit etwas Surf and Turf?«

»Verzeihung?«

»Ich habe fertige Krabbenfrikadellen im Haus. Und Steaks in der Marinade. Wäre doch schade, wenn ich die Hälfte wegwerfen müsste.«

»Ich möchte mich nicht aufdrängen.«

»Wenn Sie sich aufdrängen würden, hätte ich Sie nicht eingeladen.«

»Na ja …« Drex kratzte seine unrasierte Wange und tat so, als müsste er überlegen. »Ich bin noch nicht dazu gekommen, die Vorratskammer und den Kühlschrank aufzufüllen. Bisher ernähre ich mich von Fast Food.«

Jasper lachte kurz. »Bei mir bekommen Sie was Besseres, versprochen. Wir sehen uns bei Sonnenuntergang. Auf einen

Drink auf der Veranda.« Er beugte sich vor und nahm Drex die Bierflasche ab. »Ich werfe die für Sie weg.«

Drex trat aus der Dusche und griff nach seinem läutenden Handy, das er am Waschbeckenrand abgelegt hatte. Er warf einen Blick aufs Display und nahm das Gespräch an. »Hey.«

»Wie läuft's?«, fragte Mike.

»Im Moment gut. Ich stehe nackt und nass unter einem Deckenventilator.«

»So genau wollte ich es nicht wissen.«

»Der Ventilator quietscht, aber so kühl war es noch nie, seit ich hier angekommen bin. Wieso habt ihr mir nicht gesagt, dass es hier keine Klimaanlage gibt?«

»Du hast nicht gefragt.«

Nachdem sie zu dritt entschieden hatten, dass sie Jasper Ford unter die Lupe nehmen sollten, war Drex nach Charleston geflogen, anschließend vom Flughafen aus direkt nach Mount Pleasant gefahren und hatte das Haus der Fords ausgekundschaftet.

Google Earth war dem Anwesen nicht gerecht geworden. Das zweistöckige Backsteinhaus war weiß gestrichen. Die tiefe Veranda im klassischen Südstaaten-Stil erstreckte sich über die gesamte Fassade, und die schwarzlackierte Haustür mit dem Messingklopfer in Ananasform wurde von zwei Pilastern eingerahmt. Umgeben war das Haus von einer weitläufigen Rasenfläche und jahrzehntealten Bäumen, die alles überschatteten. Das Haus machte einen bewohnten Eindruck, mit blühenden Blumen in allen Beeten, grünen Farnpflanzen auf der Veranda, einer von der Dachtraufe hängenden US-Flagge. Täglich wurden Zeitungen und Post geliefert.

Im Gegensatz dazu wirkte das Haus nebenan weit weniger gepflegt, und in den drei Nächten, die Drex es observiert hatte, waren die Lichter jedes Mal zur selben Zeit an- und ausgegangen. Von einem Timer gesteuert. Keine Blumen, keine Farnpflanzen, keine Post.

Er war nach Lexington zurückgekehrt, hatte Mike und Gif auf den neuesten Stand gebracht und Mike angewiesen herauszufinden, wem das Grundstück neben dem der Fords gehörte, das offenbar als Zweitwohnsitz diente oder jedenfalls nur selten bewohnt wurde.

Mike hatte pflichtbewusst nachgeforscht und über die Steuerunterlagen einen Namen und die dazugehörigen Kontaktdaten ermittelt.

Dann war Drex in Aktion getreten. Er hatte Mr. Arnott angerufen, der mit seiner Frau die meiste Zeit des Jahres in Pennsylvania lebte, aber nach seiner Pensionierung das Haus in South Carolina erstanden hatte, um der Kälte und dem Schnee zu entfliehen.

Drex schilderte ihm in schillernden Farben seine augenblickliche Situation, die er sich zuvor zusammengesponnen hatte. Dann war er zum Kern vorgedrungen. Er sei auf der Suche nach einer temporären Unterkunft in Charleston oder Umgebung. Während einer Erkundungsfahrt nach möglichen Objekten sei er über den Cooper River nach Mount Pleasant gekommen, und als er dort ein wenig herumgefahren sei, um sich gewissermaßen zu orientieren, sei ihm das Apartment über der Garage ins Auge gefallen. Es sei ideal für ihn: abgeschieden, ruhig, wie ein »Blockhaus im Wald«, aber inmitten einer landschaftlich reizvollen, sicheren Nachbarschaft.

Das Apartment würde ihm ausreichend Platz bieten. Er würde allein und ohne Haustier dort einziehen. Er war

Nichtraucher. Und gleichzeitig würde er von dort aus das Haupthaus im Blick behalten können.

»Ganz ehrlich, Mr. Arnott, wäre ich ein Einbrecher, hätte ich mir Ihr Haus ausgesucht. Es ist ganz offensichtlich, dass Sie nicht ständig dort wohnen.«

Als Arnott zögerte, spielte Drex kurz mit dem Gedanken, die FBI-Karte auszuspielen. Aber dann tat er es doch nicht, weil er befürchtete, Jasper Ford könnte über Umwege erfahren, dass nebenan das FBI eingezogen war. Stattdessen versorgte er Arnott mit mehreren fiktiven Referenzschreiben, alle von Gif verfasst, den Arnott tatsächlich anrief, um sich die vollmundige Empfehlung bestätigen zu lassen. Auch Mike wurde angerufen und musste den von ihm unterschriebenen Empfehlungsbrief bestätigen. Gemeinsam überzeugten sie Mr. Arnott schließlich, dass Drex Easton sehr vernünftig, anständig und alles das sei, was er zu sein behauptete.

Arnott erklärte sich einverstanden, ihm das Apartment für die gewünschten drei Monate zu vermieten, wobei Drex tatsächlich nur zwei Wochen dort verbringen würde – seinen ihm zustehenden Jahresurlaub. Niemand außer Mike und Gif würde erfahren, wie er seine Ferien verbrachte. Bis er einen Durchbruch erzielte, sollten alle anderen im Dunkeln tappen.

Außerdem machte es seine Geschichte glaubwürdiger und ließ ihn als Mieter solider und verantwortungsvoller wirken, wenn er die Wohnung für drei Monate haben wollte. Er zahlte die volle Miete im Voraus.

»Und wie ist es abgesehen von der fehlenden Klimaanlage?«, fragte Mike jetzt. »Bist du schon eingezogen?«

Von der offenen Badezimmertür aus konnte Drex mehr oder weniger das gesamte Apartment überblicken, das praktisch vollkommen leer war, so wie die meisten Kartons, die er nur für das Publikum von nebenan nach oben geschleppt hatte. Das Apartment war zwar möbliert, aber äußerst sparsam. Er hatte nur das Nötigste zum Anziehen und für die Körperpflege mitgebracht. Außerdem hatte er eine Kaffeemaschine mitgenommen, aber dass er sich in den letzten Tagen von Fast Food ernährt hatte, war nicht gelogen.

»Alles fertig eingerichtet«, erklärte er Mike. »Der Laptop steht auf dem Küchentisch. Die Pistole klemmt zwischen Matratze und Bettkasten.«

»In anderen Worten, es sieht so aus wie in deiner Wohnung hier«, sagte Mike. »Und wie lange wohnst du schon in der?«

»Gibt es einen Grund für deinen Anruf? Wenn ja, dann raus damit. Denn ich will nicht zu spät zu meinem Date kommen.«

»In nur zwei Tagen hast du schon ein *Mädchen* aufgerissen?«, fragte Mike. »Wie war das noch mit ›nicht mit runtergelassener Hose‹? Ich muss noch mal in meinen Aufzeichnungen nachschlagen, aber ich glaube, das ist neuer Rekord.«

»Es gibt kein Mädchen, und spar dir das Gequatsche. Ist Gif bei dir? Dann schalte auf Lautsprecher.« Als Drex hörte, dass Mike umgestellt hatte, sagte er: »Jasper Ford hat mich zum Abendessen eingeladen.«

Nach ein, zwei Sekunden in fassungslosem Schweigen reagierten Mike und Gif gleichzeitig mit einem überraschten Ausruf.

»Ich hatte schon den Feldstecher bereitgelegt, damit ich ihn ausspionieren kann, da kommt er heute mit einem kalten Bier und einem warmen Handschlag vorbei und heißt mich in der Nachbarschaft willkommen. Ich bin froh, dass er den ersten Schritt getan hat. Sonst hätte ich mir überlegen müssen, wie ich unauffällig seinen Weg kreuzen und mich mit ihm bekanntmachen kann.« Er gab kurz das Gespräch mit Jasper Ford wieder. »Es war locker und freundlich, aber eindeutig ein Abtasten. Sobald er mich einziehen sah, hat er bei Arnott angerufen und sich über mich erkundigt.«

»Paranoid, glaubst du?«, fragte Gif.

»Oder einfach nur ein wachsamer Nachbar mit einem gesunden Misstrauen gegenüber jedem Fremden«, sagte Mike. »Wie es jeder in so einem Viertel wäre.«

»Könnte beides sein«, sagte Drex. »Nach unserem Essen sollte ich ihn besser einschätzen können.«

»Was ist mit der Misses?«, fragte Mike.

Es hatte ihnen zu denken gegeben, dass Drex in den letzten zwei Tagen mehrmals Jasper gesehen hatte, aber kein einziges Mal dessen Frau. »Er hat mir erzählt, sie sei verreist; ich hoffe, das ist nicht gelogen und sie ist noch am Leben. Allem Anschein nach hat er eine Nachricht von ihr bekommen, während wir miteinander gesprochen haben.« Er erzählte ihnen von der Flugverspätung.

»Wieso Chicago?«, fragte Gif.

»Das hat er nicht gesagt. Aber er hat gesagt, dass sie sich öfter verspätet, was darauf schließen lässt, dass sie oft fliegt.«

»Klingt plausibel«, sagte Mike. »Sie war in der Reisebranche.«

»Ja, *war*«, sagte Drex. Mike hatte herausgefunden, dass Mrs. Fords fettes Finanzpolster aus dem Verkauf der Shafer Travel Inc. stammte. »Die Frage ist, warum sie immer noch so viel unterwegs ist.« Als niemand etwas darauf sagte, fuhr

Drex fort. »Ich werde mich besser fühlen, wenn ich sicher weiß, dass sie noch unter uns weilt. Vielleicht klären sich heute Abend eine ganze Reihe von Fragen. Und wo wir gerade dabei sind…« Er sah aus dem Fenster. »Ich muss Schluss machen, mich anziehen und noch mal schnell zur Weinhandlung.«

»Wozu?«

»Es wäre nicht besonders nachbarschaftlich, mit leeren Händen zum Abendessen aufzutauchen.«

Als er aufgelegt hatte, ging ihm durch den Kopf, wie nachbarschaftlich es von Jasper gewesen war, ihm ein Bier zu bringen und die Flasche hinterher zu entsorgen.

Trotzdem, wäre es nicht noch nachbarschaftlicher gewesen, Drex das Bier austrinken zu lassen? Aber nein, Jasper Ford hatte die Flasche zurückhaben wollen.

»Weißen für die Krabbenpuffer. Roten für die Steaks.« Drex hielt die Weinflaschen nacheinander in die Höhe, während er sich der mit Fliegendraht verkleideten Veranda näherte, auf der Jasper in einem Schaukelstuhl unter dem rotierenden Ventilator saß.

Jasper stand auf und öffnete die Fliegentür. »Das wäre nicht nötig gewesen, aber trotzdem danke.« Er nahm Drex die Flaschen ab. »Wie wär's mit einem Aperitif?«

»Was trinken Sie denn?« Drex deutete auf das Glas, das auf dem Weidentisch neben dem Schaukelstuhl stand.

»Bourbon auf Eis.«

»Mit Wasser?«

»Ohne.«

Drex lächelte. »Perfekt.«

»Nehmen Sie Platz.« Jasper verstaute den Weißwein

in dem Minikühlschrank unter der eingebauten Bar und schenkte Drex einen Drink ein. Während er ihn überreichte, sagte er: »Sie haben sich wirklich ansehnlich gemacht.«

Drex hob sein Glas zu einem halben Prost. »Ich gebe mir Mühe.« Er hatte sich rasiert, aber einen Dreitagebart stehen lassen, trug eine Freizeithose und darüber ein lockeres Hemd. Bootsschuhe ohne Socken.

Jasper setzte sich wieder in den Schaukelstuhl und nippte an seinem Glas. »Sie sind also Schriftsteller.«

Drex tat so, als würde er sich fast an seinem Whisky verschlucken, und sah seinen Gastgeber überrascht an.

»Eine der Referenzen, die Sie Arnott genannt haben, war eine literarische Agentur.«

»Ach so! Eine Sekunde dachte ich schon, Sie könnten Gedanken lesen.« Er senkte verlegen den Blick. »Ich versuche mich als Schriftsteller. Noch steht mir der Titel nicht zu. Ich habe noch nichts veröffentlicht.«

»Arnott sagte, man hätte ihm erklärt, Sie hätten großes Potenzial.«

Er winkte abwehrend. »Das sagen alle Agenturen über ihre Klienten.«

»Ihre Agentin muss an Sie glauben, sonst würde sie Sie nicht vertreten.«

»Mein Agent.«

»Verzeihung?«

»Mein Agent ist ein Mann.«

»Ach so. Mein Fehler.«

Von wegen, dachte Drex. Das war ein Test gewesen.

»Sie schreiben hauptberuflich?«

»In letzter Zeit ja.«

»Und wie ernähren Sie sich?«

»Sparsam.« Jasper reagierte mit dem erwarteten Lachen. Drex fuhr fort: »Mein Dad starb vor ein paar Jahren und hat mir ein kleines Erbe hinterlassen. Keine weltbewegende Summe, aber so kann ich mir wenigstens ein Dach über dem Kopf leisten, während ich an meinem Buch arbeite.«

»Roman oder Sachbuch?«

»Ein Roman. Aus dem Bürgerkrieg.«

Jasper munterte ihn mit hochgezogenen Brauen auf, das auszuführen.

»Ich will Sie nicht langweilen«, sagte Drex.

»Ich langweile mich nicht.«

»Na schön.« Drex holte tief Luft. »Der Held zieht wie ein früherer Forest Gump durch den ganzen Sezessionskrieg, von der ersten Schlacht am Bull Run bis zum Gefecht bei Appomattox. Er ringt mit Loyalitätskonflikten, seinem moralischen Kompass, Todesangst. So in der Art.«

»Klingt interessant.«

Drex lächelte, als wäre ihm klar, dass das eine Plattitüde war, er sich dennoch darüber freuen würde. »Meinem Agenten gefällt die Story, er meint, meine Recherchen wären solide. Aber er findet, dass es der Erzählung an Farbe fehlt. Sie bräuchte mehr Herz, sagte er. Mehr Seele.«

»Also sind Sie hergekommen, um hier nach Farbe, Herz und Seele zu suchen.«

»Ich hoffe, dass ich mich hier inspirieren lassen kann, während ich an der zweiten Fassung arbeite. Und«, sagte er und dehnte dabei die Beine und das Wort, »ich wollte mich den Ablenkungen des Alltags entziehen.«

»Wie zum Beispiel einer Ehefrau?«

»Nicht mehr.«

»Geschieden?«

»Gott sei Dank.«

»Das klingt bitter. Was ist passiert?«

»Sie hat mir vorgeworfen, ich wäre fremdgegangen.«

»Sind Sie?«

Drex sah ihn an und zog eine Braue hoch, sagte aber nichts. Stattdessen nahm er einen Schluck Bourbon. Es war ein milder, teurer Whisky. »Die Scheidung hat mich eine Stange gekostet und mich eine harte Lektion gelehrt.«

»Sie werden nie wieder fremdgehen.«

»Ich werde nie wieder heiraten.«

»Ach, man sollte niemals nie sagen.« Jasper wackelte mit dem Zeigefinger. »Nachdem ich meine erste Frau verloren hatte, blieb ich jahrelang allein und trauerte um sie. Dreißig Jahre, um genau zu sein.«

»Mann, das nenne ich treu. Wie ist sie gestorben?«

Jasper Ford sah Drex in die Augen und antwortete: »Unter Schmerzen.« Eine Sekunde blickte er ihn stumm an, dann kippte er in einem Zug seinen Bourbon, stand auf und verschwand in Richtung Küche. »Wie mögen Sie Ihr Steak?«

Das Rib Eye Steak war perfekt gewürzt und medium rare gegrillt. Jasper entschuldigte sich, dass er das Essen im einfacheren Esszimmer statt im Salon servierte, aber der Tisch war wesentlich schicker gedeckt, als Drex es gewohnt war, und das sagte er auch.

Während sie aßen, versuchte Drex seinen Gastgeber ein wenig auszuhorchen, aber so, dass es hoffentlich natürlich wirkte. »Das Haus ist wirklich beeindruckend.«

»Danke.«

»Hatten Sie einen Innenarchitekten?«

»Nur zur Beratung. Talia wusste genau, was sie wollte.«

»Talia? So heißt Ihre Frau? Hübsch.« Er sah sich um. »Sie hat wirklich Geschmack.«

»Sie hat einen exzellenten Geschmack.«

»Teuren Geschmack?«

Jasper lächelte nur, antwortete aber nicht.

Drex nahm einen Schluck von dem mitgebrachten Cabernet, tupfte seinen Mund ab, griff dann wieder nach Messer und Gabel und widmete sich seinem Steak. »Sie scheinen ganz gut zu verdienen«, sagte er und schnitt ein Stück Fleisch ab. »In welcher Branche sind Sie tätig?«

»Ich genieße die Früchte meiner Arbeit.«

Drex hielt im Kauen inne und sah Jasper an, um abzuschätzen, ob er das witzig meinte. Jaspers Miene blieb unverändert. Er blinzelte nicht einmal. Drex schluckte und lachte dann laut. »Sie können sich glücklich schätzen. Sie haben sich früh zur Ruhe gesetzt?«

»Schon vor einigen Jahren.«

»Und davor? Sie müssen gute Arbeit geleistet haben.«

»Ich habe Software entwickelt, die sich als sehr lukrativ erwiesen hat.«

Oder hast du dein Vermögen gemacht, indem du Frauen um ihres gebracht hast?, ging es Drex durch den Kopf.

Schließlich lächelte ihn Jasper leutselig an und verkündete: »Ich hätte noch Zitronensorbet zum Dessert.«

Drex verzichtete auf das Sorbet. Und nachdem offensichtlich war, dass Jasper sich nicht weiter über sein ehemaliges Betätigungsfeld auslassen wollte, wechselte Drex das Thema. Auch den angebotenen Kaffee schlug er aus, weil er keinesfalls zur Last fallen wollte.

Er bot zwar an, ihm beim Aufräumen zu helfen, doch Jasper lehnte ab.

Drex verabschiedete sich und erwähnte dabei, dass das Apartment keine Klimaanlage hatte. Jasper bestand darauf, ihm einen Kastenventilator zu leihen. Er holte ihn aus der Garage und erklärte Drex, dass er ihn so lange behalten könne, wie er wollte.

»Danke. Danke für alles.« Drex streckte die Hand aus.

Während sie sich die Hand gaben, sagte Jasper: »Talia hat mir gerade geschrieben, dass sie gegen Mitternacht zu Hause sein müsste. Wir wollen morgen Nachmittag mit dem Boot rausfahren. Nicht weit. Nur ein bisschen vor der Küste kreuzen. Möchten Sie nicht mitkommen?«

Drex wollte zu gern Jaspers Frau kennenlernen, sie einschätzen können, aber er wollte keinesfalls aufdringlich wirken. »Das ist wirklich nett, aber ich habe seit Tagen keinen Blick mehr auf mein Manuskript geworfen. Der Umzug und so weiter. Ich sollte morgen wirklich arbeiten.«

»Sie können sich keinen Sonntag freinehmen? Bestimmt hätte Gott dafür Verständnis.«

Drex tat so, als hätte er sich breitschlagen lassen. Jasper nannte ihm den Namen der Marina und die Nummer des Bootsstegs. »Am besten kommen Sie gegen Mittag. Und kommen Sie hungrig. Wir picknicken später an Bord.«

»Hört sich super an.« Drex dankte ihm noch einmal für den Abend und trug den Kastenventilator über den Rasen und die Treppe hinauf.

Er begann sich auszuziehen und griff dafür zuerst unter sein Hemd, um das Holster aus dem Hosenbund in seinem Rücken zu lösen. Vielleicht war er ein Zyniker, aber ihm kam ein Steak mit Krabben ein bisschen übertrieben für ein erstes Treffen vor, selbst wenn das Essen ursprünglich nicht ihm gegolten hatte.

Fünfzehn Minuten später war er in Unterwäsche, der Ventilator blies mit voller Kraft, alle Lichter waren ausgeschaltet, und er schaute vom Fenster aus und durch das Fernglas Jasper beim Aufräumen zu. Als alles sauber war, schloss Jasper alle Türen ab und schaltete das Licht aus. Ein paar Sekunden später ging oben ein Licht an. Minuten später wurde es ebenfalls gelöscht.

Er hatte nicht auf seine Frau gewartet. Talia.

Drex richtete den Ventilator so aus, dass er über das Bett wehte. Er legte sich auf den Rücken und faltete die Hände auf der Brust. Aber auch wenn er todmüde war, war er immer noch wach, als er unten ein Auto hörte. Er stellte sich wieder an das Fenster, von dem aus er den besten Blick auf das Haus der Fords hatte.

Ein neuer, teurer BMW war in die Einfahrt gebogen. Drex sah auf seine Armbanduhr. Mrs. Ford war siebenundzwanzig Minuten später angekommen als erwartet. Offenbar öffnete sie das Garagentor mit einer Fernbedienung. Sie fuhr hinein, und das Tor schloss sich wieder.

Drex bekam von ihr nicht mehr zu sehen als einen Schatten, aber durch die an- und ausgehenden Lichter konnte er ihren Weg durch das Haus verfolgen. Zuletzt erlosch das Licht hinter einer Jalousie in einem kleinen Fenster im Obergeschoss. Er nahm an, dass sich dort das Bad befand. Drex starrte noch mehrere Minuten auf das Fenster, doch das Haus blieb dunkel.

Er legte sich wieder ins Bett, blieb aber wach liegen, verstört durch die Vorstellung, wie Talia Ford neben ihrem Mann lag. Hatte sie ihm flüsternd eine gute Nacht gewünscht, als sie sich ins Bett gelegt hatte, hatte sie ihn geküsst, sich an ihn gekuschelt, ihre Hand auf seine Brust gelegt, ihn zum Sex animiert? Bei der Vorstellung wurde Drex übel.

Wenigstens war sie am Leben. Aber wie lange noch? Denn wenn Jasper der Mann war, für den Drex ihn hielt, dann waren die Tage seiner Gemahlin gezählt. Falls Jasper Ford der Mann war, den Drex zuerst als Weston Graham kennengelernt hatte, dann wäre diese Frau die nächste von vielen, die Jasper erst angesprochen, dann umworben und schließlich um ihr Vermögen gebracht hatte, ehe sie spurlos verschwunden waren. Drex war überzeugt, dass er diese Frauen beseitigt hatte.

Wie ist sie gestorben?

Unter Schmerzen.

Bei dieser Antwort, gepaart mit Jaspers unerbittlichem, puppenhaft starrem Blick, hatten sich Drex' Nackenhaare aufgestellt. In diesem Moment hatte es sich angefühlt, als wollte Jasper ihn ködern.

Drex hatte den Köder nicht geschluckt, aber er hätte es zu gern getan.

Zu gern wäre er aus seinem Stuhl gehechtet, hätte den Mann – den exzellenten Koch, den perfekten Gastgeber, den freundlichen Nachbarn – an dessen Kehle gepackt und ihn zur Rede gestellt, ob er tatsächlich der psychopathische Schwanzlutscher war, der Drex' Mutter ermordet hatte.

Kapitel 3

Das am angegebenen Steg vertäute Boot war kein gewöhnliches Segelboot, sondern eine ausgewachsene Jacht. Beeindruckend schlank und blitzblank poliert, war sie zwar nicht das größte unter den Schiffen in der Marina, aber sie zählte eindeutig dazu. Drex hatte das Gefühl, er hätte eine weiße Hose und einen blauen Blazer anziehen sollen, vielleicht mit einem kecken Einstecktuch, und dazu einen Hut mit Goldtresse und schwarzglänzendem Schirm.

Stattdessen war er in Khakishorts, einem Chambrayhemd und Baseballcap erschienen.

Jasper winkte ihm vom Achterdeck aus zu. Die Frau neben ihm rief fröhlich zu ihm herab: »Ahoi, Drex. Sie kommen gerade rechtzeitig zum Champagner.« Sie hielt eine Magnumflasche am Hals.

Er lächelte so ungezwungen wie möglich und ging über die Gangway nach oben. »Danke, aber ich würde mich mit einem Bier begnügen.«

»Auch das haben wir.«

Ein Jahrzehnt jünger als ihr Ehemann, war sie sehr hübsch anzusehen. Sie wirkte ausgesprochen nachgiebig und – wie hatte Gif es ausgedrückt? Naiv? Sie strahlte genau den Anflug von mädchenhafter Naivität aus, auf den ein Betrüger abzielen würde. Das blonde Haar war kurz geschnitten und kunstvoll zerzaust. Sie trug eine weiße Caprihose und ein grell pinkes ärmelloses Top mit tiefem Ausschnitt, in dem ein ebenso tiefes Dekolleté zu sehen war. Das Beste, was sich mit Geld kaufen ließ, mutmaßte Drex.

Als er zu den beiden auf das Deck trat, schüttelte Jasper seine Hand. »War es schwer, uns zu finden?«

»Gar nicht.« Er nahm die Jacht in Augenschein und sah dann abwechselnd Jasper und seine Frau an, ehe sein Blick auf Jasper zu liegen kam. »Sie können sich wirklich glücklich schätzen. Um diese Schönheit beneidet sie bestimmt der ganze Hafen.« Dann beugte er sich vor und ergänzte: »Und das Boot kann sich auch sehen lassen.«

Alle drei lachten. Mrs. Ford legte die Hand auf ihre Brust, und die Diamanten an ihren Fingern ließen Farbprismen im Sonnenschein aufblitzen. »Danke, danke. Jasper hat mich schon vorgewarnt, dass Sie ein Charmeur sind. Ich bin so froh, dass Sie uns heute Gesellschaft leisten, auch wenn wir Sie dadurch von der Arbeit abhalten, wie ich gehört habe.«

»Danke für die Einladung, und Jasper musste mich nicht lange überreden. Wir Schriftsteller suchen nur nach Vorwänden, nicht schreiben zu müssen.«

»Mich würde die Aussicht, ein Buch zu schreiben, einschüchtern«, gestand sie.

»Mich genauso, Talia. Entschuldigen Sie, ist es in Ordnung, wenn ich Sie Talia nenne?«

Sie und Jasper sahen ihn überrascht an, dann begannen beide zu lachen. »Sie dürften mich gern Talia nennen, wenn ich Talia heißen würde. Ich bin Elaine. Elaine Conner.«

Perplex wollte Drex schon eine Entschuldigung stammeln, als Jasper an ihm vorbeisah und lächelte. »*Hier* kommt Talia.«

Drex drehte sich um.

Eine in Weiß gekleidete Frau kam die Stufen aus der Kombüse herauf, auf der rechten Handfläche ein Tablett mit Kanapees balancierend. Als sie ihren Namen hörte, legte sie den Kopf in den Nacken, sah durch die Luke nach oben und Drex direkt in die Augen.

Sein Magen sackte wie ein bleischwerer Anker in die Tiefe, denn in dieser Sekunde war ihm klar: *Ich bin am Arsch.*

Als Talia durch die Tür aufs Deck trat, machte der große Fremde einen Schritt auf sie zu. »Darf ich behilflich sein?« Er nahm ihr das Tablett ab.

»Danke.« Die Sonne stand in seinem Rücken. Talia schirmte die Augen gegen das Gleißen ab, um ihn besser zu sehen. Die Augen lagen unter dem Mützenschirm in tiefem Schatten, aber sein stoppeliges Kinn und das Lächeln waren gut zu erkennen. Er kam ihr längst nicht so »raubeinig« vor, wie Jasper ihn beschrieben hatte. »Sie müssen unser neuer Nachbar sein.«

»Schuldig.«

Jasper legte den Arm über ihre Schultern. »Talia, das ist Drex Easton. Drex, meine Frau.«

»Sehr erfreut, Drex.« Sie streckte ihm die Hand hin. Er hielt das Tablett in seiner Linken und hatte damit die Rechte frei, um ihre Hand zu schütteln. Sie hatte einen festen Händedruck, ohne seine Finger zusammenzuquetschen.

»Sehr erfreut, Mrs. ... Ford?«

»Talia genügt, auf einem Boot ist kein Platz für Förmlichkeiten. Jasper hat mir schon erzählt, wie nett euer Abendessen gestern war.«

»Schade, dass du es verpasst hast. Dein Mann ist ein hervorragender Koch.«

»Was eine glückliche Fügung ist, weil ich eine Katastrophe in der Küche bin.«

»Das sieht aber nicht wie eine Katastrophe aus.« Er nickte zu den Horsd'œuvre auf dem Tablett hin.

»Die wurden geliefert«, flüsterte sie.

»Aber die Remoulade für den Shrimpsalat ist hausgemacht«, mischte Jasper sich ein. »Ich habe sie heute Morgen angerührt.«

»Und ich kann sie nur empfehlen«, ergänzte sie.

Elaine lenkte mit einem Händeklatschen die Aufmerksamkeit auf sich. »Alles zu mir. Ich bestehe darauf, dass jeder mindestens ein Glas Champagner trinkt.« Sie hatte vier Champagnerflöten gefüllt und sie auf einem Cocktailtisch bereitgestellt. »Wir haben allen Anlass dazu. Wir haben einen neuen Freund gefunden. Willkommen, Drex.«

»Danke. Ich fühle mich geschmeichelt, dass ich hier sein darf.«

Obwohl er der Neuling in ihrer Gruppe war, trug er völlig entspannt das Tablett zum Tisch, stellte es in der Mitte ab und zog dann Elaine einen Stuhl heraus, bevor er sich selbst setzte.

»Du hast deinen Hut vergessen, Talia.« Jasper stand unvermittelt hinter ihr und setzte ihr den weiten Strohhut auf.

»Danke. Ich hätte ihn bestimmt gleich vermisst.«

»Kluges Mädchen«, sagte Elaine zu Drex. »Sie meidet die Sonne. Zu spät für mich.«

»Du bekommst in der Sonne eine wunderschöne Bräune. Ich nur Sommersprossen«, sagte Talia.

»Sie ist praktisch ein Vampir«, bestätigte Jasper.

Getroffen und peinlich berührt durch seine unsensible Bemerkung, sah sie auf den Neuzugang in ihrer Gruppe, der ihr genau gegenübersaß. Er hatte eine Sonnenbrille aufgesetzt, aber sie spürte, dass er ihr ins Gesicht sah, als würde er nach den erwähnten Sommersprossen Ausschau halten.

Der möglicherweise peinliche Moment wurde durch Elaine entschärft, die alle zum Anstoßen aufforderte. Sie brachte einen Toast auf die allgemeine Gesundheit aus, dann nahm sie sich Drex vor und bombardierte ihn mit Fragen.

Jasper sagte leise zu ihr: »Ich glaube, ich habe dich mit meinem Vampir-Kommentar in Verlegenheit gebracht. Das tut mir leid.«

»Halb so wild.«

Er tätschelte ihre Hand, wandte sich dann den beiden anderen zu und mischte sich ins Gespräch. Talia genoss es, die Unterhaltung vorbeiplätschern zu lassen, ohne dass sie selbst das Gespräch leiten oder nennenswert daran teilnehmen musste. Die ermüdenden Stunden auf dem Flughafen in Chicago, der holprige Flug nach Charleston und die Heimfahrt vom Flughafen hatten sie erschöpft. Jasper war nicht aufgewacht, als sie ins Bett gegangen war, und sie war froh darüber gewesen. Sonst hatte er die Angewohnheit, sich ihre Reisen ausführlich schildern zu lassen.

Beim Frühstück hatte sie vorgeschlagen, dass sie den heutigen Ausflug schwänzen könnte. »Fahr doch ohne mich mit Elaine raus. Amüsiert euch. Ich bleibe zu Hause und lege den ganzen Tag die Beine hoch.«

»Wir haben das schon seit Tagen geplant. Elaine wird enttäuscht sein, wenn du nicht mitkommst. Außerdem habe ich noch jemanden eingeladen.«

Dann hatte er ihr von dem Mann erzählt, der in das Apartment über der Garage eingezogen war.

»Kann man darin denn wohnen?«, hatte sie gefragt.

»So, wie er es sieht, offenbar schon. Aber ich bezweifle, dass er hohe Ansprüche hat.«

»Wie kommst du darauf?«

»Du kannst dir selbst eine Meinung bilden. Er ist ein Raubein, aber ich halte ihm zugute, dass er weiß, welche Gabel er bei welchem Gang nehmen muss, und auch die zwei Flaschen Wein, die er mitgebracht hat, waren durchaus trinkbar.«

»Wenn du nicht so begeistert von ihm bist, warum hast du ihn dann heute eingeladen?«

»Neugier.«

Drex Easton war wesentlich salonfähiger, als Jasper sie hatte glauben lassen, aber andererseits hatte Jasper *extrem* hohe Ansprüche. Elaine beugte sich dem Autor über die Armlehne ihres Stuhles zu, als würde er sie magnetisch anziehen.

Allerdings schien er immun gegen Elaines brennende Neugier, denn er beantwortete ihr Sperrfeuer von Fragen zwar gutmütig, aber, wie Talia auffiel, eher knapp. Er wirkte bescheiden und uneitel.

Doch als er über den Tisch sah und in ihre Richtung ein Lächeln aufblitzen ließ, fragte sich Talia, ob er vielleicht mit umgekehrter Psychologie arbeitete. Vielleicht steckte hinter seinem scheinbaren Desinteresse, einen guten ersten Eindruck zu hinterlassen, der kalkulierte Versuch, genau das zu tun.

Noch vor nicht allzu langer Zeit hätte sie seine offene und freundliche Art als das genommen, was sie zu sein schien, und kein falsches Spiel geargwöhnt. Doch Jasper war weit weniger bereit, die Menschen so zu nehmen, wie sie sich gaben. Offenbar färbte seine Einstellung allmählich auf sie ab.

Sie tranken den Champagner aus, dann schob Jasper den Stuhl zurück und stand auf. »Sollen wir losfahren? Oder möchtest du erst zu Mittag essen, Elaine?«

»Ich finde, wir sollten rausfahren und zum Mittagessen irgendwo ankern.«

Jasper salutierte vor ihr. »Zu Befehl, Käpt'n.« Er beugte sich vor und spähte unter Talias Hutkrempe. »Es stört dich doch nicht, wenn ich den Steuermann spiele, oder?«

»Ich weiß, dass du es kaum erwarten kannst, das Ruder zu übernehmen. Geh nur.«

Er gab ihr einen kurzen Schmatz auf die Wange. Zu Drex sagte er: »Bier und Limonade liegen in der Kombüse im Kühlschrank. Bedien dich einfach.«

»Danke. Ich brauche vorerst nichts.«

Jasper folgte Elaine ins Ruderhaus und schloss die Tür. Sofort merkte man, dass Elaines Geplauder fehlte. Drex kommentierte das als Erster. »Hat Elaine vor mir jemals mit einem Fremden gesprochen?«

Talia lachte. »Nicht, seit ich sie kennengelernt habe.«

»Und wie lange ist das her?«

»Ein paar Jahre.«

»Wie seid ihr euch begegnet?«

»Sie und ihr Mann sind oft von Delaware hierher gesegelt. Nach seinem Tod beschloss sie, hierherzuziehen. Wir beide haben uns kennengelernt, kurz nachdem sie dem Country Club beigetreten war.«

Er sah sich um. »Ich dachte, die Jacht würde dir und Jasper gehören.«

»Nein, sie gehört Elaine.«

»Steuert sie auch selbst?«

»Normalerweise nur, bis wir aus der Marina heraus sind.«

»Dazu braucht es ziemliches Geschick.«

»So, wie sie es erzählt, war ihr Mann ein begeisterter Bootsmann. Er brachte ihr bei, wie man das Boot steuert, falls es irgendwann mal zu einem Notfall kommen sollte und sie das Schiff übernehmen müsste. Jetzt gibt sie ihr Wissen an Jasper weiter. Sobald wir aus dem Hafen heraus sind, überlässt sie ihm das Steuer.«

»Anscheinend kann er es kaum erwarten, das Ruder zu übernehmen.«

»Er liebt Boote und alles, was mit dem Wasser zu tun hat.«

»Und du?«

»Ich genieße diese Ausflüge, aber ich teile nicht seine leidenschaftliche Liebe zum Wasser.«

»Nein? Und was macht dich an?«

Möglicherweise las sie etwas in die Frage hinein, was er gar nicht beabsichtigt hatte. Ansonsten wäre sie grenzwertig gewesen. Nachdem sie stundenlang zusammen auf diesem Boot festsitzen würden, entschied sie sich, nicht empört, sondern lieber humorvoll zu reagieren.

»Nutella«, sagte sie. »Ich esse sie löffelweise direkt aus dem Glas.«

Er lachte.

Die gelöste Stimmung hatte sich wieder eingestellt. Deutlich entspannter lehnte sie sich in ihrem Stuhl zurück und schob den rechten Fuß unter die Hüfte. Sie nickte zu seiner Kappe hin. »Warst du an der Tennessee?«

»Nein. Ein Kumpel von mir hat dort studiert und ist seither glühender Fan der Tennessee Volunteers. Letzten Sommer waren wir zusammen zelten, und auf der Heimfahrt ist seine Kappe irgendwie in meinem Gepäck gelandet. Ich habe sie ihm nie zurückgegeben.« Er grinste. »Sie ist uralt. Ich glaube nicht, dass er sie vermisst.«

Sie lächelte und wandte dann, abgelenkt von einem Boot, das dicht an ihnen vorbei in die Marina einfuhr, den Blick ab. Sie winkte den Leuten an Bord zu, und sie winkten zurück. Doch sobald das Boot sie passiert hatte, hatte sie erneut das Gefühl, dass Drex Easton sie studierte, und als sie sich ihm wieder zudrehte, ertappte sie ihn bei einem nachdenklichen Blick. »Was ist?«

Er deutete auf ihr leeres Glas. »Du hast dir keinen Champagner nachschenken lassen. Kann ich nach unten gehen und dir welchen holen?«

»Du brauchst mich doch nicht zu bedienen. Du bist hier der Gast.«

»Aber du hast mich nicht eingeladen, sondern Jasper. Wahrscheinlich hättest du heute lieber deine Ruhe gehabt. Du bist gestern erst spät heimgekommen.«

Sie legte fragend den Kopf schief.

»Ich habe gehört, wie du in die Einfahrt gebogen bist.«

»Tut mir leid, wenn ich dich geweckt habe.«

»Hast du nicht, ich habe noch nicht geschlafen. Seit ich eingezogen bin, habe ich keine Nacht durchgeschlafen.«

»Man muss sich immer erst an eine neue Umgebung gewöhnen. Gib dir noch ein paar Nächte.«

»Ich glaube nicht, dass ein paar Nächte bei der klumpigen Matratze Wunder bewirken werden. Immerhin hilft der Ventilator, den Jasper mir geliehen hat, gegen die Hitze.«

»Er hat dir einen Ventilator geliehen?«

»Seine Großzügigkeit kennt keine Grenzen.«

Sie lächelte. Dann musste sie zu ihrem Leidwesen gähnen. »Entschuldige. Tatsächlich habe ich auch eine unruhige

Nacht hinter mir, und der Champagner hat mich schläfrig gemacht.«

»Dann halte ich jetzt den Mund und lasse dich schlummern. Oder wäre es dir lieber, wenn ich dich in Ruhe lasse und … mich woanders niederlasse?«

Er lächelte sie auf diese gewisse Weise an, und ein attraktives Grübchen bildete sich unter dem seeräuberhaften Dreitagebart auf seiner Wange. Sie nahm an, dass er wusste, wie attraktiv dieses Grübchen war, und bezweifelte, dass er sich tatsächlich woanders niederlassen würde, falls sie auf sein Angebot einging.

»Du darfst bleiben«, sagte sie.

»Ach, gut. Ich fühle mich auch schläfrig. Nachdem ich zwei Tage lang Kartons geschleppt habe, ist es ein schönes Gefühl, nur herumzusitzen und nichts zu tun.« Er rutschte tiefer in seinen Stuhl, zog den Schirm der Kappe bis über die Sonnenbrille und verschränkte die Finger über dem Bauch. Keine Ringe. Eine ansehnliche, aber schmucklose Armbanduhr mit schwarzem Lederband.

Seine Hände waren groß und langfingrig, und über die Rücken zogen sich dicke Venen. Er hatte die Ärmel auf halbe Höhe zwischen Handgelenk und Ellbogen hochgekrempelt. Auch wenn er entspannt wirkte, spürte sie die sehnige Kraft in seinen Gliedmaßen. Sie wandte den Blick ab, ließ ihn einer einsamen Wolke folgen, die zwischen ihnen und dem Horizont vorbeizog. Eine Minute verstrich. Er rührte sich nicht. Allmählich wurde das Schweigen bedeutungsschwer. Sie suchte nach einem Gesprächsthema. »Ein ungewöhnlicher Name, Drex.«

Er zuckte zusammen und setzte sich wieder auf. »Verzeihung? Ich war gerade am Einnicken.«

»Nein, warst du nicht.«

Sowie sie die Worte ausgesprochen hatte, wünschte sie, sie könnte sie zurückrufen. Doch es war zu spät. Über seiner Sonnenbrille hob sich eine Braue zu einem Fragezeichen.

Leicht provokant eröffnete sie ihm: »Du hast mich angestarrt. Ich konnte hinter der Sonnenbrille deine Augen erkennen.«

Er schlug mit der Faust auf die Stuhllehne. »Verflucht! Erwischt.« Wieder schenkte er ihr dieses Lächeln. »Ich habe dich *wirklich* angestarrt.«

»Wieso?«

»Aaalso, wenn ich die absolute, bibelfeste Wahrheit sagen würde, würde Jasper mich höchstwahrscheinlich in einen Jutesack einnähen und über Bord werfen.«

Talia konnte nicht anders, sie musste lachen. Er flirtete schamlos, und nachdem er kein Geheimnis daraus machte, war der Flirt harmlos. »Wie den Grafen von Monte Christo.«

»Mein Lieblingsbuch«, sagte er.

»Ach ja? Warum?«

Er überlegte kurz. »Weil er so hartnäckig sein Ziel verfolgte.«

»Sich zu rächen.«

Er nickte kurz. »Er ließ sich von nichts aufhalten, nicht einmal von der Haft im Kerker. Er war geduldig. Er machte seine Hausaufgaben. Er verstellte sich bis zur Unkenntlichkeit. Und kam so an seinen Mann.« Er machte eine kurze Pause und grinste dann boshaft. »Und seine Frau.«

»Die Frau seines Feindes.«

Er setzte sich auf, beuge sich vor und verschränkte die Unterarme auf der Tischplatte. »Ich habe Jasper als Glückspilz bezeichnet, als ich Elaine für seine Frau hielt.«

52

»Und jetzt hältst du ihn nicht mehr dafür?«

Er ließ sich Zeit mit der Antwort. »Ich glaube, er hat das große Los gezogen. Zweimal. Mindestens.«

Das Grübchen war verschwunden, genau wie das verschmitzte Lächeln. Schlagartig wirkte der Flirt gar nicht mehr harmlos.

Kapitel 4

Genau in diesem Augenblick öffnete sich die Tür zum Steuerhaus und Elaine streckte den Kopf heraus. »Haltet eure Hüte fest und passt auf, dass die Sektflöten nicht vom Tisch rutschen. Wir sind gleich auf offener See, und Jasper will Vollgas geben.« Der Kopf verschwand wieder. Die Jacht nahm Tempo auf und pflügte durch das Wasser.

Elaine hatte einen peinlichen Moment aufgelöst. Aber vielleicht, dachte Talia, hatte sie sich die Eindringlichkeit in Drex' Stimme auch nur eingebildet, denn inzwischen zeigte er wieder sein einnehmendes Lächeln.

»Warum ich dich angestarrt habe? Weil ich in Gedanken war. Ich bilde mir ein, ein Wortkünstler zu sein, aber ich will vermaledeit sein, wenn mir ein Adjektiv einfiele, das deine Haarfarbe beschriebt. Als ich dich die Treppe hochkommen sah, dachte ich an Rostbraun.«

»Das passt.«

»Es passt, aber es fehlt die richtige Nuance.«

»Du brauchst noch eine Nuance?«

»Unbedingt. Denn als du in die Sonne getreten bist, sah ich, dass dein Haar mit goldenen und kupferroten Strähnen durchzogen ist. Und mit welchem Wort könnte ich das einfangen?«

»Wozu brauchst du überhaupt ein Wort? Warum solltest du mich beschreiben wollen? Es sei denn, du willst mich irgendwann als Figur in deinem Buch auftauchen lassen.«

»O Gott, nein! Dafür achte ich dich viel zu sehr.«

Sie lachte, dann verstummten sie in einvernehmlichem Schweigen, in dem sie über die schaumigen Wellen schauten. Schließlich nahm er das Gespräch wieder auf und fragte sie, was sie nach Chicago geführt hatte.

»Ich wollte mir dort ein Hotel ansehen.« Sie sah seine verdutzte Miene und lächelte. »Es handelt sich um einen Prototyp. Ein neues Konzept. Sehr minimalistisch. Ich wollte es testen.«

»Wozu?«

»Das ist eine lange Geschichte.«

Er breitete die Arme aus. »Ich muss nirgendwohin.«

»Okay, aber vergiss nicht, dass du gefragt hast.«

»Schieß los.«

»Ich wollte wissen, ob das Hotel zu meiner Klientel passt.«

»Klientel?«

»Meine Eltern hatten eine Reiseagentur. Schon als ich in der Highschool war, half ich im Büro aus. Als ich das College abgeschlossen hatte, setzten sie mich als Geschäftsführerin ein, während sich sich halb aus dem Geschäft zurückzogen. Dann starb mein Dad und anderthalb Jahre später auch meine Mutter. Ich war ihr einziges Kind und Alleinerbin. Shafer Travel Inc. gehörte mir.«

»Das hört sich nach einer sehr gestrafften Version an. Erzähl weiter.«

»Also, ich expandierte, indem ich erst eine Niederlassung in Savannah und dann noch eine in Birmingham eröffnete. Beide liefen gut. Ich konnte den Kredit abzahlen, mit dem ich die beiden Filialen eingerichtet und zum Laufen gebracht hatte, und nahm einen weiteren auf, mit dem ich zwei weitere Filialen eröffnete, eine in Dallas, die andere in Charlotte.«

»Wow«, sagte er. »Und das zu einer Zeit, in der die meisten Menschen anfingen, alles ums Reisen online zu buchen.«

»Die meisten Menschen ja. Aber als selbst die besten Reiseagenturen anfingen, am Personal und am Service zu sparen, eröffnete sich dadurch ein Markt für gehobene Ansprüche. Meine Agenturen reagierten darauf und warben vor allem um Kunden, die nicht online nach dem billigsten Flug und dem preiswertesten Zimmer suchen mussten oder wollten.«

»Du hast aufgehört, Bustouren an die Niagarafälle zu organisieren?«

»Und angefangen, Privatjets zu den sieben Weltwundern zu organisieren. Unsere Spezialangebote sprachen sich schnell herum.«

»Auch Millionäre plaudern.«

Sie lächelte. »Es dauerte nicht allzu lang, bis Shafer Travel ins Visier einer Reiseagentur geriet, die Dutzende von Filialen im ganzen Land unterhielt. Dort war man nicht begeistert über die neue Konkurrenz.« Sie zog die Schultern hoch. »Man machte mir ein Angebot, das ich nicht ablehnen konnte.«

»Du hast verkauft.«

»Und zwar mit allem Drum und Dran.«

»Meine Glückwünsche.«

»Danke.«

»Aber wozu hast du das Hotel in Chicago besichtigt, wenn die Agentur nicht mehr dir gehört?«

»Bist du sicher, dass du das alles hören willst?«

»Ich weiß es nicht. Werde ich mich noch mehr als talent-freier Versager fühlen, wenn du fertig bist?« Das Grübchen war wieder da.

Sie stemmte die Fingerspitzen gegeneinander, tippte damit gegen ihre Lippen und betrachtete ihn nachdenklich. »Ich traue dir nicht.«

»Verzeihung?«

»Deine Selbst-Abwertung. Ich glaube, du willst damit nur deine Mitmenschen entwaffnen, damit sie dich in schlechterem Licht sehen, als sie sollten.«

Er legte die Hand auf sein Herz. »Was für eine Erleichterung. Und ich dachte schon, meine Unzulänglichkeiten wären real. Welche Freude zu erfahren, dass sie nur gespielt sind.«

Sie lachte nicht, wie er es offensichtlich von ihr erwartete. Stattdessen fragte sie sich weiter, warum er den scharfen Verstand, den sie hinter den dunklen Brillengläsern erahnte, so herunterspielte. Nicht dass irgendwie für sie von Bedeutung war, was sich in seiner Psyche abspielte, rief sie sich ins Gedächtnis. Sie erzählte weiter, aber nur, weil er sie mit einer Geste dazu aufforderte.

»Ich entdeckte, dass ich nicht dazu geschaffen war, mich mit zweiunddreißig Jahren zur Ruhe zu setzen«, sagte sie. »Nach nicht einmal einem Monat begann ich mich zu langweilen. Und als mich meine ehemaligen Kunden anriefen und sich beschwerten, dass sie nicht mehr so aufmerksam und persönlich behandelt würden wie früher, erklärte ich mich folglich einverstanden, ihre Reisen zu organisieren, von der Haustür an bis zu ihrer Rückkehr. Und zwar bis ins winzigste Detail.«

»Und du machst das zum Spaß? Aus Großzügigkeit?«

»Nein, sondern für einen festen Prozentsatz der Reisekosten.«

»Aha!« Er grinste. »Ich glaube nicht, dass ich dich bezahlen könnte.«

»Das können die wenigsten«, gab sie zu. »Weshalb die Zahl meiner Kunden beschränkt bleibt. Ich mische also weiterhin mit, aber nur in dem Maße, wie es mir gefällt.«

»Und machst den großen Jungs damit immer noch Konkurrenz?«

»Für die bin ich ein… Ärgernis. Vor allem für das Unternehmen, das mich ausbezahlt hat.«

Er musste schallend lachen. »Kann ich mir vorstellen. Die richtig reichen Kunden hast du weiterhin unter deinen Fittichen.« Er ließ sich in das Stuhlpolster zurückfallen. »Ich würde dir allein für deinen Einfallsreichtum fünf Sterne geben.«

Sein Kommentar schmeichelte ihr mehr, als wahrscheinlich angebracht war. Sie spürte eine Wärme, in der sie am liebsten gebadet hätte.

»Und wie hat dir der minimalistische Prototyp gefallen?«, fragte er.

Froh, wieder auf Spur gebracht zu werden, sagte sie: »Es gab mehr als genug Steckdosen, in die man alle möglichen Geräte stöpseln konnte.«

»Aber?«

»Das Zimmer war steril. Ohne Persönlichkeit oder Charakter. Ohne…«

»Flair?«

»Das Wort trifft es.«

»Puh! Vielleicht habe ich doch noch Chancen als Autor.«

Sie kommentierte das mit einem spitzen Blick und fuhr dann fort. »Alles war so auf Hightech getrimmt, dass ich eine Viertelstunde brauchte, bis ich rausgefunden hatte, wie man das Licht einschaltet und anlässt. Ich bin kein besonderer Freund von Barock und Chintz, aber ich bevorzuge Stühle, die sich an die menschliche Gestalt anpassen und auf denen ich tatsächlich sitzen kann.«

»Du wirst das Hotel also nicht weiterempfehlen.«

»Nein. Meine Kunden lieben es, elegant zu reisen und reichlich Steckdosen für ihre elektronischen Geräte zu finden, aber sie legen auch großen Wert auf ihr körperliches Wohl.«

»Also, mein Körper legt ebenfalls großen Wert auf sein Wohl.«

»Warum bist du dann in diese winzige Bude ohne Klimaanlage und mit der klumpigen Matratze gezogen?«

»Weil ich noch nicht genug gelitten habe. Man muss leiden, um ein guter Schriftsteller zu werden.«

»Selbst-Flagellation?«

»Habe ich zwar noch nicht probiert, aber ich bin schon fast so weit.«

Sie lächelten beide, dann fragte er: »Begleitet dich Jasper manchmal, wenn du auf diese Recherchereisen gehst?«

»Nicht oft. Da muss ich mir schon etwas Exotischeres ansehen als ein Hotel für Geschäftsreisende.«

»Reist ihr auch manchmal ins Ausland?«

»Ich zwei- oder dreimal im Jahr. Jasper nie.«

»Warum nicht? Ich würde doch annehmen, dass ihm solche Reisen gefallen würden.«

»Er mag keine Langstreckenflüge.«

»Ich verstehe.«

Sie ahnte, dass hinter seinem abwertenden Kommentar mehr steckte, als die zwei Worte aussagten. »Was?«

»Nichts.«

»*Was?*«

»Also, ich glaube, mir ist noch nie ein so selbstsicherer Mann begegnet wie Jasper, wenn er es okay findet, dich ganz allein durch die Welt gondeln zu lassen.«

»Ich habe ihn nicht um Erlaubnis gefragt, also kann man nicht sagen, dass er mich *lässt*«, erwiderte sie kühl. »Und ich habe nicht gesagt, dass er es okay findet.«

»Dann stört es ihn also?«

»Nein, aber er informiert sich immer genau über meine Reisen.«

»Er weiß also immer, wo du bist.«

»Genau.« Noch vor ein paar Minuten hatte sie gedacht, wie froh sie war, dass sie gestern Nacht Jaspers nachträglicher Einsatzbesprechung entkommen war. Jetzt verteidigte sie seine eheliche Fürsorge. »Das ist nur vernünftig. Eine Sicherheitsmaßnahme.«

»Ganz ehrlich? Ich würde dir einen Chip ins Ohr pflanzen wollen.«

Wieder hellte Drex mit einem Lächeln die Stimmung auf und löste so die Spannung, die sich in ihrer Brust aufgebaut hatte. Es hatte sie gestört, dass sie Jasper in Schutz hatte nehmen müssen, weil er genau über ihre Reisepläne informiert sein wollte.

Drex sah zum Steuerhaus. »Wie lange seid ihr schon zusammen?«

»Zusammen sind wir seit anderthalb Jahren. Verheiratet elf Monate.«

»Das war ein kurzes Liebeswerben.«

»Relativ.«

»Offenbar warst du hin und weg, als ihr euch kennengelernt habt. Wie kam es dazu?«

»Das würdest du nicht glauben.«

Er drehte sich ihr zu. »O nein. Doch nicht etwa online!«

»Tja, in gewisser Hinsicht schon, aber nicht über eine
Dating-Plattform. Wir haben über Wochen per Mail korres-
pondiert, ehe wir uns schließlich trafen.«

Seine Brauen zuckten über den Brillenrand nach oben.
»Erzähl schon.«

Sie lachte. »So spannend ist es auch wieder nicht. Er hatte
über unsere Niederlassung in Savannah eine Reise gebucht –
Inland. Nach seiner Rückkehr wollte er sich über eines der
Hotels beschweren, die wir für ihn gebucht hatten, und
wollte das Thema mit der Chefetage besprechen.«

»Also mit dir.«

»Man gab ihm meine Mailadresse. Ich prüfte die Be-
schwerde und fand sie begründet. Ich ließ ihm die Nacht
komplett erstatten. Er zeigte sich beeindruckt von dem exzellenten Service.«

»Und überschüttete dich daraufhin wochenlang mit blu-
migen Komplimenten.«

»Bevor er mir echte Blumen schenkte.«

»Charmant! Was stand auf der Karte?«

»Es gab keine Karte. Er fuhr von Savannah nach Charleston, um den Strauß persönlich zu übergeben.«

Er pfiff leise durch die Zähne. »Noch charmanter.«

»Mal was anderes, als per SMS um ein Date gebeten zu
werden.«

»Die weltmännische Geste hat offenbar gezogen, denn du
bist hier. Bis dass der Tod euch scheide.«

Sie senkte den Blick auf ihren Ehering und drehte ihn um den Finger. »Jetzt bin ich hier.« Direkt nach ihrem leisen Kommentar war ein Ping zu hören. Sie hob den Kopf und schaute ihn über den Tisch hinweg an. »War das dein Handy?«

»Ja.« Er sah aus, als würde ihn die Unterbrechung ärgern, doch er streckte das Bein aus und wühlte in der Vordertasche seiner Shorts nach dem Telefon. Er las das Display ab. »Ich habe mir eine Erinnerung gesetzt. Ich soll heute meinen Agenten anrufen, aber habe ich hier draußen überhaupt Empfang?«

»Bis zehn oder fünfzehn Meilen vor der Küste.«

»Dann sollte ich lieber gleich anrufen. Er wartet darauf.«

Er wollte schon aufstehen, als sie ihn mit einer Geste zurückhielt und ihrerseits aufstand. »Ich gehe hinein.«

»Nein, bleib nur. Ich gehe nach vorn. Er ist kaum zu bremsen, wenn er sich erst einmal in Rage geredet hat.«

»Du würdest im Wind kein Wort verstehen. Außerdem sollte ich mich nützlich machen.«

Drex bedauerte es, dass ihre vertrauliche Unterhaltung beendet war. Er sah ihr nach, bis sie unter Deck war, und tippte erst dann die Nummer ein. Der Angerufene war sofort am Apparat. »Sheriff's Office, Deputy Gray.«

»Agent Easton. Haben Sie die Akte gefunden?«

»Ja, Sir.«

Drex hatte das Sheriff's Office von Monroe County in Key West in aller Frühe angerufen, weil er davon ausgegangen war, dass die unbeliebte Schicht am Sonntagmorgen einem einfachen Deputy aufgedrückt würde. Ein erfahrenerer Beamter wäre vielleicht nicht so beeindruckt gewesen, wenn er von einem FBI-Agenten angerufen wurde, und hätte Drex deutlich mehr Ärger gemacht.

Wie es das Glück wollte, war Gray genau so ein Grünschnabel.

Bei ihrem ersten Telefonat hatte Drex ihm erklärt, dass sein Büro in Lexington einen Vermisstenfall bearbeiten würde. »Es geht um eine alleinstehende, vermögende Frau mittleren Alters. Wir sind fast sicher, dass sie entführt wurde. Einer unserer Datenanalysten kam zu dem Schluss, dass ihr Verschwinden Parallelen zu einem Fall aufweist, den Ihr Department vor ein paar Jahren bearbeitet hat.«

Es gab keinen derartigen aktiven Fall in Lexington, dafür gab es aber einen kalten Fall in Key West, wo Marian Harris verschwunden und nichts zurückgeblieben war als ihre verlassene Jacht in einem privaten Jachthafen und mehrere leer geräumte Bankkonten.

Vielleicht war es reiner Zufall, dass Drex nur wenige Stunden, nachdem er Jasper Ford kennengelernt hatte, von ihm zu einer Bootsfahrt eingeladen worden war. Vielleicht war Ford nie in Key West gewesen. Trotzdem war Drex seinem Instinkt gefolgt und hatte heute Morgen das Sheriff's Office angerufen.

Er war froh, dass er so vorausschauend gewesen war, und hatte keine Skrupel wegen der erfundenen Ermittlungen in Lexington, denn kurz nach dem Gespräch mit Deputy Gray heute Morgen hatte er von Talia erfahren, dass Jasper das Wasser leidenschaftlich liebte und genauso gern am Steuer einer Jacht stand.

Gray hatte sich ein paar Stunden Zeit erbeten, um die Akte herauszusuchen. Drex hatte ihm erklärt, dass er zu einer vereinbarten Zeit wieder anrufen würde. Es war nicht der ideale Zeitpunkt für ein Gespräch, aber Gray hatte bald Schichtende, und außerdem wollte Drex so früh wie möglich alles hören, was ihm der Deputy zu erzählen hatte.

»Was haben Sie für mich? Und Sie müssen lauter sprechen. Ich bin im Freien.«

»Der Fall stammt aus der Zeit, bevor ich zum Department kam. Ich habe mich während meiner Schicht in die Akte eingelesen und mir einen groben Überblick verschafft. Es wäre hilfreich, wenn ich wüsste, wonach Sie genau suchen.«

»Im Besonderen suche ich nach Informationen über einen Bekannten von Ms. Harris. Einen Daniel Knolls.« Drex buchstabierte den Nachnamen.

Er konnte hören, wie Grays Finger über eine Tastatur klackerten. »Nach ihrem Verschwinden wurde Knolls befragt und wieder entlassen. Er sagte aus, dass er mehrmals auf ihrer Jacht übernachtet hätte. Aber das hatten eine ganze Reihe von Besuchern. Die beiden unterhielten eine platonische, keine romantische Beziehung. Er stand nie unter Verdacht und kooperierte vollumfänglich mit den Ermittlern.«

Das alles wusste Drex bereits. Daniel Knolls hatte kooperiert und war dann abgetaucht. Er hatte sein Apartment geräumt und dabei keine Nachsendeadresse hinterlassen. Seither hatte niemand mehr von Daniel Knolls gehört. Es gab keine Belastungen auf seiner Kreditkarte, keine Aktivität unter seiner Sozialversicherungsnummer, keinen Pass. Man hätte glauben können, dass er keine zwei Wochen nach Marian Harris' Verschwinden aufgehört hatte zu existieren.

Drex blickte zum Ruderhaus. Hinter dem Steuer konnte er Jaspers Silhouette erkennen. »Gibt es in der Akte ein Foto von Knolls?«

»Eines.«

Drex kannte das Bild. Es war von lausiger Qualität. Eine Ansammlung von lächelnden Menschen, die auf Marians Jacht die Korken knallen ließen. Verschwommene Gestalten vor einer gleißenden, untergehenden Sonne. Tatsächlich hätte genauso gut Drex dort im Hintergrund stehen können, das Gesicht von der Kamera abgewandt. »Können Sie das Foto einscannen und es an die E-Mail-Adresse schicken, die ich Ihnen heute Morgen gegeben habe?«

»Natürlich, Sir.«

»Gibt es etwas Neues über den Fall? Irgendwelche neueren Infos über Knolls?«

»Einen Moment. Hier steht, man hätte nach ihm gesucht, weil er ein weiteres Mal befragt werden sollte, nachdem Marian Harris' Leichnam entdeckt worden war, aber er…«

»Verzeihung, *wie bitte?*« Er stopfte den Zeigefinger in sein freies Ohr. »Haben Sie gerade gesagt, dass ihr Leichnam entdeckt wurde?«

»Genau, Sir.«

Drex' Herz begann zu hämmern. Keines der früheren Opfer war je gefunden worden. »Wann denn? Und wo?«

»Geben Sie mir eine Sekunde, bitte.«

Es dauerte länger als eine Sekunde. Drex fürchtete, dass sein Kopf explodieren würde, bis der Deputy sich endlich wieder meldete. »Okay. Das ist die Kurzfassung. Ein Bautrupp in Collier County hat einen Bach ausgebaggert, weil ein paar alte Brückenpfeiler ersetzt werden mussten. Dabei legte der Bagger eine Kiste frei.«

»Eine Kiste?«

»Wie eine Versandkiste. Aus Holz. Einen Meter achtzig mal eins-zwanzig mal einen Meter. Der Deckel war festgenagelt. Die sterblichen Überreste lagen darin.«

»Wann war das?«

»Ähm... erst vor drei Monaten. Das FBI wurde benachrichtigt. Die Unterlagen gingen an einen Agenten namens Rud... Rud...«

»Rudkowski?«

»Genau.«

Dieser Hurensohn. Drex setzte die Baseballcap ab, stemmte den Ellbogen auf den Tisch und ließ die Stirn in die offene Hand sinken. Der Champagner blubberte heiß in seinem Magen. »Die Überreste wurden eindeutig als die von Marian Harris identifiziert?«

»Durch die Zahnabdrücke.«

»Todesursache?«

»Ersticken.« Dann: »O Jesus.«

»Was?«

Das Boot wurde langsamer. Bald würden sie vor Anker gehen. Durch die Glaswände der Lounge konnte Drex beobachten, wie Elaine und Talia lachend den Esstisch für den Lunch deckten.

»Sind Sie noch dran, Gray? Was ist?«

Er hörte den Deputy schlucken. »Mann, das ist übel.«

»Reden Sie schon.«

»In der Kiste war Blut. An der Unterseite des Deckels. Mehrere Streifen, wie Kratzspuren. So wie es aussieht, wurde das Opfer lebendig begraben.«

Kapitel 5

Gif war genauso entsetzt wie Drex. »Lebendig begraben?«

Gleich nachdem Drex von der Ausfahrt zurückgekehrt war, hatte er geduscht, um die Salzgischt und Jasper Fords Verlogenheit abzuwaschen. Er hatte sich vor dem geborgten Ventilator niedergelassen und eine Konferenzschaltung mit Gif und Mike aufgesetzt. Die beiden hatten neugierig auf die Ergebnisse seines Nachmittagsausflugs gewartet, doch mit der Nachricht über Marian Harris hatten auch sie nicht gerechnet. Sie hatten genauso erschüttert reagiert wie Drex.

»Eine Minute, nachdem ich das erfahren hatte, musste ich mich mit ihm an einen Tisch setzen und geeiste Wasserkressesuppe und Shrimpsalat mit seiner hausgemachten Remoulade essen.«

»Mild oder scharf?«

»Fuck, Mike«, fuhr Drex ihn an. »Das ist krass, selbst für dich.«

»Du hast recht. Entschuldige, ich versuche meine Schuldgefühle zu überspielen. Wie konnte mir entgehen, dass sie ihre Leiche gefunden haben?«

»Mach dir deswegen keine Vorwürfe«, sagte Gif. »Es hätte uns gar nichts genutzt, wenn wir das schon früher erfahren hätten.«

»Als sie gefunden wurde, galt sie schon beinahe zwei Jahre als vermisst«, sagte Drex. »Eine kinderlose Witwe. Die meisten ihrer Freunde in Key West waren Rentner, die nur den Winter im Süden verbrachten, Urlauber, Jetsetter aus den ganzen Vereinigten Staaten oder dem Ausland. Irgendwann hätten sie bestimmt davon gehört, aber ich bezweifle, dass die Nachricht Wellen geschlagen hat. Vielleicht war die Bergung ihrer Überreste den Nachrichtensendern in Südflorida eine Meldung wert. ›Die Behörden hoffen, dass dieser Fund neue Erkenntnisse über die Entführung und die offenkundige Ermordung der Witwe aus Key West erbringen wird.‹ Danach weiter zu Wetter und Sport. Ich weiß nicht, ob es eine Trauerfeier oder Gedenkveranstaltung gab. Aber falls ja, dann wurde nicht landesweit darüber berichtet, darum konnte so was leicht untergehen, Mike.«

Mike und Gif waren betroffen über Marian Harris' Schicksal, doch Drex setzte die Nachricht mit einer Wucht zu, die sie unmöglich nachfühlen konnten, und zwar wegen seiner Mutter.

Ihm waren kaum Erinnerungen an sie geblieben, nur Bruchstücke von Bildern, die sich in den entlegensten Winkeln seines Gedächtnisses festgesetzt hatten. Aber auch die waren bedeutungslos, weil er sie in keinen Kontext einbinden konnte. Ihm fehlten die Referenzpunkte. Als er endlich alt genug gewesen war, um bleibende Erinnerungen zu bilden, war sie längst aus seinem Leben verschwunden.

Und als er schließlich in das Alter gekommen war, in dem ihm dieser Mangel bewusst geworden war und neugierig gemacht hatte, und er darum ein Bild seiner Mutter sehen wollte, hatte sein Dad behauptet, er besäße keines. Damals wie heute war Drex überzeugt, dass er ihn angelogen oder, falls er die Wahrheit gesagt hatte, alle Bilder seiner Ex-Frau vernichtet hatte.

Es war eine bittere, absolute und endgültige Trennung gewesen. Sein Vater war sogar so weit gegangen, seinen und Drex' Namen ändern zu lassen, damit seine Mutter, sollte sie ihre Entscheidung je bereuen und sich versöhnen wollen, sie nicht mehr finden konnte. Das allerdings erfuhr Drex erst Jahre später.

Als er in die Pubertät und in seine rebellische Phase gekommen war, hatte er wissen wollen, wie er sie kontaktieren konnte. Sein Vater hatte sich geweigert, ihm irgendwelche Informationen zu geben, und ihre Entzweiung als Extraktion und Exorzismus beschrieben.

Das einzige Bild, das Drex von ihr hatte, war jenes, das nach ihrem Verschwinden vom Los Angeles PD verbreitet worden war, und auch das hatte er erst Jahre später zu sehen bekommen, als längst niemand mehr aktiv nach ihr gesucht hatte.

Damals hatte er selbst die Suche aufgenommen. Er hatte nicht ernsthaft damit gerechnet, dass seine Mutter noch irgendwo im Verborgenen lebte. Er hatte sich damit abgefunden, dass jemand sie ermordet und ihre Überreste irgendwo verscharrt hatte, wo sie wohl nie gefunden würden.

Nein, eigentlich hatte er nicht nach seiner Mutter zu suchen begonnen. Sondern nach dem Mann, der für ihr Verschwinden verantwortlich war. Er hatte gelobt, nicht aufzugeben, bis er ihn gefunden hatte. Und das würde er auch nicht. Gleichwohl hatte er vom ersten Tag seiner Suche an vermieden, über die Todesart seiner Mutter zu spekulieren. Und darum brach ihm nach allem, was er heute über Marian Harris erfahren hatte, trotz der Dusche und des brummenden Ventilators der kalte Schweiß aus, wenn er sich vorstellte, dass die Frau, die ihn zur Welt gebracht hatte, ein ähnliches Schicksal erleiden musste, und wenn er sich ausmalte, was für ein grauenvolles Ende sie womöglich gefunden hatte.

Er fuhr mit den Fingern durch seine noch feuchten Haare, stand auf und trat ans Fenster. Die Fords waren nur wenige Minuten nach ihm heimgekehrt. Seither hatte er beide nicht mehr zu Gesicht bekommen. Auch jetzt waren sie nirgendwo zu sehen.

Waren sie oben oder unten im Haus? Im selben Zimmer? Im selben Bett? Eng umschlungen? Liebkoste er Talia mit denselben Händen, die auch diese Transportkiste zugenagelt hatten, während Marian Harris noch atmend darin gelegen hatte?

Er atmete tief durch die Nase ein, durch den Mund wieder aus und flüsterte dabei: »Er hat diese Frau lebendig begraben.«

»Du sagst das, als würde das was Bestimmtes bedeuten«, sagte Gif. »Über das Offensichtliche hinaus, meine ich.«

»Bisher haben wir einen Heiratsschwindler gejagt, der seine Opfer ausschließlich tötet, um Zeuginnen zu eliminieren. Nachdem wir das über Marian erfahren haben, ist für mich offensichtlich, dass mehr dahintersteckt. Der Mann liebt das Töten.«

»Ein Lustmörder?«, fragte Mike.

»So weit würde ich nicht gehen«, sagte Drex nachdenklich. »Aber die Richtung stimmt. Er könnte sich noch dazu entwickeln.«

»Seine Version einer Midlife-Crisis?«

»Du meinst das witzig, Gif, aber tatsächlich ergibt das auf kranke Weise Sinn. Er wird allmählich älter. Er schaut Nachrichten. Er sieht eine neue Generation von Degenerierten heranwachsen, die ihn ausstechen. Er muss sich steigern, um noch mitzuhalten.« Er fluchte leise. »Und das heißt, dass ich es auch muss. Ich muss meine Herangehensweise anpassen und ab sofort bei Jasper nach Charaktereigenschaften suchen, die…«

»Du weißt noch nicht mit Sicherheit, ob dein Nachbar Knolls ist«, mahnte Mike. »Oder Weston Graham oder wie zur Hölle er auch in Wahrheit heißt.«

»Er ist es. Ich weiß es.«

»Nein, das tust du *nicht*, Drex.«

Es ärgerte ihn, dass sein Kollege leugnete, was er tief in seiner Magengrube, in seinem Herzen spürte – wusste. »Habt ihr das Bild bekommen?«

Drex hatte den Deputy in Key West gebeten, die Aufnahme von der Party an ein kurzfristig eingerichtetes E-Mail-Konto zu schicken, mit dem keiner von ihnen dreien in Verbindung gebracht werden konnte.

»Ja«, antwortete Mike. »Und ich hab es vergrößert und den Typen im Hintergrund mit dem Foto von Fords Führerschein aus South Carolina verglichen. Es gibt keine Ähnlichkeit.«

»Ich traue meinem Instinkt mehr als einem Foto. Schau noch mal genauer hin.«

»Drex…«

»Blas das Foto auf, bis es groß ist wie ein verfluchtes Fußballfeld. Zähl jede Pore auf dem Gesicht von diesem Schwein, wenn es sein muss. Er ist es.«

Ruhig erklärte Gif: »Du willst, dass er es ist.«

»Meinetwegen, ja!«, feuerte Drex fauchend zurück. »Ich will, dass er es ist.«

Auf das Haus der Fords zu starren brachte ihn noch mehr

auf. Er ging zum Kühlschrank, nahm eine Wasserflasche heraus und kehrte damit zu seinem Stuhl zurück. Keiner von beiden sagte etwas.

Nachdem er einen tiefen Schluck genommen und sich sein Gemüt um ein, zwei Grad abgekühlt hatte, sprach er weiter: »Und findet so viel wie möglich über Elaine Conner heraus.« Er erzählte ihnen, was er im Gespräch über sie erfahren hatte. »Die Jacht heißt *Laney Belle,* so hat ihr Mann Elaine früher genannt. Das Schiff ist in Dover, Delaware, registriert, wo er herkam. Ich habe so ein Gefühl, dass er älter war und aus einer reichen Familie stammte, aber das ist nur eine Vermutung. Sie ist eine attraktive, reiche Witwe.«

»Genau das Beuteschema von diesem Typen.«

»Der Gedanke kam mir auch«, sagte Drex. »Allerdings ist Elaine quirliger als seine anderen Opfer. Selbstsicherer, weniger bedürftig. Gesellig. Das Herz jeder Party. Aber er ist äußerst aufmerksam ihr gegenüber, und sie badet in seiner Aufmerksamkeit.«

»Seine Frau ist nicht eifersüchtig?«, fragte Gif.

»Falls sie es ist, habe ich nichts davon gemerkt. Sie und Elaine wirkten wie gute Freundinnen.«

»Wie ist sie?«

»Das habe ich doch gerade gesagt, Mike. Quirlig.«

»Nicht sie. Talia Ford.«

»Shafer. Ich habe heute erfahren, dass sie ihren Unternehmensnamen verwendet.«

Mike, der keinen Sinn für politische Korrektheit hatte, schnaufte: »Die Frauen heute.«

Gif wiederholte Mikes Frage. »Wie ist sie so?«

Ich habe ihr nur das Tablett abgenommen, und es hat

mir den Atem verschlagen. Ihre Augen sind grau wie Holz-
rauch und genauso hypnotisch. Ein Lächeln, das ich gern
verschlungen hätte.

Er räusperte sich. »Sie ist auf Draht, das steht fest. Hat
mir die Geschichte ihrer Firma erzählt. Geerbt, aber sie hat
sie erweitert, verkauft und danach den Käufer ausgespielt.
Ich war tief beeindruckt.«

»Eine Emanze entspricht nicht dem Beuteschema unseres Mannes.«

»Sie ist keine Emanze.«

»Hm. So wie sie mit ihren Erfolgen angibt...«

»Sie hat nicht damit *angegeben.*« Drex war die Verärgerung anzuhören. »Wann kriegst du das endlich gebacken,
Mike?«

»Was denn?«

»Mit den gesellschaftlichen Veränderungen.«

»Was?«

»Vergiss es, bei dir ist Hopfen und Malz verloren.«

Gif mischte sich ein. »Drex, ich glaube, was Mike dir so
ungeschickt und minderbemittelt...«

»Hey!«

»...zu entlocken versucht, ist dein persönliches Urteil
über Jasper Fords Frau.«

»Ich habe euch gerade erklärt«, sagte Drex, »für eine Frau
ihres Alters...«

»Sie ist vierunddreißig.«

Mike und seine Recherchen. Bestimmt wusste er auch,
wann sie Geburtstag hatte. »Also gut. Sie hat in ihren vierunddreißig Jahren eine verfluchte Menge geschafft.«

»Attraktiv?«

»Könnte man sagen, sicher. Wie alle seine Opfer. Ich

dachte, ihr sucht nach Anzeigen von Shafer Travel aus der Zeit, bevor sie verkaufte. Hattet ihr kein Glück?«

»Die Anzeigen haben wir gefunden«, sagte Mike, »aber darauf war kein Foto von ihr, sondern nur ein wappenähnliches Logo abgebildet. Auf Google habe ich ein paar Bilder von ihr gefunden, aber keine besonders guten oder neuen. Das Unternehmen hat Accounts in den verschiedenen sozialen Medien, aber auch die laufen unter dem Firmenlogo. Falls sie persönliche Accounts hat, sind die privat.« Nach einer gewichtigen Pause fuhr er fort: »Immerhin habe ich eine hochklassige Wirtschaftszeitschrift aufgetrieben, die einen Artikel über sie veröffentlichte, nachdem sie das Unternehmen verkauft hatte. Mit Bild. Einer Porträtaufnahme. Von einem professionellen Fotografen. Der Artikel ist schon ein paar Jahre alt, aber ich kann mir nicht vorstellen, dass sie inzwischen völlig abgebaut hat.«

»Komm schon, Drex, mal ehrlich«, sprang Gif Mike bei. »Man könnte sagen, dass sie ein paar Punkte über ›attraktiv‹ ist. Oder war das Foto in der Zeitschrift bearbeitet?«

»Das glaube ich nicht«, murmelte Drex. Ein Schweißtropfen kullerte über seine Rippen. »Sie sieht heiß aus, okay. Na und?«

»Und du bist nicht blind«, sagte Gif.

»Ich gestehe. Aber sie ist verheiratet, vergesst das nicht.«

»Gif und ich vergessen das bestimmt nicht«, sagte Mike. »Die Frage ist, ob du es vielleicht tust.«

Niemand sagte etwas. Drex würde sich nicht rechtfertigen, immerhin hatte er nichts Unangemessenes getan. Es sei denn, lüsterne Gedanken zählten als unangemessen.

Schließlich fragte Gif in seiner Rolle als Mediator: »Und wie gehen sie miteinander um, so als Paar?«

»Entspannt. Er hat Elaine zwar mit Aufmerksamkeit überschüttet, aber Talia dabei nie vernachlässigt.«

»Kam es zu Zärtlichkeiten?«

»Einem Kuss auf ihre Wange. Er hatte die Hände auf ihren Schultern, als sie kurz ans Steuer durfte. Und sie hat ihn auf den Handrücken geküsst, als er ihr die Schokomousse servierte. Ich glaube, sie ist schokoladensüchtig. Sie löffelt Nutella direkt aus dem Glas.«

»Ich auch«, sagte Mike.

»Ja, aber ich bezweifle, dass sie ein ganzes Glas auf einmal wegputzt«, sagte Drex. Er wusste genau, dass Mike anders aussehen würde als Talia, wenn sie den Löffel sauber leckte. Was Drex sich ausgemalt hatte. In Zeitlupe. Mit Soundeffekten.

»Du hattest nicht das Gefühl, dass sie Angst vor ihm hat?«, wollte Gif wissen.

»Absolut nicht.«

Es hatte diesen Augenblick gegeben, als sie auf ihren Trauring gesehen und ihn um den Finger gedreht hatte. *Jetzt bin ich hier.* Sie hatte das so leise gesagt, dass die Worte durch den Wind kaum zu verstehen gewesen war. Und ihr Gesichtsausdruck dabei war… wie gewesen? Ängstlich nicht. Auch nicht argwöhnisch. Bedauernd?

Vielleicht. Vielleicht war es aber auch nur das, was Drex sehen wollte. Seine Kumpel würden wahrscheinlich zu genau diesem Schluss kommen, also behielt er den Gedanken für sich. Stattdessen brachte er seine Idee vor. »Ich weiß nicht, wann oder ob ich wieder auf die beiden treffe und sie beobachten kann. Elaine hat etwas davon gesagt, dass wir bald wieder was zusammen unternehmen sollten, aber das kann morgen oder erst in einem Monat sein. Wie die beiden allein miteinander umgehen, kann ich nur in Erfahrung bringen, wenn ich eine Wanze platziere.«

»Ich bin ein verdammtes Genie«, stöhnte Mike. »Ich wusste, dass du das sagen würdest.«

»Drex, das kannst du nicht«, sagte Gif. »Rudkowski würde die Scheißerei kriegen.«

»Das wäre nur gut für ihn. Ich wette, er war seit Jahren nicht mehr auf dem Topf.«

»Darüber macht man keine Witze.«

»Was du nicht sagst. Rudkowski weiß seit drei Monaten, dass Marian Harris' Leichnam gefunden wurde. Hat er mich informiert? Nein.«

»Nur zu deinem Besten.«

»Ich kann selbst entscheiden, was zu meinem Besten ist. Und im Moment wäre es eindeutig das Beste für mich, wenn ich das Paar von nebenan belausche.«

Mike genügte ein grimmiges Knurren, um auszudrücken, dass es nur eine Frage der Zeit war, wann Drex auf alle Vorschriften pfeifen und loslegen würde, und dass es darum sinnlos war, ihn davon abbringen zu wollen.

Gif gab nicht so schnell klein bei. »Wenn du erwischt wirst ...«

»Das Risiko gehe ich ein. Das ist es mir wert, war es auch schon früher. Aber jetzt, wo ich weiß, was er Marian Harris angetan hat? Ja. Da ist es das Risiko mehr als wert.«

»Bist du sicher, Drex?«

»Falls er es ist ...«

»Ein großes Falls.«

»... und wir ihn festnageln können ...«

»Ein noch größeres Falls«, sagte Mike.

»... dann lohnt sich das Risiko *eindeutig*.«

»Ganz gleich, wie teuer es dich persönlich zu stehen kommen könnte?«, fragte Gif.

»Ganz gleich, wie teuer es mich zu stehen kommen könnte.« Er spürte tiefe Missbilligung in dem Schweigen, das ihm als Antwort entgegenschallte. »Leute, er hat acht Frauen auf dem Gewissen. Acht, von denen wir wissen. Vielleicht war meine Mutter nicht seine Erste. Denkt nicht darüber nach, was das für mich für Konsequenzen haben könnte. Denkt an diese Frauen. Denkt an Marian Harris, die sich aus dieser Kiste zu kämpfen versucht hat.«

»Wir haben schon kapiert, Drex«, sagte Gif. »Aber du verstößt damit gegen das Gesetz.«

»Das ist mir bewusst. Aber das gilt nicht für euch. Falls ich erwischt werde, übernehme ich allein die Verantwortung. Darauf gebe ich euch mein Wort.«

»Deswegen mache ich mir keine Sorgen«, sagte Gif.

»Also, ich mache mir Sorgen deswegen«, sagte Drex. »Ich werde nicht zulassen, dass jemand euch zur Rechenschaft zieht. Weder Rudkowski noch sonst wer.«

Nach langem Schweigen seufzte Mike schwer und fragte Drex, ob sie ihm irgendwelche Hilfsmittel schicken sollten.

»Nein. Ich habe alles dabei.«

»Diese Idee ist dir also nicht spontan in den Kopf gekommen.«

Drex blieb stumm.

»Wie willst du sie anbringen?«, fragte Gif. »Wo im Haus? Und wann?«

»Das wird sich alles zeigen. Ich halte euch auf dem Laufenden.«

Er legte auf, ehe sie noch einmal versuchen konnten, ihn umzustimmen.

Die Brille, die Drex trug, war nur ein Requisit. Genau wie der Berg an Schreibpapier auf dem Küchentisch neben seinem Computer. Neben einem Stapel unbedruckter Blätter lagen mehrere Hundert Seiten eines mit Gummiband zusammengehaltenen Manuskripts, das eine Frau in seinem Büro für ihn abgetippt hatte. Sie hieß Pam Sowieso. Der Text stammte unverändert aus einem historischen Roman, der im Bürgerkrieg spielte.

Als er sich mit seiner Bitte an Pam gewandt hatte, hatte sie ihn zweifelnd angesehen. »Wozu brauchen Sie das denn?«

»Ich arbeite da an etwas.«

Sie hatte eine Braue hochgezogen. »Und das dürfen Sie mir nicht verraten?«

»Noch nicht.«

Sie hatte die angegilbten Seiten des Taschenbuchs durchgeblättert. »Was ist mit Tippfehlern? Muss es perfekt sein?«

»Nein. Im Gegenteil. Ein Fehler hier und da wäre gut. Ich streiche sie dann an.«

Die alleinerziehende Mutter zweier Kinder hatte einen Totalversager als Ex und sich einverstanden erklärt, den Roman für fünf Dollar pro Seite abzutippen. Als sie die Seiten abgegeben hatte, hatte Drex sie umarmt und fünfzig Dollar als Bonus dazugegeben.

Er hatte den Text mit rotem Stift korrigiert, ein paar Blätter mit Eselsohren versehen, mehrere Seiten mit Kaffeetropfen gesprenkelt und auf anderen Wasserringe hinterlassen.

Jetzt sah die Kulisse ausgesprochen »schriftstellerhaft« aus, sollte ihn jemand heimlich beobachten, was seinem Gefühl nach auch geschah.

Während er an seinem Computer saß, als würde er an seinem Buch arbeiten, studierte er tatsächlich das zusätzliche

Material, das Mike ausgegraben hatte. Marian Harris' Gemeinde hatte einen Gedenkgottesdienst abgehalten. Nachdem der Gerichtsmediziner seine Untersuchung abgeschlossen und den Leichnam den Behörden übergeben hatte, war ihre sterbliche Hülle verbrannt und in einer Gruft auf dem Gemeindefriedhof beigesetzt worden.

Zwar hatte die Verstorbene in ihrem Testament verschiedenen Wohltätigkeitsorganisationen Geld zugesprochen, doch war nichts in ihrem Safe geblieben, um diese Vermächtnisse auszuzahlen. Nur eines war vor ihrem Verschwinden nicht zu Geld gemacht worden, und das war ihre Jacht. Wie in ihrem Testament festgehalten, wurde sie auf einer Auktion versteigert und der Erlös der Kirchengemeinde zugesprochen.

Drex hatte Mike nicht darum gebeten, all das zu recherchieren, dennoch war er dankbar, dass Mike es getan hatte. Marian Harris hatte nicht ewig in dieser Kiste ausharren müssen. Daraus zog Drex etwas Trost.

Aber nicht viel.

Er wollte den Hurensohn erwischen, der ihr das angetan hatte. Und mit fast raubtierhaftem Instinkt spürte er, dass er ihn gefunden hatte.

Den ganzen Abend gingen im Haus jenseits des Rasens die Lichter an und wieder aus. Schatten bewegten sich hinter den Jalousien. Drex schaute zu, wie Jasper ein Sandwich belegte, es am Küchentisch aß und dabei in der Sonntagszeitung blätterte. Er sah, wie Talia im Obergeschoss ein Licht einschaltete, bevor sie ins Zimmer trat.

Er konnte nur einen kurzen Blick auf sie werfen, ehe sie die Tür hinter sich schloss, aber schon dabei erkannte er, dass sie die Haare nachlässig auf dem Kopf zusammengesteckt hatte und dass sie das übergroße Leinenhemd und die weite Hose, die sie auf dem Boot getragen hatte, ausgezogen hatte.

Vorhin, auf dem Deck, hatte eine Böe sie genau im richtigen Winkel erwischt, hatte ihr Hemd weggeblasen und Drex einen kurzen Blick auf ein weißes Tanktop mit Spaghettiträgern gewährt, auf ein zerbrechlich dünnes Schlüsselbein und die unglaublich dezente Andeutung eines Ausschnitts über dem eng anliegenden Top. Tatsächlich hatte der Windstoß nichts wirklich entblößt. Was absolut frustrierend gewesen war. Und höllisch erotisch. Wie gern hätte er Talia von dem dünnen Stoff befreit und das aufreizende Terrain erforscht, das sich in seiner Fantasie darunter ausbreitete.

Der Abend senkte sich zur Nacht. Kurz nach zweiundzwanzig Uhr legte er den Feldstecher beiseite, klappte den Computer zu und schaltete die Lichter im Apartment aus. Doch er blieb am Fenster. Den Blick fest auf das Haus gerichtet, wartete er ab, bis gegenüber eine halbe Stunde lang alles dunkel geblieben war.

Als er aus seinem Apartment und die Außentreppe hinunterhuschte, spürte er den beruhigenden Druck seiner Pistole hinten im Hosenbund.

Jasper saß hinter dem Fliegendraht im tiefen Schatten seiner abgeschirmten Veranda und beobachtete, wie Drex aus der Tür zu seinem Apartment trat, sie leise wieder schloss und eilig die Stufen hinunterschlich. In absoluter Dunkelheit. Obwohl es oben wie unten an der steilen Treppe, die Drex selbst als mörderisch bezeichnet hatte, einen Lichtschalter gab.

Er schaffte es ohne zu stolpern nach unten. Aber er ging

nicht zu seinem Auto. Stattdessen bog er sofort scharf rechts ab und schlich an der Rückwand der Garage entlang, bis er aus Jaspers Blickfeld verschwand. Sekunden später tauchte er am anderen Ende der Garage wieder auf.

Jasper bewegte sich nicht und unternahm auch sonst nichts, womit er sich verraten hätte, sondern verfolgte still, wie Drex parallel zum Haus am anderen Ende des Rasens entlangging. Die meiste Zeit war er gut zu sehen, nur ab und zu wurde er von einem tiefen Schatten verschluckt oder verschwand hinter einem Baumstamm.

Bis er plötzlich nicht mehr auftauchte. Er blieb hinter dem Stamm des dicksten Baumes auf dem Grundstück.

Jasper schoss aus seinem Stuhl und stürmte durch die Fliegentür. Mit langen, schnellen Schritten hastete er über den Rasen zum Baum, wo er um ein Haar auf Drex geprallt wäre, der in diesem Moment dahinter hervortrat. Jasper schaltete die Taschenlampe ein, die er in der Hand hielt, und leuchtete Drex ins Gesicht. »Was tust du da?«

Drex wippte auf seinen Hacken. »Jesus, Jasper. Du hast mir einen Mordsschrecken eingejagt.«

Er ließ sein Lausbubenlächeln aufleuchten, bei dem Elaines Herz sofort in den Hopserschritt gewechselt hatte. Jasper hatte den Verdacht, dass dieses Lächeln nur eine Masche war und immer dann eingesetzt wurde, wenn Drex es für nützlich hielt.

Im Augenblick sollte es davon ablenken, dass Drex die rechte Hand hinter seinem Rücken verschwinden ließ. Gleichzeitig hob er die linke, um die Augen gegen den Lichtstrahl abzuschirmen. »Ich dachte, ihr wärt zu dieser Uhrzeit schon im Bett.«

»Noch mal, was tust du hier draußen?«

»Hör zu, Mann, es tut mir leid. Ich…«

»Was hast du in der Hand?« Jasper richtete den Strahl tiefer und beugte sich vor, um festzustellen, was Drex hinter seinem Rücken versteckte.

Drex machte hastig einen Schritt zurück.

»Was hast du da? Lass sehen.« Jasper streckte fordernd die linke Hand vor.

Drex zögerte, zog dann seine Hand hinter dem Rücken hervor und ließ eine tote Maus in Jaspers offene Handfläche fallen. Jasper riss den Arm zurück. Die Maus fiel auf den Boden.

»Ich wollte erst bis morgen früh warten und sie dann rauswerfen, aber sie hat mir die Wohnung vollgestunken.«

Jasper unterdrückte seinen Wutanfall und sein hektisches Atmen. »Wo wolltest du sie denn hinbringen?«

»Zu diesem Müllcontainer einen Block weiter. Ich dachte, das wäre das geeignete Grab für sie. Damit sie nicht in unseren Mülltonnen am Straßenrand verrottet. Ich schätze, ich hätte außen herum und über die Straße gehen sollen. Stattdessen habe ich mich für die Abkürzung durch euren Garten entschieden. Tut mir furchtbar leid, dass ich dich aufgeschreckt habe.«

»Ich wusste ja nicht, dass du es bist«, log er. »Ich habe nur eine große, dunkle Gestalt gesehen.« Jasper rang sich ein Lächeln ab. »Wenn du nächstes Mal eine Abkürzung nimmst, solltest du dich zu erkennen geben.«

»Ich dachte nicht, dass jemand mich sehen würde.«

»Oh, ich bin immer wachsam.«

Sekundenlang sahen sie einander in die Augen, dann bückte sich Drex und hob die leblose Maus am Schwanz wieder auf. Er ließ sie zwischen ihnen baumeln und zuckte jovial mit den Schultern. »So wie es aussieht, brauche ich doch keine Katze.«

Jasper lachte leise.

»Also, dann gute Nacht.« Drex machte sich wieder auf den Weg.

Jasper ließ ihn ein paar Schritte gehen, dann rief er ihm nach: »Und, Drex?«

Er drehte sich um.

»Vielleicht solltest du deine Handylampe einschalten, damit du dir nicht noch was brichst.«

Drex lächelte. »Danke für den Tipp, Nachbar.«

Nachdem Drex die Maus im Container deponiert hatte und zurückgekehrt war, duschte er zum dritten Mal an diesem Tag, legte sich dann ins Bett und deckte sich bis zur Taille zu. Der direkt auf ihn gerichtete Ventilator stand brummend neben dem Bett.

Die nächtliche Mission hatte er unternommen, um das Grundstück nebenan aus einer anderen Perspektive zu erfassen und zu erkunden, wie er am besten ins Haus kommen konnte. Von seinem Posten hinter dem Baum hatte er mit der Zoomfunktion in seiner Handykamera herauszufinden versucht, ob die Fenster und Türen mit einer Alarmanlage gesichert waren. Als Jasper wie ein Besessener von der Veranda herangestürmt war, hatte er alles auf eine Karte setzen müssen.

Zum Glück hatte er in weiser Voraussicht die tote Maus mitgenommen, um zu erklären, was er in Jaspers Garten zu suchen hatte, falls er erwischt werden sollte. Er glaubte nicht, dass Jasper ihm die Entschuldigung wirklich abgekauft hatte. Aber sie hatten die Szene zu Ende gespielt, als hätte er das. Es war Drex nicht leichtgefallen, vor einem Mann zu schauspielern, dessen Herz und Hirn düsterer waren als angenommen.

Er wusste zwar immer noch nicht, wann er die Burgmauern erklimmen würde, aber immerhin wusste er jetzt, dass Jasper außergewöhnlich wachsam war. Was wiederum bedeutete, dass Drex höllisches Glück brauchte, wenn er auch nur eine Wanze dort deponieren wollte. Dabei hätte er am liebsten in jedem Zimmer eine gesetzt.

Aber selbst wenn er das geschafft hätte, gäbe es Bereiche, die er lieber nicht infiltrieren wollte. Hauptsächlich das gemeinsame Schlafzimmer von Jasper und Talia. Er glaubte nicht, dass er es ertragen hätte, die beiden bei einem intimen Gespräch oder, Gott bewahre, beim Sex zu belauschen.

Er war überzeugt, dass Jasper der Mann war, den er suchte. Und das bedeutete, dass Jaspers reiche, erfolgreiche Frau in Gefahr war. Aber bis auch der letzte Zweifel ausgeräumt war, bis Drex den unwiderlegbaren Beweis hatte, dass Talia mit einem Mann zusammenlebte, der eine andere Frau lebendig begraben hatte, konnte er nicht riskieren, sie zu warnen.

Auf gar keinen Fall würde er die Kavallerie rufen, die dann unter Rudkowskis Kommando anrücken würde. Das würde unweigerlich in die Katastrophe führen. Rudkowski, für den Raffinesse ein Fremdwort war, würde alles verpatzen und sie verraten, und Gott allein wusste, wie Jasper dann reagieren würde. Drex bekam schon bei dem Gedanken daran eine Gänsehaut. Er hatte es hier mit einem Persönlichkeitstypus zu tun, der einen extrem scharfen Kipppunkt hatte, der immer alles unter Kontrolle behielt … bis er sie verlor.

Drex' kurzfristiges Ziel war klar: Die Tarnung beibehalten, während er Talia vor dem Mann beschützte, mit dem sie zusammenlebte. Er würde alles in seiner Macht Stehende tun, um zu verhindern, dass sie Opfer Nummer neun wurde und ein ähnliches Schicksal wie Marian Harris erlitt. Er war fest entschlossen, ihr Leben zu schützen, unabhängig davon, wie sie aussah.

Aber sie sah wie Talia Shafer aus, und er hätte nicht nur seine Freunde, sondern auch sich selbst belogen, wenn er abgestritten hätte, dass ihr Sex-Appeal seine Entschlossenheit, ihr Leben zu retten, noch verstärkte. Falls Jasper Ford der Mann war, für den er ihn hielt, würde es Drex nicht genügen, ihm keine Befriedigung verschaffen, wenn er ihn nur seiner gerechten Strafe zuführte. Am liebsten hätte Drex ihn in einem tödlichen Kampf von Mann zu Mann gestellt. Am liebsten hätte er ihn niedergemetzelt.

Natürlich war ihm klar, dass diese Macho-Gedanken pubertär, dumm und gefährlich waren. Falls er Jasper Ford aus einem anderen Grund nachstellte, als den acht Frauen Gerechtigkeit widerfahren zu lassen, würde Rudkowski ihn bis an sein Lebensende auf seine schwarze Liste setzen lassen.

Davon abgesehen führte es so gut wie sicher in die Katastrophe, wenn er sich von seinen Gefühlen leiten ließ. Emotionen vernebelten den Verstand. Entweder schwächten sie die Entschlossenheit oder verstärkten sie derart, dass alle Skrupel vergessen waren. Ein falscher Schritt, eine instinktive Reaktion, eine unbedachte Bemerkung, und schon konnte seine Maskerade auffliegen. Denn Jasper würde ihn keine Sekunde aus den Augen lassen. Ein einziger Fehler, so geringfügig er auch sein mochte, konnte alles zum Einsturz bringen. Schlimmer noch, er konnte Talia das Leben kosten.

Denn mit absoluter Sicherheit würde Weston Graham alias Daniel Knolls alias Jasper Ford in Topform reagieren, cool bleiben, sein Blatt extrem geschickt ausspielen.

Also musste Drex es auch tun.

Aber Gott, wie sollte er das bewerkstelligen, wenn ihm ständig Talias brandybraunes Haar im Kopf herumgeisterte, die leicht sommersprossige Haut, die grauen Augen, aus denen Intelligenz und Freundlichkeit sprachen, die aber auch etwas unwiderstehlich Geheimnisvolles ausstrahlten?

Die locker sitzenden Sachen, die sie auf der Jacht getragen hatte, waren weder provokativ noch irgendwie freizügig gewesen, trotzdem hatte Drex sich unwillkürlich ausgemalt, wie kompakt und süß der Körper darin sein musste. Als sie davon gesprochen hatte, dass sie Stühle vorzog, die sich der Form des menschlichen Körpers anpassten, hatte er sich gewünscht, dass ihr Körper sich seinem anpassen würde, dass ihr Hintern gegen seine Mitte drücken, sich perfekt an ihn schmiegen würden und dann…

Jesus!

Er schob die Hand unter die Decke. Er war heiß. Er war hart. Er würde in die Hölle wandern, weil er seines Nachbarn Weib begehrte. Er würde im Fegefeuer landen, weil er der Sünde der Selbstbelohnung gefrönt hatte, wie auch immer das in der Bibel heißen mochte.

Doch all das konnte ihn nicht abschrecken.

Kapitel 6

Bill Rudkowski betrat sein Büro mit einer Halbliter-Thermo-tasse Kaffee in der einen, der Aktentasche in der anderen Hand und seiner unauslöschlich schlechten Laune im Gepäck.

Er war generell kein Morgenmensch, aber keinen Morgen verabscheute er so wie den Montagmorgen. Er begrüßte seine Assistentin mit einem knappen Nicken. »Irgendwas Neues?«

»Alles, womit Sie sich befassen müssen, liegt auf Ihrem Schreibtisch.«

»Kann es kaum erwarten.«

»Ich schließe aus Ihrer Miene, dass Ihr Team gestern verloren hat?«

»Diese Arschgeigen.« Er verschwand in seinem Büro und trat die Tür mit der Hacke zu.

Auf seinem Schreibtisch lagen zu viele Papiere, als dass er sich ihnen widmen wollte, bevor er seinen Kaffee ausgetrunken hatte. Nachdem er sich mit Koffein gestärkt und damit abgefunden hatte, dass eine weitere Woche angebrochen war, begann er sich durch den Stapel zu arbeiten.

Er ordnete die Bitten um Rückruf je nach Dringlichkeit, kritzelte seine unleserliche Unterschrift unter alle Dokumente, die das erforderten, und überflog die Updates hinsichtlich mehrerer Fälle. Als das erledigt war, drehte er den Stuhl zu seinem Computer und schaltete ihn ein.

Die dritte Mail im Postfach weckte sofort seine Neugier, allein durch den Namen im Betreff. Marian Harris.

Dem Namen folgte ein Aktenzeichen. Es gab einen Anhang. Die kurze Nachricht im Hauptteil der Mail lautete: *Ich dachte, vielleicht würden Sie das ebenfalls noch mal sehen wollen.* Sie war unterzeichnet von einem Deputy Randall Gray, von dem er noch nie gehört hatte. Die angegebene Kontaktadresse war die des Sheriff's Departments in Monroe County, Florida, aber es stand auch eine Handynummer dabei.

Rudkowski öffnete den Anhang. Er kannte das Foto, es war jenes, das bei einer Cocktailparty im Sonnenuntergang auf Marian Harris' Jacht aufgenommen worden war. Nachdem sie mehrere Monate später verschwunden war, hatte man jeden auf dem Schnappschuss identifiziert und ausfindig gemacht, bevor sie vom Key West Police Department, dem Sheriff's Office und verschiedenen FBI-Agenten befragt worden waren.

Rudkowski hatte den Fall immer im Auge behalten und die Kollegen im Süden Floridas angewiesen, ihn über den Fortgang der Ermittlungen auf dem Laufenden zu halten, denn Marian Harris' mysteriöses Verschwinden wies Parallelen zu einem anderen Vermisstenfall auf, mit dem er befasst gewesen war. Die Ermittlungen hatten nichts erbracht und waren schließlich eingestellt worden. Grob geschätzt waren seither zwei Jahre vergangen.

Er hatte nichts mehr aus Florida gehört, bis vor etwa drei Monaten Marian Harris' Leichnam entdeckt worden war. Es war ein grausiger Fund. Weil der oder die Täter sie in einer Sumpfgegend verscharrt hatten, war ihr Leichnam schon sehr zersetzt. Er hatte keinen Aufschluss darüber gegeben, wer sie in die Kiste gepackt und den Deckel zugenagelt hatte. Die blutigen Kratzspuren auf der Innenseite des Deckels deuteten darauf hin, dass der Unbekannte ein Perverser schlimmster Art war.

Während die Behörden in Florida ihren Ermittlungen nachgegangen waren, hatte Rudkowski ein Team von Agenten zusammengestellt, die alle einschlägigen Datenbanken im In- und Ausland nach einer Verbindung zwischen Marian Harris und bekannten Straftätern, die ihre Opfer lebendig begraben hatten, durchforstet hatten.

Eine verstörende Anzahl von bekannten Verdächtigen war noch auf freiem Fuß. Manche hatte man nie identifiziert. Von denen, die festgenommen und verurteilt worden waren, war eine ganze Reihe mittlerweile verstorben. Einige waren für ihre Verbrechen hingerichtet worden, einer war während einer Gefängnisrevolte von einem anderen Insassen erschlagen worden, andere waren während ihrer Haft an einer natürlichen Ursache gestorben. Womit noch die übrigblieben, die bis zu ihrem Tod hinter Gittern bleiben würden. Rudkowski stellte sicher, dass alle von ihnen befragt wurden.

Einer hatte tatsächlich gestanden, Marian Harris entführt und ermordet zu haben, doch der Mann war schizophren und gestand ständig irgendwelche Straftaten, weil er gern mit grausigen Untaten angab, die er gar nicht begangen hatte. Tatsächlich hatte er in San Quentin eingesessen, als die Frau in Florida verschwunden war.

Bei den Befragten, die abstritten, dass sie je von Marian Harris gehört hätten, gab es keine belastenden Beweise, dass es anders gewesen sein könnte. Niemand konnte mit ihr in Verbindung gebracht werden.

Wieder waren die Ermittlungen zum Erliegen gekommen.

Rudkowski fragte sich, warum man ihm das vertraute Foto noch einmal und ohne jede Erklärung geschickt hatte. Falls es neue Hinweise gab und die Ermittlungen wieder in Gang gekommen waren, warum lag dann keine Erklärung bei, die ihn auf den neuesten Stand setzte?

Er schloss den Anhang und studierte erneut die Mail. Sein Blick hakte sich an einem Wort in der kurzen Nachricht fest. *Auch.* Das heißt, zusätzlich. Neben anderen.

Sein Montagmorgen fing ja gut an.

Unter einer halblauten Schimpftirade griff er nach dem Hörer seines Festnetztelefons und wies seine Assistentin an, Deputy Gray anzurufen. Dann trommelte er mit den Fingern auf der Schreibtischplatte, während er abwartete, bis der Anruf durchgestellt war.

»Gray?«

»Ja, Sir, Agent Rudkowski. Guten Morgen.«

Von wegen. »Ich rufe wegen des Fotos an, das Sie mir gestern Abend geschickt haben.«

»Ja, Sir?«

»Gibt es eine neue Wendung im Fall Marian Harris, von der ich nichts weiß?«

»Nein, Sir. Also, nicht, soweit ich weiß.«

»Sie haben mir das nur aufgrund einer Eingebung geschickt? Aus heiterem Himmel? Warum?«

»Na ja, Ihr Name fiel bei einem Gespräch, das ich mit Special Agent Easton führte. Ich hatte ihm versichert, dass Sie informiert wurden, als man Marian Harris' Überreste fand. Ihre Kontaktinformationen standen auf dem letzten Kommuniqué zwischen dem FBI und unserem Department, daher hatte ich Ihre Mailadresse.«

Rudkowski sah rot, aber dafür konnte der Deputy nichts, darum blieb er betont ruhig: »Und wann fand dieses Gespräch statt?«

»Mit Agent Easton? Gestern.«

»Hat er gesagt, aus welchem Anlass er Ihr Department angerufen hat?«

»Er sagte, dass er genau wie Sie auf Vermisstenfälle spezialisiert sei.«

»M-hm.«

»Er rief ganz speziell wegen des Vermisstenfalls in Lexington an. Sie haben bestimmt schon davon gehört.«

»Ich war das Wochenende über nicht erreichbar und bin eben erst ins Büro gekommen. Ich habe nichts darüber gelesen.«

»Also, Easton meinte, es gebe Parallelen zum Fall Marian Harris. Er wollte die Fälle vergleichen.«

»Natürlich.«

»Er bat mich, die Akte Harris noch mal aufzurufen und ihn auf den neuesten Stand zu bringen. Ich hatte noch andere Dinge zu erledigen, deshalb musste ich ihn für ein paar Stunden vertrösten, aber als er zurückrief, hatte ich alles vorliegen.«

»Das hat ihn bestimmt gefreut.«

»Ich schätze schon, aber… Ich glaube, er wusste gar nicht, dass ihre Überreste gefunden worden waren. Er war außer sich, als ich ihm erzählte, dass sie lebendig begraben worden war und so weiter. Offenbar arbeiten Sie beide nicht eng zusammen, sonst hätte er das bestimmt gewusst.«

»Nein, wir arbeiten ganz und gar nicht eng zusammen«, presste Rudkowski zwischen zusammengebissenen Zähnen hervor.

»Er bat mich, ihm das Bild zu mailen. Hinterher kam mir in den Sinn, dass Sie vielleicht ebenfalls in dem neuen Fall ermitteln, schließlich arbeiten Sie im gleichen Bundesstaat und so weiter. Darum habe ich Ihnen das Bild geschickt.«

»Gut gemacht, Deputy. Danke. Ich werde Easton anrufen. Haben Sie zufällig seine Handynummer vorliegen?«

»Die Nummer war unterdrückt, Sir. Blockiert. Sie wissen schon, wegen der vielen geheimen und verdeckten Einsätze, die er machen muss.«

Rudkowski schloss die Lider und massierte seine Augenhöhlen, die zu pulsieren begonnen hatten. »Natürlich. Hatte ich ganz vergessen. Kein Problem. Ich habe die Nummer in meiner Datenbank. Ich kann sie heraussuchen. Noch einmal vielen Dank.«

»Gern.«

Rudkowski ließ den Hörer wieder aufs Telefon fallen, griff nach seinem Handy und suchte die letzte ihm bekannte Nummer von Easton heraus. Er rief an. Landete auf der Mailbox. Wie zu erwarten. Der Arsch würde garantiert nicht ans Telefon gehen, wenn er den Namen Rudkowski im Display las, schon gar nicht, wenn er irgendwas im Schilde führte.

Rudkowski schob seinen Schreibtischstuhl zurück, marschierte zur Bürotür, riss sie auf und blaffte seine Assistentin an: »Verbinden Sie mich mit dem SAC in Lexington!«

Sie zog die Brauen hoch und murmelte vor sich hin: »Ich wette, es geht um Easton.«

»Lassen Sie sich bestätigen, dass es dort einen Vermisstenfall gibt. Weiblich, wahrscheinlich mittleren Alters und wohlhabend. Dann rufen Sie in Eastons Büro an. Er geht nicht an sein Handy, und ich will mit ihm reden. Sofort.

Und ich lasse keine Ausreden gelten. Wer auch immer ans Telefon geht, soll ihn an den Apparat schleifen.«

Er kehrte in sein Büro zurück und knallte die Tür zu.

Er hörte gedämpft, wie seine Assistentin die ihr aufgetragenen Anrufe tätigte. Er kochte. Vielleicht hätte er Easton von dem grausigen Fund in Florida erzählen sollen, aber verflucht noch mal, genau darum hatte er es nicht getan. Er hatte gewusst, dass Easton keine Ruhe geben würde.

Für Rudkowski war Easton ein steter Stachel im Fleisch, schon seit damals, als er uneingeladen und ohne irgendwelche Befugnisse in Santa Barbara aufgetaucht war und seine Nase in Rudkowskis Ermittlungen gesteckt hatte, während er einen Vermisstenfall mit einer mutmaßlichen Entführung aufzuklären versucht hatte. Easton war jung, idealistisch, entschlossen, gewitzt und leidenschaftlich gewesen, so als hätte er es nur darauf angelegt, Rudkowski alt, zynisch, lustlos, dumm und desillusioniert aussehen zu lassen.

Rudkowski empfand Drex Easton weniger als aufrechten Kreuzritter, sondern eher als mahnenden Zeigefinger, der gnadenlos auf seine Unzulänglichkeiten wies. Er war wie ein Ausschlag, der immer wiederkam. Eine absolute Nervensäge.

Nur einmal hatte Rudkowski einen Sieg über ihn verbuchen können, aber auch der hatte sich als schaler Triumph erwiesen, denn letztendlich hatte Rudkowski hinterher nur engherzig und Easton umso aufopfernder gewirkt.

Seine Assistentin öffnete die Tür, aber nur einen dünnen Spalt, durch den ausschließlich ihr Gesicht zu sehen war, fast als fürchtete sie, dass er etwas nach ihr werfen könnte.

»Kein Vermisstenfall diese Woche in oder um Lexington, mal abgesehen von einem Mann in den Achtzigern. Es wurde eine Suchmeldung herausgegeben. Er war aus dem Altenheim getürmt und wurde ein paar Stunden später in einem Hooters gefunden, wo er Tequila kippte und die Kellnerinnen beäugte.«

Rudkowski hatte schon gemutmaßt, dass der Vermisstenfall eine Finte von Easton gewesen war, um dem Deputy in Florida Feuer unter dem Hintern zu machen. »Haben Sie Easton erreicht?«

»Er ist im Urlaub.«

»Verzeihung?«

»Er ist im...?«

»Ich habe Sie schon verstanden!«, blaffte er. »Seit wann?«

»Seit letzten Freitagmittag.«

»Und wie lang?«

»Zwei Wochen?«

»Wohin ist er gefahren?«

»Hat er nicht gesagt. Das weiß niemand.«

Kapitel 7

»Klopf-klopf?«

Talia trat aus der Küche auf die Veranda, ein Geschirrtuch über der Schulter. Sie lächelte Drex an, der auf den Stufen vor der mit Mückengitter gesicherten Veranda stand. »Hi. Du bist zu früh dran.«

Er sah auf die Uhr. »Ich dachte, ich wäre zehn Minuten zu spät dran. Waren wir nicht um sechs verabredet?«

»Halb sieben.«

»Oh. Entschuldige. Dann komme ich in zwanzig Minuten wieder.«

»Sei nicht albern. Komm schon rein.«

Sie überquerte die Veranda und drückte die Fliegentür für ihn auf. »Jasper musste noch mal kurz zum Supermarkt. Ich hatte die Brötchen vergessen.«

Drex wusste, dass Jasper nicht im Haus war, und nur darum war er zu früh aufgetaucht. Er war schon geduscht und angezogen gewesen, als er gesehen hatte, wie Jasper rückwärts aus der Einfahrt gesetzt hatte. Daraufhin hatte er die nackten Füße in die Bootsschuhe geschoben, aufs Kämmen verzichtet und den Karton mit Cupcakes, den er zuvor in der Bäckerei gekauft hatte, vom Tisch genommen, bevor er die halsbrecherische Treppe hinuntergejagt und mit so ausgreifenden Schritten über den Rasen marschiert war, dass es schon fast an Joggen grenzte.

Er trat auf die Veranda und überreichte Talia den Bäckereikarton.

»Was ist das?«

»Ich habe Jasper versprochen, dass ich das Dessert mitbringen würde.«

Jasper war am frühen Nachmittag herübergekommen und hatte ihn eingeladen. Drex hatte ihn kommen sehen und sich, bis Jasper die Treppe erklommen hatte, in einen gedankenversunkenen Schriftsteller verwandelt, der völlig in sein Manuskript vertieft war. Er tat so, als würde er aus einem kreativen Rausch erwachen, dann hatte er die Einladung angenommen, aber nur unter der Bedingung, dass er für das Dessert sorgen würde.

Talia klappte den Karton auf. »Cupcakes, super! Einer von den beiden mit Schokolade ist meiner.«

»Dann gehört der andere mir.«

Sie lächelte ihn an, dann wanderte ihr Blick aufwärts zu seinen Haaren. Er schrubbte mit den Knöcheln über seinen Scheitel und schenkte ihr ein verlegenes Lächeln. »Ist es so schlimm? Entschuldige. Das sind Berufskrankheiten.«

»Zerzaustes Haar und was noch?«

»Zu vergessen, dass meine Haare zerzaust sind.«

Sie musterte ihn abwartend, als wüsste sie nicht recht, was sie von ihm halten sollte, dann nickte sie zur Bar hin. »Bedien dich. Ich bringe die hier in die Küche.«

»Was kann ich dir machen?«

»Ich habe schon ein Glas Wein.«

Sie verschwand in die Küche und ließ ihn allein, was ihm die ideale Gelegenheit gab, die Wanze anzubringen. Der winzige Sender wog praktisch nichts, trotzdem spürte er ihn wie einen Felsbrocken in seiner Hosentasche.

Talia und Jasper verbrachten viel Zeit auf der Veranda, wo sie in ihren beiden Schaukelstühlen saßen. Er hätte sie gern dort belauscht, doch eine Veranda war ein schlechter Ort, um eine Wanze zu verstecken. Sie wäre Feuchtigkeit und Staub ausgesetzt, im Haus hingegen war sie geschützter.

Er schenkte sich einen Bourbon auf Eis ein, schlenderte damit zur offenen Küchentür und schaute in die Küche. »Aha. Du kannst *sehr wohl* kochen.«

Talia stand am Herd und warf ihm einen Blick über die Schulter zu. »Ich kann Wasser kochen. Und genau das tue ich gerade für die Maiskolben.«

Er trat ein und stellte sich neben sie. Auf der Küchentheke lagen drei noch nicht entblätterte Maiskolben mit abgeschnittenem Stängel. »In der Mikrowelle geht es besser.«

Sie drehte sich zu ihm um und zog das Geschirrtuch von ihrer Schulter. »Das würde Jasper nie zulassen.«

»Jasper ist nicht hier.« Er stellte seinen Drink auf der Theke ab. »Wo ist die Mikrowelle?«

Sie deutete auf das im Schrank eingelassene Einbaugerät. »Bist du dir sicher? Wir haben nur diese drei, und wenn du sie verkochst…«

»Das werde ich nicht. Schau zu, dann kannst du was lernen. Punkt eins. Zupfe reife Maiskolben von einem Maisfeld. Okay, das können wir überspringen.«

Sie lachte.

»Punkt zwei, lege die Maiskolben in die Mikrowelle.«

»Mit Blättern und Haaren? Ohne sie zu waschen oder irgendwas?«

»Wie hier zu sehen.« Mit ausgreifenden Bewegungen wie ein Bühnenzauberer platzierte er die Maiskolben in der Mikrowelle. »Die Tür schließen.«

»Ist das Punkt drei?«

»Nein. Das ist der zweite Teil von Punkt zwei.«

»Ich verstehe«, erwiderte sie mit tiefem Ernst, doch sie konnte sich ein Lächeln nicht verkneifen.

»Punkt drei ist es, den Timer pro Kolben auf vier Minuten und hohe Wattzahl zu stellen.«

Sie zählte ihre Finger ab. »Zwölf Minuten.«

»Sehr gut, Sous-Chefin. Vielleicht solltest du mitschreiben.«

Sie tippte sich an die Schläfe. »Alles schon abgespeichert.«

»Sehr gut. Weil du dieses Rezept bestimmt noch oft verwenden wirst.«

»Behauptest du.«

»Vertrau mir.«

»Nicht mal so weit, wie ich dich werfen könnte.«

Diesmal war der Ernst nicht gespielt, und das warf Drex aus der Bahn. Sein ungezwungenes Lächeln fiel in sich zusammen. »Wieso nicht?«

Sie senkte den Kopf und schüttelte ihn kurz. »Nicht so wichtig.«

»Doch. Ich würde gern wissen, warum du das gesagt hast.«

Sie hob das Kinn und sah ihm offen in die Augen. »Du bist einfach zu cool.«

»Zu cool wofür?«

»Zu cool, um real zu sein.«

»Oh, ich bin real, Talia.« Das Vibrato seiner leisen Worte verlieh dem auf ihren Mund gesenkten Blick Nachdruck. Sie wich nicht zurück, doch ihr Atem stockte.

Der Augenblick dauerte nur einen Herzschlag lang, dann sah er ihr wieder in die Augen und erklärte ironisch wie zu-

vor: »Ich *sterbe* vor Hunger. Lass uns anfangen zu kochen.«
Er stellte den Timer an der Mikrowelle und klopfte sich die
Hände ab.

»Und was jetzt?«, fragte sie.

Sie versuchte so heiter zu klingen wie er, schaffte es aber
nicht. Er hatte sie nicht einmal berührt, doch seine Nähe
machte sie spürbar nervös, und das Raubtier in ihm hätte
am liebsten selig geschnurrt.

Doch er war nicht hier, um sie zu verführen. Er wollte
nicht, dass sie ihm noch mehr misstraute, als sie gerade
eben zugegeben hatte. Sie sollte in seiner Nähe entspannt
sein, gelöst und gesellig und gesprächig. Sie sollte ihm von
ihrem Mann erzählen, damit er feststellen konnte, ob Jasper
Ford, dieser scheinbar gesetzestreue Vorstädter, der wie ein
guter Ehemann zum Einkaufen gefahren war, in Wahrheit
jener kranke Irre war, der Marian Harris lebendig begraben
hatte.

Also dämpfte er mit aller Macht das einschießende Tes-
tosteron und griff wieder nach seinem Drink. Er hob ihn zu
einem Toast an. »Also, nun trinke ich meinen Bourbon und
du deinen Wein, während du dich auf die besten Maiskolben
freuen kannst, die du je gegessen hast.«

Sie blickte zweifelnd auf die hinter dem Fenster der
Mikrowelle kreisenden Maiskolben, dann zuckte sie mit den
Schultern. »Okay. Gehen wir solange auf die Veranda?«

Er folgte ihr mit Abstand aus der Küche und versuchte
dabei seinen Blick nicht allzu auffällig auf den leichten Lei-
nenrock zu richten, der sich um ihren Hintern schmiegte.
Unterhalb der verführerischen Kurven weitete er sich leicht,
bevor er eine Handbreit über den Knien endete. Dazu trug
sie ein schwarzes, hautenges Top aus einem elastischen Stoff

mit weit ausgeschnittenen Ärmeln, die viel Schulter freilie-
ßen. Er entdeckte ein paar Sommersprossen unter den Haarsträhnen, die sich aus dem lockeren Knoten auf ihrem Kopf
gelöst hatten und sich nun über ihrem Hals lockten.

Wie gern hätte er all das in aller Ruhe mit seinen Händen
studiert.

Sie setzte sich in den Schaukelstuhl, in dem sie immer
saß, wenn er sie und Jasper beobachtet hatte. Er wollte sich
gerade in den anderen setzen, zögerte dann aber. »Soll ich
den hier Jasper überlassen?«

Sie winkte ihm, sich zu setzen, und nahm einen Schluck
Wein. Nachdem sie sich niedergelassen hatten, fragte sie:
»Hast du heute geschrieben?«

»Ein paar Stunden.«

»Gestern hast du bis tief in die Nacht gearbeitet.« Er sah
sie fragend an, und sie errötete vor Verlegenheit. »Die Jalousien waren oben und das Licht an. Ich sah dich am Computer sitzen.«

Er stöhnte. »Ich habe doch nichts Peinliches oder Unan-
ständiges getrieben, oder?«

Sie lachte leise. »Nicht, soweit ich sehen konnte.«

Er musste daran denken, was er später im Bett getan
hatte, während er von ihr fantasiert hatte, darum war die
gespielte Erleichterung – er fuhr sich mit dem Handrücken
über die Stirn – nicht ausschließlich Show. »Puh.«

»Ich glaube, Schreiben ist anstrengender, als die meisten
Menschen annehmen.«

»Ich kann nicht für andere Schriftsteller sprechen, aber
für mich ist es verdammt anstrengend. Tatsächlich musste
ich heute Nachmittag am Strand joggen gehen, um die Knoten zu lösen.«

»Muskeln verhärten leicht, wenn man lange am Computer sitzt.«

»Auch richtig, aber ich meinte damit die Knoten in meiner Romanhandlung.«

»Ach so!«, sagte sie lachend. »Hat das Laufen sie gelöst?«

»Nach ein paar Meilen haben sich einige davon immerhin etwas gelockert.«

»Gut.«

Er streckte die Beine aus und schlug die Knöchel übereinander. »Was ist mit deiner Arbeit? Musst du in nächster Zeit wieder los?«

»Nächste Woche. Bis dahin muss ich einen Reiseplan für einen Kunden zusammenstellen, der mit seiner Großfamilie einen Monat lang durch Afrika reisen möchte. Und zwar ausschließlich Erster Klasse. Mehrere Länder, verschiedene Nationalparks, die Victoriafälle, Kapstadt, Fotosafaris im Busch.«

»Klingt furchteinflößend.«

»Ich schicke meine Kunden an keinen Ort, den ich für gefährlich halte.«

»Nein, furchteinflößend ist die Vorstellung, einen Monat mit der Großfamilie zu verreisen.«

»Acht Erwachsene, elf Kinder.«

Er schauderte. »Grauenvoll.«

Sie lachte, wurde dann wieder ernster und schaute in ihr Weinglas, während sie mit dem Finger am Rand entlangfuhr. »Jasper hat mir erzählt, dass du geschieden bist. Hast du Kinder?«

»Nein.«

Eine Weile sagte sie nichts, dann leichthin: »Außerdem hat er mir von eurer Begegnung gestern Nacht erzählt.«

»Nächstes Mal rufe ich an, bevor ich durch euren Garten tigere. Als Jasper hinter dem Baum hervorsprang, dachte ich, es wäre um mich geschehen.«

»So wie um die arme Maus.«

»Genau. Allerdings ist die wohl friedlich entschlafen. Hat es mir erspart, eine Falle aufzustellen. Oder eine Katze zu besorgen.«

Sie legte den Kopf schief und musterte ihn von den Haaren bis zu den abgestoßenen Schuhspitzen. »Du kommst mir nicht wie ein Katzenmensch vor.«

»Bin ich auch nicht. Aber ich bin auch kein Mäuse-mensch.«

Sie lächelte.

»Wie ist es mit dir?«, fragte er. »Katzen- oder Hunde-mensch?«

»Mir sind Hunde lieber.«

»Ich habe keinen gesehen.«

»Jasper ist allergisch.«

»Wie schade.« Er drehte sich ihr weiter zu, legte den Kopf leicht schief und unterzog sie der gleichen Musterung wie sie zuvor ihn. Dann nickte er zu ihrem Weinglas hin. »Lie-ber rot als weiß?«

»Ja.«

»Tropisch oder kalt?«

»Ich bin in Charleston aufgewachsen.«

»Also tropisch.«

»Genau.«

»Star Wars oder Star Trek?«

»Star Wars.«

Er strich sich übers Kinn. »Mal sehen, was noch? Schoko vor Vanille weiß ich schon. Land vor See.«

»Jetzt bin ich an der Reihe. Ich weiß kaum etwas über

dich, nicht mal die einfachsten Dinge. Du sprichst nicht oft über dich.«

Er breitete die Arme aus. »Mein Leben ist ein offenes Buch.« Er schaute über den Rasen zu seinem Apartment. »Sozusagen.«

»Wird dein Roman etwas über dich verraten?«

»Ganz sicher. Es wird nur unbewusst sein, aber etwas von mir wird sich in das Buch schleichen.«

»Dann werde ich es lesen müssen, um dich besser kennenzulernen.«

Er zog eine Braue hoch. »Du willst mich besser kennenlernen?«

Sie merkte, dass sie in ihre eigene Falle getappt war, und lehnte sich in ihren Schaukelstuhl zurück, wie um eine Grenze zu setzen. Dann nahm sie einen Schluck Wein. »Gestern auf dem Boot warst du sehr wortkarg, wenn du Elaines Fragen beantwortet hast.«

»Man kommt sowieso kaum zu Wort, wenn man mit Elaine redet.« Er hoffte, dass er das Gespräch dadurch auf ein anderes Gleis lenken würde. Vergeblich.

»Siehst du? Das ist das perfekte Beispiel dafür, wie du jedes Gespräch über dich abblockst. Warum?«

Er zog die Schultern hoch. »Es gibt wohl kaum Interessantes über mich zu erzählen.«

»Das glaube ich dir nicht, Drex.«

»Glaub's nur. Selbst ich langweile mich mit mir.«

Seine Bemerkung brachte sie zum Lächeln, aber nicht vom Thema ab. »Fangen wir damit an, wo du aufgewachsen bist.«

»Du würdest es mir nicht glauben.«

»Du wurdest von Wölfen großgezogen.«

Er lachte. »Nicht ganz. Aber tatsächlich bist du nahe dran.«

Sie hob ihr Weinglas an den Mund, nahm noch einen Schluck, ohne den Blickkontakt zu brechen, und ließ ihn allein durch ihre Augen wissen, dass sie nicht lockerlassen würde, bis er ihr antwortete.

Er wog die Risiken ab und dachte: *Zur Hölle, was soll's?* Er würde alles auf eine Karte setzen. »Alaska.«

Sie senkte offensichtlich überrascht das Weinglas. »Bist du dort geboren?«

»Nein. Aber wir zogen dorthin, noch bevor ich drei Jahre alt war. Ich blieb dort bis zum Ende meiner Highschoolzeit.«

»Ziemlich weit von dort bis hierher.«

Er lachte schnaubend. »Weiter, als du dir vorstellen kannst.«

»Ich habe nicht von der geografischen Distanz gesprochen.«

Er stellte sich ihrem Blick. »Ich auch nicht.« Ihre Blicke blieben verbunden, dann wandte er zuerst das Gesicht ab. Er ließ die Eiswürfel im Glas klirren, trank den Bourbon aus und stellte das Glas auf dem Tisch ab. Er dachte, damit wäre das Gespräch beendet, aber Talia blieb hartnäckig. »Wo habt ihr gelebt?«, fragte sie. »In welchem Ort?«

»Keinem, von dem du je gehört hast, und außerdem nie lange am selben. Wir waren Wandervögel.«

»Was waren deine Eltern von Beruf?«

»Mein Dad arbeitete an der Pipeline. Darum mussten wir so oft umziehen. Manche der Orte, an denen wir lebten, waren so abgelegen, dass ich nicht sicher bin, ob sie auf irgendeiner Landkarte verzeichnet waren.«

»Das war bestimmt kein einfaches Leben.«

»War es auch nicht. Harte Arbeit. Lange Arbeitszeiten. Einsamkeit.«

Sie sah ihn an, als würde sie darauf warten, dass er weitersprach und die hingeworfenen Brocken genauer ausführte. Als er es nicht tat, fragte sie: »Was sprach denn für diesen Lebensstil?«

Er lächelte spröde. »Für meinen Dad? Die harte Arbeit. Die langen Arbeitszeiten. Die Einsamkeit. Und es gab gutes Geld.«

»Er hat dir was vererbt. Das hat mir Jasper erzählt.«

Er zog die Füße zurück und beugte sich vor. Ein Auge halb zugekniffen, sagte er: »Anscheinend war ich bei mehreren eurer Unterhaltungen ein Thema. Gibt es dafür einen besonderen Grund?«

»Nein. Nur einfache Neugier.«

»Hm. Sonst wecke ich nur bei wenigen Menschen Neugier.«

Sie wand sich in ihrem Stuhl, hob ihr Weinglas an, als wollte sie trinken, überlegte es sich dann anders. »So, wie du deine Kindheit beschreibst, klingt es, als wäre es eine sehr männliche Umgebung gewesen.«

»War es auch.«

»Und deiner Mutter machte das nichts aus? Die vielen Umzüge, die Einsamkeit?«

Er sah sie lang an und sagte dann leise: »Meine Mutter war in ihrem ganzen Leben nie in Alaska.«

Ihre Lippen öffneten sich überrascht, und sie schien gerade die nächste Frage stellen zu wollen, als hinter ihnen Jaspers Stimme zu hören war. »Kaum, dass ich euch den Rücken zudrehe.«

Kapitel 8

Jaspers Stimme ließ Talia hochschrecken. Der restliche Wein in ihrem Glas schwappte heraus, als sie aus ihrem Schaukelstuhl aufsprang und ihrem Mann entgegenging. Jaspers Bemerkung hatte zwar nicht hundertprozentig nach einem Scherz geklungen, doch sie reagierte so, als wäre es einer gewesen.

»Du hast uns in flagranti erwischt.« Sie nahm ihm die Tüte mit den Einkäufen ab und küsste ihn auf die Wange. »Danke fürs Einkaufen.«

»Gern geschehen.« Er erwiderte ihren Kuss. Dann sagte er: »Drex«, und deutete lächelnd auf das leere Whiskyglas auf dem Tisch. »Sieht aus, als bräuchtest du Nachschub.«

»Ich würde dazu nicht nein sagen. Aber ich schenke dir auch ein Glas ein, wenn ich schon dabei bin.«

»Danke.« Genau in diesem Moment pingte die Mikrowelle. Jasper drehte den Kopf in Richtung Küche. »Was ist das?«

Talia lachte. »Das Ding nennt man Mikrowelle. Großartige Erfindung. Keineswegs das Höllengerät, für das du es hältst.«

»Darüber gehen die Meinungen auseinander.«

»Tja, du wirst dir bald eine neue Meinung bilden können. Drex hat den Mais zubereitet.«

Drex schenkte Jasper und sich selbst einen Bourbon ein

und folgte ihm und Talia in die Küche, wo die beiden mit den letzten Vorbereitungen für das Essen beschäftigt waren. Mit dem gleichen Zinnober, mit dem er den Mais in die Mikrowelle gestellt hatte, streifte er ein Paar Ofenhandschuhe über und demonstrierte, wie man die Kolben aus den Blättern löste.

»Erst die Spitze mit den Haaren abhacken.« Er nahm das Fleischmesser, trennte mit einem kräftigen Hieb das obere Kolbenende ab und verspürte im selben Moment den blutdürstigen Wunsch, die Klinge in Jaspers Herz zu rammen. »Dann am unteren Ende nach unten halten. Uuuund da kommt er schon rausgeflutscht, sauber und perfekt gegart.«

Talia applaudierte. »Ich hole die Butter.«

Sie deckte den kleinen Esstisch auf der Veranda und stellte rundum Citronella-Kerzen auf. Jasper grillte die Burger auf einem Smoker, der wahrscheinlich mehr gekostet hatte als Drex' Auto.

Jasper achtete mit einem Auge auf die Burgerpatties, mit dem anderen beobachtete er Drex bei jeder noch so kleinen Bewegung, bis Drex sich fragte, ob ihm seine wachsende Antipathie anzumerken war. Er beschloss, das Terrain zu sondieren. Den Whisky in der einen Hand, die andere in der Hosentasche, schlenderte er zu seinem Gastgeber an den Grill.

Jasper wendete die Burger mit dem Pfannenheber. »Das war ein netter Trick mit dem Mais. Wo hast du den her?«

»Den hat mir ein Freund gezeigt. Er ist ein…«

»Foodie?«

Drex sah Mikes ausladende Gestalt vor sich und lachte. »Nein. Dafür ist sein Gaumen nicht fein genug. Der Mann würde einfach alles essen.«

»Hat er dir noch mehr Tricks beigebracht?«

»Leider nicht, damit sind meine kulinarischen Künste erschöpft. Die riechen übrigens genial«, meinte er zu dem brutzelnden Fleisch. »Du hast den Dreh raus.«

»War die UPS-Lieferung für dich oder für Arnott?«

Drex sah ihn scharf an.

»Ich habe den Lieferwagen bei dir in die Einfahrt biegen sehen.«

»Hm.« Drex ließ die Eiswürfel in seinem Glas kreisen. »Ich habe einen Ventilator bestellt. Ich wollte euren heute Abend zurückbringen, aber ich hatte die Hände voll mit Cupcakes.«

»Du hättest keinen Ventilator kaufen müssen. Du kannst unseren behalten, solange du ihn brauchst.«

»Danke dafür, aber allmählich fühle ich mich wie ein Schnorrer. Tatsächlich würde ich dich und Talia gern zum Essen einladen. Keine Angst! Wir gehen aus. Ich glaube nicht, dass euch ein Bankett an meinem Küchentisch zusagen würde.«

Jasper lächelte. »Du brauchst nicht das Gefühl zu haben, dass du dich revanchieren musst.«

»Ich möchte aber. Allerdings müsstest du mir ein paar gute Restaurants in der Gegend vorschlagen. Ich habe noch keine ausprobiert, und ich verlasse mich ungern auf Online-Bewertungen.«

»Ich notiere dir ein paar unserer Favoriten.«

»Elaine würde ich auch gern einladen.« Drex machte eine kurze Pause und ergänzte dann: »Wenn das für dich okay ist.«

Jasper sah ihn verständnislos an. »Warum sollte das für mich nicht okay sein?«

Wieder setzte Drex eine Kunstpause. Er sah kurz zu Talia, die an einer auf dem Tisch stehenden Blumenvase hantierte. Dann richtete er den Blick wieder auf Jasper. »Ich will nur sichergehen, dass ich niemanden in Verlegenheit bringe.«

»Inwiefern? Ich kann dir nicht folgen.«

Von wegen. »Ich dachte, dass du und Elaine vielleicht …?« Drex zog die Brauen hoch.

»Wir sind nur Freunde.«

Drex überhörte Jaspers eisigen Tonfall und grinste breit. »Super. Dachte ich mir schon, aber du weißt schon.« Er boxte Jasper locker gegen die Schulter, ein »Wir-verstehen-uns«-Schlag unter Männern. »Gib mir die Liste mit euren Lieblingsrestaurants, dann organisieren wir ein Doppeldate.«

Talia stieß mit einem Teller für die Burgerpatties zu ihnen. Ohne den Blick von Drex zu wenden, sagte Jasper: »Perfektes Timing, Schatz.« Dann beugte er sich vor und drückte ihr einen Kuss auf den Mund wie einen Stempel, um seinen Besitz zu markieren.

Nach dem Kuss wandte sich Talia ab, offenkundig verlegen und überrascht angesichts dieser überfallartigen Liebesbekundung. Drex schloss daraus, dass so etwas nicht oft vorkam und dass Jasper es um seinetwillen und nicht für Talia getan hatte.

Ich hab's kapiert, du Hurensohn.

Talia hatte sich schnell wieder erholt und bat sie mit bewundernswerter Contenance an den Tisch. Sie stellten ihre Burger je nach persönlichen Vorlieben zusammen. Als sie gerade zu essen beginnen wollten, bemerkte Talia, dass sie die Spießchen für den Mais vergessen hatte.

»Ich hole sie.« Drex schoss aus seinem Stuhl hoch. »Ich habe sie auf der Theke liegen sehen.«

Ehe sie oder Jasper ihn aufhalten konnten, war er durch die Tür in die Küche verschwunden. Er fegte die Spießchen von der Theke in die offene Hand und warf dann einen Blick durch die offene Tür in Richtung Veranda. Jasper und Talia debattierten über die Vorzüge von Ketchup gegenüber Senf. Sie lachte über etwas, das er sagte, dann stießen sie über einer der flackernden Kerzen mit den Weingläsern an.

Drex ließ sich auf ein Knie nieder, bückte sich zur Leiste unter den Küchenschränken und tastete sich am Rand entlang.

»Suchst du irgendwas?«

Drex spannte sich an, drehte sich dann um und stand lächelnd wieder auf. »Schon gefunden.« Er hielt ein Spießchen in die Höhe. »Der hier war von der Theke unter den Schrank gerollt.« Er nahm das Spießchen mit zum Wasserhahn und spülte es ab.

Den Blick eisern auf Drex gerichtet, stand Jasper eine gefühlte Ewigkeit in der Tür zur Veranda, dann kehrte sein Lächeln zurück. Er trat beiseite und gab den Durchgang frei. »Hoffentlich ist der Mais noch nicht kalt geworden. Ich kann es kaum erwarten, meine Zähne reinzuschlagen.«

»Ich hatte das Gefühl, dass er über meinen Hals und nicht über den Mais spricht.«

Nachdem er vom Essen zurückgekommen war, hatte Drex in seinem Apartment alle Jalousien heruntergelassen. Eine halbe Stunde später hatte er auch das Licht ausgeschaltet, so als wäre er ins Bett gegangen. Er rief Mike und Gif an und berichtete ihnen, worauf sie den ganzen Abend gewartet hatten: dass er die Wanze gepflanzt hatte und dass sie funktionierte. »Ich habe ihre Unterhaltung belauscht, während sie die Küche aufgeräumt haben.«

Zwei Seufzer hatten ihre Erleichterung verraten.

»Wie war er?«, fragte Mike jetzt. »Der Mais.«

»So saftig, dass Jasper ziemlich sauer war.«

»Hat er das gesagt?«, fragte Gif.

»Nein, aber ich konnte es ihm ansehen.«

Jasper hatte noch pikierter reagiert, als Talia fast dahingeschmolzen war und, während sie die geschmolzene Butter von ihren Fingerspitzen leckte, verkündet hatte, dass Drex definitiv nicht zu viel versprochen hatte. Die leutselige Miene ihres Gatten blieb die ganze Zeit über unverändert, doch je weiter der Abend voranschritt, desto angespannter wurden seine Bemerkungen und umso gezwungener wirkte sein Lächeln.

»Selbst wenn er nicht Weston Graham ist, kann ich ihn nicht ausstehen«, sagte Drex. »Er hat so was Überhebliches. Allwissendes. Ich muss zugeben, es macht mir Spaß, ihn auf die Palme zu bringen.«

»Es macht dir Spaß. Er ist beherrscht und allwissend, was übrigens typische Eigenschaften für Serienmörder sind, wie du uns selbst erklärt hast. Diese Quasi-Freundschaft macht mich allmählich nervös«, sagte Gif.

»Ich muss hier auf Sicht spielen, Leute. Falls ich in die Schlacht ziehen und ihn mit Brustgetrommel einschüchtern wollte, würde er nichts mehr mit mir zu tun haben wollen. Stattdessen ist er irgendwie von mir fasziniert. Das hat mir Talia mehr oder weniger verraten. Er lädt mich immer wieder ein, weil er einfach nicht schlau aus mir wird.«

»Gott bewahre, dass das irgendwann passiert.«

»Keine Panik, Mike. Ihr wisst, wo ihr suchen müsst, falls ich plötzlich verschwinde.«

»Das ist nicht witzig«, sagte Gif. »Bist du bewaffnet, wenn du zu diesen Verabredungen gehst?«

»Er wird es nicht auf eine offene Auseinandersetzung anlegen. Das ist nicht sein Stil.«

»Dennoch«, sagte Gif, der Guru des Praktischen.

»Heute Abend habe ich zum ersten Mal meine Waffe und meine Marke zu Hause gelassen. Ich hatte nur die Wanze dabei. Die zu verstecken war beängstigend genug.«

Er hatte ihnen erzählt, dass er Jaspers Abwesenheit genutzt und zu früh aufgetaucht war, aber er hatte ihnen so gut wie nichts von der Unterhaltung erzählt, die er mit Talia geführt hatte. Vielleicht hatte er ihr mehr verraten, als klug war. Aber indem er von sich erzählt hatte, hatte er hoffentlich ihr Vertrauen gewonnen, und das war notwendig, wenn er sie je dazu bringen wollte, dass sie mit ihm über Jasper sprach.

Es war riskant gewesen, ihr keine erfundene Kindheit zu schildern, sondern die Wahrheit zu erzählen. Doch was er ihr beschrieben hatte, klang für sie vielleicht eher nach Fiktion als nach Fakten. Falls sie Jasper etwas davon weitererzählte, würde er die Schilderung hoffentlich als Fantasterei abtun.

Und selbst wenn Jasper sie für wahr halten würde, würde er höchstwahrscheinlich keine Verbindung zwischen Drex Easton, dem Schriftsteller von nebenan, und dem Kleinkind ziehen, das nach dem Verschwinden seiner Mutter von seinem Vater nach Alaska entführt worden war. Drex war nicht einmal sicher, ob seine Mutter Weston Graham je von ihrer vorangegangenen Ehe erzählt hatte. Vielleicht wusste er gar nichts von Drex. Es war nicht ausgeschlossen, dass sie mit ihren Lügen von damals Drex nun davor bewahrte aufzufliegen.

»Und«, sagte Gif, »was ist dein zweiter Eindruck von den beiden?«

»Nichts, was sie gesagt oder getan haben, hat meine Alarmglocken schrillen lassen. Sie haben sich benommen wie ein ganz normales Ehepaar.«

»Könntest du das ein bisschen ausführlicher beschreiben, nachdem keiner von uns entsprechende Erfahrungen hat?«

»Sie gehen vertraulich miteinander um. Sie hat einen Brötchenkrümel aus seinem Bart gefegt. Er schnippte einen Moskito weg, der auf ihrem Arm gelandet war. So in der Art.«

»Haben sie Zärtlichkeiten ausgetauscht?«

»In Maßen.«

»Welchen Maßen?«

»Hör zu, Gif, wenn du möchtest, dass ich hier Schweinkram erzähle, musst du mir sechzig Mäuse die Minute zahlen.«

»Du brauchst mir nicht gleich den Kopf abzureißen. Gib mir einfach ein Beispiel.«

Drex fluchte lautlos. »Okay. Zum Beispiel dankte sie Jasper, als er vom Einkaufen zurückkam, mit einem Kuss auf die Wange, und er gab ihr den Kuss zurück.«

Dann küsste er sie auf den Mund. Rücksichtslos. Und ich glaube bei Gott, dass er das nur getan hat, weil er sehen wollte, wie ich reagiere. Aber das erzählte er Gif und Mike nicht, weil beide wissen wollen würden, wie er reagiert hatte.

»Hast du das Nachtsichtfernglas?«

»Das wurde heute geliefert. Zusammen mit einem neuen Ventilator. Gut, dass ich den Ventilator dazubestellt hatte. Jasper sagte etwas davon, dass er den UPS-Lieferwagen gesehen hätte.«

»Als würde er wissen wollen, was dir geliefert wurde?«

113

»So habe ich es aufgefasst. Ich habe die Sache geklärt, indem ich ihm von dem Ventilator erzählt habe. Außerdem habe ich jetzt einen Grund, ihr Haus noch einmal zu betreten, weil ich ihnen den Ventilator zurückgeben muss. Und ich habe sie zum Abendessen eingeladen, zusammen mit Elaine.«

»Wann?«

»Sobald ich es einrichten kann. Ich habe mir Mühe gegeben, nicht übereifrig rüberzukommen. Mike, was hast du über Elaine in Erfahrung gebracht?«

»Mr. Conner aus Delaware war ihr Ehemann Nummer zwei.«

»Was wurde aus Nummer eins?«

»Die Ehe lief sich bald tot. Kein nennenswertes Vermögen, das zu verteilen war. Er war schneller wieder verheiratet als sie. Mr. Conner war ein älterer Witwer, ein Pfeiler der Gemeinschaft, bis er an Krebs starb. Sie waren dreizehn Jahre verheiratet.«

»Kinder?«

»Keine gemeinsamen. Er hatte einen Sohn, der an seinem einundzwanzigsten Geburtstag bei einem Autounfall ums Leben kam. Er verlor seinen Sohn, bevor seine Frau starb.«

»Also war Elaine die Alleinerbin?«

»Richtig«, sagte Mike. »Aber ihre Kaufkraft ist nicht so atemberaubend, wie wir dachten. Sie ist reich. Sie wird nie Stütze beantragen müssen. Aber sie ist nicht superreich. Nicht annähernd so wie Marian Harris oder Pixie oder die meisten anderen, wenn ich es recht bedenke.«

»Und wie sehen ihre Aktivposten im Vergleich zu denen von Talia Shafer aus?«

»Von welchen Aktivposten genau sprichst du?«

»Lass das, Gif«, fuhr Drex ihn an. »Ich sabbere keiner verheirateten Frau hinterher, ich arbeite hier. Fang nicht wieder mit diesem Scheiß an.«

»Ist es wirklich Scheiß?«, fragte Mike. »Sobald jemand nur ihren Namen nennt, gehst du in die Luft, als hätte man dich mit einem elektrischen Viehtreiber gepikt.«

»Quatsch!«

»Mach zwei Viehtreiber daraus«, fuhr er fort. »Warum eigentlich? Warum so empfindlich?«

»Ich bin nicht empfindlich.«

»Ich muss mich verbessern. Du stehst unter Dampf.«

»Absolut nicht.«

»Und wie.«

»Wenn ich unter Dampf stehe«, knurrte Drex, »dann, weil es in diesem Drecksloch keine Klimaanlage gibt. Und weil es hier immer wieder nach toter Maus riecht. Und weil ich den ganzen Tag so tun muss, als würde ich ein Buch schreiben, und deshalb auf einem Küchenstuhl hocke, bis mein Arsch taub wird.«

»Ich nehme an, das könnte deine schlechte Laune erklären.« Das kam von Gif.

»Ich habe keine schlechte Laune.«

»Auch egal«, sagte Mike. »Was ich dir gleich erzählen werde, wird sie jedenfalls nicht verbessern.«

Drex kniff sich in die Nasenwurzel und merkte erst jetzt, wie erschöpft er war. Die nicht nachlassende Anspannung – sich vor allen Fehltritten zu hüten, die ihn verraten könnten, das ständige Beobachten und Beobachtetwerden, ganz zu schweigen davon, dass er seinen Freunden so vieles verschweigen musste – forderte körperlichen Tribut.

Doch in diesem Unterfangen war kein Raum für Müdigkeit. Er schüttelte sie ab und atmete tief durch. »Was jetzt?«

»Diese Frau, die dein falsches Manuskript abgetippt hat?«, fragte Mike.

Drex war auf viel Schlimmeres vorbereitet gewesen. »Pam? Was ist mit ihr?«

»Sie hat mich heute angerufen. Sie hat gesagt, du hättest ihr meine Nummer gegeben.«

»Stimmt.«

»Warum?«

»Weil ich ihr aus naheliegenden Gründen meine nicht geben wollte. Ich habe ihr gesagt, dass sie sich an dich wenden soll, wenn im Büro irgendwas Wichtiges passieren würde und sie mich erreichen müsste.«

»Tja, es ist was in deinem Büro passiert.«

Drex' Herz begann zu pochen, aber er fragte nicht. Er wartete, bis Mike weitersprach.

»Rudkowski hat dort angerufen und nach dir gefragt.«

»*Was?*«

»Dreimal, nachdem seine Assistentin den ersten Anruf durchgestellt hatte. Er hat sich durch die Befehlskette nach oben telefoniert und immer wieder gefragt, wo du wärst und wie er dich erreichen könnte.«

»Scheiße!«

»Diese Pam dachte, das sollte ich wissen, damit ich dich informieren kann. Sie hat gesagt, sie würde dir auf jede denkbare Weise helfen, falls du in der Klemme sitzt und sie dich decken soll. Sie hat mich gebeten, dir das auszurichten. Hat mir das Versprechen abgenommen, dass ich es tun würde. Sie klang aufrichtig.«

»Sie sucht händeringend nach einem Mann«, sagte Drex gedankenverloren, während er die Neuigkeit über Rudkowski zu verarbeiten versuchte. »Nach einem Stiefvater für ihre

zwei Kinder. Vielleicht dachte sie, das Projekt, das ich ihr gegeben habe, wäre eine Tür zu … irgendwas anderem.«

»Ist es?«

»Scheiße, nein«, erwiderte er ungeduldig. »Hat Rudkowski versucht, einen von euch zu erreichen?«

»Noch nicht«, sagte Gif, »aber Mike hat mich vorgewarnt,
und den restlichen Tag habe ich keine Anrufe mehr angenommen.«

»Das wird nicht ewig gut gehen«, sagte Drex. »Entweder
wird er persönlich vor eurem Schreibtisch auftauchen, oder
er wird jemanden schicken. Falls ihr gefragt werdet, habt ihr
mich weder gesehen, noch wisst ihr irgendwas von meinen
Ferienplänen.«

»So wie jedes Mal«, sagte Gif. »Wir stellen uns dumm.«

»Was er uns nicht abnehmen wird«, merkte Mike an.

»Bleibt so lange bei eurem Text, wie ihr damit durch-
kommt«, sagte Drex. »Erledigt weiter eure täglichen Aufga-
ben, aber wir haben Alarmstufe rot, Jungs.«

»Was mir Sorgen macht …«, setzte Gif an.

»Ist die Tatsache, dass dieses Arschloch mich ausgerechnet heute sprechen wollte.«

»Genau das hat Mike und mich auch irritiert«, sagte Gif.
»Wie lange hattet ihr beide keinen Kontakt?«

»Längst nicht lang genug.«

Drex stand aus seinem Stuhl auf und ging ans Fenster. Er
zog den Rand der Jalousie vom Rahmen weg, bis der Spalt
so breit war, dass er mit dem neuen Fernglas das Haus gegenüber fixieren konnte.

»Ich glaube nicht, dass es sich bei Rudkowskis Anruf um
einen bizarren Zufall handelt«, meinte Gif.

»Aber was hat ihn aufgescheucht?«, fragte Mike.

»Das muss dieser Deputy in Florida gewesen sein«, sagte Drex. »Rudkowskis Name stand in der Akte. Gray hörte sich jung an und übereifrig. Falls er noch irgendwas rausgefunden hat und mich nicht erreichen konnte, hat er wahrscheinlich Rudkowski kontaktiert.«

Mike seufzte. »Wenn du recht hast, musst du das Telefon verschrotten, mit dem du ihn angerufen hast.«

»Schon passiert. Es liegt auf dem Grund des Atlantiks. Nachdem ich mit ihm gesprochen habe, flog es in hohem Bogen über Bord.« Bei der Erinnerung an die Jacht kam ihm ein weiterer Gedanke. »Gibt es irgendwelche Fortschritte bei dem Bild, Mike?«

»Ein paar Foto-Experten in Bombay arbeiten für mich daran. Ich habe Sachen im Tiefkühlfach, die älter sind als diese Burschen, und ich habe nicht den leisesten Schimmer, was sie da tun, aber sie sind gut. Ich habe weitergegeben, was du gesagt hast, dass du die Poren in seinem Gesicht sehen willst.«

Sie fielen in nachdenkliches Schweigen, dann sagte Gif: »Wir wissen, was du über das Paar nebenan denkst. Was, glaubst du, denken sie über dich?«

»Während sie die Küche aufräumten, hat er sich über meinen Aufzug ausgelassen.«

»Deinen Aufzug?«

»Das war sein Ausdruck. Er sagte, ich würde mich anziehen wie ein Student im ersten Semester auf dem Weg zu einem Besäufnis.«

Alle lachten. »Was hat sie gesagt?«, fragte Gif.

»Dass das Spülmittel fast alle ist.«

»Über dich nichts?«

»Das war alles. Sie räumten die Küche auf und schalte-

ten unten die Lichter aus. Ich glaube, sie sind schlafen gegangen.« Er wollte sich lieber nicht vorstellen, dass sie im
Bett lagen und etwas anderes taten als schlafen. Oder auch
nur das.

»Also, jedenfalls hast du Fortschritte gemacht.« Gif, opti-
mistisch wie immer.

Mike, der ewige Nörgler, wandte hingegen ein: »Du hast nur
noch zehn Tage, um herauszufinden, ob er es ist oder nicht.«

»Er ist es.«

»Du willst…«

»Er ist es, Gif. Er lächelt, er ist zuvorkommend, aber
wenn du ihm die Adern aufschneiden würdest, würde Eis-
wasser raussprudeln. Er ist unglaublich misstrauisch. So wie
gestern Nacht. Es war fast so, als hätte er nur darauf gewartet, ob ich mich auf sein Grundstück schleichen würde.
Wem fällt schon auf, wann ein Wagen von UPS durch die
Straße fährt und wo er hält?«

»Mir«, sagte Gif.

Mike schnaubte abfällig.

»Er gibt mir nichts in die Hand, was er zuvor berührt
hat«, setzte Drex nach.

»Wie zum Beispiel?«

Erst jetzt erzählte er ihnen die Sache mit der Bierflasche.
»Es war eine nachbarschaftliche Geste, aber warum wollte
er das Bier wieder mitnehmen, obwohl ich nicht mal die
Hälfte getrunken hatte? Er wollte mir keinesfalls die Flasche
mit seinen Fingerabdrücken überlassen.«

»Aber unser unbekannter Verdächtiger ist ein Gespenst.
Niemand hat seine Fingerabdrücke. Niemand weiß auch nur,
wer er ist. Diese Frauen verschwanden von der Bildfläche,
und nie gab es auch nur einen Hinweis auf ein Verbrechen.«

»Bis Marian Harris' Leiche gefunden wurde«, korrigierte Drex. »Vor weniger als hundert Tagen. Das muss seine angeborene Paranoia befeuern und ihn unruhig machen.«

»Aber die Forensik hat nichts erbracht.«

»Das wissen zwar wir, Gif, aber er weiß das nicht.«

Mike gab Drex mit einem Grunzlaut recht. »Dieser nagende Zweifel muss ihn misstrauisch gegenüber jedem machen, der nebenan einzieht.«

»Ganz genau.«

Gif war nicht überzeugt. »Ich weiß nicht. Das sind alles nur Spekulationen. Wir brauchen etwas Handfestes.«

»Das ist mir bewusst«, sagte Drex. »Mike, gab es bei irgendeinem der Fälle ein Beweisstück mit etwas Handschriftlichem darauf? Nicht mit der Handschrift des Opfers. Auch nicht der Handschrift von jemandem, den wir kennen. Sondern etwas Handschriftliches, das keiner bestimmten Person zugeordnet werden konnte? Irgendwas. Notiz, Einkaufsliste, Quittung. Egal was.«

»Das muss ich überprüfen.«

»Mach das. Ich habe Jasper um eine Liste empfohlener Restaurants gebeten. Er hat gesagt, er würde mir welche notieren. Er – Moment. Was zur Hölle ist da los?«

»Was denn?« Gif hatte seine Stimme unnötigerweise zu einem Flüstern gesenkt.

»Während wir gesprochen haben, habe ich mein neues Fernglas ausprobiert. Eben ist Jasper in die Küche gekommen.«

»Auf einen Mitternachtssnack«, sagte Mike.

»Im Dunkeln?«, zweifelte Drex. »Er hat kein Licht eingeschaltet. Nur seine Handy-Taschenlampe.«

»Das ist merkwürdig.«

»Vielleicht nicht«, sagte Drex.

»Wieso? Was macht er denn?«

Drex atmete tief aus. »Er ist genau an die Stelle gegangen, an der er mich in der Hocke erwischt hat.«

»O Scheiße«, stöhnte Gif.

Mike murmelte etwas Obszönes.

Drex beobachtete, wie Jasper sich auf ein Knie niederließ und sich vorbeugte, bis sein Kopf beinahe den Boden berührte. Er leuchtete mit dem Handylicht an der Fußleiste entlang und unter den Schrank. »Er sucht danach. Tastet alles ab.«

»Er hat dir die Ausrede mit dem Spieß nicht abgekauft.«

»Wir sind so was von am Arsch«, sagte Mike.

Drex senkte das Fernglas und grinste in die Dunkelheit. »Das wären wir, wenn ich die Wanze dort angebracht hätte.«

Kapitel 9

»Talia?«

Sie hob den Blick von ihrem Tablet und sah Jasper über den Frühstückstisch an. »Entschuldige. Ich habe gerade die Nachrichten gelesen.«

Er schaute nachdenklich in seine Kaffeetasse. »Als ich gestern vom Supermarkt zurückkam, warst du mit Drex so ins Gespräch vertieft, dass keiner von euch mich bemerkte, bis ich etwas sagte. Worüber habt ihr euch unterhalten?«

»Über seine Kindheit in Alaska.«

Jasper sah sie an und lachte prustend. »Alaska?«

»Kaum zu glauben, oder?«

»Anchorage?«

Sie schüttelte den Kopf. »Er meinte abgelegene, auf kaum einer Karte verzeichnete Siedlungen. Noch einen Kaffee?«

»Nein danke.«

Sie stand vom Tisch auf und machte sich eine weitere Tasse an dem schicken Automaten, den sie Jasper zu Weihnachten geschenkt hatte. Sie hatte Wochen gebraucht, bis sie gelernt hatte, wie er funktionierte, und die Technik schüchterte sie immer noch ein. Während der Kaffee gebrüht wurde, setzte sie Jasper darüber ins Bild, was Drex ihr über seine Kindheit und Jugend erzählt hatte.

»Klingt ungemein rustikal und romantisch«, meinte er.

»Oder trostlos.«

»Für mich hört sich das an wie die romantische Fantasie eines hoffnungsvollen Autors, der sich eine verwegene Vita zulegen möchte, um sich in eine Reihe mit Jack London oder Ernest Hemingway zu stellen.«

Sie kehrte an den Tisch zurück, schlug ein Bein unter und setzte sich. »Du glaubst, er hat sich das nur ausgedacht?«

»Talia, das riecht nach einer Räuberpistole.«

Sie lachte, nahm einen Schluck Kaffee, griff nach dem letzten Stück Cupcake auf ihrem Teller und streckte es Jasper hin. »Deine letzte Chance, sonst gehört es mir.«

»Es würde mir nicht im Traum einfallen, dich darum zu betrügen.«

Sie steckte sich den Happen in den Mund. »Hmmm. Schoko-Cupcakes. Das Frühstück der Champions.« Sie spülte den Bissen mit einem weiteren Schluck Kaffee hinunter. Während sie die Tasse auf die Untertasse zurückstellte, sagte sie: »Wenn Drex lügt, um Eindruck zu schinden, warum hat er uns dann nicht mit Anekdoten über waghalsige Heldentaten in der Wildnis beglückt? Stattdessen tut er das Gegenteil. Sobald das Gespräch auf ihn kommt, wechselt er geschickt das Thema.«

»Man fragt sich warum«, sagte Jasper.

»Offenbar fragst *du* dich das.«

»Du dich etwa nicht? Hat dich sein Grübchen so geblendet?«

Sie zog ärgerlich die Stirn in Falten. »Bitte. Du kennst mich besser. Ich durchschaue sehr wohl, wie er seinen Charme spielen lässt, und das habe ich ihm auch gesagt.« Sie leckte ihre Fingerspitze an, tupfte damit die letzten Krümel vom Teller und lutschte sie dann ab, womit sie Zeit genug hatte, sich eine Meinung zu bilden.

Schließlich schob sie den leeren Teller beiseite und sagte: »Ich glaube, in den Grundzügen war seine Kindheit so, wie er sie beschrieben hat, aber vielleicht hat er einiges ausgeschmückt, um es ein wenig dramatischer zu machen.«

»Genau das gibt mir zu denken. Warum sollte er es dramatischer machen wollen?«

»Weil es ihm Spaß macht?« Sie zog eine Schulter hoch. »Oder, wie du selbst gesagt hast, damit seine Biografie bunter und abenteuerlicher klingt, weil jeder Verleger auf einen so gut vermarktbaren Background anspringen würde.«

»Ich hoffe, es steckt nicht mehr hinter seiner Heimlichtuerei.«

Sie verschränkte die Arme über der Tischkante und beugte sich vor. »Und wenn er die Wahrheit ein bisschen zurechtbiegt? Warum stört dich das so?«

»Ich bin verwundert, dass es dich nicht stört.« Er deutete in Richtung des Apartments über der Garage. »Nebenan zieht aus heiterem Himmel ein Fremder ein. Nicht einmal die Arnotts kennen ihn, trotzdem lebt er praktisch im Schatten unseres Heims. Bei unserer allerersten Begegnung erzählt er mir, er wäre hergekommen, um Eindrücke und Flair für seinen Roman zu sammeln. Sollte man da nicht annehmen, er würde ständig durch die Gegend ziehen, um die Kultur zu beobachten und Erfahrungen zu machen? Stattdessen verlässt er kaum seinen Schreibtisch.«

»Er ist in seine Arbeit vertieft.«

»Ist er das? Vielleicht. Aber ich habe allmählich das Gefühl, dass er nicht so unbekümmert ist, wie er uns weismachen möchte.«

Sie senkte den Blick und studierte die Maserung der Tischplatte. »Ganz ehrlich, diesen Eindruck habe ich auch.«

»Dann wäre es doch klug, nicht alles zu glauben, was er uns erzählt, und gleichzeitig darauf zu achten, was wir ihm erzählen. Meinst du nicht auch?«

»Doch.« Dann hob sie den Blick wieder. »Andererseits wäre auch möglich, dass wir uns zu viele Gedanken machen und paranoid reagieren, ohne dass wir Grund dazu hätten. Vielleicht wollte Drex sich gestern Abend nur als Geschichtenerzähler ausprobieren. Er wollte sehen, ob er sich eine faszinierende Geschichte zusammenreimen kann und ich sie ihm abnehme.«

»Möglich. Schließlich sind Romanautoren streng genommen nur gesellschaftlich anerkannte Lügenerzähler, richtig?«

»Ganz so würde ich es nicht ausdrücken.«

Er fragte nicht, wie sie es ausdrücken würde. Anscheinend war das für ihn ein befriedigendes Ende der Unterhaltung, denn er stand auf und trug sein schmutziges Geschirr zur Spüle. Es wurmte sie, dass er damit auch sie abservierte, aber sie ließ das Thema fallen. Sie wollte keinen Streit anfangen, bei dem sie Drex verteidigen müsste, den sie nicht kannte und der womöglich genau der unverfrorene Lügner war, für den Jasper ihn hielt.

Dennoch hatte Drex, als er ihr diesen Lebensabschnitt beschrieben hatte, aufrichtig gewirkt. In seinen Augen hatte es nicht neckisch gefunkelt, kein diabolisches Lächeln hatte auf eine harmlose Schwindelei oder eine dreiste Riesenlüge schließen lassen.

Meine Mutter war in ihrem ganzen Leben nie in Alaska. Als er das gesagt hatte, hatten seine Augen, hatte seine ganze Haltung dafür gesprochen, dass dies die ungeschminkte, herzzerreißende Wahrheit war. »Er ist ohne seine Mutter aufgewachsen.«

»Pardon?«

Bei ihrem laut ausgesprochenen Gedanken ertappt, wiederholte sie: »Er ist ohne seine Mutter aufgewachsen.«

»Sie ist gestorben?«

»Das weiß ich nicht. Genau in dem Moment bist du reingeplatzt. Jetzt sitze ich mit einem Cliffhanger da.«

»Bedauerlich. Gerade Drex Eastons nicht bekannte Facetten würde ich gern kennenlernen.«

Er faltete das Geschirrtuch, mit dem er seine Hände abgetrocknet hatte, hängte es über den Rand der Spüle, hob dann seine Sporttasche vom Boden auf und schob sich den Riemen über die Schulter. »Ist es okay für dich, wenn ich nach dem Work-out noch ein bisschen im Club bleibe? Vielleicht esse ich dort auch zu Mittag.«

»Wir könnten uns treffen.«

»Ich dachte, du wolltest an der Afrikareise für deinen Kunden arbeiten?«

»Diese Pläne sind flexibel.«

»Wirf sie lieber nicht um. Ich weiß noch nicht genau, wann ich essen will.« Ganz offensichtlich sah man ihr an, dass sie enttäuscht war. »Ist das ein Problem, Talia?«

Das Problem war, dass sie ihm einen minutiösen Plan ausdrucken und hinterlegen musste, sobald sie eine Reise unternahm, aber dass er pikiert reagierte, wenn sie sich nur danach erkundigte, wie er den Nachmittag verbringen wollte.

Sie erwiderte nicht weniger knapp: »Kein Problem.«

Er trat hinter ihren Stuhl, legte die Hände auf ihre Schultern, beugte sich vor und flüsterte ihr ins Ohr: »Wie wär's, wenn ich mein Lieblingsmädchen statt zum Mittagessen heute Abend zum Essen ausführe?«

Sie sollte besänftigt werden, und das machte sie wütend.

126

Am liebsten hätte sie seine massierenden Hände abgeschüttelt. Aber um den Ehefrieden zu wahren, lächelte sie ihn an. »Das würde deinem Lieblingsmädchen gefallen.«

Er küsste sie hinters Ohr. »Ich sollte dich lieber im Auge behalten. Denn ich glaube, dass unser neuer Nachbar diese traurige Mär von seiner Kindheit nur gesponnen hat, um dich zu umgarnen.«

»Das ist doch lächerlich.«

»Das ist überhaupt nicht lächerlich. Ich glaube, du bist zu klug, um auf seine pubertären Verführungsversuche hereinzufallen, aber ich glaube auch, dass er dreist genug ist, um es zu versuchen.«

Er wollte sich aufrichten, doch im selben Moment legte sie die Hand auf seinen Arm. »Falls du dir ernsthaft Sorgen wegen Drex' Aufrichtigkeit und Absichten machst, können wir auch aufhören, uns mit ihm zu treffen.«

»Ich habe schon für ein weiteres Abendessen zugesagt. Ein Doppeldate mit ihm und Elaine.«

»Elaine?«, rief sie aus. Sie drehte sich in ihrem Stuhl zu ihm um. »Das ist das Erste, was ich höre.«

»Er hat die Einladung gestern Abend ausgesprochen.«

»Und du hast angenommen? Jasper, Elaine …?«

»Es ist schon okay. Er hat mich mehr oder weniger um Erlaubnis gebeten, sie anzubaggern. Er dachte, sie und ich hätten ein illustres Verhältnis.« Jasper zwinkerte ihr zu. »Witzig, nicht wahr?«

Ganz und gar nicht scheißwitzig, dachte Drex.

Er schob seinen Stuhl zurück und war gerade noch rechtzeitig am Fenster, um zu sehen, wie Jaspers Wagen rückwärts aus der Einfahrt setzte. Durch den Empfänger der Wanze konnte er Talia in der Küche hantieren hören. Schranktüren wurden geschlossen. Wasser lief. Die sich in den Fenstern spiegelnde Sonne verhinderte, dass er sie sah. Er fragte sich, was sie zum Frühstück angehabt hatte.

»Jesus.« Allmählich verwandelte er sich in einen Spanner. Er drückte die Handwurzeln auf seine Augäpfel, als könnte er dadurch das Bild ausblenden, wie sie in weichen Schlafsachen ungeschminkt und barfuß, mit zerzaustem Haar und schläfrigem Blick am Frühstückstisch saß.

Noch vor dem Morgengrauen war er aus einem erotischen Traum mit ihr in der Hauptrolle aufgewacht. Die Bilder von ihr waren verschwommen und flüchtig gewesen. Er hatte sie eher erahnt als gesehen, doch es waren intensive Empfindungen gewesen. Beim Aufwachen hatte sein Glied schmerzhaft pulsiert, und die Laken waren schweißgetränkt, trotz der eisigen, von seinem neuen Ventilator erzeugten Böe, die über ihn hinweggeweht war.

Trotz des Erfolgs vom Vorabend war er verstimmt und verunsichert.

Als er Mike und Gif erzählt hatte, dass Jaspers Suche nach dem Sender ergebnislos verlaufen war, weil er am falschen Fleck gesucht hatte, hatten sie ihm zu seinem Einfallsreichtum gratuliert.

»Er dachte, er hätte mich erwischt«, hatte er gesagt. »Dabei ist er mir auf den Leim gegangen.« Als Jasper sich mit leeren Händen aufgerichtet hatte, hätte Drex ihm am liebsten über den Rasen zugerufen: *Reingelegt, Arschloch!*

»Damit hat er sich verraten«, hatte Drex ihnen erklärt. »Wer sucht schon nach Abhörwanzen, nachdem er seinen Nachbarn zum Grillen eingeladen hat? Niemand. Ich sage euch, er ist unser Mann.«

Mike und Gif hatten ihn bedrängt, ihnen zu erzählen, wie und wo er die Wanze versteckt hatte. Er hatte sich geweigert. »Das weiß nur ich allein. Das ist mein Verbrechen. Falls ich erwischt werde, stehe ich allein dafür gerade.«

An diesem Punkt hatte Gif, vernünftig wie immer, noch einmal vorgebracht, dass Drex Rudkowski informieren sollte. »Was du da tust, ist hochriskant, Drex. Du könntest dich verraten und es erst merken, wenn es zu spät ist. Wenn schon nicht Rudkowski, dann informiere jemand anders. Denk nur an die zusätzlichen Ressourcen, die …«

»Nein, Gif. Das habe ich einmal probiert, und der Schuss ging nach hinten los. Mächtig. Erinnert ihr euch?«

»Nur zu gut«, grummelte Mike.

»Eben. Ehe ich Rudkowski noch mal informiere, will ich, dass der Verdächtige an Händen und Füßen gefesselt sein Geständnis herausschreit.«

Gif seufzte resigniert. »Und bis dahin …«

»Halte ich Augen und Ohren offen.«

»Und dreh ihm nie den Rücken zu.«

Nach dem Anruf hatte sich Drex ins Bett gelegt, aber weder besonders lang noch gut geschlafen, ehe der Traum ihn geweckt hatte. Er hatte darauf verzichtet, noch einmal einschlafen zu wollen, war aufgestanden, hatte Kaffee gekocht und rastlos und gereizt den Empfänger eingeschaltet, um alles zu hören, was sich nebenan abspielte.

Jasper war zuerst heruntergekommen und hatte Frühstück gemacht. Drex konnte einen Nachrichtensender im Hintergrund hören, das Scheppern einer Pfanne, Kaffee, der gemahlen wurde. Schließlich gesellte sich Talia zu ihm. Sie hatte Jasper mit leicht schlafheiserer Stimme einen guten Morgen gewünscht. Drex hatte sich ausgemalt, wie sie sich kurz umarmt hatten, wie er ihr auf den Hintern klopfte, sie einen schnellen Kuss austauschten. Weiter ließ er seiner Fantasie keinen Lauf.

Dann hatte er fast eine volle Stunde ihrem Frühstücksdialog gelauscht. Das meiste davon war belanglos. Sie erinnerte Jasper daran, dass er einen Gärtner wegen eines kranken Baumes anrufen musste. Sein Schneider hatte angerufen; die geänderten Sachen konnten abgeholt werden. Er erkundigte sich höflich nach der Familie, die nach Afrika wollte, aber er klang nicht besonders interessiert an Talias Antworten.

Zwischendurch herrschte immer wieder kameradschaftliches Schweigen.

Drex hatte sich erst aufgesetzt und die Ohren gespitzt, als Jasper Talia aus heiterem Himmel gefragt hatte, worüber sie gestern Abend, als sie und Drex allein gewesen waren, geredet hatten. Sein Herz hatte einen Schlag ausgesetzt, nicht weil ihn die Frage nervös gemacht hätte, sondern weil er hören wollte, wie Talia reagieren würde.

Er sagte sich, dass das nichts zur Sache tat. Seit Neuestem belog er sich oft.

Es überraschte ihn nicht, dass Jasper ihm mit Argwohn begegnete. Aber Jasper hatte Talia gegenüber nicht erwähnt, wie tief sein Argwohn saß, oder? Er hatte ihr nicht erzählt, dass er in der Dunkelheit nach unten geschlichen war und nach einer Wanze gesucht hatte, die Drex mutmaßlich bei ihnen angebracht hatte. Hatte er das nur nicht erwähnt, weil er nicht absurd misstrauisch wirken wollte? Oder weil er ihr nicht erklären konnte, wie er überhaupt auf so einen Gedanken kam?

Drex hatte von Anfang an gespürt, dass Jasper ihm nicht vertraute, aber es war hilfreich zu erfahren, wie tief sein Misstrauen war.

Talia hegte ebenfalls Zweifel, dass er durch und durch ehrlich war, doch sie hatte ihm einen Vertrauensbonus eingeräumt, anscheinend neigte sie eher zu der Auffassung, dass er nur übertrieb und nicht geradeheraus log. Außerdem hatte sie mitfühlend geklungen, als sie über seine Mutter gesprochen hatte.

Danach hatte sich der Tonfall der Unterhaltung verändert, zwar subtil, aber spürbar. Dass Drex das Gespräch durch den Kopfhörer direkt in die Ohren gepresst wurde, hatte den stummen Subtext genauso verstärkt wie der Wortwechsel selbst. Er wünschte, er hätte ihre Gesichter sehen können, um abschätzen zu können, ob der Groll, den er zwischen beiden gespürt hatte, real oder nur eingebildet war.

Nachdem Jasper das Haus verlassen hatte, war Lauschen überflüssig. Drex verstaute sein Abhörgerät, fuhr den Laptop hoch und begann noch einmal all die Informationen zu studieren, die er im Lauf der Jahre über die acht verschwundenen Frauen gesammelt hatte. Ausgedruckt würde das Material einen ganzen Umzugswagen füllen.

Heute klopfte er alles, was er inzwischen über Jasper Ford wusste oder zu wissen meinte, auf eine mögliche Verbindung zu seinen Opfern ab. War eine der Frauen eine Gourmetköchin gewesen? Hatte eine von ihnen den Bourbon geliebt, den Jasper so gern trank? Hatte eine genau wie er eher zu Dijonsenf als zu Ketchup gegriffen? Jede zuvor übersehene Kleinigkeit konnte das Verbindungsglied sein, das Drex so verzweifelt suchte, vor allem jetzt, da er fürchtete, dass sein Tatverdächtiger eine noch viel dunklere Seite hatte.

Sahen seine Opfer diese Seite wirklich erst, wenn es zu spät war? Hatten sie etwas gespürt, aber ignoriert? Was hatte sie für ihren Mörder empfänglich gemacht? Was hatte Talia für ihn empfänglich gemacht?

Er grübelte immer noch über dieser einen Frage nach, als mehrere Stunden später jemand klopfte.

Die Hand vor dem Mund, saß er völlig vertieft vor dem Computerbildschirm. Als sie an den Türstock klopfte, sprang er so abrupt auf, dass der Stuhl hintenüberkippte und mit einem lauten Klacken auf dem Holzboden aufschlug.

»Meine Güte.« Talia presste die Hand auf ihr pochendes Herz. Schwer zu sagen, was sie mehr schockiert hatte: seine plötzliche Reaktion oder die Tatsache, dass er nur in Cargoshorts vor ihr stand, ohne Hemd und barfuß. Betreten sagte sie: »Ich wollte dich nicht erschrecken.«

»Ich bin schreckhaft.«

Das bezweifelte sie. Ein Mann mit so blitzschnellen Reflexen hatte wohl kaum etwas zu befürchten.

Er richtete den Stuhl wieder auf, klappte den Laptop zu und kam an die Tür.

»Und wovor fürchtest du dich am meisten?«, fragte sie.

»Zu versagen.«

Sie hatte ihn necken wollen, aber er hatte ohne langes Nachdenken geantwortet, und das so unmissverständlich, dass er es mit Sicherheit ernst gemeint hatte. Plötzlich war sie verlegen und unsicher. »Hätte ich vorher anrufen sollen?«

»Du hast meine Telefonnummer nicht.«

»Ach ja. Richtig.«

Er lächelte. »Wenn du dir eine Tasse Zucker ausleihen möchtest, kann ich dir leider nicht aushelfen.«

»Ach. Na dann…« Sie seufzte schwer und drehte sich um, als wollte sie wieder gehen.

Er lachte leise. »Was liegt an?«

Sie drehte sich wieder ihm zu und schaute an ihm vorbei zum Tisch. »Ich will dich nicht von der Arbeit abhalten.«

»Bitte. Rette mich.«

»Ich störe dich nicht?«

Er war kurz davor, etwas zu sagen, entschied sich aber offenbar dagegen. Bis zu diesem Augenblick hatten sie sich durch die Fliegentür hindurch unterhalten. »Willst du rein-kommen?«

»Nur um ein bisschen herumzuschnüffeln.«

Er grinste und hängte den Haken aus.

»Ich war noch nie hier oben«, sagte sie und trat ein.

»Ich glaube, du wirst feststellen, dass der Ausblick den steilen Aufstieg nicht lohnt.«

Sie stand in der Mitte des Raumes und drehte sich lang-sam im Kreis. Als sie ihm wieder ins Gesicht sah, zog er eine Grimasse und massierte seinen Nacken.

»Ich weiß«, sagte er. »Es ist nicht mal... wie heißt das noch?«

»Shabby Chic?«

»Wohl eher schäbiger Shit.«

Sie lachte. »Es hat Potenzial. Mit einer Dose Farbe und...«

»Hunderttausend Dollar.«

Sie lächelten wieder. Dann deutete sie zu dem Fenster in ihrem Rücken. »Aber der Baum ist wunderschön. Das Moos sieht aus, als hätte es ein Dekorateur aufgetragen.«

»Genau. Das gibt mir was zum Hinschauen, wenn ich tag-träume.« Doch er blickte dabei nicht auf das Virginiamoos, das von den Ästen hing. Er sah ihr in die Augen. »Entschul-dige mich eine Sekunde.«

Er ging an ihr vorbei ins Schlafzimmer und schob die

Tür halb zu. Sie trat ans Fenster. Er lebte nicht direkt in ihrem Schatten, wie Jasper behauptet hatte, aber durch die Baumkrone konnte sie fast die ganze Rückseite ihres Hauses überblicken. Die Veranda mit dem Fliegengitter, die Küchenfenster, die Fenster des Schlafzimmers im Obergeschoss. Seit die Arnotts im Juni abgefahren waren, hatte sie sich keine Gedanken darüber machen müssen, ob nachts die Vorhänge zugezogen waren. Sie begriff, dass sie das jetzt musste.

Sie hörte ihn in den großen Raum zurückkehren und wandte sich ihm wieder zu. Er hatte ein ausgebleichtes T-Shirt und seine Bootsschuhe angezogen, aber sie kommentierte den Kleiderwechsel nicht, weil sie dadurch nur hervorheben würde, dass sie ihn mit nacktem Oberkörper erwischt hatte und in Shorts, die gefährlich tief über seinen scharfen Hüftknochen hingen. Lieber tat sie so, als hätte sie nichts bemerkt.

Das T-Shirt war ausgeblichen. Sein Kinn stoppelig. Er war unfrisiert, die sattelbraunen Strähnen standen noch eigensinniger in alle Richtungen ab als gestern Abend. Doch seine Augen – achatgrün und schwarz umringt wie die eines Tigers –, wirkten ganz und gar nicht verschlafen und fixierten sie aufmerksam.

»Ich wusste nicht, dass du eine Brille trägst«, sagte sie.

Er setzte sie ab und inspizierte sie verdattert. »Wer hat mir die aufgesetzt?«

Sie lachte.

Er legte die Hornbrille neben seinen Laptop auf den Tisch. »Was treibt Jasper heute Morgen?«

»Er ist zu unserem Country Club gefahren.«

»Er ist Golfer?«

»Nein. Der Club hat ein Sportschwimmbecken. Er zieht Bahnen. Eine beachtliche Zahl von Bahnen.«

»Jeden Tag?«

»Es sei denn, es gewittert und der Pool wird geschlossen.«

»Hm. Das erklärt seinen gut definierten Trapezius. Schwimmst du auch?«

»Nein.«

Er schnippte mit den Fingern. »Deine Abneigung gegen Sonne und Wasser.«

»Genau. Ich kann mich über Wasser halten, aber ich mache kein Tempo.«

»Und wie hältst du dich fit?«

»Mit Spinning.«

»Aha. Das erklärt deinen gut definierten ...« Er verstummte, wandte den Blick ab, senkte den Kopf und kratzte mit dem Daumen über seine Braue. »Möchtest du was trinken?«

»Gern.« Sie sagte fröhlich zu, vielleicht ein bisschen zu fröhlich, denn sie fragte sich immer noch, was an ihr er so gut definiert fand und warum er in letzter Sekunde davor zurückgeschreckt war, es auszusprechen.

Die Küche war im Wohnzimmer, der Kochbereich nur durch ein Stück PVC-Boden abgetrennt. Der Kühlschrank-griff war locker und klapperte, als er daran zog. »Wasser, Cola light, Bier.«

»Was nimmst du?«

Er sah sie über die Schulter an. »Sollen wir heute mal blaumachen und uns ein Bier genehmigen?«

Sie zog zustimmend die Brauen hoch.

Er öffnete zwei Flaschen und brachte sie zu ihr. Sie stie-ßen an und nahmen einen Schluck. Das Bier rann kalt und bitter durch ihre Kehle. »Blaumachen macht Spaß.«

Er studierte sie eine Sekunde und schniefte dann.

»Was ist?«

»Sei ehrlich«, sagte er. »Du hast noch nie in deinem ganzen Leben blaugemacht.«

Sie ließ den Kopf hängen. »Meine Eltern hatten große Erwartungen an mich.«

»Und du wolltest sie nicht enttäuschen.«

»Ja, aber ich war strenger zu mir, als sie es waren.«

»Keine Streiche? Nie?«

»Nicht *oft*.«

»Hmm. Ich sehe da Potenzial. Wart's ab«, erklärte er gedehnt. »Ich kann im Handumdrehen ein ungezogenes Mädchen aus dir machen.«

»Jasper sagte, du wärst dreist genug, es zu probieren.«

»Er sagt, ich bin dreist?«

»Sagt er.«

»Erinnere mich daran, ihm zu danken.«

Er hob prostend die Bierflasche an, und sie erwiderte die Geste, bevor sie zum Tisch ging. Sie legte den Zeigefinger auf die nackte oberste Seite eines Papierstapels, der schon einiges mitgemacht hatte. »Dein Manuskript?«

»Oder ein Haufen Müll. Schwer zu unterscheiden.«

»Ich glaube nicht, dass es so schlimm ist.«

»Glaub mir.«

»Ist das deine einzige Fassung?«

»Der einzige Ausdruck. Ich sichere meine Arbeit täglich auf zwei USB-Sticks.«

Sie fuhr mit dem Finger die aufgebogenen Ränder des Stapels entlang. »Ich nehme nicht an, dass du mich einen Blick hineinwerfen lassen würdest.«

»Auf keinen Fall.«

»Ich würde dir eine ehrliche Einschätzung geben.«

»Ich habe schon eine ehrliche Einschätzung. Meine. Es ist Mist.«

»Dann könnte eine zweite Meinung besonders wertvoll sein.«

Er schüttelte den Kopf. »Noch nicht.«

Jasper misstraute Drex aus tiefstem Herzen. Sie hatte keine so großen Vorbehalte, aber sie musste zugeben, dass seine Verschlossenheit sie neugierig machte. Sein Buch, auch wenn es ein Roman war, würde ihr vielleicht Einblick in das Wesen des Menschen hinter dem entwaffnenden Grübchen geben. Aber schon während sie gefragt hatte, ob sie es lesen dürfte, hatte sie mit fast absoluter Sicherheit gewusst, dass er das nicht erlauben würde. Sie versuchte nicht, ihn zu überreden, sondern meinte stattdessen: »Ich habe dich heute Morgen gegoogelt.«

Seine Braue hob sich eloquent. »Von einer schönen Frau gegoogelt zu werden ist eine meiner Lieblingsfantasien.«

Ohne auf das Kompliment oder die unterschwellige Andeutung einzugehen, stellte sie die Bierflasche auf dem Tisch ab und verschränkte die Arme. »Noch ein Witz, noch eine Ablenkung. Willst du mich nicht fragen, warum ich das Internet nach Informationen über dich durchwühlt habe?«

»So eitel bin ich nicht.« Dann schien er das zu überdenken. »Nein, ich glaube, das bin ich doch. Was an mir hat dich zum Wühlen gebracht?«

»Ist Drex Easton ein *Nom de Plume* oder dein echter Name?«

Er lächelte genüsslich. »Du hast nichts gefunden, richtig?«

Sie gab es nicht zu, aber ihr Schweigen bestätigte seine Annahme, und sein Lächeln wurde breiter.

»Ich habe es dir gestern Abend erklärt, Talia. Selbst ich finde mich langweilig.«

»Ist es dein echter Name?«

»Ja. Mir von meinem Vater gegeben.«

Sie zögerte und fragte dann unsicher: »Was ist mit deiner Mutter passiert?«

»Ich habe nicht die leiseste Ahnung.«

Sie zuckte zurück. »Wie meinst du das?«

»Genauso, wie ich es sage. Das ist bei Gott die Wahrheit, und mehr werde ich zu diesem Thema nicht sagen.«

»Warum so geheimniskrämerisch?«

Er setzte die Bierflasche so fest ab, dass sie auf der Tischplatte aufschlug. »Wieso interessierst du dich so für meine Vergangenheit? Oder, wo wir schon dabei sind, für meine Gegenwart und Zukunft?«

»Wegen Elaine.«

Kapitel 10

Drex reagierte fassungslos auf ihre Antwort, auch wenn er das nicht wirklich war, doch zumindest hatte sie das von dem Thema abgelenkt, das sie bisher verfolgt hatte – seine Vergangenheit. Es war der eine Punkt, bei dem er bockig und verärgert reagierte.

Jetzt zog er perplex die Stirn in Falten. »Elaine? Ist mir da etwas entgangen?«

»Jasper hat mir erzählt, du wolltest sie zum Abendessen einladen.«

Er hob die Schultern zu einem stummen *Und?*

»Ich bin nicht sicher... Das heißt, ich hoffe...« Sie verstummte, fuhr sich mit den Fingern durchs Haar und sagte: »Ich kann das nicht.«

Er stemmte die Hände in die Hüften und legte den Kopf leicht schief. Die Haltung eines ungeduldig Wartenden.

Sie holte tief Luft. »Seit wir Elaine kennen, hat sie eine ganze Reihe von romantischen Enttäuschungen erleben müssen. Ein Mann bekundet sein Interesse, sie verfällt ihm mit Haut und Haaren und wird dann schmerzhaft enttäuscht, weil sie feststellen muss, dass er sich weniger von ihr selbst angezogen fühlt als von ihrem...«

Er hob die Hand. »Schon kapiert. Du willst sie vor einem Mann wie mir schützen, der keine sichtbaren finanziellen Mittel hat und auf der Suche ist nach einer reichen...« Er ließ die Hand kreisen, während er nach dem passenden Wort suchte. »Mäzenin?«

»Ich habe dich beleidigt.«

»Ohne Scheiß.«

»Das wollte ich nicht, Drex. Es ist nur so, dass Jasper und ich Elaine sehr gern haben. Aber weil sie von Natur aus liebevoll und großzügig ist, wird sie oft ausgenutzt. Wir wollen nicht, dass sie verletzt wird.«

»Von einer Giftschlange wie mir.«

Sie schnaufte. »Beleidigt *und* verärgert.«

Er sagte nichts.

»Es tut mir leid. Ich hätte mich nicht einmischen sollen.« Sie wandte sich zum Gehen, doch er hakte die Hand in ihre Ellenbeuge und zog sie sanft herum.

»Hör zu, dass ich Elaine zum Abendessen einlade, halte ich nur für angemessen, nachdem ich am Sonntag auf ihrer Jacht war. Weitere Absichten habe ich nicht. Okay?«

Sie sah ihn betreten an. »Jetzt komme ich mir klein vor.«

Er ließ mehrere Sekunden verstreichen, dann legte er die Hand auf ihren Scheitel und zog die Handfläche dann zu seiner Brust, um ihre Größe an seinem Schlüsselbein abzumessen. »Du bist klein.«

Sie lächelten sich an, er zu ihr hinab, sie zu ihm auf. Ein Lächeln ohne Zähne. Ein kleiner Olivenzweig – ein hingehaltenes Lächeln, das irgendwann alterte und verblasste und gleichzeitig eine andere, ungeklärte, beunruhigende Qualität annahm, bis es überhaupt nicht mehr als Lächeln zählte.

Er fand als Erster die Sprache wieder. »Und wann tun wir es?«, fragte er heiser.

»Wie bitte?«

Er räusperte sich. »Wann würde es dir und Jasper am besten passen? Gebt mir Bescheid, dann halte ich mit Elaine Rücksprache. Und ja, sie hat mir ihre Nummer gegeben. Aber nein, ich habe sie nicht danach gefragt.«

Diesen Seitenhieb hatte sie wohl verdient, schätzte Talia. »Donnerstag?«

»Perfekt. Und wonach steht dir der Sinn?«

»Ach ja!« Sie schlug sich mit dem Handballen gegen die Stirn. »Deshalb bin ich hergekommen. Jasper hat mir erzählt, dass du ihn nach ein paar guten Restaurants gefragt hättest. Er hat mich gebeten, dir eine Liste zusammenzustellen.« Sie zog einen Zettel aus der Vordertasche ihrer Jeans und reichte ihn Drex. »Die hier liegen alle halbwegs in der Nähe. Und alle sind zuverlässig gut. Ich mag den Italiener am liebsten.«

Ohne auch nur einen Blick auf die Liste zu werfen, sagte er: »Dann ist es der Italiener.«

Sie wich langsam rückwärts zurück zur Tür. Mit einer knappen Handbewegung zum Tisch hin sagte sie: »Danke für das Bier. Ich weiß gar nicht, wann ich mein letztes getrunken habe.«

»Siehst du? Schon bist du halb verdorben. Cupcake zum Frühstück. Bier zum Mittagessen.«

Sie lachte und ging zur Tür. Er war vor ihr dort und zog sie ihr auf. Sie trat auf den Treppenabsatz, dann hielt sie inne und drehte sich um, sodass sie im Spalt zwischen der Türschwelle und der Fliegentür, die er ihr aufhielt, zu stehen kam. »Woher weißt du, dass ich einen Cupcake zum Frühstück hatte?«

Seine Lippen öffneten sich, doch kein Ton kam heraus.

»Drex? Woher wusstest du das?«

Wieder zögerte er, dann hob er die freie Hand, strich mit

dem Daumen neben ihrem Mundwinkel über ihre Wange und hielt ihn hoch, sodass sie ihn sehen konnte. »Schokoglasur.«

Nach Talias Besuch schleppte sich der Nachmittag qualvoll dahin. Drex wünschte beinahe, sie wäre nicht gekommen. Beinahe. Denn jetzt sah er sie immerzu in diesem schäbig eingerichteten Raum. Dort hatte sie gestanden. Das da hatte sie berührt. Ihre Stimme, ihr Lachen hallten von der hässlichen Tapete wider. Ihr Duft durchdrang die stickige Luft.

Er versuchte sich in die Fallakten zu vertiefen, aber nachdem er sie jahrelang studiert hatte, kannte er den Inhalt praktisch auswendig. Sobald er die ersten Worte eines Satzes gelesen hatte, wusste er schon, wie er endete. Das Material konnte ihn nur wenige Minuten fesseln, dann schweiften seine Gedanken wieder ab zu etwas, das Talia gesagt oder getan hatte.

Als es Abend wurde, gab er auf, schaltete den Computer aus und ging durch die Nachbarschaft joggen. Als er zurückkam, fuhren die Fords gerade in Jaspers Auto rückwärts aus der Einfahrt. Beide winkten ihm zu.

Er winkte lächelnd zurück und hätte dabei am liebsten seine Faust durch die Windschutzscheibe gerammt. Trotz des Altersunterschieds waren sie ein attraktives Paar, das musste er zugeben.

Bevor er duschte, wuchtete er Jaspers Ventilator die Treppe hinunter und vor die Fliegentür zur Veranda, wo er ihn stehen ließ. An eine Ecke hatte er ein Blatt Papier geklemmt, auf das er ein paar Dankesworte geschrieben hatte. Er hatte sie um den Namen des Restaurants ergänzt, in dem er reserviert hatte. *Donnerstagabend, halb acht. Vier Personen.*

Elaine hatte seine Einladung angenommen. Talia hätte sich Sorgen gemacht, wenn sie gewusst hätte, wie begeistert sie zugesagt hatte.

Er schaute auf seinem Laptop einen Serienkrimi und aß dazu eine Tiefkühlpizza. Der uralte Ofen in seinem Apartment hatte ihr ein Räucheraroma von altem Fett verpasst. Er ließ die Hälfte stehen, Hunger hatte er ohnehin keinen.

Er ging nicht aus, weil er fürchtete, dass Talia und Jasper während seiner Abwesenheit heimkommen könnten und er ein informatives Gespräch verpassen könnte.

Es wurde zehn Uhr, und sie waren immer noch nicht zurück. Er hätte die Wände hochgehen können und rief stattdessen Mike und Gif an. »Sie sind immer noch unterwegs, aber ich dachte, ich greife schon mal vor und gebe euch einen Tagesbericht.«

Er begann mit der Wiedergabe der Unterhaltung am Frühstückstisch und schloss mit den Worten: »Jasper misstraut mir zutiefst, aber er ist wenigstens nicht mit dem Hackebeil auf mich losgegangen.«

»Noch nicht«, sagte Mike.

Drex fragte, ob sie etwas Neues von Rudkowski gehört hätten. Keinen Mucks.

»Was gut ist«, sagte Gif.

»Oder schlecht«, mahnte Mike. »Wenn wir irgendwas rumoren gehört hätten, wüssten wir wenigstens, woran wir sind.«

Drex war seiner Meinung. »Garantiert lässt es ihm keine Ruhe, dass ich Erkundigungen über Marian Harris eingeholt habe und direkt danach zu einer zweiwöchigen Urlaubsreise mit unbekanntem Ziel aufgebrochen bin. Er sucht bestimmt nach mir. Ich sitze hier auf Abruf.«

Er fasste das wenige zusammen, das er für die vielen Tage, die er hier bereits verbracht hatte, vorweisen konnte, und brachte im Anschluss endlich den Mut auf, ihnen von Talias Besuch zu erzählen. »Sie ist einfach aufgetaucht, hat mich komplett unvorbereitet erwischt.«

Er erzählte ihnen, wie er hastig den Laptop geschlossen hatte, ehe sie erkennen konnte, was auf dem Bildschirm war, wie er sich halbwegs ansehnlich gemacht und sichergestellt hatte, dass seine Pistole, die Marke und das Nachtsichtgerät nicht zu sehen waren. »Zum Glück hatte ich das Abhörgerät schon weggeräumt.«

Mike grunzte. »Sie kam uneingeladen?«

»Wie gesagt. Sie brachte mir persönlich eine Liste von guten Restaurants in der Gegend vorbei. Ich hatte gehofft, ein Muster von Jaspers Handschrift zu bekommen. Stattdessen hatte Talia eine getippte Liste dabei, die sie zusammengestellt hatte. Auf seine Bitte hin.«

»Wie lange war sie bei dir?«

»Hm, zehn, zwölf Minuten?« Mindestens doppelt so lang. »Und worüber habt ihr geredet?«, fragte Gif.

»Sie wollte mein Manuskript lesen. Ich habe ihr erklärt, dass ich eher sterben würde. So in etwa. Dann wollte sie mehr über mich erfahren, über meine Vergangenheit. Ich drehte den Spieß um und fragte, wieso sie das so interessieren würde.«

»Und wieso *interessiert* sie das?«, fragte Mike.

»Sie hat Angst, dass ihre Freundin sich in mich verlieben könnte.«

»Ihre Freundin Elaine?«

»Genau. Talia spielte die Glucke. Ich habe ihr klargemacht, warum ich Elaine zum Essen einladen wollte.« Er gab ihnen die grundlegenden Informationen und überging dabei die Details.

Er überging eine Menge. Er beschrieb ihnen nicht, wie perfekt Talias alte, löchrige Jeans ihren gut definierten Hintern umschmiegte. Mussten sie wirklich wissen, wie ihre hohen, runden B-Körbchen unter einem schlichten weißen T-Shirt wirkten? Das Bier erwähnte er ebenfalls nicht. Und schon gar nicht erzählte er ihnen, wie er mit dem Daumen den Schokoladenfleck von ihrem Gesicht gewischt und sich dabei gewünscht hatte, er hätte ihn ablecken und dann mit seiner Zunge über ihrem Mundwinkel streichen können, bis sich ihre Lippen für ihn öffneten.

Weil er nichts von alledem erwähnte, wusste er nichts mit der ernsten Stille anzufangen, die einsetzte, als er fertig war.

»Jungs? Seid ihr eingenickt?«

»Bist du am Computer?«, fragte Mike.

»Nein. Im Schlafzimmer.«

»Ich habe dir gerade eine Mail geschickt. Ruf uns zurück, wenn du sie angesehen hast.«

Er legte auf, noch ehe Drex etwas sagen konnte.

Drex rollte sich zur Seite und vom Bett, ging ins große Zimmer und klappte den Laptop auf. Die Betreffzeile in Mikes Mail war leer, und es gab auch keinen Text. Nur einen Anhang.

Drex öffnete ihn, und sein Herz begann aufgeregt zu pulsieren, als das Foto von Marian Harris' Jacht seinen Bildschirm ausfüllte. Die Jungs in Bombay waren Genies und jeden Penny wert, den sie berechneten. Das Bild war nachgeschärft und vergrößert worden, und die Qualität war weit besser, als Drex sich erhofft hätte.

Er zog die Gestalt des Mannes groß, der seiner Meinung

nach Jasper Ford war. »Verdammt!« Er hatte auf ein *Voilà* gehofft, eine unverkennbare Ähnlichkeit mit dem Mann nebenan.

Doch aufgrund der verstärkten Farbintensität war der Kontrast zwischen dem brillanten Sonnenuntergang und der männlichen Gestalt, die sich davor abzeichnete, nur noch schärfer. Die Gesichtszüge blieben dunkel und waren kaum erkennbar. Das Haar war kein glatter Pferdeschwanz, sondern ein Heiligenschein aus krausen Löckchen. Die Nase im Profil? Konnte möglicherweise die von Jasper sein, aber beschwören konnte Drex das nicht, und außerdem hatte Jasper sie auch operieren lassen können. Selbst eine winzige Korrektur konnte sein Aussehen entscheidend verändern.

Er studierte die Nahaufnahme minutenlang, bevor er sich eingestand, dass er, falls es etwas Neues und Erhellendes zu sehen gab, es einfach nicht entdeckte.

Er verkleinerte das Foto wieder auf Originalgröße, lehnte sich in seinem Stuhl zurück und fragte sich, während er es betrachtete, was Mike und Gif ihm wohl zeigen wollten. Von der Jacht selbst war nur wenig auf dem Bild zu erkennen, und an dem, was zu sehen war, fand Drex nichts, was irgendeinen Rückschluss zugelassen hätte. Marian Harris' Gesicht hatte sich durch die Nachbearbeitung nicht sonderlich verändert. Und im Hintergrund leuchtete nur der sonnengrelle Himmel.

Die anderen Partygäste? Der verstärkte Kontrast hatte einige Farbnuancen verdunkelt, andere aufgehellt, und erleichterte es dadurch, in dem Mischmasch aus Gesichtern und Gliedmaßen verschiedene Formen zu erkennen. Die einzelnen Personen waren leichter zu unterscheiden. Eine am Rand der Gruppe fiel Drex besonders ins Auge, weil ein Lichtstrahl auf ihr Haar fiel und...

Und die Gold- und Rottöne widerspiegelte, die den Sonnenuntergang durchzogen.

Lange saß er absolut reglos da, weil ihm zu übel war, als dass er sich bewegen konnte. Er konnte nur das Gesicht anstarren, das zwar leicht verschwommen war, aber trotzdem zum Träumen einlud, unbezweifelbar bezaubernd und unbestreitbar identifizierbar war.

Da hatte er sein *Voilà.*

Kapitel 11

Nach dem ersten Anruf von Deputy Gray aus Key West hatte Rudkowski drei Tage gebraucht, um das Hotel ausfindig zu machen.

Während dieser zweiundsiebzig Stunden hatte er alle ihm zur Verfügung stehenden Ressourcen ausgeschöpft und sich bemüht, Drex Easton aus seinem Versteck zu scheuchen, ohne dabei allzu viel Wirbel zu machen. Die oberen Etagen sollten lieber nicht mitbekommen, dass Easton wieder unterwegs war.

Dieser Hurensohn.

Rudkowski war versucht, ihn einfach machen zu lassen und sich nicht einzumischen. Warum pflanzte er sich nicht in seinen Fernsehsessel, gönnte sich eine Überdosis Sport und wartete ab, während Easton sich sein eigenes Grab schaufelte? Rudkowkis Leben wäre so viel einfacher, wenn Easton erst von der Landkarte verschwunden war.

Doch während Easton schaufelte, würde er mächtig Dreck aufwirbeln. Und einiges davon würde auch Rudkowski treffen. Er war keiner dieser hurrapatriotischen, begeisterten Agenten, die das FBI als erhabene Institution sahen, für die zu arbeiten man sich glücklich schätzen durfte. Er war dem Büro nicht in blindem Gehorsam verbunden.

Er war allerdings in tiefer Treue seiner Pension verbunden.

Er würde Easton nicht die Genugtuung verschaffen, Mike Mallory oder Gifford Lewis anzurufen und sie zu fragen, wo zum Teufel Easton steckte und was er verflucht noch mal vorhatte. Seine Kumpane hätten sofort weitergemeldet, dass Rudkowski auf dem Kriegspfad war, und das hätte Easton nur zusätzliche Befriedigung verschafft. Mehr noch, er würde sich daran ergötzen, dass er bei seinem Katz-und-Maus-Spiel bislang die Nase vorn hatte.

Doch Rudkowski hatte Mallory und Lewis heimlich von anderen eigenen Agenten überwachen lassen. Während der vergangenen drei Tage waren beide wie üblich zur Arbeit erschienen und anschließend jeweils direkt nach Hause gefahren. Beide waren nicht verheiratet, beide lebten allein, allem Anschein nach hatten sie überhaupt kein Privatleben und keine Freunde außer einander und Easton. Oberflächlich wirkten sie wie die beiden größten Dumpfbacken auf Gottes grüner Wiese.

Doch Rudkowski ließ sich nicht täuschen. Er ahnte, dass sie hinter den verschlossenen Türen ihrer freudlosen Apartments bis in die frühen Morgenstunden werkelten und pflichtbewusst in aller Stille für ihren Anführer Easton malochten.

Rudkowski würde ihre Aktivitäten weiter überwachen lassen, obwohl er ahnte, dass das nichts bringen würde. Keiner der Männer würde sich verraten, und keiner würde Drex Easton verraten, nicht einmal, wenn ihr Leben davon abhinge.

Rudkowski wusste das, weil es schon Zeiten gegeben hatte, zu denen ihr Leben davon abgehangen hatte, und keiner von beiden war damals eingeknickt.

Zweimal im Verlauf der letzten drei Tage hatte Rudkowski Deputy Gray auf Key West angerufen und sich erkundigt, ob er noch einmal von Easton gehört hätte. Hatte er nicht. Rudkowski ließ seinen Rang spielen, bekam einen Sergeant im dortigen Sheriff's Department an den Apparat und hakte nach, ob er die Telefonnummer ermitteln könne, die am Sonntag zweimal im Abstand von einigen Stunden angerufen hatte. Es dauerte eine Weile, aber schließlich gab der Sergeant nach und nannte Rudkowski die Nummer.

Es war ein kurzlebiger Erfolg, denn als Rudkowski die Nummer wählte, bekam er eine Ansage zu hören, dass der Anschluss nicht zu erreichen sei. Was ihn wenig überraschte, hatte er es doch mit einem gerissenen Bastard zu tun. Bestimmt hatte Easton das Telefon direkt nach seinem Gespräch mit Gray vernichtet.

Trotzdem geschahen ab und zu Wunder. Rudkowskis sinkender Glaube daran erblühte wieder, kurz nachdem er an diesem Morgen ins Büro gekommen war. Ein weiterer Agent, der ihm bei seiner Suche geholfen hatte, schaute in sein Büro. »Sind Sie immer noch hinter Easton her?«

»Was haben Sie denn?«

»Die letzte Handynummer, die Sie von ihm hatten?«

»Funktioniert nicht mehr.«

»Nicht mehr, aber vor neun Tagen schon. Er hat damit eine SMS geschickt.«

»An wen?«

»Mike Mallory.«

»Du ahnst es nicht. Von wo?«

»Einem Hotel in Lexington. Ich habe die Adresse.«

Rudkowski meldete sich für den Rest des Tages ab und rekrutierte einen weiteren Agenten, der ihn die gut siebzig Meilen von Louisville nach Lexington begleitete. Als sie ihr Ziel erreicht hatten, ließ Rudkowski den Agenten im Auto warten, denn diese Befragung wollte er lieber allein vornehmen.

Als die doppelte Automatiktür aufglitt, marschierte eine Gruppe uniformierter Männer und Frauen mit Kabinentrolleys an ihm vorbei zu einem wartenden Kleinbus. Eine Flugcrew, tippte Rudkowski. Nach ihrem Abgang war die Lobby leer.

Das Mädchen an der Rezeption begrüßte ihn, als er sich dem Check-in näherte. »Schönen Nachmittag, Sir.«

»Hi.« Er zog seine Marke heraus und ließ der jungen Frau Zeit, seinen Namen abzulesen. »Es wird so ausgesprochen, wie es geschrieben wirst, mit kurzem *U*. Ich möchte bitte den Manager sprechen.«

»Sie ist beim Essen, ich vertrete sie währenddessen.«

Er beugte sich über die Theke und las ihr Namensschild ab. »Ms. Li?«

»Ja, Sir.«

»Ich hätte einige Fragen nach einem Ihrer Gäste…«

»Special Agent Easton?«

Rudkowskis Miene wurde finster. »Woher wussten Sie das?«

»Weil er der einzige FBI-Agent ist, der hier eingecheckt hat.« Sie lächelte strahlend. »Und er ist auch schwer zu vergessen, so nett, wie er ist.«

Rudkowski biss die Zähne zusammen. »Ja. Ein Teufelskerl.«

»Sind Sie…?«

Er schnitt ihr das Wort ab. »Ich stelle die Fragen, Ms. Li. Falls es Ihnen nichts ausmacht.«

Ihr warmes Lächeln kühlte ab. Sie nickte knapp.

»Wie viele Nächte war er hier?«

»Keine.«

»Er hat eingecheckt, ist aber nicht geblieben?«

»Sie waren nur ein paar Stunden hier. Aber Mr. Easton hat für eine Nacht gezahlt.«

»Sie? Hatte er eine Frau dabei?«

»Nichts in der Art.« Sie kniff prüde die Lippen zusammen. »Er traf sich hier mit zwei Kollegen.«

»Mallory und Lewis?«

»Ihren Namen haben sie mir nicht genannt.«

»War einer davon ein Fettsack mit Bulldoggengesicht?«

Offenbar schockiert über seine Beschreibung antwortete sie: »Er war ... beleibt. Kein besonders schöner Mann.«

»Nicht so schön und nett wie Agent Easton.«

Sie sagte nichts darauf, sondern sah ihn nur ohne zu blinzeln an.

»Was ist mit dem dritten Mann?«

»An den kann ich mich kaum erinnern.«

Gif Lewis, dachte Rudkowski. Der Mann verschmolz mit jedem Hintergrund. Rudkowski zog beunruhigt die Unterlippe zwischen die Zähne. »Easton zahlte mit einer Kreditkarte?«

Sie antwortete mit knappem Nicken. »Er prüfte die Rechnung, um sicherzustellen, dass ich auch die Kosten für die Minibar hinzuaddiert hatte. Und den Kuchen.«

»Kuchen?«

»Er rief an und bat mich, vom Zimmerservice einen hochbringen ...«

»*Kuchen?*«

»Ja.«

Kein »Sir« mehr, fiel ihm auf. Nicht dass es ihm wichtig

war, was sie von ihm hielt, trotzdem gab er seiner nächsten Frage etwas Saccharin zu, denn die war besonders wichtig.

»Ms. Li, hat Easton, nachdem er die Rechnung beglichen hatte, Ihnen zufällig gesagt, wohin er von hier aus wollte? Hat er eine Reservierung in einem anderen Hotel vorgenommen?«

»Nein. Aber er hat etwas für Sie zurücklegen lassen.«

»Für *mich*?«

»Genau das wollte ich Sie ganz zu Anfang fragen, bevor Sie mich unterbrachen. Ich wollte Sie fragen, ob Sie hier sind, um den Umschlag abzuholen. Mr. Easton meinte, Sie würden deswegen vielleicht innerhalb der nächsten Tage auftauchen. Ehrlich gesagt hatte ich kaum mehr daran geglaubt. Warten Sie einen Moment, bitte.« Sie verschwand in ein Büro und kehrte gleich darauf mit einem Briefumschlag zurück. »Bitte sehr.«

Er zupfte ihn aus ihrer Hand. »Danke.«

»Mir wurde bereits dafür gedankt. Von Mr. Easton. Ich habe das gern für ihn getan.« Sie drehte ihm den Rücken zu und verschwand in ihrem Büro.

Rudkowski stakste durch die Lobby und die Automatiktür, erst draußen riss er den Umschlag auf und zog das einzelne Blatt Hotelbriefpapier heraus. In der Mitte stand in Druckbuchstaben: *Hey, Rudkowski. Lecken Sie mich am Arsch.*

Kapitel 12

Über ihre Wange zu streichen, um den Schokoladenfleck wegzuwischen, war eines gewesen. Seinen Daumen abzulecken etwas ganz anderes. Hätte Drex nur das Erste getan und das Zweite gelassen, hätte sie den Vorfall inzwischen bestimmt vergessen. Wahrscheinlich. Vielleicht. Aber weil er es getan hatte, beschäftigte sie das Erlebnis noch zwei Tage danach. Jedes Mal, wenn sich die Szene in ihrem Kopf abspielte, verstärkte sich das Kribbeln in ihrem Körper. Genau wie ihre Verlegenheit.

Denn es war kein spontaner Einfall gewesen, den man mit einem Lachen abtun konnte. Er hatte dabei nicht laut geschmatzt oder einen Witz über ihre Schokoladensucht gemacht. Was in seinen Augen aufgeblitzt hatte, als er sie angesehen hatte, war kein Schalk gewesen. Ganz und gar nicht.

Nein, den Daumen abzulecken war eine Provokation gewesen. Weshalb sie sich verpflichtet fühlte, Jasper davon zu erzählen.

Was sie aber nicht getan hatte.

Sie hatte es ihm nicht an jenem Nachmittag erzählt, als er aus dem Country Club zurückgekommen war, und auch nicht beim Abendessen oder als sie heimgekommen waren und festgestellt hatten, dass Drex ihren Ventilator zurückgebracht hatte, mitsamt der angehängten Einladung für heute Abend.

Bei jeder dieser Gelegenheiten hätte sie Jasper den Vorfall als Anekdote erzählen, sich darüber lustig machen, ihn als Nebensächlichkeit abtun können. Aber sie hatte ihn in keinem Gespräch erwähnt; inzwischen war zu viel Zeit verstrichen, und die Sache hatte Gewicht bekommen.

In letzter Zeit hatten sich die Spannungen zwischen ihr und Jasper verschärft, und dass keiner von beiden sie ansprechen wollte, machte alles nur schlimmer. Falls Talia ihm von dem Vorfall mit Drex erzählte, wären sie womöglich gezwungen, sich den Problemen in ihrer Ehe zu stellen, was beide bisher tunlichst vermieden hatten.

Auf jeden Fall würde es sich wie ein Geständnis anfühlen, wenn sie Jasper jetzt davon erzählte. Er würde wissen wollen, warum sie ihn erst so spät ins Bild setzte, wo sie den Mann in weniger als einer Stunde zu einem Doppeldate treffen würden. Sie wollte keinen Streit mit ihm anfangen, kurz bevor sie gemeinsam ausgingen.

Wie von ihr vorhergesagt, war Elaine aufgekratzt wie ein Teenager, der vom Captain der Schulmannschaft zum Abschlussball ausgeführt wird. Nur Minuten, nachdem Drex die Einladung ausgesprochen hatte, hatte sie Talia angerufen und ihr Wort für Wort wiedergegeben, was er gesagt hatte, und zwar in einem Tonfall, als hätte jeder einzelne Satz mit einem Ausrufezeichen geendet. Im Verlauf der letzten zwei Tage hatte Elaine nicht weniger als ein Dutzend Mal angerufen, weil sie sich einfach nicht entscheiden konnte, was sie heute Abend anziehen sollte.

Währenddessen hatte Talia nichts von Drex gesehen oder auch nur gehört, seit sie ihn in der Tür hatte stehen lassen. Sie war Hals über Kopf geflüchtet, ohne sich auch nur die Zeit für ein Abschiedswort zu nehmen. Mehrmals war ihr aufgefallen, dass sein Auto nicht in der Einfahrt stand, doch nie hatte sie ihn wegfahren oder zurückkommen sehen. Als sie Jasper beiläufig gefragt hatte, ob er ihm irgendwann begegnet sei, hatte er mit einem desinteressierten »Nein« geantwortet.

Jetzt fragte sich Talia, bis zum Kinn in duftendem Badeschaum liegend, ob der Vorfall Drex genauso beschäftigte wie sie. Falls er genauso lange über diese paar Sekunden nachgegrübelt hatte wie sie, würde er die Geste vielleicht bereuen und verlegen reagieren, wenn er sie heute Abend sah. Konnte es peinlich für sie beide werden?

Nein. Es würde nicht peinlich werden, weil sie das nicht zulassen würde. Sie würde ihn behandeln wie zuvor: freundlich, aber mit klar gezogenen Grenzen.

Wahrscheinlich nahm sie ohnehin alles viel zu ernst.

Nachdem sie zu diesem Schluss gekommen war, stieg sie aus der Wanne und begann sich für den Abend anzuziehen. Sie und Jasper hatten Elaine angeboten, sie um sieben abzuholen. Fünfzehn Minuten davor warf Talia einen letzten Blick in den Spiegel, griff nach ihrer Handtasche und rief, als sie aus ihrem Ankleidezimmer trat, Jasper zu: »Ich bin so weit.«

Elaine lebte in einem eleganten Viertel mit Stadtvillen aus dem frühen zwanzigsten Jahrhundert, die den Eigentümern viel teure Wohn-, aber praktisch kaum Grünfläche boten. Talia hielt am Straßenrand und ging den kurzen Weg vom Bürgersteig zu Elaines Haustür, die nur durch einen Eisenzaun und eine Reihe von Büschen von der Straße getrennt war.

Sekunden, nachdem Talia geläutet hatte, riss Elaine die

Tür auf und rief aus: »O mein Gott, du siehst umwerfend aus!«

»Danke. Du aber auch.«

»Es ist neu.« Elaine kniff in den Stoff ihres langen Kleides und knickste.

»Und bezaubernd.«

»So was Enges kann ich leider nicht mehr anziehen«, sagte sie bedauernd und begutachtete Talia ausgiebig. »Parkt Jasper den Wagen? Komm rein, komm rein, damit uns die Moskitos nicht auffressen. Drex, kümmerst du dich bitte um die Getränke?«

Talia blieb wie angewurzelt stehen, als sie ins Haus trat und ihn auf dem Sofa lungern sah. Eine Raubkatze, die sich nach erfolgreicher Jagd in der Sonne fläzte, hätte nicht satter und zufriedener wirken können, als er sich vorbeugte und erhob. »Hallo, Talia.«

Er trug eine Anzughose und Krawatte, aber die Krawatte war gelockert, der Kragenknopf offen. Sie war noch nicht darauf gefasst gewesen, ihm erstmals seit ihrer letzten Begegnung wieder in die Augen zu sehen, und so perplex, ihn hier anzutreffen, dass die ersten Worte aus ihrem Mund wie ein Vorwurf klangen. »Ich dachte, du würdest im Restaurant auf uns warten.«

»Er hat angerufen und gefragt, ob er früher vorbeikommen könnte«, mischte Elaine sich ein. »Und sieh nur, was er mir mitgebracht hat!« Sie deutete auf den Couchtisch, auf dem ein mit Gummiband zusammengehaltenes Manuskript lag.

»Er hat es kopieren lassen und mich gebeten, es zu lesen, damit ich ihm eine ehrliche Einschätzung geben kann, was ich hoch und heilig versprochen habe.«

Talias Blick wanderte von dem Manuskript zurück zu Drex. Sein Lächeln wirkte überheblich, seine Augen funkelten zweideutig, und sie war ganz sicher, dass er sie mit Absicht ganz dezent auf den Punkt neben ihrem Mund richtete, den er mit seinem Daumen berührt hatte.

Ehe sie der Versuchung nachgeben konnte, durch den Raum zu stürmen und ihm eine Ohrfeige zu verpassen, drehte sie ihm den Rücken zu und sagte zu Elaine: »Bestimmt wird ihm dein Urteil helfen.«

»Das hat es bereits. Er hat mir mehrere Titel vorgeschlagen, und wir haben uns auf einen geeinigt, kurz bevor du herkamst. Darf ich ihn verraten, Drex?«

»Mir wäre es lieber, wenn er vorerst unter uns bleibt.«

Talia hatte erst jetzt Augen für die ganze Szene und stellte fest, dass Elaines Highheel-Sandalen seitlich vor dem Sofa lagen. Drex' Anzugjackett hing zusammengefaltet über der Armlehne eines Sessels. Ein Gasfeuer flackerte im Kamin. Es verlieh dem Raum eine romantische Aura, strahlte aber keine Wärme aus.

Anders als Talias Wangen. Sie brannten vor Wut, dass er so mit ihr spielte. Es war eine Beleidigung, dass er Elaine gebeten hatte, sein Manuskript zu lesen, nachdem er ihr Angebot so vehement zurückgewiesen hatte. Außerdem spielte er genau auf die Weise, vor der Talia ihn gewarnt hatte, mit Elaines Gefühlen.

»Was hält Jasper auf?«, fragte Elaine.

Talia versteckte ihren Zorn hinter einem bedauernden Lächeln. »Er muss sich leider entschuldigen.«

»Er kommt nicht mit? Warum?«

»Ich hätte euch Bescheid gesagt, habe es aber selbst erst erfahren, als wir losfahren wollten. Er hat bis zum letzten

Augenblick gewartet, bevor er es mir sagte, weil ich auf keinen Fall absagen sollte. Er bestand darauf, dass ich mitkomme. Außerdem war eigentlich geplant, dass wir dich heute Abend fahren. Er wollte dich nicht versetzen. Wie sich herausstellt…« Sie ließ den Satz unvollendet bis auf eine hochgezogene Schulter und ein halbes Nicken in Drex' Richtung.

»Warum kommt Jasper nicht mit?«, fragte er.

Sie drehte sich zu ihm um. »Magenprobleme.«

»Ein Virus?«

»Die Austern, die er zu Mittag hatte.«

»Ich habe meinen Mann immer davor gewarnt, sie roh zu essen«, meinte Elaine.

Weder Drex noch Talia äußerten sich dazu. Er sah sie immer noch an, als würden sie einen Insiderwitz teilen. Einen gemeinen Insiderwitz. Einen ganzen Abend in seiner Gesellschaft zu verbringen war mehr, als sie ertragen konnte.

»Es ist mir wirklich unangenehm, dass ich dich auch noch hängenlassen muss«, sagte sie zu Elaine. »Aber ich habe wirklich das Gefühl, dass ich nach Hause fahren und nachsehen sollte, ob mit Jasper alles in Ordnung ist.«

Elaine trat auf sie zu und hakte sich bei ihr ein. »Unfug. Du weißt doch, wie Männer sind, wenn sie krank werden. Entweder sind sie ein Häuflein Elend und wollen ihre Mama, oder sie werden widerborstig. Ich glaube, Jasper fällt eher unter die zweite Kategorie. Außerdem lasse ich nicht zu, dass du dieses umwerfende Kleid umsonst angezogen hast. Drex, es macht dir doch nichts aus, uns beide zu eskortieren?«

Das Grübchen tauchte wieder auf. »Es ist mir ein Vergnügen. Und ich würde nur höchst ungern eines der Desserts zurückgehen lassen, die ich, wenn ihr gestattet, vorab bestellt habe.«

»Ooh, welches denn?«, fragte Elaine.

»Schokoladensoufflé.«

Dabei beobachtete er Talia mit einem so zweideutigen Blick, dass sich ihr die Nackenhaare aufstellten.

Er ging zur Bar, drehte sich zu ihr um und zog eine Braue hoch. »Darf ich dir einen schönen Rotwein einschenken?«

Sie warf ruppig ihre Handtasche auf den nächsten Sessel. »Nein. Einen Wodka Martini. Stark.«

Er wollte sie umbringen.

Aber erst wollte er sie ficken.

Nein, er wollte sie erst ficken, dann auf die Folter spannen und dann umbringen.

Diese gewaltlüsternen Vorstellungen plagten Drex, seit er sie auf dem Foto gesehen hatte, wo sie auf Marians Jacht gestanden hatte, zwar mehrere Meter von Jasper Ford entfernt, aber trotzdem auf demselben Boot wie er. Beide zusammen.

»Dieser ganze Bockmist von der Kundenbeschwerde, dem Mailwechsel, den selbst überbrachten Rosen war genau das: nur Bockmist!«, hatte er Mike und Gif erzählt, als er sich von dem Schock erholt und so weit gefangen hatte, dass er die beiden anrufen konnte.

»Und du bist sicher, dass sie es ist?«, hatte Mike gefragt. »Ich meine, Gif und ich dachten das auch, aber wir kennen sie nur von Bildern her. Du kennst sie persönlich und aus der Nähe.«

Sie wussten nicht, wie persönlich und aus welcher Nähe.

»Sie ist es.«

»Also, was meinst du?«, hatte Mike gefragt. »Ist sie das nächste Opfer ihres Mannes oder seine Komplizin?«

»Verflucht, woher soll ich das wissen?«, hatte Drex gefaucht.

Nachdem er sie und Jasper so nahe beieinander auf dem Deck der Jacht gesehen hatte, obwohl sie sich damals angeblich gar nicht gekannt hatten, hatte er methodisch jede seiner Begegnungen mit Talia analysiert und in ganz neuem Licht betrachtet. Vor allem ihren unangekündigten Besuch in seinem schmuddeligen Zuhause.

Dass sie ihn mit einer Liste von Restaurants versorgt hatte, war ein akzeptabler Vorwand gewesen, ihn zu besuchen, aber genauso gut konnte Jasper sie auf Erkundungstour geschickt haben. Sie hätte in einem durchsichtigen Negligé vor seiner Tür stehen können, und es hätte nicht erotischer gewirkt als ihre Jeans und T-Shirt. Aber vielleicht hatte sie die schlichte Aufmachung mit Kalkül gewählt, um dem Besuch einen nachbarschaftlichen und unschuldigen Anstrich zu geben.

War der Schokoladenfleck zufällig und unbemerkt nach ihrem Frühstück zurückgeblieben, oder hatte sie absichtlich ihren Finger in die Glasur getunkt und sie an einer Stelle aufgetragen, an der er sie unmöglich übersehen konnte? An einer Stelle, die ein penetrantes Ziehen in seinen Lenden auslöste?

Die Frage, ob sie Opfer oder Komplizin war, hing unbeantwortet in der Luft, bis Mike sagte: »Drex, lass mich eine Frage stellen, die einiges klären und vereinfachen könnte.«

»Schieß los.«

»Wenn sie wirklich keine Ahnung von den vergangenen Untaten ihres Mannes hat, warum hat sie dich dann angelogen, wie sie sich kennengelernt haben?«

Alle drei hatten schweigend über diese Frage nachgesonnen.

Schließlich hatte Drex knurrend das Wort ergriffen: »Und ich hatte schlaflose Nächte, weil ich mir Sorgen um sie gemacht habe.«

Und jetzt saß er hier und füllte die Reste der zweiten Weinflasche in Elaines Glas. Noch nie in seinem Leben hatte er ein so langes Abendessen durchstehen müssen. Es war die reine Folter. Seit dem Moment, in dem Talia durch Elaines Haustür gekommen war, hatte er seine Köder ausgeworfen, und sie hatte angebissen. Sie hatte ihre kleine Handtasche in den Sessel geschleudert, als würde sie ihm einen dornenbesetzten Fehdehandschuh hinwerfen.

Sie köchelte in ihrem Kleid – das, nebenbei bemerkt, *tatsächlich* ein hautenger Hammer war, unter dem sie keine sichtbare Unterwäsche trug. Sie bebte vor Entrüstung, wenn sie ihn ansah, was nicht oft vorkam. Tatsächlich ignorierte sie ihn, so gut es ging, während des gesamten Essens.

Er fragte sich, ob ihr offenkundiger Zorn etwas mit dem gefühlsbeladenen Moment auf seiner Türschwelle zu tun hatte, nach dem sie losgeschossen war, als wäre sein Apartment in Flammen aufgegangen. Vielleicht hatte seine suggestive Geste sie beleidigt.

Aber er vermutete, dass ihre reizbare Grundstimmung heute Abend mehr mit Elaine zu tun hatte, die genau wie vorhergesagt auf seine charmanten Avancen reagierte, was Talia um jeden Preis hatte verhindern wollen.

Elaines überschäumendes Temperament machte es unmöglich, sie nicht zu mögen, doch als würde sie die Spannungen zwischen Talia und ihm spüren, hatte sie sich zur inoffiziellen Gesprächsleiterin ihres Trios ernannt und duldete keine Sekunde Stille. Jede Gesprächslücke füllte sie mit Geplapper. Drex reagierte, als würde ihn jede ihrer geistlosen Bemerkungen köstlich amüsieren, was Elaines Flirtbemühungen noch verstärkte und dadurch wiederum Talias Zorn befeuerte.

Als sie die Vorspeisen verzehrt hatten und auf die Soufflés warteten, entschuldigte Elaine sich und verschwand auf die Toilette, womit er zum ersten Mal an diesem Abend allein mit Talia zurückblieb. Sie holte ihr Handy aus der Handtasche und tippte eine Nachricht ein.

»An Jasper?«

Sie antwortete mit einem gepressten »Ja«. Während sie auf eine Antwort wartete, studierte sie ausgiebig die Volantvorhänge, den Kronleuchter, das Webmuster der Tischdecke. Sie zupfte an ihrem schmalen Diamantarmreif, als hätte sie eben festgestellt, dass er ohne ihr Wissen um ihr Handgelenk geschlossen worden war. Ihn sah sie nicht an.

»Du kommst mir heute Abend verstimmt vor.«

Sie hörte auf, ihren Armreif zu inspizieren, und sah zu ihm auf, sagte aber nichts.

»Warum so mürrisch? Vermisst du Jasper?«

Als hätte es die Spitze gehört, pingte ihr Handy. Sie las die Nachricht und schaltete es aus.

»Wie geht es ihm?«

»Besser.«

»Alles ausgekotzt?«

»Mit Ginger Ale kuriert.« Dann fuhr sie ihn offen feindselig an: »Du bist ein richtiger Arsch, habe ich recht?«

Drex hatte keine Zeit zu antworten, denn im selben Moment kehrte Elaine an den Tisch zurück und die Soufflés wurden serviert.

Sie aßen sie und unterhielten sich dabei ausschließlich über Kalorien und jene Gerichte, die unbedingt eine Sünde wert waren. Danach tranken sie noch einen Kaffee, allerdings eher zügig, und als Elaine noch einen Abschlussdrink vorschlug, hatte Talia genug.

»Es tut mir leid, dass ich den Abend so früh beenden muss«, log sie. »Jasper sagt zwar, dass er sich besser fühlt, aber ich sollte wirklich zu ihm nach Hause.«

Elaine hatte darauf bestanden, dass sie gemeinsam zum Restaurant fuhren und Talias Wagen bei ihrem Stadthaus stehen ließen. Als der Parkservice des Restaurants Drex' Auto vorfuhr, stieg Elaine, wie auf der Herfahrt, vorne ein. Talia saß wieder hinten.

Durch ihre Sitzposition konnte Drex sie im Rückspiegel beobachten. Talia schaute die ganze Fahrt über aus dem Seitenfenster.

Als sie sich Elaines Haus näherten, drückte Elaine ihr Bedauern aus, dass Jasper ein so köstliches Essen verpasst hatte. »Wir könnten uns doch morgen alle zum Lunch im Country Club treffen, wenn er bis dahin wieder auf dem Damm ist.«

Talia starrte weiter aus dem Fenster. »Das kommt darauf an, wie er sich morgen früh fühlt. Ich sage dir Bescheid.« Sie klang nicht allzu begeistert.

»Ich werde einen Tisch für vier reservieren und hoffen, dass ihr beide es schafft. Gegen zwölf? Oder lieber etwas später?«

»Tut mir leid, Elaine, aber ich bin nicht dabei«, sagte Drex.

»O nein.«

»Ich hänge an einem entscheidenden Punkt in meinem

Roman fest und brauche dringend etwas Inspiration. Ich spiele mit dem Gedanken, welche zu suchen.«

»Und wo fängt ein Schriftsteller an, nach Inspiration zu suchen?«

»Auf heiligem Boden.«

»In der Kirche?«

»In Hemingways Haus auf Key West.«

Talia reagierte sofort. Ihr Kopf drehte sich nach vorn. Ihre Blicke trafen sich im Rückspiegel.

»Warst du schon mal dort?« Er richtete die Frage an sie, doch Elaine antwortete zuerst.

»Mein Mann und ich haben dort mal geankert, aber nur ein einziges Mal. Für ihn war die Atmosphäre ein bisschen zu unkonventionell.«

Drex nahm das mit einem Nicken zur Kenntnis, wandte die Augen aber nicht von Talia ab, die, nachdem sie seinen Blick mehrere Sekunden erwidert hatte, wieder aus dem Fenster schaute. *O nein. Kommt nicht infrage,* dachte er. Er würde ihr die Antwort auf seine Frage nicht ersparen. »Und wie ist es mit dir, Talia?«

Ohne ihn anzusehen, senkte sie leicht das Kinn. »Ich war vor ein paar Jahren dort.«

»Und?«

»Und ...« Sie zog eine fast nackte Schulter hoch. »Es war ganz nett.«

»Nur ganz nett?«

»Nicht das schlimmste Reiseziel, aber auch keins von meinen Lieblingszielen.«

»Was hat dir nicht gefallen? Das Essen? Das Nachtleben?«

Mit spürbarer Ungeduld antwortete sie: »Nichts, worauf ich den Finger legen könnte.«

»Hm. Hast du Hemingways Haus besichtigt?«

»Nein, aber es überrascht mich nicht, dass du es sehen willst.«

»Wieso das?«

Sie sah ihn über den Spiegel an. »Jasper vertritt die Theorie, dass du dir ein Image als Schriftsteller zulegen willst, das sich an Jack London oder Hemingway anlehnt.«

»Jasper hat sich so viele Gedanken über mich und meine beruflichen Ziele gemacht?«

»Das war sein Kommentar, als ich ihm von deiner Kindheit in Alaska erzählt habe.«

»Alaska?«, zwitscherte Elaine. »Wie faszinierend.«

»Eigentlich nicht«, sagte Drex.

»Ich habe noch nie jemanden getroffen, der von dort kommt. Du musst mir alles darüber erzählen. Wie wär's mit einem kleinen Absacker?«

Er lenkte den Wagen vor ihrem Haus an den Straßenrand, stellte den Ganghebel in Parkposition, ließ aber den Motor laufen. »Wenn ich nach Florida will, muss ich morgen sehr früh aufstehen und die Reise planen. Darf ich ein andermal auf dein Angebot zurückkommen?«

»Natürlich. Außerdem solltest du wahrscheinlich Talia nach Hause folgen.«

Er sah nach hinten. »Das hatte ich vor.«

»Mach dir meinetwegen keine Umstände. Außerdem bin ich ein großes Mädchen.« Sie stieg aus und schloss die hintere Autotür.

Bis Drex ausgestiegen war und Elaine die Beifahrertür geöffnet hatte, stand Talia auf dem Bürgersteig und ließ ungeduldig den Schlüssel in ihrer Hand hüpfen. »Danke für das Abendessen, Drex. Es war bezaubernd.« Ihr mörderischer

Blick ließ erkennen, dass das kaum aufrichtig gemeint war. »Gute Nacht, Elaine.« Sie beugte sich vor und hauchte zwei Luftküsse neben Elaines Wangen. »Ich melde mich.«

»Schick Jasper meine Grüße. Und versprich, dass du morgen anrufst und mir erzählst, wie es ihm geht.«

»Ja, mache ich.« Ohne Drex eines weiteren Wortes oder Blickes zu würdigen, drehte sie sich um und stöckelte zu ihrem Auto, wobei ihre High Heels ein wütendes Stakkato auf das Pflaster hämmerten.

Elaine drückte seine Schulter. »Mir egal, ob sie ein großes Mädchen ist, ich sehe ihr an, dass ihr irgendwas zusetzt. Sie war den ganzen Abend nicht sie selbst. Pass auf, dass sie sicher nach Hause kommt, okay?«

»Nachdem ich dich zur Tür gebracht habe.«

»Unfug. Das sind nur zwanzig Schritte.«

»Bist du sicher?«

»Fahr schon. Ich glaube, sie macht sich mehr Sorgen wegen Jasper, als sie uns wissen lassen will.«

Er lächelte bitter angesichts dieser unbeabsichtigten Ironie. »Du hast recht.« Er küsste Elaine flüchtig auf die Wange und wünschte ihr eine gute Nacht, dann stieg er wieder in seinen Wagen und fuhr los, Talias Rückleuchten hinterher.

Nachdem er zu ihrem Auto aufgeschlossen hatte, blieb er dicht hinter ihr und fuhr darum nur wenige Sekunden, nachdem sie in ihre Einfahrt gebogen war, in seine. Sie öffnete per Fernbedienung das Garagentor und schloss es wieder, sobald die hintere Stoßstange in der Öffnung verschwunden war.

Drex stieg aus, trat hinter seinen Wagen und öffnete den Kofferraum. Er holte eine Sporttasche heraus, klappte den

Kofferraum wieder zu und ging dann den Weg entlang, der zum Apartment über der Garage führte.

»Wie war der Abend?«

Verdutzt fuhr er herum. Jasper saß im Dunkeln auf der mit Fliegendraht umzäunten Veranda und wippte gemütlich in seinem Schaukelstuhl. Drex schenkte ihm ein Freundlicher-Nachbar-Lächeln. »Du hast gefehlt. Geht es dir wieder besser?«

»Viel.«

»Verdorbene Austern, meinte Talia.«

»Muss wohl so gewesen sein. Wie fandest du das Restaurant?«

»Grandios. Danke für die Empfehlung.«

Ein Licht ging an. Talia erschien als Silhouette in der offenen Tür zur Küche. Sie sah zu Drex, sagte aber nichts. Jasper drehte sich zu ihr um und streckte ihr seine Hand entgegen. Sie ging zu ihm und verschränkte ihre Finger mit seinen.

Die Geste sprach Bände, die Botschaft war klar: Wir sind ein Paar, eine vereinte Front.

Drex überdeckte mit der Hand ein Gähnen und nickte zur Treppe hin. »Also … ich bin fix und foxi. Gute Nacht.«

Jasper wünschte ihm ebenfalls eine gute Nacht, Talia sagte nichts.

Drex stieg die Stufen hoch. Die Fliegentür war unverschlossen, aber die Tür dahinter musste er mit dem Schlüssel öffnen. Drinnen durchquerte er im Dunkeln den Wohnbereich, verschwand im Schlafzimmer und schaltete die Lampe auf dem windschiefen Nachttisch an. Dann kehrte er zur Schlafzimmertür zurück und schloss sie, damit keine neugierigen Augen sehen konnten, wie er die Reisetasche öffnete, die er aus dem Kofferraum geholt hatte. Er nahm seinen Laptop, das Fernglas, das Abhörgerät, die FBI-Marke und die Pistole heraus.

Seit seiner Entdeckung, dass Talia mit Jasper in Key West gewesen war, hatte er grundsätzlich alles mitgenommen, wenn er das Haus verließ. Als Vorsichtsmaßnahme. Nur für den Fall, dass jemand sein Apartment durchsuchte. Jemand, der sich nicht von einer abgeschlossenen Tür abhalten ließ.

Außerdem wollte er es wissen, wenn tatsächlich jemand zum Schnüffeln kam.

Darum hatte er eine weitere Vorsichtsmaßnahme getroffen.

Er nahm die Nachttischlampe am Fuß und hielt sie seitlich neben das Bett, wo er den Boden mit Puder bestäubt hatte, allerdings so schwach, dass es nicht auffiel, solange man nicht eigens darauf achtete.

»Sieh da.«

Irgendwann, nachdem er zum Abendessen losgefahren war, hatte jemand den Puder verschmiert, fast als hätte sich derjenige neben dem Bett niedergekniet, vielleicht um einen Blick darunter oder zwischen die Matratze und das Bettgestell zu werfen.

Er stellte die Lampe zurück auf den Nachttisch und schaltete sie aus, griff dann nach dem Fernglas, öffnete die Schlafzimmertür und trat ins Wohnzimmer. Am Fenster richtete er das Glas auf das Haus nebenan. Drinnen brannte kein Licht, aber das hieß nicht, dass er nicht beobachtet wurde.

Jasper hatte nie beabsichtigt, mit ihnen essen zu gehen. Er hatte an diesem Abend etwas anderes vorgehabt.

Drex lachte leise und schnaubte. »Verdorbene Austern, von wegen.«

Kapitel 13

Talia hatte ihren Caffè Latte noch kein einziges Mal angerührt.

Sie hatte ihn nur gekauft, um einen Tisch zu ergattern, die
gerade Mangelware waren. Das Café war in einem Anbau im
Erdgeschoss des mehrstöckigen Ärztehauses untergebracht.
An diesem Vormittag war es voll; die Baristas hatten alle
Hände voll zu tun.

Talia mutmaßte, dass zahllose Patienten nach irgendwelchen Eingriffen oder Untersuchungen eingekehrt waren,
weil sie entweder Anlass zum Feiern oder aber Anlass zu
einer sofortigen Neueinschätzung hatten, wie sie ihre persönlichen Prioritäten gewichten sollten.

An einem Tisch in ihrer Nähe sprach ein junges Paar
lachend in ein Handy, weil es offenbar Schönes über Face-
time zu berichten gab. Ebenfalls in ihrer Nähe saß ein älteres
Pärchen. Die Frau weinte lautlos in ein Taschentuch, während der Mann mit hängenden Schultern, abgezehrten Ge-
sichtszügen und verzweifelten, glasigen Augen dasaß.

Talias Emotionen lagen irgendwo dazwischen. Sie war
nicht glücklich, aber sie wehrte sich erbittert gegen die Hoff-
nungslosigkeit.

»Talia?«

Sie hob den Kopf. Vor ihr stand Drex Easton.

»Ich dachte mir schon, dass du es bist. Ich habe dich gesehen, als ich …« Er verstummte und deutete mit dem Daumen in Richtung Lobby, bevor er sich vorbeugte und sie genauer ansah. »Was ist?«

Sie senkte wieder den Kopf und presste die Fingerspitzen gegen die Stirn. Er war der letzte Mensch, den sie im Moment sehen wollte. Sie war schlicht nicht für ihn gerüstet. Statt sich auf ein Gespräch einzulassen, beschloss sie, den Rückzug anzutreten. Sie griff nach ihrer Handtasche und stand auf. »Ich wollte gerade gehen. Du kannst meinen Tisch haben.«

Doch als sie losgehen wollte, schloss sich seine Hand um ihren Bizeps und hielt sie zurück. »Was ist mit dir?«

»Nichts.«

»Sag nicht nichts. Irgendwas ist los. Bist du krank? Hat Jasper sich doch was Ansteckendes eingefangen?«

»Nein. Es geht mir gut.«

»Du siehst aber nicht so aus.«

»Lass meinen Arm los.«

»Talia …«

»Lass mich.« Sie riss ihren Arm los.

Er griff wieder nach ihr.

»Alles okay?«

Talia hatte den anderen Mann nicht kommen sehen, bis er direkt neben ihnen stand. Er sah besorgt von ihr zu Drex und fixierte ihn dann mit einem strafenden Stirnrunzeln. Erst jetzt wurde ihr bewusst, dass auch andere Gäste innegehalten hatten und sie beobachteten.

»Ja, Kumpel, es ist alles okay«, sagte Drex.

Der Mann entschuldigte sich nicht und wich auch nicht zurück, sondern sah Drex weiter streng an.

Drex' Blick war genauso finster. »Ich habe doch *gesagt,* dass alles in Ordnung ist.«

Ohne darauf einzugehen, wandte sich der Mann ihr zu und fragte leise: »Madam?«

Sie schluckte. »Es ist alles in Ordnung.« Ihr Lächeln war zittrig und wenig überzeugend, darum ergänzte sie: »Ich habe mich nur aufgeregt, weil... weil...«

»Ihr Dad eben seine Diagnose bekommen hat«, flunkerte Drex. »Sie stehen sich sehr nahe.«

Talia musste bewundern, wie mühelos er log. Sie wandte sich wieder an den Fremden. »Ich bin Ihnen sehr dankbar für Ihren Beistand. Wirklich. Aber es ist alles in Ordnung. Ich brauche nur etwas frische Luft.«

»Sicher, Schatz.« Drex bedachte den Mann mit einem bösen Blick und schob sich an ihm vorbei, dann umgriff er behutsam ihren Ellbogen und manövrierte sie aus dem Café.

Er führte sie quer durch die Lobby zu einer Sitzgruppe, die abgetrennt hinter einer Reihe von Topfpflanzen stand. Dort hatten sie etwas Privatsphäre, aber Talia wollte keine Privatsphäre. Es hatte noch nie zu etwas Gutem geführt, wenn sie allein mit Drex Easton gewesen war; Jasper schien das nicht zu gefallen, und außerdem war ihr noch gut im Gedächtnis, wie schmierig Drex sich am Abend zuvor aufgeführt hatte.

Er bedeutete ihr mit einer Handbewegung, sich auf eines der Sofas zu setzen.

Sie schüttelte den Kopf. »Ich muss los.«

Er sah sie konsterniert an. »Du bist aufgewühlt.«

»Das war ich nicht, bis du dich aufgedrängt hast.«

Er stand einfach da, eine imposante Gestalt, an der sie sich nicht vorbeischieben konnte, ohne dabei noch einmal eine Szene auszulösen. Sie ließ sich auf die Polsterbank fallen, er hockte sich auf die Kante der Bank gegenüber. Sie winkelte die Knie seitlich an, damit sie seine auf keinen Fall berührten.

»Was ist los?«, fragte er.

»Nichts. Du machst viel zu viel Wind um…«

»Irgendwas ist mit dir. Das sehe ich dir an.«

»Wie willst du mir das ansehen? Du kennst mich nicht so gut, als dass du meine Stimmung ablesen könntest. Du kennst mich überhaupt nicht.«

Schnell und geschmeidig beugte er sich vor und erklärte hitzig: »Und das nagt an mir. Mächtig.«

Seine veränderte Haltung brachte sie aus der Fassung. Sie lehnte sich zurück, um aus seiner Nähe zu flüchten. »Warum sollte es? Wieso sollte es dich interessieren, selbst wenn meine ganze Welt zusammenbricht?«

»Bricht denn deine ganze Welt zusammen?«

»Nein!«, rief sie aus.

»Warum sitzt du dann im Café und starrst so desolat in deinen Kaffee?«

»Desolat?«

»Ich wusste auch nicht, was das heißt, bis ich es nachgeschlagen habe.«

»Ich weiß, was es heißt, und du weißt es auch.«

»Na schön, also, weshalb so desolat?«

»Herr im Himmel«, schnaufte sie aus. »Du lässt einfach nicht locker, oder?«

Statt einer Antwort verschränkte er die Arme und setzte sich auf der Bank zurecht, als warte er auf eine ausführliche Erklärung.

Sie schloss kurz die Augen und sagte resigniert: »Ich komme gerade vom Zahnarzt. Oberster Stock.« Sie hob die Hand, um die Stockwerke über ihnen anzuzeigen. »Mir war ein bisschen schummrig nach der Tablette, die sie mir gegeben haben. Ich dachte, ein Kaffee würde mich wieder auf die Beine bringen, ehe ich nach Hause fahre.« Vorsichtig betastete sie ihre Wange. »Die Betäubung ließ gerade nach. Ich fühlte mich ganz und gar nicht auf dem Damm. Dann tauchst du auf und machst so ein Spektakel.« Sie verstummte, holte tief Luft und sah ihn mit schmalen Augen an. »Wehe, du begrapschst mich noch mal.«

»Ich habe dich nicht begrapscht.«

Sie sah ihn finster an.

Er schob die Finger durch seine Haare, sah zur Seite und betrachtete die leicht vergilbten Blätter des nächsten Ficus, ehe er sie wieder ansah. »Ich wollte nicht grapschen. Ich wollte auch kein Spektakel machen. Bitte entschuldige.«

Er schien es aufrichtig zu meinen. »Entschuldigung angenommen.« Nach kurzer Stille sagte sie: »Ich dachte, du wärst unterwegs nach Florida.«

»Das dachte ich auch. Aber nur, bis ich heute Morgen die Flugtarife nachgeschaut habe.«

Sie lächelte leer.

»Hemingways Haus bleibt weiterhin auf meiner Liste«, sagte er. »Aber vielleicht komme ich erst hin, wenn mein Buch veröffentlicht wurde.«

»Ich werde nach Billigflügen Ausschau halten und dir Bescheid geben.«

»Es ist definitiv von Vorteil, wenn die Königin der Reiseagenten nebenan wohnt.«

Das Grinsen, das er aufblitzen ließ, war zu attraktiv, zu verwegen, zu … alles.

Sie sah von ihm weg zu den Aufzügen, wo sich eben eine Kabine geöffnet hatte. Eine Gruppe strömte heraus, eine andere stieg ein. Das Gebäude war belebt, trotzdem hielt sich niemand außer ihnen im Sitzbereich auf, wodurch es fast so wirkte, als wären sie allein.

Erst in diesem Moment ging ihr auf, was für ein eigenartiger Zufall es war, dass er hier aufgetaucht war.

Sie betrachtete ihn zweifelnd. »Was tust du hier, Drex?«

»In der Stadt, meinst du?«

»Ich meine in diesem Gebäude. Warum bist du hier?«

»Ich war auf der Suche nach der Bibliothek. Wurde in die Irre geschickt. Sah das Hinweisschild auf das Café, kam auf einen Espresso herein, um mich zu orientieren.« Er tat all das mit einem Achselzucken ab, dann sah er ihr wieder scharf ins Gesicht. »Ist dir immer noch schummrig? Kannst du fahren?«

»Der Latte hat gewirkt.«

»Du hast ihn nicht getrunken, nicht mal einen Schluck.«

Es irritierte sie, dass ihm das aufgefallen war. Es machte sie nervös, denn vielleicht hatte er noch andere Dinge bemerkt, die wesentlich schwerer wogen. »Ich sollte gehen.« Sie schob den Träger ihrer Handtasche über die Schulter und stand auf.

Er ebenfalls. »Hat dir der Zahnarzt Schmerztabletten mitgegeben?«

»Ein Rezept. Aber ich glaube nicht, dass ich es brauchen werde. Es war nur eine Füllung.«

»Besorg dir die Pillen. Nimm eine, bevor du sie brauchst. Beuge dem Schmerz vor.«

»Ich glaube, vor allem brauche ich ein Nickerchen.« Sie entfernte sich. »Wir sehen uns, Drex.«

»Wo steht dein Wagen?«

»In der Parkgarage.«

»In diesem Gebäude?«

»Dritte Ebene.«

»Ich könnte dich begleiten…«

»Nein danke.« Sie hob die Hand zu einem halbherzigen Winken, drehte sich dann um und marschierte auf die Aufzüge zu.

Drex sah sie durch die Lobby davongehen.

Er war nicht der Einzige, der sie beobachtete.

Von seinem Sitzplatz aus hatte Drex den Gutmenschen aus dem Café bemerkt, als er an Talias Schulter vorbeigeschaut hatte. Der Mann hatte einen Tisch direkt hinter dem Fenster erobert, von wo aus er direkt auf den Sitzbereich schaute. Während sich Talia und Drex unterhalten hatten, behielt der Typ sie im Auge, als wollte er jederzeit zu Talias Rettung herbeieilen können. Drex kochte innerlich.

Jetzt verschwand Drex, während der gute Samariter Talia in den Lift steigen sah, durch die Notausgangstür direkt hinter dem Sitzbereich. Bei jedem Schritt zwei oder drei Stufen auf einmal nehmend, eilte er die Treppe hinunter bis zur dritten Parkebene.

Dort roch es nach Motoröl, Benzin und Gummi. Die Beleuchtung war schlecht, die Decke niedrig und beklemmend. Es hätte jede Parkgarage in jeder beliebigen Stadt überall auf der Welt sein können. Nur dass in dieser Talia Shafer weinend an der Fahrertür ihres Autos lehnte.

Drex stellte sicher, dass sie ihn kommen hörte, weil er ihr keinen Schreck einjagen wollte. Sie drehte sich um, erkannte ihn, und sofort schimmerte Zorn zwischen den noch nicht vergossenen Tränen in ihren Augen auf. »Was tust du hier?«

»Das habe ich dir doch erklärt. Ich war auf der Suche nach der Bibliothek, habe mich verfahren…«

»Du lügst!«

»Genau wie du«, feuerte er zurück und machte einen Schritt auf sie zu. »Es gibt keinen Zahnarzt im obersten Stock. Dort haben die Gynäkologen und Geburtshelfer ihre Praxen.«

Sie sank in sich zusammen, zog die Unterlippe zwischen die Zähne und wandte den Kopf ab. Eine Träne entkam ihrem Auge und rollte über ihre Wange bis zum Kinn, wo Talia sie abwischte.

Drex schluckte den Knoten in seiner Kehle hinunter. Er wollte es nicht wissen, doch er musste fragen: »Bist du schwanger?«

Sie schüttelte den Kopf und bekräftigte das mit einem rauchigen »Nein«.

Obwohl er noch vor fünf Minuten behauptet hätte, dass sein Körper keine derartige Reaktion kannte, wurden ihm vor Erleichterung die Knie weich. Dann kam ihm ein noch schlimmerer Gedanke. »Ist irgendwas…«, verlegen deutete er auf ihren Bauch, »…mit dir?«

»Nein.« Er sah sie zweifelnd an, und sie wiederholte: »*Nein.* Und selbst wenn, würde ich es ganz gewiss nicht mit dir besprechen.« Sie rieb mit den Fäusten über ihre Augen, wappnete sich, indem sie sich aufrichtete, und sah ihm offen ins Gesicht. »Du bist mir hierher gefolgt. Das steht fest. Erklär mir, warum.«

»Weil ich gestern Abend so ein A-Loch war.« Dann verstummte er.

»Wartest du darauf, dass ich dir widerspreche? In dem Fall wartest du vergeblich.«

Er schenkte ihr ein sprödes, halbherziges Lächeln. »Ich habe gesehen, wie du losgefahren bist. Ich bin dir gefolgt, weil ich hoffte, dass ich eine Gelegenheit bekommen würde, mich zu entschuldigen.«

»Dafür, dass du Elaine umgarnt hast?«

»Für alles. Das Manuskript, das Feixen, die Anspielungen, die Trickserei. Ich hatte die Szene so arrangiert, dass du dir deinen Teil denken musstest.«

»Das habe ich allerdings.«

»Ich weiß.«

Sie sah ihn fassungslos an. »Aber warum?«

»Weil ich sehen wollte, ob du eifersüchtig wirst.«

Sie holte kurz Luft, senkte dann den Kopf und schaute auf den schmierigen, ölfleckigen Beton zwischen ihren Füßen. »Ich kann nicht eifersüchtig sein, Drex. Ich bin verheiratet.«

»Ja, ich weiß. Ich kann an nichts anderes mehr denken. Als daran, dass du verheiratet bist. Dass du mit ihm verheiratet bist.«

Sie hob den Kopf und sah ihn an. »Du hast weder irgendeinen Grund noch irgendein Recht, dir darüber Gedanken zu machen.«

»Und trotzdem tue ich es.« Er stützte sich müde mit einem Arm am Autodach ab. Dann ließ er die Stirn gegen seinen Bizeps sinken und atmete tief aus. »Ich kann verflucht noch mal an nichts anderes denken, und das treibt mich in den Wahnsinn.«

Eine gefühlte Ewigkeit rührte sich keiner vom Fleck. Sie wagten kaum zu atmen. Teilte sie seine Angst, dass selbst eine winzige Reaktion wie ein Zwinkern einen Kataklysmus auslösen könnte, dem sie beide nicht mehr entkommen, von dem sie sich nie erholen würden? Er konnte ihre

Gedanken nicht lesen. Sein einziger Anhaltspunkt war ihr Schweigen.

Bis er schließlich hörte, wie ihr Haar über ihre Schulter strich, als sie ihm das Gesicht zuwandte. »Es tut mir leid, Drex«, murmelte sie. »Ich weiß nicht, was ich sagen soll.«

Er hob den Kopf von seinem Arm und sah sie an. Ihre Gesichter waren nur Zentimeter voneinander entfernt, und sein Blick hing an ihren Lippen, als sie ergänzte: »Worauf hoffst du denn, was soll ich denn sagen?«

»Sag einfach nichts.« Noch während die letzte gehauchte Silbe seine Lippen verließ, strichen sie schon über ihre.

Ihr Kopf zuckte zurück. Er nahm die Hand vom Autodach, hob abwehrend die Arme und wich langsam zurück. »Das war unangebracht. Absolut unangebracht. Es tut mir leid.«

Er drehte sich um und entfernte sich ein paar Schritte, hielt dann an und drehte sich noch einmal um. Fünf Sekunden lang sah er sie nur an. »Verfluchter Dreck«, knurrte er. »Wenn es mir schon leidtun soll, dann soll es wenigstens zählen.«

Er kehrte mit halb so vielen Schritten wie zuvor zu ihr zurück. Als er vor ihr stand, nahm er ihr Gesicht zwischen seine Hände, hob es an und küsste sie. Diesmal richtig. Nicht zärtlich oder schüchtern. Sondern ohne Hemmung. Kühn. Leidenschaftlich. Er legte in diesen einen Kuss die ganze Frustration, Wut, Lust, die sie in ihm auslöste.

Dann ließ er sie unvermittelt los, drehte sich wieder um und verschwand.

Er schaffte es zum Lift und fuhr damit in die nächste Parkebene, wo er seinen Wagen abgestellt hatte. Aber sobald er aus der Kabine gestiegen war, lehnte er sich mit dem Rücken gegen die Betonsteinwand und schlug so fest mit dem Hinterkopf dagegen, dass es wehtat.

Was zur Hölle tat er da?

Als er gesehen hatte, wie Talia rückwärts aus ihrer Einfahrt gefahren war, hatte er ohne jeden Plan, ohne jedes Zögern die Verfolgung aufgenommen. Er hatte einfach reagiert. Zum Glück hatte er später ohnehin wegfahren wollen und darum schon alles, was er immer mitnahm, wenn er das Haus verließ, in seine Sporttasche gepackt. Immerhin war er so geistesgegenwärtig gewesen, danach zu greifen, bevor er diese vermaledeite Treppe so schnell hinuntergestürmt war, dass er sich um ein Haar das Genick gebrochen hätte. Dann war er ihr ohne Rücksicht auf irgendwelche Geschwindigkeitsbegrenzungen hinterhergefahren, bis ihr Auto in Sichtweite kam.

Eigentlich hätte sie nie erfahren sollen, dass er sie verfolgte. Nachdem sie in den Aufzug gestiegen war, verstrichen siebenundvierzig Minuten, bis sie wieder heruntergefahren kam. Siebenundvierzig Minuten, in denen er die Motive für seine überstürzte Reaktion analysieren konnte.

Nach einer hitzigen inneren Debatte war er zu dem Schluss gekommen, dass er nicht einfach besessen von dieser Frau war, sondern dass diese zusätzliche Observation durchaus gerechtfertigt war. Sie war jetzt genauso verdächtig wie Jasper. Er musste wissen, wohin sie fuhr, mit wem sie sich traf und warum.

Richtig?

Richtig.

Also war er in der Lobby auf und ab geschlendert, hatte dabei im Auge behalten, wen die Aufzüge ausspuckten, und gleichzeitig alles getan, damit die Security, die an allen Eingängen des Gebäudes postiert war, nicht auf ihn aufmerksam wurde.

Als Talia wieder aufgetaucht war, hatte er sein Herzklopfen ignoriert. Quer durch die Lobby hatte er beobachtet, was sie im Café tat. Nach ein paar Minuten war er zu dem Schluss gekommen, dass sich niemand zu ihr setzen würde. Sie hatte keinen Blick auf ihr Handy geworfen. Sie hatte sich nicht regelmäßig umgesehen, als würde sie auf jemanden warten. Stattdessen hatte sie reglos dagesessen, als wäre sie allein auf der Welt und bräuchte einen Freund.

Auch darin war er gut, hatte er sich ins Gedächtnis gerufen. Im Theaterspielen. Hatte er dieses Talent nicht zur Perfektion gebracht?

Also war er ins Café getreten.

Doch zu diesem Zeitpunkt war ihm schon klar gewesen, dass er sich etwas vormachte. Dass sie so unglücklich aussah, war ihm wichtiger, als dass sie eine Verdächtige in mindestens einem Kapitalverbrechen war. Je öfter er sie gesehen hatte, desto schwerer war es ihm gefallen, seine Objektivität zu wahren, bis sie sich schließlich, und zwar jetzt, in Luft aufgelöst hatte. Er war inzwischen so weit, dass er zugab, absolut besessen von ihr zu sein.

Na gut. Es war zu spät, um es sich anders zu überlegen. Zu spät für einen Neuanfang. Er konnte nichts davon ungeschehen machen. Und den Kuss wollte er auf keinen Fall ungeschehen machen.

Er stieß sich von der Wand ab und ging die Rampe hinunter zu seinem Stellplatz. Sobald sein Auto in Sichtweite kam, blieb er stehen. »*Scheiße!*«

Halb verborgen im tiefen Schatten lehnte der gute Mensch aus dem Café an der Motorhaube des Wagens und wartete offenkundig auf ihn. Angetrieben von seiner Wut, hielt Drex auf ihn zu, bis er direkt vor ihm stand und ihn anherrschte: »Was soll der Scheiß, Gif?«

Kapitel 14

Drex ließ sich in den Fahrersitz fallen. So lange er konnte, verweigerte er sich Gifs bleiernem Blick vom Beifahrersitz aus, doch schließlich drehte er sich um. »*Was?*«

Gif, der Unerschütterliche, fragte: »Musst du das wirklich fragen?«

»Wieso bist du mir gefolgt?«

»Wieso bist du ihr gefolgt?«

»Observation.«

»Observation?«

»Dir ist das Wort doch bestimmt bekannt. Stammt aus dem...«

»Drex...?«

»Lateinischen...«

»Drex«, wiederholte Gif, diesmal mit mehr Druck.

Er verstummte zornig und köchelte vor sich hin, bis er schließlich giftig fragte: »Hast du mit Mike Münzen geworfen, wer auf mich aufpasst, und du hast gewonnen? Oder hast du verloren?«

»Er und ich haben darüber gesprochen, wer herkommen sollte, und wir fanden...«

»Dass du der bessere Beschatter bis.«

»Unzweifelhaft.«

Drex schnaubte. »Ich sage es dir nur ungern, Kumpel, aber du lässt nach. Die oberste Regel jedes Undercover-Einsatzes lautet, um jeden Preis undercover zu bleiben. Lass den Beschatteten nie wissen, dass er beschattet wird. Was hast du dir da oben im Café nur gedacht?«

»Dass ich eingreifen sollte.«

»Warum?«

»Weil die Lady ganz offenkundig in Nöten war.«

»Ich habe diese Nöte nicht ausgelöst.«

Gif zeigte seinen Zweifel, indem er die Brauen hochzog.

»Wirklich nicht«, bekräftigte Drex.

»Okay, aber dass du so grob zu ihr warst, hat nicht geholfen.«

»Ich war nicht grob.«

Wieder wanderten die Brauen nach oben.

Drex ignorierte sie. »Bleib in Zukunft unsichtbar, sonst könntest du noch vergessen, wie das geht.«

Gif schenkte ihm ein seltenes und irgendwie eingebildetes Lächeln. »Ich hatte Scaloppina Milanese und ein Glas Brunello.«

Drex starrte ihn an wie vom Blitz getroffen, dann schüttelte er fassungslos den Kopf. »Ich habe dich nicht bemerkt.«

»Solltest du auch nicht.«

»Woher wusstest du überhaupt, dass wir essen gehen wollten?«

»Ich kam gestern Nachmittag hier an, parkte am Ende eurer Straße und wartete ab, bis du rauskamst, geschniegelt und aufgeputzt wie ein Bräutigam. Also bin ich dir gefolgt.« Er zuckte mit den Achseln, als wäre das fast zu einfach gewesen. »Das Essen schien ganz gut zu laufen.«

»Wenn du über den Dampf hinwegsiehst, der aus Talias Ohren zischte.« Er erzählte ihm die Sache mit dem Manuskript. »Das hat sie austicken lassen. Außerdem gefiel ihr gar nicht, wie ich Elaine eingewickelt habe. Sie hält mich jetzt für einen Opportunisten, der es auf Elaines Gefühle und ihr Bankkonto abgesehen hat.«

»Das nenne ich Ironie.«

»Meine Rede«, sagte er. »Jedenfalls bin ich, wie du mit Sicherheit beobachtet hast, Talia nach Hause gefolgt, habe aber nicht mehr mit ihr gesprochen, nachdem wir uns bei Elaine voneinander verabschiedet hatten. Jasper saß auf der Veranda, und wir haben uns gegenseitig gute Nacht gewünscht.«

»Warum war er bei dem Essen nicht dabei?«

Drex erklärte es ihm, verschwieg aber, dass die unzeitige Magenverstimmung nur als Vorwand diente, damit Jasper die ideale Gelegenheit für eine Durchsuchung des Apartments über der Garage hatte. Wenn er das seinen Partnern erzählte, würde sie das nur zusätzlich beunruhigen. Irgendwas beunruhigte sie ohnehin, sonst wäre Gif nicht hier.

Falls sie Probleme mit ihm oder der Situation hatten, hätten sie das sagen und mit ihm besprechen sollen, statt ihn auf eigene Faust und unter der Hand zu überwachen. Das gefiel ihm nicht. Ganz und gar nicht.

»Warum, Gif?«

»Warum was?«

Drex sah ihn spöttisch an. »Irgendwas juckt euch in der Nase, sonst wärst du nicht hier.«

Gif verzog das Gesicht, als müsste er eine Blähung wegdrücken. »Das Abendessen, das du arrangiert hast, hat uns Sorgen gemacht.«

»Wieso das?«

»Weil du uns nichts darüber erzählen wolltest.«

Richtig. Er hatte seine Pläne für den Abend nicht weiter

ausgeführt, weil er nicht wollte, dass seine Kollegen seine Gründe für die Verabredung hinterfragten. Die tatsächlich fragwürdig waren. Aber Gif erspürte jede Ausflucht und roch jede Lüge noch aus einer Meile Entfernung, darum überraschte seine offene Antwort Drex nicht besonders.

Bewunderung mischte sich mit Verärgerung. »Ich fasse es nicht, dass ihr euch zu meinen Babysittern ernannt habt. Bist du hier, um zu überprüfen, ob ich mich benehmen kann? Was willst du jetzt tun? Verpasst du mir eine Auszeit? Hausarrest?«

»Geh nicht gleich in die Luft.«

»Bin ich schon.«

»Dann kann ich es genauso gut offen ansprechen.«

»Nur zu.«

»Hast du dieses Dinner vielleicht nur arrangiert, damit du mehr Zeit mit ihr verbringen kannst?«

»Ja! Damit ich mehr Zeit mit ihr und *ihrem Ehemann* verbringen kann. Den wir für einen Serienmörder halten. Bin ich nicht deswegen hier?«

Gif hob in einer friedenswahrenden Geste die Hand. »Wir wollten uns nur überzeugen, dass du immer noch unser Ziel im Blick hast und nicht … was anderes.«

»Und jetzt hast du dich überzeugt. Fahr heim.«

Gif zupfte an seinem Ohrläppchen. »Mich hat noch etwas anderes hergeführt.«

»Und was?«

»Nicht was, wer.«

»Rudkowski?«

»Er hat ein Periskop in Mikes Arsch geschoben.«

Drex fluchte leise. »Das ist einfach super. Und wie tief?«

»Gestern Morgen tauchte er aufgeplustert wie ein Gockel

in Mikes Büro auf. Zerrte Mike von seinem Schreibtisch weg in einen Konferenzraum. Nahm ihn in die Zange wegen unserer Zusammenkunft im Hotel. Du erinnerst dich an die bezaubernde Ms. Li?«

Drex musste leise lachen. »Sie hat meine Nachricht an Rudkowski übergeben?«

Gif konnte das nicht lustig finden. »Ich glaube, dir ist nicht klar, was das heißt.«

Seufzend presste Drex Daumen und Mittelfinger gegen seine Nasenwurzel und massierte sie. Plötzlich war er ungeheuer müde. »Ich weiß, was das heißt. Rudkowski untersucht nicht nur meine mysteriöse Urlaubsreise, er mikromanagt eine Fahndung nach mir.«

»Exakt.«

»Ich habe das kommen sehen und euch gewarnt. Wenn er mich nicht findet, wird er euch im Genick sitzen. Ich habe euch gesagt, dass ihr euch in Acht nehmen müsst.«

»Wir werden Tag und Nacht von Agenten beschattet. Wir haben so getan, als würden wir nichts bemerken. Aber in Mikes Büro zu erscheinen und ihn in die Mangel zu nehmen? Das ist selbst für Rudkowski eine neue Dimension an Verbissenheit.« Er studierte Drex. »Du hast ihm eine Krümelspur gelegt, die er bis zum Hotel verfolgen konnte.«

»Du und Mike habt mich gedrängt, ihn zu kontaktieren.«

»Durch offizielle Kanäle, Drex. Damit war nicht gemeint, dass du ihn zur Witzfigur machen sollst.«

Drex verteidigte sich erst gar nicht, diesen Patscher auf die Finger hatte er wohl verdient. »Rudkowski hat das Hotel gefunden, indem er den Text von meinem alten Handy zurückverfolgt hat?«

»Hattest du das nicht genau so geplant?«

Er zuckte mit den Achseln, was so gut wie ein Schuldeingeständnis war.

»Rudkowski erschien persönlich im Hotel«, sagte Gif, »und unterhielt sich dort mit Ms. Li.«

»Ich habe alles getan, damit sie sich an mich erinnert. Der Kuchen und so weiter.«

»Wahrscheinlich hätte sie sich auch ohne den Kuchen an dich erinnert.«

»Sie ist neu in ihrem Job. Möchte zuvorkommend sein.«

»Nichtsdestotrotz bezweifle ich, dass sie so zuvorkommend gewesen wäre, wenn du nicht so charmant gewesen wärst.« Er machte eine kurze Pause. »Was stand überhaupt in der Nachricht an Rudkowski?« Drex erzählte es ihm, und Gif musste wider Willen lächeln. »Ich hätte gutes Geld gezahlt, um seine Miene zu sehen, als er das las. Aber es wäre nett von dir gewesen, wenn du Mike und mich eingeweiht hättest, bevor du ihm diesen Streich spielst.«

Drex schüttelte den Kopf. »So könnt ihr wahrheitsgemäß Unwissenheit und Unschuld beteuern.«

»Ganz gleich, was wir beteuern. Rudkowski würde uns nicht glauben, selbst wenn wir einen Blutschwur leisten.«

»Wahrscheinlich nicht. Aber andererseits bleibt euer Gewissen rein.« Er grinste Gif an, aber Gif war nicht zum Scherzen zumute.

»Das ist kein Spaß, Drex.«

Das Grinsen fiel in sich zusammen. »Ja, ich weiß.«

»Das Schlimmste weißt du noch gar nicht.«

»Es kommt noch mehr?«

»Rudkowski hat sich nicht damit begnügt, ihn in die Mangel zu nehmen. Er hat Mike unterstellt, er hätte Beweise manipuliert, geheime Dokumente entwendet, sichere Mailaccounts geknackt. Er hat eine ganze Liste von Vergehen runtergebetet.«

»Scheiße.«

»Genau. Das trifft es.«

»Wie hat Mike reagiert?«

»Er hat alles getan, um sich kooperativ zu zeigen. Er hat Rudkowski seinen Arbeitscomputer überlassen, damit dessen Heinzelmännchen ihn auseinandernehmen können.«

»Sie werden nichts darauf finden, was mit der Sache hier zu tun hat.«

»Nein, aber Rudkowski hat ihm gedroht, sich einen Durchsuchungsbeschluss für seine Wohnung zu besorgen.«

Drex stemmte die Fingerspitzen gegeneinander und tippte damit gegen seine Stirn. »Er wird keinen Durchsuchungsbeschluss aufgrund einer bloßen Ahnung bekommen. Jeder Richter würde eine handfeste Begründung verlangen, und die hat Rudkowski nicht.«

»Er würde unsere gemeinsame Geschichte anführen. Deine Besessenheit. Unsere enge Bindung zu dir. Die…«

»Okay, okay. Es ist unangenehm, aber Mike wird das regeln.«

»Hat er schon. Sobald wir Wind davon bekamen, dass dieser Deputy unten in Florida den schlafenden Riesen geweckt hatte, hat Mike vorsichtshalber alles von seinen Festplatten gelöscht und sie dann vernichtet.«

»Was ist mit dir?«

»Rudkowski hält mich für weniger problematisch als Mike. Ich bin nicht der Computerguru. Trotzdem habe ich mich abgesetzt, sobald Mike mit mir gesprochen hatte und bevor Rudkowski auch mir auflauern konnte. Ich habe eine Woche aus persönlichen Gründen freigenommen.«

»Mit welcher Begründung?«

»Hämorrhoidektomie.«

»Du hast Hämorrhoiden?«

»Genau deshalb habe ich das angeführt. Meine Vorgesetzten mögen skeptisch sein, aber wer wird schon wollen, dass ich ihm den Beweis für die Notwendigkeit einer Operation präsentiere?«

Drex lachte leise.

»Die Sache ist absolut nicht zum Lachen«, sagte Gif. »Ich habe meinen Arbeitsplatz und mein Apartment blitzsauber hinterlassen. Sie werden nichts finden, selbst wenn sie alles auf den Kopf stellen. Aber solange du und ich vom Radarschirm verschwunden sind, wird Rudkowski weitersuchen.«

»Ohne jeden Zweifel.«

Gif zögerte und sagte dann: »Du könntest ihn immer noch anrufen...«

»Nein.«

»Gut, dann überspring Rudkowski und sprich mit einem seiner Vorgesetzten.«

»Der die Sache entweder auf Rudkowskis Schreibtisch abladen oder jemand anders schicken würde, um hier nach dem Rechten zu sehen, und dieser Jemand würde wahrscheinlich Mist bauen, wir würden auffliegen, und Jasper käme ungeschoren davon.«

»Wenn du erklären würdest, wie sensibel die Situation ist...«

»Kommt nicht infrage, Gif. Noch nicht.«

Gif lenkte ein. »Na schön. Aber bitte hör auf, Rudkowski aufzustacheln. Denn Rudkowski wird nicht vergessen, dass du ihn dumm hast dastehen lassen, ganz gleich, wie die Geschichte mit Ford ausgeht. Er findet deine Streiche gar nicht komisch.« Er setzte eine Kunstpause. »Was Mike und mir die größten Sorgen macht...«

»Sind wir wieder am Anfang?«

»Wir haben Angst, dass dir einer dieser Scherze eines Tages gewaltig um die Ohren fliegen könnte.«

Ernüchtert durch den Tonfall, in dem sein Freund das sagte, schabte Drex nachdenklich mit dem Daumen über sein Stoppelkinn und wiederholte leise: »Eines Tages.«

»Oder ist dir schon was um die Ohren geflogen?«

Wenn Gif jemanden so ansah, wie er jetzt Drex ansah, schnitt sein Blick wie ein Diamantbohrer durch jede Ausflucht. Natürlich spielte er auf Talia an. Drex antwortete so wahrheitsgemäß wie möglich. »Ich weiß es nicht.«

»Du weißt es wohl.«

Drex schaute nach vorn und lehnte den Hinterkopf an die Kopfstütze. Insgeheim verfluchte er Gif und seine verfluchte gespenstische Fähigkeit, andere Menschen zu durchschauen.

Es blieb lange still im Wagen, dann fragte Gif: »Warum *sie?* Du könntest noch heute Nacht nach Lexington zurückfahren, du bräuchtest nur mit dem Finger zu schnippen, und diese hübsche Rezeptionistin würde dir in die Arme fliegen.«

Drex rollte den Kopf zur Seite und sah Gif an. »Du findest sie hübsch? Und bezaubernd? Warum fährst du nicht zurück nach Lexington? Wann wurdest du das letzte Mal flachgelegt? O nein, warte. Du bist zu beschäftigt damit, Buch über mein Sexleben zu führen, als dass du selbst eins haben könntest.«

»Tu das nicht. Versuch nicht, den Spieß umzudrehen. Mike und ich haben den Kopf für dich hingehalten...«

»Ihr könnt jederzeit abspringen.«

»Damit triffst du den Nagel auf den Kopf, Drex.« Die untypische Lautstärke, in der er das sagte, ließ auf seinen Zorn schließen. »Wir wollen nicht abspringen. Wir haben alles auf eine Karte gesetzt. Wir haben unsere Wahl getroffen, und wir haben dafür bezahlt. Aber jetzt, wo wir kurz vor dem Ziel stehen, könntest du alles in den Wind schießen, nur weil du scharf auf die Frau des Verdächtigen bist.«

»Wir wissen nicht, ob sie seine Komplizin ist.«

»Wir wissen auch nicht, dass sie es nicht ist.«

Obwohl er wusste, dass Gif recht hatte, machte es ihn rasend, dass er sich ausschimpfen lassen musste wie ein Junge, den man mit der Hand in der Hose erwischt hatte. »Ihr könnt euch entspannen. Es ist nichts passiert.« Gif ließ sich nicht beeindrucken. Verdammt, Drex konnte nicht einmal mit Gewissheit sagen, dass Gif nicht direkt neben ihm gestanden hatte, während er Talia geküsst hatte. Er schränkte seine Antwort ein und murmelte: »Nicht viel.«

»Das ist egal«, sagte Gif. »Du bist schon befangen, wenn du nur *möchtest,* dass etwas passiert.«

»Einen Scheiß bin ich. Es gibt einen riesigen Unterschied zwischen der Vorstellung, etwas zu tun, und der Tat selbst.«

»Eure Essensverabredung…«

»War ein Versuch, mehr über sie in Erfahrung zu bringen. Ist sie Freund oder Feind? Verdorben wie die Hölle oder rein wie frisch gefallener Schnee? Wäre sie schockiert, wenn sie von den Verbrechen ihres Mannes wüsste, oder stand sie kichernd daneben, während er Marian Harris in dieser Kiste einnagelte? Diese Fragen habe ich mir tausendmal gestellt.«

»Das wissen Mike und ich.«

»Warum bist du dann angeflattert gekommen, um mir auf die Finger zu schauen?«

»Weil wir sichergehen wollten, dass du unser Ziel nicht aus den Augen verloren hast.«

»Habe ich nicht.«

»Nein?«

»Nein.«

Gif sah ihn schweigend an und fragte dann: »Worüber habt ihr geredet, während ihr euch hinter diesem Ficus versteckt habt?«

»Wenn du uns sehen konntest, haben wir uns kaum versteckt, oder? Aber was unser Gespräch angeht, wollte ich herausbekommen, was sie so aus der Fassung gebracht hat.«

»Und?«

»Irgendeine Frauengeschichte.«

»Ach so. Das engt es auf höchstens eine Million Themen ein. Geht es etwas genauer?«

»Das wollte ich herausfinden. Sie hat abgeblockt.« Allmählich ging ihm diese Inquisition auf die Nerven. »Sonst noch was? Hast du dir das Beste für den Schluss aufgehoben?«

»Das habe ich tatsächlich.« Gifs Augen wurden schmaler. »Ich muss dich das fragen. Was ging dir im Kopf herum, als du sie aus dem Café eskortiert hast? Wolltest du feststellen, ob sie Fords Komplizin ist, oder hast du dir nur gewünscht, sie wäre nicht seine Frau?«

Verdammter Gif. Natürlich musste er direkt zum Kern der Sache kommen. Genau diese eine Frage wagte Drex selbst nicht zu beantworten. Er wusste nicht, was er darauf antworten sollte, selbst wenn er die Absicht zu antworten gehabt hätte. Gif hatte recht: Seine Gefühle für Talia brachten sie in Gefahr. Aber dieses Wissen hielt ihn nicht davon ab, sie zu begehren. Jedes Mal, wenn er in ihre Nähe kam, wurden sein gesunder Menschenverstand, seine Integrität, seine Entschlusskraft auf die Probe gestellt.

Dennoch würde er diesen Konflikt in seinem Inneren nicht mit Gif diskutieren. Dieses Problem musste er allein lösen, und er würde es allein durchstehen, ohne Mikes Erpressungsversuche oder Gifs Ratschläge. »Du hast vorhin was von einem Blutschwur gesagt. Hast du je einen geleistet?«

Gif schüttelte den Kopf.

»Ich schon.« Er legte seinen Arm auf die Ablage in der Mitte und drehte die Handfläche nach oben, sodass Gif die dünne Narbe sehen konnte, die sich darüberzog. »Ich habe meinem Dad geschworen, dass ich den Hurensohn erwischen werde, der ihm meine Mutter gestohlen und sie umgebracht hat. Er hat sich nie davon erholt. Ihm wurde schon Jahrzehnte, bevor er seinen letzten Atemzug tat, ein Messer ins Herz gerammt.« Er klopfte mit dem Zeigefinger auf die Ablage. »Ich will – ich *werde* diesen Scheißkerl kriegen, der dafür verantwortlich ist, dass sie sich gegenseitig vernichteten.«

»Selbst wenn…«

Drex schnitt ihm das Wort ab. »Ich habe es gesagt, Gif. Ich habe es geschworen. Keine Fragen mehr.«

Kapitel 15

Elaine bedankte sich mit einem freundlichen Nicken für den Cosmopolitan, den der Kellner vor ihr abgestellt hatte, und lächelte dann ihren Begleiter an, der ihr gegenüber an dem niedrigen runden Cocktailtisch saß. »Ich bin froh, dass du angerufen hast.«

»Ich hatte ein schlechtes Gewissen, nachdem ich das Essen gestern Abend ausfallen lassen musste«, sagte Jasper.

»Ohne dich war es nicht dasselbe.«

»Ach komm.«

Sie kicherte. »Es war ein wunderbarer Abend, trotzdem hast du gefehlt.«

»Danke.« Er hob prostend sein Bourbonglas an und nahm einen Schluck. »Und nachdem ich es heute auch nicht zum Mittagessen geschafft habe, solltest du nicht glauben, ich würde dir aus dem Weg gehen.«

»Der Gedanke ist mir gar nicht gekommen. Das Wichtigste ist, dass es dir wieder besser geht. War es schlimm?«

»Jedenfalls werde ich in nächster Zeit keine Austern essen.«

»Armer Mann.« Sie nahm einen Schluck aus ihrem Martiniglas. »Was macht Talia heute Nachmittag?«

»Rein gar nichts. Sie hatte heute Vormittag eine Verabredung. Als sie heimkam, entschuldigte sie sich und ging nach oben, um zu schlafen.«

»Es geht ihr aber doch gut?«

Er beugte sich vor und flüsterte: »Ich glaube, sie ist ein bisschen verkatert nach gestern Nacht.«

Elaine lächelte wissend. »Das würde mich nicht überraschen. Sie trinkt sonst kaum und ist den Alkohol nicht so gewöhnt wie ich. Wir haben beim Essen zwei Flaschen geleert, und davor hat Drex ihr einen großzügig bemessenen Wodka Martini eingeschenkt.«

Jasper musste die Zähne zusammenbeißen, lächelte aber. »Drex hat sich um die Drinks gekümmert?«

»Ich hatte eine Happy Hour gegeben.«

»Ich dachte, Drex sollte dich und Talia im Restaurant treffen.«

»So war es ursprünglich geplant, aber dann rief er an und fragte, ob er früher vorbeikommen und sein Manuskript mitbringen könnte.«

»Wozu das denn?«

»Er hat es mir zum Lesen dagelassen. Hat Talia dir das nicht erzählt?«

»Wir haben uns kaum unterhalten, nachdem sie heimgekommen ist. Ich war noch auf, aber mir war immer noch flau. Sie scheuchte mich ins Bett und schlief im Gästezimmer, falls ich mir doch keine Lebensmittelvergiftung, sondern irgendein Virus eingefangen hatte.« Mit übertriebener Sorgfalt schob er den Filzdeckel unter seinem Glas zurecht. »Eigenartig, dass Drex dich gebeten hat, sein Buch zu lesen. Eigentlich lässt er niemanden einen Blick hineinwerfen.«

»Ich war auch baff. Erfreut, aber baff. Ich eigne mich kaum zur Kritikerin.«

»Bestimmt hat er dich gefragt, weil du so großes Interesse an seinem Thema und dem Schreibprozess gezeigt hast.«

»Wahrscheinlich. Aber ich hätte gedacht, dass er Talia fragen würde, falls er einen von uns bitten würde, einen Blick hineinzuwerfen.«

Er nippte an seinem Bourbon und fragte scheinbar nonchalant: »Warum das?«

»Sie hat so viel mehr Grips als ich. Ich bin längst nicht so intellektuell wie sie.«

Er schnalzte kopfschüttelnd mit der Zunge. »Stell dein Licht nicht unter den Scheffel. Außerdem bezweifle ich, dass Drex' Roman so komplex und literarisch ist.«

»Ganz unter uns, er ist es nicht. Ich habe gestern Abend vor dem Schlafengehen ein paar Kapitel gelesen und ein paar weitere beim Frühstückskaffee. Ich hätte gedacht, er wäre … hm … wie soll ich es nur sagen? Deftiger?«

»Deftiger passt schon. Aber inwiefern ist er nicht deftig?«

»Ich weiß nicht, wie ich es sagen soll. Drex ist so …«

Jasper legte den Kopf schief. »So …?«

»Na ja, männlich.«

»Und das Buch spiegelt diese Männlichkeit nicht wider?«

»Du willst mich nur provozieren«, sagte sie und tat so, als würde sie ihm auf die Finger klopfen. »Aber ganz ehrlich, nein, der Roman schreit nicht nach Männlichkeit. Also doch, das tut er, aber nicht so … Ach, ich weiß nicht, wie ich es ausdrücken soll.«

»Du hättest gedacht, dass sich ein von ihm geschriebenes Buch anders lesen würde.«

»Genau. Es ist nicht so kraftvoll, wie ich gedacht hätte.« Plötzlich wirkte sie verlegen, dass sie ihre Meinung so offen gesagt hatte, und versuchte das mit einem Lachen zu überspielen. »Aber wer bin ich, darüber zu urteilen? Es ist leichte Kost. Es hat Tempo. Insgesamt eine angenehme Lektüre, und das werde ich ihm sagen, wenn er mich nach meiner Meinung fragt. Wie gesagt, ich bin keine Kritikerin. Es liegt mir fern, seinen Ehrgeiz zu dämpfen, und ich würde um nichts in der Welt seine Gefühle verletzen wollen.«

»Vielleicht hat er darum dich und nicht Talia gebeten, seinen Roman zu lesen. Sie hätte die Schwachstellen offen angesprochen.«

»Da hast du zweifellos recht, und das wäre nicht gut angekommen. Sie beharken sich ohnehin ständig.«

Sie leerte ihr Glas, und dabei tröpfelte etwas auf ihr Kinn, das sie jetzt mit der Serviette abtupfte. Ansonsten wäre ihr vielleicht aufgefallen, dass Jaspers rechtes Auge in einer Reaktion auf ihre letzte Aussage leicht zuckte.

»Vergiss nicht, was du sagen wolltest«, sagte er und gab dem Kellner ein Zeichen, noch eine Runde zu bringen.

Elaine zierte sich. »Ich sollte wirklich keine zwei trinken.«

»Das sehe ich genauso.« Er zwinkerte ihr frech zu. »Drei sind das Minimum.«

»Du bist *böse*.«

»Meine Liebe«, bestätigte er mit Samtstimme. »Du hast gar keine Ahnung.« Dann gab er ihr ein Zeichen, das Thema wieder aufzunehmen. »Du hattest etwas davon gesagt, dass Talia und Drex sich ständig beharken würden?«

»Wahrscheinlich meine nur ich das, aber …«

»Nein, mir ist das auch aufgefallen.«

Sie beugte sich so weit vor, dass sie mit ihrem ausladenden Busen um ein Haar das leere Martiniglas umgestoßen hätte. »Wirklich? Ich dachte, ich hätte mir das nur eingebildet. Kaum dass sie gestern Abend ankam, spürte ich eine gewisse Spannung, die im Lauf des Abends nur schlimmer wurde.«

»Er muss irgendwas gesagt oder getan haben, was ihr aufgestoßen ist.«

»Das glaube ich nicht. Er war charmant wie immer.«

Der Kellner kam mit frischen Drinks. Nachdem er sich wieder entfernt hatte, fragte Jasper: »Und wie erklärst du dir diese Feindseligkeit zwischen den beiden?«

»Sie waren nicht direkt feindselig. Sie schienen sich einfach nicht so wohl miteinander zu fühlen wie neulich auf der Jacht. Du weißt doch, sie haben sich lange auf Deck unterhalten. Ich dachte, dass es vielleicht irgendeinen Zwischenfall gab, von dem ich nichts weiß. Eine Meinungsverschiedenheit.«

»Nicht, soweit ich weiß. Tatsächlich haben wir Drex vor dem gestrigen Abend ein paar Tage nicht gesehen.«

»Hmm.« Sie zuckte vielsagend mit den Schultern. »Wer kann schon erklären, warum wir manche Menschen mögen und andere nicht ausstehen können? Obwohl Talias Abneigung durchaus verständlich ist, wenn man Drex mit dir vergleicht. Du bist geschliffen und weltgewandt. Er ist…«

»Männlich.«

Sie lachte rauchig. »Das wollte ich keineswegs damit andeuten. Falls Talia nicht an deiner Seite wäre, würden die Frauen mit Selbstgekochtem vor deiner Küchentür Schlange stehen, und ich stände dabei ganz vorn. Du weißt, dass ich dich bewundere.«

Er legte die Hand flach auf seine Brust und nickte demütig.

Lächelnd nahm sie einen Schluck, doch als sie das Glas wieder senkte, wandelte sich ihr Lächeln zu einem nachdenklichen Stirnrunzeln. »Es sieht Talia gar nicht ähnlich, so schnippisch zu sein. Selbst bei jemandem, den sie nicht besonders mag.«

»Talia? Schnippisch?«

»Ich weiß, richtig? Aber auf der Rückfahrt vom Restaurant zu mir nach Hause fertigte sie Drex geradezu ab.«

»Wie kam es dazu?«

»Ich habe keine Ahnung. Wir sprachen über Key West.«

Extrem vorsichtig stellte Jasper sein Whiskyglas auf dem Tisch ab, legte dann die Finger an den oberen Rand und drehte es nachdenklich. »Wie seid ihr auf dieses Thema gekommen?«

»Drex möchte Hemingways Haus besichtigen. Er fragte uns, ob wir schon dort gewesen wären. Es war eine nette Unterhaltung. Und auf einmal nicht mehr. Ich kann dir nicht sagen, an welchem Punkt sie plötzlich kippte und warum.« Sie nippte an den Eiskristallen, die an der Oberfläche ihres Drinks trieben. »Ich glaube, seine Fragen gingen ihr an die Nerven.«

»Fragen?«

»Ganz einfache, wie ein Tourist im Reisebüro sie stellen würde. Aber er hörte nicht auf, obwohl sie deutlich machte, dass sie nicht über ihren Job sprechen wollte.«

»Sie wollte nicht über Key West sprechen.«

Elaine bemerkte den veränderten Tonfall und sah ihn scharf an. »Ach so? Warum nicht?«

»Das ist eine Privatangelegenheit. Nichts, worüber Talia gern spricht, nicht einmal mit mir. Ich kann nur sagen, dass sie damals eine Kundin hatte, die ihr zu einer guten Freundin wurde. Aber die Beziehung endete ganz plötzlich.« Er setzte eine Pause und ergänzte dann: »Und schlimm.«

»Das tut mir leid.«

»Es ist schon eine Zeit her, aber sie reagiert bei dem Thema immer noch sensibel. Ich verlasse mich darauf, dass du es in ihrer Gegenwart nicht ansprechen wirst.«

»Natürlich nicht, Jasper.« Sie hob ihr Glas und prostete ihm zu. »Was das Thema Key West angeht, werde ich schweigen wie ein Grab.«

Jasper musste an sich halten, um nicht laut aufzulachen.

»Jasper?«

Talia schaltete das Küchenlicht ein und sah sich einem verblüffenden Bild gegenüber. Jasper krabbelte im Pyjama auf dem Boden herum und fuhr mit der Hand an der Leiste unter dem Küchenschrank entlang. »Was in aller Welt tust du da?«

Er erhob sich und klopfte sich die Hände ab. »Mir ist ein Eiswürfel runtergefallen.« Er schirmte die Augen gegen das Deckenlicht ab. »Bitte schalte das aus. Ich glaube, wir werden beobachtet.«

»Beobachtet?«

»Mach das Licht aus, Talia.«

Sein herrischer Ton gefiel ihr nicht, trotzdem tat sie, worum er sie bat, und wartete dann darauf, dass er sein bizarres Verhalten erklärte.

»Hast du den ganzen Nachmittag und Abend durchgeschlafen?«, wollte er wissen.

»Nein, ich bin zwischendurch aufgewacht, aber da war das Haus leer. Ich habe die Nachricht gefunden, die du auf meiner Kommode hinterlegt hattest. Offenbar hast du dich gut mit Elaine amüsiert. Euer Nachmittagsschoppen hat bis zur Abendessenszeit gedauert.« Sie sah auf die Uhr am Herd. »Und darüber hinaus.«

»Ich habe dich angerufen, weil ich dich fragen wollte, ob du uns Gesellschaft leisten möchtest. Ich bin auf der Mailbox gelandet.«

»Ach. Richtig«, bestätigte sie bedauernd. »Ich hatte es stumm gestellt, als ich mich hinlegte, und danach vergessen, es wieder laut zu stellen.«

»Und da ich annahm, dass du schläfst, habe ich nicht auf dem Festnetz angerufen, sondern dich in Frieden gelassen.«

Sie nickte gedankenverloren. »Wie war es mit Elaine?«

»Aufschlussreich. Hast du das Abendessen ausfallen lassen?«

»Nein. Nachdem ich deine Nachricht gelesen hatte, habe ich ein Sandwich mit Erdnussbutter gegessen und mich dann wieder ins Bett gelegt. Wann bist du nach Hause gekommen?«

»Vor einer Stunde. Ungefähr.«

»Ich habe dich nicht gehört.«

»Du warst praktisch bewusstlos.«

Allem Anschein nach. Sie fühlte sich, als wäre sie aus einem Koma erwacht und müsste feststellen, dass sich alles in seine Einzelteile aufgelöst hatte, während sie bewusstlos gewesen war. Nichts fühlte sich richtig oder vertraut an, schon gar nicht diese zusammenhanglose Unterhaltung mit Jasper. Er tigerte durch den Raum und blieb an jedem Fenster stehen, um einen Blick nach draußen zu werfen.

Sie schüttelte den Kopf, um die Spinnweben zu vertreiben. »Wirst du mir erklären, was hier abläuft? Was soll das heißen, du glaubst, wir würden beobachtet? Von wem denn?«

»Von Drex.«

Ihr Herz reagierte mit einem verräterischen Pochen. Nach der Begegnung in der Tiefgarage war sie direkt nach Hause gefahren, bis ins Mark erschüttert durch sein Bekenntnis, durch seinen Kuss. Sie hatte ein mildes Beruhigungsmittel genommen, weil sie gehofft hatte, die auf sie einstürzenden widersprüchlichen Gefühle wegschlafen zu können. Diese Gefühle hatten das gesamte Spektrum von Wut – *wie konnte er es wagen* – bis zur Scham durchlaufen. Selbst jetzt fühlte sie die kribbelnden, pochenden Nachwirkungen dieses Kusses.

Sie sah in Richtung Garagenapartment und erinnerte sich daran, wie sie an seinem Wohnzimmerfenster gestanden, durch das Geäst der alten Eiche geschaut und begriffen hatte, dass alle Zimmer auf der Rückseite ihres Hauses offen vor ihm lagen. »Wie kommst du darauf, dass er uns beobachtet?«

»Setz dich.« Auch ohne Licht war es hell genug, um sich zu orientieren. Sie nahmen nebeneinander am Esstisch Platz. »Ich bin überzeugt, dass Drex Easton im besten Fall ein Hochstapler ist. Den schlimmsten Fall... will ich mir gar nicht ausmalen.«

»Jasper...«

»Hör mir erst mal zu.«

Ihr Herz schlug abnormal schnell. Ihre Hände waren kalt und klamm, was ihr noch mehr auffiel, als Jasper nach ihrer Rechten griff und sie zwischen seine Hände nahm.

»Elaine hat mir erzählt, sie hätte Drex' Buch gelesen, und es sei reiner Schund.«

»Das hat sie gesagt?«

»Sie hat es etwas freundlicher ausgedrückt.«

»Hat sie vor, ihm das zu sagen?«

»So freimütig ist Elaine nicht. Und selbst wenn sie es wäre, interessiert ihn ihre Meinung oder die irgendeines anderen Menschen einen feuchten Dreck, wenn du mich fragst. Ich glaube, er ist überhaupt kein Schriftsteller.«

»Aber er arbeitet an seinem Buch. Ich habe ihn schreiben gesehen. Du auch.«

Er schüttelte energisch den Kopf. »Er tut nur so. Er spielt nur den Schriftsteller, bis er jemanden gefunden hat, am besten eine Frau von Elaines Schlag, die ihn finanziell unterstützt.«

Sie wollte ihm zwar nicht glauben, allerdings hatte sie selbst Drex indirekt derartige Absichten unterstellt. »Er lässt sich nur ungern über seine Arbeit aus.«

»Über alles.«

»Aber warum ein Schriftsteller? Wenn er die Frauen verführen wollte, gäbe es viel faszinierendere und aufregendere Berufe.«

»Aber wenige, die so leicht vorzutäuschen sind. Es ist der einzige Beruf, wo er keine bemerkenswerten Fähigkeiten vorweisen muss. Er braucht nichts zu tun, als den ganzen Tag auf seinem Hintern zu hocken.«

»Ich habe ihn arbeiten sehen. Als ich rüberging, um ihm die Liste mit Restaurants zu bringen, war er völlig in seinen Computer vertieft.«

»Bist du sicher, dass er an seinem Roman gearbeitet hat?«

»Das hat er jedenfalls gesagt.«

»Konntest du sehen, was auf dem Monitor war?«

»Nein. Er hat den Laptop zugeklappt.«

»Er hätte in einen Porno vertieft sein können. Ein Online-Pokerspiel. Was weiß ich.« Er sah auf ihre Hand, die er in der seinen hielt. »Und wo wir schon dabei sind, Talia, geschah irgendwas Unangemessenes, als du bei ihm warst?«

»Nein.«

Er sah ihr prüfend in die Augen. Es kostete sie Mühe, seinen Blick ohne Blinzeln zu erwidern. Sie spürte praktisch, wie Drex' Daumen über ihren Mundwinkel strich.

»Ich frage nur«, sagte Jasper, »weil Elaine mir auch erzählt hat, dass es gestern Abend Spannungen zwischen dir und Drex gegeben hätte, eine Feindseligkeit, die immer deutlicher spürbar wurde, je weiter der Abend voranschritt. Hat sie sich das nur eingebildet?«

»Nein.«

Er sah sie an, als erwarte er eine ausführlichere Antwort.

»Ich bin durstig.« Sie entzog ihm ihre Hand und ging zum Kühlschrank. »Möchtest du eine Flasche Wasser?«

»Nein danke.«

Sie kehrte mit nur einer Flasche zum Tisch zurück, drehte den Deckel ab und trank.

»Talia? Woher kommen diese Spannungen zwischen dir und Drex?«

»Er kam auf Key West zu sprechen, und das nicht nur zufällig. Außerdem wollte er das Thema nicht fallenlassen.«

»Ja, ich weiß.«

Sie zuckte zusammen.

»Ich habe schon alles darüber von Elaine gehört. Von dir aber nichts. Warum hast du mir das nicht sofort erzählt, als du gestern Abend nach Hause kamst?«

»Weil wir uns beide jedes Mal aufregen, wenn wir auf Marian zu sprechen kommen. Drex' Hartnäckigkeit ging mir an die Nerven, aber im Nachhinein glaube ich, dass er nur von Key West redete, weil er irgendwann Hemingways Haus besichtigen wollte. Das ist alles.«

Jasper saß da wie ein Stein, aber er war längst nicht so gefasst, wie es aussah. Sie konnte jedes tiefe Einatmen durch die Nase hören, jedes Ausatmen auch. »Ich bin da nicht so sicher. Elaine sagte, er hätte dich mit Fragen traktiert.«

»Ich habe ihm erklärt, dass ich Key West nicht besonders

mag, und er wollte um jeden Preis wissen, warum. Es war wie im Kreuzverhör. Fast, als…«

»Was?«

»Es war, als würde er alles versuchen, damit ich irgendwie reagiere, mit etwas herausplatze.«

»Glaubst du, er weiß etwas von Marian?«

»Nein. Vielleicht, Jasper.« Sie rieb sich die Stirn. »Ich weiß es nicht.«

»Er wohnt nebenan, Talia«, zischte er. »Ich hätte das sofort erfahren müssen.«

»Ich habe dir nichts erzählt, weil ich genau wusste, dass du exakt so reagieren würdest. Du ziehst voreilige Schlüsse ohne eine echte Grundlage. Du hast Drex vom ersten Tag an misstraut.«

»Mit gutem Grund, wie sich jetzt herausstellt.«

»Das wissen wir nicht!«, fuhr sie ihn im Bühnenflüsterton an. »Natürlich hat sein Gerede von Key West etwas bei mir ausgelöst, und das hat er gemerkt. Also hab ich versucht, das Thema zu wechseln.«

»Aber er ließ sich nicht davon abbringen.«

»Aber nur, um mich zu provozieren. Ganz ehrlich, ich glaube, das ist der einzige Grund.«

Und sie glaubte es wirklich. Denn heute Morgen hatte Drex die Idee, in nächster Zeit dorthin zu fliegen, verworfen, und so wie es aussah, hatte er das ohne Hintergedanken erzählt. Tatsächlich hatte diesmal sie das Thema angestoßen, indem sie ihn nach seiner geplanten Reise gefragt hatte.

Doch sie konnte Jasper nichts von dieser Unterhaltung erzählen, wenn sie ihm nicht auch erzählen wollte, dass Drex ihr ins Ärztehaus gefolgt war. Und wenn er das erfuhr, würde es seinen Argwohn nur verstärken.

Er hatte still vor sich hin gegrübelt und sagte jetzt: »Key West kam erst gegen Ende des Abends auf. Die feindseligen Schwingungen spürte Elaine aber schon, als du zu ihr kamst.«

»Ich hatte ihm von Elaines schlechten Männererfahrungen erzählt, dass sie sich schnell verliebt und dann verletzt wird. Ich hatte ihn davor gewarnt, sie zu umgarnen. Trotzdem hat er gestern Abend genau das getan, daran gibt es keinen Zweifel. Er war richtig schmierig.«

»Wie hat Elaine darauf reagiert?«

»Wie zu erwarten. Sie hat ihm aus der Hand gefressen.«

Dass Elaine auf seine Flirts reagierte, kam nicht überraschend. Hingegen konnte Talia den Mann, mit dem sie an diesem Vormittag geredet hatte, unmöglich mit dem Casanova von gestern Abend in Einklang bringen, über den sie sich endlos hätte aufregen können.

Jetzt allerdings kam ihr sein Auftritt vor wie eine Karikatur, wie eine überdrehte Rolle, die er ohne tiefere Absicht gespielt hatte. Denn falls er Elaine auch nur geküsst hätte, bevor Talia aufgetaucht war, dann hätte Elaine inzwischen eine Gelegenheit gefunden, ihr das enthusiastisch und in aller Ausführlichkeit zu beschreiben.

Nein, er hatte Elaine nicht geküsst. Er hatte die romantische Inszenierung in Elaines Wohnzimmer nicht ausgenutzt, sondern stattdessen Talia geküsst, in einer Parkgarage, einer Umgebung, die kaum zu einer Romanze verleitete. Vielleicht hatte er gestern Abend eine Rolle gespielt, dafür hatte er sich an diesem Morgen kein bisschen verstellt. Er war durch und durch echt gewesen. In jeder Hinsicht. Sein Zorn. *Das treibt mich zum Wahnsinn.* Auf jeden Fall seine Begierde. *Dann soll es wenigstens zählen.*

Und es hatte gezählt. Mit seinem Feuer, seiner Finesse hatte er mehr durchdrungen als nur ihren Mund. Sein Kuss hatte in ihr eine tief sitzende Einsamkeit geweckt, die schmerzhafter war, als sie bis dahin gespürt hatte, so als hätte seine ungestüme Begierde sie geweckt und dadurch ein starkes, sehnsüchtiges Ziehen in ihr ausgelöst. Sie durfte nie wieder allein mit ihm sein.

»Nach heute werde ich ihn meiden.«

»Nach *heute?*«

Sie zuckte unter Jaspers Stimme zusammen und bemerkte zu spät ihren Lapsus. »Jetzt, wo ich darüber geschlafen habe«, sagte sie. »Bis Drex wieder auszieht, bleiben wir auf Distanz. Problem gelöst.«

»Wirklich? Ich würde die Sache mit Key West nicht so schnell als Zufall abschreiben. So wie Elaine sein Interesse beschrieb, schien es beinahe exzessiv zu sein.«

»Hat sie dir angemerkt, wie sehr dich das beschäftigt? Kann ich morgen mit ihrem Anruf rechnen, in dem sie mich nach Details ausfragt?«

»Ich habe ihr erklärt, dass die Angelegenheit privat und sensibel sei und sie gebeten, nie wieder darüber zu reden. Sie hat es mir versprochen.«

Talia stöhnte auf.

»Was?«

»Elaine liebt Intrigen. Damit hast du sie nur aufgestachelt. Jetzt wird sie um jeden Preis wissen wollen, was damals passiert ist.«

»Falls sie dich darauf anspricht, dann tu so, als wäre nichts dabei. Gib ihr was zu trinken und sag ihr, ich würde zu viel Wind um die Sache machen.«

»Was du auch tust.«

Er schaute aus dem Fenster. Im Apartment über der Garage brannte kein Licht. Es war nichts als ein dunkler, verschwommener Fleck in der Finsternis. »Wir halten ihn in Zukunft auf Abstand«, sagte Jasper. »Falls er tatsächlich nur ein Nachbar ist, wird er die Botschaft verstehen und nicht mehr auf uns zukommen. Falls mehr dahintersteckt, wird er nicht lockerlassen. Und dann wissen wir Bescheid.«

»Wir wissen es *nicht*.«

»Aber es besteht die starke Vermutung. Falls er weiterhin vorbeikommt, wird das meinen Verdacht bestätigen, und wir werden zu drastischen Maßnahmen greifen müssen.«

Alarmiert fragte sie: »Welche zum Beispiel?«

Er tätschelte ihre Hand. »Warten wir ab. Bis dahin habe ich sicherheitshalber den Code der Alarmanlage geändert.«

»Das ist doch nicht nötig, Jasper. Du übertreibst.«

»Vorsicht ist die Mutter der Porzellankiste. Der neue Code ist das Datum unseres Hochzeitstages, nur rückwärts. Kannst du dir das merken?«

»Natürlich.« Sie sagte die Zahlenfolge auf.

»Sehr gut. Vergiss es nicht.« Er schob den Stuhl zurück und stand auf. »Und jetzt lass uns ins Bett gehen.«

»Geh schon vor. Ich habe den halben Tag verschlafen. Ich glaube, ich werde noch etwas lesen oder vielleicht einen Film schauen.«

»Dann gute Nacht.« Er beugte sich vor und küsste sie auf die Wange, doch als er gehen wollte, griff sie nach seiner Hand.

»Warte. Da ist noch etwas. Etwas, was du wissen solltest.« Sie wünschte, er würde nicht über ihr stehen. Dass sie den Kopf verdrehen und zu ihm aufsehen musste, machte es schwieriger für sie. »Ich muss dir noch etwas gestehen.«

»Hat es mit Drex zu tun?«

»Ja.« Ihre Stimme klang rau. Sie fuhr sich mit der Zunge über die Lippen. »Er … er …«

»Was?«

Sie senkte den Kopf, holte tief Luft und revidierte in letzter Sekunde ihren Entschluss. »Du hast mich doch gefragt, ob irgendwas passiert wäre, als ich in seinem Apartment war.«

»Irgendwas Anstößiges.«

»Es war nicht anstößig, trotzdem ist etwas passiert. Ich hatte ihn gefragt, ob ich sein Manuskript lesen sollte. Er hat abgelehnt. Nein, nicht abgelehnt. Er hat sich geweigert. Ganz offen.«

»Wahrscheinlich, weil er Angst hatte, als Hochstapler entlarvt zu werden.«

»Möglich. Aber als ich gestern Abend bei Elaine ankam und ihn dort sitzen sah und erfuhr, dass er ihr sein Manuskript zum Lesen kopiert hatte, hab ich kindisch reagiert. Ich war beleidigt, weil ihm ihre Meinung offenbar wichtiger war als meine. Daher rührten die Spannungen.«

»Er machte Elaine den Hof, nachdem er dir eine Abfuhr erteilt hatte. Du warst eifersüchtig.«

»Zumindest verärgert. Ich habe dir gesagt, dass es kindisch war.«

»Aber kein Vergehen, für das man gesteinigt wird.« Er tätschelte sie unter dem Kinn.

Trotz der verspielten Geste war seine Wortwahl beunruhigend. In manchen Kulturen war Ehebruch ein Vergehen, für das man gesteinigt wurde.

»Vergiss nicht, kein Licht in den Zimmern zu machen, die er von seinem Apartment aus sehen kann.«

Er war fast aus der Tür, als sie ihn noch einmal aufhielt. »Ich glaube, ich werde ein paar Tage nach Atlanta fahren.«

Die spontane Entscheidung war praktisch erst in dem Moment gefallen, in dem Talia sie aussprach. Jasper drehte sich um. Sein Gesicht war im Schatten, aber sie spürte, dass er sie fragend, wenn nicht sogar argwöhnisch ansah. »Das neue Boutique-Hotel, von dem ich dir erzählt habe? Es klingt so, als würden meine Kunden darauf fliegen. Ich glaube, ich werde mal hinfahren und überprüfen, ob der Hype verdient ist.«

Eine unabwägbare Zeitspanne sagte er nichts. »Gewöhnlich planst du deine Geschäftsreisen lange im Voraus«, meinte er schließlich. »Diese plötzliche Entscheidung ist ungewöhnlich für dich, allerdings passt sie perfekt zu deiner Verfassung in letzter Zeit.«

»Meiner Verfassung?«

»Du warst in letzter Zeit nicht du selbst, Talia.«

»Du aber auch nicht, Jasper«, erwiderte sie spitz.

»Ich? Inwiefern?«

»Nicht so, dass ich den Finger darauflegen könnte. Aber du hast irgendwas.«

Mit wenigen Schritten war er wieder an ihrer Seite. »Sind die Flitterwochen vorüber?«

»Ich könnte dich dasselbe fragen.«

»Und warum solltest du?«

»Weil ich den Verdacht habe, dass du eine Affäre mit Elaine hast.« Damit war es ausgesprochen.

»Mach dich nicht lächerlich.«

»Das sagt jeder fremdgehende Partner, wenn er zur Rede gestellt wird.«

»Das ist doch grotesk. Ich schlafe *nicht* mit Elaine. Gott bewahre.«

Sein Widerspruch führte nicht dazu, dass sie einlenkte oder ihren Vorwurf zurücknahm. Stattdessen hielt sie seinem selbstgerechten, wütenden Blick stand.

Hörbar frustriert sagte er: »Ich habe keine Affäre, aber du hast recht. Unsere Beziehung braucht wieder Wasser unter dem Kiel. Ein Ortswechsel würde uns guttun. Ich komme mit nach Atlanta.«

»Du willst mitkommen?«

»Ist das ein so unverschämtes Ansinnen?«

»Nein, gar nicht. Ich freue mich immer, wenn du mitkommst, nur begleitest du mich sehr selten. Ich weiß gar nicht, wann du das letzte Mal dabei warst.«

»Ich habe von dem Hotel gelesen, und es klingt wirklich nach etwas Besonderem. Es hat einen Starkoch aus einem New Yorker Restaurant abgeworben. Wir hätten Zeit für uns. Ohne eine Elaine, die uns ständig in den Ohren liegt. Ohne lästige Nachbarn«, sagte er und warf dabei einen Blick aus dem Fenster. »Ich wüsste nicht, was schlecht daran sein sollte, wenn wir wieder Zeit zu zweit genießen würden.«

Schlecht daran war, dass sie diese Tage lieber allein verbracht hätte. Sie brauchte Zeit, um über die Folgen ihres Arztbesuches heute Morgen nachzudenken und die Ereignisse einzuordnen, die sich seit Sonntag zugetragen hatten, als sie bei ihrem Bootsausflug auf der *Laney Belle* Drex Easton kennengelernt hatte. Außerdem musste sie sich klar darüber werden, warum sie seit mittlerweile mehreren Monaten von einem unbestimmbaren Unbehagen geplagt wurde. Ständig begleitete sie das Gefühl einer bevorstehenden Katastrophe, ein verstörender Gegensatz zu ihrem sonst so optimistischen Ausblick in die Zukunft. Sie konnte diesen allmählichen, aber unaufhaltsamen Umschwung nicht erklären, aber falls die Erosion ihrer Ehe der Grund dafür war, hielt sie es nur für vernünftig, Zeit mit Jasper zu verbringen, damit sie beide wieder in die Spur fanden.

Sie lächelte zu ihm auf. »Das klingt wunderbar.«

»Dann mach eine Reservierung.«

»Wann willst du fahren?«

Er streichelte ihre Wange, schob eine Strähne aus ihrem Gesicht und schloss seine Hand sacht um ihre Kehle. »Morgen.«

Kapitel 16

Noch lange nach Jaspers abschließendem »Morgen« saß Drex da und starrte in die Dunkelheit. Wie ein Boxkämpfer, der nach einem Kinnhaken unsanft auf den Brettern gelandet war, brauchte er eine Weile, um wieder auf die Beine zu kommen.

Doch als er es tat, durchschoss ihn ein Blitz aus zorniger Energie. Er riss sich das Headset von den Ohren, griff nach seinem Handy und wählte eine Nummer.

Gif antwortete verschlafen: »Ich dachte, du wolltest nicht mehr mit mir sprechen?«

»Wo übernachtest du?«

Gif nannte ihm den Namen seines Motels.

»Welches Zimmer?«

»Du kommst jetzt vorbei?«

»So schnell ich kann.«

»Ist irgendwas passiert?«

»Sie sind es.«

»Sie sind es?« Sofort klang Gif hellwach. »Woher weißt du das?«

»Die Wanze. Ich habe sie belauscht. Und eine Menge zu hören bekommen.«

Gif musste das Gehörte kurz verarbeiten. »Du hast ›sie‹ gesagt. Sie also auch?«

Drex entkrampfte seinen Kiefer weit genug, um ihm zu antworten: »Sie auch.«

Er zog sich im Dunkeln an, verstaute die Abhörausrüstung in seiner Sporttasche und hängte sie sich über. Er tastete sich die Treppe hinab und schlich dann auf der abgewandten Seite der Garage bis zu deren Rückseite. Von dort aus spähte er hinter der Ecke des Gebäudes hervor, halb darauf gefasst, Jasper wie schon einmal über den Rasen hetzen zu sehen.

Ein paar Minuten hielt er Ausschau, wartete und blieb dabei so still, dass er das Blut in seinen Adern pumpen spürte und sein Puls gegen das Trommelfell pochte. Er war so voller Adrenalin und Wut, dass es eine Tortur war, reglos ausharren zu müssen. Trotzdem wartete er fünf Minuten ab. Das Haus der Fords blieb dunkel.

»Schlaft schön«, flüsterte er und verschmolz mit der Dunkelheit.

Er suchte sich einen Weg durch den Grüngürtel, der das Grundstück der Arnotts von der Straße dahinter trennte. Die Nacht war mondlos, die Luft mit Feuchtigkeit gesättigt. Ein leichter Dunst strich über sein Gesicht wie feine Spinnweben. Als er die Straße erreicht hatte, rannte er los und erreichte in weniger als sechs Minuten einen Minimarkt ein paar Straßen weiter.

Dort zog er, wegen der Überwachungskameras, die Kapuze seiner Windjacke tief ins Gesicht, schlurfte an die Theke und fragte den Jungen hinter der Theke, ob er von dessen Telefon aus ein Taxi rufen dürfe. »Mein Akku ist leer.« Ohne von seiner Tuning-Zeitschrift aufzusehen, schob der junge Mann ein Handy über die Theke.

Das Taxi brauchte doppelt so lange, um zu dem Laden zu kommen, wie für die Fahrt zum Motel. Drex ließ sich vor einem Apartmentkomplex auf der anderen Seite des Freeway absetzen. Er zahlte die Fahrt bar, wartete, bis das Taxi außer Sichtweite war, und überquerte dann die Straße zum Motel.

Die Zimmernummer, die Gif ihm genannt hatte, lag im Erdgeschoss. Drex klopfte leise an, hörte den Riegel, die Kette, dann öffnete Gif die Tür einen Spaltbreit. Er trat zur Seite, ließ Drex ein und sagte: »Ich habe mich nicht extra schick gemacht.« Er trug Boxershorts, ein weißes T-Shirt und schwarze Socken. Er sicherte die Tür, ging dann zur Kommode, löste eine Bierdose aus dem Plastikring und streckte sie Drex hin.

»Ich könnte einen Whisky vertragen.«

»Kein Whisky.«

»Dann vergiss es.« Drex wand sich aus seiner Windjacke, zog einen Stuhl unter dem Zweiertisch vor dem Fenster hervor und setzte sich. Er stützte die Ellbogen auf die Knie und hielt mit allen zehn Fingern seine Haare zurück. Der Adrenalinrausch verpuffte allmählich.

Gif setzte sich auf die Kante des ungemachten Betts. »Ich habe dein Auto gar nicht gehört.«

»Ich habe es stehen lassen, sie sollen nicht wissen, dass ich weg bin.« Er erklärte, wie er hergekommen war.

»Und du bist sicher, dass dir niemand gefolgt ist?«

»Natürlich bin ich sicher. Dafür habe ich gesorgt.«

Gif sah ihn ausgiebig an und stellte fest, dass Drex' Kleider feucht waren. »Regnet es draußen?«

Drex hob den Kopf. »Willst du den Wetterbericht hören?«

Gif klappte den Mund auf, als wollte er etwas darauf erwidern, entschied sich dann aber dagegen und klappte den Mund wieder zu.

Drex bedachte sich selbst mit ein paar ausgewählten Ausdrücken. Dann holte er tief Luft und atmete wieder aus. »Entschuldige, Mann.«

»Nichts passiert.«

»Doch, ist es. Es tut mir leid. Danke, dass du hier bist.«

Gif nickte knapp und widmete sich plötzlich interessiert einem losen Hautzipfel an seinem Daumen. »Und du bist sicher, dass sie mit drinsteckt?«

»Sag du es mir.«

Drex zog das Aufnahmegerät aus seiner Sporttasche, verband es mit dem Stecker des Kopfhörers und reichte ihn Gif. »Ich glaube, du wirst ihre Unterhaltung erhellend finden.«

Er ließ Gif lauschen und verschwand ins Bad. Nachdem er auf der Toilette gewesen war, spritzte er sich Wasser ins Gesicht. Er warf einen angewiderten Blick auf sein Spiegelbild. »Selbst jetzt würdest du sie ficken, wenn du die Chance dazu hättest, oder? Du Vollidiot.« Er ließ das Handtuch auf den Boden fallen und öffnete die Tür.

Gif lauschte immer noch, doch seiner Miene war nicht anzusehen, was er über das dachte, was er da zu hören bekam. Drex setzte sich wieder auf den Stuhl am Tisch und zückte ein neues Prepaid-Handy, um Mike anzurufen.

Mike antwortete mit einem Knurren. »Wer ist da?«

»Ist das Telefon sicher?«

»Es wird über fünf Router geleitet. Sollte okay sein.«

»Hast du geschlafen?«

»Nein. Ich observiere die Typen, die mich observieren.«

»Gif hat mir das von Rudkowski erzählt. Tut mir wirklich leid, Mike. Du hast mich von Anfang an gewarnt, dass du mir nicht helfen würdest, mein eigenes Grab zu schaufeln, und dass du dich auch nicht neben mich legen würdest.«

»Das habe ich zwar gesagt, aber nicht so gemeint.« Er

schnaubte etwas, das wie ein Lachen klang. »Ehrlich gesagt ist es ziemlich lustig. Sie sitzen draußen in ihrem Lieferwagen, essen kalte Pizza und schaukeln sich die Eier. Ich hatte Schweinelendchen mit allem Drum und Dran. Und dazu eine Flasche Wein. Ich sitz gemütlich zu Hause. Mit all meinen Spielsachen dazu.«

»Sie haben noch keinen Durchsuchungsbefehl?«

»Rudkowski wirft nur Nebelkerzen. Er weiß, dass die Chance, irgendwas auf meinen Computern zu finden, gleich null ist. Falls er seine Drohung wahr macht und meine Wohnung durchsuchen lässt, steht er mit leeren Händen da. Er ist nicht so doof, das durchzuziehen, weil er es nie verwinden würde, wenn er sich so zum Narren macht.«

»Aber trotzdem wirst du immer noch überwacht.«

»Das sind keine Cowboys, sondern die Alte-Herren-Fraktion, der sie nichts anderes mehr zutrauen.«

»Könntest du verschwinden, ohne dass sie es mitbekommen?«

»Aus dem Haus türmen?«

»Aus der Stadt.«

»Klar. Aber Rudkowski würde nur auf so einen Vorwand warten, um mir die Schlinge um den Hals zu legen. Und dann würde ich dir gar nichts mehr nützen. Warum also sollte ich türmen wollen?«

»Weil wir sie haben.«

Dass er das ohne die leiseste Genugtuung, ohne jeden Triumph verkündete, verlieh seiner Feststellung mehr Nachdruck, als wenn er sie herausgebrüllt hätte. In genau dem gleichen Tonfall schilderte er Mike in groben Zügen, was sich abgespielt hatte.

Als er fertig war, fragte Mike: »Sie also auch, hm?«

»Ja.«

Ausnahmsweise zeigte Mike, dass er doch eine menschliche Seite hatte. Er setzte kein *Ich hab's dir ja gesagt* dahinter. »Okay. Und was jetzt?«

»Du bleibst auf Stand-by. Gif hört sich eben ihre Unterhaltung an. Wir melden uns wieder bei dir.«

Drex hatte ein paar Fragen an Google. Als er die benötigten Informationen zusammengetragen hatte, setzte Gif gerade den Kopfhörer ab. Drex sah ihn erwartungsvoll an.

»Nicht, dass ich dir eine kalte Dusche verpassen wollte, Drex, aber das ist weder ein unwiderlegbarer Beweis noch ein unterschriebenes Geständnis. Die Aufnahme ist illegal, darum könnte sie bei einem Verfahren nicht …«

»Das weiß ich alles.«

»Rudkowski würde uns grillen und in Quantico auf die Cafeteria-Speisekarte setzen lassen.«

»Mike hat etwas von einer Schlinge gesagt.«

»Mir gefällt beides nicht.« Gif spielte mit dem Kopfhörer, während er über diese neueste Wendung der Ereignisse nachsann. »Glaubst du, er hat es auf Elaine Conner abgesehen?«

»Das weiß ich nicht, aber überraschen würde es mich nicht. Die beiden sind ziemlich dicke.«

»Das Ganze hört sich an, als stände die Ehe der Fords auf wackligen Beinen, wenn nicht auf Treibsand.«

»Das schließt aber nicht aus, dass sie Komplizen sind. Oder dass sie zumindest welche waren, als sie Marian Harris umbrachten.«

»Aber haben sie das?« Gif streckte ihm den Kopfhörer hin. »Mit dieser Aufnahme könnten wir ihnen nicht mal einen Strafzettel für Falschparken verpassen. Niemand,

nicht das FBI, *niemand* würde sich daran die Finger verbrennen wollen. Im Gegenteil, falls wir das als Beweis oder auch
nur als starken Verdacht weitergeben, würde jeder Geset-
zeshüter im Land sich erst schieflachen und uns dann wegen
Verletzung der Privatsphäre verhaften.«

»Und darum müssen wir genauso weiter vorgehen wie
bisher. Allein. Unter dem Radar.«

Gif verzog das Gesicht und ließ den Kopfhörer aufs Bett
fallen. »Drex…«

»Hol Mike ans Telefon. Bitte.«

Als sie auf Lautsprecher gestellt hatten, wandte Drex sich
an Mike. »Morgen begibt sich das reizende Paar von nebenan auf einen Kurztrip nach Atlanta. Du musst für mich
den Namen eines neuen Boutique-Hotels herausfinden, das
den Chefkoch eines New Yorker Restaurants abgeworben
hat. Wenn du das…«

»Das *Lotus*.«

»Was?«

»So heißt das Hotel. Ich habe online einen Artikel über
den Koch gelesen.«

Gif und Drex sahen einander an und mussten, trotz der
ernsten Umstände, lächeln.

»Okay. Danke«, sagte Drex. »Schaffst du es bis morgen
Nachmittag dorthin?«

»Nach Atlanta?«

»Frag nicht so. Warst du schon mal dort?«

»Nein.«

»Es ist nett.«

»Hier ist es auch nett.«

»Du darfst keine Spuren hinterlassen, also kannst du
nicht fliegen. Du wirst fahren müssen.«

»Wie weit ist es?«

»Weit. Fast vierhundert Meilen, sagt Google.« Mike knurrte etwas Unverständliches, und Drex fuhr fort. »Ich bin nicht in der Stimmung zu diskutieren, Mike. Es sind sechs Stunden im Auto. Du kannst die ganze Fahrt über futtern. Bist du dabei oder nicht? Wenn nicht, dann gute Nacht.«

Nach kurzem Schweigen fragte Mike: »Und was mache ich, wenn ich dort bin?«

»Du checkst im *Lotus* ein. Reservier dir noch heute Abend ein Zimmer.«

»Das wird nicht billig.«

»Ich bezahle.«

»Es ist Wochenende. Und wenn sie ausgebucht sind?«, wandte Gif ein.

»Kinderkram«, sagte Mike. »Dann hacke ich mich in ihr System und storniere eine andere Reservierung.« Er stockte kurz. »Ich nehme nicht an, dass du mich dorthin schickst, damit ich die Fünf-Sterne-Cuisine probiere.«

»Ich schicke dich dorthin, damit du die Fords im Auge behältst.«

»Bist du irre?«, rief Gif aus. »Mike könnte nicht mal ungesehen im Unterholz bleiben, wenn sie eine Riesensequoia in der Lobby aufgestellt hätten.«

»Er ist nicht unser typischer verdeckter Ermittler, nein«, bestätigte Drex. »Er ist fett und hässlich …«

»He, ich kann euch hören!«, mischte Mike sich ein.

»… und genau darum würde ihn niemand für einen Spion halten.«

Drex wollte Mike in Atlanta haben, aber nicht nur aus dem genannten Grund. Er wollte ihn auch aus Lexington herausschaffen. Mike sollte nicht in Rudkowskis Reichweite sein, falls ihnen die Kacke um die Ohren flog. Irgendwann würde Rudkowski sie alle wieder einfangen, aber Drex wollte es ihm nicht zu leicht machen.

Gif, vernünftig wie immer, schlug vor, dass stattdessen er nach Atlanta fahren könnte. »Ich bin schon im Nachbarstaat.«

»Ja, aber Talia könnte sich an dich aus dem Café erinnern, wenn sie dich sehen würde.«

»Niemand kann sich an ihn erinnern«, sagte Mike. »Und was ist das für eine Geschichte mit dem Café?«

»Das erzählen wir dir später«, beschied Drex ihm mit wachsender Ungeduld. »Mike, kann dir Sammy bis morgen früh einen Wagen vermitteln, der sich nicht zurückverfolgen lässt?«

»Das ist mit einem Anruf erledigt.«

Sammy – Drex war nicht sicher, welcher seiner vielen Namen echt war – war Mechaniker und konnte jede Schrottkiste zum Porsche auffrisieren. Als Mike noch frisch beim FBI gewesen war, hatte er bei dem Einsatz mitgearbeitet, bei dem sie Sammy geschnappt hatten, weil er Hehlerware über Staatsgrenzen transportieren wollte.

Sammy hatte seine Zeit abgesessen, aber als er wieder entlassen wurde, arbeitete Mike bereits mit Drex zusammen und hatte erkannt, wie vorteilhaft es war, eine Beziehung zu einem Mann wie Sammy zu pflegen, der sozusagen nur halb kriminell war. Sie hatten schon mehrfach Sammy und seine Kenntnisse in Sachen Autos aus zweifelhaften Quellen genutzt.

»Problematisch ist höchstens die Übergabe«, sagte Mike. »Aber Sammy ist da kreativ.«

»Fahr so früh wie möglich los«, sagte Drex. »Ich möchte, dass du schon zum Check-in dort bist.«

»Man wird mich vermissen, wenn ich nicht in der Arbeit erscheine.«

»Immer langsam, ihr zwei«, mischte sich Gif ein. »Bitte. Dieser Plan hat Löcher, die vom Mond aus zu sehen sind.«

Nachdem sie noch mehrere Minuten hin und her diskutiert hatten, beendete Drex die Sache mit den Worten: »Entweder seid ihr dabei oder nicht, Jungs. Wenn ihr aussteigen wollt, kann ich euch das nicht verübeln. Aber sagt es gleich, oder haltet den Mund.«

Keiner sagte etwas.

Nach einer Sekunde nahm Drex den Faden wieder auf. »Mike, ich weiß nicht genau, wie lange sie bleiben werden. Das musst du irgendwie rausfinden. Ich muss Bescheid wissen, wann sie sich auf den Rückweg machen.«

Gif sah sich in seinem Motelzimmer um. »Und was tue ich währenddessen?«

»Du bleibst hier, bis oder falls ich dich als Rückendeckung brauche.«

»Und was tust du währenddessen?«, fragte Gif.

»Ich nehme ihr verfluchtes Haus auseinander.«

Mike und Gif legten erneut Widerspruch ein und versuchten eine halbe Stunde lang, ihn umzustimmen. Doch Drex blieb hart. Während es sich die Fords ein paar Tage in ihrem Luxushotel gut gehen ließen, hatte er Zugang zu ihrem Haus und damit auch zu ihrem Leben.

Er würde das Haus auf den Kopf stellen, bis er etwas gefunden hatte, das sie mit Marian Harris in Verbindung brachte. Das Foto, das auf ihrer Jacht aufgenommen war, taugte nicht als Beweismittel. Die Behörden in Florida hatten dadurch nach Marians Verschwinden zwar Jasper, damals noch Daniel Knolls, identifiziert. Doch die Polizei hatte ihn wieder laufen lassen, nachdem er vernommen worden war.

Jetzt fragte sich Drex, ob man Talia damals ebenfalls befragt hatte. Er machte sich eine geistige Notiz, Deputy Gray darauf anzusprechen.

Er schob den Punkt ins Hinterstübchen seines Gehirns und konzentrierte sich darauf, was der heutige Tag für ihn bereithalten mochte. Seine Kollegen flehten ihn an, seinen Entschluss, in das Heim der Fords einzubrechen, noch einmal zu überdenken. Sie hielten ihm vor, dass er sich strafbar machen würde. Sie zählten die Hindernisse auf, denen er sich gegenübersehen könnte. Die Alarmanlage. Überwachungskameras.

»Mann, dieser Freak könnte sein Haus mit Sprengfallen gesichert haben«, sagte Mike.

»Zuzutrauen wäre ihm das«, sagte Drex. »Ich werde vorsichtig sein.«

»Sagen wir, du kommst ohne Schwierigkeiten ins Haus und stößt dort auf eine Goldmine an Beweisen«, sagte Gif. »Was würden die uns bringen? Nichts von dem, was du findest, wäre vor Gericht zulässig.«

»Alles, was ich finde, wird rechtfertigen, dass ich ihn umbringe.«

Das hatte sie zum Schweigen gebracht.

Nachdem sie sich von Mike verabschiedet hatten, hatte Gif seine Sachen zusammengepackt, um in ein anderes Motel zu wechseln. »Mit einer Kreditkarte, von der niemand weiß, dass ich sie besitze«, versicherte er Drex.

Zu zweit fuhren sie in Gifs Wagen los. Die Morgendämmerung brach gerade an, doch der Unterschied zur Nacht war kaum zu bemerken. Der Himmel war mit Wolken überzogen. Der Niederschlag wechselte zwischen Regen und einem so schweren Nieseln, dass man die Scheibenwischer eingeschaltet lassen musste.

Drex dirigierte Gif zu dem Minimarkt. »Lass mich dort aussteigen, den Rest gehe ich zu Fuß.«

»Sicher?«

»Meine neugierigen Nachbarn sollen nicht sehen, wie du mich absetzt. Sag mir Bescheid, wo du untergekommen bist.«

»Sobald ich eingecheckt habe.«

Drex legte die Hand auf den Türgriff, doch Gif erklärte plötzlich: »Hör zu, Drex. Auch wenn ich dir ziemlich zugesetzt habe, was sie angeht, hatte ich für dich gehofft, dass wir falschliegen würden.«

»Ich melde mich«, meinte Drex knapp, stieg aus, schloss die Tür und klopfte zweimal aufs Autodach. Erst als Gif losgefahren war, murmelte er: »Danke, Kumpel.«

Er trat in den rund um die Uhr geöffneten Laden. Inzwischen stand ein anderer Kassierer hinter der Theke. Drex kaufte ein paar Sachen ein und machte sich dann auf den Rückweg zu seinem Apartment. Gerade als er auf der Rückseite des Grünzugs nach einer weniger überwucherten Lücke suchte, durch die er seinen Weg abkürzen konnte, sah er, wie ihm eine einsame Läuferin auf der Straße entgegenkam und sich dabei langsam aus dem Dunst schälte.

Offenbar hatte sie ihn etwa zur selben Zeit bemerkt wie sie, denn sie bremste sofort auf Gehgeschwindigkeit ab. Sie sah zur anderen Straßenseite, als würde sie überlegen, ob sie ihm ausweichen sollte. Doch dann streckte sie die Schultern durch und hielt weiter auf ihn zu.

Er blieb stehen, sodass sie gezwungen war, den Abstand zwischen ihnen zu überbrücken. Doch das bereitete ihm kaum Befriedigung, denn auch wenn er vor Zorn innerlich wie vereist war, nachdem sie ihn so an der Nase herumgeführt hatte, wurde ihm allein bei ihrem Anblick wieder heiß. Regen und Schweiß hatten ihre Laufhose und das Top durchnässt. Sie schmiegten sich wie eine Farbschicht um ihren Körper und ließen keinen Zweifel daran, wie wohlgeformt ihre Beine, wie perfekt die Brüste waren, wie die Nippel hervorstanden.

Ihre Augen hatten die Farbe des Wolkenhimmels. Genau wie der Nebel verbargen auch sie Geheimnisse. Der Pferdeschwanz hing schwer und feucht in ihrem Nacken. Eine Wasserperle löste sich aus einer Strähne an ihrer Wange und rollte in Richtung Kinn wie am Morgen zuvor ihre Träne.

Auf die er reingefallen war. Wie ein liebeskranker Teenager. Wie ein verdammter Idiot.

Er unterdrückte den erneut aufkommenden Groll und begrüßte sie. »Du bist früh auf den Beinen. Konntest du nicht schlafen?«

»Der Donner hat mich aufgeweckt.«

»Es hat nicht gedonnert.«

»Dann muss es was anderes gewesen sein.«

»Muss wohl.« Er betrachtete sie so lange, bis ihr bewusst sein musste, dass er jede Wölbung, jede Mulde, jede Kurve registrierte. »Heute kein Spinning?«

»Das Studio hat noch nicht geöffnet.«

»Du hättest warten können.«

»Ich wollte heute früh los. Genau wie du, so wie es aussieht.« Sie deutete auf die Plastiktüte.

»Ich brauchte Milch.«

»Warum bist du nicht gefahren?«

»Ich brauchte Bewegung.«

»Was ist da drin?« Sie deutete auf die Sporttasche.

Sie hing an seiner Schulter. Er klopfte darauf. »Darin? Das ist meine Zaubertasche.«

»Ich sehe schon, du gibst dich bockbeinig.«

»Bockbeinig. Ein fast so schönes Wort wie desolat.«

Sie schoss ihm einen wütenden Blick zu und machte eine Geste, als wollte sie ausdrücken, dass sie wieder loslaufen müsse. »Einen schönen Tag noch.« Sie versuchte, ihn zu umgehen. Er machte einen Schritt zur Seite und verstellte ihr den Weg. »Bitte lass mich durch.«

»Hast du es ihm erzählt?«

»Wem was erzählt?«

Er schenkte ihr ein unverschämtes Lächeln, das sie hoffentlich zur Weißglut treiben würde. »Deinem Mann, Talia. Hast du Jasper von dem Kuss erzählt?«

Wieder die durchgestreckten Schultern. »Ja.«

»Ja?«

»Natürlich habe ich ihm davon erzählt.«

»Und wie hat er reagiert?«

»Genauso wie ich.«

»Das bezweifle ich stark.«

Sie hörte den Unterton und das leise Lachen danach. »Scher dich zum Teufel.« Sie wollte wieder an ihm vorbei, doch wieder versperrte er ihr den Weg. »Hör auf, Drex!«

»Jasper war verärgert?«

»Nein, nicht verärgert. Er hat getobt, dass du so was wagen würdest.«

»Wirklich? Warum ist er dann nicht meine Treppe hochgestürmt, hat meine Tür eingetreten und mir Arme und Beine einzeln ausgerissen?«

»Weil er sich nicht von seinen animalischen Instinkten leiten lässt.«

»Genau wie ich. Denn sonst hätte ich ganz was anderes getan, als dich nur zu küssen.«

Sie ohrfeigte ihn. Schmerzhaft. Es brannte höllisch, aber er lachte nur. »Du hast es ihm nicht erzählt, stimmt's?«

»Bleib mir vom Leib.« Sie stieß ihn mit dem Ellbogen weg, schob sich an ihm vorbei und rannte los.

Er drehte sich zu ihr um und sagte halblaut: »Lügnerin.«

Sie blieb stehen und drehte sich ebenfalls um. »Was hast du gesagt?«

Er antwortete nicht.

Sie wiederholte ihre Frage, diesmal lauter, und betonte dabei jedes einzelne Wort.

Worauf er sich seinerseits vorbeugte und so leise flüsterte, dass nur sie es hören konnte: »Lügnerin!«

Kapitel 17

Nach seiner Konferenzschaltung mit Drex und Gif hatte Mike nicht wieder einschlafen können. Er lag auf seinem Bett und starrte an die Decke, bis es hell wurde, stand dann auf, duschte und zog sich an, ohne irgendwie von seinen täglichen Gewohnheiten abzuweichen.

Doch für das, was er vorhatte, gab es keine Möglichkeit, sich geistig vorzubereiten.

Sein Frühstück bestand aus zwei getoasteten Bagels mit Frischkäse und Räucherlachs, einer Schale Erdbeeren in Sahne und drei Tassen Kaffee mit jeweils drei Löffeln Zucker.

Derart gestärkt, war er so bereit, wie er es nur sein konnte.

Doch als er das Handy in der Hand hielt, packte ihn wieder die Unentschlossenheit. Minutenlang suchte er in seiner Seele nach einer Antwort und ermahnte sich, dass er sich immer noch umentscheiden konnte.

Letztendlich allerdings kam er zu dem Schluss, dass er das Richtige tat. Ohne weiteres Nachdenken, das nur zu neuen Zweifeln führen würde, machte er den gefürchteten Anruf.

Eine Kiesstimme antwortete. »Rudkowski.«

»Hier ist Mike Mallory.«

Rudkowski schwieg, als würde er auf eine höhnische Bemerkung warten. War er sprachlos vor Schreck? Oder war er schon damit beschäftigt, den Anruf aufzunehmen? Wahrscheinlich beides, dachte Mike.

Schließlich fragte Rudkowski: »Und?«

»Ich finde, Sie sind ein Riesenarschloch.«

»Sie haben mich beim Frühstück gestört, nur um mir das zu sagen?«

»Nein, ich dachte nur, ich sollte Ihnen erst mal klarmachen, was ich von Ihnen halte, falls Sie das noch nicht wissen.«

»Ich hatte eine starke Ahnung. Wenn das alles war – mein Porridge wird kalt.«

»Dieses Tamtam, das Sie um einen möglichen Durchsuchungsbefehl gemacht haben? Damit haben Sie nur erreicht, dass ich jetzt als unschuldiges Opfer Ihrer Kleingeistigkeit dastehe und Sie als Armleuchter.«

»Das ist Ansichtssache.«

»Da vertreten alle dieselbe Ansicht. Selbst die Agenten, von denen Sie mein Haus observieren lassen, würden zustimmen. Sie riskieren nur keine Durchsuchung, weil Sie nichts finden würden.«

»Vielleicht besorge ich mir einen Beschluss, vielleicht auch nicht. Aber wie ich mich auch entscheide, Sie bleiben unter dem Brennglas, bis ich sicher weiß, was für ein Spiel Sie spielen. Ihr Genosse Gif hat sich freigenommen, um seine Hämorrhoiden operieren zu lassen. Ernsthaft? Hämorrhoiden? Niemand in seinem Büro kann sich erinnern, dass er je irgendwelche Beschwerden gehabt hätte.«

»Es ist kaum ein Thema, das er beim Mittagessen mit seinen Kollegen besprechen würde.«

»Versuchen Sie gar nicht, ihn zu decken. Und rein zufällig fällt seine plötzlich notwendige Operation mit dem Urlaub Ihres Anführers zusammen. Urlaub«, wiederholte er verächtlich. »Ich weiß, dass Easton irgendwas im Schilde führt.

Sie drei Musketiere spielen mit dem Feuer, aber damit werden Sie einzig und allein erreichen, dass Sie sich die Finger verbrennen. Wieder mal.«

Rudkowski hatte ihm eine Tür geöffnet, und er nutzte sie. »Genau darum rufe ich an.« Er ließ das in der Luft hängen, bis er sicher war, dass er Rudkowskis ungeteilte Aufmerksamkeit hatte. »Drex hat *wirklich* was geplant. Und diesmal, glaube ich, wird er …« Er verstummte, holte tief Luft. »Was er diesmal vorhat, könnte ernste Konsequenzen haben. Für uns alle, aber ganz besonders für ihn.«

»Was hat er denn vor? Wo ist er?«

»O nein. Bevor ich Ihnen irgendwas erzähle, will ich eine Abmachung.«

»Keine Abmachung.«

»Dann noch ein angenehmes Frühstück.«

»Warten Sie! Na schön. Was für eine Abmachung?«

»Drex wird verwarnt, aber mehr passiert nicht. Sie müssen mir versprechen, dass Sie ihm nicht zu sehr zusetzen. Noch hat er nichts getan. Er hat nur darüber *gesprochen*.«

»Versprochen.«

Mike lachte. »Ihre Zustimmung kam viel zu schnell, Rudkowski. Glauben Sie, ich würde mich darauf verlassen?«

»Ich gebe Ihnen mein Wort.«

»Das zählt einen Scheiß. Ich will das schriftlich haben.«

Rudkowski überlegte. »Ich werde so nachsichtig sein, wie ich kann. Mehr kann ich Ihnen nicht anbieten. Sie müssen sich nicht nur meinetwegen Sorgen machen, wissen Sie?«

»Aber Ihr Einfluss …«

»Ist begrenzt, es heißt nicht umsonst *Federal Bureau* of Investigation. Auch ich muss mich vor meinen Vorgesetzten hier in Louisville rechtfertigen.«

Mike wusste, dass da was dran war. »Dann muss mir das wohl genügen.«

»Haben wir einen Deal?«

»Ja. Aber ich will einen Zeugen dabeihaben, wenn ich Ihnen meine Informationen überlasse. Ich händige Ihnen alles aus, was ich habe, aber erst, nachdem ich Ihre Unterschrift bekommen habe und dazu einen schriftlichen Ablass für Drex, Gif und mich.«

»Easton wird Ihnen das nicht danken.«

»Genau das hat mich die ganze Nacht wachgehalten. Er wird stinksauer sein. Aber ich hoffe, ich kann ihn überzeugen, dass ich immer noch loyal bin. Wir beide sind wild entschlossen, diesen Typen zu schnappen und einzusperren.«

Rudkowski schnaubte. »»Diesen Typen‹. Es ist noch gar nicht bewiesen, dass es diesen Typen überhaupt gibt.«

»Es gibt diesen Typen. Sie wollen das nur nicht glauben, weil Sie ihn nicht selbst identifiziert und gefasst haben. Sie rascheln lieber mit Ihren Papieren und tun beschäftigt, bis Sie endlich in Pension gehen können, während zur gleichen Zeit dieser Mann Frauen um ihr Geld bringt und ermordet.«

»Wohingegen Easton Taten sehen will.«

Er sagte das verächtlich, aber Mike lächelte. »Sie nehmen mir die Worte aus dem Mund, Rudkowski. Ihnen war Ihr Groll gegen Drex immer wichtiger als die Jagd auf diesen Verbrecher. Dieser Typ ist real, und ich hoffe bei Gott, dass Drex ihn irgendwann festnageln kann.« Er zögerte. »Aber diesmal ist alles anders, und das macht mir Schiss. Ich habe es von Anfang an gespürt, aber in jüngster Zeit sind neue Informationen ans Licht gekommen. Wir reden hier über einen wirklich kranken Kerl, nicht nur über einen Heirats-schwindler. Gif hatte auch ein übles Gefühl, und das haben wir Drex gesagt.«

»Aber er hält sich für schlauer als alle anderen.«

»Er ist eindeutig schlauer als Sie«, sagte Mike. »Aber er ist auch verbohrt und sturköpfig. Und weil er das ist, hat er sich an dieser Info festgehakt und lässt nicht mehr locker. Ich habe Angst, dass er mit Vollgas über eine Klippe schießt und dann eine Bruchlandung hinlegt. Ich habe ihm erklärt, dass ich ihm nicht helfen würde, sein eigenes Grab zu schau-feln. Oder auch meines. Und ich werde nicht jünger.« Er verstummte kurz, räusperte sich. »Ich liebe ihn wie einen kleinen Bruder. Aber diesmal ist mir der Einsatz zu hoch, diesmal mache ich keine Extratour.«

»Was Sie tun, ist richtig und verantwortungsvoll.«

Mike kehrte zu seinem gewohnten Knurren zurück. »Tun Sie nicht so verflucht scheinheilig, Rudkowski. Sie haben sich doch schon längst vor Freude eingepisst. Genießen Sie den Moment, erfreuen Sie sich an Ihrem Erfolg. Aber mir ist bei dem, was ich hier tue, absolut nicht wohl. Ich hinter-gehe gerade meinen engsten Freund, selbst wenn es zu sei-nem Besten ist.«

Rudkowski war klug genug, keine weitere platte Bemer-kung zum Besten zu geben.

Mike holte tief Luft und schnaufte aus wie ein Blasebalg. »Ach fuck, bringen wir es hinter uns. Wir treffen uns in mei-nem Büro. Mir gefällt der Gedanke, Zeugen zu haben, die mich lieber mögen als Sie.«

»Und wann?«

»Ich fahre gleich los. Ehe ich es mir anders überlegen kann.« Er sah auf die Wanduhr. »Gewöhnlich fahre ich nicht so früh zur Arbeit. Lassen mich Ihre Wachhunde aus der Einfahrt?«

»Ich pfeife sie zurück. Wir sehen uns gleich.«

Sie legten auf. Fünf Minuten später rief Mike eine andere Nummer an. Drex war nach dem ersten Läuten am Apparat. »Hat es hingehauen?«

»Wie am Schnürchen«, sagte Mike. »Bin schon auf dem Weg nach Atlanta. Sammy lässt dich grüßen.«

Drex rief Gif an und meldete ihren Erfolg. »Mike muss wirklich dick aufgetragen haben, denn Rudkowski hat ihm jedes Wort geglaubt. Ich wäre zu gern dabei, wenn er in Mikes Büro auftaucht, um die Unterlagen einzukassieren.«

Er erzählte Gif, dass Mike Rudkowski gerade genug Zeit gegeben hatte, um den Männern Bescheid zu geben, die sein Haus observierten, bevor er das Garagentor hochgefahren hatte, damit sie sein Auto sehen und annehmen konnten, dass er wie geplant losfahren wollte.

Er hatte einen Arm voller Akten – vollgestopft mit alten Ausgaben verschiedener Feinschmecker-Magazine – zum Auto getragen und sie auf den Beifahrersitz geworfen. Danach war er noch mal ins Haus gegangen, hatte einen Karton – mit alten Ausgaben des *Weinschmeckers* – herausgetragen und auf den Rücksitz geladen.

Anschließend war er ein weiteres Mal ins Haus gegangen … und zur Hintertür hinausspaziert. Er hatte sich durch die Gärten hinter seinem geschlagen. An der nächsten Straßenecke hatte ihn Sammy erwartet, in einem gewöhnlichen grauen Pkw.

»Der Motor lief schon«, erzählte Drex. »Mike stieg ein. Und weg waren sie.«

»Ich frage mich, wie lange diese Agenten brauchten, bis sie gemerkt haben, dass er getürmt war.«

»Keine Ahnung, aber bestimmt ist Rudkowski in die Luft gegangen, als er es erfahren hat.«

»Ich habe das dumpfe Gefühl, dass nicht Mike diesen Fluchtplan ausgeheckt hat.«

Drex schniefte. »Ich weiß, ihr habt mir geraten, Rudkowski nicht unnötig zu ärgern, aber…«

»Aber du kannst der Versuchung nicht widerstehen.«

»Hauptsache, Mike ist nicht mehr in seinem Visier.«

»Und wenn sie die Nachbarn befragen? Vielleicht hat jemand Sammy bemerkt und sich den Wagen eingeprägt.«

»Wir haben das berücksichtigt. Sammy hat Mike zu einem Rastplatz ein paar Meilen außerhalb der Stadt gefahren, wo er einen zweiten Wagen abgestellt hatte. Mike hätte lieber den grauen behalten, aber Sammy meinte, dass er nicht ganz so *gewöhnlich* wäre, wie er aussah.«

»Heiß?«

»Mike hat nicht nachgefragt. Jedenfalls ist er jetzt in einem dunkelblauen Minivan unterwegs nach Atlanta.«

Die Zusammenfassung hatte länger gedauert, als für die reine Aufzählung aller Fakten nötig gewesen wäre. Sie tänzelten um das Thema herum, das alle anderen überschattete. Anscheinend wollte Gif ebenso ungern danach fragen, wie Drex es ansprechen wollte.

Gif lenkte zuerst ein. »Hast du die beiden heute Morgen schon gesehen?«

»Nein.« Nachdem Gif von »beiden« gesprochen hatte, war es keine direkte Lüge, wenn Drex ihm nichts von seinem frühmorgendlichen Zusammentreffen mit Talia erzählte. »Aber ich habe sie beim Frühstück belauscht. Jasper sagte, er würde sein Essen erst mal sacken lassen und dann zum Schwimmen in den Club fahren. Sie fragte, ob er schon gepackt hätte. Er sagte, er würde packen, wenn er vom Schwimmen heimkommt, und daraus schließe ich, dass sie erst heute Nachmittag fliegen.«

»Könnte sein, dass sie das Auto nehmen.«

»Nein, sie haben vereinbart, dass sie jeweils nur einen Kabinentrolley mitnehmen. Delta bietet einen Direktflug um fünfzehn Uhr sechsundvierzig und einen weiteren um siebzehn Uhr neunzehn an. Falls sie irgendwann nach vierzehn Uhr losfahren, würden sie den um fünfzehn sechsundvierzig kaum schaffen.«

»Fahren sie mit ihrem eigenen Wagen zum Flughafen?«

»Das haben sie nicht gesagt, aber ich rufe dich an, sobald sie aufbrechen. Dann musst du bereit sein. Ich will dich am Flughafen in der Nähe der Security haben, um sicherzustellen, dass sie wirklich fliegen.«

»Ohne dass sie mich sieht.«

»Ohne dass sie dich sieht.«

»Und du?«

»Ich folge ihnen in meinem Auto zum Flughafen und überzeuge mich, dass sie dort ankommen. Falls sie irgendwo abbiegen, folge ich ihnen, bis du übernehmen kannst. Falls sie wie erwartet zum Flughafen fahren, sage ich dir Bescheid, dann drehe ich eine Runde, komme hierher zurück und …«

»Brichst in ihr Haus ein.«

»Mit etwas Glück bricht dabei nichts.« Als Gif nicht auf seine Bemerkung reagierte, musste Drex seufzen. »Fang nicht wieder an.«

»Es ist riskant, Drex. Warum so riskant?«

»Weil wir festgestellt haben, dass uns alle legalen Wege verschlossen sind und ich sonst keine Möglichkeit sehe.«

»Okay. Aber du musst das nicht allein machen. Ich könnte doch mitsuchen, nachdem sie ins Flugzeug gestiegen sind? Zwei Augen und zwei Hände mehr, und die Suche wäre in der halben Zeit erledigt.«

»Kommt nicht infrage. Es ist mein Plan, und ich halte als Einziger dafür den Kopf hin. Außerdem könnte ich erwischt werden, und dann musst du sofort angerast kommen und mit deiner Marke wedeln, um mich bei der Polizei rauszuhauen.«

»Mir wäre es wesentlich lieber, wenn du gar nicht erst erwischt würdest.«

»Versteht sich von selbst.«

»Was tust du im Moment?«

Im Moment tat er das, was er seit seinem frühmorgendlichen Wortwechsel mit Talia getan hatte: Er wünschte sich, Jasper wäre *tatsächlich* die Treppe hochgerannt und hätte seine Tür eingetreten. Er wünschte, Jasper *hätte* versucht, ihm die Arme und Beine einzeln auszureißen. Dann hätte er ihm und seiner verlogenen Frau demonstrieren können, wie entfesselte animalische Instinkte wirklich aussahen.

»Die Zeit totschlagen, bis sie abfahren«, sagte er nur.

Er ging auf und ab. Er saß an seinem Tisch. Er belauschte die unregelmäßigen Gespräche der Fords, die ab und zu in die Küche kamen, allerdings brachten diese kurzen Wortwechsel keine wesentlichen Erkenntnisse. Falls Talia ihrem Mann erzählt hatte, dass sie Drex am Morgen begegnet war und was sie dabei gesprochen hatten, dann hatte sie das außerhalb der Küche getan. Das Klima zwischen den beiden schien seit der vergangenen Nacht nicht mehr so unterkühlt zu sein.

Drex wollte auf keinen Fall darüber spekulieren, was das Tauwetter herbeigeführt hatte.

Um fünf Minuten nach zehn verließ Jasper allein das Haus. Um halb eins kehrte er zurück.

Nachdem Drex wusste, dass sie jetzt jederzeit abfahren konnten, postierte er sich am Fenster und hielt Wache. Um kurz nach zwei summte sein Handy. Er ging an den Apparat. Gif fragte: »Der Flug um siebzehn neunzehn?«

»Sieht so aus. Bleib auf dem Posten.«

Es wurde drei Uhr. Dann drei Uhr fünfzehn, ohne dass sie zu sehen waren. Um exakt 15:22 Uhr, als Drex schon kurz vor der Implosion stand, rollte Jaspers Wagen rückwärts aus der Garage.

Drex rief Gif an. »Sie sind unterwegs.«

»Haben sie einen Wagen gerufen?«

»Er fährt selbst.«

»Bin dran.«

Sie legten auf. Drex kontrollierte, welche Richtung der Wagen auf der Straße einschlug, wartete dann an der Tür und zählte langsam bis fünfzig, bevor er die Treppe hinunterjagte.

Er holte sie erst ein, als sie auf der Hauptstraße waren und ihr Wagen an einer Ampel halten musste. Es waren mehrere Autos zwischen ihnen. Drex fuhr absichtlich langsamer und ließ sich überholen, um Abstand zu halten, ohne sie dabei ganz aus den Augen zu verlieren. Er folgte ihnen über die Brücke ins Zentrum von Charleston und dann nach Norden auf den Freeway zum Flughafen.

Jasper hielt sich an die Geschwindigkeitsbegrenzung und

blieb auf der rechten Spur, was die Verfolgung einfacher machte. Als Jasper vor der Abfahrt zum Flughafen blinkte, rief Drex Gif an. »Sieht aus, als würde alles glattlaufen. Bist du auf Position?«

»Ich gebe mir Mühe, der Flughafenpolizei nicht aufzufallen.«

»Wir sind hier. Bleib dort.« In diskretem Abstand folgte Drex Jaspers Wagen zu den Parkgaragen und meldete sich bei Gif, als Jasper in das Kurzzeitparkhaus direkt gegenüber der Straße vor dem Terminal bog. »Sie müssten in ein paar Minuten bei dir sein.«

»Verstanden. Ich halte die Augen auf.«

»Ich fahre jetzt zurück zum Haus.«

Er beschloss, über die Veranda ins Haus zu gelangen, einfach, weil er dort nicht von der Straße aus gesehen werden konnte. Aber auch, weil er diese Seite des Hauses inzwischen am besten kannte.

Das Schloss an der Fliegengittertür vor der Veranda war keine Herausforderung. Er streifte ein Paar Latexhandschuhe über und hatte den primitiven Mechanismus in Sekundenschnelle geöffnet. Das Schloss an der massiven Hintertür war nicht so leicht zu knacken, aber auch das gelang ihm ohne größere Probleme. Dann hielt er, eingedenk der möglichen Sprengfallen, die Mike angesprochen hatte, den Atem an und schob die Tür auf. Die Alarmanlage begann zu piepen. Er tippte eilig den neuen Code ein, den Talia am Abend zuvor aufgesagt hatte.

Das Piepen verstummte.

Er schloss die Tür. Langsam schlich er in der Küche von einem Fenster zum nächsten, ließ den Blick über verschiedene Abschnitte des Grundstücks wandern und hielt dabei Ausschau nach einem Hinweis, dass man ihn bemerkt hatte. Doch nichts regte sich außer dem von der Traufe tropfenden Regenwasser, das die Pfützen darunter erzittern ließ.

Erleichtert, dass er unentdeckt ins Haus gelangt war, atmete er tief aus, und sein Ausatmen war das einzige Geräusch im Haus. Ansonsten war es gespenstisch still. Keine Uhr tickte, kein Elektrogerät surrte, kein Luftzug säuselte durch die Belüftungsschächte. Nichts.

Dass das Haus so düster war, machte die Atmosphäre doppelt gespenstisch. Jalousien und Vorhänge waren offen, doch der trübe Tag ließ es so wirken, als habe die Abenddämmerung vorzeitig eingesetzt. Das Licht, das trotzdem ins Haus sickerte, war so schwach, dass sich Drex' Augen erst an das Halbdunkel gewöhnen mussten.

Als Mike die Immobilienanzeige für das Haus ausgegraben hatte, hatte er auch den dazu gehörigen Grundriss ausgedruckt. Drex hatte ihn sich eingeprägt und kannte daher die Anordnung der Räume, obwohl er nur in ein paar Zimmern im Erdgeschoss gewesen war. Er arbeitete sich von der Küche aus durch das Esszimmer in die zweistöckige Eingangshalle vor, wo sich die Haupttreppe in einem Bogen ins Obergeschoss schwang.

Er hatte beschlossen, dort erst einmal alle Zimmer im ersten Stock abzugehen, um sich einen Überblick zu schaffen, was in jedem war und wie ergiebig eine Suche sein mochte, bevor er die Räume nacheinander durchsuchen würde.

Er stieg die Treppe hoch und blieb oben stehen. Von hier aus ging ein breiter Flur ab mit einer Doppeltür auf halber Höhe. Er drückte sie auf und stand im Schlafzimmer. Er ließ den Blick von links nach rechts wandern, speicherte dabei den ganzen Raum im Gedächtnis ab und listete dabei im Geist alle Möbel auf. Das Bett stand der Doppeltür gegenüber und damit genau vor ihm. Er ging darauf zu und blieb am Fußende stehen.

Es war gemacht, und die dekorativen Zierkissen lagen am Kopfende aufgereiht. Identische Nachttische zu beiden Seiten rahmten das gepolsterte Kopfteil ein. Die darauf liegenden Gegenstände verrieten, wer auf welcher Bettseite schlief. Auf Jaspers Seite standen nur eine Leuchte und ein Wecker. Auf Talias Seite gab es eine identische Leuchte und ebenfalls einen Wecker, aber dazu eine Kristallschale mit mehreren Schmuckstücken, die sie offenbar direkt vor dem Schlafengehen abgelegt hatte. Drex erkannte den Armreif und die Goldkreolen, die sie am Donnerstag zum Abendessen getragen hatte.

Eine Kristallflasche mit Pumpspender enthielt so etwas wie Handlotion. Er ermahnte sich, die Hände davon zu lassen, trotzdem ging er ans Kopfende des Bettes, beugte sich vor und schnupperte daran. Es war ihr Duft, und er löste sofort ein stechendes Begehren aus. Er verfluchte sich dafür, so ein verdammter Idiot zu sein.

Weil er sich nicht erlaubte, weiter nach Hinweisen auf ein trauliches Eheleben zu suchen, ging er nur kurz die Schubladen in ihrem Nachttisch durch. Ein Roman im Hardcover, ein Taschenreisebuch über Norwegen, eine Schachtel Briefpapier mit eingedrucktem Namen. Talia Shafer, nicht Talia Ford. Das bereitete ihm leise Genugtuung.

Die Schubladen enthielten nichts Bemerkenswertes oder Intimes. Zum Glück. Das hätte er nicht ertragen. Aber vielleicht bewahrte Jasper die Sextoys in seinem Nachtkästchen auf.

Drex trat an die andere Bettseite und öffnete eine Schublade nach der anderen. Er fand keine Mittel zur erotischen Stärkung, keine Utensilien für verwegene Schlafzimmerspiele. Er fand überhaupt nichts. Absolut nichts. Nada. Die Schubladen waren leer. Er klopfte gegen die Hinterwand des Kästchens, um festzustellen, ob es dahinter einen Hohlraum gab. Sie klangen solide, und die Maße der Schublade stimmten mit den Maßen des Kästchens überein.

Er schaute unter das Bett. Bestimmt hätte Jasper das höchst amüsant gefunden. Auch da war nichts.

Als Nächstes trat er an eine Kommode. Die erste geöffnete Schublade sagte ihm, dass es Jaspers war. Unterhosen – einer teuren Marke – lagen zusammengefaltet in Reihen, die auch ein erfahrener Butler kaum ordentlicher hätte ausrichten können. In der Sockenschublade das gleiche Bild. In einer dritten Schublade lag ausgebreitet wie in einem abstrakten Kunstwerk ein Sortiment an Seidentaschentüchern.

Drex musste an sich halten, um nicht jede Schublade auf den Boden zu kippen, und sei es nur, um Jaspers mönchische Ordnung zu zerstören. Er beschloss, damit zu warten, bis er sich einen Überblick verschafft hatte, aber schon jetzt stand fest, dass er mit der Schublade beginnen würde, in der die exaltierten Einstecktüchlein lagen.

In Jaspers begehbarem Kleiderschrank sah es aus wie bei einem Herrenausstatter am Rodeo Drive. Absolut makellos. Jedes Kleidungsstück hing mit exakt zwei Zentimetern Abstand zum nächsten. Hemden, Hosen, Jacken waren nach Farben geordnet. Die Schuhe waren aufgereiht, als hätte Jasper mit einem Lineal kontrolliert, dass die Spitzen nicht über die Kante des Faches herausragten.

Hatte er alles so präzise arrangiert, damit er feststellen konnte, ob jemand seine Sachen angerührt hatte?

Drex sann gerade darüber nach, als ihn das Summen seines Handys so abrupt aus den Gedanken riss, dass er heftig zusammenschreckte. Er zog es aus der Jeanstasche und antwortete unnötigerweise mit einem Flüstern. Es war Gif.

»Sie sind nicht aufgetaucht.«

»Wie?«

»Sie sind nicht aufgetaucht.«

»Was soll das heißen?«

Gif gab einen ungeduldigen Laut von sich. »Sie haben nicht eingecheckt, sie sind nicht durch die Security.«

»Du musst sie verpasst haben.«

»Nein, habe ich nicht. Ich habe freien Blick auf die Security.«

»Aber ich habe ihn in das Parkhaus fahren sehen.«

»Mag sein, trotzdem sitzen sie nicht in diesem Flieger. Ich habe so getan, als hätte ich mich verspätet, und das Mädchen am Schalter gefragt, ob ich ihn noch erreichen würde. Sie sagte, die Flugzeugtüren seien bereits geschlossen. Wahrscheinlich rollt es in diesem Moment zur Startbahn.«

Drex sah auf die Uhr und musste Gif recht geben. In seinem Kopf überschlugen sich die Gedanken, während er das Gehörte zu verarbeiten versuchte. »Talia hat eine Reiseagentur. Bestimmt hatten sie einen Begleitservice, der sie an der Security vorbeiführt.«

»Das könnte natürlich sein.«

»Was könnte sonst noch sein?«

»Privatflugzeug?«, schlug Gif vor.

»Dann hätten sie nicht im öffentlichen Parkhaus geparkt.«

»Richtig.«

»Kannst du hin und nachsehen, ob der Wagen noch dort steht?«

»Klar, aber das dauert ein bisschen.«

»Bleib solange in der Leitung.«

»Okay. Aber Drex, falls sie tatsächlich umgekehrt und jetzt auf dem Heimweg sind, musst du sofort von dort verschwinden.«

»Ich bin dir weit voraus.« Er zog die Doppeltür zum Schlafzimmer von außen zu und rannte schon die Treppe hinunter. Es war noch düsterer geworden, trotzdem wollte er lieber nicht die Handytaschenlampe einschalten.

»Hast du irgendwas verändert?«

»Nein, damit wollte ich noch warten. Bist du schon im Parkhaus?«

Gif schnaufte. »Fast. Was fährt er denn?«

»Einen Mercedes, schwarz. SUV. Scheiße!«

»Was ist denn?«

»Ich bin mit dem Bein gegen die Tischecke gestoßen. Wieso sollten sie umkehren wollen? Verfluchter Dreck! Ich dachte, ich hätte tagelang freien Zugang zu ihrem Haus.«

Gif wurde immer kurzatmiger. »Kurz gefasste Pläne werden oft geändert oder abgesagt.«

»Aber sie haben noch heute früh darüber gesprochen. Über den Wetterbericht für Atlanta. Was sie einpacken sollten. Wie locker oder elegant der Urlaub werden sollte. Ganze fünf Minuten ging es darum…«

»Okay, ich bin drin. Welche Richtung?«

Drex stand mitten in der Küche und wiederholte im Kopf, was er eben gesagt hatte.

»Drex? Ist er im Parkhaus nach links oder rechts abgebogen?«

»Sie haben über ihre Reise gesprochen. Ausgiebig. Gestern Abend und heute Morgen wieder.«

Er drehte sich abrupt zum Ofen um. Nach einer Sekunde des Zögerns ging er hin und bohrte den Finger in die schmale Spalte zwischen Ofen und dem Schrank, in die er den winzigen Sender geschoben hatte, während er sich poetisch darüber ausgelassen hatte, wie man Maiskolben am besten zubereitet.

Der Sender war nicht mehr dort.

Er trat einen Schritt zurück, holte mehrmals Luft, tastete erneut, schob seine Finger so tief wie möglich in den Spalt, aber er wusste genau, wo er die Wanze angebracht hatte, und sie war nicht mehr da.

»Drex!«, rief Gif ihm ins Ohr. »Links oder rechts?«

»Ist egal. Du wirst ihr Auto nicht finden.«

»Was? Warum?«

»Warte kurz.« Er trat an die Stelle vor dem Küchenschrank, wo Jasper ihn hatte knien sehen. Er ging in die Hocke und tastete die Abschlussleiste ab.

Und hielt gleich darauf den Sender in der Hand.

»Drex? Bist du schon draußen? Was ist los?«

»Jasper hat die Wanze neu platziert.«

»Was? Wie soll das gehen? Er wusste doch gar nicht, wo sie ist.«

»Er hat sie gefunden. Und wie um mich zu verhöhnen, hat er sie genau dort deponiert, wo ich sie an unserem Grillabend scheinbar anbringen wollte.« Er lachte freudlos. »Wir haben genau das gehört, was wir hören sollten.«

»Wir sind im Arsch.«

»Bis zu den Zehen«, bestätigte Drex. »Er hat uns ausgetrickst.«

Kapitel 18

Gif brüllte in sein Ohr wie ein erbarmungsloser Spieß beim Militär. »Verschwinde aus diesem Haus. Und räum das Apartment. *Sofort.*«

Er hatte den Anschiss gebraucht, um aus der kurzfristigen Schockstarre zu erwachen, in die er verfallen war, als er die Scharade erkannt hatte.

»Ich melde mich.«

Er trennte die Verbindung. Gifs Brüllen im Ohr, rannte er los. Auf dem Weg nach draußen stellte er den Alarm wieder ein und verriegelte die Tür zur Veranda, sodass beides wieder war wie zuvor. Er rückte auch das Schloss an der Fliegengittertür vor der Veranda gerade, damit man nicht auf den ersten Blick sah, dass es beschädigt war.

Dann rannte er weiter zu dem Apartment über der Garage. Durch den Nieselregen waren die Stufen glitschig, trotzdem hastete er sie hoch in sein Apartment. Kaum hatte er die Tür hinter sich geschlossen, hörte er schon die Sirene.

»Das soll wohl ein beschissener Witz sein!«

Er stand mit hämmerndem Herzen und schwer keuchend im Raum, ging im Geist alle Optionen durch und verwarf eine nach der anderen, bis schließlich nur noch eine übrig blieb.

In reiner Hektik tastete er nach dem Wandschalter in seinem Rücken und schaltete das Deckenlicht ein. Gegen die plötzliche Helligkeit anblinzelnd, schälte er die Latexhandschuhe von seinen Fingern, stopfte sie in die Tasche seiner Windjacke und zog dafür seine Pistole heraus. Er schlüpfte aus der Windjacke und warf sie achtlos auf den verschlissenen Sessel.

Die Pistole in der einen Hand, knöpfte er mit der anderen seine Hose auf und hüpfte dann abwechselnd auf dem linken und rechten Bein in Richtung Schlafzimmer, während er sich gleichzeitig aus seiner Jeans befreite. Er ließ sie auf dem Boden liegen und schaltete die Nachttischlampe ein. Seine Sporttasche lag auf dem Bett. Er warf die Pistole hinein und nahm seinen Computer und das fleckige Originalmanuskript heraus – er konnte Pam nicht dankbar genug sein. Beides trug er ins Wohnzimmer, wo er in aller Eile seinen vorgeblichen Arbeitsplatz arrangierte.

Draußen auf der Straße zogen die Blaulichter verschwommene Farbstreifen durch den Dunst. Das Heulen der Sirene erstarb, als der Streifenwagen in die Einfahrt der Fords bog und ruckelnd bremste. Beide Türen flogen auf.

Drex eilte noch einmal ins Schlafzimmer, riss sich das Hemd vom Leib, setzte die Fensterglasbrille auf, trat die Schuhe von seinen Füßen und packte die Reisetasche am Riemen. Dabei fiel sein Blick auf das Etui mit der FBI-Marke, das unten in der Tasche lag.

Er erstarrte kurz und überlegte. Er konnte es einsetzen, und der Gedanke war verflucht verführerisch. Aber wenn er es tat, würde er auffliegen. Er konnte danach nicht wieder den glücklosen Schriftsteller und Gigolo geben. Es war sein persönliches Trumpf-Ass, aber wenn er es zu früh ausspielte, riskierte er, dass ihm dafür der Hauptgewinn durch die Lappen ging: Jasper Ford.

Er zog den Reißverschluss der Tasche zu und verstaute sie

im Schrank. Dann eilte er ins Wohnzimmer zurück und holte ein Bier aus dem Kühlschrank. Er drehte den Verschluss ab, kippte die Hälfte in den Ausguss und nahm die Flasche dann mit zum Tisch, wo er sie neben seinem Laptop abstellte. Er ließ sich in seinen Stuhl fallen, schrubbte den Schweiß von seinem Gesicht und bemühte sich, so auszusehen, als würde er mit einer Schreibblockade ringen.

Wie sich herausstellte, blieb ihm reichlich Zeit, um wieder zu Atem zu kommen. Erst nach fünf Minuten hörte er sie die Stufen heraufpoltern. Er wartete, bis sie halb oben waren, schob dann den Stuhl mit lautem Scharren zurück und schlenderte zur Tür, sodass er gleichzeitig mit ihnen die Fliegengittertür erreichte.

Vor ihm standen zwei Streifenpolizisten vom Mount Pleasant Police Department, wie die Aufnäher an ihren Uniformärmeln verrieten. Jung. Unverbraucht. Und allem Anschein nach überrascht, von einem Mann in Unterwäsche empfangen zu werden.

Drex tat so, als würde er erst jetzt bemerken, dass er halb ausgezogen war, und sah verlegen an sich herab. »Sorry, Leute. Was gibt es denn?«

»Wie heißen Sie?«, fragte Officer Nummer eins.

»Drex Easton.«

»Leben Sie hier?«

Drex warf einen abfälligen Blick in den Raum hinter seinem Rücken. »Es ist ein Dach über dem Kopf. Ich habe es für drei Monate gemietet.« Er erzählte ihnen von seinen Vermietern, den Arnotts. »Möchten Sie hereinkommen, oder …« Er ließ den Rest der Einladung unausgesprochen.

Sie nahmen sein Angebot an, kamen herein und schauten sich um.

»Leben Sie allein hier?«, fragte Nummer zwei.

»Ja.«

»Was ist das?« Nummer eins deutete auf das Manuskript.

»Mein Erstlingswerk.«

»Sie sind Autor?«

Drex verzog das Gesicht. »Wenn ich was auf die vielen Ablehnungsschreiben geben kann, dann nicht.«

Nummer eins lachte kurz. Nummer zwei fragte: »Kennen Sie die Nachbarn im Haus nebenan?«

»Die Fords? Sicher. Wir haben zusammen gegrillt.«

»Ihre Alarmanlage wurde ausgelöst.«

Mit vorgetäuschtem Erstaunen sah Drex zum Haus. »Ich habe nichts gehört. Wann denn?«

»Vor zwanzig Minuten etwa«, erklärte Officer Nummer eins. »Die Sirene hat nicht angeschlagen. Der Alarm wurde nach den ersten Warntönen ausgeschaltet. Aber Mr. Ford hat auf seinem Handy eine App, die anschlägt, wenn die Alarmanlage aktiviert wurde. Da niemand berechtigt war, das Haus zu betreten, also auch keine Putzfrau oder so, hat er uns angerufen.«

Drex nickte verständnisvoll, sagte aber nichts.

Nummer zwei fragte: »Haben Sie vielleicht jemanden gesehen, der so aussieht, als würde er nicht hierhergehören?«

»Außer mir, meinen Sie?« Nummer eins fand auch das lustig, Nummer zwei schon weniger. Guter Bulle, böser Bulle. Drex wurde ernst. »Ich habe keine Menschenseele gesehen, und ich war den ganzen Tag hier. Na schön, bis auf ein paar Minuten früh am Morgen. Da war ich Milch holen. Was hat er denn mitgenommen?«

»Wer?«

»Der Einbrecher.«

»Nichts, so wie es aussieht. Es weist nichts auf einen Einbruch hin.«

»Hm. Keine Ahnung, was den Alarm ausgelöst hat. Oder
die App auf Jaspers Handy spinnt.«

»Könnte auch sein. Denn die Alarmanlage schaltete sich
von selbst wieder ein.«

Drex verdrehte die Augen. »Technik, wie?«

Die beiden jungen Officer sahen einander an und schienen schweigend übereinzukommen, dass er harmlos war.
Nummer zwei sagte: »Bitte melden Sie sich bei uns, falls Sie
irgendwas Auffälliges sehen oder hören.«

»Sicher doch.«

Nummer eins wünschte ihm viel Glück mit seinem Roman.

»Danke. Kann ich brauchen.«

Sie dankten ihm für seine Zeit, wünschten ihm eine gute
Nacht und trampelten die Stufen hinunter. Eine Minute später setzten sie rückwärts aus der Einfahrt der Fords und
waren verschwunden.

Drex leerte die Bierflasche, zog dann seine Windjacke
vom Stuhl und angelte das Handy aus seiner Tasche.

Gif war außer sich. »Ich habe dich ein Dutzend Mal angerufen.«

»Ich hatte Gesellschaft.« Er berichtete von seinen Besuchern. »Wenn sie sechzig Sekunden früher angekommen
wären, hätten sie mich in vollem Lauf auf der Treppe erwischt. Falls ich erst losgerannt wäre, als ich ihre Sirene
hörte, hätten sie mich flüchten gesehen. So war's nur ein
Fehlalarm.«

»Das war knapp. Du musst von dort verschwinden. Und
damit meine ich das Apartment.«

250

»Hast du was von Mike gehört?«

»Er sitzt in diesem Luxusschuppen. Ich habe ihm erklärt, dass er nicht auf die Fords zu warten braucht, und ihn dann auf den neuesten Stand gebracht. Er ist auf Abruf und harrt der Dinge, was er jetzt tun soll.«

»Ich habe nicht den leisesten Schimmer.«

»Du musst jedenfalls da raus. Mein Zimmer hat zwei Betten. Du kannst heute Nacht hier pennen. Dann besprechen wir unsere Optionen.«

»Bis gleich.«

Als er ohne seine Sachen im Motel auftauchte, empfing Gif ihn ärgerlich: »Wo sind deine Sachen?«

»Noch dort.«

»Wir waren doch beide der Meinung…«

»War ich nicht.«

»Aber du warst auch nicht anderer Meinung.«

»Ich bin hungrig. Eine Meile von hier hat was geöffnet.« Drex drehte sich um und ging zu seinem Auto. Er hatte den Motor laufen lassen. Gif zog die Tür des Motelzimmers zu und folgte ihm.

»Ich habe mir erlaubt, Mike anzurufen, während ich auf dich gewartet habe«, eröffnete Gif Drex auf dem Weg zum Restaurant.

»Hast du ihn bei seinem fünfgängigen Luxusmenü unterbrochen?«

»Er hat die Restaurantreservierung abgesagt.«

»Wie bitte?«

»Ich weiß. Ich bin auch schockiert. Er war in seinem Zimmer und hat gearbeitet.«

»Und was?«

»Falls die Fords den Flughafen in demselben Fahrzeug verlassen haben, in dem sie hingefahren sind, müsste das auf der Aufnahme einer Überwachungskamera zu sehen sein.«

»Das würde nur beweisen, dass sie wieder weggefahren sind. Es würde uns aber nicht verraten, wohin.«

»Mike schaut es sich trotzdem an.«

Die Fassade des Meeresfrüchte-Restaurants war mit türkisen und pinken Neonröhren umrahmt, das Neonschild zeigte einen aus der Pfanne springenden Fisch. Die Shrimps kamen frisch aus der Fritteuse, und das Bier war eiskalt. Ein paar Minuten aßen sie schweigend, dann sprach Gif Drex noch mal auf das Apartment über der Garage an.

Drex ließ sich nicht umstimmen. »Falls sie nach Hause zurückkommen, wirkt es glaubhafter, wenn ich noch dort bin und so tue, als wäre nichts passiert. Ich habe die Wanze wieder dort platziert, wo Jasper sie angebracht hatte. Das wird er zuerst überprüfen. Er wird zwar vermuten, dass ich die Alarmanlage ausgelöst habe, aber er wird es nicht beweisen können.«

»Es sei denn, er hat versteckte Kameras angebracht.«

»Glaubst du, er würde sich an die Polizei wenden, selbst wenn auf einem Video zu sehen wäre, wie ich Talias Schmuck klaue?« Er schüttelte den Kopf. »Nein. Er wird auf keinen Fall die Polizei rufen.«

»Er hat sie heute Abend gerufen.«

»Nur, um mir zu zeigen, dass er mich durchschaut hat. Bestimmt hat er sich darüber schiefgelacht. Trotzdem war es ein taktischer Fehler.«

»Wieso das?«

»Wieso sollte er Verstecken spielen, wenn er nichts zu verstecken hätte?«

Gif dachte darüber nach und nickte schließlich. »Aber was ist, wenn beide verduftet sind und wir sie nie wiedersehen?«

Drex gab sich alle Mühe, nicht in die Resignation zu verfallen, die dieser Gedanke auslöste. Das ganze Unternehmen abblasen zu müssen, ohne dass sie irgendetwas vorzuweisen hatten, wäre eine schmerzliche Niederlage. Noch niederschmetternder war jedoch die Vorstellung, wie Talia mit Jasper durchbrannte und sich die beiden über ihn totlachten, sich darüber lustig machen, wie leicht er sich hinters Licht hatte führen lassen.

»Falls sie aus dem Nest geflüchtet sind«, sagte er zu Gif, »dann macht es auch keinen Unterschied, ob ich ausziehe oder nicht, richtig? Dann bleibt er verschwunden. Wir stehen dann wieder ganz am Anfang, nur dass ich drei Monatsmieten für dieses Rattenloch abdrücken muss.«

Gif spürte Drex' Gereiztheit und ließ das Thema fallen. Sie aßen auf, teilten sich die Rechnung und waren gerade beim zweiten Bier, als Drex' Handy vibrierte. »Das muss Mike sein.« Er nahm das Gespräch an.

Mike kam sofort zum Punkt. »Wo bist du?«

»In einem Restaurant. Wir haben gerade gegessen.«

»Gif ist bei dir?«

»Ich schaue ihn gerade an.«

»Habt ihr die Nachrichten gesehen?«

»Nein.«

»Setzt euch in Bewegung.«

Angetrieben von Mikes ernstem Timbre, rutschte Drex aus der Bank und gab Gif ein Zeichen, ihm zu folgen. Während sie sich zwischen den Tischen durchschlängelten, fragte er Mike: »Was ist denn?«

»Die Jacht, die dieser Conner gehört, die *Laney Belle,* richtig?«

»Richtig. Was ist damit?«

»Also, gegen Anbruch der Nacht hat ein Kreuzer der Coast Guard ein gekentertes Beiboot gesichtet, das zu der Jacht gehört.«

»Was?«

»Die *Laney Belle* trieb führerlos eine halbe Meile davon entfernt. Es war niemand an Bord.«

»*Was?*«

»Und das ist noch nicht das Schlimmste.«

Drex blieb so plötzlich stehen, dass Gif in seinen Rücken prallte.

»Es wurde eine Leiche am Strand angespült«, sagte Mike.

Drex' Shrimps drohten mit dem Bier wieder nach oben zu kommen. »Wessen Leiche?«

»Der Name wurde noch nicht freigegeben. Bis jetzt sagen sie nur… Es ist eine Frau, Drex.«

Kapitel 19

Drex warf Gif das Handy zu, der es gerade noch auffangen konnte. »Sprich du mit Mike. Frag ihn, wohin wir müssen.«

Er schob sich an der Schlange von Gästen vorbei, die auf einen freien Tisch warteten, gelangte zum Ausgang und rannte los, sobald er draußen war. Gif joggte ihm hinterher, Drex' Handy am Ohr. Bis sie ihre Gurte angelegt hatten, hatte Mike Gif auf den neuesten Stand gebracht und ihm den Namen des Jachthafens genannt, in dessen Nähe die Frauenleiche gefunden worden war.

»Mike sagt, die schnellste Route …«

»Ich weiß, wie man hinkommt.« Drex raste aus dem Parkplatz vor dem Restaurant und wendete mit quietschenden Reifen zu der Auffahrt zum Freeway. »Stell auf Lautsprecher.«

Gif tat es, und Mike fragte Drex, was er jetzt unternehmen sollte.

»Sei ehrlich zu mir.« Drex' Finger bogen und spannten sich um das Lenkrad. »Ich schneide dir das Herz aus den Rippen, wenn die Tote schon identifiziert wurde und du es mir verschweigst.«

»Ich schwöre es, Drex. Sie haben den Namen noch nicht freigegeben.«

Drex zwang sich, zur Ruhe zu kommen, alle persönlichen Erwägungen beiseitezuschieben und ganz pragmatisch vorzugehen. »Pack deine Sachen. Lass dein Auto …«

»Sammys Auto.«

»… Sammys Auto stehen. Wir klären das später mit ihm.« Er blickte auf die Uhr im Armaturenbrett. Es ging auf neun Uhr abends zu. »Ich glaube, der letzte Flug von Atlanta nach Charleston geht um …«

»Halb elf. Ich habe schon einen Platz gebucht.«

»Guter Mann.«

»Dachte mir schon, dass du mich in der Nähe haben willst. Wohin soll ich nach der Landung fahren?«

»Keinen Schimmer. So weit habe ich noch nicht gedacht.«

»Ich schreibe dir, sobald ich gelandet bin.«

»Irgendein Anzeichen, dass Rudkowski dir auf den Fersen ist?«

»Nein.«

»Hast du noch ein zweites Handy?«

»Geladen und einsatzbereit.«

»Ich lege mir auch ein anderes zu. Gib Gif deine neue Nummer.«

Gif schaltete den Lautsprecher aus und tauschte mit Mike die Nummern aus.

Drex konzentrierte sich aufs Fahren. Er wechselte gnadenlos Spuren und verfluchte inbrünstig alle, die langsamer fuhren. Gif musste sich an dem Angstgriff über dem Seitenfenster festhalten, war aber klug genug, das Tempo und die waghalsigen Manöver nicht zu kommentieren.

Schon als sie in die Umgebung des Jachthafens kamen, wurde offensichtlich, dass er nicht mehr frei zugänglich war. Einige Straßen waren abgesperrt. Auf denen, die noch geöffnet waren, regelten Polizisten mit Warnwesten und Taschenlampen den Verkehr. Als Drex sah, dass einer winkend befahl, wieder umzudrehen, bog er abrupt auf den Parkplatz einer

Ladenzeile, in der die Geschäfte schon geschlossen hatten, und erklärte, dass sie von hier aus zu Fuß gehen würden.

»Vielleicht lassen sie auch keine Fußgänger mehr durch«, sagte Gif.

»Halte deine Marke bereit.«

»Du willst dir den Zutritt erzwingen?«

»Nur wenn es sein muss.«

»Aber in dem Fall wird Rudkowski …«

»Halte einfach deine Marke bereit«, deckelte Drex alle Einwände. Natürlich waren Gifs Argumente vernünftig. Gif würde zur Vorsicht raten. Er würde darauf bestehen, dass sie behutsam vorgingen.

Nichts davon wollte Drex hören.

Sie schafften es an den Fuß des Piers, ohne dass sie aufgehalten wurden. Drex deutete auf einen mit Absperrbändern abgetrennten Bereich, in den man die Presse gepfercht hatte. »Misch du dich unter die Reporter. Vielleicht erfährst du ja etwas, das Mike uns nicht erzählt hat.«

»Und wo bist du?«

»Da oben.« Er deutete auf den erhöhten Pier. »Halt am Geländer nach mir Ausschau.«

Er stieg die Stufen hoch. Der Pier war voller Schaulustiger, doch sie wirkten unerwartet bedrückt. Drex schob sich durch die Menge, bis er das Geländer erreicht hatte und auf den Strand darunter sehen konnte.

Sanitäter hoben gerade einen Leichensack von dem festen Sand auf eine Trage. Nachdem sie ihn abgelegt hatten, gurteten sie ihn fest. Die Trage wurde zu einem Krankenwagen getragen und hineingeschoben. Der Schlag, mit dem sich die Türen schlossen, hatte etwas Endgültiges. Der Krankenwagen fuhr über den Strand davon.

Als hätten sie die Schlusseinstellung eines traurigen Films angeschaut, blieben die Menschen still und reglos stehen, bevor sie sich allmählich verstreuten und dabei leise miteinander redeten, Fragen stellten, spekulierten oder über die Zerbrechlichkeit des Lebens philosophierten.

»Drex.«

Die leise Stimme ließ ihn sich umdrehen. »Es ist noch nicht offiziell«, sagte Gif. »Aber sie sind mehr oder weniger sicher, dass es Elaine Conner ist.«

Drex fühlte sich, als würde sein Brustbein brechen und sein Brustkorb kollabieren. Vor Trauer um Elaine – und vor Schuldgefühlen über seine Erleichterung, dass es nicht Talia getroffen hatte. Er drehte sich wieder zum Geländer, stützte sich mit beiden Händen auf dem verwitterten Holz ab und ließ den Kopf hängen, während er tief durch den Mund ein- und ausatmete.

»Zeugen in der Marina sahen die Jacht aus dem Hafen fahren. Sie fragten sich noch, wer wohl in so einem Wetter rausfahren würde. Mehreren Zeugen zufolge stand, ähm, ein Mann am Steuer.«

»Jasper.«

»Unidentifiziert.«

»Es war Jasper.« Drex holte ein letztes Mal tief Luft und richtete sich wieder auf. »Während wir nach ihm Ausschau gehalten haben, muss er direkt vom Flughafen hergefahren und an Bord der Jacht gegangen sein.« Er drehte nur den Kopf und sah Gif streng an. Sein Freund wusste, was er fragen wollte, wenn ihm nicht der Mut dazu gefehlt hätte.

Gif zog die Schultern hoch und sah ihn bedauernd an. »Niemand weiß, ob außer dem Mann und Elaine noch jemand an Bord war.«

Unausgesprochen blieb damit, dass Talia, als sie zuletzt gesehen wurde, in Gesellschaft ihres Mannes gewesen war und niemand sagen konnte, ob sie sein Opfer oder seine Komplizin war. Als hätte er Drex' Gedanken gelesen, meinte Gif: »Die Behörden haben keine Hinweise auf einen weiteren Toten, darum wird die Suche vorerst als Rettungsaktion und nicht als Bergung bezeichnet.«

Drex starrte aufs Wasser. »Vielleicht finden sie Talia oder ihre Leiche«, sagte er mit rauer Stimme. »Aber ihn werden sie bestimmt nicht finden, selbst wenn sie bis zum Tag des Jüngsten Gerichts suchen.« Er stieß sich vom Geländer ab, drehte sich um und marschierte entschlossen auf die Treppe zu. »Dieses Arschloch ist ein trainierter Schwimmer.«

Er war durch und durch zufrieden mit seinem neuen Aussehen.

Zugegeben, Howard Clement war nicht so schneidig wie Jasper Ford, der Gemahl von Talia Shafer und Freund von Elaine Conner, angesehenes Mitglied eines exklusiven Country Clubs, sicher in allen Geschmacksfragen und bewandert in erlesenen Weinen und Speisen.

Doch sein neues Aussehen und seine neue Persönlichkeit waren allemal gut genug. Niemand würde ihn in der Menge der Gaffer erkennen, die beobachteten, wie Elaine auf eine Schlagzeile und ihr Leben auf ein paar markige Sätze in den Nachrichten reduziert wurde.

Immerhin genoss sie dadurch einen höheren Bekanntheitsgrad als die meisten Menschen. So gesehen hatte Jasper ihr einen Gefallen getan. Er hatte ihr im Tod die Aufmerksamkeit verschafft, nach der sie sich ihr Leben lang verzehrt hatte.

Ihr Überschwang war bisweilen nervtötend gewesen, vor allem, wenn seine Investment-Ratschläge ihr fette Dividenden eingebracht hatten. Bei diesen Gelegenheiten hatten die beiden allein gefeiert. Oft hatte Elaine ihn bedrängt, Talia mit ins Boot zu holen, doch er hatte sich jedes Mal geweigert.

»Sie investiert konservativ und würde es nie wagen, solche Risiken einzugehen wie du, Elaine.« Das hatte Elaines Ego gestreichelt.

Natürlich hatte er nicht immer hundertprozentig richtig gelegen. Falls seine Ratschläge zu Verlusten führten, hatte Elaine das mit philosophischem Gleichmut hingenommen, seine Wange getätschelt und ihm erklärt, dass sie ihn trotzdem liebte, bevor sie ihn gefragt hatte, in was sie als Nächstes investieren sollte.

Er hatte ihr immer wieder daumendicke Analysen verschiedener Investment-Möglichkeiten in den USA oder im Ausland vorgelegt. Er hatte sie mit Projektionen begeistert und ihre Begeisterung dann wieder gedämpft, indem er die Risiken aufgezählt hatte. Er hatte sie mit Gewinnprognosen gelockt und gleichzeitig ermahnt, immer die Volatilität der internationalen Handelsbeziehungen in einem derart instabilen diplomatischen Klima im Auge zu behalten.

Sie hatte eine Aufmerksamkeitsspanne wie eine Eintagsfliege. Viel zu schnell ließ sie sich von den verschiedenen Begriffen verwirren und von der Menge der Informationen blenden. »Ach, such du einfach was aus und investier für mich.«

Tatsächlich war es beinahe zu einfach gewesen. Sie hatte ihn fast ein bisschen gelangweilt. In ihrer immer fröhlichen, immer optimistischen Art hatte sie kaum je etwas angezweifelt, das er vorgeschlagen hatte.

Wenigstens bis heute Abend. Da hatte er sie angerufen und ihr von seinem Streit mit Talia erzählt, der in der Absage ihrer gemeinsamen Kurzreise gegipfelt war. Er hatte Elaine gefragt, ob sie sich mit ihm auf der *Laney Belle* treffen würde. »Ich brauche einen ordentlichen Drink und ein offenes Ohr.«

Elaine hatte ihm versichert, dass sie ihn gern mit beidem dienen würde, und ihn mit einer mitfühlenden Umarmung und einer offenen Flasche Bourbon an Bord empfangen. Doch als er vorgeschlagen hatte, sie könnten ein wenig hinausfahren, hatte sie gebockt. Das sei kein Wetter dafür, hatte sie gesagt. Bei so dichtem Dunst würden sie kaum etwas sehen, und laut dem Wetterbericht sollte die Sicht noch schlechter werden. Sie würde die *Laney Belle* lieber fest vertäut im Jachthafen liegen lassen, selbst wenn das übervorsichtig war.

Sie hatte gewinselt und gewinselt und gewinselt, bis er sie am liebsten erwürgt hätte. Sie hatte erst nachgegeben, als er ärgerlich erklärt hatte, es sei wohl keine gute Idee gewesen, nach seinem Streit mit Talia herzukommen, und er würde nun gehen.

»Also schön. Aber nur kurz.«

Er hatte ihr versprochen, dass er es kurz machen würde. Dann hatte sie ihn gezwungen, dieses Versprechen zu brechen.

Nach langem Zureden hatte er das Boot aus der Marina steuern dürfen, weil sie schon mehrere Gläser intus hatte. Er hatte sichergestellt, dass zwei weitere dazukamen, bevor er vorgeschlagen hatte, sie könnten doch einen Probelauf mit dem Beiboot unternehmen.

»Heute Nacht? Talia würde mich skalpieren, wenn ich dir das erlauben würde.«

»Genau darum geht es«, hatte er gesagt und ihr vielsagend zugezwinkert. »Sie würde das nie erlauben. Sie fürchtet sich vor dem Wasser, weißt du? Komm, lass uns ungezogen sein und es machen, solange sie nichts dagegen sagen kann.«

Der Vorstellung, ungezogen zu sein, konnte Elaine nicht widerstehen.

Sie hatte die ganze Zeit gekichert, während sie das Beiboot zu Wasser gelassen hatten und hineingeklettert waren. Es hatte eine Litanei von »Hopsalas« und Lachanfällen gegeben, weil sie so beschwipst war. Jedes Mal, wenn das Dingi durch eine Welle brach, hatte sie vor Vergnügen gequietscht wie ein kleines Mädchen, und als ihr eine Woge ins Boot spritzte und sie zur Seite schleuderte, hatte sie immer noch gelacht.

Sie hatte nicht mehr gelacht, als er sie über Bord gestoßen hatte. Meerwasser hatte ihren Mund gefüllt und ihren Schrei erstickt, als sie unterging. Sekunden später war er ihr hinterhergesprungen und hatte von hinten den Ellbogen um ihren Hals gehakt, als sie sich an die Oberfläche kämpfen wollte.

Es war ein Lebensrettungsmanöver, doch sie hatte sich nur so lange entspannt, bis sie begriffen hatte, dass er sie damit nicht über, sondern unter Wasser hielt. Dann hatte sie sich zu wehren begonnen. Er hatte ihr versprochen, es kurz zu machen, doch das hatte sie nicht zugelassen. Es dauerte eine verfluchte Ewigkeit, bis sie endlich aufgegeben hatte.

Er hatte sie losgelassen und von sich gestoßen, war zurück zum Beiboot geschwommen und hatte sich an der Reling festgehalten, bis er wieder zu Atem gekommen war. Sobald er halbwegs wieder bei Atem war, hatte er sich aus seinen Kleidern geschält. Das hatte er zuvor in der Brandung geübt. Es war schwerer gewesen, als er gedacht hatte, und hatte auch länger gedauert, aber schließlich hatte er nur noch seine Badehose getragen.

Er hatte seine Schuhe weggeschubst und sein Hemd zerrissen, bevor er es losließ. Dann hatte er die übrigen Sachen zusammengebunden und an einen Feuerlöscher geknotet, den er aus einem Schrank auf der Jacht geholt hatte. Er hatte ihn in das Beiboot gelegt, während Elaine ihre Gläser wieder vollgeschenkt hatte. Das schwere Teil hatte sein Kleiderbündel in die Tiefe gezogen.

Der schwerste Teil der ganzen Prozedur war es gewesen, das Beiboot zum Kentern zu bringen, das eindeutig dazu bestimmt war, *nicht* zu kentern.

Danach war er losgeschwommen. Er hatte angenommen, dass er mindestens eine Stunde brauchen würde, um zum Ufer zu gelangen, allerdings konnte er nicht genau abschätzen, wie weit sich das Beiboot von der Jacht entfernt hatte. Er war mit kräftigen Zügen losgeschwommen, hatte aber in regelmäßigen Abständen Pausen eingelegt.

Er hatte sich um zwölf Minuten verschätzt, sein Ziel aber um kaum dreißig Meter verfehlt. Während er zu seinem abgestellten Wagen gelaufen war, hatte er beobachtet, wie die Flut seine Fußabdrücke schon nach Sekunden wieder auslöschte.

Das Auto war eine Schrottkiste, die er vor Monaten von einem windigen Gebrauchtwagenhändler gekauft hatte. Er hatte bar bezahlt und den Kaufvertrag auf Howard Clement ausstellen lassen. Er hatte sich nicht die Mühe gemacht, den Wagen umzumelden, sondern lediglich die Fahrgestellnummer abgefeilt. Er war zuversichtlich, dass das Fahrzeug nicht zu ihm zurückverfolgt werden konnte.

Abgestellt hatte er es in einem Dickicht aus struppigen Zwergpalmen hinter einem Spitzenwerk von am Strand angespültem Tang. Falls, was unwahrscheinlich war, seine Reifenspuren entdeckt werden sollten, würde man nur schwer einen Abdruck davon nehmen können. Er hatte die Latexhandschuhe übergestreift, die er in seine Badehose gesteckt hatte, dann die Magnetbox geöffnet, die er unter dem Wagen befestigt hatte, und mit dem darin liegenden Schlüssel den Kofferraum geöffnet. Er hatte den Kabinentrolley herausgeholt, den er scheinbar für seine Kurzreise gepackt hatte, der aber tatsächlich alles enthielt, was er für seine bevorstehende Verpuppung brauchte.

Die Rückbank des Wagens hatte ihm als Kokon gedient.

Als er eine Stunde später wieder aus dem Auto stieg, waren Pferdeschwanz und Schnurrbart verschwunden. Er hatte sich den Kopf rasiert und nur einen Haarkranz stehen lassen. Die Bräunungslinie auf seinem Kopf hatte er mit einem hellbraunen Anglerhut abgedeckt.

Jetzt trug er ein Paar formlose Cargoshorts und ein knallbuntes Hawaiihemd, das er sich vor zweieinhalb Jahren in Key West gekauft hatte, als er beschlossen hatte, dass sein nächstes Ziel die bezaubernde Talia Shafer sein sollte, wohnhaft in Charleston, einer Stadt, die Tausende von Touristen in unbeschreiblich hässlicher Aufmachung anzog. Die Auspolsterung auf der Vorderseite des Hemds sollte einen Bierbauch simulieren. Er schob die Füße in Gummi-Flipflops. Außerdem hatte er sich eine langweilige Brille besorgt, die es in praktisch jedem Kaufhaus für ein paar Dollar zu kaufen gab.

Als er sich im Rückspiegel inspiziert hatte, hatte er laut lachen müssen. Nicht einmal seine Frau, nicht einmal die Frau, die er eben ertränkt hatte, hätten ihn erkannt.

Er stopfte alles, was er verwendet hatte, wieder in den Kabinentrolley, den er irgendwann entsorgen würde. Ehe er ihn schloss, holte er noch eine alte, abgegriffene Geldbörse heraus, die er auf einem Flohmarkt erstanden hatte, und überprüfte, dass alles Notwendige darin war. Der Führerschein war in Georgia ausgestellt, das Foto hatte er aufnehmen lassen, nachdem er die Kraushaarperücke entsorgt hatte, die er als Marian Harris' schüchterner Finanzberater Daniel Knolls getragen hatte, und bevor er Haar und Bart wachsen ließ, um Jasper Ford zu werden.

Er besaß eine Kreditkarte auf den Namen Howard R. Clement. Die Karte war über ein Jahr alt und gerade oft genug belastet worden, um aktiv zu bleiben. Die Geldbörse enthielt außerdem den bescheidenen Bargeldbetrag, den Jasper Ford vor drei Tagen aus einem Automaten gezogen hatte. Die Börse steckte er hinten in seine Cargoshorts.

Zuletzt holte er aus einer Reißverschlusstasche im Koffer einen kleinen, verschnürbaren Samtbeutel, steckte ihn in die Vordertasche seiner Shorts und versiegelte diese mit dem angebrachten Klettverschluss. Lächelnd und liebevoll klopfte er auf die Tasche.

Von heute an hatte seine Sammlung ein Exponat mehr.

Nachdem er den Kabinentrolley wieder in den Kofferraum gesteckt hatte, fuhr er vom Strand weg. Ursprünglich hatte er noch in dieser Nacht an der Küste nach Norden fahren wollen, vielleicht sogar bis Myrtle Beach, wo er sich ein Zimmer nehmen und mehrere Tage untertauchen wollte, bis sich der größte Aufruhr gelegt hatte und die Suche nach ihm und Elaine eingestellt worden war.

Danach würde er zurückkehren und Talias Suizid choreografieren. Bekannte würden zu dem Schluss kommen, dass sie an der Trauer über den Tod ihrer guten Freundin und ihres Ehemanns, dessen Leichnam bedauerlicherweise nie gefunden worden war, zerbrochen war.

Es war ein durchaus praktikabler Plan. Doch während Howard Clement in seinem Schrotthaufen auf einer Hauptstraße entlanggetuckert war, war ihm ein Konvoi von Einsatzfahrzeugen entgegengekommen, der ihn und andere Autofahrer an den Seitenstreifen gezwungen hatte. Der Konvoi war in Richtung Strand und Marina unterwegs gewesen.

War das möglich?, hatte er sich gefragt.

Noch nie in seiner illustren Laufbahn hatte er etwas spontan entschieden. Noch nie. Doch dieses eine Mal hatte er der Versuchung nachgegeben. Aus einem Impuls heraus hatte er kehrtgemacht.

Jetzt, da er den Leichnam auf dem Strand betrachtete, vermutete er, dass Elaines künstliche Titten ihren Leichnam wie zwei Bojen über Wasser gehalten und bewirkt hatten, dass er so schnell am Strand angespült wurde. Er war davon ausgegangen, dass das frühestens nach einem Tag passieren würde, wenn überhaupt.

Doch dort lag sie, auf dem Rücken unter einer gelben Plastikplane. Ein Polizeihubschrauber knatterte über sie hinweg. Im Abwind klappte eine Ecke der Plane nach oben und gab den Blick auf ihre Hand frei. Niemand außer Jasper schien das zu bemerken.

»Mann, man kann nie wissen, oder?«

Jasper drehte sich um. Direkt hinter ihm stand ein Kaugummi schmatzender Redneck mit abgeschnittenen Jeans, Militärstiefeln und einem Tanktop, auf dem eine eingerollte

Kobra mit tropfenden Fangzähnen zu sehen war. Widerwärtig. »Verzeihung?«

»Keiner denkt, dass es sein letzter Tag sein könnte, wenn er morgens aufsteht.«

»Da haben Sie recht, mein Freund«, sagte Howard mit dem gedehnten Näseln, das seiner neu angenommenen Persönlichkeit entsprach.

Er drehte dem Redneck den Rücken zu und verfolgte immer zufriedener, wie die Aktivität auf dem Strand zunahm. Das Publikum auf dem Pier wuchs an. Jasper ergötzte sich an den Kommentaren, die er zu hören bekam.

Wenn die wüssten, wer direkt neben ihnen steht, dachte er.

Er stand schon über eine Stunde auf dem Pier, als er gemeinsam mit einigen anderen rüpelhaft zur Seite geschubst wurde, weil sich ein Mann zum Geländer durchkämpfte.

Drex.

Jasper durchfuhr der Schreck wie ein elektrischer Schlag.

Doch schnell wurde ihm klar, dass Drex nicht nach ihm Ausschau hielt. Er war ausschließlich auf das Geschehen am Strand fixiert. Er war gerade noch rechtzeitig gekommen, um den letzten Akt zu beobachten: wie der Leichnam abtransportiert wurde.

Nachdem der Krankenwagen abgefahren war, ließ sich Jasper mit der Menge treiben, die nun den Pier räumte. Vor den Stufen stauten sich die Menschen. Jasper wartete, bis er an der Reihe war, und schlappte dann mit seinen Flipflops nach unten. Aber er entfernte sich nicht weit, weil Drex zurückgeblieben war und aufs Wasser sah, die Hände ums Geländer gekrallt, der Körper angespannt wie eine Bogensehne.

Womit er bestätigte, was Jasper schon lang vermutet hatte.

Er war nicht der, der er vorgegeben hatte, und er schrieb keinen Roman. Man verwanzte das Haus seines Nachbarn nicht ohne Grund. Und jetzt hatte ihn dieser Tod durch Ertrinken ganz offensichtlich ziemlich erschüttert, geradezu unverhältnismäßig, wenn man berücksichtigte, wie kurz er Elaine gekannt hatte.

Von Anfang an hatte der Zeitpunkt, an dem er in der Nachbarschaft aufgetaucht war, Jaspers Argwohn erregt, weil ihr Nachbar so kurz – nur wenige Monate – nach der Entdeckung von Marian Harris' Überresten eingezogen war.

Und schon *das* war ein Schock gewesen. Eines Abends war Jasper von einer Besorgung nach Hause gekommen und hatte Talia tränenüberströmt in ihrem Arbeitszimmer sitzen sehen.

»Erinnerst du dich an meine Freundin Marian aus Key West, von der ich dir erzählt hatte?«

»Natürlich. Die vor ein paar Jahren verschwand.«

»Ich habe es eben von einer gemeinsamen Freundin gehört«, hatte Talia gesagt und ihre Tränen abgetupft. »Sie haben ihre Leiche in einer Versandkiste gefunden. Wie schrecklich.«

Für ihn war es definitiv eine schreckliche Nachricht. Keine der anderen war je gefunden worden. Das war eine unerfreuliche neue Erfahrung, die ihn zutiefst erschüttert hatte. Er war brillant. Er machte keine Fehler. Aber es wäre dumm gewesen, die Möglichkeit zu ignorieren, dass ihm welche unterlaufen *könnten*.

Natürlich passierten ihm keine groben Patzer. Nein, es wäre ein winziges, gedankenloses, lächerliches Versehen, etwas so Triviales, dass ein Genie wie er keinen Grund sehen würde, es auszuschließen. Während Talia den grausigen Tod ihrer Freundin betrauerte, hatte er noch am selben Abend beschlossen, dass für Jasper Ford der Zeitpunkt gekommen war, sich in Luft aufzulösen.

Seine Ehe mit Lyndsay war kurz, aber durch und durch dramatisch gewesen. Hinterher hatte er sich geschworen, Junggeselle zu bleiben, und diesen Schwur dreißig Jahre lang gehalten. Doch dann hatte er erneut mit der Ehe experimentiert, ein fataler Entschluss, wie sich im Nachhinein herausgestellt hatte. Die Intimität einer solchen Vereinigung hatte, im Schlafzimmer und außerhalb, Risiken geborgen, die er nicht berücksichtigt hatte, als er um Talias Hand angehalten hatte. Und eine ganz besondere Fehlkalkulation war es gewesen, ausgerechnet sie auszuwählen. Es wäre einfacher gewesen, wenn er ein Spatzenhirn wie Elaine umworben hätte.

Talia hatte einen viel zu scharfen Blick. Er hatte gespürt, wie ihr Misstrauen langsam, aber stetig wuchs, bis es gestern Abend in dem Vorwurf einer Affäre gegipfelt war. Er hatte zwar nie mit Elaine geschlafen, doch Talias vage Ahnung, dass *irgendwas* zwischen ihnen lief, hatte ihn dazu bewogen, sich endgültig von Jasper Ford zu verabschieden.

Allerdings hatte ihn das vor ein bis dahin unbekanntes Problem gestellt: Denn diesmal musste er gleich zwei Frauen loswerden. Er konnte weder Talia noch Elaine am Leben lassen, denn beide würden nach ihm suchen. Er war zuversichtlich, dass er die Herausforderung bewältigen und sie beide ausschalten konnte, allerdings erforderte dies reifliche Überlegung, methodische Planung und präzise Durchführung.

Doch dann hatte Drex durch sein unerwartetes Auftauchen Jaspers Vorhaben auf ungeahnte Weise beschleunigt. Jasper hatte Talias Misstrauen gegenüber ihrem neuen Nachbarn geschürt, um dadurch hoffentlich jeden Austausch zwischen den beiden zu unterbinden, bis er einen neuen Plan ausgearbeitet hatte.

Dann hatte Talia – die Gute! – ihm mit ihrem Vorschlag einer Kurzreise eine unerwartete Möglichkeit eröffnet. Besser noch, er hatte ihre gemeinsamen Pläne über die von Drex gepflanzte Wanze übermitteln können. Ein klassisches Eigentor für seinen Nachbarn. Das war zu köstlich gewesen.

Er hatte schnell, aber effizient gehandelt, und bislang war alles wie am Schnürchen gelaufen.

Aber jetzt war Drex wieder hier, wie ein lästiges Haar in der Suppe.

Jasper riskierte, sich verdächtig zu machen, wenn er zu lang am Pier blieb, aber nur wenige Minuten später hatte sich ein weiterer Mann zu Drex gesellt. Sie unterhielten sich kurz, dann wandte Drex sich entschlossen vom Geländer ab. Zu zweit gingen sie mit langen Schritten über den Pier und kamen die Treppe herunter. Ohne einen einzigen Blick in Jaspers Richtung eilten sie an ihm vorbei.

Jasper schätzte den zweiten Mann als Nebenfigur ein.

Dafür fiel umso deutlicher auf, wie anders Drex sich verhielt. Nichts war von seinem Schlendergang, seinem Grübchenlächeln geblieben. Dieser Drex war kein Lebenskünstler und Möchtegernschriftsteller. Er strahlte etwas Eindringliches, eine Art wütender Entschlossenheit aus. Das war nicht zu übersehen. Und es war definitiv nichts, was man auf die leichte Schulter nehmen durfte.

Und bei dieser Erkenntnis stellten sich die frisch geschnittenen Haare in Jaspers Nacken auf.

Drex Easton war *er*.

Jasper hatte ihn seit Jahren wahrgenommen, ihn erahnt wie eine unsichtbare Präsenz, die ihm im Nacken saß. Ein

Schatten. Unberührbar, aber *da*. Öfter, als er sich einge-
stehen wollte, hatte er ihn wie einen gespenstischen küh-
len Luftzug gespürt. Manchmal war er aus dem Schlaf
geschreckt und hatte eine fast spürbare Bedrohung empfunden, die im Schlaf über ihm schwebte. Manchmal, wenn er
unter Menschen war, hatte er sich unvermittelt umgedreht,
in der Hoffnung – und Furcht –, ihn zu erblicken, ihn in
einem Meer fremder Gesichter ausmachen zu können.

Das war ihm zwar nie gelungen, trotzdem hatte er gewusst,
dass er existierte. Er hatte gewusst, dass er ein Wesen aus
Fleisch und Blut war, nicht nur eine Schöpfung seiner Alb-
träume und Vorahnungen. Er war real und verfolgte Jasper
mit der nie ermüdenden Zielstrebigkeit und dem brennenden
Eifer eines Kreuzritters, und er ließ sich weder vom Lauf der
Zeit, großen Entfernungen oder unzähligen Fehlschlägen abbringen.

Aber wie sollte Jasper es mit einem unsichtbaren Feind
aufnehmen? Das war so absurd, wie in absoluter Dunkelheit fechten zu wollen. Jasper konnte gegen seinen Verfolger
nicht ankämpfen, ohne dadurch seine Position preiszugeben.
Er konnte ihn unmöglich ausschalten, solange er nicht gewusst hatte, wer er war, wie er aussah, wie er hieß.

Bis heute.

Kapitel 20

Kaum war Talia fünfzehn Minuten zu Hause, da lümmelte sie schon in ihrem riesigen Polstersessel und nippte an einem Glas Wein. Das kleine Arbeitszimmer im Erdgeschoss unter der Treppe war mit einem Schreibtisch ausgestattet, an dem sie ihre Geschäfte führte, aber sie hatte es so gemütlich eingerichtet, dass es ihr nicht nur als Arbeitszimmer, sondern auch als Rückzugsraum diente.

Sie genoss den Frieden, den ihr das Zimmer bot, bis jemand läutete.

Verstimmt über die Unterbrechung, rätselte sie, wer wohl so spät am Sonntagabend vor ihrer Tür stand. Sie stellte ihr Weinglas ab und ging zur Eingangstür, wo sie einen Blick durch den Spion warf.

Die zwei Männer, die sie auf der anderen Seite anblickten, waren ihr unbekannt. Argwöhnisch rief sie durch die Tür: »Kann ich Ihnen helfen?«

»Mrs. Ford?«

»Ja.«

»Ich bin Dave Locke, und das ist Ed Menundez. Wir sind Detectives vom Charleston Police Department.« Beide hielten ihre Marken auf Höhe des Türspions. »Können wir Sie bitte sprechen?«

»Die Polizei?«

»Wir würden Sie gern sprechen.«

Sie zögerte kurz, schaltete dann die Alarmanlage aus, drehte den Riegel zurück und öffnete die Tür. Sie sah die beiden perplex an. »Weshalb wollen Sie mich denn sprechen?«

»Dürfen wir hereinkommen?«

»Was ist passiert?«

»Bitte?«

Sie antwortete mit einem vagen Nicken und machte Locke Platz. Erst jetzt merkte sie, dass sie ihre Schuhe vor dem Sessel hatte stehen lassen. Der Marmorboden der Eingangshalle fühlte sich kalt unter ihren nackten Füßen an. Sie schloss die Tür, drehte sich den beiden Männern zu und wiederholte: »Was ist passiert?«

»Sind Sie allein zu Hause?« Locke, offenbar der Sprecher des Duos, war groß und dünn, hatte ein angenehmes Auftreten und leicht melancholische Augen.

»Ja.«

»Und Mr. Ford?«

»Ist in Atlanta.« Der erste panische Gedanke, der ihr in den Kopf schoss, war, dass das Flugzeug abgestürzt war. »Ist sein Flug...?«

»Nein, es geht um keinen Flug.«

»Dann sagen Sie doch bitte, weshalb Sie hier sind.«

»Kennen Sie eine gewisse Elaine Conner?«

Sie schluckte, nickte und antwortete: »Sehr gut sogar. Sie ist eine enge Freundin.«

»Das dachten wir, denn Ihr Name tauchte recht oft in ihrer Anrufliste auf.«

»Sie haben Elaines Handy?«

»Wir haben es auf ihrer Jacht gefunden.«

»Verzeihung, aber ich verstehe nicht. Wieso waren Sie auf Elaines Jacht? Ist irgendwas mit ihr?« Doch schon, während sie das fragte, kannte sie die Antwort. Ihre Augen weiteten sich erschrocken. »Ist ihr was zugestoßen?«

Locke streckte die Hand aus, stockte aber, bevor er sie tatsächlich berühren konnte. »Mrs. Ford, heute Nacht wurde am Strand eine Frauenleiche angespült. Wir glauben, dass es sich um Elaine Conner handelt.«

Talia staunte sie mit offenem Mund an, schlug sich dann die Hand vors Gesicht und sackte auf einen der Stühle neben dem Wandtisch. Sie rumpelte gegen das Tischbein und brachte dadurch eine Kristallvase ins Wanken, die vom Tisch gefallen wäre, wenn Menundez sie nicht blitzschnell aufgefangen und wieder aufgestellt hätte.

Locke redete immer noch. Talia musste sich auf jedes einzelne Wort konzentrieren, um zu begreifen, was er sagte. »...wir Sie fragen, ob Sie wissen, wie wir Mrs. Conners nächste Verwandte kontaktieren können.«

Talia wollte aus diesem schrecklichen Traum aufwachen, bevor er noch schlimmer werden konnte, doch sosehr sie sich auch wachzurütteln versuchte, die Szene blieb real, spürbar, gnadenlos. Ihr froren die Füße ab. In ihren Ohren klingelte es. Die zwei Unglücksboten sahen immer noch auf sie herunter und warteten auf eine Antwort.

»Sie...« Sie verstummte, holte zweimal kurz Luft und setzte erneut an. »Elaine hat keine lebenden Verwandten. Keine Angehörigen.«

»Dann werden wir Sie vielleicht behelligen müssen.«

»*Behelligen*?«

»Einen Blick auf eine Zeichnung zu werfen und zu bestätigen, dass sie es ist.«

Talia starrte zu ihnen auf, war aber zu betäubt, um etwas zu sagen. Das konnte unmöglich geschehen.

»Der Gerichtsmediziner wird die endgültige Identifikation vornehmen«, fuhr Locke fort, »aber es wäre hilfreich, wenn Sie sich die Zeichnung ansehen und unsere Vermutung bestätigen könnten. Wir müssten sie in Kürze erhalten.« Er deutete auf ein iPad, das sein Partner in der Hand hielt.

Zittrig stand Talia auf. »Ich gehe meine Schuhe holen.«

»Ich hole sie Ihnen«, sagte Locke. Sie hatte den Eindruck, dass er das nicht aus Freundlichkeit anbot.

»Ich habe sie in meinem Arbeitszimmer gelassen. Dem Zimmer unter der Treppe. Mein Handy liegt auf dem kleinen Tisch neben dem Sessel. Bitte bringen Sie es mit.«

Er ließ sie mit Menundez allein, der jünger, gedrungener und deutlich distanzierter war. Er sah sie nicht nur an. Er musterte sie. Um das angespannte Schweigen zu brechen, fragte sie ihn, ob es noch regnete.

»Hin und wieder«, sagte er.

Locke kehrte mit dem Handy zurück. Verlegen reichte er ihr nacheinander beide Schuhe. Sie zog sie an und erhob sich, auch wenn sie sich immer noch wacklig fühlte.

»Besser?«, fragte Locke.

»Es geht schon.«

Sie wusste, dass sie höflichkeitshalber fragen sollte, ob sie ins Wohnzimmer gehen und sich hinsetzen wollten, während sie auf die E-Mail warteten, aber eine solche Einladung hätte den Besuch noch offizieller wirken lassen, und das wollte sie vermeiden.

Leise, als wollte er ein verängstigtes Tier beruhigen, erklärte Locke ihr, zu welcher Uhrzeit der Notruf eingegangen war und wo in etwa der Leichnam an den Strand gespült worden war.

»Beim Pier?«, fragte sie. »Das ist in der Nähe der Marina, in der Elaines Jacht liegt.«

»Die Jacht ist um kurz nach neunzehn Uhr aus dem Hafen gefahren.«

»Sie ist allein rausgefahren?«

»Wäre das ungewöhnlich?«

»Ja. Sie war eine geschickte Steuerfrau, aber auch sehr gewissenhaft und umsichtig. So wie ich sie kenne, wäre sie in einer Nacht wie dieser bestimmt nicht rausgefahren, schon gar nicht allein. Vielleicht hatte sie die Jacht an jemanden verliehen. Oder sie wurde gestohlen.«

»Mrs. Conner war an Bord. Unsere Ermittler haben mit mehreren Zeugen gesprochen, die bestätigen, sie an Deck gesehen zu haben.«

»*Ermittler?*« Sie sah Menundez an, dessen Miene verstörend unbewegt blieb, und wandte sich dann wieder an Locke. »Glauben Sie, die Frau, die man am Strand gefunden hat, ist einem Verbrechen zum Opfer gefallen?«

»Das wissen wir noch nicht. Mehrere Polizeibehörden befassen sich mit der Sache. Das Police Department in Isle of Palms hat uns um Unterstützung gebeten. Ein Kreuzer der Coast Guard hat das Beiboot entdeckt.«

»Beiboot?«

Er erklärte ihr, dass es gekentert auf dem Meer getrieben hatte.

»Das ergibt doch keinen Sinn. Warum in aller Welt sollte Elaine in so einem Wetter und mitten in der Nacht in ihr Beiboot steigen?«

»Das sind Fragen, die wir gern beantwortet hätten«, sagte er.

Sie sahen sie an, als erwarteten sie die Antworten von ihr.

»Es muss irgendeinen Notfall an Bord gegeben haben. Hat Elaine ein SOS- oder irgendein anderes Notsignal gesendet?«

»Nein, Madam.«

»Diese Jacht ist mit jedem technischen Schnickschnack ausgestattet. Elaine hat oft damit angegeben. Sie hätte beim ersten Anzeichen für irgendwelche Probleme einen Notruf abgesetzt.« Locke sah sie nur an und sagte nichts. Mit Nachdruck erklärte sie: »Das muss ein Irrtum sein. Das kann nicht sie sein. Wer hat die Leiche entdeckt?« Locke erzählte es ihr. »Oh. Wie schrecklich für den kleinen Jungen.«

»Als sein Dad erkannte, was da lag, hat er sein Kind irgendwie abgelenkt.«

Sie versuchte Elaine und ihre überschäumende Persönlichkeit mit einer leblosen Leiche am Strand in Übereinstimmung zu bringen. Erfolglos. »Ich kann nicht glauben, dass das Elaine ist.«

Locke reagierte mit einem Nicken, das auf verschiedenste Weise interpretiert werden konnte, doch sie interpretierte es als Widerspruch.

Alle hörten das Piepen, das anzeigte, dass eine Mail eingegangen war. Menundez klappte die Abdeckung seines iPads zurück, öffnete das Programm und nickte Locke kurz zu.

Locke wandte sich an sie. »Würden Sie einen Blick darauf werfen?«

Talia versuchte sich von der surrealen Situation zu distanzieren, sich emotional abzuschotten, sich nur als Beobachterin statt als Beteiligte wahrzunehmen, weil sie glaubte, dass sie das nur durchstehen konnte, wenn sie sich selbst gleichsam von außen beobachtete.

»Muss ich mich für das wappnen, was ich zu sehen bekomme?«

»Fragen Sie, ob das Gesicht entstellt ist?«

»Ja, genau das frage ich.«

»Nein. Kein Blut, nichts in der Richtung.«

Sie atmete tief durch und nickte, und Menundez hielt ihr das Tablet so hin, dass sie auf den Bildschirm sehen konnte.

Das vom Polizeizeichner skizzierte Gesicht zeigte keine Anzeichen einer Verletzung. Aber es war definitiv eine Wiedergabe von Elaines Gesicht, wenn auch ohne jede Lebendigkeit und Regung.

Offenkundig sahen die Detectives ihr an, wie sie antworten würde, trotzdem fragte Locke leise: »Ist das Elaine Conner?«

Talia nickte, fügte ein heiseres Ja an und sagte dann: »Entschuldigen Sie mich bitte.« Sie wartete nicht auf Erlaubnis.

Sie verschwand in die Gästetoilette, die von hier aus am nächsten lag, und beugte sich über die Schüssel. Sie würgte. Tief. Mehrmals. Aber sie hatte seit dem Frühstück nichts mehr gegessen, und so kam nichts. Hinterher fühlte sie sich ausgewrungen und zittrig.

Sie schöpfte mit der Hand Wasser unter dem Hahn und spülte sich den Mund aus, nahm dann das Gästehandtuch und wusch ihr Gesicht mit kaltem Wasser ab. Nachdem sie ihr Haar mit den Fingern zurückgekämmt hatte, kehrte sie zu den Detectives zurück.

»Können wir Ihnen etwas holen, Mrs. Ford? Vielleicht ein Glas Wasser?«, fragte Locke.

Damit war klar, dass sie noch nicht fertig waren. Sie sprachen kein Beileid aus, verabschiedeten sich auch nicht unter Entschuldigungen, weil sie ihr den Abend ruiniert hatten. Sie waren mit Fragen gekommen, auf die sie Antworten erhofften.

Am liebsten hätte sie ihr Haupt bedeckt und ganz allein

um ihre Freundin mit dem ansteckenden Lachen und der großen *Joie de vivre* getrauert. Stattdessen bot sie den Detectives müde eine Tasse Kaffee an.

»Kaffee wäre gut«, sagte Locke.

»Kaffee, danke«, sekundierte Menundez.

Sie führte beide in die Küche, blieb dort vor dem komplexen Kaffeeautomaten stehen und starrte ihn benommen an wie die Instrumententafel eines Raumschiffs. Ihr wollte einfach nicht einfallen, welche Knöpfe sie drücken musste und in welcher Reihenfolge.

Menundez bemerkte es und mischte sich ein. »Ich habe eine ähnliche Maschine. Gestatten Sie?«

»Danke.« Er übernahm. Vielleicht war er doch kein Roboter.

Sie stellte einen Kessel auf den Herd, um für sich Teewasser heißzumachen, und schickte Jasper dann eine Nachricht, sie so schnell wie möglich zurückzurufen. Als sie bemerkte, dass Locke sie fragend ansah, erklärte sie: »Ich habe Jasper geschrieben.«

»Haben Sie von ihm gehört?«

»Nein, aber das habe ich auch nicht erwartet. Wir hatten für heute Abend einen Tisch reserviert.«

Sie und der Detective sahen gleichzeitig auf die Uhr in der Mikrowelle. Es war kurz vor halb zwölf. »Wenn er nicht bald zurückruft, versuche ich ihn über die Hotelzentrale zu erreichen. Er wird am Boden zerstört sein. Elaine war auch seine Freundin.«

»Ja, beiderseitige Freunde haben uns erzählt, dass die beiden gestern auf ein paar Drinks im Country Club waren.«

»Wo sie auch zum Essen geblieben sind.« Sie hatte Jasper zwar verdächtigt, er könnte eine Affäre haben, doch jetzt spürte sie das Bedürfnis, das geradezurücken: Gestern hatten sich die beiden nicht hinter ihrem Rücken getroffen. »Gestern Abend fühlte ich mich nicht besonders. Ich blieb zu Hause und im Bett, um richtig auszuschlafen, darum war ich nicht dabei.«

Locke nickte seinem Partner, der ihm eine Tasse Kaffee reichte, dankbar zu. Er pustete den Dampf weg. »Warum waren Sie nicht mit in Atlanta? War Mr. Ford auf Geschäftsreise dort?«

»Nein. Er ist schon pensioniert.« Der Tenor von Lockes Fragen wurde ihr zunehmend unangenehm, darum drehte sie ihm den Rücken zu, öffnete den Küchenschrank und holte eine Packung Kamillentee heraus. »Eigentlich war die Reise als Kurzurlaub geplant, und wir waren schon am Flughafen, doch dann wurde mir übel. Ich musste leider verzichten, aber ich bestand darauf, dass Jasper ohne mich fliegt. Es ist ein neues Hotel. Jasper ist Gourmet. Er hatte sich so darauf gefreut, den neuen Koch auszutesten.«

»Was ist das für ein Hotel?«

»Das *Lotus*.«

Menundez ließ den frisch gebrühten Kaffee auf der Theke stehen, trat aus der Küche ins Esszimmer und zückte sein Handy.

»Sind Sie darüber hinweg?«

Talia hatte dem anderen Detective nachgesehen und hörte ihn jetzt leise in sein Handy sprechen. Sie wandte sich wieder Locke zu. »Verzeihung?«

»Die Übelkeit.«

»Es geht so, ist mal besser, mal schlechter.«

»Hoffentlich nichts Ernstes.«

Sie schüttelte den Kopf. »Ich war gestern Vormittag beim

Zahnarzt. Offenbar sind mir die verschriebenen Schmerztabletten nicht bekommen.«

»Hat die Wirkung gestern Abend nicht nachgelassen, während Ihr Mann und Mrs. Conner im Country Club waren?«

»Ich dachte auch, ich hätte das überstanden. Anscheinend nicht. Heute kam die Übelkeit wieder.«

Locke stellte die halb volle Kaffeetasse auf dem Tisch ab. »Haben Sie eine Erklärung, wieso heute Nachmittag die Alarmanlage in Ihrem Haus ausgelöst wurde?«

Sie folgte seinem Blick zu dem Kontrollkästchen an der Wand neben der Tür zum Garten. »Die Alarmanlage wurde ausgelöst?«

»Nicht die Sirene. Die Anlage wurde rechtzeitig abgeschaltet. Merkwürdig, weil niemand zu Hause war.«

Sie schüttelte verwirrt den Kopf. »Und wann war das?«

Im selben Moment kehrte Menundez zurück und beantwortete ihre Frage: »Siebzehn Uhr sieben«, sagte er. »Es wurde ein Streifenwagen losgeschickt. Aber es gab keinen Hinweis auf einen Einbruch.«

»Ein Systemfehler, glauben Sie?«, fragte Locke.

»Oder es war jemand hier, der den Code kannte«, ergänzte Menundez.

Talia hätte nicht fassungsloser sein können, wenn die beiden plötzlich Chinesisch gesprochen hätten. »Wer denn?«

»Wir hatten gehofft, dass Sie uns das sagen könnten«, sagte Menundez.

»Es tut mir leid. Ich wusste nicht einmal, dass die Alarmanlage aktiviert wurde, darum kann ich Ihnen auch nicht erklären, warum.«

»Ein erstaunlicher Zufall, dass die Polizei zweimal am selben Tag zu Ihnen ins Haus kommt«, bemerkte Locke.

Beunruhigt durch die Art, wie die beiden sie beobachteten, verschränkte sie die Arme, selbst wenn ihr bewusst war, dass das abweisend wirkte. »Warum stellen Sie mir all diese Fragen?«

»Weil wir alle Möglichkeiten berücksichtigen müssen.«

»Was für Möglichkeiten?«

Sie hatte die Frage an Locke gerichtet, doch Menundez antwortete: »Die Möglichkeit, dass Mrs. Conners Tod kein Unfall war, der durch eine Fehleinschätzung ihrerseits passierte. Die Möglichkeit, dass eine Straftat vorliegt.«

Ehe Talia das verarbeiten konnte, setzte Locke nach: »Haben Sie Ihren Mann in den Flughafen begleitet, ihn verabschiedet?«

Es dauerte ein paar Sekunden, bis diese scheinbar zusammenhanglose Frage zu ihr durchgedrungen war. »Nein. Nein, wir haben uns in der Parkgarage verabschiedet. Warum?«

»Weil wir mehrere Zeugen befragt haben, die beobachtet haben, wie die *Laney Belle* aus der Marina fuhr. Und diese Zeugen haben ausgesagt, dass sie einen Mann und nicht Mrs. Conner am Steuerstand sahen.«

Talia zog die verschränkten Arme fester zusammen.

Locke war noch nicht fertig. »Außerdem haben wir erfahren, dass Mrs. Conner Ihrem Mann öfter erlaubt hat, das Boot zu steuern.«

»Das ist richtig«, sagte Talia. »Aber heute Abend kann es unmöglich Jasper gewesen sein.«

»Hat Mrs. Conner je jemand anderem erlaubt, das Boot zu steuern?«

»Nicht, soweit ich weiß, aber das heißt nicht, dass sie es nicht getan hat.«

»Sie waren eng mit ihr befreundet.«

»Ja.«

»Kannten Sie auch ihre anderen Freunde?«

»Viele, ja.«

»Männliche Freunde?«

»Einige.«

»Hätte sie es Ihnen erzählt, wenn es einen neuen Mann in ihrem Leben gegeben hätte?«

»Höchstwahrscheinlich«, bestätigte sie rau.

»Hat sie in letzter Zeit romantisches Interesse an einem Mann gezeigt?«

Sie zwang sich, nicht zu dem Apartment jenseits des Weges zu sehen, während sie gleichzeitig entschieden den Kopf schüttelte.

»Sie traf sich also mit niemandem?«

»Nicht in der Art, die Sie andeuten, glaube ich.«

Die beiden Detectives sahen einander und dann wieder sie an. Menundez fragte: »Mrs. Ford, ist es möglich, dass Ihr Ehemann in letzter Minute seine Meinung geändert hat und doch nicht nach Atlanta geflogen ist?«

»Das hätte er mir geschrieben. Und er wäre schon seit Stunden zu Hause.«

»Es sei denn, er war mit Elaine Conner an Bord der *Laney Belle*«, sagte Locke.

»Das ist eine beleidigende Unterstellung, Detective Locke.«

»Für Sie könnte das etwas viel Schlimmeres bedeuten als einen möglichen Seitensprung Ihres Gemahls. Falls Ihr Mann auf der Jacht war und es einen Notfall oder einen Unfall gab, könnte er verletzt sein. In genau diesem Moment suchen Rettungskommandos nach ihm oder seinem …«

Der Kessel pfiff. Talia wäre vor Schreck fast aus der Haut gefahren. Sie drehte sich eilig um und hob ihn von der Flamme. Durch die Bewegung spritzte etwas kochendes Wasser auf ihre Hand. Sie schrie auf. Die Detectives eilten herbei und wollten ihr helfen, doch sie wehrte beide ab.

»Es geht schon. Nicht so schlimm.« Sie schob die verbrühte Hand in die andere Achselhöhle. »Sie glauben, dass Jasper entweder in Lebensgefahr schwebt oder schon tot ist? Wollen Sie das damit sagen?«

Die grimmigen Mienen waren Antwort genug.

»Sie irren sich. Er hätte es mir gesagt, wenn er sich heute Abend mit Elaine auf ihrer Jacht getroffen hätte.«

»Sind sie oft gemeinsam mit der Jacht raus?«

»Nicht oft. Aber gelegentlich.« Sie fuhr sich mit der Zunge über die Lippen. »Haben Sie eine Beschreibung des Mannes, der an Bord war?«

»Keine sehr gute. Niemand sah ihn tatsächlich an Bord gehen. Es war schon dunkel und trübe, dazu diesig und die Sicht beschränkt. Ein Zeuge sagte, der Mann, den er im Steuerhaus gesehen habe, hätte eine Baseball-Cap getragen. Abgesehen davon ...«

»Eine *Baseball-Cap?*«

Auf ihre fassungslose Reaktion hin sahen Locke und sein Partner sie gespannt an. »Das wurde bestätigt. Auf der Jacht wurde eine Kappe gefunden«, erklärte Locke.

Talia sackte gegen die Küchentheke. »Orange, mit einem großen weißen T darauf?«

»Der University of Tennessee«, bestätigte Locke.

Sie schlug die Hände vors Gesicht.

»Besitzt Ihr Mann eine solche Kappe?«

Sie schüttelte den Kopf, murmelte *nein* gegen ihre feuchten Handflächen und senkte dann die Hände. Ihr wurde die

Kehle eng. Sie musste mehrmals schlucken. »Nein. Aber unser Nachbar.«

»Der gleich nebenan?«

»Er hat das Apartment über der Garage hinter dem Haus gemietet.«

Menundez sagte zu Locke: »Die Polizisten, die auf den Anruf wegen der Alarmanlage reagierten, haben mit ihm gesprochen.«

»War er mit Mrs. Conner bekannt?«, wollte Locke nun von Talia wissen.

»Jasper und ich haben die zwei miteinander bekanntgemacht.«

»Wie heißt er?«

Menundez wischte hastig auf dem Display seines Handys herum. »Ich habe ihn schon.«

»Ich heiße Drex Easton.«

Verdattert drehten sich die drei um. Er stand in der offenen Tür zwischen Veranda und Küche. Wie hatte er sie geöffnet, ohne dass einer etwas gehört hatte? Er trug denselben dunklen Anzug wie an dem Abend, an dem er Elaine und sie zum Abendessen begleitet hatte. Dasselbe Hemd, dieselbe Krawatte.

Aber seine Ausstrahlung war absolut nicht dieselbe.

Seine Rechte war erhoben und umgriff eine kleine Ledermappe mit Plastikfenster und einer goldenen Marke. Sein Blick war fest auf Talia gerichtet. »FBI Special Agent Drex Easton.«

Kapitel 21

Rudkowski lag der Länge nach auf seinem Hotelbett, trank sich durch seinen dritten Whisky, schaute gelangweilt ein Sexfilmchen auf dem Zimmerfernseher und fragte sich währenddessen, wie sich ein Mann von fast hundertfünfzig Kilo Lebendgewicht in Luft auflösen konnte. Das musste ein mächtiger Trick sein, trotzdem hatte Mike Mallory ihn abgezogen, und Rudkowski hatte sich zum Affen gemacht. Wieder mal.

Sein Handy läutete. In seiner Hast, das Klatschen und Stöhnen leise zu stellen und dabei gleichzeitig nach dem Telefon zu greifen, verschüttete er die Hälfte des Whiskys.

»Rudkowski.«

»Hier ist Deputy Gray.«

»Wer?«

»Aus Key West. Wir haben vor einigen Tagen telefoniert.«

»Ach ja, ja.« Rudkowski sank auf sein Kissen zurück. »Bitte fassen Sie sich kurz. Ich bin beschäftigt.«

»Tut mir leid, dass ich störe, aber ich versuche Agent Easton zu erreichen, der mir heute Morgen wieder nicht seine Nummer genannt hat. Das ist natürlich mein Fehler. Ich hätte sicherstellen müssen ...«

»Moment. Heute Morgen? Sie haben heute Morgen mit Easton gesprochen?«

»Na ja, genau gesagt gestern Morgen.«

Während Rudkowski seine Wunden geleckt und billigen Scotch gekippt hatte, war unbemerkt Mitternacht verstrichen. »Okay. Dann gestern Morgen. Hat er gesagt, von wo aus er anruft?«

»Also, nein, Sir, aber das konnte er auch nicht, schließlich ist er …«

»Undercover.«

»Genau, Sir.«

»Warum hat er Sie angerufen?«

»Aus dem gleichen Grund wie zuvor. Dem Fall Marian Harris.«

»Und genauer?«

»Er wollte wissen, ob während der Ermittlungen nach Harris' Verschwinden auch eine Talia Shafer befragt wurde.«

Rudkowski wälzte sich zur Seite und griff nach dem Notizblock und dem Stift auf dem Nachttisch. »Könnten Sie den Namen buchstabieren? Und wer ist sie?«

Der Deputy buchstabierte gehorsam. »Sie war auf dem Gruppenfoto der Party auf der Jacht.«

»Wie Dutzende anderer Menschen auch. Wieso interessierte Easton sich ausgerechnet für sie?«

»Das konnte er mir nicht beantworten, das ist …«

»Geheim.«

»Genau, Sir. Ich dachte, Sie würden wissen, weshalb er sich für Shafer interessiert.«

Mit dem, was er über Eastons jüngste Aktivitäten nicht wusste, konnte man ein ganzes Football-Stadion füllen. »Wurde diese Talia Shafer damals als Person von besonderem Interesse eingestuft?«

»Nein, Sir. Agent Easton wollte wissen, ob es ein Protokoll ihrer Befragung gab, aber das beschränkte sich auf die wesentlichen Punkte. Datum und Uhrzeit. Namen der Officer, die mit ihr sprachen. Es kam nichts dabei heraus, was irgendwie weitergeführt hätte. Agent Easton dankte mir für meine Bemühungen, und das war's.«

Rudkowski erkannte, dass er zu viel getrunken hatte. Es fiel ihm schwer, die Punkte zu verbinden. »Aber wenn das alles war, wieso versuchen Sie Easton jetzt zu erreichen?«

»Weil vor einer Stunde ein Anruf aus dem Charleston PD bei uns im Department eingegangen ist.«

»Charleston, South Carolina?«

»Genau.«

Rudkowski lauschte mit schwindender Geduld, während ihm der Deputy eröffnete, was er über den Tod einer gewissen Elaine Conner wusste.

»Sie können noch nicht ausschließen, dass es sich um einen Unfall handelt, aber vorerst gehen sie von einer Straftat aus. Ein Mann war mit ihr zusammen auf der Jacht. Er wird seither vermisst. Jedenfalls erinnerte sich einer der Ermittler da oben, dass er was über unseren Fall gelesen hatte, und sah dabei einige Übereinstimmungen.«

»Reiche Lady. Schnieker Kutter.«

»Genau, Sir. Also rief er bei uns im Department an, um die Aufzeichnungen abzugleichen. Ich dachte, Agent Easton würde vielleicht einen Blick auf diesen Fall in Charleston werfen wollen.«

»Das will er ganz bestimmt. Ich werde ihm sagen …«

»Vor allem, weil Talia Shafer von dort kommt.«

Rudkowski erstarrte, das Glas auf halbem Weg zum Mund. »Sagen Sie das noch mal, Deputy.«

»Talia Shafer lebt in Charleston. Wenigstens wohnte sie dort. Ich bin nicht sicher, ob Agent Easton das weiß. Dieser

Vorfall in Charleston ereignete sich nur ein paar Stunden nach seinem Anruf hier. Ein verrückter Zufall.«

»So verrückt auch wieder nicht«, kommentierte Rudkowski, aber so leise, dass Gray es nicht hören konnte.

»Ich dachte mir, er würde vielleicht gern von diesem neuen Fall erfahren, wenn er nicht schon davon gehört hat. Würden Sie dafür sorgen, dass er die Nachricht bekommt, nachdem ich ihn nicht erreichen kann?«

Rudkowski schaltete den Fernseher aus und schwang die Beine über die Bettkante. »Darauf können Sie sich verlassen, Deputy Gray. Ich werde sie ihm höchstpersönlich überbringen.«

Kapitel 22

Talia erstarrte unter Drex' Blick, während er in die Küche trat, begleitet von zwei Männern, die sich ihrerseits den Detectives vorstellten. Drex kam direkt auf sie zu und baute sich vor ihr auf. »Überraschung.«

»Du bist vom *FBI?*«

»Das mit dem Bücherschreiben war nichts für mich.«

Eine Lawine von Erinnerungsbruchstücken überrollte sie. Ihr instinktives Misstrauen gegenüber seinem einnehmenden Charme, ihr nervöser Rückzug aus seinem Apartment, ihre Beklemmung nach dem, was in der Parkgarage des Ärztehauses passiert war, die zwiespältigen Gefühle, mit denen sie zu kämpfen gehabt hatte, die vielen Gelegenheiten, bei denen sie ihn gegen Jaspers Vorbehalte in Schutz genommen hatte. Und alles zusammen kristallisierte sich nun zu Hass.

Leise, aber mit Nachdruck sagte sie: »Scher dich zum Teufel.«

»Da wolltest du mich schon lang hinschicken.« Er breitete die Arme aus. »Aber ich bin immer noch da, und du sitzt in der Tinte.«

Er sah sie eine Sekunde an, dann drehte er ihr den Rücken zu und gab Locke und Menundez die Hand. »Verzeihen Sie, dass wir in Ihre Party platzen, aber ich glaube, Sie werden die Unterbrechung begrüßen. Wir können Licht in Ihre Ermittlungen bringen. Entschuldige, Mike.«

Er schob den Riesen beiseite, ging auf ein Knie nieder und griff unter den Küchenschrank. Dann stand er wieder auf, streckte die Hand aus und zeigte den Detectives ein Objekt in seiner Handfläche.

»Was ist das?«, fragte Talia.

Drex drehte sich zu ihr um. »Das wird umgangssprachlich als Wanze bezeichnet. Damit habe ich dich und Jasper belauscht.«

»Du hast unser Haus verwanzt?«

»Du sagst das, als hättest du nicht gewusst, dass die Wanze hier war.«

»Wusste ich auch nicht! Ist so was nicht illegal?«

Sie fragte die ganze Gruppe, doch Drex kam allen anderen zuvor. »Nicht so illegal wie Entführung, Verschwörung zum Mord und Mord selbst, wofür du und Jasper ziemlich sicher angeklagt werdet, darum würde ich an deiner Stelle keine Haarspaltereien über rechtliche Nebensächlichkeiten anzetteln.«

Er meinte das nicht ironisch. Er wollte sie nicht aus der Reserve locken, so wie in Elaines Wohnzimmer. Das hier war nicht gespielt. Er meinte es ernst, und die Schwere seiner Vorwürfe raubte ihr den Atem. »Wovon redest du überhaupt?«

»Dazu kommen wir noch. Erst möchte ich dir Agent Mike Mallory vorstellen, der mich auf dich und Jasper aufmerksam gemacht hat.«

»Ist mir eine Ehre.«

Seine Antwort kam so gut gelaunt, dass Talia nicht einschätzen konnte, ob er damit ihre Bekanntschaft oder die Dienste meinte, die er Drex erwiesen hatte.

Drex deutete auf den zweiten Mann. »Agent Gif Lewis. Er…«

»Sie sind der Mann aus dem Café«, sagte sie. »Ich erinnere mich an Sie.«

»Das ist mal was Neues«, kommentierte der Dicke halblaut.

Gif Lewis nickte höflich. »Mrs. Ford.«

Es verletzte sie, dass man sie so hintergangen hatte. »Aber Sie waren so nett. Ich dachte wirklich, Sie wollten mir helfen.«

»Das wollte ich auch, Drex war vielleicht ein bisschen… zu stürmisch.«

»Das ist er allerdings.« Sie sah wieder Drex an und fragte sich, ob seine Agentenkollegen wohl wussten, wie er sie in der Parkgarage bestürmt hatte. Er beobachtete sie immer noch mit kühler Verachtung, als wäre sie allein für seine Taten, für den Kuss verantwortlich. Er wandte den Blick erst ab, als Locke ihn ansprach.

»Sie sagten, Sie könnten Licht in die Sache bringen?«

Drex schien alle anderen Gedanken abzuschütteln und kam sofort zum Punkt. »Hat schon jemand Elaine Conners finanzielles Portfolio, ihre Bankkonten überprüft?«

»Damit ist ein anderes Team beauftragt«, antwortete Menundez.

»Ich kann Ihnen sagen, was sie finden werden.« Drex bildete mit Zeigefinger und Daumen ein O. »Null. Nada. Er räumt alles ab. Er bringt sie um. Er verschwindet.«

»Doch nicht Jasper!«

Drex ignorierte Talias Aufschrei und sagte zu seinen Begleitern: »Geht mit den Gentlemen ins Wohnzimmer und setzt sie ins Bild. Wir kommen sofort nach.«

Locke sah aus, als wollte er sie ungern mit Drex allein lassen, doch Menundez folgte bereits den beiden anderen Männern. Schließlich ging Locke auch. Sie wartete, bis alle außer Hörweite waren, ehe sie auf Drex losging. »Du hast uns ausspioniert?«

»Das meiste davon war langweilig. Euer Schlafzimmer habe ich nicht verwanzt.«

»Du Bastard.«

»Aber dafür mache ich verdammt gute Maiskolben.«

Erbost wirbelte sie herum. »Ich will hören, was da drüben gesprochen wird.«

»Moment noch. Hast du dir die Hand verbrannt?«

Sie sah ihn an und fragte sich, woher er das wusste.

»Der Kessel hat gepfiffen. Du hast aufgeschrien.«

»Vergiss meine Hand.« Sie schob sie hinter ihren Rücken. »Ich will wissen, was los ist. Erst Elaine …« Trauer, Erschöpfung, Abscheu, Angst und ein Dutzend weiterer Gefühle überwältigten sie und drohten sie zu erdrücken. Heiße Tränen brannten in ihren Augen. Ihre Stimme brach. »Ich *hasse* dich.«

»Zeig mir deine Hand.«

Sie rührte sich nicht, darum ging er zu ihr und griff hinter ihren Rücken. Es war keine grobe Berührung, trotzdem zuckte sie zusammen, als er ihre Hand zu fassen bekam. Er besah prüfend den roten Fleck auf dem Handrücken, zog Talia dann zum Spülbecken, drehte das kalte Wasser auf und hielt ihre Hand unter den Strahl. »Nicht bewegen.«

Sie hätte ihm gern erklärt, wohin er sich seine Tipps stecken konnte, aber das kalte Wasser linderte den Schmerz augenblicklich, darum gehorchte sie. Er holte Eiswürfel aus dem Spender in der Kühlschranktür und kam damit zu ihr. Dann schob er seine Hand unter ihre, Handfläche auf Handfläche, und hielt sie so fest, während er mit den Eiswürfeln über die verbrühte Stelle strich.

Sie starrte auf ihre aufeinanderliegenden Hände, über die das Wasser lief, beobachtete hypnotisiert die langsamen Kreise, die er mit den Eiswürfeln auf ihrem Handrücken zeichnete. »Sei nicht so nett zu mir«, erklärte sie ihm heiser. »Immerhin zerstörst du gerade mein Leben.«

»Du hast dein Leben zerstört, als du dich mit Jasper eingelassen hast, auch bekannt als Weston Graham.«

»Ich weiß wirklich nicht, wovon du redest. Absolut nicht.«

Seine Augen bohrten sich in ihre. »Wo ist er, Talia?«

»In Atlanta. Wenn du uns belauscht hast, hast du doch bestimmt mitbekommen, wie wir gestern Abend Pläne geschmiedet haben. Er und ich...«

»Er ist nicht in Atlanta. Er ist gar nicht erst hingeflogen. Das hatte er niemals vor.«

»Du willst mir nur neue Lügen auftischen, so wie jedes Mal, wenn wir uns begegnet sind.« Sie wollte ihre Hand zurückziehen, aber er bog die Finger nach oben, verschränkte sie mit ihren und hielt sie so fest.

»Hör mir gut zu.« Er sprach leise und eindringlich. »All die Fragen, die diese Detectives dir nach Jasper gestellt haben, wo er heute Abend war und so weiter? Sie kannten die Antworten darauf bereits. Und deine Antworten passen nicht zu dem, was sie sicher wissen. Die hiesige Polizei, das Sheriff's Office, die State Police. Alle haben ihre Ressourcen, und Mike hat noch bessere Ressourcen. Und wir alle haben herauszufinden versucht, wo Jasper sein könnte, seit Elaines Leiche an den Strand gespült wurde und mehrere Zeugen behauptet haben, dass ein Mann am Steuer ihrer Jacht stand.«

»Mit einer Baseball-Cap, die *dir* gehört.«

»Ich hatte gar nicht gemerkt, dass sie nicht mehr da war,

bis Locke das erwähnte. Ich bin überzeugt, dass Jasper sie an dem Abend, an dem wir essen waren, aus meinem Apartment gestohlen hat.« Sie öffnete den Mund zum Protest, aber er schnitt ihr mit einem knappen Kopfschütteln das Wort ab. »Über die Feinheiten können wir später streiten. Jetzt hängt deine Zukunft, auf kurze wie auf lange Sicht, davon ab, dass du aufhörst zu lügen. Auf der Stelle.«

»Ich lüge nicht!«

Sein Kiefer spannte sich an. »Du hast den Detectives Lügen über deinen angeblichen Zahnarzttermin und die unverträglichen Schmerzmittel erzählt. Wenn du schon bei etwas so Trivialem lügst, dann wirst du auch lügen, wenn es um Fragen geht, die weitreichendere Bedeutung haben.«

Sie senkte den Kopf. »Das war geschwindelt, das war eine Nebensächlichkeit.«

Sie spürte seinen zornigen Atem auf ihrem Scheitel. »Du hast auch bei vielem gelogen, was *nicht* nebensächlich ist, Talia. Was die Fluggesellschaft bestätigt hat: Jasper saß nicht in diesem Flugzeug und auch in keinem anderen Flug von Delta Airlines. Was die Sicherheitskontrolle bestätigt hat: Sein Boardingpass wurde nicht gescannt. Jasper war auf keiner Überwachungskamera zu sehen. Was das Hotel bestätigt hat: Er hat nicht eingecheckt und ist auch nicht zu seiner Reservierung im Restaurant aufgetaucht. Und bei jedem Punkt hast du den Detectives gegenüber behauptet, er hätte es getan.« Er legte den Finger unter ihr Kinn und hob ihren Kopf an, bis sie ihm direkt in die stählernen Augen sehen musste. »Wo... ist... er?«

»Wenn er nicht im Lotus-Hotel in Atlanta ist, dann weiß... ich... es... nicht.«

Er hielt ihren Blick sekundenlang gefangen, dann ließ er

die halb geschmolzenen Eiswürfel in die Spüle fallen und drehte den Wasserhahn ab. Sie trockneten sich gemeinsam die Hände am Geschirrtuch ab. »Willst du was auf die verbrühte Stelle tun?«

»Ich glaube, es geht auch so.«

Er winkte sie in Richtung Wohnzimmer. »Denk daran, ich habe dir eine Chance gelassen.«

Mike, Gif und die beiden Detectives hatten Stühle an den Couchtisch gezogen und saßen ins Gespräch vertieft da. Als Drex und Talia den Raum betraten, sagte Locke gerade: »Und es wurde nie eine Leiche gefunden?«

»Nicht bis zu Marian Harris«, sagte Drex.

Talia blieb abrupt stehen. »Marian?«

»Deine Freundin Marian Harris.« Drex deutete auf das Sofa. »Setz dich.«

»Ich bleibe lieber stehen.«

»Wie du willst, aber das wird dauern.«

Resigniert ließ sie sich auf das Sofa sinken.

Er zog einen Stuhl an den Tisch, legte die Jacke ab und hängte sie über die Rückenlehne, um sich zu den anderen zu setzen. Während er die Krawatte lockerte, fragte er Mike: »Habt ihr euch vorwärts oder rückwärts vorgearbeitet?«

»Vorwärts. Angefangen mit …«

»Lyndsay Cummings«, sagte Drex. »Die Erste, von der wir wissen.«

»Genau.« Mike rutschte auf seinem Stuhl herum. »Wir waren gerade bei dieser Harris-Frau angekommen.«

»Bitte nennen Sie sie nicht so«, sagte Talia. »Sie war meine Freundin.«

Drex verschränkte die Arme und lehnte sich zurück. »Du

und Jasper, ihr habt gestern Abend lange über Marian gesprochen. Mein ›exzessives‹ Interesse an Key West hatte
euch beide aufgeschreckt.«

»Hast du das Thema Key West nur aufgebracht, um mich
zu ködern?«

»Ganz genau. Und weißt du was? Du hast angebissen.«
Er wandte sich an die Detectives. »In der Unterhaltung mit
ihrem Mann hat Talia zugegeben, dass es sie jedes Mal ner-
vös machen würde, wenn das Gespräch auf Key West oder
Marian Harris kommt.« Er fasste zusammen, was er gehört
hatte. »Es folgt ein direktes Zitat, das sich auf mich bezieht.
Jasper fragt: ›Glaubst du, er weiß etwas von Marian?‹ Und
Talia antwortet: ›Nein. Vielleicht, Jasper. Ich weiß es nicht.‹
Jasper, nervös und eindringlich: ›Er wohnt nebenan, Talia.
Ich hätte das sofort erfahren müssen.‹ Das Gespräch zieht
sich über zehn Minuten hin. Keiner von beiden hat tatsächlich gestanden, sie lebendig in einer Kiste begraben zu
haben, trotzdem war es eine aufschlussreiche Unterhaltung.
Direkt danach fassten sie den Plan, aus der Stadt zu verschwinden. Das ist alles auf Band. Sie können es anhören,
wenn Sie wollen.«

Talia sah ihn entsetzt an. »Jasper hatte den Verdacht, dass
du womöglich Marian in diese Kiste gelegt hast und jetzt
auf der Suche nach einem neuen Opfer bist.« Sie wandte
sich an die anderen Männer. »Jasper hat ihm von Anfang an
misstraut. Er hielt ihn für einen Hochstapler. Er wurde noch
misstrauischer, als Drex Interesse an Key West zeigte – das
tatsächlich exzessiv war. Jasper mutmaßte sogar, dass der
Täter nach dem Fund von Marians Leiche nervös geworden
sein könnte, dass er nun ihre ehemaligen Bekannten abklappern und testen könnte, wie sie reagieren, wenn das Ge-

spräch auf sie oder Key West kommt, aber bei diesem Gespräch waren wir nicht in der Küche.« Sie sah wieder Drex an. »Falls er nervös klang, dann weil er nicht wollte, dass mir das gleiche Schicksal widerfährt wie Marian.«

Sie hatte sich in Rage geredet. Drex blieb cool. »Der Täter wurde nervös, das stimmt. Weil er Angst hatte, ich könnte wissen, dass er Marian erst um ihr Vermögen und dann ums Leben gebracht hatte.«

»Jasper kannte Marian überhaupt nicht!«

Drex beugte sich so unvermittelt vor, dass er fast aus dem Stuhl sprang. »Ihr beide habt euch über sie kennengelernt.«

»Nein. Ich habe dir erzählt, wie wir uns kennengelernt haben.«

Er lehnte sich wieder zurück. »Vielleicht möchtest du das auch den Detectives erzählen. Mike und Gif kennen deine Story schon.«

Eilig und immer wieder stockend gab sie Locke und Menundez eine knappe Zusammenfassung.

Als sie fertig war, meinte Drex: »Wirklich süß, aber leider gelogen.«

Mike wandte sich an die beiden Detectives. »Seine anderen Opfer fand unser Mann über Online-Portale.«

»Aber so haben wir uns nicht kennengelernt«, sagte Talia.

»Ganz recht«, sagte Drex. »Marian hat euch miteinander bekanntgemacht.«

»Als Jasper und ich uns kennengelernt haben, war Marian schon mehrere Monate verschwunden.«

Drex gab Mike ein Zeichen, und dieser zog daraufhin aus einer Akte, die er auf seinem Schoß abgelegt hatte, das Foto von der Jacht. Drex stand auf und ging zum Sofa. »Kommt dir das bekannt vor?«

»Ja. Das ist das letzte Foto von Marian. Nachdem sie verschwunden war, befragte die Polizei alle, die damals auf der Jacht waren, mich eingeschlossen.«

Er betrachtete das Foto, als wollte er es noch einmal genau analysieren. »Du stehst nicht gerade im Zentrum des Geschehens. Wie kommt es, dass du ganz allein stehst, etwas abseits?«

»Ich kannte die anderen Gäste nicht.«

Er legte zweifelnd den Kopf schief.

»Ich war damals gerade in Key West, weil ich mir ein Hotel ansehen wollte. Marian war eine Stammkundin. Ich rief sie an, weil ich mich mit ihr zum Mittagessen verabreden wollte. Sie meinte, es sei ein Glücksfall, dass ich gerade auf Key West wäre. Sie würde am Abend eine Party geben, und ich solle unbedingt kommen.«

»Sonst kanntest du niemanden auf dieser Jacht?«

»Das habe ich doch gerade gesagt.«

»Du hast dich nicht unter die anderen Gäste gemischt?«

»Eben weil ich niemanden kannte, stellte Marian mich mehreren Gästen vor.«

»Und was ist mit ihm?« Er deutete auf die verschwommene Gestalt, die sich vor dem Sonnenuntergang abzeichnete. »Wurdest du auch ihm vorgestellt?«

Sie kniff die Augen zusammen. »Möglich.«

»Wie hieß er?«

»Weiß ich nicht mehr.«

»Daniel Knolls.«

»Falls wir einander vorgestellt wurden, erinnere ich mich nicht an ihn.«

Er beugte sich vor und flüsterte: »Immerhin schläfst du mit ihm.«

Sie wich empört zurück. »Das soll Jasper sein?«

Er reichte das Bild an Locke weiter, der es eingehend betrachtete und dann seinem Partner weitergab. Zuletzt gelangte es zu Mike, der es wieder in die Akte schob. Drex kehrte auf seinen Stuhl zurück und sah Talia nachdenklich an. Sie erwiderte trotzig und feindselig seinen Blick. »Nehmen wir mal an, du bist absolut aufrichtig und ehrlich…«

»Das bin ich!«

»Findest du die Parallelen zwischen Elaine Conner und Marian Harris dann nicht auch auffällig?« Er sah ihrem argwöhnischen Blick an, dass sie das tat, und ließ die Frage sacken, bevor er fortfuhr. »Du hast den Detectives erzählt, Jasper und du hättet euch in der Parkgarage am Flughafen getrennt.«

»Das haben wir.«

»Du hast Jasper erzählt, du würdest dich nicht wohlfühlen und nicht mitkommen, aber er solle ohne dich fliegen. Dann habt ihr euch geküsst und mit einem Winken verabschiedet.«

Sie nickte, aber erst nach winzigem Zögern, und Drex nahm sich fest vor, sie später darauf anzusprechen.

»Du hast Jaspers Auto aus dem Flughafen gefahren.«

»Genau.«

»Das hat sie«, sagte Menundez. »Sie wurde von einer Überwachungskamera erfasst.«

Mike hatte das Bild ebenfalls gesehen, aber das verschwieg Drex lieber. Die Polizisten hier brauchten nichts von Mikes Hacker-Talenten zu wissen, denn möglicherweise würden Mike und er die Gesetzeslage bald großzügiger auslegen müssen. Zu Talia sagte er: »Die Kamera hat dich aufgenommen, aber falls etwas in deinem Kofferraum lag, zum Beispiel Jasper, wäre er ungesehen aus dem Flughafen gelangt.«

»Ähm, Easton. Er hat ein Taxi genommen.« Menundez hielt sein Handy in die Höhe. »Wir haben ihn auf Video. Und die Aufnahme zeigt eindeutig, dass er das Flughafengebäude nie betreten hat. Wir überprüfen eben bei der Taxigesellschaft, wo er abgesetzt wurde.«

Mike hatte die Information vor über einer Stunde bekommen. Drex hatte die Bemerkung über eine Flucht im Kofferraum nur vorgebracht, weil er feststellen wollte, wie Talia reagieren würde, wenn sie erfuhr, dass Jasper sie im Stich gelassen hatte.

Völlig perplex fragte sie leise: »Dürfte ich das Video sehen?« Menundez reichte ihr das Handy. Stoisch betrachtete sie die kurze Videosequenz, dann gab sie das Handy zurück. »Danke.«

Drex stand wieder auf, ging zum Sofa und setzte sich diesmal neben sie. Dicht neben sie. So dicht, dass er ihr Zittern spürte. »Talia, es ist noch nicht zu spät, um mit uns zu kooperieren. Ich weiß nicht, was Jasper dir erzählt oder versprochen hat, aber so wie es aussieht, hat er sich aus dem Staub gemacht und lässt dich alles allein ausbaden.«

»Was denn ausbaden?«

»Den Mord an Elaine.«

»Es steht noch gar nicht fest, dass sie ermordet wurde. Vielleicht hatten sie wirklich einen Unfall. Er könnte immer noch irgendwo im Meer treiben und darauf hoffen, dass er gerettet wird.«

»Der Mann, der jeden Tag mehrere Meilen schwimmt?«

»Er könnte sich verletzt haben.«

»Er könnte auch längst wieder wohlbehalten an Land sein

301

und sich in diesem Moment ein neues Aussehen zulegen. Vielleicht wirst du den Mann, mit dem du das Bett geteilt hast, nicht wiedererkennen, wenn du ihn das nächste Mal siehst. Du hast ihn nicht als den Mann auf Marians Party erkannt, doch das war er, nur dass er sich damals Daniel Knolls nannte. Marian war sein letztes Opfer vor Elaine, aber es gab viele weitere, bevor er dir begegnet ist. Er hat deine Loyalität nicht verdient. Zum letzten Mal, wo ist er?«

»Ich weiß es nicht.« Ihre Stimme war so heiser, dass sie kaum zu verstehen war.

Er blieb neben ihr, sein Blick brannte sich in ihre Augen. Sie waren mit Tränen benetzt, aber sie richteten sich fest auf ihn.

Mit einem Seufzen des Bedauerns stand Drex auf und gab den anderen Männern ein Zeichen, ihm zu folgen. Alle zogen sich in die Eingangshalle zurück. Sie waren immer noch in Talias Blickfeld, doch Drex sprach so leise, dass sie nichts verstehen konnte.

Drex stellte der gesamten Gruppe eine allgemeine Frage: »Wie sieht es aus?«

»Seit wir ihr von der Leiche am Strand erzählt haben, wirkt sie völlig aufgelöst, so als wüsste sie wirklich nicht, wo ihr Mann steckt«, erklärte Locke und sah seinen Partner an.

Menundez zuckte mit den Achseln. »Ich weiß es nicht. Ich schwanke.«

Drex sah Gif an. »Dein Urteil?«

»Wir haben ihr eine Menge zugemutet. Ich enthalte mich.«

Drex sah ihn verdrossen an. »Mike? Deine Einschätzung?«

Mike sprach die Detectives an. »Wie viel wissen Sie über sie? Wissen Sie, ob sie finanziell gut dasteht?«

»Wir haben noch keine Zahlen bekommen«, sagte Locke, »aber wie man so hört, sitzt sie auf einem Haufen Geld.«

»Also, bis zu diesem Punkt haben Gif, Drex und ich uns ständig gefragt: Sollte sie das nächste Opfer dieses Arschlochs sein? Oder hat sie ihm geholfen, Elaine Conner zu schröpfen?« Mike zog eine fleischige Schulter hoch. »Sie atmet noch. Elaine Conner liegt in der Gerichtsmedizin. Für mich genügt das als Antwort.«

»Opfer oder Komplizin«, sagte Drex. »Wir stehen vor einem Patt.«

Er schaute zum Wohnzimmer, wo Talia auf dem Sofa saß und sich vor und zurück wiegte, die Hände im Schoß gefaltet, den Blick ins Leere gerichtet. Sie sah zerbrechlich und verängstigt aus. Aber ihm ging nicht aus dem Kopf, wie heiß und süß sie ausgesehen hatte, als sie ihm einen Überraschungsbesuch in seinem Apartment abgestattet hatte. Das war womöglich kalkuliert gewesen. Jedenfalls hatte es funktioniert: Er hätte ihr zu gern die zerfetzten Jeans vom Körper gerissen.

Ihre traurige Opferhaltung konnte auch eine Pose sein, um andere Instinkte in ihm wachzurütteln. Er wollte sie intuitiv beschützen, wollte sie halten, beruhigen, sie nach dem tragischen Tod ihrer Freundin trösten. Dass er so auf sie reagierte, machte ihn wütend auf sie und noch viel zorniger auf sich selbst.

Er drehte sich wieder zu den anderen Männern um. »Ich glaube, eine Nacht in der Arrestzelle könnte sie gesprächiger machen.«

Kapitel 23

Auf Drex' Vorschlag hin verzog Locke das Gesicht. »Wir haben nichts gegen sie in der Hand.«

»Ernsthaft, Drex?«, fragte Gif im Bühnenflüsterton. »Ins Gefängnis?«

»Es wäre eine kurze Nacht«, schränkte er ein. »Nur ein paar Stunden. Gerade lange genug, um ihr deutlich zu machen, dass wir es ernst meinen.«

»Ein entscheidender Punkt lässt mir keine Ruhe«, sagte Gif. »Das mit der Wanze.« Er schilderte den Detectives, wie Jasper den Sender gefunden und versetzt hatte. Dann sah er wieder Drex an. »Wieso hat er das Gespräch überhaupt auf Marian Harris gebracht, wenn er wusste, dass er belauscht wird?«

»Weil er nicht anders kann, als damit zu prahlen, dass er sie umgebracht hat und straflos weggekommen ist.« Er wandte sich an die beiden Detectives. »Ich bin schon ewig hinter ihm her, aber seit ich ihn persönlich kennengelernt und erfahren habe, unter was für unaussprechlichen Umständen Marian Harris starb, ist für mich sonnenklar, dass er das charakteristische Ego eines Serienkillers hat. Er will nicht gefasst werden, aber sein Ego treibt ihn dazu, ständig damit anzugeben, wie gerissen er ist.« Bedauernd ergänzte er: »Sosehr mir das auch missfällt, diesmal hat er mich ausmanövriert. Er hat es praktisch ausgesprochen. Aber gleich-

zeitig so wenig gesagt, dass man es nicht als Geständnis wer-
ten kann. Er wusste, dass jeder Verteidiger diese Aufnahme
vor Gericht in der Luft zerreißen würde, selbst wenn man
sie zuließe, was ausgeschlossen ist. Jasper hat mit mir gespielt und mich auf den Holzweg geschickt, und jetzt lacht
er sich ins Fäustchen.«

»Ich würde sagen, das trifft es«, sagte Gif, und die Übrigen
nickten widerwillig.

Drex fragte die Gruppe: »Also, was soll jetzt passieren?«

»Sobald wir auch nur einen Ton vom Gefängnis sagen,
sitzt sie mit einem Anwalt hier«, sagte Menundez.

»Scheiße.« Drex fuhr sich mit der Hand übers Gesicht.
»Sie haben recht. Und damit würde bekannt, dass wir an der
Sache dran sind. Früher oder später wird sich ohnehin das
hiesige FBI-Büro für diese Ermittlungen interessieren, falls
es das nicht schon tut. Es gibt hier ein Büro, richtig?«

Locke nickte.

»Gute Frauen und Männer, da bin ich sicher, trotzdem
würde ich lieber weiterhin unabhängig ermitteln, falls das
irgendwie möglich ist.«

»Wir können Hilfe brauchen«, wandte Gif ein.

»Richtig, aber meine Überlegung ist folgende: Jasper weiß,
dass ich ihm im Genick sitze, aber er weiß nicht, warum. Ich
könnte ein Konkurrent sein, der ihm das Territorium strei-
tig machen will. Ich könnte ein Gigolo sein, der es auf seine
Braut abgesehen hat. Ich könnte ein Bulle sein, der ihm an
seine Mörder-Gurgel will. Solange er das nicht weiß, haben
wir einen Vorteil.«

»Wieso das?«, fragte Locke.

»Weil ich mir nicht vorstellen kann, dass er diese Ungewissheit ertragen kann. Ich glaube nicht, dass er sich weit

von hier absetzen wird, bis er sich überzeugt hat, dass ich ihm nicht gefährlich werden kann, oder bis er mich loszuwerden versucht, weil ich gefährlich bin. Wenn ich mitten in einer offiziellen FBI-Ermittlung bin, wird er nicht riskieren, hier abzuwarten. Er wird mich mit leeren Händen sitzen lassen und abtauchen.«

»Wenn du mich fragst, wird er auch abtauchen, sobald du seine Frau einsperrst«, sagte Mike. »Wie du ihr selbst erklärt hast, hat er sie hängenlassen, während er sich absetzt.«

Drex sah ihn finster an. »Danke für die weisen Worte, Mike.«

»Ich sage nur ...«

»Und du hast recht«, fuhr er dazwischen. »Wir können uns nicht darauf verlassen, dass sie nicht ebenfalls verschwindet, aber wir können ihr auch keine elektronische Fußfessel verpassen.«

»Guter Gott, nein«, sagte Gif.

Locke sah ihn besorgt an. »Wie wäre es damit? Wir sperren sie nicht ein, aber wir stellen klar, dass sie nirgendwohin fahren wird. Das Mount Pleasant PD soll eine Polizistin herschicken, die mit ihr im Haus bleibt.«

»Solange wir nebenan ausharren, wäre das übertrieben«, sagte Drex. »Und falls jemand in Uniform auftaucht, wird sie keinen Ton mehr sagen, bis sie einen Anwalt hinzugezogen hat. Gif, Mike und ich werden sie bis morgen früh abwechselnd bewachen.«

»Das wird ihr nicht gefallen«, sagte Locke.

»Ich scheiß darauf, was ihr gefällt. Aber es wäre vielleicht keine schlechte Idee, wenn wir draußen ein paar Streifenpolizisten postieren könnten. Das wären vier Augen mehr für uns, und sie würde es beruhigen.«

»Wie werde ich den beiden erklären, dass Sie drei hier sind?«, fragte Locke.

Drex zuckte mit den Achseln. »Sagen Sie ihnen die Wahrheit, aber stellen Sie klar, dass wir undercover ermitteln und dass wir ihnen die Zunge rausschneiden werden, falls sie irgendwem, und sei es innerhalb ihres eigenen Departments, erzählen, dass wir hier sind.«

»Mit anderen Worten, gehen Sie subtil und taktvoll vor«, sagte Gif.

»Ich erledige das.« Menundez holte sein Handy heraus, doch bevor er anrief, las er eine eingegangene Nachricht. »Sie hatten recht, Easton. Das hiesige FBI-Büro hat sich schon eingeschaltet«, erklärte er der Gruppe und las dann weiter: »Es ist nach außen gedrungen, wie viele Parallelen es zwischen unserem Fall und dem von Marian Harris gibt. Morgen wird ein Agent, der mit den Ermittlungen vertraut ist, einfliegen und mit Mrs. Ford sprechen.«

Mike stöhnte.

»Rudkowski?«, fragte Drex.

»Woher wussten Sie das?«, gab Menundez zurück.

»Er ist ein Windei«, antwortete Drex. »Mit Riesenklappe. Und nichts dahinter. Wir drei hatten uns Urlaub oder unter fadenscheinigen Gründen freigenommen, damit wir der Spur zu Jasper Ford nachgehen können, bevor Rudkowski reinplatzen und alles vermurksen kann. Mike ist ihm gestern entwischt und hat ihn dumm dastehen lassen, was keine große Kunst ist. Er wird nicht besonders glücklich sein, wenn er hier auf uns trifft.«

»Wer von Ihnen steht höher?«, fragte Locke.

»Er. In Jahren, nicht Wissen. Wann soll er hier eintreffen?«

»Gegen zehn. Und will dann sofort mit Mrs. Ford sprechen.«

»Steht dort auch, wo?«, fragte Mike.

Menundez schüttelte den Kopf.

»Finden Sie es raus und geben Sie uns Bescheid«, sagte
Drex. »Wir sorgen dafür, dass sie dort ist.« Als er Mikes und
Gifs konsternierte Mienen sah, erklärte er: »Es war nur eine
Frage der Zeit, Jungs. Wir können von Glück reden, dass er
uns nicht schon längst aufgespürt hat.«

Talia war auf dem Sofa geblieben. Als die Detectives auf-
brachen, kamen sie noch einmal zu ihr und bekundeten ihr
Beileid wegen Elaines Tod. »Bitte verzeihen Sie, dass wir Sie
dieser Identifikationsprozedur unterziehen mussten«, sagte
Locke.

»Sie haben nur Ihre Pflicht getan.«

Er dankte Talia für ihre Mithilfe. »Wir verlassen uns
immer noch auf Ihre Kooperation, Mrs. Ford. Bitte bleiben
Sie in der Stadt.«

»Ich habe nicht die Absicht, irgendwohin zu reisen, bis
mein Mann gefunden wurde.«

Er nickte und übergab ihr seine Visitenkarte.

»Rufen Sie an, falls Ihnen irgendwas einfällt, was uns bei
den Ermittlungen weiterhelfen könnte«, erklärte Locke zum
Abschluss.

Zwar waren Drex' Argumente schwer zu widerlegen,
trotzdem hatte sie sich noch nicht mit dem Gedanken abgefunden, dass der Mann auf Elaines Jacht Jasper gewesen war.
»Wird nach dem Mann immer noch gesucht?«

»Ja, Madam. Wir geben Ihnen Bescheid, sobald sich
irgendwas Neues ergibt.«

»Bitte. Ganz gleich, wie schlecht die Nachrichten auch sein mögen.«

Er lächelte blass. »Versuchen Sie, sich auszuruhen. Wir sehen uns morgen.«

Menundez nickte ihr stumm zum Abschied zu, bevor er Locke nach draußen folgte, und sie blieb mit Drex und seinen Partnern allein zurück.

»Ich übernehme die erste Schicht«, erklärte Gif.

Talia sprang auf. »Was meinen Sie mit erster *Schicht*?« Sie baute sich vor Drex auf. »Seid ihr jetzt meine Gefängniswärter?«

»Leibwächter.«

Sie schnaubte verächtlich. »Ich fühle mich in deiner Nähe unsicherer als mit irgendwem sonst.«

»Dann wird es dich erleichtern, dass auf der Straße ein Streifenwagen mit zwei Polizisten stehen wird. Falls du dich unsicher fühlst, kannst du ihnen ein Zeichen geben, und sie kommen sofort angerannt.«

»Darf ich nach oben in mein Zimmer gehen? Allein.«

Er ignorierte ihren schneidenden Ton. »Natürlich. Tatsächlich würde ich dir das empfehlen. Es sieht so aus, als würde dir morgen ein aufreibender Tag bevorstehen. Schlaf dich aus, wenn du kannst. Wir sehen uns morgen früh.«

Er drehte sich um und ging aus dem Raum, und der Dicke watschelte ihm hinterher. Gif reichte ihr seine Visitenkarte. »Das ist meine Handynummer. Schicken Sie mir eine Nachricht, falls Sie irgendwas brauchen.«

Sie nahm die Karte entgegen, schaute aber immer noch auf die Bogentür, durch die Drex hinausgegangen war. »Hat er die Waffe immer dabei?« Sie hatte das Holster gesehen, der hinten an seinem Gürtel befestigt war.

»Im Dienst ja.«

»Gehört er zu den Guten oder den Bösen?«

»Kommt drauf an, wer das fragt.«

Sie sah Gif an. »*Ich* frage das. Kann ich ihm vertrauen?«

»Sie können darauf vertrauen, dass er alles tun wird, um Weston Graham zu erwischen.«

»Meinen Sie Jasper?«

»Für Drex wird er immer Weston Graham heißen.«

»Warum?«

»Das müssen Sie Drex schon selbst fragen.« Er trat einen Schritt zurück. »Ich bin in der Küche, falls Sie mich suchen.«

Er ließ sie stehen. Zutiefst erschöpft drehte sie sich zur Treppe um, die plötzlich furchteinflößend wirkte wie der Mount Everest. Eine Hand fest um das Geländer geschlossen, stieg sie nach oben.

Sie zog sich in ihr Bad zurück, sank unter der Dusche auf den Boden und bettete die Stirn auf die Knie. Seit dem Eintreffen der Detectives bis zu diesem Augenblick hatte sie durchgehend beherrscht und vernünftig reagieren müssen.

Erst jetzt, wo sie allein war, brach die Erkenntnis über ihre Situation gnadenlos über sie herein. Elaine war tot. Jasper hatte sich in ein schimärenhaftes Mysterium verwandelt. Und sie? Sie war gefangen in einer sich ständig wandelnden Zwangslage, die sich allen Versuchen entzog, sie zu erfassen.

Unter den prasselnden Wasserstrahlen begann sie zu weinen. Erschüttert. Ungehemmt. Schluchzend. Erst nach einer geraumen Weile stieg sie aus der Dusche und zog einen alten Baumwollpyjama an, den sie seit ihrer Hochzeit nicht mehr getragen hatte. Der bedruckte Stoff, die weite Hose und das schlabbrige Oberteil sollten Trost spenden, nicht verführen.

Sie ging aus dem Eheschlafzimmer zum Gästezimmer auf der anderen Seite des Flurs. Dort legte sie sich ins Bett und starrte, reglos in der Dunkelheit liegend, an die Decke.

Wo war Jasper? Wieso hatte sie nichts von ihm gehört, falls er tatsächlich nicht nach Atlanta geflogen war? Hatte er den Unfall überlebt, bei dem Elaine gestorben war, und hielt sich immer noch verzweifelt über Wasser, in der Hoffnung, gerettet zu werden? Oder war er schon tot? Warum hatte er Elaine heute Abend besucht? Wer von beiden hatte vorgeschlagen, aufs offene Meer hinauszufahren? Was hatten sie im Beiboot gewollt? Was hatte er getan?

Sie hatte sich die Augen wegen Elaine ausgeweint, aber jetzt, wo die unbeantworteten Fragen nach ihrem Mann über sie hereinbrachen, begannen neue Tränen zu brennen. Fragen wirbelten durch ihren Kopf wie ein Schwarm von Glühwürmchen, leuchteten auf und erloschen wieder, ehe sie eine Antwort erhaschen konnte.

Als die Tür aufging, wusste sie schon, wer es war, noch bevor er einen Ton gesagt hatte. »Du hast deinen Tee nicht getrunken.«

Sie stützte sich auf die Ellbogen. »Was ist?«

»Mir ist der Teebeutel in der leeren Tasse auf der Küchentheke aufgefallen. Du hast dir die Hand verbrannt, als du den Kessel vom Herd genommen hast, und dann vergessen, den Tee aufzugießen.«

Sie schaltete die Nachttischleuchte ein. In der einen Hand hielt er den dampfenden Becher, unter dem anderen Arm klemmte ein dicker Hängeordner. Er trat ins Zimmer, ohne ihre Aufforderung abzuwarten, doch sie war zu erschöpft, um ihn zurechtzuweisen. Er stellte den Becher auf dem Nachttisch ab und legte die Akte auf das Fußende ihres Betts.

»Was ist das?«

»Etwas leichte Lektüre, falls du nicht schlafen kannst. Aber nimm dich in Acht. Falls du damit anfängst, wirst du wahrscheinlich kein Auge zutun können.«

»Danke für den Tee.«

Verstimmt sah sie zu, wie er einen Sessel ans Bett zog und sich setzte.

»Du brauchst nicht extra Wache zu halten.«

Er ignorierte den Wink, sie allein zu lassen, sondern fragte sie, wie es ihrer Hand ging.

»Tut kaum noch weh.«

»Gut.«

Trotzdem ging er nicht. Er spreizte die Knie und faltete die Hände dazwischen. Mit gesenktem Kopf sprach er den Teppichboden an. »Das mit Elaine macht mich ganz krank. Du hast jedes Recht, an meiner Aufrichtigkeit zu zweifeln, aber es ist mir wirklich ernst, Talia. Ich hatte Jasper im Visier. Und dich. Trotzdem hätte ich das kommen sehen müssen. Ich hätte sie warnen müssen. Irgendwas unternehmen.«

»Sie hätte dir ohnehin nicht geglaubt, und schon gar nicht, wenn du sie vor Jasper gewarnt hättest.«

»Wahrscheinlich nicht. Trotzdem hätte ich es versuchen müssen. Ein mahnendes Wort hätte sie vielleicht nicht gerettet, aber immerhin hätte ich dann nicht das elende Gefühl, dass ich sie im Stich gelassen habe.« Er richtete sich auf und sah sie an. »Hatten die beiden was miteinander?«

»Du hast uns doch belauscht. Du hast gehört, wie ich Jasper die gleiche Frage gestellt habe und wie er es abgestritten hat.«

»Ich habe gehört, wie du gefragt und wie er es abgestritten hat. Aber hast du meinetwegen gefragt oder deinetwegen? Hast du mir was vorgespielt, weil du von der Wanze wusstest, oder warst du wirklich misstrauisch, was ihre Beziehung anging?«

»Ich hatte keine Ahnung von dieser verdammten Wanze! Und ich weiß nicht, ob ich Jasper glauben kann oder nicht. Dagegen weiß ich *sehr wohl,* dass es mir lieber wäre, wenn Elaine am Leben wäre und mich mit meinem Mann betrügen würde, statt tot im Leichenschauhaus zu liegen.« Ihre Stimme brach. »Können wir dieses Gespräch wann anders führen? Wenigstens morgen früh?«

»Na gut«, sagte er überraschend einfühlsam. »Ich hatte sie gern, auch wenn das jetzt nicht mehr zählt. Sehr sogar.«

»Man musste sie einfach gernhaben. Ich vermisse ihre… ihre…«

»Verve und ihren Esprit.«

Sie lächelte müde. »Gut getroffen. Vielleicht hättest du doch Schriftsteller werden sollen.«

»Im nächsten Leben.«

Sie schwiegen so lange, dass es ihr schon unangenehm wurde, dann sah er sich neugierig um, studierte das Schlafzimmer, das sie absichtlich schlicht eingerichtet hatte, damit sich Übernachtungsgäste wohlfühlten.

Aber kein Gast hatte hier je übernachtet. Jasper hatte nicht gewollt, dass Freunde übers Wochenende oder auf ein paar Tage zu Besuch blieben. Er hatte ihr nie einen befriedigenden Grund dafür genannt, sondern ihren Protest immer mit Bemerkungen abgebügelt wie: »Ich habe dich lieber für mich allein.« Sie hatte nie nachgehakt und stattdessen lieber ihrerseits ihre auswärtigen Freunde besucht, wenn sie auf Geschäftsreise war.

So wie sie auf der Reise nach Key West Marian besucht

hatte. Kaum hatte sie diesen Gedanken gefasst, sagte sie: »Ich kann mich nicht erinnern, dass ich mich mit dem Mann auf dem Partyfoto unterhalten hätte. Falls es tatsächlich Jasper war, dann wusste ich das damals nicht.«

Er zog eine Braue hoch.

»Das ist die Wahrheit. Er ist mir nicht als jemand im Gedächtnis geblieben, den ich damals gern kennengelernt hätte.«

»Vielleicht. Aber es steht fest, dass du ihm aufgefallen bist.«

»Wie meinst du das?«

»Darauf kommen wir noch zurück. Morgen. Morgen gibt es noch viel zu besprechen.«

»Umso mehr Grund, jetzt Gute Nacht zu sagen«, sagte sie, vergrätzt über seine Bockigkeit.

»Wieso schläfst du hier? Wieso nicht im großen Schlafzimmer?«

»Weil ich nicht ausspioniert werden möchte. In dieses Zimmer kannst du von deinem Fenster aus nicht schauen.«

»Gut erkannt.«

Er lächelte knapp, doch schon dabei war sein Grübchen zu sehen, und das irritierte sie. »Du spielst mit gezinkten Karten, Drex. Mir wirfst du vor, ich würde lügen, dabei tust du es ständig.«

»Und jetzt weißt du auch, warum.«

»Nur in Ausübung deiner Pflicht, nehme ich an.«

»Genau. Was für eine Entschuldigung hast du?«

Sie ließ das Thema fallen, denn sie war zu müde zum Streiten.

Er deutete auf den Becher. »Trink deinen Tee, solange er heiß ist.«

»Er hat noch nicht lang genug gezogen.«

»Worum ging es wirklich bei deinem Arzttermin?«

Der abrupte Themenwechsel war taktisch bedingt, sollte sie überrumpeln und tat das auch. »Das ist persönlich.«

»Mord auch.«

»Lass mich in Frieden. Habe ich heute Abend nicht schon genug durchstehen müssen?« Sie griff nach dem Becher, doch ihre Hand zitterte.

Er nahm ihr den Becher wieder ab. »So wirst du dich noch mal verbrühen.«

»Als würde dich das kümmern.«

»Es kümmert mich, verflucht noch mal!«

»Deinen Kumpanen hast du aber was anderes erzählt!« Vielleicht war ihr doch ein Rest Kampfgeist geblieben. »Ich kann exzellent hören, und es hat mir in den Ohren geklungen, wie sehr dich meine Gefühle, meine Vorlieben und Abneigungen interessieren.«

Er sah kurz aus, als wollte er widersprechen, aber sie hob die Hand. »Vergiss es.« Sie seufzte müde, ließ ihren Kopf aufs Kissen sinken und sah zur Decke auf. »Lass mich in Frieden, Drex. Falls du unbedingt wissen willst, was ich beim Gynäkologen wollte, wird einer deiner Freunde mit Sicherheit alle Informationen ausgraben können, selbst wenn er damit das Arztgeheimnis verletzt.«

»Mike hat das bereits angeboten. Ich habe es ihm verboten.«

Sie sah ihn wieder an.

»Ich möchte es lieber von dir erfahren.«

Was sollte es schon schaden, wenn er es wusste? Falls sie sich ihm öffnete, würde sie dadurch vielleicht etwas Vertrauen gewinnen, und sie fürchtete, dass sie das in den kommenden Tagen noch brauchen würde.

»Ich hätte gern Kinder. Jasper wollte mehr Zeit, um sich an den Gedanken zu gewöhnen, dass er in seinem Alter noch Vater werden könnte. Aber auch ich werde nicht jünger. Die biologische Uhr und so weiter. Also wollte ich mir Eier entnehmen und einfrieren lassen, bis er … bis der Zeitpunkt für eine Befruchtung gekommen wäre.«

Drex rührte sich nicht, sprach nicht, blinzelte nicht einmal.

»Als du mich im Café angesprochen hast, hatte ich eben die enttäuschende Nachricht bekommen, dass die meisten Eier – und es waren von Anfang an nicht viele gewesen – nicht robust seien. Das heißt, dass unsere Erfolgschancen deutlich geringer wären, sollten wir uns irgendwann zu einer Befruchtung entschließen.«

Sie sah auf ihre Finger, mit der sie an der Naht der Bettdecke herumfummelte. Seine Hand kam in ihr Blickfeld. Er streckte ihr die Tasse hin, den Henkel zu ihr gedreht. Sie griff danach und nahm einen Schluck. Der Tee war nur noch lauwarm, trotzdem trank sie ihn in kleinen Schlucken. Auf diese Weise musste sie ihn nicht ansehen.

Seit sie Jasper kennengelernt hatte, war sie nicht mit vielen Männern allein gewesen, und ganz eindeutig hatte keiner sie so aus der Fassung gebracht wie Drex. Er stellte eine undefinierbare, aber höchst reale Gefahr dar. Sie hatte es vom ersten Augenblick an gespürt. Ihr Instinkt hatte sie gewarnt, auf Distanz zu bleiben, nicht aus Angst, dass er sie absichtlich gefährden könnte, sondern so, als müsste sie sich von einer sengenden Flamme fernhalten. Die Lichtquelle, die die Motte anlockt, ist nicht verantwortlich für die Hitze, die sie abstrahlt, und trägt auch keine Schuld daran, dass die Motte wie unter Zwang hineinfliegt.

So selbstbewusst sie in allen anderen Bereichen ihres Lebens auch war, in Drex' Gegenwart fühlte sie sich unsicher, fahrig. Dann war sie sich extrem ihrer selbst bewusst, so wie jetzt in diesem Augenblick. Sie spürte jeden Zentimeter ihrer Haut in dem weichen Pyjama, fühlte genau, wo sich die Wolle an ihren Körper schmiegte, wie jede Faser weich wie ein warmer Atemzug über ihre Haut strich.

Und ihn nahm sie noch intensiver wahr. Er hatte seine Krawatte ausgezogen. Sein Kragenknopf stand offen, die Ärmel waren hochgekrempelt, das Hemd hing über der Hose. Die Haare hatte er bestenfalls mit den Fingern gekämmt. Sein zerzaustes Aussehen machte ihn nur noch attraktiver. Auf einmal blitzte in ihrem Kopf die Erinnerung an seine nackte Brust und seinen Bauch auf, an die lockere Behaarung, die in einem dünnen Streifen mündete und dann in seinem tiefen Hosenbund verschwand.

Dass sie ihn so bewusst wahrnahm, erzeugte einen merkwürdigen Druck auf ihrer Brust, so als hätte sie ihn am liebsten von sich gestoßen... und gleichzeitig in ihre Arme geschlossen.

»Noch eine letzte Frage, dann lasse ich dich schlafen«, sagte er. »Warum kein Abschiedskuss?«

Ihr Kopf zuckte hoch. Sie sah ihn an und atmete durch den Mund aus. »Wie bitte?«

»Du hast Jasper am Flughafen keinen Abschiedskuss gegeben, oder? Und dass du nicht mitfliegen wolltest, hatte nichts mit einem Übelkeitsanfall zu tun. Jasper hat auf der Fahrt zum Flughafen einen Streit angezettelt, habe ich recht?«

»Nein.«

»Talia.«

Sie stellte den Tee auf dem Nachttisch ab, schlug die Decke zurück und wollte aufstehen. Er legte die Hände auf ihre Schultern. Sie leistete kurz Widerstand, doch sein Blick hielt sie effektiver fest als seine Hände.

»Jasper hat einen Streit angezettelt«, wiederholte er leise, aber eindringlich. »Ihr habt euch gezankt. Du hast ihm keinen Abschiedskuss gegeben und ihm nicht nachgewinkt, oder? Das war gelogen.«

Sie sah ihn wütend und schwer atmend an, aber sie wäre lieber gestorben, als zuzugeben, dass er recht hatte.

»Worüber habt ihr gestritten? Dass du eine künstliche Befruchtung wolltest und er nicht?«

Sie schüttelte den Kopf. »Ich hatte ihm gar nicht erzählt, dass ich mir Eier entnehmen lassen hatte. Das habe ich immer noch nicht.«

»Warum nicht?«

»Weil keine Gelegenheit dazu war.«

»Quatsch. Du hattest reichlich Gelegenheit, ihm das zu erzählen. Du hast es nicht getan, weil du Angst hattest, dass er erleichtert reagieren könnte und dass er dir damit das Herz brechen würde.«

»Darüber werde ich nicht mit dir reden. Das ist persönlich. Und außerdem irrelevant.«

»Ist es das?«

»Ja.«

»Na schön, worüber habt ihr also auf der Fahrt zum Flughafen gestritten?«

»Es war nur ein kleiner Zank. Es ging um *nichts*. Nichts Wichtiges.«

»Es war immerhin so wichtig, dass ihr einen romantischen Kurzurlaub abgeblasen habt.«

»Ich wünschte, ich könnte alles noch mal von vorn beginnen.«

»Kannst du aber nicht.«

Seine schneidende Stimme ließ sie verstummen. Sie drehte den Kopf weg. Er umfasste ihr Kinn und zog ihr Gesicht zu sich her. »Wer hat angefangen?«

Sie stieß seine Hand weg. »Weiß ich nicht mehr.«

»O doch, das weißt du wohl.«

»Was tut das denn zur Sache?«

»Es ist entscheidend. Es war Jasper, richtig?«

Sie schwieg störrisch.

Er hakte genauso störrisch nach. »Richtig?«

»Na schön, ja! Er wurde wütend.«

»Auf was?«

»Auf mich.«

»Weswegen?«

»Deinetwegen!«

Er zuckte zurück, nahm seine Hände von ihren Schultern und saß still da. »Meinetwegen? Wieso?«

Sie streckte die Hand nach dem Becher mit Tee aus, entschied sich dann um und ließ sie auf die Bettdecke fallen. Sie fuhr sich mit der Zunge über die Lippen. »Während wir zum Flughafen fuhren, machte Jasper genau dort weiter, wo wir am Abend zuvor aufgehört hatten. Immer wieder fing er davon an, dass man dir nicht trauen könnte. Ich begann dich zu verteidigen. Ein großer Fehler, wie ich inzwischen weiß.« Sie verstummte und holte kurz Luft, weil sie keinesfalls schluchzen wollte. »Ich hätte auf Jasper hören sollen, als er mir erklärte, dass du nicht der bist, der du vorgibst. Du hast mich von Anfang an belogen. Alles an dir war eine Lüge. Du hast mit uns gespielt. Mit Jasper. Elaine. Mir.«

Sie schüttelte die Decke mit einem Ruck auf und drückte sie dann wieder fest, bis sie genau so lag wie gewünscht, bevor sie ihn wieder ansah. »Entweder verhaftest du mich jetzt und wirfst mich ins Gefängnis, oder du verschwindest und lässt mich endlich in Frieden.«

Sie drehte sich auf die Seite, den Rücken ihm zugewandt, und schloss die Augen. Eine Ewigkeit rührte er sich nicht, doch dann spürte sie einen Luftzug, als er sich erhob. Er schaltete das Licht aus. Sie ahnte, dass er sich in der Dunkelheit über sie beugte.

»Der Kuss war keine Lüge«, flüsterte er. Seine Finger strichen durch ihr Haar und fächerten es auf dem Kissen auf.

Dann verließ er das Zimmer und zog leise die Tür hinter sich zu.

Kapitel 24

Gif saß am Küchentisch und löffelte eine Schale Frühstücks-
flocken. »Ich habe mir was zu essen gegönnt«, sagte er
kauend zu Drex.

»Das stört sie bestimmt nicht.«

»Und was hast du dir gegönnt?«

Drex war eigentlich schon auf dem Weg zur Tür, doch er
blieb stehen, drehte sich um und sah seinen Kollegen giftig
an.

Völlig unbeeindruckt schob Gif einen weiteren Löffel Flocken in seinen Mund. »Ich gehe aufs Klo und komme zurück.
Du bist nirgendwo zu sehen. Ich schreibe dir eine Nachricht.
Keine Antwort. Ich schreibe Mike. Er sagt, bei ihm wärst du
nicht. Du warst in keinem der Zimmer unten, darum…«

»Du hast deinen Punkt klargemacht.«

Gif schlürfte die zwei letzten Löffel und schob die Schale
dann beiseite. »Hattest du es von Anfang an daraufhin angelegt? Du wolltest die Detectives aus dem Haus haben, damit
du ihr einen Gutenachtkuss geben kannst?«

»Nicht deswegen.«

»›Ich glaube, eine Nacht in der Arrestzelle könnte sie gesprächiger machen‹«, zitierte Gif und verdrehte die Augen.
»Als ob.«

»Danke, dass du mir sofort widersprochen hast. Dadurch
wirkte der Vorschlag umso glaubhafter.«

»Ich arbeite schon lang mit dir zusammen und weiß genau, wann du jemanden manipulierst.«

»Auf diese Weise sind sie mit dem Gefühl weggefahren, dass es ihre eigene Idee war, sie in unserer Obhut zu lassen.«

»Mir ist schon klar, warum du das getan hast. Aber versuch nicht, Mike und mich zu manipulieren.«

»Ihr seid zu schlau für mich.«

»Die Frage ist«, sagte Gif und schaute dabei kurz zur Decke, »ob sie auch zu schlau für dich ist.«

Drex lehnte sich an die Küchentheke, verschränkte die Arme und starrte auf seine Schuhspitzen. »Ich weiß es nicht, Gif.«

»Mike glaubt das.«

»Er hat das ohne jeden Zweifel klargestellt, aber Mike misstraut allen Frauen.«

»Und allen Männern.«

»Und allen Männern«, bestätigte Drex und lachte leise. Dann wurde er wieder ernst. »Ich habe ihr Tee gebracht, das war alles. Sie sah verletzlich und zerbrechlich aus. Ich habe die Gelegenheit genutzt und versucht, irgendwas aus ihr rauszuholen.«

»Mit welchem Ergebnis?«

»Keinem. Entweder hat Elaines Tod sie wirklich erschüttert und Jaspers Verschwinden ehrlich getroffen…«

»Oder?«

»Oder sie ist eine verdammt gute Schauspielerin.«

»Sie hätte das von einem Meister gelernt.«

»Das lässt sich nicht wegdiskutieren«, sagte er freudlos. »Darum wirst du sie morgen früh zusammen mit Mike an Rudkowski übergeben.«

»Und wo bist du dann?«

»Ich mache mich dünne.«

Gif schüttelte den Kopf. »Drex…«

»Fang gar nicht erst an. Falls ich auch nur in seine Nähe komme, kann ich mir gleich den Schwanz abschneiden, bevor er es tut.«

Gifs Schweigen deutete darauf hin, dass er das ähnlich sah. »Was ist mit Mike und mir? Was sollen wir machen, nachdem wir sie abgeliefert haben?«

»Das bleibt euch überlassen, und das müsst ihr beide eigenständig entscheiden, unabhängig voneinander und von mir. Ich kann euch nicht bitten und auch nicht erwarten, dass ihr weiter zu mir steht. Ihr wisst, dass euch die Kacke um die Ohren fliegen wird. Wir dürfen Rudkowski nicht unterschätzen. So wie schon einmal.«

»Diesmal ist es anders.«

»Nein, es ist schlimmer. Schlaf drüber. Und zwar gründlich.« Er stieß sich von der Küchentheke ab und ging zur Tür.

»Drex?«

Er drehte sich noch mal um.

»Wenn Mike und ich darüber nachsinnen sollen, ob wir dir weiter zur Seite stehen oder uns lieber Rudkowskis Barmherzigkeit ausliefern, wäre es hilfreich zu wissen, was du mit ihr anstellen willst, falls sich herausstellen sollte, dass sie mit ihrem Ehemann unter einer Decke steckt.«

Die Frage war eine Beleidigung, daher würdigte er sie keiner Antwort. »Mike löst dich in ein paar Stunden ab.«

Als Talia am folgenden Morgen in die Küche trat, saßen die drei Männer um den Frühstückstisch und waren so in ihre Diskussion vertieft, dass sie eine ganze Weile unbemerkt zuhören konnte.

Dann aber verstummten die Männer und starrten sie an, zweifellos überrascht über ihren Aufzug. Sie hatte einen Morgenmantel über ihren Pyjama gezogen, aber sich nicht frisiert, bevor sie nach unten gekommen war.

Gif schob seinen Stuhl zurück und stand auf. »Guten Morgen. Möchten Sie einen Kaffee?«

Das Aroma frisch gemahlener Bohnen lag in der Luft, und dazu der Hefeduft frisch gebackener Donuts. Eine Schachtel stand auf dem Tisch. Gif schob sie in ihre Richtung.

»Mike hat sie heute früh geholt«, sagte er. »Bedienen Sie sich.«

Ohne auf Gifs Angebot einzugehen, steuerte sie direkt den Tisch an, wo sie die dicke Akte vor Drex auf die Platte knallen ließ und dabei fast seinen Kaffeebecher umwarf. »Ich konnte nicht schlafen, also habe ich deinen Vorschlag beherzigt und mir etwas ›leichte Lektüre‹ gegönnt.«

Er streckte die Hand zur Rückenlehne des Stuhls aus, aus dem Gif eben aufgestanden war, und gab ihr ein Zeichen, sich zu setzen. »Schenk ihr bitte Kaffee ein, Gif.«

Sie ließ sich auf dem angebotenen Stuhl nieder, ohne dass sie ein einziges Mal den Blick von Drex abgewandt hätte, seit sie die Küche betreten hatte. Unter seinen Augen lagen dunkle Ringe. Auch er hatte nicht geschlafen.

Gif stellte einen Kaffee vor ihr ab und fragte, ob sie Milch oder Zucker wollte, doch sie schüttelte den Kopf. Drex nahm einen Donut mit Schokoglasur aus der Schachtel, legte ihn auf eine Papierserviette und schob ihr beides hin.

Als hätte sie weder den Kaffee noch den Donut bemerkt, zeigte sie auf die fette Akte. »Du glaubst, dass Jasper etwas mit diesen vermissten Frauen zu tun hat?«

Er verschränkte die Arme auf dem Tisch, beugte sich vor

und sprach eine halbe Stunde lang, ohne dass ihn jemand unterbrochen hätte. Nur gelegentlich bat er Mike, eine Datums- oder Ortsangabe zu bestätigen. Gif führte seine Schilderungen aus, wenn er aufgefordert wurde. Ansonsten konzentrierte sich Talia ausschließlich auf Drex und er auf sie.

»Er war so anpassungsfähig, dass er sich in den Lebensstil einer Ölerbin in Tulsa einfügte. Alle, die Pixie kannten, beschrieben Herb Watkins als Mann mit kurzem schwarzem Haar und Ziegenbärtchen, als Kunstkenner mit einer Vorliebe für Native American Art, für die auch Pixie eine Leidenschaft hatte. Für Marian wiederum legte er sich einen Krauskopf zu, wahrscheinlich dauergewellt, weil er wusste, dass sie das an ihre Hippiezeiten erinnern und sie es attraktiv finden würde. Dann bist du ihm auf ihrer Party ins Auge gestochen. Er hörte, dass du gut situiert bist. Stufte dich als lohnendes Opfer ein. Durch Marian und eigene Nachforschungen brachte er so viel wie möglich über dich in Erfahrung. Wahrscheinlich hat er dich gestalkt, Talia. Aufgezeichnet, wohin du fuhrst, wohin du zum Essen gingst, was du trankst, wo du einkaufen warst. Er kam zu dem Schluss, dass du – eine weit gereiste Frau – dich zu einem weltgewandten Gentleman hingezogen fühlen würdest, der seine Blumen selbst überbrachte, selbst wenn er dafür hundertfünfzig Meilen fahren musste. Einem Mann von Welt. Einem Gourmetkoch. Einem Mann, der teuren Bourbon, der die schönen Dinge im Leben zu schätzen weiß. Adieu Daniel Knolls, adieu Kraushaar, hallo Jasper Ford mit dem kosmopolitischen Pferdeschwanz.«

Als er zum Schluss gekommen war, sah sie die drei Männer der Reihe nach an. Sie erwiderten ihren Blick, und allen war deutlich anzusehen, wie sehr sie überzeugt waren, dass

Jasper der Mann war, den sie suchten. Sie wehrte die Vorwürfe nicht ab, verteidigte ihren Ehemann nicht, denn allein dadurch hätte sie die grauenvolle Möglichkeit akzeptiert, dass er tatsächlich der von ihnen gesuchte Verbrecher sein könnte.

Drex fragte, ob ihr Marian jemals etwas über ihren Freund Daniel Knolls anvertraut habe.

»Nein.«

»Gar nichts?«

»Sie war eine stolze und zurückhaltende Frau. Falls sich die beiden tatsächlich online kennengelernt haben, hätte sie wahrscheinlich nicht gewollt, dass sich das herumspricht.«

»Das passt«, sagte Drex. »Er will keine Frau, die offenherzig über solche Dinge redet und dadurch eventuell jemanden auf seine Spur bringt. Wenn Mike nicht so ein ausgezeichnetes Gedächtnis hätte, hätten wir die Verbindung nie aufgedeckt.«

»Muss praktisch für ihn gewesen sein, dass Sie ihn Elaine Conner vorgestellt haben«, sagte Mike. »Damit haben Sie ihm viel Arbeit erspart.«

Sie senkte den Kopf und massierte ihre Stirn. »Ich habe Detective Locke angerufen, bevor ich herunterkam. Sie sind überzeugt, dass Elaine und der Mann, der mit ihr an Bord der Jacht war, gemeinsam in das Beiboot gestiegen sind. Seine Identität und sein Schicksal sind immer noch unbekannt.«

»Ich kenne seine Identität«, sagte Drex. »Das war Jasper, und er ist an Land geschwommen. Darauf würde ich mein Leben verwetten.«

Sie wollte das nicht glauben. Sie wünschte sich, Jasper würde anrufen und ihr erklären, dass er seine Reisepläne geändert und an ein neues Ziel geflogen sei und nun, nach einer schlaflosen Nacht voller reuiger Gedanken, auf dem Heimweg war, um sich mit ihr auszusöhnen.

Sie wünschte sich, sie könnte die Uhr zurückdrehen und zurückkehren zu jener Zeit, als sie frisch verheiratet waren und sie keinen Zweifel an seinem Charakter gehegt hatte. Oder aber, falls es zutraf, was diese FBI-Agenten glaubten, in ihr Leben, bevor sie ihn kennengelernt hatte. Aber die Zeit ließ sich nicht zurückdrehen. Dies war ihr Hier und Jetzt, und sie musste sich der Situation stellen.

Sie sah Drex an. »Sagen wir, es stimmt, dass Jasper mit Elaine auf der Jacht war. Wie kam er dann überhaupt zum Jachthafen? Locke hat mir erzählt, dass das Taxi, das er vom Flughafen nahm, ihn vor einem Hotel in Flughafennähe abgesetzt hätte.«

»Er hat aber nicht dort eingecheckt«, sagte Mike.

Das hatte Locke ihr ebenfalls erzählt. »Locke meint, Jasper hätte den Taxifahrer angewiesen, ihn nicht direkt vor dem Eingang aussteigen zu lassen. Mir will nicht in den Kopf, warum.«

»Weil er von keiner Überwachungskamera erfasst werden wollte«, sagte Drex. »Er hatte irgendwo dort einen Wagen abgestellt, entweder auf dem Hotelgelände oder in der Nähe. Damit fuhr er zurück nach Isle of Palms und dort an eine vorher festgelegte Stelle am Strand. Abgelegen. Einen Bereich, wo es nach Sonnenuntergang stockdunkel sein würde, von wo er aber trotzdem zu Fuß zur Marina gelangen konnte. Dann wartete er den richtigen Zeitpunkt ab, machte sich auf den Weg und schaffte es so ungesehen an Bord der *Laney Belle*. Falls ihn jemand zufällig beobachtet hätte, was hätte er zu sehen bekommen? Einen Mann mit einer orangefarbenen Basecap, keinen Mann mit grauem Pferdeschwanz.«

»Locke sagte, Elaines Nachbarn hätten sie allein gegen halb sechs von ihrem Stadthaus wegfahren sehen. Ich nehme an, sie und Jasper hatten sich auf der Jacht verabredet.«

»Nicht unbedingt«, sagte Drex. »Vielleicht hat er sie später angerufen, ihr erzählt, dass er sich mit dir gestritten hätte, und sie gefragt, ob er auf ihre Jacht dürfte, um dort seinen Kummer und seinen Ärger zu vergessen. Irgendwas in der Art.«

»Sie hätte alles stehen und liegen lassen, um ihm beizustehen.«

»Darauf hätte er sich verlassen müssen.«

»Aber Elaine hätte bestimmt etwas dagegen gehabt, in diesem Wetter mit dem Boot hinauszufahren.«

»Jasper köderte sie mit ihrer Abenteuerlust. Oder er betörte sie. ›Bitte, Elaine. Die Meeresluft wird mir den Kopf freiblasen.‹ Und als sie dann im offenen Wasser waren, muss er sie wohl überzeugt haben, dass irgendwas kaputt sei oder dass es einen Notfall an Bord gegeben habe und sie in Gefahr seien, wenn sie nicht das Schiff nicht verlassen würden. Irgendwie überredete er sie jedenfalls, ins Beiboot zu steigen.«

»Ohne ihr Handy? Oder seins?«

»Den Punkt können wir vernachlässigen«, antwortete er nach kurzem Nachdenken. »Da wäre ihm bestimmt was eingefallen. Dass das Wetter den Empfang stören würde. Dass sie nicht mehr im Sendebereich wären. Falls sie ihn nach den Handys gefragt hätte, wäre ihm mit Leichtigkeit eine glaubhafte Antwort eingefallen. Und nachdem er sie umgebracht hat – wie, werden wir erst nach der Autopsie wissen –, schwamm er an Land.«

»In seinen Kleidern?«

»Möglicherweise. Oder aber er zog sich aus, nachdem er

Elaine losgeworden ist, und versenkte seine Sachen. In dem Auto am Strand lag sicherlich Wechselkleidung bereit. Ich würde davon ausgehen, dass diese Kleidungsstücke ganz und gar nicht nach dem Jasper aussahen, den du kennst.«

»Bis Elaine Conners Leichnam gefunden wurde«, ergänzte Gif, »war er wahrscheinlich schon längst über alle Berge.«

Talia wollte sich die Hände auf die Ohren pressen, um nicht mehr hören zu müssen. Aber sie musste es hören, sie musste es verarbeiten, musste sich darauf vorbereiten, das Unvorstellbare zu akzeptieren. »Das klingt alles durchaus plausibel. Trotzdem sind es lauter Hypothesen.«

Drex stimmte ihr mit einem Nicken zu.

»Du könntest völlig falschliegen.«

»Ja.«

»Wie kannst du dann so überzeugt Theorien spinnen, dass es genauso passiert ist?«

»Weil ich es so getan hätte.«

Ihr stockte der Atem. Sie hatte von Anfang an das Gefühl gehabt, dass mehr an Drex Easton war, als er zu erkennen gab, dass er gerissener und weit weniger entspannt war, als er vorgab, und dass sich hinter dem fröhlichen Grübchen eine düstere Seite verbarg.

Aber sie hatte falsch eingeschätzt, welche Zielstrebigkeit hinter seiner scheinbaren Oberflächlichkeit steckte. Er war ein Mann mit einer Mission. Man musste ihn für seine Entschlossenheit respektieren. Trotzdem löste sie eine unangenehme Vorahnung in ihr aus.

»Wie lange bist du schon hinter ihm her?«

»Lange.«

»Seit…?«

»Einer Ewigkeit.«

»Und du gibst keine Ruhe, bis du ihn hast, oder?«

»Ohne jeden Zweifel.«

Sie deutete auf die Akte, die zwischen ihnen auf dem Tisch lag. »Und wenn sich herausstellt, dass es nicht Jasper ist?«

»Er ist es, Talia. Er ist es.«

Sein Tonfall ließ auch daran keinen Zweifel.

Kapitel 25

»Wohin bist du vom Flughafen gefahren, Talia?«, fragte Drex.

»Nach Hause.«

»Und um zehn Uhr angekommen.«

»Ach ja?«

Mike sagte: »Ganz genau um zweiundzwanzig Uhr drei.«

»Woher wollen Sie das so genau wissen?«, fragte sie.

»Weil ich zu dem Zeitpunkt gerade ins Flugzeug steigen wollte.«

Drex übernahm die Erklärung: »Mike war in Atlanta und wartete im *Lotus* darauf, dass du mit Jasper auftauchst.«

»Damit er uns ausspionieren konnte?«

»Ja«, bestätigte er ohne jedes Schuldgefühl. »Aber als wir erfuhren, dass keiner von euch beiden in das Flugzeug gestiegen war und dass eine Leiche am Strand angespült wurde, änderten wir umgehend unsere Pläne. Gif und ich fuhren direkt zur Marina. Wir kamen gerade noch rechtzeitig an, um zu sehen, wie Elaines Leiche abtransportiert wurde. Von der Marina aus fuhren wir dann weiter zu meinem Apartment und waren gerade dabei, Mike telefonisch auf den neuesten Stand zu bringen, als du in eure Einfahrt eingebogen bist.«

»Um zweiundzwanzig Uhr drei«, wiederholte der Dicke.

Sie ignorierte ihn. »Es brannte kein Licht in deinem Apartment, als ich heimkam. Aber ihr habt natürlich kein Licht gemacht, wenn ihr mich ausspionieren wolltet, richtig?«

»Stimmt. Es spioniert sich leichter bei ausgeschaltetem Licht.«

»Mach dich nicht über mich lustig.«

»Tue ich nicht. Nichts davon ist irgendwie lustig, Talia. Willst du den Rest hören?«

Sie kämpfte ihre Gekränktheit und Wut nieder und nickte knapp.

»Gif und ich debattierten noch, wie wir weiter vorgehen sollen, als Locke und Menundez auftauchten. Der Sender war zu weit entfernt, um eure Unterhaltung zu übertragen, bis ihr schließlich in die Küche kamt. Wir konnten nicht wissen, ob sie dich nicht verhaften wollten. Inzwischen wissen wir, dass sie dich bitten wollten, die Leiche zu identifizieren.«

»Warum fängst du jetzt davon an, wenn ihr das alles längst wisst?«

»Wegen der zeitlichen Diskrepanz. Auf den Überwachungskameras ist zu sehen, wie du um sechzehn Uhr siebenundvierzig vom Flughafen wegfährst.«

»Achtundvierzig«, korrigierte Mike.

Drex sah ihn stirnrunzelnd an, wiederholte aber: »Sechzehn Uhr achtundvierzig. Wo warst du von da an bis zehn Uhr abends, Talia?«

»Was spielt das für eine Rolle?«

»Es wird für Locke und Menundez eine Rolle spielen, genau wie für jeden anderen Ermittler in diesem Fall, ob aus dem County, vom Staat oder FBI, unseren guten Bill Rudkowski eingeschlossen.«

»Es wird sogar eine entscheidende Rolle spielen, wenn Sie

sich während dieser fünf Stunden noch einmal mit Ihrem Mann getroffen hätten«, ergänzte Mike, »etwa am Strand, wo Sie eine Taschenlampe hätten schwenken können, damit er weiß, wo er an Land krabbeln muss, nachdem er sichergestellt hatte, dass Elaine Conner nicht mehr atmete.«

Talia entwickelte allmählich eine tiefe Abneigung gegen diesen Mann, und sie hoffte, dass er den giftigen Blick, mit dem sie ihn bedachte, zu deuten wusste. Sie wandte sich wieder an Drex. »Ich bin vom Flughafen aus in die Stadt gefahren.«

»Um was zu tun?«

»Herumzugehen.«

»Ein bezaubernder Abend für einen Spaziergang«, kommentierte Mike. »Im Nieselregen.«

»Ich spürte das Wetter überhaupt nicht.«

Keiner der Männer stellte das offen infrage, aber alle drei betrachteten sie mit unübersehbarem Zweifel.

»Und wo bist du spazieren gegangen?«, fragte Drex.

»Die Bay Street entlang, bevor ich in einem Restaurant eingekehrt bin. Dort blieb ich eine Weile sitzen.«

»Wieso das?«

»Ich hatte es nicht eilig, nach Hause zu kommen. Ich glaubte, dass Jasper nach Atlanta geflogen wäre.«

Die Männer sahen einander an und schienen zu dem Schluss zu kommen, dass ihre Antwort zumindest glaubhaft war, auch wenn sie nicht unbedingt wahr sein musste.

»Wo haben Sie in der Stadt geparkt?«, fragte Gif.

»Ich hatte Glück und fand in einer Nebenstraße einen freien Parkplatz.«

»Riesenglück, würde ich sagen«, murmelte Mike.

Ihr riss der Geduldsfaden. »Mir reicht es mit Ihren bissigen Kommentaren. Wenn Sie mir unterstellen wollen, ich würde lügen, dann sagen Sie es. Wenn nicht, dann hören Sie auf, ständig vor sich hin zu brummeln, in Ordnung?«

Drex tätschelte die Luft in einer »Ruhig Blut«-Geste und schlug dann vor, dass sich Mike alle Bemerkungen verkneifen sollte, die nicht sachführend seien. Er fragte Talia, wie das Restaurant hieß, und sagte es ihm.

»Der Kellner erinnert sich bestimmt an mich. Ich hatte zwei Gläser Wein und etwas zu essen bestellt. Aber mir war der Appetit vergangen, ich habe meinen Teller nicht angerührt. Der Kellner bemerkte es und fragte mich, ob es mir nicht schmecken würde. Er bot mir an, etwas anderes zu bringen. Ich lehnte ab, gab ihm ein großzügiges Trinkgeld und ging.«

»Hast du mit Kreditkarte bezahlt?«

»Ja.«

Drex wandte sich an Gif. »Gib das an Locke weiter. Seine Leute können das überprüfen.«

Gif verließ den Raum, um anzurufen. Drex sah auf die Uhr. »Menundez hat geschrieben, dass Rudkowski dich im Polizeihauptquartier befragen will.« Er sah sie an und musterte ihren Aufzug. »Du solltest ungefähr in zwanzig Minuten fertig sein, wenn Mike und Gif dich um zehn Uhr dort absetzen sollen.« Er schob seinen Stuhl zurück und stand auf.

»Kommst du nicht mit?«

»Nein.«

»Warum nicht?«

»Ich habe andere Dinge zu tun.«

Sie stand auf. »Nämlich?«

»Nämlich deinen Mann zu verfolgen, ohne dass ich von irgendwelchen Vorschriften behindert werde. Viel Glück.«

»Warte. Was passiert, wenn ich bei diesem Rudkowski bin?«

Er zuckte mit den Achseln. »Kann ich nicht sagen.«

»Aber eine Vermutung hast du schon, oder?«, erwiderte sie spitz.

»Also, vermutlich wird er dich heute den ganzen Tag abwechselnd durch die Mangel drehen und dann lange warten lassen, damit du dein Gewissen durchforsten und über deine momentane Lage nachgrübeln kannst, um eventuell etwas daran zu ändern. Sag besser kein Wort, solange kein Anwalt neben dir sitzt.«

»Du machst dir Sorgen um mich?«

»Nein, ich mache mir Sorgen, dass deine Aussage vor Gericht nicht verwertbar sein könnte, weil kein Anwalt anwesend war. Rudkowski mag so tun, als hätte ausschließlich das FBI Anspruch auf dich, aber falls Locke dich ebenfalls befragen darf, wird er den guten Bullen spielen. Menundez ist jung und will sich noch beweisen, du kannst also davon ausgehen, dass er dir härter zusetzen wird. Aber wahrscheinlich wirst du kein vertrautes Gesicht zu sehen bekommen. Außer deinem Anwalt. Ich hoffe, du hast einen guten.«

»Was ist mit ihnen?« Sie deutete auf Mike, der die Überreste der Donut-Auswahl inspizierte, und Gif, der eben zurückgekehrt war und jetzt verkündete, dass Rudkowskis Flugzeug gelandet war.

»Wir stehen alle drei nicht in Rudkowskis Gunst und wissen nicht, wie er uns das spüren lassen wird«, antwortete Drex auf ihre Frage. »Es könnte sein, dass man uns nur eins auf die Finger gibt, wir könnten auch sehr hart bestraft werden. Mike und Gif haben sich bereit erklärt, sich Rudkowskis Zorn und dem des FBI zu stellen, damit ich einen

Vorsprung bekomme, deinen dir angetrauten Gemahl aufzuspüren.«

»Der auch tot sein könnte!«

»Das ist er nicht.«

»Das kannst du nicht wissen.«

»Doch, das weiß ich. Und du weißt das auch, Talia.«

»Ich weiß gar nichts.«

»Komm schon. Du glaubst keine Sekunde lang, dass er noch da draußen im Meer paddelt und um Rettung betet. Woher wir das wissen? Sag es ihr, Gif.«

»Wenn Sie *wirklich* glauben würden, dass Ihr Mann da draußen gegen einen nassen Tod ankämpft, dann wären Sie jetzt absolut hysterisch.«

Drex kam um den Tisch und beugte sich so tief über sie, dass sie sich an der Rückenlehne ihres Stuhls einhalten musste, um nicht das Gleichgewicht zu verlieren. »Hysterisch. Von Sinnen. In Panik. Du würdest dir die Haare raufen und ständig die Küstenwache oder sonst wen beschwören, ihn zu *finden*, deinen Mann *zu retten*.« Er beugte sich über sie und ergänzte leise: »Aber du hast nichts dergleichen getan.«

Sie lehnte sich zur Seite, aber er folgte ihrer Bewegung, sodass sein Gesicht direkt vor ihrem blieb. »Als du hörtest, dass ein Mann am Ruder von Elaines Jacht gestanden hatte, und als klar war, dass ich das nicht gewesen sein konnte, stand für dich außer Frage, wer dieser Mann sein muss. Und daraus können Mike, Gif und ich und alle anderen Bullen, die an diesem Fall arbeiten, nur zwei Schlussfolgerungen ziehen: Entweder wusstest du genau, dass es Jasper war, weil ihr euch beide verschworen habt, Elaine umzubringen. Oder«, sagte er und klatschte mit der flachen Hand auf die

Akte, »du glaubst inzwischen, dass Jasper Ford die letzte Inkarnation des Mannes ist, den wir suchen. Du glaubst, dass er diese acht Frauen auf dem Gewissen hat. Jetzt neun. Er hat sich mit ihnen angefreundet, sie beraubt, sie umgebracht und danach ihre Leichen beseitigt.«

Sie schluchzte. »Ich will das nicht glauben.«

»Aber du tust es, richtig?«

Drex rührte an ihre alte, heimliche Angst, dass sie ihren Mann im Grunde kaum kannte. Auf einmal standen ihr all die Ungereimtheiten und Ungewissheiten vor Augen, die sie bis dahin abgetan, wegerklärt oder einer außerehelichen Affäre zugeschrieben hatte, wenn sie sich nicht sogar selbst die Schuld dafür gegeben hatte. Sie waren so schrecklich und so beängstigend, dass sie sich nicht damit auseinandersetzen wollte. »Was für Beweise habt ihr gegen ihn?«

»Keinen einzigen.«

»Dann …«

»Aber beantworte mir das: Glaubst du wirklich, dass man Jasper oder seine Leiche irgendwann findet? Hätte dein wasserkundiger Ehemann in einem echten Notfall ein technisch hochgerüstetes Schiff wie diese Jacht verlassen? Selbst wenn beide Handys ausgefallen wären, selbst wenn alle ausfallsicheren Systeme *dennoch* ausgefallen wären, hätte er diese Jacht garantiert nicht gegen ein verdammtes Beiboot getauscht. Erwartest du also allen Ernstes, dass er halb ertrunken und blau gefroren durch diese Tür getaumelt kommt, dich in die Arme schließt und dir von seinem grauenvollen Erlebnis erzählt? Nein. Tust du nicht. Du machst auf keinen von uns den Eindruck einer bekümmerten Ehefrau, die verzweifelt darauf wartet, dass ihr vermisster und in Lebensgefahr schwebender Gemahl heimkehrt.« Er pikte mit dem

Zeigefinger in die Luft zwischen ihnen. »Er ist mit Elaine hinausgefahren, weil er sie umbringen wollte. Und genau das hat er getan. Du kannst das abstreiten, bis die Hölle gefriert, aber du weißt das so gut wie wir.«

Gepeinigt von ihren eigenen Zweifeln, sank sie unter dem Gewicht seiner grauenvollen Anschuldigungen in ihrem Stuhl zusammen und schloss die Hände um die Ellbogen.

Ihre ausbleibende Reaktion und ihre selbstschützende Körpersprache sprachen in Drex' Augen Bände. Jetzt war der Zeitpunkt gekommen, die Daumenschrauben anzusetzen, also sagte er zu Gif: »Ruf im PD an. Halte sie irgendwie hin.«

»Und wie?«

»Scheiße, weiß ich doch nicht. Versuch, Locke an den Apparat zu bekommen. Er hat ein weiches Herz. Sag ihm, sie fühlt sich nicht wohl, wir bekommen sie nicht aus dem Bad, was weiß ich. Sag ihm, er soll Rudkowski beruhigen. Sag ihm, wir bringen sie in Kürze. Später. In spätestens einer Stunde.«

»Wird es spätestens eine Stunde?«

»Das wird sich zeigen.«

Gif ging aus der Küche, um anzurufen. Drex deutete auf den Karton mit Donuts und sagte zu Mike: »Bring die zu den Polizisten vor dem Haus.«

»Ich hab ihnen schon einen Karton mitgebracht, als ich die hier gekauft hab.«

»Dann frag sie, ob sie auf die Toilette müssen. Oder was trinken wollen. Sag ihnen, Mrs. Ford sei momentan indisponiert, aber wir würden sie bearbeiten.«

»Rudkowski wird nicht lange still zuschauen.«

»Mrs. Ford auch nicht, wenn sie weiß, was gut für sie ist.«

Die letzte Bemerkung rüttelte sie wieder auf. Sie streckte die hängenden Schultern durch und sah zu ihm auf.

»Sie stehen schon in den Startblöcken, um dich zu befragen. Und mach dir nichts vor, genau das erwartet dich heute. Eine einzige lange, zermürbende Befragung. Ich würde dir raten, dir genau zu überlegen, was du ihnen erzählen wirst.«

»Ich brauche Zeit …«

»Die hattest du, Talia. Gestern Abend habe ich dir Zeit gegeben. Jetzt ist sie abgelaufen.«

»Du musst mir erlauben, all das zu verarbeiten. Bitte.«

Drex dachte kurz nach und sagte dann zu Mike: »Erkauf mir bei den Leuten draußen ein paar Minuten.«

Mike kommentierte das mit einem finsteren, wortlosen Schnauben und verschwand dann durch die Tür zur Garage. Sie hörten, wie das Tor hochgefahren wurde. Drex setzte sich wieder an den Tisch. Er starrte sie an, bis sie unruhig wurde. »Was ist?«

»Deine Minuten laufen.«

Sie hob in einer hilflosen Geste die Hände. »Es ist so viel auf einmal.« Sie sah auf die Akte. »Und so grässlich. Ich weiß nicht, wo ich anfangen soll.«

Er stand auf und zog seinen Stuhl neben ihren. Dann setzte er sich verkehrt herum darauf, sodass sie sich ins Gesicht sahen. Er blickte ihr tief in die Augen und wartete ab. Wartete noch länger ab und sagte dann: »Es wird dich nicht überraschen. Ich wollte dich, seit ich dich das erste Mal sah.«

Ihre Lippen öffneten sich, doch kein Ton kam heraus.

»Als wir auf Elaines Jacht allein an Deck waren, habe ich dich angestarrt, das stimmt. Oberflächlich haben wir höflich geplaudert, aber in meiner Fantasie hat sich deine Kleidung Schicht um Schicht in Luft aufgelöst, und ich sah dich nackt in einem ungemachten Bett liegen. Ich weiß beim besten Willen nicht, wie ich es geschafft habe, bei deinem Überraschungsbesuch in meinem Apartment die Finger von dir zu lassen. Ich habe mir nur gestattet, dein Gesicht zu berühren, und schon das war pure Folter. Ich schmecke immer noch diesen Kuss, deinen Mund. Ich will alles an dir schmecken. Ich will…« Er verstummte, senkte den Kopf und erklärte rau: »Ich will dich ganz und gar.« Dann hob er den Kopf wieder und sagte leise, aber eindringlich: »Aber wenn du mir jetzt irgendwelche beschissenen Lügen auftischst, werde ich dafür sorgen, dass du für lange, lange Zeit im Gefängnis verschwindest.«

Sie schluckte und erklärte schwach: »Alles, was ich dir erzählt habe, ist die Wahrheit. Ehrenwort. Wie Jasper – ich kenne ihn unter keinem anderen Namen. Wie wir uns kennengelernt haben, und alles andere auch ist wahr, Drex. Elaine war meine Freundin. Genau wie Marian. Wie kannst du nur glauben, dass ich…« Sie musste wieder schlucken, fing sich dann und sah ihm mit einer Spur von Trotz ins Gesicht. »Vielleicht habe ich bei ein paar Nebensächlichkeiten geschwindelt, aber ich bin keine Kriminelle. Ich habe mich nie mit jemandem verbündet, um anderen zu schaden.«

»Okay. Okay. Dann bleibt immer noch das: Der Mann, mit dem du verheiratet bist, ist ein Serienmörder. Ich bin seit Jahren hinter ihm her, ich bin in sein krankes Hirn gekrochen, ich habe mich darin festgesetzt, und es ist ein höllisches, diabolisches Verlies. Ich verabscheue es. Ich hasse es. Ich will nicht bis an mein Lebensende in seinem abgefuckten Kopf leben. Bis ich nebenan eingezogen und ihm persönlich begegnet bin, war dieser Mann nichts als ein Phantom. Dunst. Diffus wie ein Nebelschleier und genauso unmöglich einzufangen. Ich hatte Angst, dass ich ihn nie zu fassen bekommen würde. Aber jetzt weiß ich, dass er ein Mensch ist.« Er hob die Hand und ballte sie zu einer festen Faust. »Er ist aus Fleisch und Blut. Er isst und trinkt. Er steigt wie jeder andere erst mit dem einen, dann mit dem anderen Bein in die Hose. Er schwitzt. Er ist real, und er lebt unter uns. Ich kann ihn berühren, und ich werde ihn kriegen.« Er hielt kurz inne und holte tief Luft. »Wo könnte er sein, Talia?«

»Ich weiß es nicht. Ehrenwort.«

»Sein Heimatort?«

»Er behauptet, er hätte keinen. Er hat mir erzählt, seine Eltern wären Wanderarbeiter gewesen.«

»Wo?«

»In Südkalifornien, würde ich sagen. Aber ich weiß nicht mehr, ob er mir das erzählt hat oder ob ich mir das zusammengereimt habe.«

»Wie hießen seine Eltern?«

»Er redete grundsätzlich nicht über sie. Er sagte, er hätte sich von seinen Wurzeln gelöst und würde die Vergangenheit nicht aufleben lassen wollen. Nie wieder. Und außerdem seien beide schon tot.«

»Keine anderen Verwandten?«

»Nein.«

»Alte Freunde?«

»Nein.«

»Wie praktisch.« Er hatte nichts anderes erwartet. »Hat er von vergangenen Beziehungen oder Ehen erzählt?«

»Er war einmal verheiratet, vor langer Zeit. Sie ist gestorben.«

»Sie ist gestorben, das stimmt, aber er hat sie umgebracht. Sie hieß Lyndsay Cummings.«

Talia sah auf die Akte. »Sie war die Erste der acht?«

»Die Erste, von der wir wissen.« Er wischte mit dem Zeigefinger über seine feuchte Oberlippe. »Hat er je von ihr und seiner Ehe erzählt?«

»Er sagte, die Erinnerungen seien zu schmerzhaft.«

»Glaube ich gern.«

Sie legte die Hand flach auf die Akte und sah darauf. »Es wurde nie eine Leiche gefunden, Drex.«

»Das heißt nicht, dass sie nicht umgebracht wurden. Es heißt nur, dass wir keine forensischen Beweise haben, durch die wir eine Verbindung von einer verschwundenen Frau zur nächsten und von dort aus zur übernächsten ziehen können, bis wir ein Muster erkennen, das uns irgendwann zu einem Individuum führt. Aber das hat sich mit Marian Harris geändert.«

Sie presste die Fingerspitzen gegen ihre Lippen. »Das kann er nicht getan haben.«

Er widersprach nicht, aber ihr war eine kurze Atempause vergönnt, als Gif zurückkehrte. »Schöne Grüße von Rudkowski. Wenn wir die Hauptzeugin nicht innerhalb einer halben Stunde übergeben haben, kommt er sie holen, sagt er, und dann gnade uns Gott.«

»Scheiße!«

»Locke hält bei ihm Händchen, aber du kennst Rudkowski. Wo ist Mike?«

»Der hält Händchen bei den Streifenbeamten draußen.«

»Wie lange willst du noch warten, Drex?«

»Noch fünf Minuten.«

Gif sah erst ihn, dann Talia an, begutachtete das Sitzarrangement und kam offenbar zu dem Schluss, dass Drex gerade mit maximalem Druck arbeitete. »Ich schaue mal nach, ob ich Mike Beistand leisten kann«, sagte Gif noch, dann verschwand er ebenfalls durch die Tür zur Garage.

»Du hast es gehört«, sagte Drex. »Du hast fünf Minuten. Also denk schnell nach. Was hat Jasper mit in die Ehe gebracht?«

»Verzeihung?«

»An Besitz, Talia.«

»Ich verstehe nicht, was die Frage soll.«

»Die Männer, deren Profil ich untersuche, sind Soziopathen, und die haben bestimmte Eigenschaften. Gewissenlosigkeit. Verachtung für alle Regeln. Sie neigen zur Selbstüberschätzung und haben ein aufgeblasenes Ego.«

»Ich habe gestern Abend gehört, wie du den Detectives diese Beschreibung gegeben hast.«

Er nickte. »Außerdem sind sie zwanghafte Sammler.«

»Sammler?«

»Sie nehmen Souvenirs.«

Er beobachtete ihre Miene, während sie zu erfassen versuchte, was er da sagte. Ihr Blick senkte sich auf die Akte. »Und was hat gefehlt?«

»Das wissen wir nicht, und genau das ist so frustrierend. Weder hatten zwei Frauen den gleichen Körperbau, noch hatten sie übereinstimmende Merkmale wie blaue Augen, schiefe Zähne, lange Haare, kurze Haare, Schönheitsflecken. Sie waren äußerlich völlig unterschiedlich und führten ihr Leben auf unterschiedliche Weise. Sie hatten auch keine gemeinsamen Hobbys. Es gab überhaupt keine Übereinstimmungen bis auf ihre gut gefüllten Bankkonten, die nur Tage nach ihrem Verschwinden geleert waren. Er könnte Schließfachschlüssel sammeln, Kugelschreiber, Haarlocken, Fingernägel. Wir wissen es nicht. Aber ich würde meinen gesamten Lohn darauf verwetten, dass er ihnen irgendwas abnimmt. Und aufbewahrt. Und es irgendwann herausholt, um damit zu spielen. Oder sich vielleicht davor einen runterzuholen.«

Sie sah ihn angewidert an.

»Gibt es irgendwo einen Safe, einen fest verschlossenen Karton mit Privatsachen, eine Werkzeugkiste, Köderkiste, irgendwas, das du nicht öffnen solltest?«

Sie schüttelte den Kopf, noch bevor er fertig war. »Er hat mir erzählt, er hätte alles verkauft, bevor er nach Savannah gezogen war.«

»Von Florida aus.«

»Er sagte, von Minnesota aus. Er erzählte mir, er bräuchte keine warme Kleidung, keine Wintersachen mehr und hätte darum alles verkauft.«

»Eine Lüge, auch wenn es logisch klingt. Aber besaß er wirklich gar nichts Persönliches? Fotos? Erinnerungsstücke? Eine Briefmarkensammlung? Münzen? Eine Zigarrenkiste voller Postkarten?«

»Nichts, Drex.«

Er sah auf seine Uhr. »*Denk nach*, Talia.«

»Er hatte sein Auto, seine Anziehsachen, ein paar Kochbücher.«

Er sprang auf. »Wo sind sie?«

»Es sind *Kochbücher*.«

»Wo sind sie?«

Doch noch bevor er die Frage wiederholt hatte, war ihm das Fach über dem Herd eingefallen. Er ging hin und zog aufs Geratewohl ein Buch heraus. Es war eine zwei Jahre alte Ausgabe mit Hochglanz-Einband. Der Rücken war noch fest verleimt. Die Seiten waren so neu und unberührt, dass einige davon zusammenklebten. Er machte eine Bemerkung darüber, wie neu es war.

»Als wir uns kennenlernten, hatte er sich gerade erst zum Gourmet gewandelt«, sagte sie. »Das wurde erst zu seinem Hobby, als er sich zur Ruhe setzte.«

»Bücher sind gute Verstecke. Ich lasse Gif einen Blick hineinwerfen.« Sie schien protestieren zu wollen, doch er fragte scharf: »*Willst* du, dass er erwischt wird, Talia?«

Nachdenklich blieb ihr Blick auf der Akte liegen, dann sah sie wieder zu ihm auf. »Wenn er das getan hat, was du ihm unterstellst, dann ja, natürlich. Diese Frauen haben Gerechtigkeit verdient.«

Er sagte nichts und sah sie nur an.

»Du nimmst mir das nicht ab?«

»Du hast ihn geheiratet, Talia, und alles mit ihm geteilt, was mit der Institution der Ehe verbunden ist. Ich glaube, du wirst Rudkowski und die anderen nur schwer überzeugen können, dass du kein einziges Mal das Gefühl hattest, mit deinem Mann würde irgendwas nicht stimmen.«

»Ich hatte das Gefühl, dass er Geheimnisse hat«, gestand sie leise und zögernd. »In jüngster Zeit mehr als anfangs. Ich dachte, er hätte eine Affäre.«

»Hast du ihm das schon einmal vor gestern Abend vorgeworfen?«

»Nein.«

»Mit diesem Vorwurf hast du dich verraten. Du kannst von Glück reden, dass er es erst auf Elaine abgesehen hatte. Als ich hierher nach South Carolina gereist kam, dachte ich, ich käme herbeigeeilt, um *dich* zu retten. Du bist reich. Wir dachten alle, dass du die Nächste sein solltest. Aber das warst du nicht.«

»Du klingst enttäuscht.«

»Nein, aber du sollst verstehen, was das für dich heißt. Falls die Behörden seine Leiche nicht finden werden, und das werden sie nicht, dann werden sie dich im Auge behalten. Sie werden dich vielleicht nicht als Verdächtige einstufen, aber sie werden immer Zweifel hegen, wie viel du gewusst oder nicht gewusst hast, ob du mit ihm zusammengearbeitet oder auch nur still zugesehen hast.«

»Das habe ich nicht!«

»Okay.«

»Du glaubst mir nicht!«, rief sie aus. »Was muss ich tun, um zu beweisen, dass ich unschuldig bin?«

»Sterben.«

Sprachlos über seine unverblümte Antwort sackte sie gegen die Rückenlehne und sah ihn an.

»Erst wenn du irgendwann tot aufgefunden wirst, werden die Behörden überzeugt sein, dass er dich umgebracht hat, um dich zum Schweigen zu bringen, ob du nun unschuldig warst oder nicht. Wenn du unbeschadet weiterlebst, wird immer ein Fragezeichen hinter deinem Namen stehen.«

Sie schaute sich um, nahm den Raum unter verschiedenen Blickwinkeln wahr, so als wäre sie plötzlich in unbekanntem Territorium gelandet. Als sie ihn wieder ansah, sagte sie: »Gestern Abend ist mir das klar geworden, auch wenn ich es nicht wahrhaben wollte.«

»Was klar geworden?«

»Dass ich mein Leben nie wieder so leben werde wie zuvor, ganz gleich, wie das hier endet. Oder?« Er sagte nichts, aber sie hatte verstanden. Sie nickte, richtete sich auf und fragte: »Werden sie mich verhaften?«

»Das weiß ich nicht.«

»Und wenn es nach dir ginge?«

»Das geht es nicht. Nicht allein.«

»Und wenn es doch nach dir ginge? Ganz allein?«

»Dann wäre es mir lieber, wenn du uns bei den Ermittlungen unterstützen würdest. Ich würde auf deine Einschätzungen, deinen Instinkt, deine Erinnerungen, deine bedingungslose Hilfe zurückgreifen wollen, bis wir ihn haben.«

»Und wenn ich meine bedingungslose Hilfe anbieten würde?«

»Damit würdest du ordentlich Eindruck bei ihnen machen.«

Sie sah auf ihre Hände, die in ihrem Schoß ruhten. »Du bist gut in so was, wie?«

»In was?«

»Manipulation. Die Menschen deinem Willen zu beugen.«

»Ja. Sehr gut sogar. Aber ich versuche nicht, dich zu manipulieren. Ich sage dir nur, wie es ist.«

»Warum sollte ich mich darauf verlassen, dass das stimmt?«

Ihm fiel auf die Schnelle keine Antwort ein. »Die Uhr tickt, Talia.«

Sie sah ihn flehend an. »Gehörst du zu den Guten?«

»Ich könnte dir beteuern, dass ich es tue. Ich könnte dir mein Ehrenwort darauf geben. Ich könnte es bei meinem Leben und auf einen ganzen Stapel Bibeln schwören. Aber du wärst verrückt, wenn du dich auf mein bloßes Wort verlassen würdest.«

»Welche Bedeutung hatte Weston Graham für dich?«

Die Frage traf ihn so unvermutet, dass er sofort antwortete. »Nicht hatte, sondern *hat*.«

»Welche Bedeutung hat er für dich?«

»Er ist der Mann, der meine Mutter getötet hat. Lyndsay Cummings.«

Sie sah ihn in stummem Entsetzen an.

Er ließ seine Worte wirken, ehe er anfügte: »Darum bin ich hinter ihm her, Talia. Ich will ihn in der Hölle schmoren sehen. Und dabei interessiert es mich einen feuchten Dreck, ob mich das zu einem von den Guten oder von den Bösen macht.«

Er spürte, wie die Sekunden vergingen, während sie ihm in die Augen sah.

»Ich werde ihnen meine bedingungslose Hilfe anbieten«, sagte sie schließlich.

Er stemmte sich aus seinem Stuhl hoch. »Das wird sie bestimmt freuen.«

»Ich biete sie aber nicht denen an. Sondern dir.«

Mike, Gif und die zwei jungen Polizisten kletterten nacheinander die Außentreppe zum Apartment hoch. Die Streifenpolizisten gingen erst auf die Toilette, dann wurden sie von Mike und Gif mit Wasserflaschen aus dem Kühlschrank versorgt. Sie durchstöberten die Küchenschränke und stießen auf eine ungeöffnete Packung mit Erdnussbutter-Keksen, die beide Polizisten dankbar entgegennahmen. Zu viert kamen sie nacheinander die Treppe wieder herunter. Mike und Gif schickten die Polizisten mit einem Wink zu ihrem Streifenwagen und gingen zum Haus.

Während sie über den Rasen auf das Haus der Fords zugingen, bewunderte Gif die Rückfront. »Nette Hütte, oder? Da hinterfragt man doch seine Berufswahl.«

»Ich nicht. So viel Rasen zu mähen? Nein danke.«

»Hast du auch nur einen Funken ästhetischen Ehrgeiz, Mike?«

Er überlegte. »Ich mag es, wenn mein Hacksteak mit frischer Petersilie garniert ist.«

Gif lachte, aber als sie sich der mit Fliegendraht abgeschirmten Veranda näherten, fragte er mit gesenkter Stimme: »Worüber sie wohl reden?«

»Er versucht so viele Informationen wie nur möglich aus ihr rauszuquetschen, bevor sie sich einen Anwalt nimmt.«

»Du glaubst, sie steckt mit drin, oder?«

»Ob sie nun drinsteckt oder nicht, sie ist gefährlich.«

»Wieso das?«

»Für Drex«, grummelte Mike. »Sein Kopf steckt unter ihrem Rock. Das raubt jedem Mann den Verstand.«

»Was das angeht, sollten wir auf die Bremse treten, finde ich.«

Mike blieb stehen und drehte sich zu ihm um. »Auf die Bremse treten?«

»Ihm keinen Druck mehr machen.«

»So tun, als würden wir nichts merken, wenn er sie vögelt?«

»Genau, Mike. Das geht uns nichts an.«

»Wieso auf einmal?«

»Weil er sie bis jetzt noch nicht gevögelt hat. Hast du schon mal erlebt, dass er das nicht getan hat, obwohl er es wollte?«

Mike begriff, was Gifs Antwort unterschwellig aussagte, bekundete mit einem Grunzen seine Verachtung für die Schwäche des gesamten Menschengeschlechts seit Adams Sündenfall und ging dann kommentarlos weiter.

Sie traten durch die Hintertür ein. Die Küche war leer. Sie sahen sich an.

»Drex?«, rief Gif.

Der Name hallte durchs Haus. Mike schubste Gif beiseite und eilte, so schnell es sein Watschelgang erlaubte, erst ins Ess- und dann ins Wohnzimmer. »Schau oben nach.«

Gif rannte die Treppe hinauf. Er warf einen Blick in ein – leeres – Zimmer nach dem anderen, dann kam er wieder herunter und sah kopfschüttelnd Mike an, der währenddessen alle Räume im Erdgeschoss inspiziert hatte. »Verflucht!«, keuchte er pfeifend. »Das ist doch ein beschissener Fluch, ständig recht zu haben.«

Gif schob sich an ihm vorbei. »Was ist das?«

Auf dem Esstisch lag ein Kochbuch mit einer Notiz in Drex' Handschrift. Gif las sie laut vor. »Durchsucht alle Kochbücher. Versteck für Souvenirs?«

Neben dem Kochbuch lag ein brauner Umschlag mit Messingklammer, auf den Drex geschrieben hatte: *Meinen Glückwunsch, Special Agent Rudkowski. Ihr Herzenswunsch wurde erfüllt.*

Mike und Gif sahen sich erschrocken an. Gif löste die Klammer und schüttelte den Inhalt aus dem Umschlag.

Es war die Mappe mit Drex' Marke und Dienstausweis.

Ein Blatt aus einem Notizblock flatterte hinterher. Darauf stand: *PS Die Waffe und das Mädchen behalte ich.*

Kapitel 26

»Seine *Kündigung?*«, rief Locke.

Gif und Mike setzten den Detective, der ein gewissenhafter Polizist und durch und durch netter Mensch zu sein schien, nur ungern von der neuesten Wendung in Kenntnis. Sie hatten geahnt, dass er fassungslos reagieren würde. Genau wie sie.

»Das ist noch nicht alles«, meinte Gif. Dann las er die letzte Zeile in Drex' Nachricht vor.

»Soll das heißen, dass er verschwunden ist und Mrs. Ford mitgenommen hat?«

»Sieht so aus.«

»Die beiden haben sich einfach aus dem Staub gemacht?«

»Sieht so aus.«

»Wohin können sie verschwunden sein?«

»Das wissen wir genauso wenig wie Sie«, sagte Gif. »Als wir sie zuletzt gesehen haben, hat er versucht, sie weichzukochen, und ich glaube, dass er dabei Fortschritte machte. Vielleicht dachte er, wenn er sie für sich allein hat...«

»Er hat jedes Recht darauf verwirkt, als er seine Marke abgenommen hat. Welches Auto haben sie genommen?«

»Keins. Alle vier sind noch da. Das von ihr, das von ihrem Mann, das von Drex und meines.«

»Sie sind zu Fuß los?«

»Wenn ihnen keine Flügel gewachsen sind.«

»Wie in aller Welt haben sie das gemacht? Und *warum?*«

»Es gibt bestimmt eine logische Erklärung.«

»Die gibt es«, bestätigte Locke und klang dabei ärger-licher, als Gif und Mike ihn bisher erlebt hatten. »Entweder hat Easton eine wichtige Zeugin einer polizeilichen Befra-gung entzogen, weil sie ihn darum gebeten hat, oder er hat sie entführt, und ich tendiere zu Letzterem.«

»Drex hätte sie bestimmt nicht gezwungen oder erpresst, mit ihm zu gehen. Da bin ich sicher.« Gif sah Mike an, der diese Beteuerung mit einem vielsagenden Blick kommen-tierte, und Gif schränkte ein: »Fast sicher.«

»Gestern Abend hatte diese Frau noch Angst vor ihm«, wandte Locke ein.

»Da fürchtete sie sich vor uns allen, nicht nur vor Drex.« Gif behielt für sich, dass Drex eine halbe Stunde mit ihr allein im Schlafzimmer gewesen war. »Aber er hat ihr deut-lich gemacht, dass sie vor allem Angst vor ihrem verschwun-denen Mann haben sollte.«

Locke seufzte schwer. »Was das angeht, hat Easton recht, fürchte ich. Der Gerichtsmediziner hat nach der Obduktion Elaines Tod als Mord eingestuft. Sie ist nicht ertrunken; sie wurde erdrosselt.«

Gif nahm die Neuigkeit kommentarlos hin. Mike murmelte eine Salve von obszönen Flüchen. Keinem von beiden gefiel, dass sie genau dieses Schicksal prophezeit hatten.

»Ich hatte gerade das Handy in die Hand genommen, um dieses Update an Easton weiterzugeben«, sagte Locke, »als Sie anriefen. Wir wissen nicht, ob Jasper Ford der Täter …«

»Doch.«

»Die Suchaktion läuft immer noch.«

»Sie werden ihn nicht finden.«

»Also, erst einmal muss ich seine Frau auftreiben«, erwiderte Locke scharf. »Sie ist die Hauptzeugin bei unseren Ermittlungen. Geben Sie die neueste Info an Easton weiter. Irgendwann muss er zu Sinnen kommen und sie zurückbringen, bevor noch jemandem auffällt, dass sie beide verschwunden sind.«

»Wir haben schon Dutzende Male auf seinem Handy angerufen«, sagte Gif. »Er antwortet nicht.«

»Haben Sie Mrs. Fords Nummer? Falls nicht, habe ich sie. Ich werde sie anrufen.«

»Das wird zu nichts führen. Wir haben es schon versucht. Ihr Handy ist abgeschaltet.«

»Bestimmt hat er den Akku herausgenommen, damit wir sie nicht orten können.«

»Höchstwahrscheinlich.«

»Ein unschuldiger Mensch tut so etwas nicht, Agent Lewis.«

»Ein unschuldiger Mensch würde so etwas durchaus tun, wenn er Angst vor einem schuldigen Menschen hätte. Solange wir ihr Handy nicht orten können, kann Ford es auch nicht. Für uns, und für Drex, gilt Ford nicht als *vermisst*. Er ist *auf freiem Fuß*. Die unterschiedliche Terminologie ist entscheidend.«

»Es wurde noch nicht zweifelsfrei bewiesen, dass er der Mann auf der Jacht war.«

»Wer hätte es sonst sein können?«

»Jeder.«

»Das glauben Sie selbst nicht. Fingerabdrücke?«

»Wir haben welche vom Steuerruder abgenommen. Aber selbst, falls sie mit denen von Ford übereinstimmen sollten, hat er das Boot schon oft gesteuert. Der Circuit Solicitor würde sich damit nicht zufriedengeben.«

»Wer?«, fragte Gif.

»Der Staatsanwalt, so werden die in South Carolina genannt«, erläuterte Mike. Er hatte über Lautsprecher mitgehört, aber bis dahin nichts gesagt. »Locke, falls Sie für die Anklage mehr über Ford brauchen, dann besorgen Sie sich eine Genehmigung, sein Haus von oben bis unten auseinanderzunehmen.«

»Das haben wir versucht«, sagte Locke. »Der Richter wollte keinen Durchsuchungsbefehl ausstellen. Ford wurde noch nicht eindeutig als der Mann auf der Jacht identifiziert. Mrs. Fords Alibi wurde überprüft. Der Kellner erinnert sich an sie, genau wie sie gesagt hat. Es liegt kein Verdachtsmoment gegen sie vor. Aber vielleicht kann ich mich jetzt, wo sie abgetaucht ist, noch mal an den Richter wenden. Druck machen.«

Locke selbst spürte bereits zusätzlichen Druck nach dieser neuen Wendung in Sachen Talia, das merkte Gif ihm an. Das Department würde ihm die Hölle heißmachen, weil er eine Hauptzeugin und mögliche Verdächtige hatte entwischen lassen.

Und Rudkowski würde in die Luft gehen. Er würde beschwichtigt werden müssen, und nichts würde ihn beschwichtigen können, außer Drex' Kopf auf einem Silbertablett.

Vor allem aber konnte Locke bestimmt kaum begreifen, wieso Drex das getan hatte, denn dem Detective musste diese Lösung absolut abwegig erscheinen. Sie fügte sich weder in seinen professionellen Kodex, noch entsprach sie den Regeln guter Polizeiarbeit.

Gif hatte Mitleid mit ihm. »Hören Sie, Detective. Drex will Ihnen keinen üblen Streich spielen, selbst wenn es so aussieht. Ich garantiere Ihnen, dass er Ihnen das irgendwie kompensieren wird. Menundez auch. Glauben Sie mir, er hätte seine Marke nicht abgegeben, wenn er nicht überzeugt gewesen wäre, dass dies die beste, vielleicht einzige Lösung ist, die ihm bleibt. Etwas hat ihn dazu getrieben, Talia von hier wegzubringen, sonst hätte er das nicht getan. Machen Sie nicht den Fehler, ihm unlautere Motive zu unterstellen oder an seiner Entschlossenheit zu zweifeln, jenen Serienmörder zu fassen, dessen Profil wir Ihnen gestern Abend aufgezeigt haben. Drex war noch nie so nah an ihm dran, und er will diese Chance um jeden Preis nutzen. Er setzt alles auf diese eine Karte. Er wird alles tun, um ihn zu fassen, selbst wenn das seinen eigenen Untergang bedeutet.«

Widerstrebend, aber mit widerwilligem Respekt erwiderte der Detective: »Das habe ich alles gespürt. Der Mann lebt dafür. Aber Sie arbeiten schon lange mit ihm zusammen. Ich habe ihn eben erst kennengelernt. Ist er schon mal so aus der Reihe getanzt?«

Gif sah Mike an, der mit den Achseln zuckte, als wollte er sagen, dass Locke früher oder später ohnehin von Drex' Umtrieben erfahren würde. »Agent Rudkowski wird Ihnen das bestimmt nur zu gern erzählen.«

»Ich werde ihm diese neue Entwicklung erläutern, während wir zu Ihnen fahren.«

Gif stockte. »Sie kommen hierher?«

»Rudkowski hatte ohnehin beschlossen, dass er nicht abwarten will, bis Easton Mrs. Ford hier abliefert. Er wollte zu ihrem Haus fahren und sie dort befragen. Wenn ich ihm das hier erzähle…«

»Gehen Sie in Deckung, wenn Sie es ihm sagen«, warnte Mike ihn.

»…wird er die Suche nach ihr dort beginnen wollen, wo sie zuletzt gesehen wurde. Wie wird er auf Eastons Kündigung reagieren?«

»Hocherfreut. Und er wird ihn dafür umbringen wollen, dass er diese Nummer abgezogen hat. Ich bin froh, dass Sie ihm das erzählen müssen und nicht ich. Viel Glück. Wir sehen Sie, wenn Sie hier ankommen.« Gif legte auf.

»Armer Mann.«

Mike stand mit dem Rücken zum Zimmer und schaute aus dem Fenster auf die Straße. »Hat dieser Hurensohn also noch ein Opfer gefunden.«

»Nummer neun.«

»Scheiße, Gif.«

Er seufzte. »Ja. Und wir haben keine Ahnung, wie viele uns entgangen sind.«

»Ich will gar nicht darüber nachdenken.«

»Ich schicke Drex eine Nachricht, zu welchem Ergebnis der Gerichtsmediziner gekommen ist. Es wird ihn kaum überraschen. Er wusste schon Bescheid.« Er schickte die Nachricht an die letzte Handynummer, die er von Drex hatte, auch wenn er nicht wusste, ob es dieses Handy überhaupt noch gab.

Die Neuigkeiten über Elaine Conner legten sich über ihn und Mike wie ein schwerer Schatten. Beide schwiegen lange, bis Mike sein typisches verächtliches Schnauben hören ließ. »Die beiden Polizisten durchsuchen gerade das Dickicht auf der anderen Straßenseite.« Sie hatten die beiden jungen Streifenpolizisten, die das Haus bewacht hatten, gebeten, die unmittelbare Nachbarschaft nach Hinweisen auf Drex und Talia abzusuchen. »Glauben die ernsthaft, die zwei hätten sich im Gebüsch versteckt?«

Es war eine rhetorische Frage, die Gif keiner Antwort würdigte. Mike wandte sich vom Fenster ab und stellte die nächste. »Wie zur Hölle konnten sie in so kurzer Zeit zu Fuß verschwinden? Selbst für Drex war das aalglatt.«

»Sie kennt die Nachbarschaft, und du kannst deinen Arsch darauf verwetten, dass er sich die Gegend in seiner Zeit hier eingeprägt hat. Neulich Nacht ist er zu meinem Motel gelangt, indem er erst zu einem Minimarkt gejoggt ist und von dort ein Taxi genommen hat. Am nächsten Morgen habe ich ihn dort wieder abgesetzt.«

»Sollen wir mal rüberfahren und nachschauen?«

»Er würde bestimmt nicht denselben Ort zum Abholen wählen, und ich bezweifle, dass er zweimal dieselbe Methode wählt.«

»Glaube ich auch nicht«, sagte Mike. »Ich hab's nur vorgeschlagen, weil mir sonst nichts einfällt.«

Gif überdachte die Lage. »Als ich durch die Küche ging, waren sie immer noch ins Gespräch vertieft.«

»War sie da noch im Pyjama?«

»Ja, aber sie hatten gute zehn, zwölf Minuten, nachdem ich zu dir gestoßen war«, sagte Gif.

»Genug Zeit, um die Biege zu machen, während wir nebenan gewartet haben, bis die Bullen ausgepinkelt hatten, und ihnen Erdnusskekse serviert haben. Jesus«, machte Mike sich über seine eigene Leichtgläubigkeit lustig. »Wie hat er dich beschwatzt, ihn mit ihr allein zu lassen?«

»Gar nicht. Ich habe von mir aus erklärt, dass ich nach dir sehen würde.«

»Du hast nur gedacht, dass du das von dir aus erklärt hast«, sagte Mike. »Du wurdest manipuliert.«

Gif reagierte mit einem grimmigen Lächeln. »Und dabei

hat er mir erst gestern Abend erklärt, dass wir zu schlau für ihn wären.«

»Heute Morgen waren wir es definitiv nicht.«

»Das macht mir ein bisschen Sorgen.« Gif kratzte sich nachdenklich die gefurchte Stirn. »Diesmal war er womöglich zu schlau für sich selbst.«

»Das macht mir auch Sorgen«, sagte Mike. »Ich hab dir doch erklärt, dass die Frau Drex das Hirn vernebelt. Er ist mit ihr weiß der Himmel wohin verschwunden, und glaub mir, das wird zu nichts Gutem führen. Und nicht nur das, er hat uns Rudkowski zum Fraß vorgeworfen.«

Gifs Blick landete auf dem Kochbuch, das immer noch auf dem Esstisch lag. »Und er hat uns eine Aufgabe hinterlassen.«

Der an Rudkowski adressierte Umschlag lag auf dem Esstisch für ihn bereit. Die höhnische Nachricht von Drex in zwei Fingern haltend, fixierte er zornig die beiden jungen Polizisten, die nachts Wache gehalten hatten.

»Wo sind sie?«

Sein Bellen ließ den einen Polizisten zusammenzucken. »Das wissen wir nicht, Sir. Wir haben die ganze Nachbarschaft abgegrast. Eine Lady weiter unten an der Straße kennt Mrs. Ford, aber sie…«

»Nicht die beiden«, schnauzte Rudkowski ihn an. »Mallory und Lewis.«

»Ach so. Die sind weg. Ungefähr…« Der Polizist sah seinen Partner an, der ergänzte: »Vor zwanzig Minuten. Ungefähr.«

Rudkowski sah Locke an. »Sie haben den beiden gesagt, dass wir auf dem Weg hierher sind?«

»Lewis sagte, sie würden uns hier erwarten.«

Rudkowski ging einmal im Kreis und hielt verkrampft sein Temperament unter Kontrolle. Als er wieder vor den jungen Polizisten zu stehen kam, fragte er: »Haben sie zufällig gesagt, wohin sie wollten?«

»Sich mit Ihnen treffen.«

»In welchem Auto sind sie weggefahren?«

»Es muss das von Lewis gewesen sein. Er saß am Steuer.«

»Haben Sie sich vielleicht das Kennzeichen gemerkt?«

»Nein, Sir, a-aber warum sollten wir das tun?«

Menundez trat dazwischen. »Das ist bestimmt nur ein Missverständnis.«

Rudkowskis Blutdruck schoss nach oben. »Glauben Sie wirklich nach allem, was ich Ihnen auf der Fahrt hierher über dieses Trio erzählt habe, dass Mallory und Lewis ausgeflogen sind, weil sie irgendwas *missverstanden* haben?«

Locke kam seinem jüngeren Partner zu Hilfe. »Vielleicht haben sie was von Easton gehört und mussten sofort los. Warum rufen Sie die beiden nicht an, bevor wir voreilige Schlüsse ziehen?«

Rudkowski schnippte mit den Fingern. »Gute Idee. Warum rufen *Sie* nicht an?«

Locke nickte knapp zu Menundez hin. Während sich der jüngere Detective entfernte, um die Anweisung auszuführen, schoss er Rudkowski einen verächtlichen Blick zu, den Rudkowski nicht zur Kenntnis nahm. »Sie beide«, sagte er zu den uniformierten Polizisten, »machen mit dem weiter, was Sie getan haben, auch wenn das kaum der Rede wert war.«

»Sollen wir unser Department anrufen oder das FBI und Verstärkung...«

»Nein«, fiel Rudkowski ihm ins Wort. »Vorerst will ich das nicht an die große Glocke hängen.«

Er wollte nicht noch dümmer dastehen als ohnehin schon. Er hatte an der offiziellen Befehlskette vorbei im Büro von Columbia beim verantwortlichen Special Agent angerufen und um einen Rückruf in einer dringenden Angelegenheit gebeten. Er wusste nicht mehr, ob er sich auf den Rückruf freuen sollte, weil er dann Eastons letztes Täuschungsmanöver verpetzen durfte, oder ob er ihn fürchten sollte, weil er vielleicht unter Beschuss geraten würde, nachdem er sich schon wieder hatte übertölpeln lassen.

Jetzt, wo er mit Locke allein war, sagte er: »Führen Sie mich rum.«

»Wir haben noch keinen Durchsuchungsbefehl.«

»Eine Hauptzeugin hat die Flucht angetreten, damit wir sie nicht befragen können.«

»Das steht noch nicht fest.«

»Sie ist im Pyjama losgelaufen. Meinen Sie nicht, dass das auf eine Flucht hindeutet?«

»Oder auf Zwang«, schränkte Locke ein.

»Wozu Easton mehr als fähig ist und was ihm moralisch durchaus zuzutrauen wäre. Aber es waren vier weitere Männer auf diesem Grundstück. Wieso hat sie nicht geschrien wie am Spieß, falls sie wirklich gezwungen wurde? Nichts deutet auf einen Kampf hin. Nein, Detective, sie ist aus eigenem Entschluss abgehauen. Und jetzt führen Sie mich herum.«

Sie gingen nach oben. Vom Fenster im großen Schlafzimmer aus wies Locke ihn auf das Apartment über der Garage hin. »Genau hinter dieser Eiche ist ein Fenster. Easton hatte einen idealen Beobachtungsposten. Er konnte sie observieren, ohne selbst gesehen zu werden.«

Rudkowski schnaubte. »Falls man heimliches Spannen und illegales Belauschen als Observieren bezeichnen will.«

Locke biss die Zähne zusammen, sagte aber nichts.

Sie gingen alle Räume auf beiden Stockwerken ab, ohne dass sie auf etwas von Interesse stießen. Sie beendeten die Tour in einem kleinen Zimmer hinter der großen Treppe. »Mrs. Fords Arbeitszimmer«, erklärte Locke. »Als sie uns gestern Abend an der Tür empfing, hatte sie ihre Schuhe hier drin gelassen. Ich habe sie ihr geholt.«

»Sind Sie zu allen Ihren Mordverdächtigen so höflich?«

»Wir wussten zu dem Zeitpunkt nicht, dass wir es mit einem Mord zu tun hatten. Und sie war keine Verdächtige.«

»Es war aber einer, und jetzt ist sie eine.«

Menundez stieß zu ihnen. »Ich habe die Nummern angerufen, die Mallory und Lewis uns gegeben haben. Bei beiden springt die Mailbox an.«

»M-hm. Glauben Sie immer noch an ein Missverständnis?« Rudkowski schnaubte ein sardonisches Lachen. »Offenbar haben Sie noch nicht wirklich begriffen, was ich Ihnen erklärt habe. Easton ist Peter Pan. Lewis und Mallory sind seine verlorenen Jungs. Das waren sie nicht immer. Früher waren sie gute Agenten. Lewis war schon immer ein Nerd, aber Mallory hat tatsächlich im Feld gearbeitet, bevor er sich in einen Walfisch verwandelt hat. Dann begannen die beiden mit Easton zu arbeiten. Er köderte sie mit Schmeicheleien, erklärte ihnen, er bräuchte Männer mit ihren persönlichen und einzigartigen Fähigkeiten. Er hat sie korrumpiert. Sie haben keine Familie, kein Sozialleben, kein Garnichts. Ihre Welt dreht sich ausschließlich um ihn. Sie würden für ihn durchs Feuer gehen. Sie *sind es*.«

»Weil sie an das glauben, was er tut«, sagte Menundez.

»Mir kam es so vor, als wären sie genauso entschlossen wie Easton.«

Dass der junge Detective die drei Männer so bewunderte, brachte Rudkowski in Rage. »Entschlossen, alle Regeln zu brechen, genau.«

»Sir, ungeachtet ihrer Methoden ist der Mörder real. Sie haben so viel …«

»Sparen Sie sich das, Menundez«, bellte Rudkowski ihn an. »Seit Jahren puzzelt Easton an diesem Szenario und passt es immer so an, dass es einen imaginären Bösewicht zeigt.« Er breitete die Arme aus. »Er kann nicht einmal Leichen vorweisen, die beweisen würden, dass die Frauen gestorben sind.«

Locke konterte sein Gebrüll mit leiser Stimme. »Diese Marian Harris aus Key West ist tot. Und Sie können die Parallelen zwischen ihrem Fall und dem von Elaine Conner nicht leugnen.«

»Dieses Foto meinen Sie? Mit dem Krauskopf im Hintergrund? Und im Vordergrund – wie mir kürzlich gezeigt wurde – Talia Shafer Ford. Wir können nicht belegen, dass der Mann auf dem Bild Jasper Ford ist, aber wir sind absolut sicher, dass es sie ist. Zwei Freundinnen von ihr, beide reich, beide tot. Ich behaupte ja nicht, dass der Fall Marian Harris und dieser hier nichts miteinander zu tun hätten. Ich sage nur, dass diese beiden nicht mit einem der anderen Fälle von Easton zusammenhängen. Und was ist hier der gemeinsame Nenner, Leute?« Er schnippte mehrmals mit den Fingern, als wollte er sie zu einer Antwort drängen. »Talia Shafer. Vielleicht ertrank ihr Göttergatte, nachdem er diese Conner umgebracht hat. Vielleicht hat ihn ein Hai erwischt. Oder vielleicht ist er entwischt und hat sie sitzen lassen. Was auch passiert ist, sie war beteiligt.«

»Davon bin ich nicht überzeugt, Agent Rudkowski«, sagte Locke.

»Also, falls wir einen Durchsuchungsbefehl für dieses Haus bekommen, graben wir vielleicht irgendwas aus, das Sie überzeugt. Bearbeiten Sie diesen Richter. Schicken Sie diese Anfänger da draußen nach Hause. Die sind nutzlos. Easton ist längst über alle Berge.«

»Sein Wagen steht noch hier.«

»Er ist über alle Berge«, wiederholte er. »Sie haben es immer noch nicht kapiert, trotz allem, was ich Ihnen erzählt habe, oder? Sie hatten es noch nie mit jemandem wie ihm zu tun, und wahrscheinlich werden Sie es auch nicht mehr bis zu Ihrer Pensionierung.« Er sah beide abwechselnd an und nahm zuletzt Menundez ins Visier. »Vergessen Sie nicht, dass er besessen ist von Psychopathen. Er denkt wie sie. Er ist gerissen, prinzipienlos, egoistisch und unerbittlich.« Er ließ seine Worte wirken und fuhr fort. »Finden Sie ihn, dann finden Sie auch Ihre Verdächtige. Sie bekommen von meinem Büro jede Hilfe, die Sie brauchen. Ich freue mich schon drauf, dem SAC in Columbia Eastons ausführliches Kündigungsschreiben vorzulesen. Das wird ihm gefallen. Easton ist bis in die höchsten Ebenen berüchtigt. Er ist seit über einem Jahrzehnt ein Schandfleck für das ganze FBI.«

Damit ging er zur Tür. »Rufen Sie noch mal Ihren Richter an und erklären Sie ihm, dass wir diesen Durchsuchungsbefehl brauchen. Und während wir darauf warten, sollten wir etwas essen.« Er wandte sich zum Gehen, hielt an und drehte sich noch einmal um. »Sieht Mrs. Ford so aus wie auf dem Bild? Jung? Mit hübschem Gesicht und Körper?«

Die beiden Detectives berieten sich, indem sie einen Blick

wechselten, dann sprach Locke für beide. »Könnte man so sagen.«

Rudkowski schniefte. »Easton hat teuflisches Glück bei den Weibern.«

Drex spürte, dass Talia gegen Rudkowskis vulgäre Bemerkung protestieren wollte, doch er unterband es, indem er ihr den Finger auf die Lippen drückte. Denn schon das leiseste Geräusch, ein lautes Luftholen, hätte ihr Versteck verraten können.

Kapitel 27

Es war die reinste Folter gewesen, reglos und mit gepresster Atmung auszuharren, während Rudkowski sich mit den beiden Detectives unterhalten hatte, vor allem, als sie anhören mussten, welche Gemeinheiten er über Gif und Mike verbreitete.

Drex atmete still auf, als sich Rudkowskis stampfende Schritte endlich aus dem Arbeitszimmer und durch die Eingangshalle entfernten. Sobald er außer Hörweite war, sagte Menundez leise etwas auf Spanisch. Locke bat ihn um eine Übersetzung. Was er gesagt hatte, war wenig schmeichelhaft für Rudkowski und seinen gesamten Stammbaum.

Die beiden Detectives blieben im Arbeitszimmer, während Locke den Richter anrief, der anscheinend nicht zu erreichen war. Er hörte den Detective sagen: »Erklären Sie ihm, dass neue Fakten vorliegen. Bitten Sie ihn, mich zurückzurufen. Danke.«

Nach ein paar Sekunden fragte Menundez: »Was glauben Sie, wohin die zwei verschwunden sind?«

»Wen genau meinen Sie?«

»Mallory und Lewis.«

»Auf eine Mission für Easton.«

»Das glaube ich auch. Und er und sie?«

»Vielleicht versuchte sie zu entkommen«, mutmaßte Locke, »und er ist ihr hinterher?«

»Glauben Sie das wirklich?«

»Verflucht, nein.«

»Easton hat Eier. Das muss man ihm lassen. Hätten Sie die Nerven, so was abzuziehen?«

»Nein.«

»Ich bewundere den Kerl.«

»Lassen Sie das nicht Rudkowski hören.«

»Was für ein Arschloch. Auch nach allem, was wir inzwischen über Easton und sein Team wissen, wäre es mir lieber, wenn die drei und nicht er die Ermittlungen leiten oder mir den Rücken freihalten würden.«

»Easton hat ihn als Windei bezeichnet. Das ist noch schmeichelhaft ausgedrückt.«

»Wie ist er überhaupt ins FBI gekommen, und wie hat er es geschafft, dort zu bleiben?«

»Vitamin B«, sagte Locke. »Ich werde ihm den Durchsuchungsbefehl besorgen, aber ganz unter uns, ich halte das für Zeitverschwendung.«

»Wieso?«

»Falls Jasper Ford *tatsächlich* Eastons Mann und so gerissen ist, wie Easton behauptet, dann hat er garantiert nichts zurückgelassen, was ihn belasten könnte. Das hat er noch nie.«

»Vielleicht doch, und die Ermittler haben es übersehen.«

»Easton hätte es nicht übersehen.« Auf Menundez' brummelnde Zustimmung hin sagte Locke: »Wir sollten lieber zu Rudkowski gehen.«

»Müssen wir wirklich mit dem Typen essen gehen?«

»Er ist mit uns hergekommen.«

Menundez maulte weiter. Ihre Stimmen verhallten, als sie das Zimmer verließen.

Die Spannung wich aus Talias Körper. »Das war knapp«, flüsterte Drex.

»Ich bin nicht für solche Abenteuer geschaffen.«

»Ich auch nicht. Ich bin zu groß. Mein Hals ist schon steif.« Er hatte den Kopf gesenkt halten müssen, weil er sonst nicht in den Verschlag gepasst hätte.

»Wie gehts der Beule?«

»Ich werde nicht daran sterben.« Er hatte sich den Kopf angehauen, als sie sich in das winzige Kämmerchen gezwängt hatten. »Du hättest mich vorwarnen können, dass es hier drin so niedrig ist.«

»Dazu war keine Zeit mehr.«

»Klar wäre dazu Zeit gewesen. Wir hatten mindestens anderthalb Sekunden.«

In dem Verschlag war es stockdunkel. Er konnte sie nicht sehen, aber er spürte das lautlose Lachen, bei dem ihre Brüste kurz gegen seinen Brustkorb drückten und dann wieder in die Vertiefung zwischen seinen Rippen sanken. Sie waren weich und nicht in einen BH gezwängt, und diesen Kontakt aushalten zu müssen war höllisch und himmlisch zugleich.

Bis auf den Finger auf Talias Lippen hatte er es nicht gewagt, sich zu rühren. Er schätzte, dass zwei Stunden vergangen war, seit sie ihm ihre bedingungslose Unterstützung angeboten hatte und er in Aktion getreten war. Durch das Fliegengitter rund um die Veranda hatte er seine Partner beobachtet, die, gefolgt von den beiden jungen Streifenpolizisten, die Treppe zu seinem Apartment hochgestiegen waren.

»Ich muss dich hier wegschaffen«, hatte er ihr erklärt. »Sofort. Bevor sie zurückkommen. Sie würden mich aufhalten wollen, und zwar zu Recht.«

Er hatte sich darüber den Kopf zerbrochen, bis das Quartett im Apartment verschwunden war. Wie konnten er und Talia verschwinden, über die Vorder- oder Rückseite des Hauses, ohne dabei gesehen zu werden? Falls sie eins der Autos nahmen, würden sie damit eine Verfolgungsjagd auslösen.

Dann hatte er sich an etwas erinnert, was ihm aufgefallen war, als er vor seinem ersten Einbruch den Grundriss des Hauses studiert hatte. »Unter der Treppe gibt es einen nicht benannten Hohlraum«, hatte er zu Talia gesagt. »Ein Stauraum?«

»Schutzraum.«

»Wie kommt man hinein?«

»Von meinem Arbeitszimmer aus.«

»Wer weiß davon?«

»Jasper und ich.«

»Also, falls er nicht drinsitzt, werden wir beide dorthin verschwinden, und zwar sofort.«

Sie hatten eine Küchenschublade nach einem Stift, etwas Notizpapier und einem Umschlag durchwühlt. Als Talia erkannt hatte, wozu er das brauchte, hatte sie ausgerufen: »Du kannst nicht kündigen!«

»Das diskutieren wir später.« Er hatte hastig alles auf dem Esstisch arrangiert und Talia dann durch die Eingangshalle in ihr Arbeitszimmer gezogen, wo er abrupt stehen geblieben war. »Wo ist er?«

Sie war standhaft geblieben. »Drex, du kannst nicht dein ganzes Leben wegwerfen.«

»Das tue ich auch nicht. Ich erfülle es. Wie kommen wir in den Schutzraum?«

Er hatte durchs Fenster beobachtet, wie Mike und Gif sich von den Polizisten verabschiedeten und über den weiten Rasen auf das Haus zukamen. »Talia? Wir haben keine Zeit mehr.«

Sie hatte gezögert und hatte ihm in die Augen geblickt, doch dann war sie an ein Einbauregal getreten und hatte die Hand zwischen zwei Bücher geschoben. Nach einem metallischen Klicken war ein Abschnitt des Regals eine Handbreit nach vorn geglitten. Drex hatte sie darauf zu geschoben. »Ist er belüftet?«

»Ja.«

»Rein.« Er hatte einen letzten Blick aus dem Fenster geworfen. Seine Partner standen schon kurz vor der Veranda.

Talia war in den Hohlraum geschlüpft. Er hatte sich dazugezwängt. »Wie macht man das Ding zu?«

Sie hatte sich zu ihm umgedreht, an ihm vorbeigefasst und die Tür mit einem Griff zugezogen, der ihm seither auf die rechte Niere drückte. Genauso atemlos wie sie, hatte er sie flüsternd gefragt, ob sie Platz hatte.

»Es ist ein bisschen klaustrophobisch.«

»Mach die Augen zu.«

»Ich muss an Marian denken.«

Er hatte ihr ins Ohr geflüstert: »Nicht. Mach einfach die Augen zu. Atme.«

Mehr hatten sie nicht gesagt, denn in diesem Moment waren Schritte zu hören, die nach oben trampelten, während sich andere von der Eingangshalle her dem Arbeitszimmer näherten. Dem schweren Gang nach zu schließen war es Mike, der im Arbeitszimmer nach ihnen suchte. Sie hatten den Atem angehalten, bis sie ihn wieder durch den Flur zum Eingang gehen hörten, wo er und Gif die Nachricht entdeckt hatten, die Drex auf dem Esstisch hinterlassen hatte.

Drex hatte Gewissensbisse, weil er die beiden ausgetrickst

hatte, aber immerhin konnte man sie so nicht für etwas zur Verantwortung ziehen, was sie nicht gewusst hatte. Er würde sie später um Verzeihung bitten.

Er und Talia blieben in der Dunkelheit eingeschlossen. Auch er hatte über Marian Harris' letzte Minuten nachgesonnen; oder waren es Stunden gewesen? Wer wusste schon, wie lange sie um ihre Befreiung, um ihr Überleben gekämpft hatte.

Das allein rechtfertigte, was er hier tat. Es war unbedacht, riskant und unwiderruflich. Keine Entschuldigung, keine Erklärung würde das FBI oder auch die hiesigen Behörden zufriedenstellen. Aber er war bereit, mit den Konsequenzen seiner Tat zu leben. Selbst wenn er sich bei allen anderen Fällen täuschte, Marian Harris war tot, genau wie jetzt Elaine Conner. Er würde eher sterben, als zuzulassen, dass Talia ebenfalls zu ihnen zählte.

Den Verschlag einen Schutz*raum* zu nennen, war eindeutig eine Übertreibung. Er war nicht größer als eine Telefonzelle. Sie konnten nicht ihre Haltung verändern, ohne dass man etwas hörte. Das leiseste Klopfen, Pochen oder Schaben würde durch die Wände dringen und sie verraten. Weil sie nicht sicher sein konnten, wer zu jedem gegebenen Zeitpunkt im Haus war, durften sie sich nicht rühren.

Die Zeit kroch dahin. Immer wieder drangen Geräusche zu ihnen herein, waren aber nicht zu orten und nicht immer zu deuten. Gelegentlich fingen sie ein, zwei Worte auf, die jemand in einem der vorderen Zimmer sprach, dann wieder gab es lange Perioden, in denen nichts zu hören war als ihr flacher Atem.

Während einer dieser Phasen hatte Talia geflüstert: »Wie lang müssen wir noch warten?«

»Länger.«

Sie hatte geseufzt, aber sich nicht beklagt.

Zu diesem Zeitpunkt hatte er nicht mehr abschätzen können, ob seine Partner noch im Haus oder vielleicht in das Apartment über der Garage zurückgekehrt waren. Vielleicht hatten sie auch die beiden jungen Polizisten als Wache ins Haus geschickt. Er hatte es jedenfalls für klüger gehalten, in ihrem Versteck zu bleiben.

Dann hatte Rudkowski seinen großen Auftritt gehabt. Drex hatte seine Ankunft schon gespürt, bevor Rudkowski die beiden Streifenpolizisten zusammengestaucht hatte, weil sie Mike und Gif hatten entkommen lassen. Dass sie entwischt waren, bevor Rudkowski über sie herfallen konnte, hatte Drex ein Lächeln entlockt.

Er hatte sich genauso verkrampft wie Talia, als Rudkowski und Locke ins Arbeitszimmer getreten waren. Das hatte ihre ohnehin angespannten Muskeln weiter verspannt, aber Drex war froh, dass er zu hören bekommen hatte, was jetzt geplant war.

Natürlich hätte er Rudkowski nach seinem geschmacklosen Kommentar am liebsten mit bloßen Zähnen die Gurgel herausgerissen, nicht weil er ihn, sondern weil er Talia beleidigt hatte. Zu wissen, dass Locke und Menundez ihn absolut richtig einschätzten, hatte ihn erleichtert. Die zwei hatten nicht einmal mit ihm essen gehen wollen.

Nachdem ihre Schritte verhallt waren, flüsterte Talia: »Sind sie weg?«

»Wir sollten noch ein paar Minuten warten, bevor wir es riskieren.«

»Uns aus dem Haus zu schleichen?«

»Das Haus zu durchsuchen, bevor sie mit dem Durchsuchungsbefehl zurückkommen.«

»Ach. Und dann was?«

»*Dann* riskieren wir, uns aus dem Haus zu schleichen.«

»Schaffen wir das?«

»Das bleibt zu hoffen. Wir sind noch nicht aus dem Gröbsten raus.«

Als sie leise nickte, strich ihr Haar über seine Wange. Es fühlte sich an, als würden sich ein paar Strähnen in seinen Bartstoppeln verfangen.

»Ich hatte Angst, dass mein Magen anfangen könnte zu knurren«, sagte sie.

»Du hättest den Donut essen sollen.«

»Es war eine Frage des Prinzips, ihn nicht anzurühren.«

»Weil er von mir kam?«

»Ganz genau.«

»Nächstes Mal bist du hoffentlich nicht so dumm, dich von deinem Stolz leiten zu lassen.«

»Nächstes Mal.« Bei diesen Worten sackte sie leicht zusammen, als würde ihr die Aussicht auf das, was ihnen noch bevorstand, die Kraft rauben. »Ich habe Angst, Drex.«

»Angst ist gesund.«

»Sie ist auch kräftezehrend. Erschöpfend. Ich bin es so leid.«

»Lehn dich an mich.«

Sie tat es.

Gott, er würde sterben. »Nur noch ein paar Minuten, dann kannst du dich ausstrecken.«

»Nein, ich meine, ich bin es leid, so zu leben wie bisher.«

»Wie meinst du das?«

Sie brauchte Zeit, bis sie die richtigen Worte gefunden hatte. »Immer auf der Hut sein zu müssen. Schon eine ganze Weile bin ich in Jaspers Nähe äußerst vorsichtig.«

Er dachte darüber nach. »Ich will mehr darüber hören. Alles. Später. Wenn wir hier raus sind. In Ordnung?«

Wieder nickte sie, und wieder hatte er das Gefühl, dass sich ihre Haare in seinen Bartstoppeln verfingen, und allein bei dieser Vorstellung, gepaart mit ihrer körperlichen Nähe, entwickelte sich Hitze in seinem Unterleib.

Er versuchte, sich nicht ablenken zu lassen. »Sag es. ›In Ordnung.‹«

»In Ordnung. Ich erkläre es dir später. Erst einmal will ich dir nur danken.«

»Wofür? Dafür, dass ich dich in einen Schrank geschubst habe?«

»Du hast mich gezwungen, mich dem zu stellen, was ich intuitiv gegenüber Jasper empfunden, aber nicht wahrhaben wollte. Es ist, als hättest du mir eine Bürde abgenommen, mich von meiner eigenen Blindheit befreit, indem du mich so unter Druck gesetzt hast. Mir ist klar, dass du nur deinen Job getan hast, trotzdem bin ich dir dankbar.«

»Talia.« Er senkte den Kopf, bis seine Lippen neben ihrem Ohr schwebten. »Ich tue hier nicht nur meinen Job.« Er fing an, an ihrem Ohrläppchen zu knabbern.

Sie senkte den Kopf und seufzte leise seinen Namen. Er folgte dem sanften Hauch zu seinem Ursprung zwischen ihren geteilten Lippen und legte seine darüber. Ihr Mund war heiß und feucht und offen, als seine Zunge ihn eroberte.

Anders als bei ihrem ersten Kuss wandte sie diesmal den Kopf nicht ab. Stattdessen gab sie sich dem Kuss hin, nicht nur mit ihrem Mund, sondern mit dem ganzen Körper.

Instinktiv schmiegten sie sich aneinander, trafen Körperteile aufeinander, die wie dafür geschaffen waren, sich ineinanderzufügen. Trotzdem war es nur eine Kostprobe dessen, was sein könnte. Er hatte geglaubt, sie hätten keinen Platz, um sich zu bewegen, doch dann stellte er fest, dass er sich getäuscht hatte und seinen Arm sehr wohl um ihre Taille schieben konnte.

Dabei schlug sein Ellenbogen gegen die Wand. Der verräterische Laut hätte ihn noch vor Minuten erschreckt, doch jetzt achtete er nicht mehr darauf, sondern konzentrierte sich nur darauf, seine Hand über Talias Hintern zu schieben und sie näher, höher an seinen Mund zu heben. Sie reckte sich ihm entgegen, bis – Gott! – sie sich so aneinanderpressten, dass es ihnen beiden den Atem verschlug. Bis dahin hatten sie ihren stürmischen Kuss nicht unterbrochen, doch jetzt taten sie es und schnappten gleichzeitig nach Luft.

Einen Herzschlag später verschmolzen ihre Lippen wieder, und wieder ließen sie sich von ihren Instinkten leiten. Seine Hand wanderte von der Taille aus über den sanften Schwung ihrer Hüfte bis zu ihrem Schenkel und streichelte dort nackte Haut, die sich unter seiner Hand wie warme Seide anfühlte, obwohl er sich nicht entsinnen konnte, seine Finger unter ihre Pyjamahose geschoben zu haben.

Er konnte nicht sagen, wann sie ihre Hand gehoben hatte, doch plötzlich wühlten sich ihre Finger in sein Haar, zogen sie drängend an den Wurzeln, damit er sich tiefer beugte.

Der Nippel unter seinem kreisenden Daumen war hart, aber wie hatte er ihn überhaupt unter ihrem Pyjama-Oberteil erspürt? Er konnte es nicht sagen, aber er berauschte sich an diesem Gefühl, an ihr, an ihrer Erregung und an dem Wissen, dass er sie entfacht hatte.

Er hatte keinen Gedanken daran verschwendet, dass er sich an dem weichen V zwischen ihren Schenkeln reiben könnte, und doch tat er es, und gleichzeitig brachte ihn das Wissen um, dass er nicht in ihr war.

All diese unglaublichen Empfindungen verschmolzen in einem Augenblick der Klarheit, in dem er begriff, dass er sofort aufhören musste, weil er sonst nicht mehr aufhören konnte.

Er entzog seinen Mund ihrem hungrigen Kuss und nahm ihren Kopf zwischen beide Hände. »Talia, Talia.« Die Stirn an ihre gedrückt, wiederholte er keuchend ihren Namen, bis sie unter ihm zur Ruhe kam. »Ich will es mehr als alles auf der Welt«, stöhnte er. »Aber ich kann nicht. Nicht unter seinem Dach.« Er ließ sie los, tastete in seinem Rücken nach dem piesackenden Handgriff und zog ihn nach oben. Die Wand öffnete sich hinter ihm. Er zog den Kopf ein und taumelte rückwärts aus ihrem Unterschlupf ins offene Zimmer. Eine Hand ausgestreckt, zog er sie aus dem gemeinsamen Versteck.

Das Haus war still und lag, abgesehen von ihnen beiden, verlassen da, das spürte er. Es war ein weiterer grauer Tag. Die Jalousien waren halb zugezogen. Wahrscheinlich war es nur gut, dass sie sich nicht so deutlich sehen konnten. Seine Erektion konnte ihr unmöglich entgangen sein. Er war noch nie so hart gewesen, ohne dass eine Frau unter oder auf ihm gelegen oder ihn im Mund gehabt hatte.

Derangiert, wie sie war, sah Talia so sexy aus wie nie zuvor. Mit ihren vollen, feuchten Lippen. Dem zerzausten Haar. Eine Seite ihres formlosen Morgenmantels hing ihr von der Schulter. Die Nippel ragten steif unter dem Pyjamastoff hervor. Sie sah überwältigend aus. *Überwältigt.* Wenn nur. Jesus, war er *verrückt*?

Nein. Es war richtig gewesen, nicht weiterzumachen.

»Ich musste aufhören«, sagte er heiser. »Ich hätte es nicht ertragen, mit dir hier zusammen zu sein. In *seinem* Haus.«

Sie schluckte mühsam, zog ihren Bademantel zurecht und verschränkte die Arme. »Ich verstehe. Wirklich. Wahrscheinlich hätte ich mich selbst danach gehasst. Ich hätte es nicht so weit kommen lassen dürfen.«

Er fuhr sich mit beiden Händen übers Gesicht. »Richtig. Und von allem anderen abgesehen habe ich uns in eine peinliche Situation gebracht. Es ist noch nicht zu spät, du kannst immer noch deine Meinung ändern. Du könntest hierbleiben, auf Locke und die anderen warten und ihnen erzählen, ich hätte dich überredet, mit mir zu verschwinden, doch du wärst im letzten Moment zur Vernunft gekommen.«

»Nein. Ich komme mit.«

»Vertraust du mir inzwischen?«

»Du hast es zwar nicht verdient, aber ja.«

Er holte tief Luft, senkte den Kopf und starrte auf den Boden. Als er wieder aufsah, erklärte er gewichtig und ernst: »Aber auch darauf kannst du vertrauen, Talia. Falls ich eine Gelegenheit bekomme, ihn zu töten, werde ich das tun.«

»Das hoffe ich«, erwiderte sie rau. »Denn sonst wird er mit Sicherheit mich töten.«

Kapitel 28

Wie Drex vermutet hatte, war niemand mehr im Haus, doch am Straßenrand parkte ein Wagen mit zwei Polizisten, die Wache hielten.

»Hoffentlich wollte Rudkowski sich nicht nur kurz einen Burger holen«, flüsterte er und wandte sich vom Fenster ab. »Kein Licht, keinen Mucks, und wir müssen jede Minute nutzen. Wo sollen wir anfangen? Das große Schlafzimmer habe ich schon durchsucht.«

»Wann?«

»Als ihr gestern auf dem Weg zum Flughafen wart.«

»Du hast also den Alarm ausgelöst.«

»Ich dachte, ich wäre ja so clever, weil ich den neuen Code kannte. Jasper hat mich in die Falle gelockt. Wusstest du von der App auf seinem Handy?«

»Was für eine App?«

»Vergiss es. Ist nicht mehr wichtig.« Er überlegte kurz. »Gibt es noch mehr Räume wie diesen Schutzraum?«

»Nein. Bis heute gab es noch nie einen Grund, ihn zu benutzen.«

»Was Jasper auch als Trophäen sammelt, ist klein, leicht zu verstecken, und er würde sie immer in seiner Nähe haben wollen, nicht irgendwo, wo du sie finden könntest. Wo hat er die meiste Zeit verbracht?«

Sie führte ihn nach oben in ein Zimmer am Ende des

Flurs. Es hatte ähnliche Maße wie ihr Arbeitszimmer. Ausgestattet war es mit einem Schreibtisch und Computer, einem Ledersessel, einem an der Wand montierten Fernseher, und glich damit jeder beliebigen Männerhöhle. Nur dass es absolut steril war, eine Bühnendekoration mit zu wenigen Requisiten, als dass sie belebt gewirkt hätten.

Auf dem Parkett lag kein Teppich, nicht einmal ein Vorleger. Drex hatte keine Zeit zu kontrollieren, ob vielleicht eine Diele lose war, aber er konnte keine Spalten entdecken, die auf ein Versteck darunter schließen ließen. Außerdem wäre das für Jasper zu profan gewesen.

Er zog den Stuhl unter dem Schreibtisch hervor und schaltete den Computer ein. »Kennst du sein Passwort?«

Talia nannte es ihm. Er tippte es ein. »Wenn er dir sein Passwort gegeben hat, werden wir nichts darauf finden. Ist das sein einziger Computer?«

»Der einzige, von dem ich weiß.«

Drex rief das Mailprogramm auf. Talia erläuterte ihm die Namen, die sie erkannte. Es waren größtenteils geschäftliche Kontakte oder Bekannte aus dem Country Club.

»Freunde von Jasper?«

»Manchmal spielt er ein Doppel auf dem Tennisplatz und geht hinterher mit seinen Tennispartnern essen. Das ist aber auch schon alles.«

Er hatte mehrere Mails mit Elaine gewechselt, aber die führten nicht weiter. Ihre jüngste Mail war am Morgen des Vortages eingegangen, an ihrem Todestag. Sie hatte sich für die Drinks und das Essen am Vorabend bedankt. Von einer abendlichen Ausfahrt mit der Jacht hatte sie nichts geschrieben.

Drex rief den Seitenverlauf in Jaspers Webbrowser auf.

Größtenteils hatte er Seiten für Gourmets oder Weinkenner besucht. Nichts Exotisches oder Auffälliges.

Er schaltete gerade den Computer ab, als Talia in seinem Rücken sagte: »Drex, unser Bild ist weg.« Ihr Blick war auf einen runden Cocktailtisch direkt neben dem ledernen Fernsehsessel gerichtet. »Jasper hat beinah eine Zeremonie daraus gemacht, als er es bei unserem Einzug auf dem Tisch aufstellte.«

»Rührend.«

»Fand ich damals tatsächlich.«

»Wer ließ das Bild rahmen, du oder er?«

»Ich. Warum?«

»Es könnte wichtig sein, dass er es mitgenommen hat. Er würde seine Souvenirs wohl in etwas Tragbarem verstauen wie einem Bilderrahmen. Es sei denn, er hat seine Sammlung irgendwo in der Wand versteckt und will sie später holen.«

»Ich hätte es mitbekommen, wenn er Wände aufgestemmt hätte.«

»Wann habt ihr das Haus renovieren lassen?«

»Wir haben vor unserem Einzug nichts daran verändert.«

»Und wenn du verreist warst? Hat er da nie was ›reparieren‹ lassen oder so?«

»Nicht, soweit ich weiß.«

»Gibt es noch mehr Bilder?«

»Von mir schon, von ihm nicht.«

»Das passt. Das einzige Foto, von dem ich weiß, ist das von Marians Jacht. Wahrscheinlich hatte er gar nicht bemerkt, dass er darauf war, könnte ich mir vorstellen.«

Er bat Talia, einen Blick aus dem Fenster zu werfen. Sie spähte durch die schräg stehenden Lamellen der Jalousien auf die Straße, ohne dass man sie sehen konnte. »Sie sind noch da. Sitzen im Wagen. Kein anderes Auto zu sehen.«

Drex blickte auf die leeren Regale. »Er hat es nicht so mit Nippes, wie?«, fragte er sarkastisch. »Keine DVDs? Bücher? Kaffeebecher mit witzigen Sprüchen?«

»Ich habe dir doch gesagt, dass er nicht viel in die Ehe eingebracht hat.«

»Schon, aber wer hat denn *gar nichts*?« Dann begriff er, dass er selbst genauso wenig besaß. Mike und Gif zogen ihn ständig damit auf, wie trostlos sein Apartment aussah. Er schüttelte den Gedanken ab, dass er irgendetwas mit Jasper gemein haben könnte, und fragte Talia, wo es auf den Speicher ginge.

»Durch die Garage. Dort gibt es eine Ausziehleiter.«

»Keine Zeit dafür.«

»Ich muss mich noch anziehen«, rief sie ihm ins Gedächtnis.

Er nickte. »Nimm etwas Dunkles. Nichts Schickes. Hauptsache bequem.«

»Kann ich ein paar Sachen mitnehmen?«

»Aber nur eine Tasche, die du in einer Hand oder über der Schulter tragen kannst. Geh. Ich sehe mich noch hier drin um.«

Sie eilte hinaus. Weil jede Minute zählte, warf Drex nur einen kurzen Blick in den Schrank, fand dort aber nichts als ein paar Tennisschläger und ein Paar Schwimmflossen, die alle an Spezialhaken aufgehängt waren. Er klopfte gegen die Rückwand des Schranks. Sie klang nicht besonders hohl, und er hätte ohnehin kein Werkzeug gehabt, um sie aufzustemmen. Auf dem Schrankboden stand nichts, nicht einmal ein Paar abgetragene Tennis- oder Laufschuhe.

Frustriert, weil ihm die Zeit zwischen den Fingern zerrann, ließ er den Blick ein letztes Mal durch den Raum wandern, eilte dann durch den Flur und trat ins große Schlafzimmer. Da Talia gestern Abend im Gästezimmer geschlafen hatte, sah hier alles noch exakt so aus wie bei seiner Durchsuchung gestern. Die Kristallschale mit Talias Schmuck stand immer noch auf ihrem Nachttisch.

Weil die winzige Möglichkeit bestand, dass Jasper unentdeckt im Haus gewesen war, kontrollierte Drex noch einmal die Nachttischschubladen. Alle waren leer. Unterwäsche, Socken, die kunstvoll gefalteten Taschentücher – auch in der Kommode war nichts angerührt worden. Genauso wenig wie im Schrank.

Drex starrte auf die Sachen und murmelte: »Verfluchter Neurotiker.«

»Was hast du gesagt?« Talia stand plötzlich hinter ihm.

»Ich habe gerade gesagt, dass es in meinem Schrank genauso aussieht.«

Sie lachte, aber ohne jede Freude. »Als wir heirateten, zog ich ihn damit auf, dass er so ein Pedant sei.« Sie strich mit der Hand über die Ärmel der akribisch aufgehängten Sakkos. »Tatsächlich überrascht es mich, dass er bereit war, seine Sachen zurückzulassen«, sagte sie. »Er ist so eigen damit. Er wechselt sie dauernd. Fast alles ist maßgeschneidert. Sein Schneider verdient gut an ihm.«

»Maßgeschneidert für Jasper Ford. Eine andere seiner Kunstfiguren trug ausschließlich Jeans, Flanellhemden und Cowboystiefel. Damals ging er gern reiten und fliegenfischen.«

»Woher weißt du das alles?«

»Ich weiß noch viel mehr. Vor allem weiß ich, dass wir von hier verschwinden müssen.«

»Was schlägst du vor?«

»Ich kenne einen Schleichweg durch den Garten.«

»Sie könnten uns sehen.«

»Sie halten Wache, ob jemand ins Haus kommt, und nicht, ob jemand hinausschleichen könnte.« Während er das sagte, tippte er schon Gifs Handynummer ein.

Gif war sofort am Apparat. »Aha. Wir hatten dich schon fast aufgegeben.«

»Jemand muss uns auflesen.«

»*Uns*? Sie ist noch bei dir?«

»Ja. Weißt du noch, wie du zu dem Minimarkt kommst?«

»Klar.«

»Wie lange braucht ihr dorthin?«

»Etwa fünfundvierzig Sekunden.«

Drex stutzte und lachte dann leise. »Wer von euch hat es rausbekommen?«

»Mike. Er sagte, du müsstest noch im Haus sein, denn eine Frau hätte sich unmöglich so schnell anziehen können.«

Talia hatte inzwischen Jeans, ein schwarzes T-Shirt und eine Regenjacke mit Kapuze angezogen. Über ihrer Schulter hing eine kleine Tasche. »Du wärst überrascht«, sagte Drex und zwinkerte ihr zu. »Wir treffen uns bei dem Minimarkt.«

»Ihr braucht nicht so weit zu laufen. Wir stehen eine Straße weiter. Wo du heute Morgen Talia getroffen hast, nachdem ich dich beim Minimarkt rausgelassen hatte.«

»Du listiger Hund.«

»Lasst euch nicht erwischen.«

Sie legten auf. Drex deutete auf Talias Tasche. »Ich hoffe, du hast gut ausgewählt. Ich weiß nicht, wann du zurückkommen kannst.«

Sie ging zum Nachttisch und rupfte sich den Ehering von

ihrem Finger. Mit einem leisen Klimpern landete er in der Kristallschale. »Ich werde nie zurückkommen.«

Als sie durch die Küchentür auf die Veranda schlichen, blieb Drex kurz stehen und schaltete die Alarmanlage ein.

»Warum machst du das?«

»Um Rudkowski zu ärgern, wenn er zurückkommt.«

»Dann weiß er aber, dass du noch im Haus warst.«

»Das ist der Witz daran.«

»Was ist los mit euch beiden?«

»Lange Geschichte. Ich werde sie dir irgendwann mal erzählen.«

Er war nicht so zuversichtlich, dass sie ungesehen entkommen würden, wie er es Talia gegenüber wirken ließ, aber immerhin hatte es inzwischen richtig zu regnen begonnen. Das half. Außerdem war er oft genug über den Rasen und durch das Gebüsch hinter dem Haus geschlichen und wusste daher, welche Abschnitte von der Straße aus zu sehen waren.

Gifs Wagen parkte genau dort, wo er gesagt hatte. Er und Talia kletterten auf den Rücksitz und schüttelten den Regen ab. »Gerade noch rechtzeitig«, stellte Gif fest. »Eben ist ein Konvoi von Streifenwagen über die Kreuzung hinter uns gefahren.« Er fuhr in die entgegengesetzte Richtung los. »Wohin?«

»Einfach weg von hier«, sagte Drex. »Ich muss nachdenken.«

»Wir haben eine Suite in einem Aparthotel gemietet«, sagte Mike. »Wir hatten gerade eingecheckt, als mir aufging, dass ihr das Haus nicht verlassen haben konntet. Wo habt ihr euch versteckt?«

Drex erklärte es ihnen.

»Ich hätte mich an den Verschlag auf dem Grundriss erinnern müssen«, knurrte Mike.

Als hätte dieser Kommentar sie wachgerüttelt, meldete Talia sich zu Wort. »Mir ist gerade etwas eingefallen.« Sie drehte sich auf der Rückbank zu Drex. »Hast du uns gestern beobachtet, bevor wir zum Flughafen gefahren sind?«

»Mit Adleraugen.«

»Jasper ist am Morgen noch mal zum Schwimmen in den Country Club gefahren.«

»Kurz nach zehn ist er losgefahren.«

»Der Zeitpunkt ist nicht wichtig. Hast du beobachtet, wie er nach Hause kam?«

»Ich habe gesehen, wie er in die Garage fuhr, gegen …«

»Hast du *ihn* gesehen?«

»Nur das Auto.«

»Ich glaube, er kam ohne seine Sporttasche zurück.«

»Vielleicht hat er sie im Kofferraum gelassen.«

»Das hat er nicht. Ich stand neben ihm, als er vor der Fahrt zum Flughafen unsere Koffer einlud. Da lag die Tasche nicht im Kofferraum.« Sie beugte sich vor und sagte zu Gif: »Wissen Sie, wo der Country Club ist?«

»Nein, aber Sie können mich hinlotsen.«

Sie erklärte ihm, wo er abbiegen sollte, und sagte dann zu Drex: »Ich kenne die Zahlenkombination für seinen Schrank. Er hatte einmal seine Uhr dort vergessen. Ich war zur selben Zeit mit ein paar Freundinnen zum Essen im Club verabredet. Also rief er mich an und bat mich, die Uhr mitzubringen. Er wollte dem Bademeister nicht die Kombination für seinen Schrank verraten, darum hat er sie mir gegeben und danach dem Bademeister Bescheid gegeben, dass ich kurz in die Umkleide müsste, wenn gerade niemand drin war.«

»Vielleicht hat er sie in der Zwischenzeit geändert.« Das kam von Mike.

»Einen Versuch wäre es wert«, meinte Talia.

»Und wie kommst du in die Herrenumkleide?«, fragte Drex.

»Sieht man mir nicht an, dass ich kurz vor dem Zusammenbruch stehe? Dass ich ganz krank vor Sorge um meinen Mann bin? Dass ich in Panik bin, weil niemand ihn findet? Möglicherweise liegt irgendwas in seinem Schrank, das bei der Suche helfen könnte. Wer will mir da den Zugang verwehren?«

Mike kommentierte ihren Plan mit einem Schnauben. Gif sah sie mit hochgezogenen Brauen über den Rückspiegel an. Drex grinste. »Ich färbe auf dich ab.«

»Gott steh uns bei«, grummelte Mike.

Sie bestand darauf, allein in den Club zu gehen. »Wenn wir der Reihe nach in einer Parade einmarschieren, erregt das nur Aufmerksamkeit.«

»Wir müssen nicht alle gehen, aber ich komme mit«, sagte Drex. »Falls man dich nicht in die Umkleide lassen will, zeige ich einfach meine…« Er verstummte.

Talia sah ihn vielsagend an.

Gif bot ihr an, sie zu begleiten. »Wenn es notwendig werden sollte, setze ich meine Marke ein.«

»Nachdem du nicht so blöd warst, sie abzugeben«, sagte Mike, drehte sich um und sah Drex finster an. »Trotzdem, einer sollte mitgehen.«

Sie sprach Mikes Hinterkopf an. »Damit ich nicht heimlich durchbrenne?«

»Ich sag's nur. Es sollte jemand mitgehen.«

Als sie den Country Club erreicht hatten, vereinbarten sie, dass Gif sie begleiten würde. Vor dem Eingang wünschte Drex ihr viel Glück und drückte ihre Hand. Er winkte den Jungen vom Parkservice weg und nahm Gifs Platz hinter dem Lenkrad ein. »Wir warten da drüben.« Er deutete auf einen Bereich des Parkplatzes.

Die Angestellten erkannten Talia wieder, aber alle schienen schockiert, sie so aufgelöst zu sehen. Seit ihrer Flucht durch das verregnete Gebüsch sah sie noch aufgelöster und verzweifelter aus.

Der Angestellte am Empfang vor der Herrenumkleide sah sie schockiert an. »Mrs. Ford?«

»Hi, Todd. Todd, nicht wahr?«

»Ja, Madam.« Er war jung. So wie er aussah, trainierte er oft und ausdauernd mit den Gewichten im Fitnessraum. »Gibt es was Neues von Mr. Ford?«

»Nein. Deshalb bin ich hier. Ist gerade jemand drin?«

»In der ...?«

»Der Umkleide, der Umkleide.« Ungeduldig klopfte sie im Takt der Worte auf die Theke. »Ich muss da rein.« Sie legte sicherheitshalber ein leichtes Vibrato in ihre Stimme. »Ich will einen Blick in den Spind meines Mannes werfen. Vielleicht hat er irgendwas darin gelassen, was ...«

»Er war leer.«

»Was?« Talia sah ihn entsetzt an.

»Es waren schon zwei Detectives hier.«

»Wann?«

Todd zeigte ein zerknirschtes Gesicht. »Etwa vor einer Stunde. Der Manager musste ihnen den Spind öffnen. Er war leer. Ich habe selbst reingeschaut.«

Sie wollte schon etwas sagen, aber Gif trat vor und legte

beschwichtigend die Hand auf ihre Schulter. »Das haben die beiden ihr schon erklärt, Todd. Oder es jedenfalls versucht. Sergeants Locke und Menundez?«

»Wie sie heißen, weiß ich leider nicht…«

»War Special Agent Rudkowski bei ihnen?«

»Der Dritte? Ich dachte, das wäre ihr Chef.«

»Ja, dafür hält er sich. Sie haben Mrs. Ford versichert, dass der Spind leer sei, aber sie ist, ähm, völlig außer sich, wie Sie sich vorstellen können. Sie bestand darauf, selbst nachzusehen. Ich habe mich bereit erklärt, sie herzubringen.«

»Sie sind auch Detective?«

»Polizeigeistlicher.«

»Oh.«

»Falls es nicht allzu viele Umstände macht…«

»Ja, sicher. Sicher.« Der junge Angestellte zwinkerte Gif bestärkend zu. »Natürlich können Sie hinein, Mrs. Ford.« Er sprach mit ihr wie mit einer geistig Verwirrten. »Ich glaube, es ist gerade niemand drin, bei dem Wetter bleiben die Golfer lieber im Kartenzimmer. Aber lassen Sie mich kurz nachsehen. Ich bin gleich zurück.«

Gif gratulierte ihr zu ihrer überzeugenden Darbietung, Talia ihm zu seiner. Aber als sie den Country Club verließen, wirkten alle vier deprimiert. Tief enttäuscht überließ Drex das Steuer Gif, damit er in Ruhe nachdenken konnte.

Die kurze Durchsuchung des Hauses hatte nichts erbracht. Der Abstecher zum Country Club war eine Pleite gewesen. Er hatte nichts in der Hand. Gar nichts. Genau wie zuvor. Wie von Anfang an. Jasper hatte nichts hinterlassen, was er später noch holen würde. Außer Talia.

Er hatte nur das Hochzeitsfoto mitgenommen und … und was?

Er rührte sich, erstarrte, rührte sich wieder. »Talia, ihr habt doch zwei kleine Koffer gepackt, als ihr zum Flughafen fahren wolltet, richtig?«

»Ja.«

»Jeder einen?«

»Genau. Kabinentrolleys.«

»Hast du auch seinen gepackt oder gesehen, was er eingepackt hat?«

»Nein. Als er vom Club heimkam, war ich schon fertig mit Packen. Ich habe ihm das Schlafzimmer überlassen und bin nach unten in mein Arbeitszimmer, um meine Mails und Anrufe zu checken. Ich habe so lange gearbeitet, bis es Zeit wurde, zum Flughafen zu fahren.«

»Mike, in diesem Überwachungsvideo, auf dem Jasper ins Taxi steigt?«

»Ja?«

»Da hatte er seinen Koffer dabei, richtig?« Drex glaubte, sich richtig zu erinnern, aber er wollte sicherheitshalber Mikes Computerhirn befragen.

»Er hat ihn neben sich auf den Rücksitz gelegt.«

Drex ließ sich zurücksinken, wandte den Kopf ab und starrte aus dem verregneten Fenster. Jasper hatte einen Schrank voller maßgeschneiderter Anzüge zurückgelassen und nur so viel mitgenommen, wie in ein Handgepäckstück passte. Er hatte sein ganzes Leben in einen kleinen Koffer gepresst. Mit der Fingerspitze folgte Drex dem Weg eines Regentropfens außen an der Scheibe.

Was hatte er in diesen Kabinentrolley gepackt? Und wo war er jetzt?

Gif fuhr sie zu dem Aparthotel, in das er und Mike bereits eingecheckt hatten. Gif hielt unter dem Vordach an. Mike sagte zu Gif: »Ich übernehme das, Reverend Lewis.« Er wandte sich an Drex. »Jede Suite hat zwei getrennte Schlafzimmer.«

Mike sah kurz auf Talia, zwängte sich dann aus dem Auto und watschelte in die Lobby.

»Nur um das Offensichtliche festzuhalten«, sagte sie zu Drex. »Er mag mich nicht.«

»Nimm es nicht persönlich. Er mag niemanden.«

Ein paar Minuten später kehrte Mike zurück und drückte Drex eine Keycard in die Hand. »Nicht, dass du darum gebeten hättest, aber wir haben deine Sachen aus dem Apartment über der Garage geholt.«

»Danke.«

»Wir sind davon ausgegangen, dass du nicht noch mal zurückkommen würdest, um sie persönlich abzuholen«, erklärte Gif unnötigerweise.

In einem schwachen Versuch, die Stimmung aufzuhellen, sagte Drex: »Mir fehlt die Bude jetzt schon.« Keiner reagierte.

»Was ist mit deinem Wagen?«, wollte Gif wissen.

»Den lasse ich stehen. Vielleicht werden sie ihn beschlagnahmen. Ich weiß es nicht. Ist auch egal. Darum kümmere ich mich, wenn … Später.«

Gif parkte. Alle stiegen aus, und Mike sagte: »Das hier ist unsere. Eure.« Er deutete auf eine weitere Suite, die auf der anderen Seite eines geschotterten Innenhofs voller Zwergpalmen lag.

»Ich bringe Talia rein, komme dann rüber und hole meine Sachen«, sagte Drex.

Ohne weitere Diskussion brachte er Talia zu ihrer Tür, schloss auf und erklärte ihr, er würde gleich zurückkommen. »Leg die Kette vor.« Sie nickte, sah dabei aber so niedergeschlagen aus, wie er sich fühlte.

Er wartete ab, bis er den Riegel zuschnappen hörte, dann marschierte er, ohne sich um den Regen zu scheren, über den Innenhof und klopfte an. Gif öffnete die Tür. Drex drängte sich an ihm vorbei und hielt geradewegs auf Mike zu, der im Wohnbereich in einem Sessel lagerte und dabei ein bisschen aussah wie Jabba the Hut aus *Star Wars*.

»Hör damit auf, Mike.«

»Womit?«

»Komm mir nicht so. Du weißt genau, womit.«

»Na gut.« Mike hob kapitulierend die Hände.

»Es ist mir ernst«, betonte Drex.

»Ich soll brav sein oder mich verziehen?«

»Ich hätte es nicht besser ausdrücken können. Ich brauche *dich*. Aber deine Kommentare kann ich nicht brauchen. Die Situation ist finster genug. Sei brav. Oder verzieh dich.«

Mike hob die Hände noch höher. »Schon gut, habe ich gesagt.«

Drex machte einen Schritt zurück, zufrieden, dass das klargestellt war. »Rudkowski hat euch wahrscheinlich schon auf die schwarze Liste gesetzt. Glaubst du, du kannst irgendwie an Elaines Obduktionsbericht gelangen?«

»Brauche ich nicht.« Mike nickte zu Gif hin. »Er hat jemanden im Büro des Gerichtsmediziners beschwatzt und den Bericht zugeschickt bekommen.«

»Bitte schick ihn mir weiter, Gif.«

»Klar«, sagte Gif.

Drex bemerkte einen Stapel Kochbücher auf dem Couchtisch im Wohnbereich. »Ihr habt meine Nachricht gefunden, wie ich sehe. Schaut sie euch gut an.«

»Sie sehen zu neu aus, als dass sie irgendwelche Geheimnisse enthalten könnten«, meinte Gif.

»Vielleicht, aber seht sie euch trotzdem an.«

»Und was wirst du währenddessen tun?«

Beide sahen auf Mike, als würden sie eine auf Talia gezielte Spitze erwarten. Er hob wieder beide Hände. »Was ist? Das ist mein neues braves Selbst. Außerdem war die Vorlage so steil, dass das unter meiner Würde wäre.«

Drex musste tatsächlich lächeln und nahm seine Reisetasche vom Sofa. »Ich gehe rüber und überlege.«

»Was?«

»Was ich an Jaspers Stelle tun würde.«

Kapitel 29

Talia hakte die Kette aus und öffnete die Tür. Sie sah so deprimiert aus, dass Drex sie fragte, was los sei.

»Tut mir leid, dass mein Brainstorming nichts gebracht hat.«

»Das tun Brainstormings so gut wie nie. Wir feiern die seltenen Gelegenheiten, bei denen sie was bringen.«

»Und wegen dieser seltenen Gelegenheiten bleibst du am Ball?«

»Ich bleibe am Ball, weil ich ihn noch nicht überführt habe.«

»Nachdem du gekündigt hast, wird das noch schwieriger werden. Wenn du mit Rudkowski reden würdest, würde er vielleicht über das hinwegsehen, was du heute Morgen getan hast.«

»Du hast ihn gehört. Klingt er wie ein Mann, der sich von einem *mea culpa* umstimmen lassen würde?«

»Nein.«

»Ich würde es vielleicht trotzdem versuchen, wenn es nicht so viel Zeit kosten würde.«

»Und du glaubst, dass Zeit der entscheidende Faktor ist, oder?«

Er zauderte, weil er sie – noch – nicht verschrecken wollte. »Ich muss eine Weile allein sein und nachdenken. Kommst du eine Weile ohne mich zurecht?«

»Nach dieser Nacht und diesem Vormittag? Auch ich brauche eine Auszeit.«

Er legte die Hand an ihre Haare, zupfte an einer Strähne und hielt sie dann fest. »Schade, dass ich dich nicht in Aktion in der Umkleide sehen konnte. Gif sagte, du hättest genau den richtigen Ton getroffen. Irgendwo zwischen Pitbull und traurigem Welpen.«

»Ich bin dieser ganzen Sache nicht gewachsen.«

Er schob die Strähne hinter ihr Ohr und massierte das Ohrläppchen. »Ich auch nicht, fürchte ich.«

»Wieso sagst du das?«

Er ließ die Hand sinken. »Jasper treibt dieses Spiel schon dreimal länger, als ich ihn jage. Er hat wesentlich mehr Übung darin.« Er lächelte grimmig und sah dann auf die Uhr. »Um sechs Uhr kommen wir wieder zusammen. Gif ist schon unterwegs und holt was zu essen.«

Sie stiegen die Treppe hoch. Die beiden Schlafzimmer waren durch einen kurzen Flur getrennt, dazwischen lag ein gemeinsames Bad. »Ich habe meine Sachen hier reingestellt.« Sie deutete auf das rechte Schlafzimmer. »Wir sehen uns kurz vor sechs.«

Sie drehte ihm den Rücken zu, doch bevor sie auch nur einen Schritt getan hatte, streckte er die Hand aus und drehte sie wieder um. Er zog sie zu sich her und legte die Arme um sie.

»Ich würde so gern neben dir liegen.« Er küsste sie seitlich auf den Hals. »Aber du würdest nicht hingehen wollen, wohin ich jetzt muss.«

Er umarmte sie noch fester, dann entspannten sich seine Muskeln, und die Arme sanken herab. Er ließ sie stehen, trat in sein dunkles Zimmer und schloss die Tür.

Gif war beim Chinesen gewesen. Sie teilten die Kartons auf und setzten sich rund um den Esstisch.

Die Kochbücher, fiel Drex auf, waren zerfleddert worden. Die herausgerissenen Seiten bildeten eine Schneewehe in der Zimmerecke. Drex nickte in die Richtung. »Nichts?«

»Keine einzige Anmerkung«, erwiderte Gif. »Und wir sind jedes Buch Seite für Seite durchgegangen. Auch in die Buchrücken wurde nichts geklebt. Wir haben *nada.*«

»Aber ein paar Rezepte sahen gut aus«, sagte Mike. »Die habe ich mir aufgehoben.«

»Das kann mit ins Altpapier.« Drex deutete mit der Gabel auf das falsche Manuskript, das er beim Hereinkommen auf der Bar abgelegt hatte. Es war unter den Sachen gewesen, die Mike und Gif aus seinem Apartment mitgenommen hatten. »Das werde ich nicht mehr brauchen.«

»Hast du das wirklich alles geschrieben?«, fragte Talia.

»Ich habe es aus einem Taschenbuch abtippen lassen.«

»Es ist nicht besonders gut, hat Elaine zu Jasper gesagt.«

»Pam wird am Boden zerstört sein«, sagte Mike und verputzte eine Frühlingsrolle.

Talia sah Drex an. »Pam?«

Drex warf Mike einen warnenden Blick zu. »Eine Frau im Büro hat es für mich abgeschrieben. Ich habe es nie gelesen, nur die getippten Seiten bearbeitet, damit sie authentischer aussehen.«

»Ich bin darauf reingefallen«, bekannte Talia. »Als ich in dein Apartment kam und fragte …«

Drex merkte, dass Mike und Gif gebannt zuhörten, und fiel ihr ins Wort: »Das war der Zweck. Euch reinzulegen.«

Danach versickerte die Unterhaltung, und alle konzentrierten sich aufs Essen. Als sie fertig waren, räumten sie kurz den Tisch ab und zogen sich dann in die Sitzgruppe im Wohnbereich zurück. Mike ließ sich in den breitesten Sessel fallen, Gif setzte sich verkehrt herum auf einen Stuhl, Talia schlug in einer Sofaecke die Beine unter. Drex thronte auf der anderen Armlehne.

Er hatte eine Entscheidung gefällt, wie er dieses Treffen eröffnen würde, auch wenn das ein schwerer Gang für Talia würde. Er musste schroff, vielleicht sogar grob sein, denn es war entscheidend, dass er bei seinen Partnern alle noch vorhandenen Zweifel zerstreute, sie könnte Jaspers Komplizin sein.

»Talia?«

Sie holte tief Luft und atmete langsam wieder aus. »Jetzt kommt das ›Ich will später alles hören‹, habe ich recht?«

»Genau. Wir können nicht begreifen, wie du nicht merken konntest, dass du mit einem Psychopathen verheiratet warst, und damit spreche ich für uns alle.«

Es war die Eröffnung, auf die Mike nur gewartet hatte. »Für mich war die Sache klar, sobald ich Sie auf dem Foto von Marian Harris' Party sah.«

»Und seither sind Sie bei Ihrer Meinung geblieben«, sagte sie.

»Mal angenommen, Sie haben Ihren Ehemann an diesem Abend nicht kennengelernt ...«

»Habe ich auch nicht.«

»... und alles, was Sie uns sonst erklärt haben, stimmt ebenfalls, hatten Sie dennoch nie das Gefühl, dass er irgendwie nicht ganz richtig in der Birne war?«

»Das würde ich auch gern wissen«, sagte Gif, allerdings leiser und nicht so vorwurfsvoll wie Mike.

»Ja, ich hatte so ein Gefühl, dass irgendwas nicht stimmt«,

sagte sie. »Aber ich konnte es nicht festmachen. Sie alle haben Tag für Tag mit Kriminellen und Psychopathen zu tun, das ist nicht meine Welt. Also nein«, sprach sie Mike direkt an. »Mir kam nie in den Sinn, dass mein Mann ein Serienmörder sein könnte.«

»Okay«, sagte Drex. »Sachte. Das hier ist kein Verhör. Wir wollen nicht dich, sondern vor allem ihn analysieren und verstehen. Was hat bei dir erstmals das Gefühl ausgelöst, dass irgendwas nicht stimmt?«

»Es wurde durch gar nichts ausgelöst. Es kam langsam. Anfangs redete ich mir ein, dass es der Altersunterschied wäre, es sind immerhin drei Jahrzehnte.«

»Aber du hast ihn trotzdem geheiratet«, sagte Drex.

»Dass mir manches merkwürdig vorkam, begann erst *nach* unserer Hochzeit. Zum Beispiel, wie er manche Dinge ausdrückte. Bei ihm schienen manche Worte und Phrasen eine unausgesprochene Bedeutung zu haben, die sich mir entzog. Besonders unwohl fühlte ich mich, wenn wir allein waren, auch wenn ich nie sagen konnte, warum. Ich dachte, es könnte was Hormonelles sein. Ich machte damals eine Therapie durch.« Sie sah kurz Drex an. »Aber mein unangenehmes Gefühl blieb auch danach. In den letzten Monaten sagte und tat er immer eigenartigere Dinge.«

»Verstärkte sich dieses merkwürdige Verhalten rund um den Zeitpunkt, zu dem Marians Überreste gefunden wurden?«, fragte Drex.

Sie legte die Stirn in Falten. »Jetzt, wo du es erwähnst, ja. Ungefähr zu dieser Zeit.«

»Das passt«, sagte er, und Mike und Gif nickten. »Das muss ihn getroffen haben. Er muss an seiner Entscheidung gezweifelt haben, sie lebendig zu begraben.«

»Vielleicht hatte er das gar nicht beabsichtigt«, wandte Gif ein. »Vielleicht hielt er sie irrtümlich für tot, als er diese Kiste zunagelte.«

Mike sprang darauf an. »›Irrtümlich‹ ist das Schlüsselwort. Ein solcher Patzer ist in seiner Welt ein Sakrileg. Das muss ihn nervös gemacht haben.«

Drex hatte ihren Wortwechsel interessiert verfolgt, wollte aber die einzelnen Punkte nicht gleich ansprechen. »Das hätte ihn so oder so nervös gemacht. Dass dieses Grab entdeckt wurde, hat seine makellose Bilanz verpatzt.« Er wandte sich wieder an Talia. »Ihr wart in dieser Woche essen. Ich winkte euch zu, als ihr losfuhrt.«

»Ja.«

»Es sah so aus, als wäre zwischen euch alles geklärt. Ihr wart beide schick gekleidet. Der brave Ehemann führt sein Lieblingsmädchen zum Essen aus.«

»Du hast das Gespräch also mitgehört?«

Er nickte.

Sie senkte verlegen den Kopf. »Die Einladung kam vollkommen überraschend. Davor waren wir wochenlang nicht aus gewesen.«

»Er hat sie extra für mich inszeniert?«

»Muss er wohl. Zu dem Zeitpunkt glaubte ich allerdings, dass er mir eine Affäre verheimlichen wollte.«

Drex sah seine Kollegen an und versuchte ihre Meinung abzuschätzen. Gif wirkte interessiert, aber noch unentschlossen. Mikes Skepsis hätte man mit dem Messer schneiden können.

Drex wandte sich wieder an Talia. »Inwiefern hat er sich eigenartig verhalten? Was hat dich auf den Gedanken gebracht, dass irgendwas nicht stimmt?«

»Nichts, was ich bedrohlich oder direkt merkwürdig ge-funden hätte. Er hat mich nie schlecht behandelt. Im Gegen-teil, er war fürsorglich, oft sogar so sehr, dass es schon läs-tig war. Aber manchmal bekam ich eine Gänsehaut, wenn er mich auf eine ganz bestimmte Weise ansah. Irgendwann fing ich an, Vorwände zu erfinden, weil ich jede Intimität vermeiden wollte.«

»Wie hat er darauf reagiert?«

»Gelassen.«

»Nicht aggressiv?«

»Ganz und gar nicht. Im Gegenteil. Eher schon gleich-gültig.«

Sie zog eines der Sofakissen auf ihren Schoß und drückte es an ihre Brust. Ein Schild, dachte Drex, gegen das, was sie immer noch nicht zugeben wollte.

»Seine Gleichgültigkeit erschien mir manchmal abnor-mal«, sagte sie.

»Sie ist in jeder Hinsicht abnormal«, sagte Drex, »weil er abnormal ist. Manche dieser Männer können nur funktionie-ren, wenn Gewalt im Spiel ist. Aber Jasper geht es nicht um Sex. Ihm geht es um Gedankenkontrolle, das macht ihn wirk-lich an. Abgesehen von meiner Mutter waren seine Frauen-beziehungen rein platonisch.« Mike und Gif sahen ihn an, als hätte er den Verstand verloren. »Ja, ich habe es Talia heute Morgen erzählt, und ich verlasse mich darauf, dass sie es niemandem sonst erzählt. Aber noch einmal zurück zu dem Punkt, auf den es mir ankommt. Keine seiner anderen Bezie-hungen wurden als romantische Affäre eingestuft.«

»Selbst in seinen Posts auf den Datingseiten ging es nicht um Sex oder Romantik, sondern um Freundschaft«, fügte Mike hinzu.

Drex sah Talia an. »Ich glaube nicht, dass er eine romantische Beziehung mit Elaine hatte, so wenig das jetzt auch zur Sache tut. Ich glaube, sie hätte dich nicht hintergangen. Allerdings war für dich eine Affäre die logische Erklärung für sein sonderbares Verhalten.«

»Wieso war ich die Ausnahme bei seinen platonischen Beziehungen?«, fragte Talia.

»Darauf kommen wir noch«, sagte Drex. »Erzähl erst einmal weiter. Wie hat sich dieses merkwürdige Verhalten bemerkbar gemacht?«

»An Kleinigkeiten, die man einzeln leicht hätte übersehen können, die mir aber zusammengenommen immer mehr zu denken gaben. Wie die Obsession mit seiner Kleidung, seinem Schrank.«

Drex beschrieb Jaspers Kleiderschrank, um die beiden anderen ins Bild zu setzen.

»Er achtete penibel darauf, dass jedes Kleidungsstück exakt passte«, fuhr Talia fort. »Alles musste stimmen, die Ärmellänge, Knöpfe, was weiß ich. Ich durfte seine Wäsche nie falten oder wegräumen. Er hätte ein ›System‹, sagte er. Ich zog ihn damit auf, wie er die verschiedenen Geräte in der Küchenschublade einsortierte.«

»Er fand das nicht zum Lachen«, kommentierte Drex.

»Nein, er wurde sauer. Seine vielen Manien zehrten irgendwann an meinen Kräften. Es ist ermüdend, den ganzen Tag auf einem Drahtseil zu balancieren. Ich fing an, mir Gründe auszudenken, um verreisen zu können. Meine Geschäftsreisen hatten schon etwas von kleinen Fluchten. Ich konnte nur noch entspannen, wenn ich nicht in seiner Nähe war. Das hätte mir etwas sagen sollen, nicht wahr?«

Sie stellte die Frage an alle drei Männer und richtete dabei ihren Blick kurz auf einen nach dem anderen, bevor sie wieder Drex ansah. Er blieb stumm, denn er wollte hören, wie sie ihre eigene Frage beantwortete.

»Wir sollen unsere Gefühle ernst nehmen, so sagt man immer. Ich habe es nicht getan. Ich habe für alles eine Erklärung gefunden oder es schlicht geleugnet.« Sie machte eine kurze Pause und ergänzte dann: »Bis du nebenan eingezogen bist. Das hat alles verändert.«

Mike rutschte in seinem Sessel herum. Gif räusperte sich. Drex rührte sich nicht, sondern sah weiter in Talias betrübtes Gesicht.

»Jasper hat dir zu Recht von Anfang an misstraut, selbst wenn du ihm keinen Anlass dazu gegeben hast. Du hast sogar den Ventilator zurückgebracht, den er dir geliehen hatte. Seine Abneigung war mir unbegreiflich.«

»Er sah Drex als Konkurrenz.«

Sie nickte zu Gif hin. »Männlicher Behauptungswille, Verteidigung des eigenen Territoriums, nach einiger Zeit wäre das verständlich gewesen, und wenn Drex und ich ihm Anlass zur Eifersucht gegeben hätten. Aber Drex war kaum eine Woche da, und Jasper reagierte quasi vom ersten Tag an paranoid.«

»Verdacht wohnt stets im schuldigen Gemüt«, zitierte Drex.

»Was?«

»Shakespeare«, stellte Mike klar.

»Aber lass dich nicht zu sehr beeindrucken«, sagte Drex. »Ich kenne die Stelle nur, weil sie auf einen Charakter wie den von Jasper passt.« Er hob den Zeigefinger. »Nur dass er bloß den *Verdacht*, nicht die Schuld spürt. Für ihn ist alles, was er tut, legitim. Oh, er ist subtil«, führte er aus.

»Er reißt keiner Stubenfliege die Flügel ab und weidet auch keine kleinen Kätzchen aus, obwohl er das womöglich in seiner Jugend getan hat oder selbst jetzt noch, wenn auch heimlich. Aber wenn er ›arbeitet‹, zeigt er alle äußeren Merkmale absoluter Normalität. Er drückt Mitgefühl aus, wenn es angezeigt ist. ›Es tut mir so leid, dass dein Hund vom Auto überfahren wurde.‹ Er entschuldigt sich für kleine Pannen, etwa, wenn er sich bei einer Verabredung verspätet oder einen Geburtstag vergessen hat. Er bringt einer Gastgeberin ein Gastgeschenk mit. Er lädt einen neuen Nachbarn zum Abendessen ein – weil zivilisierte Menschen es so machen. Aber all das ist nur Theater. Er hält sich für etwas Besseres. Insgeheim lacht er über alle, die auf seine Schauspielerei hereinfallen. Soweit ich weiß, hatte er bisher neun verschiedene Persönlichkeiten, doch alle hatten ihren Ursprung in und wurden geleitet von derselben kranken Überzeugung, dass er seinen Mitmenschen haushoch überlegen ist und sich an keine Regeln halten muss.«

»Ich fühle mich so dumm, so naiv.«

»Tu das nicht, Talia. Er hat dich geschickt ausgespielt. ›Heute Abend nicht, Schatz?‹ Na gut. Er war ein perfekter Gentleman. Ein Muster an Rücksichtnahme. Wurde nie wütend, beschwerte sich nie, hörte irgendwann sogar zu fragen auf. Richtig?«

Sie nickte leise und schuldbewusst.

»Für ihn war das ideal, denn genauso wollte er eure Beziehung. Er beherrschte dich, ohne herrisch zu wirken. Welche Frau würde sich schon über ein solches Idealbild von Mann beschweren? Du hättest am liebsten laut aufgeschrien, wenn du diesen Schrank, diese makellosen Schubladen gesehen hast, aber du hast es nicht getan, denn die meisten Frauen würden es für ein Wunder halten, wenn ihr Schlamper von Ehemann ausnahmsweise seine schmutzige Unterhose vom Badezimmerboden aufhebt. Jasper hat absichtlich Worte und Wendungen verwendet, die auf dich verstörend wirkten, und dich im nächsten Moment absolut umsichtig behandelt. Das hat dich immer wieder aus dem Konzept gebracht. Du warst… wie hast du das genannt? *Auf der Hut.* Das hat ihn mehr angemacht als alles andere. Er spürte deinen wachsenden Argwohn. Den zu nähren war sein Vorspiel.«

»Wozu?«

»Zum Töten.«

»Komplett abgefuckt«, kommentierte Mike leise.

Verstört drückte sie das Kissen fester an ihre Brust. »Ich werde mir nie verzeihen, dass ich nicht auf meinen Instinkt gehört habe, dass ich nichts gesagt, nichts unternommen, nicht mit Elaine über meine Vorbehalte gesprochen habe. Sonst wäre sie vielleicht noch am Leben.«

»Und du wärst jetzt tot.«

Nach Drex' ernüchternder Ergänzung wurde es still, bevor Gif aussprach, was alle dachten: »Und garantiert hätte er danach bei Elaine Trost gesucht.«

»Und sie auch kaltgemacht«, ergänzte Mike.

»Das ist einer der Punkte, die ich mit euch besprechen muss«, sagte Drex. »Die Umstände lagen diesmal anders als bei allen vorangegangenen Malen. Diesmal waren es zwei Frauen. Eine davon hat er geheiratet. Auch bei Marian Harris wich er schon von seinem Muster ab.«

»Inwiefern?«, fragte Gif.

Drex stand auf und trat an die Frühstücksbar, die den Wohnbereich von der Kochecke trennte. Er stützte sich mit den Händen auf die Theke.

»Ich glaube nicht, dass er Marian aus Versehen lebendig begrub. Ich glaube, seine Vorgehensweise begann ihn zu langweilen, und er wollte etwas Neues ausprobieren. Er stellte sich selbst eine Herausforderung. Er wollte ausprobieren, ob er so was fertigbringen und damit durchkommen würde. Bis jetzt ist ihm das gelungen. Talia stellte die nächste Herausforderung dar. Sie gehörte einer anderen Generation an, war nicht schüchtern oder unsicher, keine reiche Erbin. Im Vergleich zu ihren Vorgängerinnen war sie viel jünger, viel schöner und hatte ihr Vermögen selbst erarbeitet. Konnte er eine solche Frau verführen? Oder besser noch, sein größter Coup, konnte er sie dazu bringen, ihn zu heiraten? Auch das gelang ihm. Er wurde Elaine vorgestellt. Normalerweise hätte sie für ihn keine Herausforderung dargestellt. Aber zwei Frauen gleichzeitig? Zwei Frauen, die einander kannten, die befreundet waren, die sich oft sahen und miteinander über ihn sprechen konnten? Ah, das war das größte Risiko von allen. Das war noch riskanter, als Marian sterben zu lassen, ohne dass jemand ihre Schreie hörte. Die Kombination von Talia und Elaine war eine zu verlockende Herausforderung, als dass er ihr widerstehen konnte. Würde er das wirklich wagen?« Drex ließ den Kopf zwischen die Schultern sinken. »Er hat es gewagt und sein Ziel schon zur Hälfte erreicht.«

Hinter ihm blieb es still. Niemand sagte etwas. Schließlich bestätigte Gif: »Das ist seine Art von Eskalation.«

»Glaube ich auch. Das ist die Midlife-Raserei, von der wir gesprochen haben. Er geht Risiken ein wie nie zuvor, und das macht mir höllische Angst.« Er machte eine kurze Pause. »Probier mal, ob du Locke ans Telefon bekommst.«

Wie Drex vorhergesehen hatte, reagierten die anderen drei

im Raum verblüfft auf seine Bitte. Ehe jemand nach einem Grund fragen oder einen Einwand vorbringen konnte, sagte er: »Wir sind auf jemanden im Team angewiesen, der uns mit Informationen versorgt und uns auf dem neuesten Stand hält. Rudkowski? Vergiss es, brauchen wir gar nicht erst zu versuchen. Hat einer von euch einen Kontakt in einem der FBI-Büros in South Carolina?«

Sie antworteten mit einem Kopfschütteln.

»Also könnt ihr auch keinen Gefallen einfordern. Außerdem könnt ihr darauf wetten, dass Rudkowski uns überall schlechtgeredet hat. Dasselbe gilt für das Charleston PD, das Sheriff's Office, die State Police, Homeland Security. Jede Polizeibehörde.«

»Auch Locke gehört zu dieser Bruderschaft«, sagte Mike.

»Genau wie Menundez«, ergänzte Talia.

»Ja, aber du hast sie reden hören, als sie allein in deinem Arbeitszimmer waren.« Er klärte Mike und Gif kurz darüber auf, was er und Talia in ihrem Schutzraum mitgehört hatten. »Sie haben Rudkowskis Aufschneiderei durchschaut und können ihn beide nicht leiden. Uns bewundern sie hingegen. Ich glaube, Menundez würde uns sofort beistehen, wenn er Gelegenheit dazu bekäme.«

»Und warum rufen wir nicht ihn an?«, fragte Mike.

»Weil Locke erfahrener ist, reifer, gründlicher nachdenkt, weniger impulsiv und ranghöher ist und wir aus all diesen Gründen genau ihn brauchen.«

Gif zögerte, dann holte er sein Handy heraus, ging das Anrufverzeichnis durch und wählte Lockes Nummer. »Stell auf Lautsprecher.« Drex deutete auf die Theke, und Gif legte das Handy vor ihm ab. Er schob seinen Stuhl an die Theke und nahm wieder Platz.

Mike blieb, wo er war. Talia trat neben Drex. Er wandte sich ihr zu und sagte leise: »Tut mir leid, dass ich dir das zumuten musste.«

»Tatsächlich hat es mir gutgetan. Besser, als alles ständig mit mir herumzuschleppen. Ich will ihn auslöschen, Drex.«

»Ich auch.«

Sie sah ihm ins Gesicht. »Du hast viel Schlimmeres durchgemacht, nicht wahr? In dem dunklen Zimmer, in dem du stundenlang eingeschlossen warst?«

»Dafür werde ich bezahlt.«

»Du *wurdest* es.«

Gerade, als er mit einem müden Lächeln reagierte, ging Locke ans Telefon. Er klang der Welt überdrüssig.

Drex beugte sich über das Handy und nannte seinen Namen. »Können Sie ungestört reden?«

»Geben Sie mir fünf Minuten und rufen Sie dann noch mal an.«

»Nein. Jetzt oder gar nicht. Ja oder nein? Ich bin mit Ihrer Hauptzeugin abgehauen. Wollen Sie nicht wissen, warum ich anrufe?«

»Um einen Gefangenenaustausch auszuhandeln?«

»Na gut, wenn Sie ein Esel sein wollen. Ciao.«

»Moment!« Sie hörten halblaute Flüche, dann eine längere Pause, gedämpfte Geräusche und schließlich: »Okay, ich bin allein. Warum rufen Sie an?«

»Glauben Sie, dass Jasper Ford Elaine umgebracht hat? Und bitte ersparen Sie mir die offizielle Antwort. Ja oder nein?«

»Ja.«

»Das sind gute Neuigkeiten. Schlecht ist, dass Sie ihn nie erwischen werden, wenn Sie nach ihm suchen.«

»Wieso?«

»Weil Sie alles abklappern wie immer. Fluglinien. Mietwagenverleiher. Hotels. Sagen Sie mir, wenn ich falschliege.«

Schweigen.

»Dachte ich mir«, sagte Drex. »Hören Sie zu. Er ist nicht mehr Jasper Ford, er ist jemand anders. Er hat eine so grundlegende Verwandlung durchgemacht, dass Sie ihn nicht mal erkennen würden, wenn er vor Ihnen stehen und Sie an den Eiern packen würde.« Drex ließ Locke darüber nachdenken, bevor er fortfuhr. »Er hat den Flughafen mit seinem Koffer verlassen. Hat er den im Taxi gelassen?«

»Nein.«

»Wurde er auf der Jacht gefunden?«

»Nein.«

»Er war im Wagen.«

»Mrs. Ford hatte seinen Wagen.«

Drex erläuterte dem Detective seine Theorie, dass Jasper in der Nähe des Hotels, vor dem ihn das Taxi abgesetzt hatte, einen Ersatzwagen abgestellt hatte. »Ein unscheinbares Fahrzeug, das niemand zurückverfolgen kann. Mit dem ist er an diesem Abend weitergefahren. Der Koffer lag darin. Jasper schwamm an Land, aber den Strand hat ein anderer Mensch verlassen.«

»Das sind nur Vermutungen.«

Drex massierte seine Stirn. »Ich habe heute Nachmittag eine Reise in das Hirn dieses kranken Scheißers unternommen. Er will alle glauben lassen, dass Jasper Ford auf hoher See ertrunken ist. Richtig?«

»Okay.«

»Er konnte nicht riskieren, dass Jasper Ford je wieder auftaucht. Jasper Ford musste aufhören zu existieren, genau wie seine vorangegangenen Identitäten. Irgendwo da draußen am Strand veränderte er sein Aussehen und legte sich eine neue Vita zu.«

»Suchkommandos haben die Strände abgesucht ...«

»Sie würden nicht mal ein Kaugummipapier finden. Er ist extrem gewissenhaft. Penibel. Ein analer Charakter. Er hat alles in den Koffer gestopft. Was er anschließend damit gemacht hat, weiß ich nicht. Aber dieser Koffer enthielt alles, was er brauchte, um sich in jemand anderen zu verwandeln.«

»Na schön, sagen wir, Ihre Hypothese ...«

»Ich stelle keine Hypothesen zum Selbstzweck auf, Locke«, fuhr er hitzig dazwischen. »Ich will ihn kriegen, und das schaffe ich nicht im Blindflug. Ich versuche Ihnen nur klarzumachen, dass Sie Ihr Polizei-Handbuch in den nächsten Mülleimer pfeffern sollten, wenn Sie ihn erwischen wollen.« Er holte Luft. »Aber ich höre. Was wollten Sie sagen?«

»Falls er tatsächlich sein Aussehen verändert und sich alles so zugetragen hat, wie Sie behaupten, dann haben wir ihn schon verloren. Er ist weg.«

Drex sah Gif an. »Gif hat heute Morgen das Gleiche gesagt. Er geht davon aus, dass Jasper längst über alle Berge war, als Elaines Leiche an Land gespült wurde. Ich habe ihm nicht widersprochen, weil ich das zu diesem Zeitpunkt für wahrscheinlich hielt. Aber das tue ich nicht mehr.«

»Warum nicht?«, fragte der Detective.

»Weil ich mich in Jaspers Geist versetzt habe und jetzt drei Gründe nennen kann, warum ich nicht sofort aus der Gegend verschwinden würde. Erstens: Wenn ich einen so ausgefeilten Plan erfolgreich durchgezogen hätte, würde ich nicht der Versuchung widerstehen können, meinen Erfolg zu genießen. Das wäre, als wenn man sich das Feuerwerk nach der gewonnenen Meisterschaft entgehen ließe. Er hat Chaos geschaffen und will in dem Nachglühen baden. In der letzten Nachrichtensendung, die ich gesehen habe, nannte man ihn einen wichtigen Zeugen von Elaines Tod.«

»Wir haben beschlossen, ihn vorerst nicht als Verdächtigen zu bezeichnen. Wir können immer noch nicht beweisen, dass er auf der Jacht oder im Beiboot war. Es besteht immer noch die Möglichkeit, dass ein unbekannter Dritter an Bord war.«

»Falls Ihre Kollegen diesem Gedankengang weiter folgen, wird er uns entwischen. Locke, Sie müssen jemanden überzeugen, dass wir es nicht mit einem Mann zu tun haben, dem es erst gestern früh nach dem Aufwachen in den Sinn kam, eine gute Freundin über Bord zu werfen. Wir haben es hier nicht mit einem tragischen Dreierverhältnis zu tun. Nicht einmal mit gemeinem Raubmord. Er hat nicht impulsiv gehandelt. Ich verspreche Ihnen, dass er das schon lange geplant hatte. Nachdem ich mit Talia darüber gesprochen habe, wie er sich in letzter Zeit verhalten hat, glaube ich, dass die Entdeckung von Marian Harris' Leiche als Katalysator gewirkt hat.«

»Detective?«, warf Talia ein.

»Mrs. Ford?«, rief Locke aus. »Mir war nicht klar, dass Sie zuhören. Geht es Ihnen gut?«

»Falls Sie damit fragen wollen, ob ich Drex freiwillig begleitet habe, ja. Niemand hat mich gezwungen.« Sie holte Luft. »Trotzdem habe ich ein schlechtes Gewissen, dass ich Sie und Mr. Menundez in eine so unangenehme Lage gebracht habe. Gestern Abend waren Sie in einem schwierigen Moment sehr nett zu mir. Danke.«

»Keine Ursache«, antwortete er steif. »Was halten Sie von Eastons Spekulationen?«

»Ich bin in keinem Punkt anderer Meinung als er. Tatsächlich hat er mir die Augen für vieles geöffnet, was ich bis dahin nicht sehen wollte. Ich will Ihrer Abteilung und auch keiner anderen Polizeibehörde zu nahe treten, aber ich glaube, Sie sollten auf ihn hören und seinen Rat beherzigen.«

Der Detective seufzte. »Easton, Sie haben gesagt, es gäbe drei Gründe für ihn, in der Nähe zu bleiben. Was ist der zweite?«

»Er will Talia töten.«

Drex' unverblümte Erklärung traf Locke wie ein Schlag. Er räusperte sich und fragte sie dann, ob Jasper sie je bedroht hätte.

»Nein.«

»Fühlten Sie sich je indirekt bedroht oder …«

»Nein«, fiel sie ihm ins Wort. »Und genau das macht die Sache im Nachhinein so erschreckend. Er hatte zwar merkwürdige Schrullen, aber ich habe die nie als abnormal oder als Warnzeichen gesehen, wie ich es hätte tun sollen.«

»Wir haben keine Zeit, noch mal durchzukauen, was sie mir über ihre Beziehung erzählt hat«, mischte Drex sich ein. »Sie müssen mich wohl beim Wort nehmen. Er wird nicht von hier verschwinden, solange sie noch am Leben ist. Das wäre für ihn kein ordentlicher Abschluss.«

»Er hat recht, Detective«, ergänzte sie. »Ich habe mit Jasper zusammengelebt. Ich kenne seine Gewohnheiten. Er wird keine losen Enden zurücklassen.«

»Und schon gar nicht ihre Kohle«, sagte Mike.

»Wer ist das?«, fragte Locke.

»Mallory.«

»Es ist also die ganze Gang versammelt?«

»Hallo«, meldete sich Gif.

»Sie wissen, dass Sie alle geliefert sind?«, ermahnte der Detective sie. »Rudkowski hat geschworen, dafür Sorge zu tragen. Stimmt es, dass…«

»Hören Sie«, fiel Drex ihm ins Wort. »Das regeln wir, wenn wir es müssen. Im Moment müssen wir vor allem überlegen, wie wir Jasper aus seiner Deckung locken können.«

»Sie haben mir noch nicht den dritten Grund genannt, warum Sie glauben, dass er noch in der Nähe ist«, sagte Locke.

»Sein Ego.«

Drex stieß sich von der Theke ab und trat an eines der schmalen Fenster beiderseits der Tür zum Apartment. Er drehte an der Kurbel und stellte die Lamellen waagerecht. »Er weiß, dass ich ihm auf den Fersen bin. Es ist ihm gleich, ob ich eine Marke trage oder nicht, er weiß, dass ich hinter ihm her bin, und nachdem ich mir solche Mühe gemacht habe, einen Schriftsteller zu spielen, muss er wohl auch ahnen, wie entschlossen ich bin, ihn festzunageln. Aber er hat mich ausgetrickst. Er hat vor meinen Augen einen raffinierten Mord geplant und ausgeführt. Er hat Talia eine Scharade vorgemacht, mich im Kreis jagen lassen. Irgendwie hat er Elaine betört. Keiner von uns hat irgendwas kommen sehen. *Ich* habe es nicht kommen sehen, und ich hätte es müssen. Er war schlauer als ich, und das will er mir unter die Nase reiben.«

»Okay, aber wie?«, fragte Locke. »Indem er Talia umbringt?«

Genau diese Frage hatte Drex gepeinigt, während er den

Nachmittag über in der Dunkelheit gelegen und sich in Jasper hineinversetzt hatte. Würde er an Jaspers Stelle Talia sofort loswerden und damit seine Vergangenheit aus der Welt schaffen wollen? Dann wäre das Spiel vorbei. Und was wäre der Spaß daran?

»Ich persönlich glaube«, sagte er langsam, »er wird wollen, dass ich mir Sorgen um sie mache, dass ich mir den Kopf zerbreche, wann und wie er zuschlagen wird. Und auch sie soll keine Sekunde Ruhe finden und in ständiger Angst leben.«

»Du widersprichst dir«, kommentierte Mike mürrisch. »Gerade hast du noch behauptet, dass er von hier weggehen würde, wenn er mit ihr abgeschlossen hat.«

»Aber nicht gleich.« Drex starrte in den Regen. »Er wird mich nervös machen und mir vor Augen führen wollen, dass er noch nicht mit mir fertig ist, dass er immer noch alle Fäden in der Hand hält, und darum wird er schon bald wieder zuschlagen. Aber er wird eine andere Frau umbringen.«

Locke atmete laut aus. »Ach du Scheiße.«

Kapitel 30

Aufgeschreckt durch den Tonfall des Detectives, drehte sich Drex vom Fenster weg und starrte das Handy auf der Theke an. »Was ist passiert? Locke? Was ist passiert?«

Locke ruderte eilig zurück. »Das ist nicht sein Modus Operandi. Ganz und gar nicht.«

Drex kehrte an die Bar zurück und brüllte ins Telefon: »*Was ist passiert?*«

»Im Waterfront Park wurde eine Tote gefunden.«

»Nahe dem Wasser, und Sie behaupten, das sei nicht sein Stil? Er schickt mir Grüße. Wann war das?«

»Der erste Anruf ging vor einer knappen Stunde ein.«

»Wie wurde sie getötet?«

»Keine sichtbaren Wunden. Keine Verletzungen. Keine nahe liegende Waffe.«

»Warum ist sie dann gestorben?«

»Ihr wurde das Genick gebrochen. Sieht aus, als hätte man sie mit bloßen Händen umgebracht.«

Drex wühlte die Finger in seine Haare und drückte seinen Schädel zusammen, als könnte er explodieren.

»Aber das haben Sie nicht von mir«, beeilte sich Locke hinzuzufügen. »Dafür sind Kollegen von mir zuständig. Es ist deren Fall…«

»Nicht mehr. Jetzt ist es meiner.« Drex schob Gif das Handy zu. »Du notierst die Einzelheiten.«

»Vielleicht will er sie mir nicht verraten…«

»Dann besorg sie dir von jemand anderem.«

Gif griff nach dem Handy und begann mit Locke zu reden.

»Hol deinen Laptop«, sagte Drex zu Mike. »Vielleicht ist es schon in den Nachrichten. Mach dich schlau, was geredet wird.«

»Das wird es sein. Gerede.«

»Mach dich trotzdem schlau.«

»Was tust du währenddessen?«

»Das Auto holen. Wo ist der Schlüssel?«

Noch während er mit Locke redete, fischte Gif den Schlüssel aus seiner Hosentasche und warf ihn Drex zu. Doch Talias Hand schoss vor und fing ihn im Flug auf. »Ich werde fahren«, verkündete sie.

»Du bleibst hier bei Mike.«

»Erst vor einer halben Stunde hast du behauptet, dass du keine Kontakte in Charleston hast. Du kennst dich hier nicht aus.«

»Wir finden uns schon zurecht.«

»Ich komme mit.«

»Du musst hierbleiben.«

»Nein, ich muss das tun. Ich *muss* das tun.«

Er versuchte, sie mit einem Blick zum Einlenken zu bringen, aber dann begriff er, wie unfair es wäre. Sie bot ihm ihre Hilfe an, und sie musste etwas unternehmen, auch um ihre Schuldgefühle Elaine gegenüber zu beschwichtigen.

Mike schnaubte hinter ihnen. »Ich habe den genauen Fundort. Ich komme auch mit.«

Zu viert stiegen sie in Gifs Wagen. Drex saß auf dem Beifahrersitz, die beiden anderen hinten. Talia fuhr – raste –

zur Mündung des Cooper River, wo mit dem gleichnamigen Park, dem Pier und anderen Attraktionen eines der beliebtesten Ausflugsziele von Charleston lag.

Gif berichtete, was Locke ihm erzählt hatte. »Locke sagt, die CID rotiert.«

»CID?«, fragte Talia.

»Criminal Investigations Division«, antworteten die drei Männer im Chor.

»Zwei Frauenmorde innerhalb von vierundzwanzig Stunden haben alle Alarmglocken zum Schrillen gebracht«, fuhr Gif fort.

»Ach was«, kommentierte Mike sarkastisch.

»Wurde das Opfer schon identifiziert?«

»Sara Barker. Die Handtasche lag noch unter ihr, der Riemen noch über ihrer Schulter. Führerschein, Kreditkarten, alles da. Diamantbesetzter Ehering noch an ihrem Finger. Sie gehen davon aus, dass sie von hinten attackiert wurde, als sie in ihr Auto steigen wollte.«

»Alter?«

»Neununddreißig. Hatte sich mit drei Freundinnen zum Abendessen getroffen. Ihr Mann war zu Hause bei den beiden Kindern, einem Jungen, neun Jahre, und einem Mädchen, sechs.«

Drex ballte die Faust und schlug sich damit gegen die Stirn. »Ein absolutes Zufallsopfer. Auch das hatte er nie zuvor ausprobiert. Oder vielleicht doch, wer weiß. Vielleicht hat er Dutzende umgebracht, von denen wir nichts wissen, weil ich nur die gesehen habe, die in ein fixes Muster passen.«

»Was dieses Opfer nicht tut«, wandte Mike ein. »Also weißt du nicht, ob er es war.«

»Ich weiß es«, sagte Drex. »Er will prahlen. Fang mich doch, du Arschloch. Genau das denkt er.«

Talia unterbrach ihn. »Da drüben können wir parken.« Sie deutete auf den Parkplatz eines belebten Restaurants. »Ich weiß nicht, ob wir näher herankommen, und hier fallen wir nicht auf.«

Drex nickte. Sie bog auf den Parkplatz und hielt auf einem freien Stellplatz. Sobald sie den Motor abstellte, lag Drex' Hand am Türgriff.

»Drex, du kannst nicht mitkommen«, sagte Gif. »Genauso wenig wie Talia. Bevor Locke auflegte, warnte er mich noch, dass Rudkowski sich einmischen würde, ob es dem Police Department passt oder nicht. Wenn man euch sieht…«

»Sind wir dran.« Drex verfluchte Gifs Klarsicht und bekräftigte seinen Fluch mit weiteren, weil Gif einfach recht hatte.

»Ihr bleibt hier«, beschloss Mike. »Gif und ich schauen uns um und spitzen die Ohren.«

»Nimm's mir nicht übel, Mike«, sagte Gif. »Aber du bist zu… imposant, um unbemerkt zu bleiben.«

»Ich nehm's dir nicht übel. Ich bleibe hier im netten, trockenen Auto sitzen und gebe euch von meinem Laptop aus Updates.«

Drex fragte Gif nach Lockes Handynummer und bekam sie. Bevor er ausstieg, wollte Gif noch wissen, ob er nach etwas Bestimmtem Ausschau halten sollte. »Rudkowski«, sagte Drex nur.

»Versteht sich von selbst.«

»Sobald du ihn siehst, verziehst du dich und kommst zurück. Und sieh und hör dich nach einem Hinweis auf eine Visitenkarte von Jasper um.«

»Wie meinst du das?«

»Ich soll wissen, dass er das war«, sagte Drex. »Er wird mir einen Hinweis hinterlassen.«

»Wie zum Beispiel?«

»Das weiß ich nicht. Etwas Subtiles. Ein kleiner Scherz zwischen ihm und mir.«

Nachdem Gif gegangen war, rief Drex Locke an. Er hörte, dass der Detective im Auto saß. »Wo sind Sie?«

»Menundez und ich wurden zum Tatort eines Mordes gerufen.«

Aus seiner Antwort schloss Drex, dass er Menundez nichts von dem ersten Telefonat erzählt hatte. »Eine kollegiale Geste uns gegenüber«, sagte er. »Es ist nicht unser Fall, aber sie möchten, dass wir einen Blick darauf werfen, um festzustellen, ob es eine Verbindung zwischen diesem Mord und unserem Fall von gestern Abend geben könnte.«

»Außer dem Geschlecht des Opfers?«

»Ja. Einen Hinweis darauf, dass es derselbe Täter ist.«

»Ich weiß bereits, dass es derselbe Täter ist. Rufen Sie mich sofort an, falls Sie einen Hinweis finden.«

»Mal sehen, wie es läuft.«

Es war offensichtlich, dass Locke sich bedeckt halten würde, solange Menundez mithörte. Drex vermutete, dass Locke damit sich und auch den jüngeren Mann schützen wollte. Obwohl die anerkennenswerte Geste im Moment ungelegen kam, musste Drex dem Detective Respekt zollen, dass er seinen jüngeren Partner nicht in Schwierigkeiten bringen wollte.

»In Ordnung. Ich verstehe Sie. Aber wenn Sie mir weitere Details nennen können…«

»Ich verspreche nichts.«

»Verstanden. Aber um mein Vertrauen zu beweisen, schicke ich Ihnen meine Nummer und unseren gegenwärtigen Aufenthaltsort.«

»Wie lange werden Sie dort sein?«

»Bis wir wieder weg sind.«

»Wie lange erreiche ich Sie unter der Nummer?«

»Bis ich nicht mehr antworte.«

»Ich muss Schluss machen«, sagte Locke. »Wir sind da.«

Der Detective legte auf, genau wie Drex. Gleich danach schickte Drex die versprochene Nachricht. Anschließend gab er Talia und Mike weiter, was Locke ihm erzählt hatte, wobei er sich mit dem Handy gegen das Kinn klopfte.

»Vielleicht übersehen sie ein entscheidendes Verbindungsglied. Verdammt.« Er legte die Hand an den Türgriff und zog an.

»Drex?«, rief Talia aus.

»Ich kann unmöglich hier herumsitzen und nichts tun«, sagte er.

»Du musst«, sagte Mike. »Wenn sie dich ohne Genehmigung erwischen, wirst du kaltgestellt. Genau wie Gif und ich. Und Locke wird aufs Abstellgleis geschoben, weil Rudkowski genau wissen wird, dass er dir den Tipp gegeben hat.«

»Ich werde nicht zulassen, dass Locke ins Kreuzfeuer gerät.«

»Das wirst du nicht verhindern können. Willst du, dass er deinetwegen seinen Job verliert?«

Gefangen in seinem Zwiespalt, hielt er die Autotür geöffnet, stieg aber nicht aus. Er sah Talia an, die bestätigte: »Mike hat recht.« Er schaute über die Schulter auf Mike, dessen Miene noch grimmiger war als üblich. Drex gestand zu, dass es cleverer war, sich bedeckt zu halten. »Okay, aber ich kann nicht untätig herumsitzen. Ich bleibe auf dem Parkplatz. Vertrete mir die Beine. Um den Kopf klar zu bekommen.«

Er schlug die Kapuze seiner Regenjacke hoch und stieg aus.

Talia hatte schon die Hand am Griff, um ihm zu folgen, aber Mike sagte vom Rücksitz aus: »Lassen Sie ihm ein paar Minuten, er kriegt sich gleich wieder ein. Manchmal ist er so.«

Sie ließ sich wieder in den Fahrersitz sinken. »Es zehrt an ihm, nicht wahr? Was er tut.«

»Manchmal. Und in solchen Fällen halten wir – Gif und ich – Abstand, lassen ihn das durcharbeiten. Irgendwann hat er es überstanden.«

»Der Drex Easton, den ich kennengelernt habe – guter Gott. Das war erst vor einer Woche«, sagte sie erstaunt, weil er ihrem Gefühl nach schon viel länger ein Teil ihres Lebens war. »Dieser Drex Easton war entspannt und witzig.«

»Das ist eine andere Seite. Er kann ein richtiger Aufschneider sein.«

Sie beobachtete, wie Drex im Regen verschwand. Er ging mit gesenkten Schultern, die Hände in den Taschen seiner Windjacke vergraben. »Wie lange ist er schon an der Sache dran?«

»Offiziell? Seit er seinen Doktor in Kriminalpsychologie gemacht hat.«

Sie drehte sich zu Mike um, der mehr als die Hälfte der Rückbank einnahm. Er sah ihre Überraschung und nickte in die Richtung, in die Drex verschwunden war. »Dr. Easton.«

»Ich hatte keine Ahnung.«

»Er lässt es nicht raushängen.«

»Ich nehme an, dass er und Rudkowski eine lange gemeinsame Geschichte haben.«

»Sehr lange.«

»Sie haben sich zerstritten?«

»Nein. Das würde implizieren, dass sie früher Verbündete waren. Sie waren von Anfang an wie Katz und Maus.«

»Weswegen?«

»Rudkowskis Unfähigkeit, die Drex schnell auffiel, drüben in Kalifornien. In Santa Barbara wurde eine Frau als vermisst gemeldet.«

»Und nie gefunden.«

Mike nickte. »Genauso wenig wie ihr Geld. Jedenfalls wechselte Rudkowski nach diesem Fall nach Louisville. Er bekam einen Rappel, als Drex sich kurz darauf in Lexington niederließ. Die Nähe erleichtert es Drex, den Finger an Rudkowskis Puls zu halten, aber sie erleichtert es Rudkowski auch, Drex im Auge zu behalten. Und das tut er. Mit Adleraugen.«

»Und darum umgeht Drex ihn, so gut es geht.«

»Rudkowski ist ein Versager und weiß es. Er ist neidisch auf Drex. Drex ist klüger als er, ein geborener Anführer, gut aussehend, ein Frauentyp.«

Vor dem letzten Halbsatz hatte er eine winzige Pause eingelegt, und Talia begriff, dass er ihn nur angefügt hatte, um sie zu provozieren. Sie beschloss, sich provozieren zu lassen.

»Wollen Sie mir meine Grenzen aufzeigen? Mir demonstrieren, wo ich bei Drex stehe? Bei Ihnen?«

Er sagte nichts.

»Wissen Sie, Mr. Mallory, in den letzten sechsunddreißig Stunden ist mein Leben in sich zusammengebrochen. Es liegt in Trümmern, und ich weiß nicht, ob ich mich je daraus befreien oder auch nur überleben werde. Also ist es mir nicht besonders wichtig, ob ich Ihr Herz gewinne. Tatsächlich ist es mir herzlich egal.«

Sie hielt seinem scharfen Blick stand, doch zu ihrer Überraschung bemerkte sie ein Zucken in seinem breiten Mund, das einem Lächeln näher kam als alles, was sie bisher von ihm zu sehen bekommen hatte. »Nach dieser Ansprache könnte das schon passieren.«

In genau diesem Augenblick kehrte Drex zurück. Er zog die Beifahrertür auf und rutschte auf den Sitz. »Es fängt richtig an zu regnen. Habe ich was verpasst?«

Talia sah Mike kurz an und schüttelte dann den Kopf.

Mike fragte Drex, ob Locke schon zurückgerufen hatte. »Nein, aber wahrscheinlich wird er …«

Alle drei schreckten zusammen, als jemand zur Beifahrertür gerannt kam und energisch gegen das Fenster klopfte. Menundez sah zu ihnen herein, das Gesicht eine verregnete Grimasse.

Drex öffnete die Tür. »Woher wissen Sie, dass wir hier sind?«

»Locke hat mich geschickt, ich soll Sie holen.«

Drex hatte bereits ein Bein auf dem Asphalt. »Was haben Sie gefunden?«

»Lewis.«

Drex erstarrte. »Was? Gif?«

Menundez sah kurz Talia, dann Mike und zuletzt wieder Drex an. »Der Rettungswagen hat ihn eben abtransportiert.«

Kapitel 31

Stockend und atemlos berichtete Menundez, dass man Gif auf dem Gehweg liegend gefunden hatte. »Er litt unter starken Schmerzen. Konnte nicht sprechen. Kaum atmen. Jemand hat den Notarzt gerufen. Bis der Wagen eintraf, war er bewusstlos.«

Drex packte den Detective am Kragen und zerrte ihn halb in den Wagen.

»War er noch am Leben?«

»Ich weiß es nicht. Ehrenwort.«

»Was ist passiert?«

»Das weiß niemand. Er stand unter den Schaulustigen. Und fiel einfach um. Die Leute um ihn herum dachten, er hätte vielleicht einen Herzinfarkt oder Schlaganfall. Locke ist dortgeblieben und befragt die Zeugen. Hat mich zu Ihnen geschickt.«

»Danke.«

Talia hatte bereits den Motor gestartet. Sobald Drex Menundez losgelassen hatte, schoss sie aus der Parklücke und ließ den Detective zurück.

Sie navigierte durch die Innenstadt in Richtung der Notaufnahme des University Hospitals, wohin Gif, wie Menundez ihnen erklärt hatte, gebracht worden war. Nur einmal bog sie falsch ab und in entgegengesetzter Richtung in eine Einbahnstraße. Sie wich den Autos aus, die ihr hupend und mit aufgeblendetem Fernlicht entgegenkamen, aber sie ging nicht eine Sekunde vom Gas.

Drex auf dem Beifahrersitz war außer sich und machte sich die schwersten Vorwürfe, weil er Gif allein losgeschickt hatte. Talia setzte ihn am Eingang zur Notaufnahme ab. Er stürmte aus dem Wagen und rannte ins Gebäude, während sie und Mike nach einem Parkplatz suchten.

Als sie wieder zu Drex stießen, drohte er bereits dem Personal an der Empfangstheke, das Krankenhaus auseinanderzunehmen, falls man ihm keine Auskunft über den Zustand seines Freundes gab.

»Sagen Sie mir wenigstens, wie schwer er verletzt wurde!«, brüllte er die Frau an, die offenbar die Verantwortung hatte. »Wurde er angeschossen? Niedergestochen? Blutet er? *Was?*«

Ungerührt erwiderte sie: »Ich kann Ihnen leider keine Auskunft geben, Sir. Sie können sich gern in den Wartebereich setzen und…«

»Ich werde mich nicht setzen!«

Talia und Mike flankierten ihn, hakten ihn an beiden Armen unter und zogen ihn weg. Sie bugsierten ihn zum Wartebereich, wo Mike ihn in einen Stuhl drückte und ihn ermahnte, sich zusammenzureißen.

»Du bist nicht der Einzige, der sich hier aufregt, weißt du? Es ist niemandem geholfen, wenn du durchdrehst.«

Drex erklärte ihm, wohin er sich seine Ratschläge schieben konnte, pflanzte dann die Ellbogen auf die Knie und vergrub das Gesicht in seinen Händen.

»Behalte ihn im Auge«, sagte Mike zu Talia. »Meine Marke wird diese Harpyie bestimmt gesprächiger machen.«

»Warten Sie.« Sie hielt ihn am Ärmel zurück. »Wir könnten unerwünschte Aufmerksamkeit erregen, wenn Sie damit anrücken.«

Sie war sich der anderen Menschen im Wartebereich bewusst, die inzwischen nicht mehr in ihre Handys, Zeitschriften oder Pamphlete über Wundermittel starrten, sondern sie mit unverhohlenem Interesse beobachteten, so als würden ihre persönlichen Dramen, die sie in die Notaufnahme geführt hatte, gegen Drex' Leid verblassen.

Unter Mikes drohendem Blick widmeten sich die meisten wieder ihrer Lektüre.

Talia ging vor Drex in die Hocke und legte die Hand auf sein Knie. »Drex, hast du mein Handy und den Akku noch bei dir?«

Er hob den Kopf und sah sie an, als hätte sie Kauderwelsch gesprochen. Als ihre Worte zu ihm durchgedrungen waren, nickte er. »Warum?«

»Leg den Akku ein.« Als er den Kopf schütteln wollte, drückte sie sein Knie. »Nur einen Anruf, dann kannst du ihn wieder herausholen. Vertrau mir. Ich regle das.«

Entweder vertraute er ihr wirklich, oder er machte sich zu große Sorgen um Gif, um ihr zu widersprechen, denn er erfüllte wortlos ihre Bitte. Sie ließ ihn in Mikes Obhut zurück und trat wieder an die Theke.

Die Frau blätterte in aller Seelenruhe in einem Stapel Formulare und fragte dann, ohne auch nur aufzusehen: »Ja?«

»Ist Dr. Phillips heute Abend im Krankenhaus? Andrew Phillips.«

Jetzt sah sie auf. »Er ist Chefarzt der Chirurgie.«

»Ich weiß. Könnten Sie ihm oder seiner Assistentin eine Nachricht zukommen lassen?«

Sie prustete los, als hätte Talia einen Witz gemacht. »Das glaube ich nicht.«

»Ich verstehe. Vielen Dank.« Sie lächelte süß. »Dann muss ich eben Margaret anrufen.«

»Wer ist das?«

»Seine Frau.« Talia sah ihr in die Augen. »Ich müsste sie allerdings nicht stören, wenn Sie es für möglich halten, dass Sie jemanden aus Dr. Phillips' Team erreichen, der mich zurückruft. Mein Name ist Talia Shafer.«

Die Frau verlagerte ihr Gewicht auf den anderen Fuß, als würde ihr plötzlich der Schuh drücken. »Wie die Stiftung für Kinder?«

»Genau so. Margaret sitzt in unserem Vorstand.«

Die Frau zögerte kurz und fragte dann: »Wie lautet Ihre Telefonnummer?«

Talia sagte sie auf, und die Frau notierte sie sich. »Bitte lassen Sie ihm ausrichten, dass ich im Wartebereich der Notaufnahme sitze und dringend wissen muss, wie es einem Patienten namens Gif Lewis geht.«

Die Frau nickte säuerlich.

Talia kehrte zu Drex zurück. Sie setzte sich auf den Stuhl neben seinem, nahm ihr Handy aus seiner schlaffen Hand, vergewisserte sich, dass er den Akku wieder eingelegt hatte, und schaltete es an. »Wir sollten bald mehr erfahren.«

»Offenbar warst du diplomatischer als ich.«

»Das war keine Diplomatie. Ich habe ein paar Fäden gezogen.«

Sie sah ihm an, dass er nur am Rande mitbekam, worüber sie sich unterhielten. Er starrte mit leerem Blick und gequält vor sich hin. Sie legte ihre Hand auf seine, Handfläche auf Handfläche, und verschränkte die Finger mit seinen. Sie sprachen nicht.

In der Sitzreihe ihnen gegenüber quoll Mike aus seinem Sessel, aber er sah gefasst aus. Talia merkte, dass sie inzwischen weniger streng über ihn urteilte. Er war zwar ein unsympathischer Griesgram, aber auch ein besonnener, zuverlässiger Freund. Er zeigte seine Sorge wesentlich zurückhaltender als Drex, aber sie sah ihm an, dass Mike genauso wie er empfand.

Irgendwann sah Drex zu ihm hinüber und meinte heiser: »Jesus, Mike.«

»Ich weiß.«

»Ich hoffe so auf einen Herzinfarkt.«

Mike gestand, dass es ihm genauso ging. »Den kann man überleben.«

Danach fielen sie in düsteres Schweigen, aus dem sie erst aufschreckten, als ein beleibter Mann im Arztkittel und mit weißem Bart durch eine Tür kam und mit dem Habitus eines Generals den Wartebereich betrat. Oder dem Habitus eines Chefchirurgen an einem großen Universitätskrankenhaus.

Er schaute sich um, entdeckte Talia und kam auf sie zu. Sie stand auf, Drex und Mike taten es ihr nach. »Andy«, sagte sie, »ich habe nicht mit dir persönlich gerechnet! Du hättest einen Assistenten schicken oder einfach anrufen können.«

»Hat das hier irgendwas mit Jasper zu tun? Margaret und ich waren entsetzt, als wir von ihm gehört haben. Gibt es Neuigkeiten?«

»Danke für eure Sorge. Über Jaspers Verschwinden gibt es nichts Neues zu berichten, aber indirekt bin ich deswegen hier. Einer der Ermittler in dem Fall wurde vor Kurzem mit dem Krankenwagen eingeliefert.«

»Lewis.«

»Genau. Was kannst du mir sagen?«

»Ich kann dir sagen, dass er am Leben ist.«

Sie, Drex und Mike sackten erleichtert in sich zusammen. »Das freut uns alle sehr«, sagte sie. »Danke, Andy.« Sie stellte die Männer kurz einander vor. »Mr. Lewis ist für sie mehr als nur ein Kollege, er ist ein guter Freund. Natürlich möchten sie unbedingt wissen, wie es um ihn steht.«

»Und die Frau da drüben wollte uns nicht mal verraten, was ihm zugestoßen war«, sagte Drex.

Der Chirurg maß ihn mit seinem Blick. »Sie sind dann wohl das extrem unhöfliche und scharfzüngige Individuum, von dem sie gesprochen hat.«

Das prallte an Drex ab. »Kommt Gif wieder auf die Beine?«

Talia wusste, dass Andrew Phillips zwar nett, aber auch eher kurz angebunden war. »Kommen Sie mit.«

Ohne weiteren Kommentar drehte er sich um. Sie folgten ihm durch die Tür, durch die er hereingekommen war, und dahinter zu einer Reihe von Aufzügen. Er drückte den Aufwärtsknopf. »Mr. Lewis wurde mit einem Leberriss eingeliefert, der sofort operiert werden musste.«

Talia presste die Hand auf den Mund. »Himmel.«

»Ein Messer?«, fragte Drex, während sie in den Aufzug stiegen.

»Stumpfes Trauma.«

»Er hat einen Leberhaken kassiert?«, fragte Mike.

Der Chirurg drückte sich die Faust in den Keil zwischen den Rippenbögen. »Genau hier. Gefährliche Stelle, da können Sie jeden Boxer fragen. Wenn Sie da einen Treffer kassieren, landen Sie auf der Matte. Mit Scheißschmerzen. Entschuldige, Talia. Sie können nicht mehr atmen, sich nicht

426

mehr bewegen. Der Blutdruck rauscht abwärts. Hier, da wären wir.«

Der Chirurg trat als Erster aus dem Aufzug und führte sie in einen viel kleineren, menschenleeren Wartebereich. »Wer ihn auch niedergeschlagen hat, wusste genau, was er tat«, sagte er. »Der Schlag war perfekt platziert und so ausgeführt, dass er möglichst großen Schaden anrichtet. Ich würde einen Schlagring oder etwas Ähnliches nicht ausschließen. Auf jeden Fall war der Schlag stark genug, um eine beträchtliche Ruptur zu verursachen. Zum Glück kam Ihr Freund hier an, bevor der Blutverlust katastrophal wurde, und er wurde von einem exzellenten Trauma-Team operiert. Der Riss wurde genäht. Alles in allem wirkt er gesund. Wenn es keine unvorhergesehenen Komplikationen gibt, wovon wir ausgehen, wird er überleben.«

Während Mike und Talia ihre Erleichterung ausdrückten, wandte Drex sich ab und legte eine Hand in seinen Nacken, was Talia anzeigte, dass sich dort seine Angst und Anspannung konzentriert hatten. Wahrscheinlich brauchte er auch einen Augenblick, um seine Gefühle unter Kontrolle zu bekommen.

»Als ich den Anruf bekam, wurde er gerade vernäht«, erklärte der Chirurg weiter. »Wenn er nicht schon aus dem OP ist, dürfte es also nicht mehr lange dauern. Ich sorge dafür, dass Ihnen jemand Bescheid sagt.«

Drex drehte sich wieder um. »Kann ich ihn sehen?«

»Er wird ein paar Stunden auf der Intensivstation bleiben.«

»Kann ich ihn sehen?«, wiederholte Drex.

»Er wird nicht ansprechbar sein. Aber wenn Sie ...«

»Ja.«

Dr. Phillips sah ihn an, als hätte er seinen Ruf als Raubein redlich verdient, aber auch voller Respekt für einen Mann, der kein Blatt vor den Mund nahm. »Ich werde der Stationsleitung Bescheid geben, sie sollen Ihnen so bald wie möglich eine Minute gewähren.«

»Danke. Für alles. Ehrlich.«

Der Chirurg nahm Drex' Dank mit einem knappen Nicken zur Kenntnis, griff dann nach Talias Hand und tätschelte sie. »Diese Sache mit Jasper…« Er ließ den Satz in der Luft hängen. »Margaret und ich sind jederzeit für dich da.«

»Das warst du jedenfalls heute Nacht. Danke.«

Er tätschelte die Hand ein letztes Mal, wandte sich dann Drex und Mike zu und sagte: »Ich habe den größten Respekt vor dem FBI. Ihrem Freund viel Glück.« Dann verschwand er, als müsste er schleunigst zum nächsten Notfall.

»Einflussreiche Freunde«, keuchte Mike pfeifend und ließ seinen massigen Leib in einen gepolsterten Zweisitzer sinken.

»Ich bin froh, dass ich helfen konnte«, sagte Talia.

»Danke«, sagte Mike.

Drex dankte ihr nicht mit Worten. Er zog sie einfach in seine Arme und drückte sie.

Drex hatte im Wartebereich seinem Gefühl nach mehrere Meilen zurückgelegt, bis er endlich von einer Schwester gerufen wurde, die ihm erklärte, dass er Gif jetzt sehen konnte. Er folgte ihr in eines der Intensivzimmer, wo sie ihn allein ließ. Gif sah unter seinem dünnen Krankenhaushemd zerbrechlich und blass aus und, wenn Drex es nicht besser gewusst hätte, mehr tot als lebendig. Das rhythmische Piepsen und Blinken an den Apparaten, an denen er hing, zeigte aber, dass sein System noch funktionierte.

Als die Schwester Drex wieder abholen kam, versicherte sie ihm, dass Gif das Schlimmste überstanden habe, dass alle Werte positiv seien und dass sie mit einer vollen Genesung rechneten.

»Kümmern Sie sich gut um ihn«, sagte er.

»Das werden wir.«

»Er wird sich beschweren, aber am besten hören Sie gar nicht hin. Tun Sie alles, damit er wieder gesund wird.«

»Machen wir.«

Drex schloss auch sie in die Arme.

Sowie er in den Wartebereich zurückkehrte, erlöste er Mike und Talia von ihren schlimmsten Sorgen. »Er sieht übel aus, aber er hält sich gut. Die Ärzte stufen ihn inzwischen als stabil ein.« Sie wollten gerade Fragen stellen, als das Handy in seiner Tasche vibrierte. »Moment. Das könnte Locke sein.« Er sah aufs Display. »Er ist es. Er hat eine Nachricht geschickt.

Achtung! Rudkowski ist hier. Sind gleich oben.

Drex las die Nachricht erst leise und dann laut vor. »Verdammt.« Der Angriff auf Gif hatte ihn vorübergehend von der anderen Krise abgelenkt. Das hier warf ihn wieder zurück.

»Da kommt noch was nach«, erklärte er Mike und Talia und las dann die nächste Nachricht vor. »Treppe nehmen. M ist unten.«

»Menundez«, sagte Mike. »Los!« Er scheuchte sie beide zur Tür.

»Ich kann Gif nicht allein lassen«, wehrte sich Drex.

»Er wird es dir nie verzeihen, wenn du es nicht tust. Los!«

»Was ist mit Rudkowski?«

»Ich werde das Opferlamm spielen.« Dann massierte er

mit beiden Händen seine ausladende Mitte. »Den Opfer-
hammel.«

Sie eilten das Treppenhaus hinunter ins Erdgeschoss. Menundez erwartete sie gleich hinter der Tür zur Lobby. »Wie geht
es Lewis?«

»Er hat die Operation überstanden und liegt auf der Intensivstation.« Drex fasste seinen Zustand knapp zusammen. »Ich kann Ihnen gar nicht genug danken, dass Sie mir
Bescheid gegeben haben.«

»Sicher, Mann.« Menundez machte sie auf die ungewöhn-
liche Geschäftigkeit in der Eingangshalle aufmerksam. »Wie
Sie sehen können, ist die Polizei präsent.«

»Unseretwegen?«, fragte Drex.

»Viel los heute Nacht. Zwei Körperverletzungen, eine mit
Todesfolge, innerhalb weniger Stunden in derselben Gegend.«

»Mike Mallory ist oben geblieben, um Rudkowski aufzu-
halten, aber er wird wissen wollen, wo Talia und ich stecken.«

»Schon kapiert. Köpfe gesenkt halten«, sagte der Detective und führte sie unauffällig zu einem der Eingänge. Nach
einem kurzen Blick senkte er die Stimme und ergänzte:
»Rudkowski ist ein Idiot. Nach der Sache mit Lewis hat
Locke mich auf den aktuellen Stand gebracht.«

»Haben Sie mit den Zeugen gesprochen, die beobachtet
haben, wie Gif zu Boden ging?«

»Ja, aber wir haben nicht viel rausgekriegt. Eine Schiffsla-
dung Touristen war eben von einer Hafenrundfahrt gekommen. Es hatte sich rumgesprochen, dass eine Frau überfallen
worden war. Die Menge begann zum Tatort abzuwandern.
Offenbar hatte Lewis sich unauffällig angeschlossen.«

»Und niemand hat die Attacke beobachtet?«

Er schüttelte den Kopf. »Einer der Zeugen sagte, dass er praktisch zum selben Zeitpunkt, zu dem Lewis zu Boden ging, einen Mann eilig durchs Gedränge davongehen sah. Aber in dem Moment dachte er sich nichts dabei.«

»Beschreibung?«

»Er hat ihn nur von hinten gesehen, und er kann sich nur erinnern, dass der Mann einen Regenponcho anhatte. Außerdem hätte es irgendein Mann in Eile sein können. Vielleicht hat eine Überwachungskamera ihn erfasst. Das wird gerade überprüft.«

»Ich bin für alle Infos dankbar, die Sie weitergeben können.«

»Die kriegen Sie. Locke und ich werden alles tun, um Ihnen zu helfen.«

»Ich verspreche Ihnen, dass ich Sie nicht hängen lassen werde, falls man Sie deswegen zur Rechenschaft zieht.«

»Mr. Easton«, antwortete er grimmig, »wenn wir dafür Ford schnappen, würde ich das liebend gern erdulden.«

Sie näherten sich einem Ausgang, an dem zwei uniformierte Polizisten standen, die aber eher ins Gespräch als in ihre Arbeit vertieft waren. »Gehen Sie einfach weiter«, sagte Menundez aus dem Mundwinkel. »Wir hören voneinander.«

Er bog ab, steuerte auf die beiden Polizisten zu und sprach sie im Näherkommen an. »Hey, Leute. Menundez vom CID. Der zweite Einsatz in der Nähe der Werft? Das war eine Körperverletzung.«

»Irgendeine Verbindung zu dem Mord?«

»Das wissen wir noch nicht, aber …«

Mehr bekamen Drex und Talia nicht zu hören, dann

waren sie aus der Tür. Bei der ersten Gelegenheit zog Drex sie aus dem hellen Licht des Vordachs in den Schatten des Gebäudes. Dann blieb er stehen.

»Ich dachte, wir hätten es eilig?«, sagte sie.

»Wir sollten trotzdem ein, zwei Minuten abwarten, ob uns jemand folgt.«

»Die Polizei?«

»Jasper.« Er dachte laut nach. »Er hat diese Frau nur getötet, um mich aus der Deckung zu locken, mich sichtbar zu machen, damit er mir folgen kann. Mir zu dir folgen kann. Ich bin nicht am Tatort aufgetaucht, dafür erkannte er Gif wieder.«

»Aber wie? Woher?«

»Wenn ich das wüsste. Ich kann es mir nicht erklären. Gif passt sich nicht einfach seiner Umgebung an. Er verschmilzt mit ihr. Trotzdem hat Jasper ihn in der Menge entdeckt.« Seine Augen wurden schmal vor Wut über das, was Jasper Gif angetan hatte. »Die Visitenkarte, die er mir hinterlassen hat, war alles andere als subtil. Wenn Jasper jetzt vor mir auftauchen würde, in welcher Verkleidung auch immer, dann würde ich ihn umbringen, das schwöre ich bei Gott.«

Nachdem sie mehrere Minuten abgewartet hatten und niemanden sahen, der irgendwie auffällig gewesen wäre, nahm er Talias Hand. Gemeinsam gingen sie zu Gifs geparktem Wagen. »Ich fahre.«

»Du könntest dich verfahren.«

»Hoffentlich. Dann würde ich eher bemerken, ob uns jemand folgt.«

Schon früher an diesem Tag hatte Jasper sich endgültig von Howard Clement verabschiedet. Der Mann mit der Vorliebe für grell bedruckte Hemden hatte seinen Zweck erfüllt, nun war es Zeit, eine neue Identität anzunehmen.

Niemand hatte ihm Beachtung geschenkt, als er sich heute Abend wie einer unter vielen in der Menge bewegt hatte. Selbst wenn die Frau, die er umgebracht hatte, ihn gesehen hätte, bedroht hätte sie sich nicht gefühlt. Hätte sie ihn bemerkt, während sie allein über den dunklen, verlassenen Parkplatz gegangen war – wie dumm von ihr –, dann hätte sie ihm wahrscheinlich lächelnd einen guten Abend gewünscht und ihm dann den Rücken zugedreht, um ihre Autotür zu öffnen.

Aber sie hatte nicht gesehen, wie er aus der Dunkelheit und hinter sie getreten war. Der Doppelnelson hatte sie so unvorbereitet getroffen, dass sie nur einmal leise überrascht gequiekt hatte, als er beide Arme unter ihren Achseln durchgeschoben und die Finger in ihrem Nacken verschränkt hatte, bevor er die Hände nach vorn gedrückt hatte, dass ihre Halswirbelsäule entzweigebrochen war wie ein Zweig. Rückgrat durchtrennt. Sie war tot, im Bruchteil einer Sekunde.

Er hatte sie einfach liegen lassen und war auf die Werft spaziert. Dort hatten sich Touristen getummelt, die dem schlechten Wetter trotzten. Er hatte sich unter sie gemischt. Nachdem er bis zum Ende der Werft spaziert war, war er dort mehrere Minuten geblieben und hatte den Ausblick auf das Wasser genossen. Erst als er die ersten Sirenen gehört hatte, die wie Siegesfanfaren heulend und jaulend seine Tat verkündeten, hatte er den Rückweg angetreten. Am liebsten hätte er kurz angehalten und sich verbeugt.

Weil er schon am Tatort sein wollte, wenn die Gaffer herbeiströmten, hatte er das Tempo angezogen, allerdings nicht so, dass es aufgefallen wäre. Bis dahin hatte sich bereits eine ansehnliche Menge angesammelt, die immer noch wuchs. Er war zwischen Familien durchgewandert, an Teenagern vorbei, die sich gegenseitig festhielten, Horden ungestümer junger Männer, die alle dem Zentrum der polizeilichen Aktivitäten zugestrebt waren.

Jasper hatte sich keine Mühe gegeben, einen Blick auf die Leiche zu ergattern – er kannte das Bild, dass sich den Schaulustigen darbot. Er hatte nach Drex Easton Ausschau gehalten.

Er würde kommen, so wie er auch zum Strand gekommen war. Daran hatte Jasper keinen Zweifel. Easton würde entweder bestätigen oder ausschließen wollen, dass dieser Mord die Handschrift von Jasper Ford trug. Und Jasper wollte ihn wissen lassen, dass dies sein Werk war.

Nimm das, Easton.

Er hatte sich gefragt, ab wann Easton diese Jagd aufgenommen hatte. Jasper hatte seit Jahren etwas geahnt, aber er hätte nicht genau sagen können, wann er ihn erstmals gespürt hatte. Das Wissen, dass er einen Verfolger hatte, war nicht in einem Gedankenblitz über ihn gekommen. Es war ganz langsam in sein Unterbewusstsein gesickert. Wann hatte alles angefangen? Nach Pixie? Vor Loretta? Kannte Easton alle seine Tarnnamen, fragte er sich, bis zurück zu Weston Graham?

Wie konnte er? Weston hatte vor dreißig Jahren existiert. Damals war Easton noch ein Kind gewesen.

Während er darüber spekuliert hatte, wann er wohl zum Leitstern in Eastons Berufsleben aufgestiegen war, war ihm unversehens ein Mann in der Menge aufgefallen. Er war so farblos, wie ein Mensch nur sein konnte, aber Jasper hatte ihn augenblicklich als den Mann erkannt, der neben Easton auf dem Pier über dem Strand gestanden hatte.

Der Mann hatte mit der gleichen betonten Lässigkeit, der Jasper sich gern rühmte, in jedes einzelne Gesicht geblickt. Ihm war sofort klar gewesen, dass der Mann nach ihm Ausschau hielt. Allerdings nach Jasper Ford, nicht nach seiner neu angenommenen Identität.

Jasper hatte eigentlich Easton finden wollen. Ihn und damit auch Talia.

Aber diese Gelegenheit war zu günstig, um sie ungenutzt zu lassen. Ein geschenkter Gaul, sozusagen.

Jasper hatte den Mann im Blick behalten und war seinem dabei geschickt ausgewichen. Er hatte sich Zeit gelassen, abgewartet, bis die Menge dichter und es schon schwierig geworden war, sich durch die Neuankömmlinge zu schieben, die aufgeregt fragten, was passiert sei, und sich gleichzeitig die Hälse verrenkten, um etwas zu erkennen.

Schließlich hatte er sich so weit vorgearbeitet, dass er direkt auf den Mann zuging. Sie befanden sich mitten im Gedränge, trotzdem bemerkte niemand, wie Jasper dem Mann einen Leberhaken versetzte.

Eastons Kumpel ging lautlos zu Boden. Um sie herum wurde so geschubst und gedrängelt, dass mehrere kostbare Sekunden lang niemand seinen Kollaps bemerkte und sich Jasper unerkannt entfernen konnte. Er bewegte sich immer weiter, kämpfte dabei zeitweise gegen den Strom an und ließ sich dann wieder mittreiben.

Doch bald hörte er Ausrufe in seinem Rücken, spürte er, wie sich wellengleich von dem Punkt aus, an dem der

Mann zu Boden gegangen war, Unruhe ausbreitete. Wie alle anderen blieb auch Jasper stehen und drehte sich um, als wollte er feststellen, woher die Aufregung rührte.

Sein Schlag war fest genug und so präzise gesetzt gewesen, dass er Eastons Kumpel außer Gefecht gesetzt hatte. Wie lange, tat nichts zur Sache. Easton würde die Nachricht verstehen.

Während er sich von der Werft entfernte, hatte er gespürt, wie sich in seiner Brust eine tiefe Zufriedenheit breitgemacht hatte. Es war eine produktive Nacht gewesen. Viel produktiver, als er erwartet hatte. Er hätte so gern seinen Erfolg kundgetan, ihn gefeiert. Aber dann hatte er auf eine Feier verzichtet. Er war kühn, jedoch nicht tollkühn.

Darum war er still zu seinem Auto zurückgekehrt, hatte seine neueste Trophäe in den Samtbeutel gesteckt und ihn wieder in der Innentasche seines Jogginganzugs verstaut.

Auf dem Weg vom Tatort weg war er an mehreren Krankenwagen vorbeigefahren, die zum nächsten Notfall rasten, zum nächsten Unglück, einem weiteren seiner Meisterwerke.

Ohne besondere Eile war er durch die Straßen gekreuzt und hatte nach einer neuen Unterkunft Ausschau gehalten.

Kapitel 32

Drex wählte eine möglichst gewundene Route vom Krankenhaus weg. Nachdem er zwanzig Minuten scheinbar ziellos durch die Gegend gefahren war und dabei mehrmals gewendet hatte, war er überzeugt, dass sie nicht verfolgt wurden.

Er spielte mit dem Gedanken, das Hotel zu wechseln, aber dann hätte er woanders einchecken müssen, was er lieber vermeiden wollte. Er brachte sie zurück in das Aparthotel, in das sie nachmittags gezogen waren, und ließ sich, sobald sie in ihrer Suite waren, in einen Sessel fallen, um Mike eine Nachricht zu schicken. Sekunden später läutete zu seiner Überraschung das Telefon.

»Ich hätte etwas Unauffälligeres erwartet als einen Anruf.«

»Ich bin mutterseelenallein hier.«

»Rudkowski?«

»Hat getobt, als er erfuhr, dass ihr ihm durch die Lappen gegangen seid. Er hat gedroht, mich zu verhaften. Soll er sich doch trauen, habe ich zu ihm gesagt. Ich bin schließlich nicht mit einer wichtigen Zeugin durchgebrannt, oder? Ich halte nur Wache bei meinem Freund, der heute Abend *um ein Haar gestorben wäre.* Locke erklärte Rudkowski, dass er zur Vernunft kommen sollte. Talias Promi-Chirurg kam raus, um nachzusehen, was das Geschrei sollte, und machte ihm

437

klar, dass er leiser sein soll, weil er sonst rausfliegen würde. Rudkowski lässt dir ausrichten, dass du geliefert bist, dafür würde er persönlich sorgen, dann ist er mit Locke und Menundez wieder abgezogen. Ich glaube, die beiden sind okay.«

»Glaube ich auch. Hast du Gif gesehen?«

Das hatte er nicht, aber er bekam regelmäßig Bescheid, dass Gif sich wacker hielt.

Über die Ermittlungen im Mordfall und nach dem Überfall auf Gif gab es wenig Neues zu berichten. »Sie schauen sich zurzeit die Aufzeichnungen der Überwachungskameras an«, sagte Mike, »aber es gibt noch einen Haufen durchzusehen. Als Rudkowski mal weggehört hat, haben die Detectives versprochen, dass sie uns auf dem Laufenden halten. Der Bericht des Gerichtsmediziners über die Frau, die heute Abend getötet wurde, wird für morgen früh erwartet. Locke sagte, er würde ihn uns schicken, zusammen mit dem über Elaine Conner.«

»Jasper zwingt alle dazu, Überstunden zu schinden.«

»Bestimmt ist er schrecklich stolz darauf«, gab Mike ironisch zurück. »Jedenfalls können wir heute Abend nicht mehr viel tun außer abwarten.«

»Ich habe ein schlechtes Gewissen, weil ich ein Bett habe und du nicht«, sagte Drex.

»Ich kann im Sitzen schlafen. Tue ich sowieso fast immer.«

»Gib Bescheid, falls sich Gifs Zustand irgendwie ändert. Dann bin ich sofort da.«

»Okay.«

»Es ist mir ernst, Mike. *Egal wie.*«

»Ich schwöre es bei meinem überforderten Herzen.« Dann trennte er die Verbindung.

Drex sah Talia an. »Hast du was davon mitbekommen?«

»Den Grundtenor.«

»Talia.« Er wartete kurz ab, um seinen nächsten Worten mehr Gewicht zu verleihen. »Danke.« Sie legte fragend den Kopf schief. »Dass du die Fäden gezogen hast. Sonst wüssten wir vielleicht immer noch nicht, wie es Gif geht. Und ich hätte den Verstand verloren.«

»Die Lady am Empfang dachte, das wäre längst passiert, wenn du mich fragst.«

»Hätte mich nicht gewundert, wenn sie nach den Männern mit der Zwangsjacke geschickt hätte.«

Sie lächelten sich an. Dann legte er den Kopf in den Nacken und rieb sich mit den Daumenballen über die Augenhöhlen. »Gott, wie lang war dieser Tag eigentlich?«

»Lang.«

Er senkte die Hände wieder, schlug sich auf die Knie und hievte sich aus dem Sessel. »Ich gehe jetzt duschen, wenn du nicht zuerst ins Bad willst.«

»Geh nur.«

Er stapfte die Treppe hoch, verschwand in seinem Schlafzimmer und zog Jacke und Schuhe aus. Dann löste er das Holster aus dem Gürtel und überlegte kurz, ob er die Pistole mit ins Bad nehmen sollte, damit er sie in Griffweite hatte. Letztendlich ließ er sie auf dem Nachttisch liegen. Als er ins Bad ging, fiel ihm auf, dass Talias Schlafzimmertür geschlossen war.

Bis er sich ausgezogen hatte, dampfte das Wasser unter der Dusche. Die Hände gegen die Wand über den Armaturen gestemmt, stand er direkt unter dem Strahl und ließ ihn so fest auf seinen Hinterkopf und Nacken prasseln, dass es schon brannte.

Dann schreckte ihn eine weichere, zärtlichere Berührung

zwischen den Schulterblättern aus seiner Trance. Sein Kopf zuckte hoch.

»Nein, bleib so stehen.« Talia trat hinter ihn und schmiegte ihren Körper – auf ganzer Länge – an seinen. Sie ließ ihre Mitte über seinem Hintern kreisen. Ihre Brüste drückten links und rechts gegen seine Rückenmuskeln.

»O Gott. Talia…«

»Bleib so stehen.«

»Aber ich will dich sehen. Und es ist ein so gutes Gefühl.«

»Für mich auch.« Sie legte die Wange an seinen Rücken. »Es ist ein gutes Gefühl, gebraucht zu werden. Erlaub mir, das für dich zu tun. Okay?«

Er antwortete mit Schweigen und blieb reglos stehen. Sie löste sich kurz von ihm und griff nach etwas. Offenbar war es die Flasche mit dem Duschgel, denn ihre Hände waren seifig, als sie sich auf seinen Nacken legten.

Sie arbeitete sich langsam aufwärts vor und knetete die Verhärtungen weich, bevor ihre Finger unter seine Haare glitten und seine Kopfhaut massierten. Als sie wieder nach unten wanderten, kniffen sie zärtlich in seine Ohren und Ohrläppchen, massierten dann seine Schultern und drückten die Verspannungen weg.

Er seufzte wohlig. »Das war genial. Danke.«

»Gern geschehen.«

»Darf ich mich jetzt umdrehen?«

»Nein.«

»Und wann?«

»Wenn ich fertig bin.«

»Und wann ist das?«

»Wenn ich es sage.«

Sie nahm neues Gel, presste die Hände fest auf die Muskeln links und rechts neben seinem Rückgrat und bearbeitete sie in langsamen Kreisen, immer tiefer, bis ihre Hände auf seinem Hintern lagen und ihre Finger sich in seinen *Gluteus maximus* bohrten.

»Du bist völlig verkrampft«, sagte sie. »Du musst dich entspannen.«

»Entspannen? Bist du verrückt? Ich sterbe.«

Sie lachte leise. »Glaube ich kaum.«

Ihre Daumen verwandelten sich in zwei Druckpunkte knapp über seiner Taille. Sie folgten der welligen Spur seines Rückgrats abwärts bis zu seiner Spalte und reizten ihn dann mit federleichten Strichen, unter denen ihm der Atem stockte.

»Verflucht, Talia. Jetzt?«

»Noch nicht.«

Wieder nahm sie ihre Hände weg und neues Gel nach. *Die Flasche muss so gut wie leer sein,* dachte er. Dann dachte er gar nichts mehr, weil ihre Arme ihn umschlangen und ihre Hände sich auf seine Brustmuskeln schoben.

»Ich liebe deine Brusthaare«, flüsterte sie und zupfte daran.

»Ach ja?«

»M-hm. Nicht zu viele und nicht zu wenige.«

Nachdem ihre Daumen kurz über seine Nippel gezuckt waren, wanderten ihre Hände auf einem mäandernden, sich kreuzenden, schlüpfrigen Pfad abwärts über Rippen und Bauch, am Nabel vorbei, bis ihre Finger die Vertiefungen über seinen Schenkeln erreicht hatten und sich kurz darauf an der Wurzel seines Geschlechts trafen.

Jesus. Er wollte nicht betteln müssen.

Brauchte er auch nicht. Ihre Hände verwandelten sich in

zwei seidige Fäuste, die abwechselnd von unten nach oben glitten und sich dann lösten, um der anderen Hand Platz zu machen. Als er sicher war, dass er es keine Sekunde länger aushalten konnte, löste sich eine Hand nicht mehr von der Spitze. Sie verharrte dort. Schaumige Finger kreisten verführerisch um die Kuppe und darüber, wieder und wieder, als wollten sie feststellen, wie prall sie war, und dann stellten sie etwas Unglaubliches mit dem Schlitz an.

Die Zähne fest zusammengebissen, knurrte er: »*Jetzt.*«

Er drehte sich um und zog sie an seine Brust. Er versuchte innezuhalten und die unglaublichen Empfindungen wahrzunehmen, die ihn durchflossen, weil er sie nass und nackt gegen seinen Körper hielt, aber sein Hirn funktionierte auf einer viel primitiveren Ebene.

Er packte ihr Haar, zog ihren Kopf zurück und hob ihr Gesicht seinem entgegen. Er sah ihr in die Augen und drückte seinen Mund auf ihren. Es war ein fast endloser Kuss. Er konnte nicht genug von ihr bekommen, und sie war genauso hungrig wie er.

Er strich mit der flachen Hand über ihre Brust, umfasste sie, formte sie, hielt sie fest und senkte den Kopf, um ihre Brustwarze in den Mund zu nehmen. Jedes Mal, wenn er anzog, keuchte sie vor Lust und drückte seinen Kopf gegen ihren Körper.

Er strich über ihren Bauch, verlor sich in den weiblichen Kurven und Mulden, der so unglaublich weichen Haut. Kurz wühlte er seine Finger in das Haar zwischen ihren Schenkeln, dann teilte er das weiche Fleisch darunter.

Feucht und nachgiebig schmiegte sie sich um die Finger, die er in sie presste. Als er sie zu streicheln begann, kippte ihr Kopf nach vorn gegen seine Brust. Er spürte, wie ihre

Zähne über seine Brustmuskeln glitten. Gierig zwängte sie den Arm zwischen ihre Körper und umschloss mit der Hand sein hartes Glied.

»Talia.« Keuchend schob er ihre Hand beiseite und zog seine Finger zurück. »Das wird verdammt wild werden. Wenn wir das in der Dusche versuchen, landen wir gleich wieder in der Notaufnahme, und zwar als Patienten. Lass uns ins Bett gehen.«

Benommen nickte sie.

Er spülte kurz die Seife ab, drehte die Hähne zu und half ihr aus der Kabine. Draußen riss er ein Handtuch vom Halter, reichte es ihr und nahm sich dann ebenfalls eines. Sie trockneten sich notdürftig ab, während sie in eines der Schlafzimmer stolperten. Seines, dachte er, auch wenn er es nicht hundertprozentig wusste und es ihm egal war. Hauptsache, es stand ein Bett darin.

Er schlug die Tagesdecke zurück, setzte sich auf die Bettkante, legte die Hände auf ihre Hinterbacken und zog sie zwischen seine Schenkel. Leicht vorgebeugt rieb er sein Gesicht an ihren Brüsten, setzte die Zunge an ihre Nippel, leckte hier und da über eine Sommersprosse und malte sich aus, wie sie, einem braunen Zuckerkrümel gleich, in seinem Mund zerschmolz. Er drückte die Nase in ihren Bauch und ließ die Zunge um ihren Nabel kreisen. Dann wagte er sich noch tiefer und atmete durch den leicht geöffneten Mund in ihre feuchten Locken.

Sie hauchte mit rauer Stimme seinen Namen.

Er drehte sie um und drückte sie sanft aufs Bett, bis sie auf dem Rücken lag, mit angewinkelten Armen, die offenen Hände neben den Schultern. Er nahm die Einladung an, die er aus ihrer widerstandslosen Pose und in ihren verhangenen

Augen las, kniete nieder, teilte ihre Schenkel und küsste sie mit unvergleichlicher Zärtlichkeit, ließ seine Zunge das tun, was seine Finger vor Minuten getan hatten. Er setzte zärtliche Bisse, lutschte sanft, spannte sie mit erotischen Finessen auf die Folter und entblößte erst dann ihre empfindsamste Stelle.

Ihr Körper zuckte unter dem ersten Zungenschlag zurück, dann begann sie sich zu bewegen, in Reaktion auf jede Liebkosung und in gespannter Erwartung der nächsten. Seine Küsse kamen immer schneller, die Reizung wurde immer stärker, sodass sie sich ihm schließlich entgegenhob und um mehr bettelte, um mehr und immer mehr, bis ein Orgasmus sie erschütterte. Er blieb zwischen ihren Schenkeln, strich mit den Lippen über ihre Haut, murmelte ihren Namen, bis die letzten Nachwehen verklungen waren und sie erschöpft zurücksank.

Dann schob er sich langsam über sie – und sah zu seinem Erschrecken Tränen aus den Augenwinkeln in ihr Haar sickern. Sie streckte die Hand nach ihm aus und zog ihn zu sich her, bis ihre Münder verschmolzen und er in sie eindrang. Aber nur so tief, dass er Halt fand. In dieser Position verharrte er, weil er den Moment, in dem er sie zum ersten Mal um sich herum spürte, für alle Zeiten seinem Gedächtnis einprägen wollte. Erst dann nahm er sie, bis er ganz von ihr umschlossen war.

Es war fantastisch, so eng von ihr umgeben zu sein, trotzdem musste er sich in ihr bewegen, sonst würde er sterben. Er wühlte das Gesicht in ihre Haare. »Wenn es zu heftig wird, dann brems mich, stopp mich. Ich will... ich will... O Gott...«

Sein Instinkt übernahm die Kontrolle. Seinen besten Absichten zum Trotz kamen seine Stöße schneller und fester. Durch eine leichte Verlagerung konnte er noch tiefer eindringen, und genau das tat er. O Gott, und wie er das tat.

»Hör nicht auf«, keuchte Talia halb schluchzend und drückte seinen Kopf wieder nach oben, damit sie ihm ins Gesicht sehen konnte.

Er küsste sie wieder und küsste sie immer weiter, bis er sich nur noch darauf konzentrieren konnte, wie ihr Orgasmus sie erfasste, wie sie ihren Rücken durchdrückte und sich noch fester um ihn schloss, bis er ebenfalls die Kontrolle verlor. Fest an sie geschmiedet, kam er in einem blendenden Lichtblitz.

»War eine gute Idee, ins Bett zu gehen«, meinte sie schläfrig.

»Eine meiner besten in letzter Zeit. Wir hätten uns in dieser Duschkabine schwer verletzen können.«

»Das wäre es wert gewesen.«

Er zog eine Braue hoch. »Ach ja?«

»Hmm«, sagte sie nur und rekelte sich genüsslich.

Sie lag auf dem Rücken, leicht ihm zugewandt. Er lag auf der Seite, auf einen Ellbogen gestützt, und betrachtete höchst aufmerksam ihren nackten Körper, während er seine eigene Nacktheit gar nicht zu bemerken schien.

Natürlich hätte er keinen Grund gehabt, irgendwie verlegen zu sein. Er war schlank und langgliedrig, muskulös, aber nicht aufgepumpt, und an allen richtigen Stellen wuchs wunderbar weiches braunes Haar.

Es fühlte sich wunderbar auf ihrer Haut an.

»Kann man vom Sex betrunken werden?«, fragte sie.

»Ich könnte von dir betrunken werden.«

»Ich fühle mich wie auf dem Präsentierteller.«

Drex schenkte ihr ein träges Lächeln. »Du bist ein Fest-mahl für meine Augen.«

»Deine Tigeraugen.«

»Tigeraugen?«

»Daran erinnern sie mich.«

Er beugte sich vor und leckte über ihre Brust. »Hörst du mich schnurren?«

Sie lachte und grub die Finger in sein widerspenstiges Haar. »Ich habe dich knurren gehört. Mehrmals.« Sie zog ihn zu einem Kuss hoch. Es war ein genüsslicher, langsamer, sinnlicher Kuss.

Als sie sich wieder lösten, kehrte er in seine vorige Posi-tion zurück und setzte die Erkundung ihres Körpers fort, in-dem er mit der Fingerspitze über ihren Nippel strich. »Ich werde mir neue Eigenschaftswörter einfallen lassen müssen, um deinen Teint zu beschreiben…«, unter seiner Berührung richtete sich ihre Brustwarze auf, »…und wie du dich an-fühlst.«

Seine Hand wanderte über ihren Bauch, seine Finger schienen über ihrer Haut zu schweben. Als er ihren Hügel erreicht hatte, streichelte er federleicht ihr Haar. »Aber man-che Dinge lassen sich unmöglich beschreiben.«

»Du brauchst nichts zu beschreiben. Du bist kein Schrift-steller.«

»Hmm. Vielleicht werde ich einer, allein wegen der Re-cherchen.« Er hob den Kopf an und nahm sie in Augen-schein, von ihren zerzausten Haaren bis zu den Zehenspit-zen. »Du bist unvergleichlich, Talia Shafer.«

»Ich wollte gerade das Gleiche über dich sagen.« Sie schubberte mit den Knöcheln über sein Stoppelkinn, glät-tete mit dem Zeigefinger seine in der Sonne schimmernden

Brauen, strich dann an seiner Wange abwärts und bohrte die Fingerspitze in sein Grübchen. Er vertiefte es für sie mit einem Lächeln, und sie musste lachen.

Es fühlte sich so gut, so richtig an, mit ihm zusammenn zu sein, dass sie nur widerwillig etwas ansprach, das ihr keine Ruhe ließ. Sie nahm seine Hand, zog sie auf ihren Brustkorb, zwischen ihre Brüste, aber ohne verführerische Absichten. Sie fuhr das Netz von Adern auf seinem Handrücken nach. »Drex, das eben war wunderbar.«

»Auf einer Skala von eins bis zehn?«

Sie lächelte, aber offenbar begriff er, dass sie nicht schäkern, sondern etwas Ernstes ansprechen wollte, denn er zog die Decke über sie beide, ehe er sich neben ihr ausstreckte und sein Bein über ihren Schenkel schlug.

»Ich will den Moment nicht verderben«, sagte sie. »Aber ich muss trotzdem fragen.«

Er zog die Brauen zusammenn. »Was?«

»Heute Abend hast du gesagt, Jasper hätte einen Scherz zwischen dir und ihm gemacht.«

»Er wollte mich wissen lassen, dass er mich ausgespielt hat.«

Sie senkte den Blick wieder auf seine Hand und fuhr mit dem Finger über die Knöchelkuppen. »Hast du mit seiner Frau geschlafen, um ihn ebenfalls auszuspielen?«

Er wurde so still, dass sie schon Angst bekam, etwas Kostbares zerstört zu haben, und dass ihre letzte Erinnerung an ihn sein würde, wie er tief verletzt aus dem Bett, dem Hotel, ihrem Leben gestürmt war.

»Sieh mich an«, sagte er nach langem Schweigen, und sie gehorchte. »Nein. Glaub mir, dass ich mit dir schlafen wollte, war kein Spiel, in welcher Hinsicht auch immer.

Mike, Gif und ich haben uns deswegen gestritten. Sie haben mich wie zwei Anstandswauwaus ermahnt, das Denken nicht meinem Schwanz zu überlassen. Sie haben den Interessenkonflikt angesprochen, den das hier…« Er wedelte mit der Hand hin und her, »…schaffen würde. Und du siehst, was sie mit ihren weisen Ratschlägen erreicht haben.«

Er drehte die Hand, die sie hielt, auf ihrer Brust und verschränkte die Finger mit ihren. »Hätte ich dich benutzen wollen, um Jasper zu provozieren, dann hätte ich genau das getan. Ich hätte ihn provoziert. Ihn *glauben* lassen, dass wir miteinander geschlafen hätten oder es bei der ersten Gelegenheit vorhatten.« Er studierte ihre verschränkten Hände. »Wahrscheinlich wirst du mir nicht glauben, aber ich schwöre dir, dass ich trotz meiner Aufreißer-Allüren noch nie mit einer verheirateten Frau geschlafen habe. Ich habe noch nie Ehebruch begangen, und ich würde nicht gegen meinen Moralkodex verstoßen, nur um Jasper eins auszuwischen.«

»Aber du warst deiner Frau untreu.«

»Nein, war ich nicht.«

»Du hast Jasper erzählt…«

»Ich hatte nie eine Frau, die ich betrügen konnte.«

Ihr Kopf zuckte zurück. »Was?«

»Ich war nie verheiratet.«

Sie war sprachlos, dass dieses Wissen sie mit einer solchen Freude erfüllte. »Niemand war dir nahe genug, um dir die Aufreißer-Allüren auszutreiben?«

»Keine Zeit, kein Interesse, jemanden so nahe an mich heranzulassen. Außerdem würde ich keine gute Frau in meine persönliche Hölle zerren wollen.«

»In den düsteren Ort, an den du gehen musst?«

Er nickte. »Berufsrisiko.«

»Mich hast du heute Nachmittag nicht hineingezerrt. Tatsächlich hast du mich ausgeschlossen.«

»Weil das kaum als erotisches Vorspiel taugt und ich mir Hoffnungen gemacht habe.«

Sie lächelte, ließ aber nicht zu, dass er durch einen Flirt vom Thema ablenkte. »Mike und ich haben uns unterhalten.«

»Na toll. Hat er die Anstandsdame gespielt?«

»Ein wenig, *Doktor* Easton.«

Sie gab ihr Gespräch mit Mike wieder. Als sie fertig war, sagte Drex: »Mit der Suche nach Weston Graham fing ich lange vor meiner Doktorarbeit an.«

»Als du erfahren hast, dass er deine Mutter getötet hatte? Wie kam es dazu?«

»Willst du das wirklich hören?«

»Ja. Ich möchte es wissen.«

»Du akzeptierst also, dass Weston Graham und Jasper Ford ein und dieselbe Person sind?«

»Du hast mich überzeugt. Nein, genau gesagt hat *er* mich überzeugt mit dem, was er in den letzten zwei Tagen getan hat.«

»Ich weiß zwar nicht sicher, dass meine Mutter sein erstes Opfer war, aber ich nehme es an. Vielleicht hatte er sich nicht bewusst als Lebensziel gewählt, Frauen umzubringen. Aber nachdem er sie umgebracht hatte und ungestraft damit durchgekommen war, erkannte er sein Talent und wollte es sich weiterhin zunutze machen.«

Sie rutschte näher an ihn heran und legte die Hand auf seine Brust. »Ich habe in deinen Unterlagen ihr Bild gesehen. Sie war bezaubernd.«

»Ich kann mich nicht an sie erinnern.«

»Wie alt warst du, als sie verschwand?«

»Ich muss ungefähr zehn gewesen sein. Aber mein Dad war schon Jahre zuvor mit mir nach Alaska gezogen.«

»Erzähl mir davon.«

Er holte tief Luft, rieb mit seinen Beinen gegen ihre und rückte den Kopf auf dem Kissen zurecht. »Vieles davon musste ich mir später zusammenreimen, weil Dad nicht darüber reden wollte. Nie. Aber inzwischen glaube ich, dass sie uns verließ, weil sie mit Weston Graham zusammen sein wollte.«

»Sie hat dich auch verlassen?«

»Ich weiß nicht, ob sie mich zurückließ oder ob es mein Dad war, der mich bei sich behalten wollte. Er schnitt den Kontakt zu ihr ab. Komplett.« Er erzählte ihr von der Namensänderung. »Darum hatte ich keine Angst, mich Jasper mit Namen vorzustellen. Ich wusste, dass er ihm nichts sagen würde.«

»War das nicht ziemlich rachsüchtig von deinem Vater?«

»Bestimmt wollte er sich an ihr rächen. Er machte es ihr unmöglich, uns zu finden. Aber das war auch unser Glück, denn so konnte Weston uns nicht ausfindig machen, nachdem er sie ermordet hatte. Sonst hätten wir zwei jener losen Fäden sein können, von denen du vorhin gesprochen hast.« Er stockte kurz. »Damals wusste ich das alles nicht, musst du verstehen. Meine ersten Erinnerungen drehen sich um meine Kindheit in Alaska, und da war ich schon mit Dad allein.«

»Was du mir beschrieben hast, die vielen Umzüge und so weiter?«

»Alles wahr.«

»Du warst bestimmt ein einsames Kind.«

Er bestätigte das wortlos mit einem melancholischen Lächeln. »Andererseits kannte ich es nicht anders. Nicht, bis ich älter wurde und sah, dass andere Dads beim Essen tatsächlich Unterhaltungen führten. Dass sie mit ihren Kindern lachten und witzelten. Dass sie Freunde hatten, mit denen sie gemeinsam Bier tranken und Sport schauten. Und Frauen, mit denen sie schliefen. In unserem Haus gab es nichts, was auch nur entfernt feminin gewirkt hätte. Mir begannen die kleinen Details in den Wohnungen meiner Freunde aufzufallen, die unserem Haus fehlten. Es war das … das angenehme *Etwas*, das eine weibliche Hand schafft. Dass meine Mutter ihn verlassen hatte, hatte meinem Dad jede Lebenslust, jede Freude geraubt. Sie hatte seine Seele gestohlen. Dann stahl Weston ihre.«

»Sie hatte Geld?«

»Für damalige Maßstäbe nicht wenig, für heutige war es bescheiden. Nach ihr nahm Weston, unter neuem Namen, wesentlich lohnendere Opfer ins Visier. Doch als sie verschwunden war und die Ermittler ihr Leben umkrempelten, entdeckten sie, dass ihr gesamtes von ihren Eltern geerbtes Vermögen auf wundersame Weise mit ihr verschwunden war.«

»Wie hat dein Vater davon erfahren?«

»Der Fall machte damals Schlagzeilen. Ich erfuhr erst später, dass er die Zeitungen aufgehoben hatte. Aber mir ist noch im Gedächtnis, dass er sich daraufhin zu verändern begann. Er war nie ein schwerer Trinker gewesen, aber damals begann er zu saufen, jeden Abend bis tief in die Nacht. Er wurde noch schweigsamer als früher. Ich fragte ihn nicht, was los war, ich glaube, aus Angst davor, was er mir antworten würde. Aber selbst wenn ich ihn gefragt hätte, hätte er mir nichts erzählt. Er hatte sie aus meinem Leben radiert.«

»Aber dein Dad liebte sie immer noch. Er trauerte um sie.«

»Inzwischen ist mir das auch klar. Damals verstand ich das nicht. Jahre später, als ich alt genug war, um mich über ihr Verschwinden zu informieren, stellte ich fest, dass ihr Verschwinden mit dem Beginn jener düsteren Periode zusammenfiel, in der Dad sich völlig abschottete.«

»Du warst damals um die zehn Jahre alt? Das muss schrecklich für dich gewesen sein.«

»In einer Hinsicht tat es mir gut. Damals lernte ich, kontaktfreudiger zu werden. Ich übernachtete oft bei Freunden. Bestimmt tat ich den Eltern leid. Sie nahmen mich auf, sorgten dafür, dass ich genug zu essen bekam. Außerdem hörte Dad irgendwann wieder zu trinken auf und wurde wieder mehr er selbst. Ganz legte er seine Trauer aber nie ab. Bis zu seinem letzten Tag trauerte er um meine Mutter, um alles, was mit ihr verbunden war.«

»Und wann starb er?«

»Während meines ersten Jahrs auf dem College in Missoula. Ich wurde heimgeschickt. Er hatte einen Schlaganfall gehabt und lag im Sterben.«

»Hast du es noch rechtzeitig zu ihm geschafft?«

»Damals offenbarte er mir, was mit meiner Mutter geschehen war. Er hatte heimlich alle Artikel über ihr Verschwinden aufgehoben. Er erzählte mir von Weston Graham, der als Hauptverdächtiger nie gefasst worden war. Bis heute gilt sie im LAPD als kalter Fall.« Er hob seine rechte Hand vor ihr Gesicht. »Siehst du diese Narbe?« Eine dünne weiße Linie teilte seine Handfläche. »Während mein Dad im Sterben lag, ritzte ich unsere beiden Handflächen auf, presste sie aufeinander und schwor ihm bei meinem Blut, dass ich dieses Schwein fassen würde.« Spröde ergänzte er: »Es hat höllisch lang gedauert. Mein ganzes weiteres Leben lang. Und ich bin immer noch hinter ihm her. Trotzdem würde ich diese letzten Minuten mit Dad gegen nichts in der Welt tauschen wollen. Als ich diesen Schwur leistete, kamen ihm die Tränen. So emotional hatte ich ihn nie zuvor erlebt. Niemals. In meinem ganzen Leben. Es war der Augenblick, der einer echten Vater-Sohn-Beziehung am nächsten kam. Noch am selben Tag starb er.«

Sie nahm seine Hand und setzte die geöffneten Lippen auf die Handfläche. »Er hat dich sehr geliebt.«

Er sah sie mit deutlichem Zweifel in den Augen an.

»Vielleicht hat er dich deiner Mutter weggenommen, um sie zu ärgern oder verletzen, vielleicht erkannte er aber auch Westons wahres Wesen und hatte Angst um dich.«

»Vielleicht«, gestand er ihr grimmig zu. »Der Gedanke ist mir auch schon gekommen.«

»Drex, wenn er dich nicht geliebt und nicht gewollt hätte, dass du bei ihm bleibst, hätte er dich jederzeit irgendwo … abgeben können. Es war bestimmt nicht leicht für einen alleinstehenden Mann, ein Kind großzuziehen, vor allem, wenn er an der Pipeline arbeitete.«

»Vielleicht fühlte er sich mir gegenüber verpflichtet. Trotzdem hatte er seinen Lebenswillen verloren.«

»Warum hat er sich dann nicht umgebracht und allem ein Ende gemacht? Dich dir selbst überlassen?« Sie zog fragend die Brauen hoch.

Er sah sie durchdringend an, sagte aber nichts.

»Er hat dich geliebt. Glaub mir.« Sie kuschelte sich wieder an ihn. »Und was empfindest du für deine Mutter?«

»Einerseits tiefen Zorn, weil sie mich hergegeben hat, andererseits Trauer, weil sie so leiden musste. Ich muss zugeben, dass es in mir drin ziemlich widersprüchlich aussieht.«

»Das ist nur fair.«

Sie lagen minutenlang still nebeneinander, dann legte er den Arm über die Augen und stöhnte.

»Was ist?«

»Endlich liegst du nackt neben mir. Eigentlich sollte ich dir schmutzige Dinge zuflüstern, statt diesen rührseligen Mist von mir zu geben.«

»Du kannst mir immer noch schmutzige Dinge zuflüstern.« Sie schob die Hand unter die Decke. Nach nur einer Handbewegung war er wieder hart. Sie lachte. »Also, das ging schnell.«

»Tust du das jetzt aus Mitleid, weil ich dir eine Trauergeschichte erzählt habe?«

»Mit einem so gut ausgestatteten Mann braucht niemand Mitleid zu haben, glaub mir.«

Er ließ ein Grinsen aufblitzen, das den Teufel stolz gemacht hätte.

»Und würdest du wollen, dass ich aufhöre, selbst wenn ich es aus Mitleid täte?«, neckte sie ihn.

»Unfug, auf keinen Fall. Du kannst mit mir machen, was du willst.«

Sie wälzte sich über ihn und begann seine Brust zu küssen.

»Talia?«

»Nicht jetzt, ich bin beschäftigt.«

»Ich wollte nur fragen…«

»Später.«

Sie öffnete ihre Schenkel und nahm ihn in sich auf. Er

zischte Flüche, während sie sich langsam auf ihn senkte und sich vor und zurück bewegte. Er stöhnte vor Lust. »Und ich dachte, das erste Mal wäre nicht zu übertreffen gewesen.« Er hob den Oberkörper an, um ihre Brüste zu erreichen. Seine Lippen waren heiß und gierig, und ihre Nippel bald nass vor Lust.

Als er wieder zurücksank, packte er mit beiden Händen ihre Hüften und lenkte, leitete, lockte sie mit unglaublich schmutzigem Geflüster. Mehrere Minuten später keuchte er kurzatmig: »Ich habe zwar gesagt, dass du mit mir machen kannst, was du willst. Aber, Süße ... bei allen Göttern.«

Er schob die Hand zwischen ihre Körper. Sein rotierender Daumen wirkte Wunder, und eine halbe Minute später lag sie erschöpft auf seinem sich hebenden Brustkorb.

Als sie wieder zu Atem gekommen war, flüsterte sie: »Was wolltest du fragen?«

»Hm?«

»Bevor ich mit dir gemacht habe, was ich wollte, wolltest du mich etwas fragen.«

»Ach ja. Vergiss es.«

»Nein, frag.«

Er fuhr mit den Fingern durch ihre Haare und breitete sie über ihre Schultern.

»Als du gestern Abend in unser Gästezimmer kamst, hast du das auch gemacht.«

»Ich konnte nicht anders, als dich zu berühren. Ich hätte meine Hände viel lieber in deine hässliche Pyjamahose geschoben, aber ich habe mich damit begnügt, dir übers Haar zu streichen.«

»Das war nett. Genau die Berührung, die ich brauchte. Was wolltest du fragen?«

Er zögerte. »Als wir in der Dusche waren, sagtest du, es sei schön, gebraucht zu werden. Praktisch hast du mich um Erlaubnis gefragt, mir den besten Handjob meines Lebens zu geben.«

»Wirklich?«

»Lass uns beim Thema bleiben. Ich frage mich nur, ob... Du musst es mir nicht sagen. Du schuldest mir keine Erklärung. Ich dachte nur...«

»Jasper hat solche Aufmerksamkeiten nie eingefordert und mochte sie auch nicht. Er hat nie... Er hat nie gesagt: ›Mach mit mir, was du willst.‹«

Er reagierte nicht sofort, und als er es tat, sprach er nicht mehr über ihre Beziehung mit Jasper. »Wahrscheinlich hätte ich es ein bisschen romantischer ausdrücken können.«

»Für mich war es romantisch.«

Er hob ihren Kopf an. Sein Blick wanderte über ihr Gesicht, prägte sich jede Kleinigkeit ein. Sein Daumen strich über ihre Unterlippe. »Müde?«

»Ich kann kaum noch die Augen offen halten.«

»Dann lass uns schlafen.« Sein Arm war lang genug, um die Lampe auf dem Nachttisch auszuschalten.

Talia wollte schon wegrutschen, doch er schlang die Arme um sie, einen über ihren Po, den anderen knapp unter ihrer Schulter. Er hob den Kopf an, drückte einen Kuss auf ihren Mund und verharrte genau so. »Bleib so.«

»So?«

»Genau so.« Seine Zungenspitze tupfte in ihren Mundwinkel. »Ich will dich noch nicht loslassen.«

»Ich könnte dir zu schwer werden.«

»Ich könnte schnarchen.«

Sie ließ den Kopf wieder auf seine Brust sinken, schloss

die Augen und fühlte sich ermatteter und sicherer, als sie sich je gefühlt hatte. »Du findest meinen Pyjama hässlich?«
Er antwortete mit einem leisen Schnarchen.

Kapitel 33

Irgendwann in den frühen Morgenstunden hatte Drex sich von Talia gelöst, sie von seinem Bauch geschoben und auf die andere Seite gedreht, damit sie in Löffelstellung weiterschlafen konnten. Er war aufgewacht, weil sein Arm, auf dem ihr Kopf ruhte, eingeschlafen war und kribbelte. Er sah auf die Uhr auf dem Nachttisch und las überrascht die Uhrzeit ab. Er hatte nicht so lange schlafen wollen. Bald würde es hell werden.

So verführerisch der Gedanke auch war, sich weiter an Talia zu kuscheln, er musste nachdenken.

Er zog den Arm unter ihrem Kopf hervor und stahl sich aus dem Bett, ohne sie aufzuwecken. Nur mit seinem Handy und der Pistole schlich er auf Zehenspitzen aus dem Schlafzimmer und ins Bad. Fünf Minuten später trat er wieder heraus, geduscht und in den Sachen, die er am Vortag getragen und im Bad auf dem Boden hatte liegen lassen.

Ein Stockwerk tiefer machte er sich eine Tasse Kaffee und schickte Mike dann eine Nachricht, in der er um Neuigkeiten über Gif bat. Mike rief ihn zurück. Nach dem ersten Läuten antwortete Drex leise: »Wie macht er sich?«

»Ich durfte um halb fünf zu ihm. Er war aufgewacht, aber noch kaum ansprechbar. Wollte wissen, was ihm passiert war.«

»Er konnte sich nicht erinnern?«

»Erinnerte sich nur an das Gedränge. Er wollte sich so rasch wie möglich zu der Absperrung am Tatort vorarbeiten. Und plötzlich lag er auf dem Boden, unter höllischen Schmerzen und gelähmt. Bekam keine Luft mehr.«

»Er hat nicht gesehen, wer ihn angegriffen hat?«

»Er hat nicht auf einen Angreifer geachtet.«

»Richtig«, sagte Drex. »Konntest du schlafen?«

»Ein paar Stunden. Und du?«

»Ein bisschen.«

»Talia ist okay?«

»Sie schläft noch.«

Die Frage hing unausgesprochen zwischen ihnen. Drex beschloss, sie zu ignorieren. »Hast du was von Locke gehört?«

»Sieh in deine Mails. Er hat vor etwa zehn Minuten die Berichte aus der Gerichtsmedizin geschickt.«

»Ich habe den Laptop noch nicht eingeschaltet. Ich setze mich gleich dran, sobald wir aufgelegt haben.«

»Keine Überraschungen bei dem von Elaine Conner. Die Frau gestern Abend? Er hat sie von hinten angegriffen, wahrscheinlich mit einem Doppelnelson, und ihr bei C-Sechs das Genick gebrochen.«

»Jesus.«

»Meine Rede.«

»Mich beunruhigt am meisten seine Skrupellosigkeit. Er hat diese Frau umgebracht und ist danach seelenruhig in der Nähe geblieben.«

»Weil er gehofft hat, dass du auftauchen würdest.«

»Ganz bestimmt, aber eigentlich ist es nicht seine Art, in der Nähe zu bleiben. Jetzt hat er es zweimal innerhalb von vierundzwanzig Stunden getan. Dazu muss man Eier haben.«

»Nein, muss man nicht«, widersprach Mike. »Man muss ein Psychopath sein. Er eskaliert.«

»Er rotiert mit der Geschwindigkeit eines Tornados.«

»Weil du ihm zu dicht auf den Fersen bist.«

»Er will mich provozieren. Diese zwei toten Frauen sind sein rotes Tuch.«

»Wir müssen diesen Schwanzlutscher aus dem Verkehr ziehen, Drex.«

»Ich weiß. Aber hör zu, Mike, du kannst nicht hierher zurückkommen.«

»Das dachte ich mir bereits.«

»Abgesehen davon, dass du Rudkowski zu Talia und mir führen könntest, musst du auch bei Gif bleiben.«

»Dachte ich mir auch schon. Wenigstens bis heute Abend, um sicherzugehen, dass er wieder auf die Beine kommt.«

»Hältst du es so lange aus?«

»Es geht mir immer noch besser als Gif.«

»Ich weiß, aber…«

»Hast du eine Schwester umarmt?«

»Was?«

»Eine Krankenschwester. Mit grauen Haaren, freundlichen Augen?«

Jetzt erinnerte sich Drex. »Sie hat versprochen, sich gut um Gif zu kümmern.«

»Also, offenbar hat ihr die Umarmung gefallen. Nachdem du nicht mehr hier bist, hat sie mich unter ihre Fittiche genommen. Mir gestern Abend ein Kissen und eine Decke gebracht. Und heute Morgen einen Waschlappen und ein Handtuch. Ich habe mich auf der Herrentoilette gewaschen. Es gibt eine große Cafeteria. Ich habe meinen Laptop und das Ladegerät dabei. Ich werde hier alles für dich tun,

was ich auch sonst für dich tun würde. Es geht mir gut, solange Rudkowski mich in Ruhe lässt, aber ich glaube nicht,
dass er noch mal so eine Szene veranstalten wird wie gestern Abend.«

»Danke, Mike. Ich melde mich wieder. Gib Bescheid, wenn
du eine Möglichkeit siehst, dass ich mit Gif reden kann.«

»Geht in Ordnung.«

Sie trennten die Verbindung. Drex machte sich noch einen
Kaffee und stellte den Laptop auf die Frühstückstheke. Er
öffnete Lockes Mail, dessen Nachricht lautete: *Keine Übereinstimmungen zwischen den beiden Opfern außer dem Geschlecht und Geburtstagen im April. Glauben Sie trotzdem,
dass er es war?*

»Darauf kannst du deinen Arsch verwetten.« Aber Drex
war klar, dass er mehr brauchte als sein untrügliches Gefühl, wenn er die Polizeibehörden überzeugen wollte, dass
der Mann, der angeblich auf See über Bord gegangen und
womöglich ertrunken war, stattdessen gesund und munter
an Land Morde beging.

Er öffnete den ersten Anhang der Mail, den gerichtsmedizinischen Bericht über Elaine Conner. Er studierte ihn Wort
für Wort. Wie Mike gesagt hatte, enthielt er nicht viel, was
Locke ihnen nicht bereits gesagt hatte.

Der Bericht über Sara Barker, der gestern Abend ermor-
deten Frau, war für Drex schwer zu lesen. Es war ein grässlich willkürlicher Akt gewesen. Jasper agierte hemmungs-
loser denn je.

Nachdem er den Bericht durchgelesen hatte, stand Drex
von der Theke auf und ging in den Sitzbereich, wo er den
Fernseher anschaltete. Überall liefen die Morgennachrichten. Im kurzen Lokalteil wurde über den Mord an Sara

Barker berichtet. Eine Freundin der Familie beschrieb sie als großzügigen, liebevollen Menschen. »Wer würde etwas so Abscheuliches tun?«

»Das bleibt die Frage«, ergänzte die junge Reporterin mit Blick in die Kamera sowie tragischem Tonfall und passender Miene.

»Derselbe Mann, der eine Frau lebendig begraben hat«, erklärte ihr Drex.

Als die Reporterin fröhlich mit dem Wettermann zu plaudern begann, stellte Drex den Fernseher stumm und kehrte an die Theke zurück. Er rief noch einmal den Bericht über Elaine Conner auf.

»Komm schon, Elaine. Du hast so gern gesprochen. Sprich mit mir. Sag mir, was ich übersehe.«

Es musste irgendwo zu finden sein: Jaspers Markenzeichen, Initiale, Stempel, Signatur. *Irgendwas.* Was zum Teufel war es?

Er las den Bericht noch einmal, diesmal laut, so als würden die Worte beim Sprechen klarer und dadurch mehr verraten.

Und dann las er ein Wort, und sein Verstand trat auf die Bremse, noch während seine Lippen es formten. Er kehrte zum Anfang des Satzes zurück, las bis zu diesem Wort und stolperte erneut darüber.

Seine Hände wurden klamm. Sein Herzschlag beschleunigte sich. Doch bevor er sich zu sehr begeisterte, nahm er sich noch einmal den Bericht über Sara Barker vor. Er scrollte durch die Formulare, bis er die gesuchte Seite fand. Er vergrößerte sie, um den Ausdruck besser lesen zu können. Dort stand es. Dasselbe Wort. In einer scheinbar unbedeutenden Anmerkung im Obduktionsbericht.

Eine Gänsehaut überlief ihn.

Er sprang so hastig auf, dass der Barhocker nach hinten kippte. Er nahm zwei Stufen auf einmal und schlug schmerzhaft mit der Schulter gegen den Türrahmen, als er ins Schlafzimmer stürmte.

»Talia!« Er eilte ums Bett und setzte sich auf die Seite, der sie das Gesicht zugewandt hatte. »Talia.« Er rüttelte ihre Schulter.

Sie schlug die Augen auf, blinzelte ihn an und lächelte verschlafen. »Guten Morgen.«

Er legte die Hände auf ihre Schultern, um sein Gleichgewicht zu halten und um ihr in die Augen sehen zu können. »Erzähl mir noch mal von Jaspers maßgeschneiderten Sachen, mit denen er seinen Schneider im Geschäft hält.«

Sie setzte sich mühsam auf, zog die Decke über ihre Brüste und strich sich die Haarsträhnen aus dem Gesicht. »Wieso? Ist was passiert?«

»Du hast gesagt, er wäre eigen mit solchen Sachen wie Knöpfen.«

»Genau. Er hat vor Kurzem von seinem Schneider Knöpfe auswechseln lassen, die er als ›unmodisch‹ bezeichnete.«

Drex' Magen zog sich zusammen. »Wirklich?«

»Vor höchstens einer Woche. Er hat an mehreren Stücken alte Knöpfe gegen neue tauschen lassen.«

Drex verharrte still, ließ das nachhallen, ließ sie dann wieder los und setzte sich auf sein angewinkeltes Knie. Den Blick ins Leere gerichtet, sagte er leise: »Er nimmt einen Knopf.« Dann sah er Talia wieder an. »Er nimmt einen Knopf.« Er stand vom Bett auf und patrouillierte davor auf und ab. »Er hat sie gesammelt. Er lässt sie an Kleidungsstücke nähen, die er sich maßanfertigen lässt, und trägt sie dort, wo jeder sie sehen kann. Seine Trophäen sind für alle deutlich sichtbar, doch niemand kommt auf den Gedanken, dass sie von den Kleidungsstücken der getöteten Frauen stammen könnten. So macht er sich über uns dumme Schlappschwänze lustig.«

Er fuhr mit der Hand über seinen Scheitel und dann über seinen Nacken. Immer noch konnte er nur mit Mühe gleichmäßig atmen. Sein Herz raste, und nicht, weil er so schnell die Treppe heraufgerannt war.

»Wie bist du darauf gekommen?«, fragte Talia leise, als wollte sie seinen Gedankengang nicht unterbrechen, seinen Fluss von logischen Folgerungen nicht zum Versiegen bringen.

»Im gerichtsmedizinischen Bericht über Elaine wird der Leichnam beschrieben, wie er am Strand aufgefunden wurde. In welcher Position er lag. Und so weiter. Sie war voll bekleidet. An ihrem rechten Fuß hatte sie eine schwarze Sandale mit flachem Absatz. Die linke fehlte. Sie trug eine schwarze Caprihose und eine hellblaue Bluse. Der Gerichtsmediziner vermerkte, dass an der Manschette ein Knopf fehlte. Die Frau gestern Abend trug einen Rock mit Zierknöpfen an der linken Seite. Hier«, sagte er und strich mit der Hand an seinem Schenkel abwärts. »Laut dem Obduktionsbericht, dem auch Fotos ihrer Kleidung beilagen, fehlte der letzte Knopf in der Leiste.«

Talia verarbeitete das alles. »Und inwiefern hilft dir das?«

»Das ist die Verbindung zwischen dem Mord an Elaine und dem an Sara Barker. Es ist die verräterische Signatur, die mir bislang gefehlt hat, weil es bis vor Kurzem keine Leichen gab. Bis zu Marian Harris.« Er sah Talia scharf an, verließ dann das Schlafzimmer, polterte die Treppe wieder hinab, griff nach seinem Telefon auf der Theke und rief Mike an. Als er antwortete, sagte Drex atemlos: »Er nimmt einen Knopf.«

»Wie bitte?«

Drex stotterte fast, so eilig hatte er es, Mike von seiner Entdeckung zu erzählen.

»Könnte auch Zufall sein«, sagte Mike.

»Und ich könnte zum Papst gewählt werden, aber wie wahrscheinlich ist das schon? Hat dieser Deputy in Key West dir den Obduktionsbericht zu Marian Harris geschickt?«

»Wir haben ihn nie darum gebeten.«

»Scheiße! Stimmt. Gray – so heißt er – hat erwähnt, dass sich die Leiche schon zersetzt hatte. Mich interessierten in erster Linie die gruseligen Todesumstände und dann die Vergrößerung des Partyfotos. Ich rufe ihn sofort an. Falls Marian angezogen war, als dieser Perverse sie vergrub, dann hat die Spurensicherung mit Sicherheit ihre Kleidung beschrieben, selbst wenn sie sich schon stark zersetzt hatte. Ein Detail wie ein fehlender Knopf müsste im Bericht stehen.«

»Hoffst du.«

»Hoffe ich. Aber ich habe ein gutes Gefühl, Mike. Falls wir den Mord an Marian mit den jüngsten beiden in Verbindung bringen können, kann Rudkowski nicht mehr abstreiten, dass wir nach einem Serienmörder suchen. Wenn doch, übergehen wir ihn eben.«

»Allerdings musst du dann immer noch beweisen, dass Jasper Ford der Täter ist.«

»Ein Schritt nach dem anderen. Das ist ein großer Sprung. Bleib erreichbar. Ich werde sofort diesen Deputy anrufen.«

Während er seine Tasche durchwühlte und nach dem Handy suchte, in dem Grays Nummer gespeichert war, kam

Talia nach unten. Ihr Haar war noch nass vom Duschen. Sie roch nach dem Gel, dessen Duft ihn für alle Zeit an diese erotische Eskapade erinnern würde.

Während sie an ihm vorbei in die Küche ging, sagte er: »Übrigens dir auch einen guten Morgen«, und beugte sich für einen kurzen Kuss auf ihren Mund vor, bevor er sich wieder damit beschäftigte, den Akku einzusetzen.

»Jasper ließ vor Kurzem seine Knöpfe auswechseln, damit er all seine Trophäen mitnehmen konnte, wenn er verschwand.«

»Das ist meine Theorie. Sie sind klein und leicht zu transportieren.«

»Wenn er weiterzieht, wird er sie auf andere Sachen umsetzen lassen und die zwei neuesten hinzufügen.«

»Das würde er, aber er wird nicht weiterziehen, Talia.« Er setzte mit einem Klicken die Abdeckung des Handys ein. »Diesmal kommt er nicht davon.«

Er rief die Nummer des Sheriff's Office in Key West auf und hoffte bei Gott, dass Gray Dienst hatte. Als die Zentrale antwortete, fragte er nach ihm und schaute, während er durchgestellt wurde, Talia beim Kaffeekochen zu. Ihre Hände zitterten. Als sie sich zu ihm umdrehte, fragte er: »Ist alles okay?«

Ihr Lächeln war wacklig. »Ja. Aber dadurch ist das alles keine reine Spekulation mehr. Sondern äußerst real.«

»Ich weiß.« Er trat zu ihr und streichelte ihr Gesicht. »Es tut mir leid.«

Sie legte ihre Hand auf seine und drückte sie an ihre Wange. »Dir braucht nichts leidzutun. Wirklich nicht.« Er gab ihr noch einen zärtlichen Kuss, stellte dann den Barhocker wieder auf und führte sie hin.

»Hier ist Deputy Gray.«

Sofort konzentrierte Drex sich auf den Anruf. »Gray, hier ist Special Agent Easton.«

Nach kurzem, vor Ärger vibrierendem Schweigen erklärte ihm der junge Deputy: »Vor etwa einer halben Stunde hat mich Special Agent Rudkowski angerufen. Er hat mir alles über Sie und Ihre Taten erzählt. Ich kann nicht mit Ihnen sprechen.«

»Deputy …«

»Tut mir leid.«

»Gray! Legen Sie nicht auf. Hören Sie. Ich brauche …«

»Ich kann nicht mit Ihnen sprechen.« Er sagte das mit Nachdruck, aber auch mit einem Unterton, als hätte er Angst, dass man ihn belauschen könnte. »Ich wurde vom FBI ermahnt, nicht mit Ihnen zu sprechen und Ihnen auch nichts zuzuschicken. Rudkowski hat auch mit meinem Sergeant gesprochen, der außer sich vor Zorn ist.«

»Okay. Erwischt. Ich habe Sie manipuliert, und meine Taktik war fragwürdig.«

»Fragwürdig? Haben Sie sich tatsächlich mit einer Hauptzeugin aus dem Staub gemacht?«

»Ja, weil ich immer noch versuche, ihr Leben zu retten. Ich will nicht, dass sie ein ähnliches Schicksal erleiden muss wie Marian Harris. Darum rufe ich an. Ich glaube, ich habe eine Verbindung gefunden zwischen …«

»Sie hören nicht zu, Easton. Ich bin nicht autorisiert. Ich kann Ihnen nicht helfen.«

»Ich bitte Sie doch nur, mir den gerichtsmedizinischen Bericht über Marian Harris zu schicken.«

»Der Bericht ist der Öffentlichkeit nicht zugänglich, weil die Ermittlungen in diesem Fall noch nicht abgeschlossen sind.«

»Klingt wie auswendig gelernt.«

»Stimmt. Rudkowski hat den Text vorgeschlagen, damit ich eine Antwort parat habe, falls Sie den Nerv haben sollten, mich noch einmal zu kontaktieren.«

Drex spie einen Fluch aus, zwang sich aber, ruhig zu bleiben. Wenn er sich aufspielte, würde er bei Gray gar nichts erreichen, denn der bekam inzwischen von allen Seiten Druck. Zu jedem anderen Zeitpunkt hätte Drex Gewissensbisse gehabt, weil er die anfängliche Hilfsbereitschaft des jungen Beamten ausgenutzt hatte.

»In Ordnung. Ich verstehe, dass Sie ihn mir ungern zusenden wollen. Schicken Sie ihn stattdessen an Agent Mallory. Erinnern Sie sich an ihn? Sie haben ihm …«

»Rudkowski hat gesagt, dass ich auch ihm nichts zuschicken darf. Genauso wenig wie jemandem namens Lewis. Er sagte, Sie drei hätten Ihre eigene Liga gebildet. Dass Sie die Ermittlungen in zwei Mordfällen behindern würden. Außerdem hat er mir erklärt, dass Sie schon zuvor mit illegalen und unethischen Tricks gearbeitet haben.«

Drex kniff sich in die Nasenwurzel. »Könnten Sie den Bericht wenigstens durchlesen und mir dann einige Fragen beantworten?«

»Ich. Kann. Nicht. Mit. Ihnen. Sprechen.«

»Sie müssen gar nicht *sprechen*. Ein schlichtes Ja oder Nein genügt. Tatsächlich brauchen Sie überhaupt nicht zu sprechen. Sie könnten husten. Einmal für Ja, zweimal für Nein.«

»Rudkowski hat mich gewarnt, dass Sie alles in eine Art Spiel verwandeln würden.«

»Ich würde mich auf eine Frage beschränken. *Eine einzige*. Mehr nicht. Würden Sie wenigstens das für mich tun?«

»Tut mir leid, nein.«

»Es geht hier um Leben und Tod, Deputy Gray.«

»Rudkowski wusste, dass Sie das sagen würden. Er sagte, Sie hätten…«

»Ja?«

»Wahnvorstellungen.«

»Glauben Sie das wirklich?« Der Deputy blieb stumm. »Ich nehme an, Sie wurden auch angewiesen, diese Telefonnummer weiterzugeben, falls ich anrufen sollte, damit Rudkowski mich lokalisieren kann.«

Drex hörte ein schweres Schlucken. »Tut mir leid, Easton«, sagte er und legte auf.

»Michael Mallory?«

Mallory war gerade dabei, den Polizeibericht über den gestrigen Mord an Sara Barker zu hacken. Er sah auf, weil er damit rechnete, jemanden vom Krankenhauspersonal zu sehen. Stattdessen standen zwei uniformierte Deputys, eine Frau und ein Mann, aus dem Sheriff's Department vor ihm.

Er klappte den Laptop zu. »Das bin ich.«

»Wir möchten Ihnen ein paar Fragen stellen.«

»Wenden Sie sich an die Detectives Locke und Menundez vom Charleston PD. Die wissen Bescheid. Der Mann, der gestern Abend an der Waterfront attackiert wurde, ist mein Freund. Ich habe ihre Erlaubnis, hier Wache zu halten.«

»Vielleicht. Aber es war ein FBI-Agent namens Rudkowski, der uns gesagt hat, wo wir nach Ihnen suchen sollen.«

Das hörte sich nicht gut an. »Nun, Sie haben mich gefunden.«

»Kennen Sie einen gewissen Sammy Markson? Auch bekannt als…«

»Ich kenne Sammy unter den verschiedensten Namen.«

»Sie kennen ihn also?«

»Ich habe dazu beigetragen, ihn nach seinem ersten Coup einzubuchten.«

»Haben Sie vor einigen Tagen ein Fahrzeug von Lexington, Kentucky, nach Atlanta gefahren, das von ihm zur Verfügung gestellt wurde?« Die Frau sah in ihr kleines Notizbuch. Sie las Marke, Modell und Kennzeichen des Minivans ab. »Blaue Lackierung.«

Mike sah sie finster an. »Wieso fragen Sie das?«

»Haben Sie?«

Er blieb störrisch und reagierte nicht.

»Falls Sie nicht antworten wollen«, mischte sich der männliche Deputy ein, »werden wir Sie zur Befragung mit aufs Department nehmen müssen.«

»Erstens werden Sie mir erklären müssen, weswegen Sie mich befragen wollen, und falls Sie mich als Verdächtigen vernehmen wollen, müssen Sie mir einen Rechtsbeistand stellen, bevor ich auch nur ein Wort sage.«

»Es ist nur eine informelle Befragung«, erklärte die Frau.

Mike schnaubte. »Wir wissen alle, dass es so was nicht gibt. Sie brauchen einen hinreichenden Verdacht, wenn Sie mich belästigen wollen. Welchen haben Sie?«

Die beiden sahen einander an und schienen zu einem gemeinsamen Entschluss zu kommen. Die Frau meinte: »Gestern Abend wurde Sammy Markson verhaftet und des schweren Autodiebstahls in mehreren Fällen angeklagt.«

Dieser kleine Scheißer. Er hatte einen Deal mit dem Sheriff's Department in Fayette County, Kentucky, gemacht.

Mike hatte Sammy Bescheid gegeben, dass er nach Charleston fliegen würde und dass der Minivan am Flughafen von

Atlanta stand, wo er ihn später abholen würde. Das war ihm nur anständig erschienen. Jetzt hätte er sich deswegen ohrfeigen können.

Der männliche Deputy fügte hinzu: »Markson hat Sie als Leumundszeugen benannt.«

»Leumundszeugen, dass er schuldig oder dass er unschuldig ist?«

»Das hat er nicht genauer benannt. Und das ist unser hinreichender Verdacht, unter dem wir Sie belästigen.«

Mike grummelte verächtlich. »Sammy würde seine eigene Mutter verkaufen.«

»Das hat er. Gestern Nacht. Gehen wir, Mr. Mallory.«

»Warten Sie, mein Freund ist…«

»Agent Rudkowski wird über Lewis' Zustand auf dem Laufenden gehalten. Laut dem letzten Stand ist er stabil. Falls sich etwas zum Schlechteren ändert, werden Sie benachrichtigt.«

Mike erkannte, dass es sinnlos war, mit diesen beiden zu streiten, die nur ihre Befehle ausführten. Er hatte Zoff mit Rudkowski. Er wuchtete sich aus dem Sofa hoch und klemmte den Laptop unter den Arm. Genau in diesem Augenblick läutete sein Handy. »Darf ich?«

Wieder berieten sich die beiden schweigend. Der Mann antwortete. »Machen Sie es kurz.«

Er nahm das Gespräch an. »Rudkowski hat den Deputy in Key West bearbeitet«, begann Drex ohne Begrüßung. »Jetzt macht er dicht und ist nicht mehr zu knacken. Diese Quelle haben wir verloren.«

Mike seufzte. »Und das sind noch die guten Nachrichten.«

Drex warf das Handy auf die Theke, wo es klappernd landete, ohne dass er ihm Beachtung geschenkt hätte. Doch schon vor diesem Wutausbruch wusste Talia, dass Mike etwas gesagt hatte, was Drex lieber nicht gehört hätte. »Schlechte Nachrichten von Gif? Bitte sag nein.«

»Nein, mit ihm ist alles okay.«

»Was ist dann?«

Als Drex sie aufgeweckt und ihr von seinem Durchbruch erzählt hatte, hatte er vor Spannung gesummt wie eine Überlandleitung. Der Anruf bei dem Deputy in Florida hatte die Wattzahl deutlich gesenkt. Doch nach diesem Anruf bei Mike war auch der letzte Funke erloschen.

»Gestern Abend habe ich schon Gif als mögliche Unterstützung verloren, jetzt wurde auch noch Mike aus dem Verkehr gezogen. Wenn ich es nicht besser wüsste, würde ich glauben, dass es das Schicksal auf uns abgesehen hat. Verflucht!« Er griff nach seinem Kaffeebecher und wog ihn in der Hand wie der Pitcher beim Baseball einen Ball. Er sah sogar auf die Wand gegenüber, als wollte er die Distanz abschätzen.

Ehe er tatsächlich werfen konnte, ging sie zu ihm, nahm ihm den Becher ab und stellte ihn auf die Theke zurück. »Was ist denn mit Mike?«

Er gab ihr eine kurze Zusammenfassung, und sie fragte: »*War* der Wagen gestohlen?«

»Wahrscheinlich.«

»Wusste Mike das?«

»Er hat nicht gefragt. Sammy wird ihn nicht belasten, weil er ihn auch weiterhin als Verbündeten behalten will und auch brauchen wird, so wie es aussieht. Aber nichtsdestotrotz steckt Mike jetzt im Schlamassel und kann mir nicht helfen.«

»Und was kann ich tun?«

Er wollte gerade antworten, als eines seiner Handys läutete. Er sah aufs Display. »Locke.« Er nahm das Gespräch an und schaltete auf Lautsprecher, damit sie mithören konnte. »Guten Morgen.«

»Sie sind immer noch unter dieser Nummer zu erreichen«, stellte Locke fest

»Vorerst. Haben Sie das von Mike gehört?«

»Nein. Was ist mit ihm?«

»Lange Geschichte, und sie kann warten. Was gibt es?«

»Erinnern Sie sich, dass ich Ihnen erzählt habe, wir hätten mit einem Zeugen gesprochen, der bemerkt hätte, wie ein Mann von Lewis wegging, nachdem er zu Boden gegangen war?«

»Der Zeuge sagte, der Mann hätte ausgesehen, als hätte er es eilig.«

»Wir haben ihn auf zwei Überwachungskameras ausfindig machen können.«

Drex sah Talia an. »Jasper?«

»Nachdem wir ihm nie begegnet sind und Sie behaupten, dass er sein Aussehen verändert haben wird, wissen wir das nicht. *Sie* müssen das für uns feststellen.«

»Auf jeden Fall. Und ich habe ebenfalls einen Durchbruch erzielt.«

»Und welchen?«

»Erst will ich ihn verifizieren. Bald. Jetzt.«

»Ist Mrs. Ford noch bei Ihnen?«

»Hallo, Detective«, sagte sie. »Ich bin hier.«

»Guten Morgen, Mrs. Ford. Sind Sie wohlauf?«

Drex kam ihr zuvor. »Wissen Sie, jedes Mal, wenn Sie mit ihr reden und sie bei mir ist, fragen Sie als Erstes, ob sie

wohlauf ist. Allmählich finde ich das nicht mehr nur ärgerlich, sondern beleidigend.«

»Und ist sie es?«

»Es geht mir gut«, sagte sie. »Wo sollen wir Sie treffen?«

»Nicht hier im Department.«

»Rudkowski hat sich bei Ihnen eingenistet?«, fragte Drex.

»Wir haben ihm vorgeschlagen, doch ins FBI-Büro umzu-
ziehen. Er meint, bei uns sei er näher am Geschehen.«

»Ich bezweifle, dass sich die Agenten vor Ort über seinen
Besuch freuen würden.«

»Jedenfalls haben wir ihn an der Backe. Menundez und
ich kommen zu Ihnen.«

Drex lachte knapp. »Das glaube ich nicht.«

»Sie haben mir gestern Abend auch erzählt, wo ich Sie
finden kann, und das war ein Glück.«

»Ja, aber das hier könnte eine Falle sein mit einem angeblichen Überwachungsvideo als Köder.«

»Ist es nicht. Aber ich wünschte, das wäre mir schon gestern eingefallen.«

Drex sah Talia an, die halb zustimmend mit den Schultern zuckte.

»Okay«, sagte er. »Aber Sie müssen mir einen Gefallen
tun. Zwei Gefallen.«

Leicht verärgert erklärte der Detective: »Ich tue Ihnen bereits einen Gefallen.«

»Es sind nur kleine Gefälligkeiten, und Sie kommen dadurch nicht in Schwierigkeiten.« Er bat ihn, Deputy Gray
in Key West anzurufen. »Fordern Sie den gerichtsmedizinischen Bericht über Marian Harris an.«

»Das habe ich bereits getan. Gestern. Er wurde mir per
E-Mail zugeschickt.«

»Guter Mann!«

»Hat das was mit Ihrem Durchbruch zu tun?«

»Wenn ich richtigliege, dann ja.«

»Ich leite ihn an Sie weiter.«

So gern er diesen Bericht auch sehen wollte, würgte Drex diesen Vorschlag sofort ab. E-Mails hinterließen Spuren. Er brauchte Locke weiterhin als Quelle im Department. Falls man dem Detective vorwerfen würde, ihm zuzuarbeiten, würde er diese wichtige Verbindung verlieren. »Drucken Sie ihn aus und bringen Sie ihn mit.«

»Warum sagen Sie nicht einfach, wonach Sie suchen?«

»Ich will Ihnen keine unnötigen Hoffnungen machen, falls ich mich täusche. Außerdem würde ich es gern mit eigenen Augen sehen.«

Der Detective seufzte resigniert. »Und der zweite Gefallen?«

»Was zu essen. Zwei Frühstückssandwichs.«

»Okay. Wo finden wir Sie?«

Drex nannte ihm den Namen des Aparthotels und die Adresse.

»Wir sind in zwanzig Minuten da.«

»Ach ja, Locke?« Drex hielt den Detective auf, bevor er die Verbindung trennen konnte. Den Blick fest auf Talia gerichtet, sagte er: »Talia heißt mit Nachnamen Shafer.«

Kapitel 34

Es klopfte, und Drex öffnete die Tür. »Das waren fünfund-zwanzig Minuten.«

»Es gab eine Schlange beim Drive-in.« Menundez trat ein und reichte Talia eine Papiertüte, die sie auf den Esstisch stellte.

»Was ist das für ein Durchbruch?«, fragte Locke.

»Lassen Sie mich erst den Bericht aus Florida sehen.«

Zu viert versammelten sie sich um den Tisch. Menundez zog aus der Brusttasche einen zusammengefalteten und mit einer Büroklammer versehenen Blätterstapel. Er reichte ihn Drex, der ihn hastig durchblätterte.

Talia stellte sich dicht neben ihn, damit auch sie den Bericht einsehen konnte, in dem detailliert beschrieben wurde, was sich in der Holzkiste befunden hatte, als der Gerichtsmediziner sie direkt nach dem Fund untersucht hatte. Ein Knopf wurde nicht erwähnt. Drex kämpfte seine Enttäuschung nieder und blätterte weiter durch die Dokumente, bis er den Obduktionsbericht gefunden hatte.

Er überflog ihn so eilig, dass Talia den Vermerk zuerst bemerkte und ihn darauf hinwies. Halblaut rief er aus: »Verdammt! Es steht tatsächlich da.«

»Und beweist, dass du recht hattest«, flüsterte sie.

Er lächelte ihr zu, stieß innerlich einen Jubelschrei aus und begriff im nächsten Moment, worüber er jubilierte.

Unter dem Tisch legte sie eine Hand auf seinen Schenkel.

Locke gab einen Unmutslaut von sich. »Ich unterbreche ungern Ihr privates Plauderstündchen, aber könnten Sie uns bitte aufklären?«

»Hat einer von Ihnen das hier gelesen?« Ohne eine Antwort abzuwarten, drehte Drex den Bericht herum und tippte auf den Vermerk. »Fehlender Knopf.«

Locke zog sofort die Verbindung und blickte zu Drex auf. »Bei Conner und bei Barker fehlte ebenfalls ein Knopf.«

»Das ist sein Souvenir«, behauptete Drex. »Das ist das Verbindungsglied, das bis jetzt gefehlt hat.«

Menundez strahlte.

Locke war nicht ganz so enthusiastisch. »Das stützt Ihre Hypothese von einem Serienmörder, beweist aber nicht, dass es Jasper Ford sein muss.«

»Das ist mir klar, und das dämpft meinen Jubel auch«, gab Drex zu. »Ohne konkreten Beweis könnte diese Parallele auch als bloßer Zufall abgetan werden. Vielleicht wird uns das Überwachungsvideo helfen.«

Er biss in das Sandwich, das Talia ausgewickelt und ihm hingeschoben hatte. Gleich darauf hörte er zu kauen auf und schluckte, weil ihm die unübersehbar enttäuschten Mienen der Detectives aufgefallen waren. »Was ist?«

»Ich zeige Ihnen gern das Video, aber es wird uns nicht weiterhelfen.« Locke öffnete den Laptop und drehte ihn herum, sodass Drex und Talia das Standbild sehen konnten. »Das ist der Mann, den wir ins Auge gefasst hatten.«

Die Gestalt, auf die Locke deutete, war in einen Plastik-Regenponcho aus dem Souvenirshop gehüllt und sah aus wie ein diffuses Gespenst. Das Gesicht war nur teilweise sichtbar.

»Ich kann auf dem Bild nicht mal Gif erkennen«, meinte Drex.

»Gif ist hier. Wir mussten das Bild vergrößern, um ihn zu finden.«

Das fragliche Individuum ging auf dem Bild direkt auf Gif zu.

»Der Körpertyp passt nicht«, stellte Talia fest. »Er ist zu groß und dünn. Ich glaube nicht, dass das Jasper ist.«

»Er ist es auch nicht«, bestätigte Locke düster. »Der Zeuge, dem gestern Abend ein Mann aufgefallen war, hat ihn in den frühen Morgenstunden auf diesem Standbild wiedererkannt. Wie sich herausgestellt hat, wurde der Ponchomann von mehreren Kameras und nicht nur zweien erfasst. Eine zeigt, wie er auf einem nahe gelegenen Parkplatz mit seiner Frau und drei Kindern in einen SUV steigt. Das Kennzeichen ist deutlich zu erkennen. Menundez hat es überprüft.«

Der jüngere Detective übernahm. »Wir haben anhand des Kennzeichens seine Adresse ermittelt. Ein Streifenwagen wurde hingeschickt, um ihn zu befragen. Er gab zu, dass er in der Menge gewesen war. Er wurde von seiner Familie getrennt, als sie nach der Hafenrundfahrt von Bord gegangen waren. Er wollte sie möglichst schnell einholen. Bis auf die paar Minuten, in denen er von ihnen getrennt war, war er den ganzen Abend auf einem seit Wochen geplanten Ausflug mit seiner Familie.«

Drex schob das halb gegessene Sandwich beiseite. »Er hatte es also wirklich nur eilig.«

»Sieht so aus«, sagte Locke. »Und damit haben wir praktisch nichts in der Hand.«

»Bei der Durchsuchung unseres Hauses gestern müssen

478

Sie doch Jaspers Fingerabdrücke gefunden haben«, sagte Talia.

»Aber wir haben keine von Daniel Knoll und auch keine von seinen früheren Identitäten«, sagte Drex. »Wir haben nichts, womit wir sie abgleichen könnten.« Nach kurzem Schweigen fragte er, ob Rudkowski schon erfahren hatte, dass die Spur des Poncho-Mannes in die Sackgasse führte.

Locke nickte mit unverhohlenem Widerwillen.

»Seine Reaktion?«, fragte Drex.

Menundez hatte die Antwort parat: »Er nannte Sie verblendet und paranoid und behauptete, Sie hätten Jasper Ford nur als Verdächtigen auserkoren, damit Sie sich an seine Frau ranmachen könnten.« Der junge Detective sah kurz in Talias Richtung. »Verzeihung.«

»Nicht notwendig«, sagte sie. »Mir könnte nicht gleichgültiger sein, was dieser grässliche Mann denkt.«

Drex' Kommentar beschränkte sich auf eine gemurmelte, auf Rudkowski gemünzte Beleidigung.

»Das ist noch nicht alles«, sagte Locke.

Drex lehnte sich seufzend zurück. »Nur zu.«

»Heute Morgen haben ein paar Männer, die an der Küste angeln waren, einen Herrenschuh aus dem Wasser gefischt.« Locke sah Talia an. »Er stimmt mit der Beschreibung überein, die Sie uns von der Kleidung Ihres Mannes, als Sie ihn zuletzt gesehen haben, gegeben haben. Größe vierundvierzig, braune Mokassins mit Quasten.« Er wandte sich wieder an Drex. »Die Suchmannschaften und auch die Coast Guard neigen zu der Auffassung, dass man nicht mehr von ihm finden wird.«

»Was meine Theorie, dass er noch am Leben ist, irgendwie torpediert, nicht wahr?«

»Wenn bis Einbruch der Dunkelheit nicht noch mehr von ihm auftaucht, wird die Suche abgebrochen.«

»Sollte seine Frau nicht davon unterrichtet werden?«, mischte Talia sich ein.

»Das wurde versucht. Sie waren nirgendwo zu erreichen«, rief Locke ihr unter einem kurzen Seitenblick auf Drex ins Gedächtnis. »Und es geht noch weiter.«

»Jesus«, sagte Drex. »Ich weiß nicht, wie viele gute Nachrichten ich noch ertragen kann.«

Locke antwortete mit einem grimmigen Lächeln. »Die finanziellen Portfolios von Elaine Conner und auch Ms. Shafer wurden…«

»Lassen Sie mich raten«, fiel Drex ihm ins Wort. »Nicht angetastet. Ohne Veränderungen in jüngster Zeit. Nicht ein Cent fehlt.«

Locke zuckte mit den Achseln. »Ich schätze, wenn er sich tot stellt, kann er schlecht gleichzeitig Bankkonten plündern. Entweder will er abwarten, bis sich die Wogen geglättet haben, bevor er das Vermögen einkassiert, oder er opfert das Geld, um der Festnahme zu entgehen.«

»Unbezahlbar.« Drex lachte, aber ohne jede Freude. »Natürlich haben Sie recht, aber er wusste auch, dass ich überprüfen würde, ob Geld fehlt. Darum hat er es nicht angerührt.«

Er beugte sich vor und sprach die anderen drei ernst an. »Begreifen Sie nicht? Jasper wusste genau, dass ich ihm so etwas unterstellen würde, denn das war bisher sein Modus Operandi. Er hat sichergestellt, dass mein Vorwurf widerlegt würde. Dass ich gedemütigt und diskreditiert werde, ist ihm wichtiger als alles andere.«

Er sah, wie die beiden Detectives einen vielsagenden Blick wechselten, und stöhnte: »Was denn noch?«

»Das Beste kommt zum Schluss.« Locke zog ein gefaltetes Blatt Papier aus der Brusttasche seines Sportsakkos und legte es gefaltet auf den Tisch. »Ein Haftbefehl gegen Sie.«

»*Was?*«, rief Talia.

»Der Deputy in Key West hat Sie verpfiffen, nachdem Sie ihn heute Morgen angerufen hatten. Rudkowski hat keine Zeit verloren. Er hat darauf bestanden. Uns waren die Hände gebunden.«

Drex faltete das Papier auf und überflog den Haftbefehl. »Detectives des CID wurden ausgeschickt, um dieses geringfügige Vergehen zu verfolgen?«

»Rudkowski hat sich zusammengereimt, dass wir Sie sehen würden, ehe irgendwer Sie findet.«

»Ich glaube es nicht«, sagte Talia.

»Ich schon«, sagte Drex. »Der Mann ist unbeschreiblich kleinlich. Dieser einseitige Konkurrenzkampf ist ihm wichtiger, als einen Mann zu fassen, der sich von hinten an eine schutzlose Frau anschleicht und ihr das Genick bricht.«

»Kann er dich ins Gefängnis stecken lassen?«, fragte Talia.

Locke antwortete für Drex. »Wir haben es nicht eilig, ihn dorthin zu bringen.«

»Danke dafür.« Drex stand auf und begann rastlos auf und ab zu gehen. »Das Problem ist, dass mir dieser rachsüchtige Vollidiot damit einen Riesenknüppel zwischen die Beine geworfen hat. Ausgerechnet jetzt, wo es auf jede Stunde ankommt. Jasper könnte zu dem Schluss kommen, dass Talias Vermögen oder ihr Leben nicht das Risiko einer Verhaftung wert sind. Vielleicht verschwindet er lieber, genau wie schon früher. Oder aber er hat Gefallen an seinem tödlichen Streifzug gefunden und mordet gnadenlos weiter, bis er irgendwann erwischt wird. Tatsächlich könnte er diese

Art schauriger Berühmtheit reizvoll finden. Ich garantiere, dass er, wo er auch steckt, alle Fernsehberichte über die Frau anschaut, die er gestern Nacht umgebracht hat. Bestimmt ist er irrsinnig stolz auf sich. Der Promistatus befeuert sein Ego, und wenn er sich genug daran berauscht hat, wird er erneut zuschlagen.«

»Ich hoffe nicht.«

»Sie hören mir nicht zu, Locke.« Drex kehrte an den Tisch zurück, stützte die Hände auf und beugte sich vor. »Bei ihm ist alles *Hoffen* vergebens. Erinnern Sie sich an das Chi-Omega-Wohnheim? Bundy tötete die Mädchen darin und griff nur Minuten später und wenige Blocks entfernt ein weiteres Wohnheim an. Genau wie er dreht Jasper der Polizei eine lange Nase, das hat er gestern Abend bewiesen. Er hat einen Zufallsmord begangen, nur weil ihm danach war und weil er mich aus der Deckung locken wollte. Der Angriff auf Gif muss spontan erfolgt sein, denn den hätte er unmöglich planen können. Vielleicht macht Sie diese Art von sponta- ner Brutalität nicht nervös, aber mir macht sie eine Höllen- angst. Falls er noch jemanden umbringt, werden Sie, Me- nundez und Rudkowski womöglich trotzdem noch schlafen können, aber ich nicht. Und falls er ›Scheiß drauf‹ sagt, von hier verschwindet und untertaucht, werde ich ihn nie mehr zu fassen bekommen, weil er mich jetzt kennt. Von jetzt an wird er immer nach mir Ausschau halten und mich kommen sehen.« Er schüttelte wütend den Kopf. »Es heißt jetzt oder nie. Wir müssen ihn jetzt aufhalten. Wir müssen ihn erwi- schen, während er seinem finsteren Hobby nachgeht. Wir müssen ihn mit diesen gottverfluchten Knöpfen in seinem Besitz erwischen.«

»Okay. Ich hab's kapiert«, entgegnete Locke mit ähnlichem Zorn wie Drex. »Aber Sie sind seit Jahren hinter ihm her. Wir seit zwei Tagen. Irgendwelche Ideen?«

Die frustrierte Reaktion des Detectives ließ Drex einlenken. Sie empfanden beide gleich. »Nein.«

Er stieß sich vom Tisch ab, ging durch den Wohnbereich zum Fenster und öffnete die Vorhänge. Draußen nieselte es immer noch. Seit Tagen hatte der Himmel nicht aufgeklart. Trotzdem war es Drex lieber, als wenn es sonnig gewesen wäre. Das trübe Wetter passte zu seiner Stimmung.

Hinter ihm erklärte Talia den beiden Detectives, was mit Mike passiert war. Sie beantworteten ihre Fragen nach den Ermittlungen im Mordfall Sara Barker mit polizeilichen Standardfloskeln.

Drex lauschte ihrem Gespräch mit einem Ohr und schnappte dabei die Schlüsselwörter auf, während er alles Nebensächliche ausblendete. Das Meiste war ohnehin irrelevant. Mit Polizeimethoden würden sie Jasper nicht erwischen.

Um ihn zu fassen, durfte man nicht denken wie ein Bulle. Man musste denken wie *er.*

Er fragte sich, was er tun würde, wenn er Jasper wäre, wenn er an Jaspers Stelle wäre. Wie würde er vorgehen wollen? Mit einer Kehrtwende? Einem bösen Streich? Ironie? Was wäre der letzte, triumphale Scherz?

In einem blendenden Moment durchfuhr ihn ein Geistesblitz.

Er kehrte an den Tisch zurück, setzte sich an Lockes Laptop, zog das Standbild groß und ärgerte sich sofort über die schlechte Qualität. »Ist der Rest des Videos auch auf dem Computer?«

Die Frage bremste Locke mitten im Satz. Er verstummte

und sah Drex an, der ungeduldig nachbohrte: »Die Minuten vor und direkt nach dem Angriff auf Gif. Sind die auch auf dem Laptop?«

»Nein. Das Video ruckelte. Man konnte kaum oben von unten unterscheiden, darum habe ich nur dieses Standbild heruntergeladen. Das Video selbst ist noch im Department.«

»Ich muss es ansehen. Sofort. Lassen Sie es per Mail herschicken.«

Keiner der beiden Detectives rührte sich, ihr Widerstreben war unübersehbar.

»Was ist?«, fragte Drex. »Vorhin hatten Sie noch angeboten, es mir zu schicken.«

»Das war vor dem hier.« Locke bewegte die Hand über den Haftbefehl. »Wir könnten wirklich Ärger kriegen, wenn wir Ihnen jetzt Beweismaterial überlassen.«

»Okay, dann schmuggeln Sie mich ins Department. Dann sehe ich es mir eben dort an.«

»Sie reinschmuggeln? Wir sollen Sie an Rudkowski ausliefern, andernfalls sind wir *ge*liefert.«

»Ich hab's kapiert, Leute. Aber dieses Timing ist bei Gott unterirdisch.« Er schlug mit der Faust in seine andere Hand. »Jasper eskaliert. Rudkowski hat sich in meine Wade verbissen wie ein tollwütiger Terrier. Unglaublich. Ich habe zwei Feinde, und beide haben dasselbe Ziel – mich mundtot zu machen.«

»Diskreditiert und gedemütigt«, wiederholte Talia die Worte, die er Minuten zuvor selbst gebraucht hatte.

Aber als er sie jetzt hörte, blieb er wie angewurzelt stehen. Langsam und leise stellte er fest: »Sie wollen dasselbe: Ich soll zu Fall gebracht werden.«

Ein Plan begann Gestalt anzunehmen. Er hielt ihn fest,

ehe er sich wieder in Luft auflösen konnte. Noch während sich sein Vorhaben herausschälte und klarer wurde, begann er die Detectives zu beschwören. »Schmuggeln Sie mich ins Police Department. Lassen Sie mich das Video ansehen, *bevor* es zum Showdown mit Rudkowski kommt.«

»Was erwarten Sie darauf denn zu sehen?«, fragte Menundez.

»Sie haben nach jemandem gesucht, der sich eilig durch die Menge schiebt. Vielleicht sollten wir nach jemandem Ausschau halten, der nicht in Eile war.« Das schien nicht schlagkräftig genug, um sie zu überzeugen, aber mehr wollte Drex zu diesem Zeitpunkt nicht verraten.

»Lassen Sie mich dieses Video ansehen, dann brauchen Sie mir nie wieder einen Gefallen zu tun, das schwöre ich. Bitte.« Er sah auf die Uhr. »Aber Sie müssen sich entscheiden. Ich muss mich möglichst bald Rudkowski stellen. Bevor er noch was Dummes tut.«

»Wie Sie ins Gefängnis zu stecken«, sagte Locke. »Und genau das wird er tun, sobald er Sie sieht.«

»Dann muss ich ihn eben überzeugen.« Er sah die beiden nacheinander an. »Sie können mir meinetwegen Handschellen anlegen, solange ich nur das Video zu sehen bekomme. Haben wir einen Deal?«

»Ja«, sagte Menundez, während Locke widersprach: »Nein.«

»Fünfzehn Minuten«, feilschte Drex.

Locke geriet ins Schwanken. »Wir müssen Rudkowski irgendwas anbieten.« Er sah Talia an. »Er will Sie immer noch um jeden Preis befragen. Vielleicht stellt ihn das fünfzehn Minuten ruhig.«

»Hilft dir das?«, wollte sie von Drex wissen.

»Ich kann leider nicht versprechen, dass es das tun wird.«

Sie zog lächelnd die Schultern hoch. »Früher oder später wird er mich aufspüren. Vielleicht sollte ich es gleich hinter mich bringen.«

Drex setzte sich in Bewegung, und das so energisch, als hätte man ihm die Sporen gegeben. Er griff nach Talias Hand und zog sie aus ihrem Stuhl. »Wir holen unsere Sachen und sind gleich zurück.«

Talia ließ sich von seiner Eile anstecken und lief die Treppe hoch, dicht gefolgt von Drex.

Auf dem oberen Treppenabsatz zog sie ihn ins Schlafzimmer und schloss die Tür. »Was hast du vor?«

»Wir haben keine Zeit. Ich kann es dir nicht alles erklären.«

»Das heißt, du willst nicht.«

»Genau, ich will nicht. Hör zu«, sagte er, ehe sie widersprechen konnte. »Hat dich dieser gefundene Schuh oder das unberührte Bankkonto überzeugt, dass Jasper tot ist?«

»Nein.«

»Nein. Wenn er seine düstere Karriere fortsetzen will, kann er es sich nicht leisten, uns am Leben zu lassen. Ich will nicht, dass er sich irgendwann an uns anschleicht wie an Gif oder Sara Barker. Ich muss ihn aus dem Verkehr ziehen.«

»Das verstehe ich ja, aber wie …«

»Je weniger du weißt …«

»Hör auf! Erzähl es mir.«

Er schüttelte den Kopf. »Das ist meine Sache.«

»Also, nur falls es dir entfallen ist, es ist auch *meine* Sache.«

Augenblicklich bereute er. »Natürlich. Entschuldige. Das war dumm von mir. Ich habe es zu deiner Sache gemacht, nicht wahr?«

Sie packte ihn an den Oberarmen und schüttelte ihn leicht. »Nein, das hat *Jasper* getan. Ich werde das Jahr, das ich mit ihm verbracht habe, nie zurückbekommen, aber ich will ihn auf gar keinen Fall über einen weiteren Tag meines Lebens bestimmen lassen. Nicht, wenn ich etwas dagegen unternehmen kann.«

»Du kannst etwas unternehmen, indem du mir vertraust.«

»Ich muss *mir selbst* vertrauen, Drex.« Sie legte die flache Hand auf ihre Brust. »Ich habe zu lange meinem Instinkt nicht vertraut. Aus all den Gründen, die ich dir zu erklären versucht habe, habe ich meinen Argwohn unterdrückt und mit einem Mann zusammengelebt, der durch und durch böse ist. Und jetzt schreit mein Instinkt, dass ich dir trauen soll. Aber verleugne ich mich vielleicht schon wieder, nur wegen deiner erotischen Ausstrahlung? Du behauptest, du wärst einer von den Guten, aber du bewegst dich außerhalb des Gesetzes. Also, soll ich meinem Instinkt miss- oder vertrauen?«

»Vertraue ihm.« Er nahm ihr Gesicht in beide Hände. »Meine Methoden mögen zweifelhaft sein. Ich beuge die Regeln, breche sie von Zeit zu Zeit. Aber ich bin einer von den Guten.«

»Diese zweifelhaften Methoden machen mir Angst.«

»Das verstehe ich. Aber kannst du dich erinnern, was mir vor allem Angst macht? Ich habe es dir damals gesagt, als du in meinem Apartment warst.«

»Zu versagen.«

»Zu versagen. Ihn nicht zu stoppen.«

Jemand klopfte energisch an die Tür, dann war Lockes Ruf zu hören: »Easton!«

»Komme sofort«, rief er zurück, dann flüsterte er: »Meine

schlimmste Befürchtung ist, dass Jasper mir durch die Lappen geht, dass sich alle damit abfinden, dass er ertrunken ist und ich ein armer Irrer bin, der sich diese Sache mit den fehlenden Knöpfen nur eingebildet hat. Und dass er dann, wenn niemand mehr nach ihm sucht, zurückkehrt, um *dich* zum Schweigen zu bringen. Ich muss dem Treiben ein Ende machen, Talia, und zwar jetzt. Du kannst an meinen Methoden zweifeln, aber nicht an meiner Entschlossenheit.«

Sie sah ihm tief in die Augen, nickte und sagte dann rau: »Der vertraue ich wirklich.«

Er senkte seine Stirn auf ihre und flüsterte ein von Herzen kommendes »Danke«, um dann anzuschließen: »Erotische Ausstrahlung, wie?« Er zog sie an seine Brust und küsste sie, eine Hand an ihrem Hintern, um sie fester an sich zu drücken. Sie wühlte die Finger in sein Haar. Dass der Kuss so kurzlebig war, machte ihn umso leidenschaftlicher.

»Easton!«

Drex ignorierte das Hämmern an der Tür, beendete den Kuss aber. »Nur noch eines. Rudkowski wird versuchen, dich einzuschüchtern.«

»Ich kann damit umgehen.«

»Daran habe ich keinen Zweifel.« Er gab ihr einen Abschiedskuss, drehte sie dann um und schob sie in Richtung Tür. »Zeig dich, bevor Locke noch einen Herzinfarkt bekommt.«

Kapitel 35

Locke begleitete Talia nach unten. Drex bat um eine Minute im Bad. Er schloss die Tür und rief Mike an.

»Wer ist da?«

»Ich bin's. Ich kann nur flüstern. Ich habe mich im Bad eingeschlossen. Irgendwas Neues von Gif?«

»Deine Verehrerin im Krankenhaus hat mich vor einer halben Stunde angerufen. Sie verlegen ihn in ein Einzelzimmer.«

»Das sind großartige Neuigkeiten.«

»Dachte ich auch.« Er gab ihm Gifs Zimmernummer durch. »Ich konnte ihn allerdings nicht sehen.«

»Sie halten dich immer noch im Sheriff's Office fest?«

»Sie bosseln rum. Ich bringe Sammy um.«

»Kannst du dich nicht rausquatschen?«

»Ich arbeite daran. Ich wollte einem Ex-Knacki auf die Beine helfen, indem ich ein Auto von ihm miete. Woher sollte ich wissen, dass es gestohlen war? Man lernt nie aus. Das ist meine Story, und bei der bleibe ich.«

»Macht sich halt nicht gut, dass du die Stadt verlassen und Rudkowskis Leute hängen lassen hast.«

»War nur ein Missverständnis. Sein Wort gegen meines. Und die Agenten, die mein Haus bewachten, hassen ihn und lieben die Zitronenlasagne, die ich ihnen rausgebracht habe, darum werden sie mir den Rücken freihalten, jede

Wette. Jedenfalls haben die Jungs hier nichts in der Hand, um mich festzuhalten, denn Sammy schwört, dass ich von nichts wusste, weil er meinen Zorn fürchtet, der unzweifelhaft tödlich für ihn wäre. Früher oder später müssen sie mich gehen lassen.«

»Irgendwelche Vermutungen, wann das sein könnte?«

»Warum?«

»Na ja, wo wir gerade von Rudkowski sprechen …«

In einer Kurzzusammenfassung und ohne auf Mikes zahlreiche Unterbrechungsversuche einzugehen, informierte Drex ihn über die jüngsten Rückschläge, bis er zu seiner Verhaftung kam. »Ihnen bleibt nichts anderes übrig, als mich mitzunehmen.«

»Dieses Arschloch Rudkowski.«

»Stimmt. Aber du musst abgesehen von deinen Schimpftiraden noch was für mich tun.«

»Und zwar?«

Drex brachte seine Bitte vor, und Mikes Antwort lautete: »Hast du komplett den Verstand verloren?«

»Ich habe keine Zeit für Erklärungen oder um mit dir zu streiten. Ich habe Lockes Geduld schon überstrapaziert. Ich brauche ein Ja oder Nein.«

»Dir ist klar, dass das nicht rückgängig zu machen ist.«

»Neun Morde sind auch nicht rückgängig zu machen.«

Es klopfte an die Tür. »Jetzt, Easton.«

»Sag schon, Mike«, flüsterte Drex. »Machst du es?«

»Es ist deine Beerdigung.«

Wenn Mike das in dieser bestimmten Grummelstimme sagte, wusste Drex, dass er einknickte. »Danke. Bis später.«

Er trennte die Verbindung, ließ den Riegel zurückschnappen und öffnete die Tür.

Locke stand auf der Türschwelle. »Mit wem haben Sie geredet?«

Er reagierte mit einem breiten Grinsen. »Mit dem Krankenhaus. Gif wird von der Intensivstation in ein Einzelzimmer verlegt.«

Locke nahm ihm das Handy ab. Er ging die Anrufliste durch und las die letzte Nummer ab. »Das ist Mallorys Nummer.«

»Okay, ich habe einen Schritt ausgelassen. Ich habe Mike angerufen, der mir weitergegeben hat, was er vom Krankenhaus erfahren hat.«

»Sie wollen mir was weismachen.«

Drex wandte seufzend den Blick ab und sah ihn dann wieder an. »Ich habe Mike gefragt, ob er Kaution für mich stellen würde.«

»Was hat er gesagt?«

»Wollen Sie die ungeschminkte Wahrheit hören?«

»Das wäre mal nett zur Abwechslung.

»Er hat gefragt, ob ich komplett den Verstand verloren hätte.«

Drex fragte, ob sie in Gifs Wagen fahren könnten, damit Talia mobil blieb. Locke stimmte unter der Bedingung zu, dass Drex mit ihm und Talia mit Menundez fahren würde.

Beim Police Department parkte Locke auf seinem persönlichen Stellplatz. Am Personaleingang trafen sie wieder mit Talia und Menundez zusammen. Ehe sie eintraten, fragte Locke Drex: »Haben Sie eine Waffe dabei?«

»Ja.«

»Sie haben aber nicht vor, ihn zu erschießen, oder?«

»Rudkowski? Hatte ich nicht vor.«

»Jammerschade. Aber ich kann Sie nicht mit einer Waffe ins Department lassen. Geben Sie sie Menundez.«

Drex war klar, dass jeder Widerspruch zwecklos war, darum reichte er dem Detective die Pistole. »Begleiten Sie Talia zu Rudkowski. Und halten Sie ihn möglichst lang beschäftigt, damit ich mir das Video ansehen kann.«

»Normalerweise geben hier nicht die Besucher die Befehle, wissen Sie?«, ging Locke dazwischen.

»Sie haben mir fünfzehn Minuten versprochen«, sagte Drex.

»Ich habe gar nichts versprochen.«

»Ich muss das Video sehen, *bevor* ich mit Rudkowski rede.«

»Sie werden ihn trotzdem nicht von der Verhaftung abbringen.«

»Unterschätzen Sie meine Überredungskünste nicht.«

Lockes Zweifel blieb, doch er sagte zu Menundez: »Schreib mir, in welchem Raum ihr seid. Wir stoßen spätestens in fünfzehn Minuten zu euch.«

Ehe sie sich trennten, griff Drex nach Talias Hand und drückte sie. »Mach ihm die Hölle heiß.« Sie erwiderte lächelnd seinen Druck.

Locke führte Drex in einen Raum, in dem sie halbwegs ungestört waren. Er setzte ihn an einen freien Computer und lud das Video der Überwachungskamera herunter. Drex hatte sich den Zeitstempel auf dem Standbild gemerkt. Er spulte zum entsprechenden Zeitpunkt vor, dann wieder drei Minuten zurück und ließ die Aufnahme von dort laufen. Zu Drex' Enttäuschung waren die Bilder auf dem größeren Monitor nicht besser zu erkennen als auf Lockes Laptop.

»Ich habe Sie gewarnt, dass die Qualität lausig ist«, bemerkte Locke, der Drex über die Schulter schaute.

Das war sie wirklich. Drex hielt die Aufnahme immer wieder an, zoomte an Standbilder heran, zoomte wieder heraus und spulte die Aufnahme so oft vor und zurück, dass Locke irgendwann sagte: »Ich werde noch seekrank.«

»Ich auch. Ich könnte eine Coke vertragen. Haben Sie eine hier?«

»Vergessen Sie es. Ich lasse Sie nicht allein.«

»Ich würde nicht durchbrennen. Großes Pfadfinderehrenwort.«

»Sie haben noch zehn Minuten. Und ich ein paar Anrufe zu erledigen.«

Locke ging ein paar Schritte, blieb aber in Sichtweite, und begann zu telefonieren. Drex hielt die Aufnahme an einem Punkt an und beugte sich über den Monitor, um das Standbild genauer zu studieren. Er spulte zurück und entdeckte dasselbe Individuum wieder. Er ließ die Aufnahme wieder laufen, diesmal langsamer, und beobachtete genauer.

Locke kehrte zu ihm zurück. »Es ist Zeit.«

Drex schob den Stuhl zurück und stand auf. »Danke.«

»Moment noch. Ist Ihnen was aufgefallen, was ich auch sehen sollte?«

»Rudkowski wartet.«

»Hören Sie«, sagte Locke gereizt. »Sie können weiter versuchen, mich zu verarschen, oder Sie weihen mich in Ihren Plan ein.«

»Plan?«

Locke seufzte ärgerlich auf. »Easton, ich mag Sie nicht besonders, aber ich bewundere Sie. Ich glaube, Sie sind schlau, und ich glaube, dass es Ihnen wirklich ernst ist. Menundez ist schon halb in Sie verschossen. Sie entsprechen seinem Ideal des Cowboy-Bullen. Als Rudkowski uns von Ihnen erzählt und uns eingeweiht hat, was Sie alles im Namen Ihrer ›Pflicht‹ getan haben, dachte ich zuerst, er würde uns verscheißern.«

»Und was wollen Sie mit all den schönen Worten sagen?«

»Dass ich lieber Sie als Rückendeckung hätte, selbst ohne Marke, als diesen Mann. Aber ich muss wissen, welchen Plan Sie ausbrüten.«

Drex hielt zu hohe Stücke auf Lockes Integrität, als dass er ihm weiterhin etwas vormachen wollte. »An Ihrer Stelle wäre ich genauso frustriert. Aber ich würde nur äußerst ungern einen Plan mit Ihnen besprechen, der noch längst nicht ausgebrütet ist. Er ist höchstens im Embryonalstadium.«

»Ich könnte helfen, Ideen beisteuern.«

»Wenn der Zeitpunkt gekommen ist.«

Immer noch gequält fragte Locke: »Haben Sie je den SAC in Columbia kennengelernt? Rudkowskis Vorgesetzten?«

»Nein.«

»Ist egal. Überspringen Sie die Befehlskette. Rufen Sie ihn direkt an. Erklären Sie ihm diesen Zweikampf, den Sie seit Jahren mit Rudkowski führen.«

»Der mich als Irren hingestellt hat. Selbst wenn ich bis zum SAC vordringen würde, müsste ich ihn erst überzeugen, dass ich keine Wahnvorstellungen und keine Paranoia habe, und dann könnte es zu spät sein.«

»Na gut, wie wäre es hiermit? Ich bringe Sie zu unserem Chief. Er ist ein vernünftiger Mann, und in seiner Stadt wurden in den letzten zwei Tagen zwei Frauen ermordet. Er will den Täter haben. Tragen Sie ihm Ihre Idee vor... Warum nicht?«, fragte er, als Drex den Kopf schüttelte.

»Weil er, so vernünftig er auch ist, sich immer an die Vorschriften halten wird. Und weil uns die Zeit davonläuft, während er überlegt, was er mit mir anstellen soll.«

»Vielleicht ist es schon zu spät. Inzwischen könnte Jasper Ford über alle Berge sein.«

»Glauben Sie das ehrlich? Falls ja, dann sagen Sie es.«

»Nein, ich glaube genau wie Sie, dass er am Leben ist und allmählich völlig außer Kontrolle gerät.«

»Also gut. Dies ist der spielentscheidende Drei-Punkte-Wurf kurz vor dem Schlusspfiff, und ich will nicht, dass mein eigenes verdammtes Team mich blockiert.«

»Genau mein Punkt, wir sind kein Team.«

»Sind wir wohl«, sagte Drex. »Glauben Sie mir.«

Der Detective sah ihn unsicher an und fragte ruhig: »Und können Sie den Ball versenken?«

»Weiß ich nicht. Ich hoffe es, aber ich mache mir keine Illusionen. Falls ich scheitere, dann spektakulär. Aber selbst in diesem Fall schaufele ich mir mein eigenes Grab. *Nur* meines.«

»Genau das ist es«, sagte Locke. »Falls Sie endgültig aus dem Verkehr gezogen werden, gehen uns jede Menge Talent und Mumm verloren. Ich will, dass Sie es schaffen. Ich wünschte nur, Sie würden nach den Regeln spielen.«

»Das kann ich nicht.«

»Warum nicht?«

»Weil *er* es nicht tut.«

»Stellen Sie sich nicht dumm, Mrs. Ford. Tun Sie nicht so, als wüssten Sie nicht, warum ich mit Ihnen reden will. Sie sind eine Hauptzeugin in einem Fall, bei dem es um die Entführung und den Mord an Elaine Conner geht und um das unerklärte Verschwinden Ihres Mannes.«

Talia hatte Rudkowski bisher nur einmal erlebt, als sie sich im Schutzraum versteckt und seine Unterhaltung belauscht hatte. Ihre Meinung hatte sich nicht gebessert, nachdem sie ihm persönlich begegnet war. Seit er in den Vernehmungsraum getreten war, in den Menundez sie gesteckt hatte, hatte Rudkowski sie nur angeschrien, praktisch ohne Atem zu holen.

Während er immer weiter tobte, wahrte sie ihre betont distanzierte Miene und beobachtete ihn mit ruhigem Blick. Sie war diese Bullen-und-Ganoven-Atmosphäre nicht gewohnt, und sie war es erst recht nicht gewohnt, dass man sie anbrüllte. Und weil sie nicht verängstigt zitterte, war er immer lauter geworden.

»Immer mit der Ruhe, Rudkowski. Sie ist keine Verdächtige«, sagte Menundez jetzt.

»Das bestimme ich.«

Talia nutzte ihre erste Gelegenheit, eine Bemerkung einwerfen zu können. »Ich bin mir der Schwere dieser Verbrechen wohl bewusst, Agent Rudkowski.«

»Sind Sie das wirklich? Warum haben Sie sich dann dieser Befragung entzogen und damit die Ermittlungen behindert? Und Sie haben Beweismaterial unterschlagen.«

»Ich habe nichts dergleichen getan. Ich habe mein Haus verlassen, bevor Sie mit einem Durchsuchungsbefehl anrückten, und ich habe nichts mitgenommen als Wechselkleidung und Toilettenartikel.«

»Die Kochbücher Ihres Mannes. Menundez hier sagt, sie hätten das Regal über dem Herd gefüllt. Und dieses Regal war auffällig leer.«

»Ich habe die Kochbücher nicht mitgenommen.«

»Dann war es Easton.«

»Er hatte nichts dabei, als wir das Haus verließen. Nicht einmal seine persönlichen Sachen.«

»Dann haben seine Kumpane sie mitgenommen. Wieso? Was haben sie damit gemacht?«

Nachdem sich Jaspers Kochbücher zu ihrer Enttäuschung als falsche Spur erwiesen hatten und darum irrelevant waren, sah sie keinen Grund, die Tat abzustreiten oder zu verteidigen. Dafür hielt Rudkowskis Gejammer über die beiden ihn beschäftigt, und genau darum hatte Drex sie hierhergeschickt.

Der Agent ließ sich mit einer Pobacke auf der Ecke des Schreibtischs nieder und beugte sich über sie, in dem offensichtlichen Bemühen, sie einzuschüchtern. »Was für eine Taktik hat Easton angewandt, um Sie zu überzeugen, dass Sie mit ihm von der Bildfläche verschwinden?«

»Gar keine.«

»Kommen Sie. Er ist ein Bauernfänger. Hat er Sie mit seinem jungenhaften Charme eingewickelt? Ich sage es Ihnen nur ungern, aber Sie wären nicht die Erste, die sich davon blenden lässt.«

»Er hat mich überzeugt, dass mein Ehemann ein Serienmörder ist und höchstwahrscheinlich versuchen wird, mich umzubringen, sobald sich eine Gelegenheit bietet.«

Er schnaubte. »Und das haben Sie ihm geglaubt?«

»Falls ich auch nur den Hauch eines Zweifels hatte, ist der gestern Abend erloschen, als Jasper eine Frau tötete und Mr. Lewis schwer verletzte.«

»Es ist nicht bewiesen, dass diese Taten von Jasper Ford begangen wurden. Sie stehen in keiner Verbindung zu ihm. Zu behaupten, dass Ihr Ehemann etwas damit zu tun hat, ist nur eine weitere von Eastons wilden Geschichten. Ist Ihr Ehemann Gif Lewis je begegnet?«

»Nicht, dass ich wüsste.«

»Wie soll er ihn dann erkannt haben, bevor er ihn ange-griffen hat?«

Drex hatte sich das ebenfalls nicht erklären können, da-rum sparte sie sich eine Antwort.

Rudkowski legte eine Hand hinters Ohr. »Verzeihung? Ich habe Sie nicht verstanden«, mokierte er sich. »Sehen Sie, worauf ich hinauswill, Mrs. Ford? Easton erfindet Dinge, um seine Wahnideen zu untermauern. Es gibt und gab nie eine Grundlage für seine Behauptung, es gäbe einen Serien-mörder.« Er pochte sich mit dem Zeigefinger gegen die Stirn. »Er ist plemplem. Er ist besessen von einem selbst erfunde-nen Ungeheuer.«

Sie lehnte sich zurück und musterte ihn in aller Ruhe. »Wieso sind Sie dann so angespannt?«

Er blinzelte. »Pardon?«

»Ich verstehe nicht, weshalb Sie sich so aufregen. Falls Sie wirklich glauben, dass Drex den Verstand verloren hat, warum haben Sie seine Wahnideen dann nicht als Spinnerei abgetan und gehen in aller Ruhe Ihrer Arbeit nach?«

»Weil er meine Ermittlungen behindert.«

»Verzeihung«, erwiderte sie kühl, »aber aus meinem Blick-winkel sieht es so aus, als hätten Sie nur sehr wenig zu den Ermittlungen nach Elaine Connors Tod und der Suche nach meinem Mann beigetragen, ganz gleich, ob er tot oder am Leben, unschuldig oder schuldig ist. Dafür haben Sie umso mehr Zeit darauf verwendet, Drex nachzustellen und ihn bei jeder Gelegenheit lächerlich zu machen. Falls hier irgendwer besessen ist, Special Agent Rudkowski, dann scheinen das *Sie* zu sein.«

Menundez lachte leise.

Rudkowskis Leib blähte sich vor Entrüstung auf. Fettiger Schweiß trat auf seine Stirn. Er stieß sich vom Tisch ab, stemmte die Hände auf die Knie und beugte sich vor, bis sein Gesicht auf einer Höhe mit ihrem war. »Passen Sie lieber auf, Mrs. Ford, oder Shafer, oder wie Sie sich jetzt nennen wollen. Ich stecke Sie in die Zelle, bis Sie endlich kooperieren.«

»Wie könnte ich noch kooperativer sein? Ich bin aus eigenem Antrieb hergekommen.«

»Aber Sie haben meine Frage nicht beantwortet.«

»Welche?«

Rudkowski richtete sich wieder zu voller Größe auf. »Wo ist Easton?«

Sie lächelte ihn liebenswürdig an. »Er steht direkt hinter Ihnen.«

Kapitel 36

Drex war gerade rechtzeitig in den Raum getreten, um mitzubekommen, wie Talia Rudkowski den Kopf wusch. Seinem puterroten Kopf nach zu urteilen, hatte sie seinen Blutdruck auf Dampfkochtopf-Niveau hochgejagt. Von der Schwelle aus sagte er: »Sie klingen verstimmt, Bill. Wir konnten Sie bis zum Ende des Korridors hören.«

Locke schob Drex sanft in den Raum, schloss die Tür und fragte Menundez, ob er Rudkowski den Obduktionsbericht für Marian Harris vorgelegt hätte.

»Noch nicht. Diese Ehre wollte ich Easton überlassen.«

Der jüngere Detective zog den Bericht heraus und reichte ihn Drex. »Ich habe die Stelle rot eingekringelt.«

»Danke.«

Rudkowski drängte sich rücksichtslos zwischen den beiden durch und riss Drex den Bericht aus der Hand. »Sie sind festgenommen. Und ich erwäge ernsthaft, Miss Shafer ebenfalls einzubuchten.«

Talia gab einen empörten Laut von sich. »Weswegen?«

»Weil Sie sich unerlaubt aus amtlicher Obhut entfernt haben. Wegen Behinderung der Justiz.«

Locke und Menundez wollten schon protestieren, doch Drex war lauter. »Sie werden Talia nicht verhaften«, sagte er. »Hören Sie auf, sich wie ein Arsch aufzuführen, und lesen Sie das hier.«

Ungeduldig setzte Rudkowski eine Lesebrille auf und studierte die markierte Stelle. »An ihrer Bluse fehlte ein Knopf. Na und?«

»Und…« Locke erläuterte präzise die Bedeutung. »Das verbindet den alten Fall aus Florida mit unseren beiden Morden.« Menundez hatte Ausdrucke der beiden anderen Berichte zur Hand und zeigte Rudkowski die Anmerkungen über die fehlenden Knöpfe.

Rudkowski setzte die Brille ab und urteilte: »Gut, das ist eine Übereinstimmung, die näher untersucht werden sollte. Aber es könnte auch Zufall sein.«

»Unser Chief hält es für keinen Zufall«, widersprach Locke. »Genauso wenig wie das Sheriff's Office, die State Police, das hiesige FBI-Büro, das den Fall Elaine Conner bearbeitet, oder der SAC in Columbia.«

Rudkowski sah ihn an. »Sie haben mich übergangen und mit ihm gesprochen, ehe Sie das mir gezeigt haben?«

»Wir konnten Sie nicht finden«, bemerkte Menundez mit ausdrucksloser Miene. »Wahrscheinlich waren Sie gerade auf dem Klo.«

Ehe Rudkowski wieder aufbrausen konnte, hob Drex die Hand und bat um Stille. »Locke, mit Ihrer Erlaubnis würde ich gern allein mit Rudkowski sprechen.«

Rudkowski schnaufte. »Damit Sie sich vor mir aufspielen können, nehme ich an.«

»Für mich sind die Morde an drei Frauen nichts, weswegen ich mich aufspielen würde«, erwiderte Drex sachlich.

»Oh, Sie werden sentimental? Muss wohl der Einfluss Ihrer neuen Freundin hier sein.«

Talia trat vor, als wollte sie ihm eine knallen, doch Drex stoppte sie mit seinem ausgestreckten Arm. »Sie sind ein kleingeistiges Wiesel, Bill. Da wird mir jeder zustimmen. Und wir beide haben wirklich keinen guten Draht zueinander. Aber vergessen wir das für ein paar Minuten. Während Sie hier Beleidigungen gegen eine Frau abfeuern, die tausendmal mehr Klasse hat als Sie, und mich kaltzustellen versuchen, ist immer noch ein Serienmörder auf freiem Fuß.«

»Selbst wenn das stimmen würde«, sagte Rudkowski, »geht Sie das nichts an, oder? Sie sind draußen, oder haben Sie das vergessen?« Er hielt die Ausdrucke direkt vor Drex' Gesicht und schüttelte sie. »Übrigens stellt dies einen Dokumentendiebstahl dar, der nach Bundesrecht strafbar ist. Ich kann das zu Ihren sonstigen Vergehen hinzufügen.«

Drex schob die Papiere aus seinem Gesichtsfeld. »Ich habe den Bericht nicht gestohlen, Locke hat ihn sich schicken lassen. Wie üblich sehen Sie nicht das große Bild. Reden wir darüber, von Mann zu Mann.«

»Meinetwegen reden wir, aber ich bin immun gegen Sie. Nichts von dem, was Sie sagen können, wird mich umstimmen.«

Drex wandte sich an die anderen drei und winkte sie zur Tür. »Vielleicht bringe ich ihn zur Vernunft, und er zerreißt den Haftbefehl.«

»Das wird nicht passieren«, versprach Rudkowski.

Drex ignorierte ihn und bat Locke: »Geben Sie mir ein paar Minuten mit ihm allein.«

Locke sah ihn an. »Sie können weiß Gott die Menschen beschwatzen, Dinge zu tun, die sie nicht tun wollen.« Er winkte Menundez und Talia nach draußen.

Sie sah Drex besorgt an, und er nickte zuversichtlich. Immer noch zögerlich und besorgt folgte sie Menundez in den Korridor. Locke blieb zurück. »Da Sie aus eigenem Antrieb mitgekommen sind, haben Sie einen Vertrauensvorschuss verdient. Verspielen Sie ihn nicht.«

»Ist vermerkt.«

Locke ließ sie allein. Drex schloss die Tür und drehte sich zu Rudkowski um, der ihn, ein Auge halb zugekniffen, mit schief gelegtem Kopf fixierte. »Sie wollen verhandeln?«

»Nur weil alle anderen Optionen erschöpft sind. So schwer es mir auch fällt, etwas von Ihnen zu erbitten – können wir Waffenstillstand schließen?«

»Was versuchen Sie da abzuziehen? Ist das wieder einer Ihrer Streiche?«

»Nein.«

»Eines Ihrer Bäumchen-wechsel-dich-Spiele, die Sie so komisch und spaßig finden?«

»Diesmal nicht. Ehrenwort.«

Rudkowski schnaubte.

»Hören Sie mich an, Bill.« Drex zog einen Stuhl unter dem Tisch hervor. »Bitte?« Rudkowski sah den Stuhl an, als könnte er die Klapp-Requisite eines Clowns sein, aber er setzte sich. Drex setzte sich auf den Stuhl ihm gegenüber.

»Ich höre«, sagte Rudkowski.

»Geben Sie mir meine Marke zurück.«

Rudkowskis Miene wurde ausdruckslos. »Wo ist die Pointe?«

»Keine Pointe.«

»Das muss ein Witz sein.«

»Kein Witz.«

»Es ist das Witzigste, was ich in zehn Jahren gehört habe.« Er lachte kurz auf. »Selbst, wenn ich sie Ihnen zurückgeben würde, ist sie inzwischen wertlos.«

»Ich brauche sie nur einen Tag, einen einzigen Tag, vierundzwanzig Stunden. Dann…« Drex hob kapitulierend die Hände. »Dann gehöre ich Ihnen.«

»Sie gehören mir jetzt schon.«

Drex holte Luft. »Sie haben die Obduktionsberichte gesehen. Begreifen Sie, was sie bedeuten?«

»Sie halten mich für zu blöde, um ihre Bedeutung zu begreifen?«

»Das wollte ich nicht unterstellen. Ich wollte nur sagen…«

»Sie haben unterstellt, dass Sie, Dr. Easton, schlauer sind wie ich.«

»…*als* ich«, murmelte Drex vor sich hin.

Rudkowski sah ihn böse an. »Sie sind am Ende und geliefert. Endgültig. Wann werden Sie das endlich einsehen? Vielleicht, während Sie im Gefängnis sitzen. Da werden Sie reichlich Zeit zum Nachdenken haben.«

»Ich unterschreibe ein Geständnis, Bill. Mit Blut.«

»Der Gedanke gefällt mir.«

»Morgen.«

Rudkowski schob seinen Stuhl zurück. »Sie bleiben hier, bis jemand kommt und Sie in eine Zelle bringt.«

»Warten Sie. Bitte. Bitte«, wiederholte Drex und streckte die Hand aus, als wollte er ihn auf seinem Stuhl halten.

Rudkowski zögerte und setzte sich wieder.

Drex suchte einen neuen Ansatzpunkt. »Ich bin so nah an ihm dran.« Er hielt Daumen und Zeigefinger einen Zentimeter auseinander. »Er ist ganz in der Nähe.«

»Das wissen Sie?«

»Ich spüre es.«

»Glauben Sie, dass es den Staatsanwalt interessiert, was Sie *spüren?* Sie haben keinen Beweis, dass so ein Mensch auch nur existiert. Diese Geschichte mit den Knöpfen? Reine Indizien.«

»Das ist mir klar. Trotzdem ist es mehr, als ich in allen vorangegangenen Fällen hatte. Er glaubt, dass er uns ausgespielt hat. Das hat er nicht. Wir sind schlauer. Er hat einen Fehler gemacht und es noch nicht mal gemerkt. Dies ist unsere einzige Chance, ihn zu fassen.«

»Mit ihm meinen Sie Ford? Seine aufgeblähte Leiche wird in den nächsten Tagen angeschwemmt werden.«

»Das könnte passieren, aber das glaube ich nicht. Geben Sie mir vierundzwanzig Stunden mit einer Marke. Falls ich ihn dann nicht erwischt habe, habe ich versagt. Dann können Sie mich einsperren und sich über mich totlachen.«

Er machte eine Pause, damit Rudkowski diesen appetitanregenden Gedanken auskosten konnte. »Aber wenn ich Erfolg habe und wir diesen Hurensohn festnageln können, wäre das noch besser für Sie.«

»Wieso das?«

»Weil Sie den ganzen Ruhm einheimsen werden.«

»Was ist mit Ihnen?«

»Ich verzichte.«

»Sie verzichten?«

»Das werde ich schriftlich festhalten.«

»Nichts, was Sie schreiben, wird das Papier wert sein, auf dem es steht.«

»Ich schicke es per Mail. E-Mails vergehen nicht.«

»Ihre schon. Sie haben Mallory, der so was verschwinden lassen kann.« Er warf Drex ein überhebliches Lächeln zu. »Ihr Freund Gif braucht sich momentan nicht um seine Verhaftung zu sorgen, aber der Fette wird bereits im Sheriff's Office festgehalten.«

»Was er Ihnen zu verdanken hat. Aber man wird ihn nicht für ein Verbrechen einbuchten, das von einem Wiederholungstäter in einem anderen Bundesstaat begangen wurde.«

»Einen Anruf von mir, und sie werden ihn wegen Behinderung in diesem Staat einbuchten.«

Drex seufzte. »Na schön. Wenn Sie unbedingt mit harten Bandagen kämpfen wollen. Rufen Sie an. Lassen Sie Mike einbuchten. Wissen Sie, was er tun wird? Er wird mit seinem einen freien Anruf den SAC in Columbia sprechen wollen. Er wird alles bestätigen, was Locke bereits an ihn weitergegeben hat. Er wird hervorheben, wie bedeutsam der Obduktionsbericht aus Florida für die Mordfälle hier ist und dass Sie, nur um sich an mir zu rächen, uns den Zugriff darauf verwehren wollten. Der SAC wird schnell feststellen, dass Sie diese Ermittlungen weitaus stärker behindert haben als Mike oder ich. Zumindest wird er die Agenten im hiesigen Büro losschicken, damit sie Ihnen auf die Finger sehen, und dann würde alles noch viel schlechter für Sie aussehen. Die Agenten werden wissen wollen, warum Sie nicht in deren Büro sitzen und sie unterstützen, sondern hier im PD, wo sie schwer arbeitende Detectives von ihren zwei Mordermittlungen ablenken.« Er atmete durch. »Überlegen Sie. Würden Sie mir nicht lieber einen Tag in Freiheit zugestehen, als so schlecht auszusehen? Dumm, trotzig, unfähig?«

»Sie bluffen.«

»Glauben Sie?« Drex zuckte mit den Achseln. »Sie können es darauf anlegen.« Er ließ die Drohung im Raum stehen und ergänzte dann: »Ich hätte den SAC längst selbst angerufen, wenn ich nicht unter dem Radar bleiben wollte.«

»Damit Sie nicht in den Knast wandern.«

»Schon, muss ich widerwillig zugeben. Aber ich wollte

auch lieber im Schatten bleiben, weil Sie selbst wissen, wie solche Departments funktionieren. Die sind wie ein Sieb. Ich habe den Mund gehalten und gebetet, dass nicht an die Presse gelangt, wie wir diese Fälle hier mit dem in Florida in Verbindung gebracht haben. Falls darüber berichtet wird und Ford davon erfährt, würde sein Ego aufgehen wie ein Hefeteig. Er würde…«

Drex verstummte und sah Rudkowski, dessen Gesicht sich dezent rosa verfärbt hatte, streng an. »Was ist?«

Rudkowski schwieg stur.

»*Was ist?*« Drex starrte ihn an, schoss dann aus seinem Stuhl und beugte sich über den Tisch. »Sagen Sie nicht, dass Sie mit der Presse gesprochen haben.«

Rudkowski schnaufte abwehrend. »Ich habe einem Interview zugestimmt.«

»O Gott, nein! Wann?«

»Um zwölf.«

Drex fuhr herum und sah auf die Wanduhr. »Das ist in zehn Minuten.«

»Und darum müssen wir jetzt Schluss machen. Sonst noch was?«

»Bill, Sie dürfen dieses Interview nicht geben.«

»Warum nicht?«

»Mit wem haben Sie gesprochen?«

»Einer Reporterin namens Kelly Conroe. Sie hat mich kontaktiert«, plusterte Rudkowski sich auf.

Drex erinnerte sich an die Reporterin, die am Morgen über den Mord an Sara Barker berichtet hatte. Hübsch, vorwitzig, redegewandt, ernst. Sie hatte einen ehrgeizigen Eindruck gemacht. Wie jemand, der die Kamera zu nutzen verstand, der eine solche Story bis zum letzten Tropfen melken würde.

Rudkowski redete immer noch. »Jemand hier hat ihr meinen Namen als Sprecher für das FBI genannt. Und damit sind Sie aus dem Spiel, oder?«

»Rufen Sie sie zurück, Bill«, sagte Drex. »Sie soll die Story bis morgen zurückhalten.«

»Warum sollte ich das wollen?«

»Aus den Gründen, die ich Ihnen eben aufgezählt habe.«

»Fords Hefeteig-Ego? Ich kann das nicht mal sagen, ohne zu lachen.« Er stand auf. »Ich treffe mich unten mit ihr. Sie bleiben hier, bis Locke Sie abholt.«

»*Jesus!*« Drex drehte ihm den Rücken zu, senkte den Kopf und massierte seinen Nacken. »Das ist ein Albtraum.« Wieder drehte er sich um. »Okay, lassen Sie diese Kelly Wie-auch-immer das Interview aufnehmen, aber bestehen Sie darauf, dass sie es bis zu den Spätnachrichten zurückhält.«

»So läuft das nicht bei einem Nachrichtensender.«

Er ging auf die Tür zu, doch Drex hielt ihn am Arm fest und zog ihn zurück. »Bitte, denken Sie noch einmal darüber nach.«

»Lassen Sie mich los.« Er versuchte sich aus Drex' Griff zu befreien, doch Drex ließ nicht locker. »Vierundzwanzig Stunden.«

»Lassen Sie mich los, sonst zeige ich Sie wegen Körperverletzung an.«

»Sie können mich anzeigen, wofür Sie wollen!«, brüllte Drex ihn an. »Ich stelle mich vor den Richter und bekenne mich zu allem schuldig, was Sie mir an den Kopf werfen. Morgen. Aber lassen Sie mir diesen einen Tag.«

Rudkowski befreite seinen Arm. »Ihre Pläne für heute sind gestrichen.« Er drehte sich um und öffnete die Tür.

Drex setzte ihm nach und stieß dabei mit Locke zusammen, der direkt vor der Tür stand. Er fing Drex in seinen ausgebreiteten Armen, denen Drex mit der Wut eines Wahnsinnigen zu entkommen versuchte. Locke ermahnte ihn, Ruhe zu bewahren, doch Drex versuchte noch energischer, sich zu befreien.

Als Rudkowski die Ecke des Korridors erreicht hatte, schaute er über die Schulter und warf Drex ein triumphierendes Grinsen zu.

»Tun Sie das nicht, Rudkowski!«

Rudkowski bog um die Ecke und war verschwunden.

Drex ließ den Kopf sinken. »Dieser Arsch macht das wirklich.«

Der Detective drückte ihn gegen die Wand, stemmte die Hände gegen seine Schultern und hielt ihn so fest. »Werden Sie irgendwas Verrücktes tun, wenn ich Sie loslasse?«

Drex schüttelte den gesenkten Kopf.

Allmählich lockerte Locke den Druck und ließ zuletzt die Hände sinken. »Ich nehme an, Sie haben nichts erreichen können.«

»Er hat sich nicht erweichen lassen.«

»Haben Sie das wirklich erwartet?«

»Nein.«

»Tut mir leid, dass es nicht besser für Sie lief.«

Drex hob den Kopf, zwinkerte und grinste. »Es lief wie am Schnürchen.«

Kapitel 37

Jasper hatte aus den Morgennachrichten erfahren, wie Drex Eastons Freund hieß. Gifford Lewis stand noch unter Beobachtung, es wurde aber erwartet, dass er die scheinbar willkürliche und grundlose Attacke überleben würde.

»Sie war weder willkürlich noch grundlos«, widersprach Jasper dem Fernseher in seinem Motelzimmer.

Über Lewis wurde nur zehn Sekunden gesprochen. Wesentlich mehr Wirbel wurde um die Frau gemacht, die ohne erkennbares Motiv überfallen und getötet worden war. Die Reporterin schwadronierte darüber, was für ein wunderbarer Mensch Sara Barker gewesen war. Es wurden herzzerreißende Bilder gezeigt, auf denen sie mit ihren Kindern und ihrem Mann zu sehen war und alle strahlend lächelten.

Jasper fiel auf, dass Gewaltopfer niemals als erbärmliche Kanaille im Gedächtnis blieben, als Betrüger oder Lügner, als gewissenloser Blutegel der Gesellschaft, die nur der Welt zur Last gefallen waren. Nein, sie wurden immer als selbstaufopfernde Heilige in den Himmel gelobt.

»Und ich soll hier der Zyniker sein?«

Im Anschluss an die Nachrichten verbrachte er den restlichen Vormittag damit, seine Abreise aus Charleston vorzubereiten. Aber als es Mittag wurde, wollte er noch einmal mehr über das Tohuwabohu hören, das er angerichtet hatte.

Er schaltete gerade rechtzeitig zu den Nachrichten ein.

Einer der Moderatoren sagte: »Unsere Reporterin Kelly Conroe meldet sich live zu einem Interview mit einem der leitenden Ermittler. Sie liefert uns diesen Exklusivbericht. Wie ist der neueste Stand, Kelly?«

Der Mund der blonden Reporterin war ein karmesinroter Lippenstiftschlitz, ein unschöner Ablenkungsfaktor, wie Jasper fand.

»Ich stehe hier bei FBI Special Agent William Rudkowski; er unterstützt die hiesigen Behörden bei den Ermittlungen im Mordfall Elaine Conner, deren Leiche vorgestern Abend an den Strand geschwemmt wurde.«

Die Kamera bewegte sich zurück und schloss einen Mann ein, anscheinend Ende fünfzig, absolut unauffällig, obwohl seine Haltung das streitlustige Gebaren eines Menschen offenbarte, der viel von sich selbst hielt, wahrscheinlich um seine Unsicherheit und Defizite zu überkompensieren.

Die Reporterin bat ihn zu erläutern, inwiefern das FBI an den Ermittlungen beteiligt war.

»Der Fall Conner hat meine Aufmerksamkeit erregt, weil die äußeren Umstände erstaunliche Parallelen zu einem zwei Jahre alten Mordfall in Key West, Florida, aufweisen. Wir haben diese Parallelen untersucht. Falls wir zu dem Schluss kommen, dass die beiden Fälle zusammenhängen, haben wir damit einen großen Durchbruch erzielt und kommen der Identifizierung und Festnahme eines Serientäters näher, dem das Verschwinden von mindestens neun Frauen zur Last gelegt wird.«

Die Reporterin bat ihn auszuführen, welche Ähnlichkeiten es zwischen den Fällen gebe und ob neue Spuren entdeckt worden seien. »Ich kann eine laufende Ermittlung nicht kommentieren«, antwortete er. »Im Moment kann ich nur sagen, dass dieses Individuum der Illusion anhängt, uns überlistet zu haben. Das ist nicht der Fall. Wir sind schlauer als er. Wir haben eine eindeutige Handschrift erkennen können. Der Täter hat gepatzt, ohne dass er es gemerkt hätte.«

Diese Behauptung nahm Jasper ungerührt zur Kenntnis. Das war nur Gewäsch. Falls es irgendwelche Beweise gegeben hätte, die ihn mit Marian Harris in Verbindung brachten, dann hätte Drex sich seine Scharade als Pseudo-Schriftsteller sparen können.

Stattdessen hätte das FBI Jaspers Haus gestürmt und ihn festgenommen.

Er hatte genug Blabla gehört und wollte eben den Fernseher ausschalten, als die Reporterin sagte: »Sie haben heute Morgen einen Mann in Gewahrsam genommen. Drex Easton, einen Doktor der Kriminalpsychologie. Inwiefern steht er mit diesen Fällen in Verbindung, und was wird ihm zur Last gelegt?«

Drex hatte einen Doktor? Er war *in Gewahrsam?*

Einer der Moderatoren kam zum Punkt. »Wie man hört, ist er ein Bekannter von Elaine Conner, Jasper Ford und Fords Frau Talia Shafer. Ist er im Fall Conner verdächtig?«

»Nein«, erwiderte der Agent. »Aber Easton hat im Lauf vieler Jahre andere FBI-Ermittlungen behindert, indem er sich unerlaubt eingemischt hat. Von dem Abend an, an dem Mr. Ford verschwand und Mrs. Conner ermordet wurde, hat Easton alle Bemühungen torpediert, dass Fords Frau zu den Ermittlungen beiträgt. Er wurde heute Morgen festgenommen. Sie wurden beide zur Vernehmung hergebracht. Heute Nachmittag wird er dem Haftrichter vorgeführt, ihm werden Verdunkelungsgefahr und Behinderung der Justiz vorgeworfen. Ähnliche Anklagen auf Bundesebene sind noch anhängig.«

Es sah für Jasper so aus, als hätte der Agent gern noch mehr gesagt. Jasper hätte auch gern mehr gehört, doch seine Neugier blieb unbefriedigt. Die Reporterin dankte dem FBI-Agenten und drehte sich der Kamera zu, die wieder auf sie schwenkte.

»Dass Easton mit den Schlüsselfiguren bekannt war und darum verhaftet wurde, ist eine überraschende Wendung in einem Fall, der die Behörden schon oft verblüfft hat.«

»Kelly, wie geht die Suche nach Mr. Ford voran?«, fragte die Zweitmoderatorin.

»Sie läuft weiter. Allerdings hat es auch hier eine neue Entwicklung gegeben.« Sie erläuterte, dass Angler einen seiner Schuhe an Land geholt hatten. »Es sieht mehr und mehr so aus, als wäre er ertrunken. Ich habe noch keine Bestätigung, aber wie man hört, wird die Suche heute Abend eingestellt.«

Sie verabschiedete sich, und es wurde ins Studio überblendet. Jasper schaltete den Fernseher stumm und starrte eine volle Minute auf die bewegten Gesichter, während er die schockierende Nachricht zu verdauen versuchte, dass Drex Easton noch heute dem Haftrichter vorgeführt werden sollte.

Was für ein verdienter Absturz! Wenn er erst vor dem Richter stand, wäre Schluss mit seinem eingebildeten Auftreten, oder? Schluss mit seiner aalglatten und entwaffnenden Art. Der Richter würde sich kaum von dem Grübchen blenden lassen, das Elaine so bezaubernd gefunden hatte. Drex Easton auf einer Stufe mit gewöhnlichen Kriminellen, das wäre ein wirklich lohnender Anblick.

Nicht, dass Jasper sich in der Nähe des Gerichtsgebäudes blicken lassen würde.

In seiner gegenwärtigen Verkörperung war die Gefahr, erkannt zu werden, praktisch gleich null. Trotzdem wäre es idiotisch, wenn er riskierte, bloßgestellt zu werden, während er so kurz davor war, unbeschadet und ungefährdet aus dieser Sache hervorzugehen und sich sein nächstes Opfer zu suchen.

Er schaltete den Fernseher aus und wischte die Fernbedienung ab. Alles andere im Zimmer war bereits gründlich desinfiziert. Nur zwei Sachen mussten noch in den Koffer, ansonsten war er gepackt und lag offen auf dem Bett. Jasper hatte das »Bitte nicht stören«-Schild außen an die Tür gehängt, um das Zimmermädchen auf Abstand zu halten, solange er noch hier war; er würde es auch hängen lassen, nachdem er längst über alle Berge war.

Die Nachrichten waren sein letzter Tagesordnungspunkt gewesen, bevor er sich verabschiedete. Er musste zugeben, dass die halbstündige Verzögerung ein bisschen selbstverliebt gewesen war, aber er konnte nicht anders, er musste die Berichte über sich ansehen, und er hatte sie immens genossen.

Er konnte Charleston voller Stolz verlassen.

Obwohl es ihm absolut gegen den Strich ging, dass er abziehen musste, während eines seiner wichtigsten Vorhaben unerledigt blieb: Talia zu töten. Er hatte noch nie ein Projekt unabgeschlossen abgebrochen, und es ärgerte ihn zutiefst, dass er es jetzt musste.

Natürlich hatte er sein Vorhaben nicht aufgegeben, er würde es eines Tages in die Tat umsetzen. Aber im Moment war das Risiko zu hoch. Er würde ein paar Monate abwarten, vielleicht sogar ein ganzes Jahr. Was, wenn er recht überlegte, nicht so schlimm war. Die Vorfreude, ihr Leben zu beenden, während sie ihn für tot hielt, würde in seiner Fantasie reifen wie guter Wein. Er konnte ganze Tage damit verbringen, sich das auszumalen.

Er fragte sich, ob sie und Drex ihre schmuddelige, primitive Lust ausgelebt hatten. Natürlich hatten sie das. Zweifellos hatten sie genau das getan, während sie eigentlich der Polizei bei ihren Ermittlungen helfen sollten. Aus Jaspers Sicht konnten die beiden ruhig rammeln wie die Karnickel. Er wünschte nur, sie würden wissen, wie vollkommen gleichgültig ihm das war.

Außerdem nagte an ihm, dass er verschwinden musste, ohne erfahren zu haben, wie Drex überhaupt auf ihn aufmerksam geworden war. *Im Lauf vieler Jahre* deutete darauf hin, dass Drex ihn womöglich sein halbes Leben mit einer Hartnäckigkeit verfolgt hatte, die so verbissen war, dass irgendwann selbst das FBI der Sache nachgegangen war.

Jasper fragte sich unwillkürlich, was diese Besessenheit ausgelöst hatte. War es ein bestimmtes Erlebnis gewesen oder eine Begegnung, oder war Easton schlicht mit einem quasi religiösen Eifer geboren, der ihn Gerechtigkeit für jene suchen ließ, die sie selbst nicht mehr einfordern konnten?

Er hätte gern eine Antwort auf diese Fragen gehört, nur aus Neugier. Er hatte keine Angst, dass Drex mit seinem schicken Doktortitel ihm eines Tages gefährlich werden könnte. Welche Befugnisse Drex bis heute auch besessen haben mochte, er hatte sie verloren. Er hatte sich zu weit vorgewagt und die Regeln missachtet, deshalb steckte er jetzt bis zum Hals in Schwierigkeiten. Jasper würde zu gern im Gerichtssaal dabei sein, wenn sich Drex für seine kriminellen Straftaten rechtfertigen musste.

Aber nein. Es wäre nicht klug, das Schicksal herauszufordern. Er würde wie vorgesehen abreisen. Talia und Drex würden ihr vulgäres, schwülstiges Melodram ohne ihn zu Ende bringen müssen.

Es war nicht so, als würde er sich eine Hauptrolle darin wünschen.

Ihn erwarteten neue Herausforderungen. Er war bereit, sich ihnen zu stellen. Das FBI war der Identifizierung und Festnahme eines Serientäters nähergekommen? Er hatte eine eindeutige Handschrift hinterlassen? Das FBI sollte schlauer sein als er? Was für ein Witz. Mit wem glaubten sie es zu tun zu haben?

»Ich bin kein Amateur. Da könnt ihr sie fragen.«

Er drehte sich zu der Toten auf dem Bett um. Sie lag mit dem Gesicht nach unten, den Kopf im falschen Winkel zu den Schultern. Hinten war ihr Kleid nach oben gerutscht und gab den Blick auf fette Schenkel frei, deren Haut mit Cellulite überzogen war.

Dumme Kuh. Er hatte einen Unterschlupf gebraucht und sein Glück nicht auf die Probe stellen wollen, indem er in einem Hotel eincheckte. Sie war so vertrauensselig gewesen. Aber warum sollte sie ihm auch misstrauen? Er hatte so harmlos ausgesehen.

Ihn ekelte vor der Vorstellung, sie noch einmal zu berühren, doch er überwand seine Abscheu und trennte mit einer winzigen Nagelschere die Fäden durch, die knapp über dem Reißverschluss einen Knopf an ihrem Kragen hielten. Er hielt die kleine, stoffüberzogene Kugel an der Öse und zwirbelte sie zwischen den Fingern. Wie könnte er sie am intelligentesten zur Schau stellen?, rätselte er.

Das brauchte er nicht jetzt zu entscheiden. Er konnte sich Zeit lassen, kreativ werden, wie bei so manchem Knopf in seiner Sammlung. Noch jedes Mal war ihm eine geniale Lösung eingefallen, um sie gleichzeitig sichtbar zu machen und zu verstecken.

Er steckte die Schere wieder in sein ledernes Maniküre-Etui, zog den Reißverschluss zu und legte es in den Koffer, bevor er den Samtbeutel aus der Innentasche zog. Im Lauf der letzten zwei Tage hatte er seine Sammlung von einem glatten Dutzend auf fünfzehn Knöpfe erhöht. Das FBI hatte seine Taten um sechs Frauen unterschätzt, was bewies, dass die Agents längst nicht so brillant waren, wie dieser Trottel im Fernsehen behauptet hatte. Jaspers blitzschneller Verstand war dem von Dr. Easton haushoch überlegen.

Wie sich gezeigt hatte.

Er zog den zusammengeschnürten Verschluss des Samtbeutels auf und wollte seine neue Trophäe eben hineinwerfen, als er aus einem unwiderstehlichen Impuls heraus den Inhalt auf die Kommode schüttete. In der Hektik der letzten Tage war er gar nicht dazu gekommen, seine Souvenirs zu bewundern.

Er fragte sich, ob mit den »erstaunlichen Parallelen« und der eindeutigen »Handschrift« die fehlenden Knöpfe gemeint waren. Hatte Easton diese Verbindung gezogen? Eigentlich tat das für Jasper nichts zur Sache, allerdings löste es einen neuerlichen, stärkeren Stich des Bedauerns aus, dass er keinen Knopf von Talia geerntet hatte. Das wäre der schönste Lohn von allen gewesen.

Er musste diese Enttäuschung unbedingt überwinden. Er durfte sich davon nicht blockieren lassen. Vorübergehend – aber nur vorübergehend – war Talia außer Reichweite. Das musste er akzeptieren.

Er dämpfte seinen Ärger, indem er die Knöpfe einzeln

auslegte, damit er sie Stück für Stück bewundern und sich in der Erinnerung sonnen konnte, wie er jeden einzelnen geerntet hatte. Drei Perlknöpfe waren darunter, in unterschiedlichen Größen. Zwei waren aus Perlmutt. Vier Knöpfe in diversen Größen und aus verschiedenen Materialien waren tiefschwarz. Der mattweiße hatte den Rock der Frau geschmückt, die er gestern Abend getötet hatte. Natürlich wirkten alle Messingknöpfe irgendwie militärisch. Eine Silberscheibe war satinmatt geschliffen. Und nun noch dieser Stoffknopf.

Ein paar Minuten bewunderte er die Einzigartigkeit dieses Exemplars, dann wanderte es in den Stoffbeutel. Nacheinander folgten die übrigen, und jeder stieß mit einem befriedigenden Klimpern zu seiner Sammlung. Er wollte schon das Schnürband zuziehen, als er plötzlich das Gefühl hatte, dass etwas nicht stimmte. Er stutzte, überlegte, leerte den Beutel dann noch einmal aus und breitete die Knöpfe wieder aus. Er zählte sie durch. Zählte sie erneut. Pingelig ordnete er sie in Reihen zu je fünf Knöpfen.

Er hatte sich nicht verzählt. In einer Reihe fehlte ein Knopf.

Mit klopfendem Herzen und Schweiß auf der rasierten Glatze drückte er den Samtbeutel, um festzustellen, ob sich einer der kleineren Knöpfe im Stoff verhakt hatte. Er konnte nichts spüren, aber sicherheitshalber wendete er den Stoff von innen nach außen. Er suchte unter dem Zeitschriftenstapel oben auf der Kommode und tastete unter dem Fernseher nach, ob vielleicht ein Knopf daruntergerutscht war. Auch den Eisbehälter und die in Plastik verpackten Gläser schob er beiseite.

Auf der Kommode war er nicht. Jasper ging auf die Knie,

sah unter dem Bett, dem Schreibtisch, der Kommode nach. Er krabbelte über den Boden und strich dabei mit den Händen über den Teppich.

Als er wieder aufstand, schnaufte er, als wäre er Meilen geschwommen. Rote Sterne explodierten hinter seinen Lidern. Güterzüge rauschten durch seine Ohren.

Eine seiner Trophäen fehlte.

Kapitel 38

Nachdem sein Duell mit Rudkowski das gewünschte Ergebnis erzielt hatte, hielt Drex mit Locke, Menundez und Talia im Verhörraum Kriegsrat.

»Er sollte das alles im Fernsehen ausplappern?«, fragte Locke.

»Weil ich hoffe, dass ich Jasper so zu meiner Haftprüfung ins Gerichtsgebäude locken kann. Ich glaube, er würde sich um keinen Preis entgehen lassen wollen, wie ich öffentlich gedemütigt werde.«

»Das ist Ihr Plan?« Der Detective sah ihn skeptisch an.

»Haben Sie eine Alternative?« Als niemand antwortete, fuhr Drex fort. »Der erste Schritt war entscheidend, und er war erfolgreich. Wir sollten uns noch mal dieses Überwachungsvideo ansehen, während Rudkowski seine neue Rolle als Fernsehstar ausübt.«

»Ich soll Sie eigentlich in Haft nehmen«, sagte Locke.

»Ein, zwei Minuten machen da keinen Unterschied.«

Mürrisch erfüllte der Detective seine Bitte. Drex setzte sich an den kleinen Tisch. Die anderen drei versammelten sich um ihn herum.

»Behalten Sie diese Person im Auge, wenn ich das Video abspiele.« Drex deutete auf eine verschwommene Gestalt auf dem Monitor. »Sehen Sie? Sie geht direkt an Gif vorbei, macht dann kehrt und kommt zurück. Man kann es in all dem Geschubse und Gedränge kaum erkennen, aber ich glaube, ihre Schultern berühren sich, als es zur zweiten Begegnung kommt. In diesem Moment könnte der Angriff erfolgt sein.«

»Wie hätte er das so schnell machen können, ohne dass es jemandem auffällt?«, fragte Talia.

»Jemandem ist es aufgefallen.« Drex hielt das Video an. »Hier, fünf Sekunden später, ist Gif verschwunden. Wir wissen, dass er da schon auf dem Boden lag. Eine Minute danach steht dieselbe Gestalt ein paar Meter weiter und beobachtet die näher kommenden Sanitäter. Sie umrundet sukzessive das gesamte Gebiet.«

Er spulte schneller vor, wobei die Gestalt an verschiedenen Punkten im Aufnahmebereich der Kamera auftauchte. »Nachdem Gif weggebracht worden war…«, er spulte weiter vor und hielt die Aufnahme wieder an, »…taucht der Unbekannte kurz wieder auf, bevor er von der Menge verschluckt wird. Das hier ist sein Rücken«, sagte er und deutete darauf.

»Ich weiß nicht.« Locke runzelte die Stirn. »Für mich sieht das nach irgendeinem neugierigen Gaffer aus. Davon standen Dutzende herum.«

»Aber nur die wenigsten waren in Gifs Nähe, bevor er zu Boden ging. Als Schaulustiger aufzutauchen, wäre eine gute Tarnung. Und weil er nicht wegrannte oder auch nur eilig wegging, verdächtigte ihn auch niemand.«

»Die Größe stimmt«, sagte Talia. »Er ist nur ein bisschen dicker als Jasper.«

»Wahrscheinlich hat er seine Kleidung ausgestopft.«

»Trotzdem«, sagte sie, »könnte ich nicht beschwören, dass es er ist.«

»Tut mir leid, Easton, aber ich glaube das auch nicht.«

Menundez fixierte die Gestalt mit halb zusammengekniffenen Augen. »Ehrlich gesagt sieht Ihr Verdächtiger für mich nach einer Frau aus.«

Drex wandte sich vom Bildschirm ab und den dreien zu und lächelte humorlos. »Die perfekte Verkleidung. Niemand hätte eine Frau beachtet. Niemand wäre auf den Gedanken gekommen, dass eine ältere Frau aus heiterem Himmel eine Attacke wie die auf Gif ausführen könnte. Sara Barker hätte ihr ohne Bedenken den Rücken zugedreht.«

»Leck mich doch am Ärmel«, flüsterte Locke.

Menundez sagte etwas auf Spanisch, das, wie Drex vermutete, die Sache noch deutlicher auf den Punkt brachte.

Talia sah ihn nur stumm und mit leicht geöffneten Lippen an.

Drex fragte Locke, ob er ein paar Männer im Department zusammenrufen könne, denen er vertraute. »Die die Augen offen und den Mund halten können. Sie sollen sich das Video ansehen, und dann fragen Sie sie, ob sie heute Nachmittag in der Nähe des Gerichts herumlungern und Ausschau halten können. Soweit es in dieser Aufnahme zu erkennen ist, trug er einen unauffälligen dunklen Unisex-Jogginganzug. Und eine Kurzhaarperücke.«

»Vielleicht hat er schon wieder die Identität gewechselt.«

»Vielleicht«, sagte Drex. »Aber es ist eine verflucht gute Finte, die Art von Spaß, auf die Jasper abfährt, und gestern Abend hat alles wunderbar geklappt.«

»Ich rufe die Männer zusammen«, erklärte Locke, »während Menundez Sie einbuchtet.«

Trotz Rudkowskis Protesten hatten die Detectives Drex nicht in eine Zelle gesteckt und ihn dort auf seine Haftprü fung warten lassen, sondern ihn im Vernehmungsraum gelassen, unter der strengen Ermahnung, ihr Vertrauen nicht zu missbrauchen, indem er zu türmen versuchte.

Er gab ihnen sein Ehrenwort, trotzdem hatten sie einen Beamten vor der Tür postiert. Rudkowski war zu sehr damit beschäftigt, die Anrufe der Presse abzuwimmeln, als dass er sich eingehend mit Drex' Vorzugsbehandlung befassen konnte. Andernfalls hätte er einen Aufstand angezettelt.

Drex' Handy war mit seinen anderen persönlichen Sachen beschlagnahmt worden, doch er hatte sich Talias Telefon borgen dürfen, um Gif anzurufen. »Mann, es tut gut, deine Stimme zu hören«, begrüßte er ihn.

»Drex, hast du deinen verfluchten Verstand verloren?«

»Wie ich sehe, hast du mit Mike gesprochen.«

»Er hat eben aufgelegt. Das Sheriff's Office hat ihn endlich gehen lassen, er ist schon auf dem Weg zu dir. Er hat aus einem Uber angerufen und mich auf den neuesten Stand gebracht. Er meinte, du hättest Rudkowski manipuliert wie eine Marionette.«

»Mit Mikes Hilfe. Er hat dieser Reporterin einen anonymen Tipp gegeben. Seine Heimlichtuerei hat sie nur entschlossener gemacht, Rudkowski um einen Kommentar anzugehen. Ich wusste, dass er sich die Gelegenheit, mich in aller Öffentlichkeit anzuschwärzen, nicht entgehen lassen konnte. Ich habe so getan, als würde ich ihm das ausreden wollen, und ihm dabei gleichzeitig eingeflüstert, was Jasper zu hören bekommen sollte. Er hat mich sogar direkt zitiert. Hoffen wir mal, dass das Jasper aus seinem Versteck lockt.«

»Ich verstehe ja, was dir vorschwebt, aber Drex, damit hast du den Geist aus der Flasche gelassen. Jetzt wirst du als Gesetzesbrecher angeklagt.«

»Ich habe das Gesetz gebrochen.«

»Aber jetzt wird die Welt davon erfahren.«

»Das ist die Sache wert, Gif, falls wir ihn damit festnageln können.«

»Steckst du in der Zelle?«

»In einem Vernehmungsraum. Mit Besuchsrecht.« Ihm gegenüber saß Talia mit ernster Miene.

»Wie willst du plädieren?«

»Nicht schuldig. Ich werde es Rudkowski nicht leicht machen und habe schon mit meinem Pflichtverteidiger gesprochen. Er ist alt und müde, aber er kennt alle Tricks. Er sagt, wir hätten Glück mit dem uns zugewiesenen Staatsanwalt, der sei unerfahren, faul und nicht allzu helle. Ich wurde wegen geringfügiger Vergehen angeklagt. Selbst wenn die Sache vor Gericht kommt, was ich bezweifle, komme ich wahrscheinlich mit einer Geldstrafe und Bewährung davon.«

»Damit wird Rudkowski sich nicht zufriedengeben. Er wird dich vor einem Bundesgericht anklagen und alles unternehmen, damit du einsitzen musst. Das weißt du genau. Außerdem…«

»Gif, wenn du mir erklären willst, dass ich total verrückt bin, musst du dich hinten anstellen. Was ich getan habe, war eine Verzweiflungstat, kein Wahnsinnsakt. Und jetzt genug damit. Wie geht es dir? Hast du noch Schmerzen?«

»Sie haben mir eins von diesen selbst auflösenden Dingern gegeben.«

»Gute Droge?«

»Nicht gut genug.«

»Jesus, Gif. Ich werde mir nie verzeihen, dass ich dich gestern Abend allein losgeschickt habe, obwohl ich wusste, dass dieser Knallkopf…«

»Lenk nicht vom Thema ab.«

»Tue ich nicht.«

»Tust du wohl. Ich kenne dich. Was sagt Talia zu dem, was du getan hast?«

Drex schaute sie an, sah sie mit ernst gerunzelter Stirn auf ihrem Stuhl sitzen. Sie hatte die Arme verschränkt, die dadurch eine Ablage für ihre ansehnliche weibliche Wölbung bildeten. Allerdings stand ihr der Sinn nicht nach Verführung.

»Sie ist so sauer auf mich, dass ihre Sommersprossen gleich platzen.«

»Wieso ist sie sauer?«

»Sie meint, ich hätte eine Falle aufgestellt mit mir als Köder.«

»Stimmt auch.«

»Hör mal, Gif, das lange Reden erschöpft dich. Ich höre es dir an. Du musst dich ausruhen. Mach dir um uns keine Sorgen.«

»Das klingt, als würdest du gleich auflegen.«

»Werde ich auch.« Allerdings klang Gif wirklich atemlos, seine Stimme war dünn geworden.

»Mir gefällt das gar nicht, Drex. Gerade jetzt, wo du mich am dringendsten bräuchtest, liege ich nutzlos hier herum. Ich will helfen, ich will *irgendwas* tun.«

»Du erholst dich. Das ist das Wichtigste. Du musst so gesund werden, dass du mir eine reinhauen kannst, wenn wir uns das nächste Mal sehen.«

»Wann wird das sein?«

»Das steht in den Sternen. Kommt darauf an, ob man mir Kaution gewährt oder nicht. Rudkowski wird vorbringen, dass bei mir Fluchtgefahr besteht.«

»Tut es auch.«

»Schon, aber der Richter wird eher für mich als für einen aufgeblasenen Clown urteilen.«

»Noch reißt du Witze, aber du könntest wirklich ins Gefängnis wandern. Ich ertrage den Gedanken nicht, dass du nach all den Jahren, nachdem du so viel geopfert hast, hinter Gittern enden könntest.«

»Du wirst doch nicht weinen, oder?«

»Vielleicht.«

Drex lächelte, aber seine Stimme war rau, als er Gif versicherte: »Du bist ein echter Freund, Gif. Danke.« Er legte auf, starrte sekundenlang vor sich hin und schüttelte dann seine Melancholie ab, bevor er Talia das Handy zurückgab. »Da hat jemand angeklopft.«

Sie rief die Nummer auf. »Das dritte Mal heute. Ich erkenne die Nummer nicht. Bestimmt ein Werbeanruf.« Sie legte das Handy beiseite, griff nach seinen Händen und zog sie an sich. »Drex…«

»Wir haben das schon besprochen«, fiel er ihr ins Wort, weil er wusste, dass wieder eine Salve von vernünftigen Argumenten folgen würde, die er nicht noch einmal durchkauen wollte. »Du darfst nicht mal in die Nähe dieses Gerichtsgebäudes kommen. Sobald du im Gerichtssaal auftauchst…«

»Was willst du dagegen unternehmen?«, provozierte sie ihn.

»Du solltest dir mehr Sorgen machen, was *er* unternehmen wird.«

»Tue ich auch«, rief sie leise aus. »Ich mache mir Sorgen um dich. Du hast dich zur Zielscheibe gemacht. Nicht einmal deine besten Freunde verstehen das.«

»Doch, das tun sie. Sie wollen mich umstimmen, aber sie verstehen es.«

Sie drehte seine Hand nach oben. »Du und dein verdammtes Ehrgefühl.« Sie hob seine Hand an ihren Mund und küsste die Narbe, die er sich damals selbst beigebracht hatte. »Aber ich würde dich lange nicht so mögen, wenn du es nicht hättest.«

»Das Leben ist voller grausamer Ironien wie dieser.« Er griff nach ihrem Haar und zwirbelte eine Strähne zwischen Daumen und Zeigefinger. »Ich bin hierhergekommen, um nach meiner Nemesis zu suchen, und stattdessen habe ich dich gefunden. Du hast bei mir eingeschlagen wie ein Blitz, Talia Shafer.«

»Du bei mir auch, Drex Easton.«

»Dieses letzte Mal …?« Er zog vielsagend die Braue hoch. »Deine Art, mich aufzuwecken, war einmalig.«

»Ich dachte, das würdest du gar nicht merken.«

Er lachte schnaubend. »Wenn ein Mann schläft, während eine Frau auf ihm liegt, und sein Schwanz dann auf diese ganz besondere Art berührt wird, wird er das garantiert merken. Nur damit du Bescheid weißt.«

Sie senkte schüchtern den Kopf. »Ich werde mir das für die Zukunft merken.«

»Ich wusste gar nicht, dass ich so auf langsamen, schläfrigen Sex stehe.«

»Das war mein erstes Mal.«

»Meines auch. Darum wusste ich auch nicht, wie sehr ich darauf stehe.« Sein Blick wanderte genüsslich über ihren Körper. »Ich hatte eine ganz besonders sündige Zugabe für uns geplant.«

»Ach ja?«

»M-hm. Höllisch.«

Sie beugte sich vor und pikte mit dem Zeigefinger in sein Grübchen. »Gib mir einen Tipp.«

Er wandte sein Gesicht ihrer Hand zu und fing ihren Finger zwischen seinen Zähnen. »Es hätte ganz harmlos angefangen, aber zum Schluss hättest du meinen Namen geschrien und Gott gesehen.«

»Deine Fantasie geht mit dir durch.«

Er lächelte bedauernd. »Leider werde ich sie nicht so schnell ausleben können. Ich wandere in den Bau.«

»Darüber macht man keine Witze.«

»Mache ich auch nicht«, sagte er ernst. »Komm her.« Sie beugten sich beide über den Tisch und gaben sich einen zarten Kuss.

Ausgerechnet in diesem Augenblick rumpelte Mike in den Raum. Er merkte, dass er in einen intimen Moment geplatzt war, stockte kurz, trat dann aber ein und schloss die Tür. »Ich hab auf dem Gang Menundez getroffen. Er hat das hier aus dem Kofferraum von Gifs Wagen.« Er ließ Drex' Sporttasche auf den Boden fallen.

»Mein zusammengerollter Anzug liegt darin. Ich wollte halbwegs respektabel aussehen, wenn ich vor Gericht erscheine.«

»Locke hat dir zehn Minuten zum Umziehen gegeben, dann geht es los.«

»Hat Menundez dir Gifs Schlüssel zurückgegeben?«

Mike hielt den Autoschlüssel in die Höhe.

»Du fährst mit Talia zurück ins Hotel. Wir haben noch nicht ausgecheckt. Vielleicht könnt ihr unsere Zimmer behalten.«

»Was tun wir dort?«, fragte Mike.

»Ihr wartet auf weitere Anweisungen.«

»Sie sollen mich babysitten«, erklärte Talia zuckersüß.

Drex warf ihr einen tadelnden Blick zu und wandte sich dann wieder an Mike. »Du wartest, bis ich mich melde. Mit etwas Glück kannst du noch heute Nachmittag Kaution für mich stellen.«

»Okay, aber sei gewarnt. Falls Rudkowski noch mal Hummeln im Hintern spürt, werde ich mich nicht von ihm in die Zelle stecken lassen wie ein gewisser Blödmann, den wir alle kennen. Dann seht ihr mich nur noch von hinten.«

»Ist notiert. Und jetzt verschwindet, alle beide, damit ich mich umziehen kann.«

Er ging zur Tür und zog sie auf. Als Talia an ihm vorbeiging, sagte er: »Vergiss nicht, dein Handy auszuschalten. Mike wird den Akku für dich herausnehmen.«

»Sobald ich meine Nachrichten gecheckt habe.« Sie sah ihn halb verdrossen und halb verängstigt an. Drex hätte gern tausend Dinge zu ihr gesagt, aber der Polizist vor der Tür stand in Hörweite, und sie trat ohne ein weiteres Abschiedswort auf den Gang.

Als Mike sich ihm näherte, streckte Drex die Hand aus und sagte so leise, dass nur Mike es hören konnte: »Falls ich in Haft bleibe und Jasper auf freiem Fuß, wird er Talia ins Visier nehmen. Sie wird Schutz brauchen, Mike.«

»Diese Ansprache, dass ich die Biege machen würde?« Er wedelte wegwerfend mit seiner riesigen Pfote. »Ich werde nirgendwohin gehen ohne sie.«

»Danke. Du bist ein echter Freund.«

»Schon gut, schon gut«, grummelte er. »Und du bist von meinen vielen schlechten Angewohnheiten die allerschlimmste.«

Drex schloss die Tür hinter ihm, ging in die Hocke und zog den Reißverschluss der Reisetasche auf. Er holte seinen Anzug und das Hemd heraus. Beides war hoffnungslos verknittert, aber es würde genügen müssen. Auf die Krawatte verzichtete er. Er wollte gerade die Hose ausziehen, als die Tür aufflog und Talia hereingerannt kam, gefolgt von Mike.

Sie hielt ihr Handy in der erhobenen Hand. »Der Anrufer, der mich vorhin erreichen wollte? Die unbekannte Nummer, die dreimal angerufen hatte? Das war Mr. Singh.«

»Wer zum Teufel …?«

»Jaspers Schneider.«

Kapitel 39

Talia redete so schnell, dass sie sich verhaspelte. »Er hat schon zweimal angerufen. Diesmal hat er eine Sprachnachricht hinterlassen. Er hat eine Frage wegen eines Knopfes.«

»Was ist damit?«

»Sein Akzent ist so stark, dass ich ihn kaum verstehen kann, aber er wollte anrufen, um zu fragen, ob ich ihn gefunden hätte.«

»Gefunden?«

Sie zeigte mit einem Kopfschütteln, dass sie ebenfalls im Dunkeln tappte. »Ich werde ihn zurückrufen. Und ich wusste, dass du mithören wolltest.«

»Ruf ihn an«, sagte er, streckte den Kopf aus der Tür und erklärte dem Polizisten auf dem Gang, dass er Locke und Menundez holen sollte.

»Die holen Sie in zehn Minuten ab.«

»Sagen Sie ihnen, sie sollen *jetzt* kommen.«

»Sie werden wissen wollen, warum.«

»Sagen Sie ihnen, ich würde versuchen zu fliehen.«

Er knallte die Tür zu. Talia hatte die Rückruftaste gedrückt. Sie, Mike und er lauschten atemlos, während es mehrmals läutete, bevor Singh mit dem Namen seines Geschäfts antwortete. »Wie kann ich Ihnen helfen?« Wie Talia sie vorgewarnt hatte, sprach er mit einem sehr starken

Akzent. Die Wiedergabe auf Lautsprecher verstärkte das zusätzlich und machte ihn noch schwerer verständlich.

»Mr. Singh, hier ist Talia Shafer. Mrs. Ford.«

»Mrs. Ford«, antwortete er offenkundig erleichtert. »Sie haben den Knopf gefunden?«

»Ich bin nicht… nein. Tut mir leid, Mr. Singh, ich weiß nicht, wovon Sie sprechen.«

»Den Knopf, den ich vergessen habe, als ich Mr. Ford die anderen zurückgegeben habe.«

Die Tür flog auf. Locke und Menundez traten gehetzt und offensichtlich verärgert ins Zimmer. Mike brachte sie mit einer Geste zum Verstummen. Leise und mit wenigen Worten klärte er sie darüber auf, was sich eben abspielte.

Singhs Manieren waren makellos, seine Beflissenheit bewundernswert, aber Drex hätte vor Ungeduld aus der Haut fahren können. Schließlich gab der Schneider auf Talias taktvolle Nachfragen hin seine Geschichte zum Besten.

Kurz zusammengefasst hatte Jasper ihn gebeten, sämtliche Knöpfe aufzuheben, die er ersetzt hatte. Mr. Singh hatte sie in einen Umschlag gegeben, ihn versiegelt und Jasper mitgegeben, als er seine Sachen abgeholt hatte.

Am folgenden Tag, einem Samstag und damit genau dem Tag, an dem die Fords nach Atlanta hätten fahren sollen, hatte Mr. Singh, als er abends seinen Laden ausgefegt hatte, auf dem Boden noch einen Knopf gefunden.

»Hinter der Theke«, gestand er reumütig. »Es war mein Fehler. Er ist wohl runtergefallen, als ich die Knöpfe in den Umschlag getan habe.«

Er lamentierte und entschuldigte sich ausgiebig, bis Talia ihn behutsam zum Thema zurücklenkte. »Wo ist der Knopf jetzt, Mr. Singh?«

Gleich, nachdem er diese »unglückliche Entdeckung« gemacht hatte, hatte er Mr. Ford angerufen, war dabei aber auf der Mailbox gelandet. Er hatte eine Nachricht hinterlassen und sich darin ausgiebig entschuldigt, aber Mr. Ford hatte nicht geantwortet. Am nächsten Morgen hatte Singh erfahren, dass Mr. Ford vermisst wurde. Seither machte er sich die größten Sorgen um ihn. Er hatte angenommen, dass Talia den Knopf haben wollte, vor allem jetzt, wo er einen noch größeren sentimentalen Wert hätte, falls Mr. Ford nicht mehr gefunden werden sollte, und war darum tagsüber bei ihnen zu Hause vorbeigefahren, um ihn persönlich zu übergeben. »Aber weil niemand da war, habe ich den Umschlag mit dem Knopf in den Briefschlitz geworfen.«

Menundez klatschte eine imaginäre Hand in der Luft ab, Locke blies den Atem gegen seine Stirn, und Mike grunzte zufrieden. Drex schloss die Augen und hoffte bei Gott, dass er nicht träumte. Dass Talia seine Hand drückte, bewies ihm, dass er wach war.

»Mrs. Ford?«

»Ja, ja, Mr. Singh, ich bin noch dran und überwältigt von Ihrer Freundlichkeit. Ich kann Ihnen gar nicht genug danken, dass Sie mich angerufen haben. Ich freue mich sehr, dass ich den Knopf wiederhabe.«

Während er zur nächsten Entschuldigungslitanei ansetzte, signalisierte Drex ihr, dass sie sich den Knopf beschreiben lassen sollte. Dafür schaltete sie den Lautsprecher wieder aus.

Die vier Männer steckten die Köpfe zusammen.

»Wenn Jasper die Knöpfe zurückhaben wollte, müssen das seine Trophäen gewesen sein«, sagte Drex. »Und dieser Knopf ist einer davon.« Er grinste die anderen breit an. »Gehen wir.«

»Nicht so schnell«, bremste Locke. »Sie müssen in weniger als einer halben Stunde vor Gericht erscheinen.«

»Und Sie machen wohl Witze!«, brüllte Drex ihn an. »Ich will diesen verfluchten Knopf in die Finger bekommen!«

Mike war die Stimme der Vernunft: »Ich fahre hin und hole ihn.«

»Ich fahre mit.« Talia hatte das Telefonat beendet. »Mr. Singh hat mir beschrieben, welcher Knopf es ist. Messing, rund, mit eingeprägtem Anker. Es war ein Einzelknopf an einem dunkelblauen Blazer. Einer von Jaspers Lieblingsjacken.«

»Ein Anker. Seefahrermotiv«, sagte Drex. »Jesus. Falls er zu dem Knopf passt, der in Marian Harris' primitivem Sarg gefunden wurde, dann wäre das kein Indiz mehr, sondern ein substanzieller Beweis.« Er wandte sich Locke zu, doch der Detective schüttelte den Kopf.

»Wir bringen Sie zu Ihrer Vorverhandlung.«

Talia legte eine Hand auf Drex' Arm. »Mike und ich fahren ihn holen und bringen ihn dir. Selbst wenn du dann im Gefängnis sitzt.«

Er hatte keine Wahl. »Okay. Dann wird er zwar wahrscheinlich nicht als Beweis zugelassen«, sagte er zu Mike. »Aber behandle ihn trotzdem wie einen. Hüte ihn. Ganz gleich, was mir im Gerichtsgebäude widerfährt, dieser Knopf muss ans FBI übergeben werden.«

»Wird gemacht.«

Drex warf Talia einen vielsagenden Blick zu, aber weil sie nicht allein waren, sagte keiner von beiden etwas. In einem ungewohnten Anfall von Galanterie hielt Mike ihr die Tür auf und ließ sie vor, dann verschwanden beide in den Korridor.

Locke fragte Drex, ob er sich immer noch umziehen wollte.

Drex nickte. »Wird nicht lange dauern.«

»Fünf Minuten.«

Er brauchte nur zwei. Dann hängte er sich die Sporttasche über die Schulter und öffnete die Tür. »Ich bin so weit«, informierte er den vor der Tür postierten Polizisten.

»Locke sagte, Sie sollen hier warten, bis er Sie holen kommt.«

Drex kehrte in den Raum zurück und schloss die Tür.

Wie lange würden Mike und Talia zu ihrem Haus brauchen? Im Geist skizzierte er die Route und versuchte, die ungefähre Ankunftszeit zu errechnen. Er vertraute den beiden absolut, der Schicksalsgöttin hingegen weit weniger. Er wollte bereit sein, falls sie noch einmal intervenierte und er sie überlisten musste. Und verflucht noch mal, er wollte dabei sein, wenn sie den Schatz fanden, den er seit Jahren gesucht hatte, auch wenn sein Wunsch natürlich egoistisch war.

Aber um nichts in der Welt wollte er sich entgehen lassen, wie die Falle über Jasper zuschnappte. Die Krux an allem war, dass er sich unmöglich darauf vorbereiten konnte, was im Gericht geschehen würde. Was immer sich dort auch abspielen würde, lag nicht in seiner Hand, sondern allein in Jaspers. Seine Festnahme konnte ganz unauffällig oder explosiv ablaufen. Das konnte niemand voraussehen.

Aber noch schlimmer war die Vorstellung, dass gar nichts passieren würde. Dass Weston Graham ihm entwischt war, und diesmal wahrscheinlich endgültig.

Ob er nun Erfolg hatte oder versagte, er war bereit für den entscheidenden Schritt. Die Ungewissheit und dazu das

Gefühl, dass er am liebsten an zwei Orten gleichzeitig gewesen wäre, trieben ihn zum Wahnsinn. Aufgekratzt und rastlos vor Energie drehte er endlose Runden in dem engen Raum, bis endlich die Tür aufging und Locke ihn nach draußen winkte.

»Wieso haben Sie so lang gebraucht?«

»Die Reporterin, die Rudkowski interviewt hatte, hat auch mich angerufen. Sie hätte gern eine kurze Erklärung von Ihnen, wenn wir ins Gericht gehen.«

»Alles, was ich sagen könnte, müsste zensiert werden.«

Sie gingen durch das Gebäude. Menundez wartete im Wagen und mit laufendem Motor auf sie. Sobald sie losfuhren, fragte Drex, ob ihre Leute in Position waren.

»Sie sind in Zivil vor Ort, so wie von Ihnen erbeten«, erklärte Locke ihm.

»Wie viele?«

»Sechs im Gebäude. Je einer an den vier Außenseiten des Gebäudes. Alle haben das Video gesehen und wissen, nach wem sie Ausschau halten müssen.«

Er würde sich auf ihre Kompetenz und auf Lockes Urteilskraft bei der Auswahl seiner Truppe verlassen müssen. Trotzdem hatte er das Gefühl, dass sein Plan viel zu locker gestrickt war, dass zu viel von Jasper selbst abhing. Verflucht! Es war kaum vorherzusehen, was er unternehmen würde, und Drex konnte sich nur schwer darauf konzentrieren, weil ihm immer wieder dieser Knopf in den Sinn kam.

»Haben Sie den Obduktionsbericht aus Key West auf Ihrem Laptop?«, fragte er Locke, und als der nickte: »Können Sie ihn aufrufen?«

Während der Detective es tat, überlegte Drex laut:

»Irgendwann musste was passieren, über das er ins Stolpern gerät. Wer hätte gedacht, dass es ein Knopf sein würde?«

»Krank«, kommentierte Menundez vom Fahrersitz aus.

Locke reichte Drex den Laptop. »Hier sind alle Fotos, die wir bekommen haben. Die Kleiderreste, die sie in der Kiste gefunden haben, sehen aus wie ein Haufen Lumpen. Bei der Beschreibung des Inhalts der Kiste hat der Gerichtsmediziner nichts von losen oder angenähten Knöpfen geschrieben. Nur, dass einer gefehlt hat.«

»Was bedeutet, dass Marian etwas mit nur einem Knopfloch trug, als sie getötet wurde.«

»So wie Jaspers Blazer«, sagte Locke.

»So wie Jaspers Blazer.« Aus einer Eingebung heraus fragte Drex: »Haben Sie auch das Foto von der Party auf der Jacht in den Akten?«

»Wir haben nur die Ausdrucke, die uns eure Jungs gegeben haben, und die liegen im Büro.«

»Mist. Hmm, können Sie mir kurz Ihr Handy leihen? Gif wollte uns helfen.«

Locke reichte ihm das Telefon. Drex tippte Gifs Nummer ein. Gif antwortete, immer noch leicht benommen, aber bei Bewusstsein.

»Willst du immer noch helfen?«

»Was brauchst du?«

»Hast du das Foto von der Jachtparty auf deinem Handy?«

»Ja.«

»Wenn ich mich recht erinnere, trägt Marian eine Jacke.«

»Weiß. Sommerlich, wie aus Leinen.«

»Genau«, fiel es Drex wieder ein. »Zoom so nah wie möglich auf den Jackenknopf.«

»Den Knopf?«

»Ich erkläre es dir später. Mach einen Screenshot von dem Knopf. So gut es geht, und dann schick ihn an diese Nummer.«

Noch während sie an einer roten Ampel warteten, hatte Gif das erledigt. Es war kein deutliches oder scharfes Bild, aber es genügte.

»Messing, rund, mit eingeprägtem Anker«, stellte Drex fest.

Locke nahm das Handy wieder an sich und betrachtete das Bild ebenfalls. »So was. Nicht zu glauben.«

Menundez grinste Drex über den Rückspiegel an. »Wir haben ihn.«

»Noch nicht«, sagte Drex. »Wir wissen, dass er es war, aber wir müssen ihn immer noch fassen.«

Unerklärlicherweise hatte er das Gefühl, dass es zu früh zum Jubeln war. Warum? Er und seine ewige Fragerei nach dem verfluchten *Warum*. Er hasste es, aber er vertraute darauf. Es war nie unbegründet.

Er lehnte den Kopf an die Nackenstütze, schloss die Augen und suchte nach der Unstimmigkeit in dieser neuen Wendung der Ereignisse. Wieso hatte er bei der Sache so ein merkwürdiges Gefühl? Was trübte sein Triumphgefühl? Was wusste er über Jasper? Wie schätzte er ihn ein? Wie passte er in dieses Profil?

Mit der Genauigkeit eines Puzzlesteinchens.

Drex' Gedanken kehrten zu dem Gespräch zurück, bei dem er Talia die typischen Charaktermerkmale eines Serienkillers beschrieben hatte.

Kein Gewissen. Aufgeblasenes Ego. Selbstüberschätzung. Und Sammler.

Sie sammeln Souvenirs.

Er war absolut sicher gewesen, dass Jasper Souvenirs von seinen Opfern sammelte und dass diese Sammlung sein geheimer, kostbarster Besitz wäre. Er hatte Talia gegenüber betont, dass Jasper eine perverse Liebe zu diesen Souvenirs haben musste, dass er sie betasten und womöglich erotische Befriedigung daraus ziehen würde. Er würde diese Knöpfe behandeln wie eine teure Geliebte. Er würde sie niemals…

Die Erkenntnis traf Drex so, als hätte Jasper ihm einen genauso üblen Leberhaken verpasst wie Gif.

Jasper hätte nie, nie, unter keinen Umständen, seine Sammlung in fremde Hände gegeben, in die Hände eines Schneiders zum Beispiel.

»O fuck, o *fuck!*« Drex setzte sich auf, schlug mit der Faust gegen das Autodach und rief: »Und ich habe selbst dafür gesorgt, dass er genau weiß, wo ich bin.«

Talia hatte Drex erklärt, dass sie nie in dieses Haus zurückkehren würde. Es war ihr ernst gewesen, doch als Mike in die Straße bog, begriff sie, dass diese Behauptung nicht umzusetzen war. Das Haus stand für Jasper, und darum würde sie nie wieder eine *Nacht* unter diesem Dach verbringen.

Aber es gab dort auch Dinge, die nichts mit ihm zu tun hatten, Erbstücke ihrer Eltern, Fotoalben aus Talias Leben mit ihnen und ihren Freunden, Dinge, die sie behalten wollte. Sie aus der Wohnung zu holen war kein Projekt, auf das sie sich besonders freute.

Jetzt allerdings konnte sie es kaum erwarten, das Haus zu betreten.

Mike bog so scharf in die Einfahrt, dass ein Reifen über den Randstein rumpelte. »Wo sind die Polizisten, die das Haus bewachen sollten?«, fragte er.

»Locke hat sie heute Morgen abgezogen, als Drex und ich friedlich zur Polizeistation mitkamen. Und Jasper ist entweder tot oder auf der Flucht. Niemand rechnet damit, dass er noch mal hierherkommt.«

Sie stieg aus dem Auto und ging zur Haustür.

»Nicht so schnell.« Mike zwängte sich unter dem Lenkrad heraus. »Wenn Sie die Tür öffnen, wird dadurch der Umschlag verschoben. Ich muss ein Foto machen, so, wie er gefunden wurde.«

»Ohne meine Fernbedienung kann ich die Garage nicht öffnen. Wir müssten über die Veranda ins Haus.«

Der Riegel an der Fliegentür, den Drex aufgebrochen hatte, baumelte lose in der Verankerung, doch die Tür zur Küche war abgeschlossen. Talia schloss sie auf. Sobald sie die Tür aufdrückte, begann die Alarmanlage zu piepsen.

Mike bemerkte, dass Rudkowski immerhin so höflich gewesen war, die Alarmanlage wieder einzuschalten, als er das Haus nach der Durchsuchung verlassen hatte.

»Tatsächlich war es Locke«, sagte Talia. »Er hat mich gestern Abend nach dem Code gefragt und ihn dann von einem seiner Leute eintippen lassen.«

Mit großen Schritten durchquerten sie die Küche und das Esszimmer und traten in die Eingangshalle. Ein Haufen Briefe lag unter dem Postschlitz in der Tür auf dem Boden. »Der ganz oben muss es sein«, sagte Talia.

Es war ein weißer Standardumschlag ohne Briefkopf, Briefmarke oder Absender. In der Mitte war er auffällig ausgebeult. Mike fotografierte ihn mit seiner Handykamera. »Haben Sie einen Tiefkühlbeutel?«

Talia kehrte in die Küche zurück. Sie öffnete die Tür zur Vorratskammer und schaltete das Licht ein, nahm die Schachtel mit den verschließbaren Gefrierbeuteln vom Regal und kehrte damit ins Wohnzimmer zurück.

»Ich habe verschiedene Größen. Passt der hier?«

Mike war gerade dabei, eine Nachricht in sein Handy zu tippen, und sah auf. »Sehr gut. Ich schicke Locke die Bilder. Bestimmt will Drex wissen, dass wir ihn haben.«

Nachdem er die Nachricht abgeschickt hatte, schob er das Handy in die Brusttasche und zog einen Tiefkühlbeutel aus der Schachtel. Er ging auf die Knie, bugsierte den Umschlag, ohne ihn zu berühren, in den Beutel und zog den Verschluss zu. Während er sich mühsam wieder aufrichtete, sagte er: »Vielleicht sollten wir auch den Blazer mitnehmen.«

»Gute Idee. Ich gehe ihn holen, vielleicht wurde er ja bei der Durchsuchung nicht konfisziert.«

»Sehen wir mal nach.« Mike wollte ihr schon nach oben folgen.

»Warten Sie hier.«

Weil er nach der Anstrengung, sich von seinen Knien zu erheben, schon außer Atem war, nickte er. »Okay. Ich brauche sowieso einen Schluck Wasser.«

»Im Kühlschrank. Wir treffen uns gleich in der Küche.«

Sie lief die Stufen hinauf und marschierte den Gang entlang, doch als sie die geschlossene Doppeltür zu ihrem ehelichen Schlafzimmer erreicht hatte, zögerte sie. Es graute ihr davor, noch einmal in die toxische Atmosphäre dieses Zimmers zu treten. Sie wollte das Bett nicht sehen, in dem sie neben Jasper Ford gelegen hatte, in dem sie ungeschützt schlummernd die gleiche Luft wie er geatmet hatte.

Aber Drex wartete auf sie.

Sie nahm ihren Mut zusammen, öffnete die Tür und war im ersten Moment entsetzt über die Unordnung. Doch dann

fiel ihr die Durchsuchung ein. Die Polizisten unter Rudkowskis Führung hatten wohl nicht so viel Schaden angerichtet, wie beispielsweise nach einem Einbruch möglich
gewesen wäre, aber vieles war verschoben oder herumge-
worfen worden.

Jasper würde toben, wenn er den augenblicklichen Zustand seiner Taschentuch-Schublade sehen könnte.

Die Tür zu Jaspers Schrank war nur angelehnt. Sie ging
darauf zu und zog sie auf. Die Polizisten hatten Kleidungsstücke beiseitegeschoben, Kartons mit Pullovern geöffnet
und durchwühlt, Schuhe von den Regalen gezogen und auf
dem Boden liegen gelassen. Aber es sah nicht so aus, als
wäre etwas konfisziert worden… außer vielleicht der dun-
kelblaue Blazer.

Zweimal durchsuchte sie eilig den nach Farbtönen sortier-
ten Abschnitt mit den blauen Kleidungsstücken. Die Jacke
war nicht mehr da.

»Suchst du vielleicht das hier, Mrs. Ford?«

Sie fuhr herum.

Jasper stand in der offenen Tür. Er trug den Blazer. Im
Knopfloch steckte ein einzelner Knopf. Aus Messing, rund,
mit eingraviertem Anker.

Sein Lächeln war abstoßend devot, seine Stimme eine
perfekte Imitation jener von Mr. Singh. »Er war doch nicht
verloren gegangen.«

Drex' Ausbruch brachte Menundez aus dem Konzept. Er
bremste scharf ab und zwang dadurch die Autos hinter
ihnen, es ihm gleichzutun. Reifen quietschten, Hupen blök-
ten.

Über den ganzen Lärm hinweg rief Drex Locke zu: »Rufen

Sie Mike an. Rufen Sie Mike an! Das ist eine Falle. Wenden Sie, Menundez. Fahren Sie zu Talias Haus.«

Locke sah ihn wutentbrannt an. »Was zum Teufel reden Sie da? Wir fahren zum Gericht.«

»Dort wird Jasper nicht auftauchen. Scheiße! Ich muss Mike Bescheid sagen.« Drex griff nach Lockes Handy, doch der Detective zog die Hand zurück und aus Drex' Reichweite. Außer sich brüllte Drex: »Wenden Sie den verfluchten Wagen, Menundez!«

Dann begriff er, dass sie umso weniger auf ihn hören würden, je gestörter er wirkte, und zwang sich zur Ruhe. »Bitte. Ich weiß, ich bin gerade ausgerastet, aber Sie müssen mir zuhören.«

»Wir *haben* zugehört, darum sind wir hier. Alle sind auf Position. Der Typ gehört zu uns.« Locke deutete auf einen Mann in Raddress und Helm, der ein sündhaft teures Rennrad hielt. Er beobachtete sie mit dem wachsamen Auge eines typischen Polizisten.

Drex hätte am liebsten losgeheult, seine Haare ausgerissen, Menundez zum Umkehren gezwungen.

»Sie müssen mir ein letztes Mal vertrauen.«

Lockes Handy läutete in seiner Hand. Drex beugte sich hinüber und wollte es ihm aus den Fingern reißen. »Gehen Sie ran, gehen Sie ran, das könnten sie sein.«

Locke nahm das Gespräch an. Rudkowski plärrte aus dem Gerät: »Wo stecken Sie? Ihr Fall wird gleich aufgerufen. Schaffen Sie diesen Hurensohn her. *Sofort!*«

Drex wartete nicht länger. Seine Hand schoss an den Türgriff.

»Nicht!«, rief Menundez.

Drex drehte sich um und starrte in die Mündung von

Menundez' Pistole. »Dann erschießen Sie mich, Hauptsache, Sie fahren sofort zu Talias Haus.« Rudkowskis Gezeter vibrierte wie ein Bohrhammer unter seiner Schädeldecke. »Schalten Sie diesen Idioten ab und hören Sie mir zu!«

Locke rührte sich nicht. Menundez senkte die Pistole nicht. »Ich flehe Sie an«, bat Drex, und seine Stimme brach fast dabei. »Er hat das alles arrangiert, weil er Talia umbringen will, und genau das wird er tun.«

Die beiden Detectives sahen einander an. Menundez hielt die Pistole immer noch auf ihn gerichtet, aber er senkte die Mündung. Locke sagte in sein Handy: »Wir haben einen Notfall.« Dann beendete er das Gespräch mitten in Rudkowskis Tobsuchtsanfall. »Sind Sie sicher?«

»Absolut.«

Locke hörte die Überzeugung in Drex' Antwort und gab Menundez ein Zeichen loszufahren. Der Jüngere verlor keine Zeit. Er setzte ein Blaulicht mit Magnetfuß aufs Autodach, gab den anderen Autos hektisch Zeichen, die Fahrbahn freizugeben, und suchte sich dann einen Weg durch den Stau. Sobald sich eine Lücke auftat, trat er das Gaspedal durch.

»Na schön«, sagte Locke, »Sie haben, was Sie wollten. Ich hoffe, Sie haben eine verdammt gute Erklärung dafür.«

»Rufen Sie erst Mike an.« Der Detective tat es, ohne zu widersprechen. Alle verfolgten zunehmend nervös, wie Mikes Handy mehrmals läutete, ohne dass jemand antwortete.

Drex zischte durch die zusammengebissenen Zähne: »Bitte nein, nein.«

»Ihm ist nichts passiert«, sagte Locke. »Er hat Bilder geschickt. Der Umschlag lag dort, genau, wie es der Schneider behauptet hat.«

»Der Umschlag mag dort gelegen haben, aber es hat ihn kein Schneider hinterlegt. Rufen Sie Talias Handy an.«

Locke tat es. »Springt sofort die Mailbox an.«

»Und ich habe ihr gesagt, sie soll es ausschalten«, schalt Drex sich ängstlich. »Drücken Sie aufs Gas, Menundez!«

Locke befahl Drex, Ruhe zu bewahren. »Wie kommen Sie darauf, dass Jasper im Haus sein muss?«

»Er hätte diese Knöpfe auf keinen Fall bei einem Schneider gelassen. Er hätte sie niemandem anvertraut. Jasper selbst hat Talia angerufen und uns alle an Mr. Singhs für uns so praktische Freundlichkeit glauben lassen.«

Menundez fluchte.

»Sie waren doch sicher, dass er zum Gerichtsgebäude kommen würde«, wandte Locke ein, der immer noch skeptisch war.

»Ein Fehler, mit dem ich leben muss. Sterben muss.«

»Wir haben das Gericht, den Staatsanwalt, Rudkowski versetzt. Wir sind verratzt, und Sie sind es erst recht, wenn sich herausstellt, dass das ein Fehlalarm war. Sie sollten lieber zu Gott beten, dass Sie recht behalten.«

Drex schlug das Herz im Hals. »Ich bete zu Gott, dass ich mich irre.«

Kapitel 40

Talia erkannte in dem Mann, der in der offenen Schlafzimmertür stand, kaum den Bräutigam wieder, der an ihrer Seite das Ehegelübde gesprochen hatte. Er hatte Kopf und Bart rasiert. Und während er früher immer pingelig in Kleidungsfragen gewesen war, hatte er jetzt den Blazer über ein Paar dunkle Cargo-Shorts und ein Golfhemd gezogen, die wie Säcke an seinem Körper hingen.

Aber natürlich trug er den Blazer nur wegen des Effekts, begriff sie.

Wie war er ins Haus gekommen, ohne dass Mike ihn abgefangen hatte? Wahrscheinlich war er schon im Haus gewesen, als sie eingetroffen waren. Er hatte die Tür aufgeschlossen, die Alarmanlage kurz aus- und dann wieder eingeschaltet.

Bei der Vorstellung, wie er auf der Lauer gelegen hatte, um seine perfekt konstruierte Falle zuschnappen zu lassen, überlief sie eine Gänsehaut.

Ihr Herz pochte, aber sie versuchte sich die Angst nicht anmerken zu lassen. So gefasst wie nur möglich sagte sie: »Hallo, Jasper. Du hattest offenbar alle Hände voll zu tun, seit wir uns am Flughafen verabschiedet haben.«

»Das Gleiche könnte ich über dich sagen, Süße.« Er sprach immer noch im Tonfall des indischen Schneiders.

»Hör auf damit«, fuhr sie ihn an. »Das klingt lächerlich.«

»Da bin ich ganz deiner Meinung. Aber es hat genügt, um dich an der Nase herumzuführen.«

Hinter seinem Lächeln lag die ihr allzu bekannte Herablassung. Es war ihr unerklärlich, warum sie in den Monaten, die sie mit ihm zusammen verbracht hatte, nicht jedes Mal eine Gänsehaut bekommen hatte.

»Vielleicht würde dir die Stimme von Daniel Knolls besser gefallen.« Er wechselte zu einem kehligen Knurren. »Und ich bin dir nach Marians Party wirklich nicht im Gedächtnis geblieben?«

Sie antwortete nicht.

»Marian hat uns bekanntgemacht. Du hast höflich, aber mit Desinteresse reagiert.« Er trat endgültig in den Raum. Sie wich zurück, um Abstand zu halten. Ihre Furcht schien ihn zu amüsieren.

»Ich hingegen habe mich sehr für Marians junge, attraktive und betuchte Freundin interessiert. Ich hatte Marian allmählich über und mich schon bei einer Online-Datingseite angemeldet, um sie zu ersetzen, aber ich brauchte gar nicht online zu gehen, denn mit dir hatte ich schon die ideale Kandidatin. Du fielst mir praktisch aus diesem knallblauen Himmel in den Schoß. Noch in derselben Nacht begann ich damit, Marians Ableben zu planen.«

Talia schauderte unwillkürlich.

Ihm entging das nicht, und offenbar fand er Gefallen an ihrem Grauen. »Genau besehen bist du schuld an Marians grausigem Ende, Talia. Auch an dem von Elaine, wenn ich es recht bedenke. Wärst du nicht mit ihnen befreundet gewesen, wären beide noch am Leben.« Als sie zurückzuckte, sagte er: »Was ist denn los, Talia? Erträgst du es nicht, schuld am Tod deiner Freundinnen zu sein?«

»Meine Freundinnen sind nur aus einem Grund tot: weil du ein krimineller Irrer bist.«

»Wer hat dir das gesagt? Dr. Easton?«

Noch während sie ihm in Abwehrstellung gegenüberstand, suchte sie fieberhaft nach einer Möglichkeit, ihm auszuweichen, ihn auszutricksen, ihn zu überwältigen oder bewegungsunfähig zu machen, bis Hilfe eintraf. Bestimmt würde Hilfe eintreffen! »Wo ist Mike?«

Er lachte. »Der Fettklops?«

»Was hast du mit ihm gemacht?«

»Ich habe ihn aus seinem Elend erlöst. Er schnaufte und fauchte wie eine Dampflok, als ich ihm den letzten Atemzug abpresste.«

Ihr entkam ein ängstliches Keuchen, aber sie hielt sich mit blanker Willenskraft auf den Beinen. Sobald sie auch nur ein bisschen einknickte, würde sie zu Boden gehen. Und in diesem Fall wäre sie zum Tode verurteilt. Wahrscheinlich war sie das sowieso, aber sie gönnte Jasper nicht die Genugtuung, sie dabei zu beobachten, wie sie brach.

»Drex weiß, dass ich hier bin.«

»Was mich nicht überrascht. Ihr beide seid inzwischen widerwärtig vertraulich miteinander. Aber er ist im Gericht und wartet dort auf mich.« Er tippte sich an die Wange, als müsste er überlegen. »Ich muss schon sagen, kurzfristig habe ich tatsächlich mit dem Gedanken gespielt, dort aufzutauchen und mir seinen tragischen Niedergang anzuschauen.«

»Als Frau verkleidet und mit Perücke?« Talia schnaubte. »Drex hat dich auf den Aufnahmen einer Überwachungskamera erkannt, Jasper, und zwar trotz der miesen Qualität. Du hast dich verraten. Du bist längst nicht so schlau, wie du meinst.«

»Und doch ist er dort – und du bist hier und kannst es nicht erwarten, den hier in die Finger zu bekommen.« Er betastete den Knopf an seinem Blazer.

»Was war in dem Umschlag?«

»Ein Kieselstein.« Er grinste. »Der rein gar nichts beweist. Ich muss sagen, ich hatte eine kurze Panikattacke, als ich vorhin dachte, ich hätte diese Schönheit verloren.« Wieder rieb er mit dem Finger über den Knopf. »Aber dann fiel mir ein, dass dies der einzige Knopf war, den ich nicht ausgetauscht hatte. Ich wollte einen haben, den ich tragen konnte, bis die übrigen in meine neue Garderobe eingearbeitet sind, wie immer die auch aussehen mag. Meine Panik verflog, als mir einfiel, dass dieser Blazer mitsamt dem Knopf die ganze Zeit in meinem Koffer gelegen hatte. Aber die Episode brachte mich auf eine Idee, wie ich dich noch einmal hierherlocken könnte. Es wäre mir äußerst unangenehm gewesen, von hier zu verschwinden, ohne die Sache mit dir zum Abschluss zu bringen.«

Mit dem Abschluss meinte er ohne jeden Zweifel, dass er sie töten würde, falls ihr nichts einfiel, wie sie ihm entkommen konnte. »Drex weiß von deiner albernen Knopfsammlung. Er weiß, wie du tickst. Er wird merken, dass der Anruf von Mr. Singh nur ein Trick war. Er wird mich suchen kommen.«

Seine Lippen bildeten eine Schnute. »Ich will dir nicht zu nahe treten, Liebste, aber ich glaube, er wird eher *mich* suchen kommen. Schließlich ist er schon lang hinter mir her, nicht wahr?«

»Seit er neunzehn war. Da hatte er erfahren, dass du seine Mutter umgebracht hattest.«

Er stutzte. »Seine *Mutter*?«

»Lyndsay Cummings.«

»Soso, wer hätte das gedacht?« Er lachte. »Er ist ihr Kind? Lyndsay dachte, ihr Ex-Mann und ihr Sohn wären ein wohlgehütetes Geheimnis, aber ich wusste natürlich von den beiden. So, wie ich auch von deinen kleinen tiefgekühlten Eiern weiß.«

Sie konnte ihr Erschrecken nicht verhehlen, und das ließ ihn schmunzeln. »Ich frage mich, was sie mit den Eizellen anstellen, wenn sie nicht verwendet werden, bevor die Mutter stirbt. Hmm.« Er wedelte den Gedanken beiseite. »Jedenfalls brachte ich mehrere Monate damit zu, die Spur von Lyndsays Ex-Mann und dem Jungen aufzunehmen, nachdem ich sie damals beseitigt hatte. Ich wollte nicht ständig mit dem Rachedurst der Cummings-Männer rechnen müssen.«

»Drex' Vater ließ ihrer beider Namen ändern, damit du sie nicht findest.«

»Wirklich? Kein Wunder, dass bei Drex' Namen nichts bei mir geläutet hat. Jedenfalls langweilte es mich irgendwann, ihnen nachzuspüren.«

»Es langweilte dich nicht, Jasper. Du hast *aufgegeben*. Drex war dagegen hartnäckiger. Er ließ nicht locker, bis er dich gefunden hatte.«

»Was nur unterstreicht, was für ein trauriges, verschwendetes Leben er geführt hat. Sein Leben damit zu vergeuden, eine Mutter rächen zu wollen, die ihn im Stich gelassen hat?« Er schüttelte den Kopf und schnalzte mit der Zunge. »Und was das Traurigste daran ist? Er steht erst am Anfang.«

»Was soll das heißen?«

»Das soll heißen, Talia, dass er erst richtigen Blutdurst auf mich entwickeln wird, wenn ich dich umgebracht habe.«

Ohne jede weitere Vorwarnung kam er auf sie zu.

Instinktiv drehte sie sich um und versuchte ins Bad zu entkommen, damit wenigstens eine verriegelte Tür zwischen ihnen stand. Aber im nächsten Moment begriff sie, dass es ein entscheidender Fehler gewesen war, ihm den Rücken zuzudrehen. Er umklammerte sie von hinten, sodass ihre Arme an ihren Körper gepresst wurden und ihr Hals frei vor der Ellenbeuge lag, die er unter ihr Kinn geschoben hatte.

»Lass Sie los, oder du bist tot.«

Drex' Stimme!

Jasper wirbelte herum und zog sie dabei mit.

Drex hatte nicht gebrüllt. Er hatte beherrscht und eindringlich eine Tatsache ausgesprochen. Jedenfalls sah er aus, als könnte er seine Drohung jederzeit wahr machen. Seine Tigeraugen fixierten Jasper. In der ausgestreckten Hand hielt er eine Waffe. Sie war auf einen Punkt leicht über und hinter ihrem Kopf gerichtet: Jaspers Stirn.

»Ich breche ihr das Genick.«

»Die Kugel erwischt dich davor.«

»Du wirst mich nicht umbringen.«

»Ach nein?«

»Du bist an deinen Kodex gebunden. FBI-Vorschriften. Recht und Gesetz.«

»Wenn du sie nicht sofort loslässt, gibt es keinen Kodex, keine Regeln, keine Gesetze, *nichts* mehr, was mich davon abhalten könnte, dir das Hirn wegzublasen.«

»Falls du das tust, wirst du nie erfahren, wo deine Mutter begraben liegt.«

Drex verzog das Gesicht.

Jasper lachte. »Ah, ich habe dich vor ein Dilemma gestellt. Du willst Talia retten, was ungemein romantisch ist. Aber wenn du mich umbringst, wirst du nie erfahren, wo deine Mutter ihre letzte Ruhestätte gefunden hat.«

»Du hast recht«, sagte Drex und senkte den Pistolenlauf. »Ich schieße dir lieber nur ins Bein.«

Er drückte ab. Jaspers Körper bäumte sich auf. Er schrie auf. Sein Bein knickte ein, und er zog Talia mit sich zu Boden. Diese Nanosekunde nutzte sie und befreite sich aus seinem Griff.

Er hielt sie an den Haaren fest und versuchte sie zurück-zuziehen.

Mehrere Schüsse peitschten.

Er ließ ihr Haar so abrupt los, dass sie nach vorne kippte und, betäubt von der Schusssalve, nach Luft ringend auf den Knien landete.

Dann war Drex an ihrer Seite und kniete sich neben sie. Er nahm sie an den Schultern und setzte sie behutsam auf. Sie hörte ihn immer noch nur gedämpft, doch seine Lippen-bewegungen fragten sie immer wieder, ob alles in Ordnung wäre.

Sie nickte dumpf.

Er küsste sie auf die Stirn und schob sie dann Menundez zu, der auf ihrer anderen Seite auf ein Knie niedergegangen war. Mehrere uniformierte Polizisten drängten sich in der offenen Tür. Locke winkte sie zurück, um sie davon abzu-halten, ebenfalls den Raum zu betreten.

All das nahm sie wahr, während sie verfolgte, wie Drex zu Jasper trat, der zusammengebrochen am Boden lag. Er lehnte zusammengesackt und kraftlos schief an der Schrank-tür. Aus zahllosen Wunden in Brust und Bauch sickerte Blut.

Drex ging vor ihm in die Hocke.

Eiskalt und vollkommen gefühllos begutachtete Drex die Wunden, die er Jasper beigebracht hatte. Die im Schenkel war die einzige, die ein gewisses Talent als Schütze erfordert hatte. Der Schuss hatte beim ersten Versuch sitzen müssen und Talia nicht treffen dürfen.

Bei den anderen hatte er einfach draufgehalten. Er hatte kaum zielen müssen, um Schaden anzurichten.

Hätte er auch nur einen Funken Reue gespürt, hätte er nur in die schwarzen, unergründlichen Augen blicken müssen, aus denen nie auch nur der leiseste Schimmer einer menschlichen Seele geleuchtet hatte. Dann hätte er nur an die Frauen denken müssen, die gelitten hatten, die grausam verendet und in schmählichen Gräbern verscharrt worden waren.

»Du bist schon tot. Du hast höchstens noch ein paar Minuten, wenn überhaupt, Weston.«

Jaspers Lippen bildeten ein steifes, vor Überheblichkeit strotzendes Lächeln. »Deine Mutter hat meinen Namen geliebt. Und mich. So sehr, dass sie dich aufgegeben hat, nur um mit mir zusammen sein zu können.« Er lachte gurgelnd. »Du wirst sie nie finden.«

»Wahrscheinlich nicht. Aber das war auch nicht mein Herzenswunsch. Sondern das hier.«

Drex streckte die Hand vor und zog kurz an dem Blazerknopf. Die Fäden spannten sich und rissen. Drex ließ ihn in seiner Hand hüpfen. »So viel zu deiner Sammlung.«

Das Blut, das Jaspers Mund füllte und seine Zähne überzog, verwandelte sein Grinsen in eine groteske Fratze. Er holte pfeifend Luft, blies beim Ausatmen Blutblasen, aber er sprach mühsam weiter.

»Ich weiß genau, dass du mein Hirn aufschneiden und studieren wirst, nicht wahr, Dr. Easton? Du willst mit Sicherheit wissen, wie ich getickt habe. Du könntest ein Lehrbuch über mich schreiben.« Sein Lachen war eine blutspritzende Travestie. »Du kannst mein Hirn anbohren, es aufschneiden, würfeln, durchwühlen, bis du stirbst. Es wird dir trotzdem nicht verraten, wo du nach deiner Mutter suchen musst.«

Drex beugte sich vor. »Dein Hirn hat absolut null Wert, Weston. Es wird in einem Krematoriumsofen gebacken und zu Asche zerfallen. Es wird niemals seziert und analysiert werden. Niemand findet dich als Mensch interessant genug, um ein Buch über dich zu schreiben. Und weißt du, warum?« Er kam mit den Lippen an Jaspers Ohr. »Weil du so scheißgewöhnlich bist.«

Sekunden später beobachtete er, wie Weston Graham einen ruhmlosen Tod starb und diese verletzende Schmach mit in die Hölle nahm.

Talia weinte vor Erleichterung, als sie erfuhr, dass Mike noch am Leben war.

Drex hätte sie gern getröstet, aber sie wurden voneinander getrennt von Ermittlern des Mount Pleasant Police Department befragt. Als die Reihe an Drex kam, ermahnte Locke ihn, er solle ihm das Reden überlassen. Drex nahm dankend an. Er hatte sich immer noch nicht ganz von seinem höllischen Adrenalintrip erholt.

Locke und Menundez erklärten den Ermittlern, wieso sie so eilig zum Haus der Fords gefahren waren. »Wir haben Ihr Department wegen einer möglichen Krise alarmiert«, erklärte Locke ihnen, »aber wir waren schon unterwegs und kamen deshalb vor allen anderen an.«

Menundez erklärte, wie es dazu gekommen war, dass Jasper

durch eine Kleinkaliberpistole aus seinem Besitz erschossen worden war. »Ich trage sie als Ersatzwaffe im Knöchelholster. Ich habe sie Easton gegeben, bevor wir das Haus betraten.«

Die befragenden Ermittler drehten sich wie auf Kommando zu Drex um. »Er hatte heute einen Haftprüfungstermin«, fragte einer von ihnen Menundez. »Und Sie hatten keine Skrupel, ihm Ihre Waffe zu überlassen?«

»Ich hatte nur Skrupel, ihm seine wegzunehmen«, erwiderte Menundez.

Locke übernahm. »Wir betraten das Haus über die Veranda und sahen Mallory auf dem Küchenboden liegen. Er war bewusstlos, aber nicht tot.«

Tatsächlich hatten Mikes Augen sich widerwillig geöffnet, als Drex' Finger auf der Suche nach einem Puls in Mikes Speckfalten gewühlt hatten. Mike hatte mit einer Hand Drex' Finger weggeschoben und mit der anderen nach oben gedeutet.

»Ich blieb unten, um einen Notarzt für Mallory zu rufen und Ihre Leute in die Situation einzuweisen«, erklärte Locke weiter. »Ich habe sie gebeten, sich nur leise zu nähern. Währenddessen gingen Easton und Menundez nach oben.«

»Was passierte, als Sie oben ankamen?« Die Frage war an Drex gerichtet.

»Wir hörten ihre Stimme. Schlichen uns näher. Gerade als Menundez mir ein Zeichen gegeben hatte, dass ich vorangehen sollte, hörten wir Ford sagen, dass er sie umbringen würde. Als ich in den Raum trat, hatte er sie schon fest im Griff. Ich wollte ihn überreden, sie loszulassen. Er reagierte nicht. Also schoss ich ihn ins Bein.«

»Kein einfacher Schuss«, bemerkte ein Polizist. »Irgendwo müssen Sie ein exzellentes Training gehabt haben.«

»In Alaska. Bei einem Schulfreund.«

»Einem Jäger?«

»Einem Taugenichts.«

Genau in diesem Moment wurde Locke von einem uniformierten Polizisten weggeholt. Drex und Menundez beantworteten weitere Fragen. Als Locke zurückkehrte, erklärte er düster, dass in einem Motel in der Nähe eine Tote gefunden worden sei. »Nach ersten Schätzungen ist sie seit mindestens zwölf Stunden tot. Todesursache Genickbruch durch Fremdeinwirkung. An ihrem Kleid fehlt ein Knopf.«

Die Nachricht legte einen schwarzen Schatten über die ohnehin finstere Szene. Der Gerichtsmediziner kam und ging wieder. Jaspers Leiche wurde weggebracht, doch zuvor wurde in einer Tasche seiner Cargohose ein Samtbeutel gefunden, die in einem Beweismittelbeutel landete. Drex gab den Messingknopf, den er abgerissen hatte, ebenfalls hinein.

Alle, die entbehrlich waren, wurden aus dem Haus geschickt, trotzdem waren immer noch Polizisten und Ermittler in jedem Zimmer und gingen dort ihrer Arbeit nach. Drex zog sich ins Wohnzimmer zurück, wo Talia mit Locke sprach.

»Wir müssen beide mal frische Luft schöpfen.« Ohne Lockes Erlaubnis abzuwarten, winkte er Talia vom Sofa hoch und nahm ihren Arm.

Locke protestierte nicht, sagte aber in ihrem Rücken: »Bleiben Sie in der Nähe.«

Sie gingen durch die Küche, wo Menundez sich an der Kaffeemaschine bediente. Sie überquerten den Rasen in Richtung des Apartments und setzten sich auf die unterste Stufe der Außentreppe. Das Holz war noch feucht nach dem jüngsten Schauer, aber es hatte zu regnen aufgehört. Zum ersten Mal seit Tagen war der Himmel klar. Der Mond schien durch die Äste der alten Eiche und warf klare Schatten.

Minutenlang schwiegen sie beide und hielten sich nur fest. Als Talia sich schließlich von ihm löste, fragte sie: »Mit Mike ist alles in Ordnung?«

»Ich habe vor einer Stunde mit ihm telefoniert. Die Krankenschwestern sind Feldwebel, die Ärzte pubertierende Idioten, sie füttern ihn mit Götterspeise und behaupten, das sei Essen. Er sagt, er sei zu fett, als dass ihn jemand mit bloßen Händen erwürgen könnte, das sollte jeder mit auch nur etwas Hirn wissen. Er hat miese Laune. Mit anderen Worten, er erholt sich.«

»Weiß Gif Bescheid?«

»Mit ihm habe ich auch gesprochen. Und ihm alles erzählt.«

»Was hat er dazu gesagt?«

Drex wusste, was sie meinte, antwortete aber ausweichend: »Dass er Mike schon unzählige Male gern erwürgt hätte.«

Sie lächelte, er lächelte ebenfalls, doch dann löste sich bei beiden die Schockstarre nach der Krise, und sie stürzten sich in einen verzweifelten Kuss, klammerten sich aneinander fest, als müssten sie sich vergewissern, dass der andere noch da war, unverletzt und am Leben.

Drex spürte ihre Tränen auf seinen Wangen, oder weinte er vielleicht selbst? Er nahm ihr Gesicht zwischen seine Hände und sagte: »Auf dem Weg hierher bin ich tausend Tode gestorben. Als ich dann deine Stimme hörte …«

»Ich weiß, ich weiß.« Sie lachte und weinte gleichzeitig. »Mir ging es genauso, als ich deine hörte. Danke, dass du mir das Leben gerettet hast.«

»Ich habe ihn vor deinen Augen niedergeschossen, Talia. Bist du … Ich wusste nicht, was … das mit dir machen würde.«

»O Gott, Drex.« Sie kuschelte sich enger an ihn. »Ich bin nur unendlich dankbar und erleichtert, dass alles zu Ende ist. Er ist endlich weg. Nur das empfinde ich.«

Er beugte sich über ihren Kopf und küsste ihren Scheitel. »Da kommen sie.«

Sofort lösten sie sich voneinander und sahen zum Haus. Rudkowski hielt auf sie zu, gefolgt von Locke, Menundez und einem weiteren, ihm unbekannten Mann.

»Jesus.« Drex stand auf und sagte zu Rudkowski: »Wir müssen das nicht hier machen.«

»Das haben nicht Sie zu entscheiden.« Rudkowski blieb ein paar Schritte vor ihm stehen, trat dann zur Seite und gab dem Unbekannten ein Zeichen. »Verlesen Sie ihm seine Rechte.«

Der Mann trat vor, drehte Drex um und fesselte ihn mit Nylonhandschellen, während er ihn über seine Rechte aufklärte.

»Was tun Sie da?« Talia drängte sich an dem Fremden vorbei und stellte Rudkowski zur Rede. »Was ist mit Ihnen los?« Sie stieß mit beiden Händen gegen seine Brust. »Jasper hat ihm keine Wahl gelassen. Er wollte mich umbringen und hätte es auch getan, wenn Drex nicht gehandelt hätte. Erklären Sie es ihm, Menundez. Wenn Sie und Drex nicht …«

»Ich weiß das alles«, schnitt Rudkowski ihr das Wort ab. »Ich verhafte ihn wegen Behinderung der Justiz, Manipulation von …«

»Ach, Herr im Himmel!«

»… Beweismitteln und Amtsanmaßung, indem er sich als FBI-Agent ausgab.«

»Das ist doch lächerlich. Er hat nur gekündigt, damit…«

»Er hat nie *gekündigt*«, korrigierte Rudkowski. »Die Marke, die er mir so theatralisch überließ, zweifellos, um Sie mit seinem Opfermut zu beeindrucken, ist gefälscht. Sie wird bei der Verhandlung als Beweismittel vorgelegt werden.«

»Gefälscht?«

»Ach ja. Als hätten Sie das nicht gewusst«, stellte er verächtlich fest.

Sie wandte sich an Drex. »Wovon redet er?«

Ehe Drex etwas sagen konnte, quietschte Rudkowski halb vor Ärger: »Er ist ein Betrüger. Er und seine Kumpane sind Hochstapler. Sie geben sich nur als FBI-Agenten aus und wedeln mit falschen Marken und Ausweisen herum, wie es ihnen gerade gefällt.«

Sie drehte sich zu Rudkowski um und sah dann Locke und Menundez an.

Locke räusperte sich. »Er, ähm, hatte auch uns überzeugt. Bis Rudkowski uns aufklärte.«

»Ich nahm an, das hätten Sie gewusst, Mrs. Ford«, fuhr Rudkowski fort. »Darum war ich so ruppig. Ich dachte, Sie würden ihn unterstützen, obwohl er ein Krimineller ist. Die meisten Frauen tun das.«

»›Krimineller‹ ist ein ziemlich hartes Wort«, sagte Locke.

»Wie wäre es mit Gesetzesbrecher?«, fuhr Rudkowski ihn an. »Sie können ihn nennen, wie Sie wollen. Es bedeutet das Gleiche. Er begeht Verbrechen. Und nachdem er Wiederholungstäter ist und schon einmal *für das gleiche Vergehen* verurteilt wurde, wird er diesmal nicht so leicht davonkommen. Ich setze alles auf die Höchststrafe.«

Drex kam es vor, als würde Talia Rudkowski endlos und reglos anstarren, ehe sie sich langsam zu ihm umdrehte. Sowie sie in sein Gesicht blickte, sah sie die Wahrheit darin eingekerbt. Sein Herz krampfte sich zusammen, als er ihre Enttäuschung sah.

»Vor fünf Jahren habe ich in einem Bundesgefängnis acht Monate einer zweijährigen Haftstrafe abgesessen«, sagte er kleinlaut, »weil ich mich als FBI-Agent ausgegeben hatte. Mike und Gif kamen mit Bewährung davon.«

Sie legte die Hand an ihre Kehle, auf der sich inzwischen ein von Jasper zugefügter blauer Fleck bildete. Drex war klar, dass er sie in diesem Augenblick nicht weniger verletzte.

»Er hat einen Riesenschwindel aufgezogen«, sagte Rudkowski.

Drex beachtete ihn gar nicht. »Ich habe die Marke eingesetzt und manchen Menschen etwas vorgespielt, aber nie um meinetwillen. Sondern nur, um Weston Graham zu fassen.«

Ihre Stimme war nur noch ein Hauch. »Du warst nie beim FBI?«

»Mike und Gif waren dabei, bis …« Er nickte zu Rudkowski hin. »Sie waren beim FBI, als ich mich an sie wandte und sie um Hilfe bat.«

»Weil sie bestechlich waren«, sagte Rudkowski.

»Weil sie besonders befähigt waren«, stellte Drex klar. »Sie unterstützten mich …«

»Heimlich und illegal.«

»… weil sie an das glaubten, was ich tat. Nach meiner Entlassung aus dem Gefängnis kehrten sie dem FBI den Rücken und arbeiteten mit mir zusammen.«

»Als Komplizen«, mischte Rudkowski sich ein. »Übrigens war das FBI nur froh, sie los zu sein.«

»Warum halten Sie nicht einfach Ihre blöde Klappe?«, murmelte Menundez.

Talia schien beide gar nicht wahrzunehmen. Ihr verletzter Blick blieb fest auf Drex gerichtet. »Ist dein Doktortitel auch gefälscht?«

»Nein.«

»Warum hast du dann keinen Nutzen daraus gezogen und hast dich beim FBI beworben?«

»Weil ich nicht von Vorschriften und Bürokratie behindert werden wollte.«

»Es war einfacher, die Rolle nur zu spielen?«, wollte sie wissen.

»Nicht einfacher. Aber dienlicher.«

»Dienlicher.« Sie lachte bitter. »Gute Wortwahl. Die eines Schriftstellers. Du hattest jedenfalls leichtes Spiel mit einem gutgläubigen Menschen wie mir. Drex, der Schriftsteller. Drex, der FBI-Agent. Drex, der Gute«, beendete sie den Satz rau.

»Ich bin immer noch derselbe Mensch, Talia.«

»Derselbe *Betrüger*«, sagte Rudkowski. »Gehen wir.«

Der stoische Fremde, ein weiterer Agent, wie Drex vermutete, schubste ihn leicht an. Er ging ohne Widerworte, aber als er an Talia vorbeikam, blieb er noch einmal stehen. »Talia…«

»Ich will nichts hören, ganz gleich, was du zu sagen hast. Ich höre mir deine Lügen nicht mehr an«, sagte sie und drehte ihm den Rücken zu.

Epilog

Drex las das unaufdringliche Schild an der Bürotür, nahm seinen Mut zusammen und drückte sie auf. Talia saß an ihrem Schreibtisch und schaute in einen Computermonitor. Sie hob den Kopf und setzte ein freundliches Lächeln auf. Doch als sie ihn erkannte, löste es sich in Luft auf.

Er trat in ihr Büro und schloss die Tür.

Es war elegant, aber einladend eingerichtet. Alte Reiseposter aus dem Art déco setzten modische Farbakzente an den hellgrauen Wänden. Durch das venezianische Fenster, das praktisch die ganze Wand einnahm, blickte man auf einen gepflegten kleinen Garten mit von Efeu überwucherten Backsteinmauern und einem plätschernden Brunnen in der Mitte. Genau dieses Ambiente, diesen Mix aus Schick und Nostalgie, hätte er von ihr erwartet.

Ihre schlichte weiße Bluse wirkte an ihr alles andere als schlicht. Die hinter ihr durchs Fenster scheinende Sonne leuchtete durch ihr Haar und verlieh ihr einen rotgoldenen Heiligenschein.

Sie war nicht aufgestanden und ihm in die Arme gefallen, aber nachdem sie ihm auch nicht den Kristall-Briefbeschwerer auf ihrem Schreibtisch entgegengeschleudert hatte, sagte er: »Ich bräuchte Hilfe bei der Reiseplanung.«

»Ich arbeite nur für Stammkunden.«

»Du wurdest mir empfohlen.«

»Von wem?«

»Elaine Conner.«

Sie senkte gepeinigt den Blick.

Er schob die Hände in die Hosentaschen, schlenderte zu einem der Poster und sagte, während er die elegant geschwungenen Linien der Zeichnung studierte: »Wie ich gehört habe, hast du ihren Leichnam nach Delaware begleitet.«

»Sie hatte testamentarisch bestimmt, dass sie neben ihrem Ehemann bestattet werden wollte.«

»Und du hast dafür gesorgt, dass ihr Nachlass an verschiedene Wohltätigkeitsorganisationen ging.«

»Sie hatte mich vor einiger Zeit gefragt, ob sie mich als Testamentsvollstreckerin einsetzen dürfte. Damals war ich natürlich einverstanden, auch wenn ich nie geahnt hätte …«

Ihr versagte die Stimme, und Drex sagte: »Möge sie in Frieden ruhen.«

Nach einem Moment des Gedenkens wechselte Talia abrupt das Thema. »Und ich habe gehört, dass du dich schuldig bekannt hast.«

Er drehte sich von dem Poster weg und sah sie an. »Von wem hast du das gehört?«

»Gif.«

»Er hat sich erholt. Ist fast wieder der Alte.«

»Ja, ich weiß«, sagte sie. »Er hat vor der Heimreise nach Lexington kurz bei mir vorbeigeschaut.«

»Ach ja? Habt ihr beiden nett geplaudert?«

»Sehr nett. Er hat sich entschuldigt.«

»Wofür?«

Sie bedachte ihn mit einem finsteren Blick, der jeden weniger entschlossenen Mann in die Flucht geschlagen hätte. Er blieb.

564

Ihr Schreibtisch bestand aus einer grau getönten Glasplatte auf Eisenfüßen. In Schwarz. Derselben Farbe wie der wütend auf den Boden klopfende, hohe Absatz unter ihrem Stuhl, auf dem sie mit übergeschlagenen Beinen saß, wodurch sie ihm freizügige Aussicht auf den Schenkel unter dem Saum ihres schmalen schwarzen Rockes gewährte.

»Und wohin geht die Reise?«

Ihre Frage lenkte seinen Blick von der Landschaft unterhalb des Schreibtischs ab und auf ihre sturmgrauen Augen.

»Verzeihung?«

»Wohin geht die Reise, die dich hierhergeführt hat und mit der du jetzt meine Zeit vergeudest?«

»Ich vergeude deine Zeit?« Sein Daumen deutete zur Tür. »Du hast geöffnet.«

»Für Stammkunden.«

»Wie du schon gesagt hast.«

Sie sah auf ihre Armbanduhr. So ein graziles, mit Sommersprossen besprenkeltes Handgelenk. »Von denen einer gleich mit seiner Frau eintreffen wird, um mit mir über ihr afrikanisches Abenteuer zu sprechen.«

»Sie sind noch nicht gefahren?«

»Sie mussten die Reise verschieben.«

»Hm.«

»Also sag bitte, was dich hierhergeführt hat.«

»Ich habe es dir schon gesagt. Ich plane…«

»Du kannst nicht verreisen!«, rief sie aus und klatschte gleichzeitig mit der Hand auf die Glasplatte. »Ich weiß, dass du heute verurteilt wurdest. Gif sagte…«

»Du hast mehr als einmal mit Gif gesprochen?«

»Er hat gesagt, du wolltest dich schuldig bekennen, falls Rudkowski ihn und Mike dafür vom Haken lässt.«

Er zuckte mit den Schultern. »Ich war der schlechte Einfluss. Wäre ich nicht gewesen, hätten sie nie gegen das Gesetz verstoßen.«

»Rudkowski erklärte sich widerstrebend einverstanden, sie ungeschoren zu lassen, aber dafür packte er noch ein paar Anklagepunkte gegen dich obendrauf. Bockmist, wie Mike es nannte.«

»Du hast auch mit Mike gesprochen?«

»Er meinte, mit diesen zusätzlichen Anklagen könnten dir bis zu fünf Jahre drohen.«

»Ich habe zwei bekommen.«

»Oh.« Sie schnappte kurz nach Luft.

»Auf Bewährung.«

Ihr Kopf schoss hoch. »Wie bitte?«

»Hat mich auch überrascht. Rudkowski hat getobt. Der Richter las das Urteil vor und setzte es dann wegen mildernder Umstände zur Bewährung aus.«

»Und die waren?«

»Dass Rudkowski ein inkompetentes Arschloch ist. So steht es zwar nicht in der Urteilsbegründung, aber es trifft den Kern. Außerdem gab es viele Zeugen, die meine fragwürdigen Aktionen verteidigten.«

»Lass mich raten: Locke und Menundez.«

»Genau, aber auch ihr Vorgesetzter. Dazu der SAC in Columbia. Und die Leute in meiner Firma in Lexington legten ein gutes Wort für mich ein.« Er trat an den Tisch, griff nach dem Kristallobjekt und beobachtete, wie sich jedes Mal neue Regenbögen bildeten, wenn er es von verschiedenen Seiten betrachtete. »Was soll das darstellen?«

»Nichts. Leg es wieder hin. Der Richter hat dich also laufen lassen?«

»M-hm. Aber was mir vor allem zugutekam, was der Richter am beeindruckendsten fand, war das Leumundszeugnis, das du auf Video aufgenommen und ihm geschickt hattest.«

Sie stand unversehens auf, riss ihm das Objekt aus der Hand und stellte es mit einem entschlossenen *Plonk* auf den Schreibtisch zurück. »Das dürftest du gar nicht wissen! Mike hat geschworen, dass...«

»Mike hat geschworen. Gif hat gesagt. Wie oft hast du mit diesen beiden Wichtigtuern die Köpfe zusammengesteckt? Worüber habt ihr so oft geredet?«

»Zum einen über deine *Firma*.«

»Firma?«

»Ich dumme Kuh. Ich hatte Angst, dass du aufgrund der Anklage aus deinem Job gefeuert werden könntest. Ich fragte sie, ob du dir die Kosten für den Anwalt leisten konntest. Wie sich herausgestellt hat, war meine Sorge überflüssig.«

»Wer von den Plappermäulern hat es dir erzählt?«

»Du hast ein Patent verkauft, als du zwanzig Jahre alt warst? *Zwanzig?* Für mehrere Millionen?«

»Ich hatte nichts dazu geleistet. Es fiel mir in den Schoß, im wahrsten Sinn des Wortes. Als ich nach Dads Tod seine Sachen durchging, kippte ich auch eine Schublade aus, und dabei fielen all diese Konstruktionspläne heraus. Ganze Stapel. Ich konnte sie nicht mal lesen, musste sie mir erklären lassen. Er hatte ein Dingenskirchen entworfen, das man auf ein weiteres Dingsbums setzen konnte und mit dem sich die Leistung irgendeines Werkstücks verbessern ließ.«

»Eines Werkstücks, das unverzichtbar für die Konstruktion und den Unterhalt der Pipeline in Alaska ist. Und für etwa hundert andere Branchen. Transport. Waldarbeit. Erdarbeiten.«

»Das konnte ich nicht wissen, als ich das Patent einreichte. Ich hatte keinen Schimmer, was Dad während dieser langen, dunklen Nächte, in denen er sich im Schlafzimmer einschloss, getan hatte. Er war Ingenieur, ich bin keiner. Ich hatte nie auch nur einen Prototyp des Dings hergestellt.«

»Das brauchtest du auch nicht.«

»Nein. Noch während ich in Missoula studierte, riefen immer mehr Firmen bei mir an und wollten das Patent kaufen. Ich verhandelte monatelang und verkaufte schließlich an den Meistbietenden. Bis heute kann ich dir nicht wirklich erklären, was das Ding tut.« Er hob die Hände. »War nicht mein Interessensgebiet. Ich machte mit dem weiter, was ich tun wollte, schrieb meine Doktorarbeit und ging dann zu der Sicherheitsfirma, bei der ich bis heute angestellt bin.«

»Und bei der du Firmen-Konglomerate coachst, wie man Bewerber durchleuchten kann, damit keine Veruntreuer, Hochstapler, Werksspione und so weiter eingestellt werden.«

»Jeden Tag denkt sich ein Krimineller eine neue Masche aus, es ist eine ständige Lernkurve. Ich werde dafür bezahlt, dass ich die Gesetzesbrecher so gut wie möglich überliste. Ein toller Job. Ich liebe meine Arbeit.«

»Ein *Job*.« Sie stemmte die Hände in die Hüften. »Du bist Hauptaktionär in einem Unternehmen, das mit acht Niederlassungen im ganzen Land tätig ist.«

Er würde Mike und Gif umbringen. »Ich gehe jeden Tag ins Büro, esse in der Cafeteria Mittag und nehme genau wie alle anderen meine zwei Wochen Urlaub.«

»Zwei Wochen am Stück. Ungefähr sechsmal im Jahr.«

»Jeder Angestellte hat die Möglichkeit …«

»Hör auf.« Sie schnaufte ärgerlich aus. »Wie unfähig und talentfrei werde ich mich erst fühlen, wenn du fertig bist?«, zitierte sie ihn aus ihrer ersten Begegnung. »Wenn ich mir vorstelle, dass du mir leidgetan hast, so als mittelloser Autor, der in einem ranzigen Apartment lebt.«

»Also, wenn du dich dann besser fühlst, das Büro in Lexington ist nicht schöner. Ich war die letzten fünfzehn, zwanzig Jahren mit anderen Dingen beschäftigt.«

Sie kaute auf ihrer Wange, unübersehbar verärgert. »Warum habe ich über dich, das Wunderkind, nichts im Internet gefunden?«

»Ich habe das Patent unter einer Firma eingereicht. Nachdem ich es verkauft hatte, wurde die Firma wieder aufgelöst. Auch meine anderen Firmen habe ich so kaschiert. Ich wollte nicht, dass mein Name im Internet herumgeistert, falls Weston Graham je Wind von meiner Existenz bekommen sollte.«

Sie ließ sich die Antwort durch den Kopf gehen und gab sich offenbar damit zufrieden. »Ist es immer noch dein Hobby, einen FBI-Agenten zu spielen?«

»Der Richter hat mich strengstens ermahnt, das in Zukunft zu lassen. Aber ich war ohnehin damit fertig. Weil ich mit *ihm* fertig bin. Es ist vorbei. Deine Worte, Talia.«

»Was weiß ich sonst noch nicht über dich? Hast du noch weitere Überraschungen für mich auf Lager?«

Es war ihr gutes Recht, verärgert zu sein. Er war es nicht. Aber ein Mann konnte sich nicht alles gefallen lassen. »Nein«, sagte er. »Und ich muss sagen, dass du wirklich gut informiert bist für eine Frau, die mir bei unserer letzten Begegnung erklärt hat, dass sie nichts hören will, was ich zu sagen habe, und die seither keinen einzigen Anruf angenommen oder beantwortet hat. Auch keine Mail. Und keine Nachricht. Nichts!« Inzwischen brüllte er beinahe.

»Was hättest du mir denn sagen wollen?« Sie war nicht leiser.

»Ich hätte dich gebeten, mir zu verzeihen.«

»Niemals!«

»Wunderbar. Dann verzeih mir eben nicht. Würdest du dann mit mir ficken?«

Ihre Lippen öffneten sich. Ein leichter Atemzug verpuffte.

Er bremste sich und dämpfte die Lautstärke. »Entschuldige. Ich wäre gern romantischer, aber das erfordert mehr Geduld, als ich im Moment aufbringen kann.« Er schob das Kristallding beiseite und beugte sich vor. »Ich habe kein Recht, dich darum zu bitten. Das hatte ich nie. Du warst verheiratet, und ich habe dich mit allem, was ich gesagt und getan habe, hintergangen. Aber schon seit ich dich das erste Mal auf der Jacht aus der Luke klettern sah, wollte ich dich jedes Mal auf eine Weise besitzen, die ... einfach ganz primitiv besitzen. Und ich weiß ehrlich nicht, wie lange ich noch hier stehen und dich anschauen kann, ohne diesem Impuls nachzugeben.«

Später würden sie sich streiten, wer sich zuerst bewegt hatte und um den Tisch gekommen war. Nach kurzen, wilden Küssen und einem Handgemenge, bei dem Hemden gelockert, Knopfleisten gelöst, die verknotete Krawatte über seinen Kopf gezerrt und ihr BH aufgehakt wurde, standen sie an der Wand und kämpften darum, wessen Hände in kürzester Zeit die meiste Haut abdecken konnten.

»Gehört dir der Garten allein?«, fragte er.

Talia beugte sich weit nach rechts, ertastete die Platte eines kleinen Tischs und hielt gleich darauf eine Fernbedienung in der Hand. Sie drückte einen Knopf und ließ das Gerät auf den Boden fallen.

Drex drehte den Kopf und sah, wie sich die Jalousie lautlos vor das Fenster senkte. »So was muss ich mir auch besorgen.«

Sie wühlte beide Hände in sein Haar und zwang ihn, sie wieder anzusehen. Er bedachte ihren Hals, ihren Brustkorb, ihren Busen mit Küssen. Dann hauchte er einen kurzen Kuss auf ihre Brustwarze und fragte: »Wann kommen deine Kunden?«

»Du bist nicht der Einzige, der lügen kann. Es kommt niemand. Aber wir sollten lieber die Tür abschließen. Man kann nie wissen, ob nicht jemand unangemeldet hereinschneit.«

»Geh nicht weg.«

Auf dem kurzen Weg zur Tür und zurück öffnete er den Knopf seiner Hose und zog den Reißverschluss herunter. Talia hatte sich vorgebeugt und wand sich aus ihrem Rock. Als sie sich aufrichtete, verschlug ihr Anblick ihm den Atem. Zwischen ihren Schenkeln trug sie ein V aus hautfarbenem Material, zu durchsichtig und hell, um zu verbergen, was darunter lag.

»Verdammt.«

Er hatte behauptet, dass er sie besitzen wollte. Körperlich, das stand außer Frage. Aber genauso sehr wollte er ein beiderseitiges Verständnis, einen geschlossenen Pakt, eine geweihte Inbesitznahme, und er wollte all das *jetzt*.

Er ging zu ihr und hob sie auf seinen Schoß. Ihre Verbindung war schnell geschlossen und absolut, ihr Liebesakt gierig und hemmungslos. Als sie kamen, kamen sie im selben Moment, mit einem erfüllten Stöhnen und Seufzen, das Bände sprach.

Sie besiegelten alles mit einem tiefen, glühenden, seelenverschmelzenden Kuss.

Er saß auf dem Boden, mit dem Rücken an der Wand, Talia lagerte quer über seinem Schoß. Sie kratzte mit den Nägeln leicht über seinen Dreitagebart. »Ich lese gerade noch mal *Der Graf von Monte Christo*.«

Er fuhr den Bund ihres Höschens von einem Hüftknochen zum anderen nach, eine für beide quälend verführerische Liebkosung. »Habe ich dir schon gesagt, wie gut mir das gefällt?«

»Etwa ein Dutzend Mal. Und hör auf, vom Thema abzulenken.«

»Mich beschäftigt ein ganz anderes Thema.« Seine Finger zogen gemächlich Muster auf dem durchsichtigen Stoff.

Um seine Aufmerksamkeit zu gewinnen, richtete sie sich auf und biss ihn leicht in die Unterlippe. »Ich hätte dich umbringen können, weißt du?«

»Das hatte ich begriffen.«

»Aber gleichzeitig wollte ich dich um jeden Preis wiedersehen. Ich wollte dir alles über mich erzählen. Und ich wollte alles über dich erfahren.«

»Dafür haben wir noch genug Zeit. Wir haben eine Menge zu bereden und werden das auch tun. Das heißt, wenn du möchtest, dass du und ich ein ›Wir‹ werden.«

»Ich dachte, das hätte ich die letzten Minuten gezeigt. Entweder das, oder ich bin durch und durch verdorben.«

»Ich bewundere dich für deine Verdorbenheit. Nimm nur diesen lächerlichen Vorwand eines Höschens.«

»Du bist unverbesserlich.« Ihr Tadel war bedeutungslos, denn aus ihrem Lächeln strahlten tausend Watt.

Jetzt, wo sie nicht mehr unter Jaspers Einfluss stand, entwickelte sie einen frechen Sinn für Humor, der Drex ausgesprochen gut gefiel. Wahrscheinlich merkte sie erst jetzt, wo

Jasper weg war, wie subtil er manche Teile ihrer Persönlichkeit unterdrückt hatte.

Drex hatte von Mike und Gif erfahren, dass sie das Haus aufgegeben hatte und es inzwischen zum Verkauf stand. Beide hatten ihm erzählt, dass sie dem Tsunami der Berichterstattung, der durch Jaspers Vorgeschichte ausgelöst wurde, mit bemerkenswerter Souveränität getrotzt hatte. Loyale Kunden und Freunde hatten sich um sie geschart, sie abgeschirmt und unermüdlich unterstützt, bis der Tumult irgendwann verebbt war. Er sah keinen Grund, all das zur Sprache zu bringen. Er würde abwarten, bis sie von selbst darüber sprach.

Allerdings fragte er sie, wo sie inzwischen wohnte.

»Ich habe mich in einem Stadthaus eingemietet, bis ich mich für etwas Dauerhaftes entschieden habe. Und weil ich einen Platz zum Arbeiten brauchte, habe ich auch dieses Büro gemietet.«

»Hast du einen Extraschlüssel für das Stadthaus?«

»Ich werde mal sehen, ob ich einen auftreiben kann.« Sie kuschelte sich an ihn und vergrub ihre Nase in seinen Brusthaaren. »Wohin geht deine Reise?«

»Nach Alaska.«

Sie legte den Kopf in den Nacken und sah zu ihm auf.

Er spielte mit einer Strähne ihres Haares. »Dank der Knöpfe werden jetzt alle kalten Fälle aufgearbeitet. Irgendwann könnte einer der Knöpfe mit meiner Mutter in Verbindung gebracht werden. Falls das passiert und ich ihn dann ausgehändigt bekomme, werde ich ihn in eine versiegelte Kiste legen, damit rauf nach Alaska fliegen und sie neben meinem Dad begraben.«

»Ich glaube, das würde ihm gefallen.« Ihre Stimme war rau vor Mitgefühl.

»Und bis es so weit ist, wollte ich mal hochfliegen, einen Baum pflanzen, einen Grabstein aufstellen, irgendwas tun, was für mich einen Abschluss darstellt.«

»Die Erfüllung deines Gelübdes.«

»Das klingt so hochgestochen, aber ich schätze, das trifft es. Und ich hätte gern, dass du mich dabei begleitest.«

Sie küsste ihre Fingerspitze und legte sie auf seine Lippen. »Wenn du es möchtest, komme ich mit.«

Er wühlte die Finger in ihre Haare und massierte ihre Kopfhaut, während er mit der anderen Hand sanft über ihre Brüste strich. »Außerdem möchte ich mich bewerben.«

»Wofür?«

»Als Samenspender, wenn du diese Eier auftaust.«

Sie rieb mit der Wange über seine Brustmuskeln. »Das bist du schon.«

Seine beiden Hände kamen abrupt zur Ruhe. »Wie?«

»Wie sich herausgestellt hat, war ein nicht tiefgefrorenes Ei von mir robuster als die eingelagerten.«

Sein Blick wanderte über die feminine Landschaft, die ihn vor Minuten so verzaubert hatte, und richtete sich dann wieder auf ihre Augen.

»Wir waren an dem Abend beide ein bisschen unbeherrscht«, meinte sie schüchtern. Drex sah sie nur an. Nach ein paar Sekunden fragte sie: »Wirst du irgendwann wieder blinzeln?«

Er tat es. Dann zog er sie in seine Arme, und sie taten etwas, das sie noch nie getan hatten: Sie lachten zusammen, laut und herzhaft.